KB232748

續修四庫全書한글索引集

續修四庫全書한글索引集

金鎗源　編

續修四庫全書 出刊에 부쳐 〔 발간사 〕

　예년에 없이 무척이나 더운 여름을 보내던 어떤 날 栗谷紀念圖書館의 김쟁원선생으로부터 전화가 걸려왔다.

　이번에 『續修 四庫全書』 한글 索引集을 편찬, 간행하게 되었다는 소식과 함께 그에 부치는 「머리말」 집필을 의뢰하는 것이었다.

　그는 단국대학교 율곡기념도서관의 고문헌 담당 司書로서 古文獻에 관해 많은 일을 意慾的으로 遂行해 온 일군으로, 필자와는 책 因緣으로 친숙하게 지내는 사이였다. 일찍이 학문 연구가 갖는 문헌자료의 의의를 切感한 그는 文淵閣 四庫全書의 한글索引集을 1994년에 편집, 발간하였는데, 洪允杓도서관장의 요청으로 圖書館 叢書의 이름을 띠고 출판되었다.

　종래 중국판의 색인은 韓國의 硏究者가 이용하기에 불편이 적지 않았으므로, 그는 한글字母順으로 排列함으로써, 良質의 情報를 提供한다는 學術書나름의 使命을 十分 考慮하여 編纂하였던 것이다.

　四庫全書색인집은 원래 四部法(經·史·子·集)의 분류와 漢字의 畵順으로 배열되어 있는 것을 연구자들이 보기에 편하도록 한글 字母順으로 만들어 놓은 것이다. 이 책이 발간됨으로써 韓國學 硏究에 一助한다는 編輯者의 意圖가 歷歷하였으며, 당시 體系的 整理에는 권영대 선생의 도움이 있었고, 入力作業에 박태근 助敎가 수고를 하였다.

　김선생과 四庫全書와의 관계는 위로써 끝나지 않았다. 아니, 그 동안 그는 많은 것을 생각하고 준비하였던 것 같다. 바로 이번에 발간되는 『續修 四庫全書 한글 索引集』이 그 사정을 말해 주는 것이다.

韓國學이 世界化의 大勢를 타고, 世界學으로서 자리잡기 위해서는 域內의 資料와 域外에 散在하는 廣汎한 資料를 對象으로 삼아 널리 조사·연구하여, 이론을 개발함으로써 學問的 體系化를 이루어야 한다.

四庫全書 文淵閣本 索引集과 함께 본 색인집이 출간됨으로써 韓國學의 理論化, 體系化에 寄與할 수 있고, 또한 새로운 課題를 제시하였다.

이웃 나라 中國은 1912년(民國 元年) 以前의 資料 가운데 四庫全書 文淵閣本에 싣지 못한 資料를 다시 모아서 續修四庫全書를 만들었는데, 이 全書에는 中國의 最大 類書인 永樂大全(2만2천9백37卷:明解縉:1369-1415 等 奉勅撰)을 포함하여, 書契이래의 百般의 事項을 備輯한 散失된 6,700종 자료를 수집한 것이다.

이 책이 발간됨으로써 韓國學을 연구하는 모든 諸賢들에게 좋은 참고서 役割을 할 수 있기를 기대해 본다. 끝으로 이러한 작업이 더욱 활발하게 이루어져 앞으로도 더 많은 資料가 햇빛을 볼 수 있도록 김선생에게 분투노력을 當付하는 바이다.

분당의 서재에서
황　패　강

책 머 리 에

　중국문화는 한국문화의 底本이 되는 하나의 축으로서 10여 년전 四庫全書 文淵閣本의 한글 索引集을 편집 할 때만 해도 그들의 문화가 廣大하고 由緖 깊다고만 느꼈었는데 그보다 더 많은 양의 續修四庫全書가 있다는데 놀라움보다는 경이로움을 표하게 된다.

　18세기에서 19세기에 이르는 중국문화의 전반적인 資料를 수집 정리하여 만들어 놓은 것이 속수사고전서인데, 1995년 편찬된 이곳에는 四庫全書 文淵閣本에는 실리지 않은 民國元年(1912)이전의 현존하는 중국의 古典資料를 망라하는 尨大한 자료집이다. 이로써 文淵閣 四庫全書와 續修 四庫全書에 실려 있는 자료를 합하면 民國元年 이전의 중국을 대표하는 고전 자료는 모두가 收集되는 것이 된다.

　이번 간행되는 索引集은 속수사고전서가 內容을 전제로 하여 四分法과 한자의 畫順으로 되어있어서 우리에게는 찾기 어려운 것을 한글의 字母順으로 書名과 著者名을 나누어 배열해 놓은 것이다. 原書의 收錄範圍는 발견이 안 되거나 燒却되어 없어졌지만 學術的으로 價値있고 사고전서 存目에 있는 것과 사고전서에 없는 희곡 소설 중문학적 가치가 있거나 毁損된 책, 그리고 乾嘉이래 重要하게 여겨지는 책들 등이 수록되어 있으며, 學術性을 중요시하여 일반적인 자료는 제외하였다고 한다.

　원래 四庫全書는 우리나라의 朝鮮王朝實錄의 그것처럼 처음에는 4부를 筆寫하여 내정(內廷)의 문연각(文淵閣), 北京원명원(圓明園)의 문원각(文源閣), 봉천고공(奉天故宮)의 문소각(文溯閣)과 승덕피서산장(承德避署山莊)의 문진각(文津閣)에 나누어 보관하였으며, 후에 다시 민간에 閱覽시키는 3부를 더

複寫하여 양주(揚州)의 문회각(文匯閣), 진강(鎭江)의 문종각(文宗閣), 그리고 항주(杭州)의 문란각(文瀾閣)에 저장하였으며 그중 내정의 문연각본(文淵閣本)은 이미 上海 古籍出版社에 의해 影印 출판되었고 이번에 다시 나머지 자료들을 모아 續修四庫全書로 출판을 하게 된 것이다.

사고전서는 淸皇帝의 勅命에 의해 수집 정리되는 과정에 일부는 皇帝가 못마땅하여 燒却 하거나 板木을 부수어 禁書가 된 것도 있고, 내용이 부분적으로 고쳐지기도 하는 등 修整과 補完을 이루어 板本이 일정하나, 속수사고전서는 당시에 금서가 된 것과 각권이 빠져서 文淵閣本에는 없는 흩어져있는 자료들을 수집하여 影印한 것이라 筆寫本부터 板本과 落張本에 이르기까지 다양한 形態의 모습으로 編輯되어있다.

중국 最大類書인 "영락대전(永樂大典)"을 포함하여 약6,700여종 수 만권의 자료가 수집된 속수 사고전서에는 청나라 前期 200여년 중국의 學術과 思想, 文化 등이 실려 있어 중국학은 물론 古代의 한국학의 이해를 위해서는 반드시 보아야 하는 必讀書인 것이다.

先生은 많으나 스승은 드물고, 말은 많으나 實踐이 드문 현실에 우리는 古典資料에 너무 소홀하지 않았는지 自省해 본다. 論語의 子張篇에 "子夏 曰 雖小道 必有可觀者焉 致遠恐泥 是以君子不爲也"이라는 글이 있다. "비록 작은 일이라 하더라도 반드시 취할만한 곳이 있을 것이다"는 말로 이 한권의 자료가 양은 적으나 석학들의 案頭에서 그 가치를 가름해 볼 것이라 자신해본다.

사고전서 文淵閣本의 색인편집에는 젊은 혈기에 무조건 달려들어 어려움을 몰랐는데, 속수사고전서의 索引을 편집하다 보니 그때보다 더 많은 어려움을 느끼며, 처음 대할 때의 姿勢와는 사뭇 다른 모습에 본인도 놀라게 된다.

　漢字의　文盲을 깨우쳐주신 權永大 선생님과 흔쾌히 發刊辭를 써주신 전 부총장 黃浿江 선생님에게 감사를 드리며, 이 자료가 책으로써 모습을 갖출 수 있도록 助言과 도움을 주신 本大學 中文科의 안희진 교수님 그리고 그 외에 도움을 준 도서관의 모든 식구들에게 감사의 마음을 전한다.

　오랜 시간 살아오면서 이제는 벗이 되어버린 아내와 사랑하는 泳辰, 그리고 大學生 美馨이 등 가족들에게도 그동안의 서운함을 이 책으로 대신하고 싶다.

안서호를　바라보며
김　쟁　원

- 凡　例 -

* 본 圖書는 續修四庫全書 원본을 底本으로 하여 編輯되었다.

* 본 圖書는 다음과 같은 順序로 索引을 排列하고 있다.

서명색인-- ①한글서명 ②원서명 ③저자 ④류별 ⑤책수
　　(예)☞　사서설약 / 四書說約.33卷 / 鹿善繼(明)撰 / 經部
　　　　四書類 / 162

저자색인-- ①한글저자명 ②원저자명 ③서명 ④류별 ⑤책수
　　(예)☞　사종고(송)찬. / 社從古(宋)撰. / 集篆古文韻海.5卷
　　　　/ 經部.小學類 / 236

* 서명을 앞에 두고 저자명을 뒤에 배열하였으며 한글자모
순에 따랐다.

* 原書名에 충실하였으나 古字, 僻字, 造字, 死字등 編輯過程
에서 옮길수 없는 글자는 한글과 기타 부호로 표시하였다.

* 附錄이 각권의 書名과 틀리는 경우 이를 따로 收錄하여 檢
索이 가능하도록 하였다.

* 서명에서의 각권의 表示는 原書名에 따랐으며 없는 경우 도
있다.

* 저자명에서 釋으로 표시된 스님들은 (釋)으로 묶어서 자모
순으로 배열하였다.

* 저자명에서 표시가 안되거나 없는 것은 撰者未詳으로 처
리하였다.

서 명 편

ㄱ

가가산관사　柯家山館詞(3卷)　嚴
元照(淸)　撰　集部　詞類　1725

가가산관유시　柯家山館遺詩(6卷)
嚴元照(淸)　撰　集部　別集類
1507

가노재잡기　暇老齋雜記(32卷)　茅
元儀(明)　撰　子部　雜家類　1133

가량산경　嘉量算經(3卷);問答(1卷)
朱載堉(明)　撰　子部　天文算法
類　1044

가릉사전집　迦陵詞全集(30卷)　陳
維崧　撰　集部　詞類　1724

가문문초　稼門文鈔(7卷)稼門詩鈔(1
0卷)　汪志伊　撰　集部　別集類
1464

가설재근집　珂雪齋近集(11卷)　袁
中道撰　集部　別集類　1376

가설재전집　珂雪齋前集(24卷)　珂雪
齋外集(15卷)　袁中道撰　集部
別集類　1375～76

가소　茄騷(1卷)　唐英　撰　集部　戲
劇類　1767

가어소증　語疏證(6卷)　志祖(淸)　撰
子部　儒家類　931

가어증위　家語證僞(11卷)　范家相
(淸)　撰　子部　儒家類　931

가용고단환산방　家用膏丹丸散方(1
卷)　高秉鈞(淸)　撰　子部　醫家
類　1016

가원문존　可園文存(16卷)　可園詩存
(28卷)　可園詞存(4卷)　陳作霖
撰　集部　別集類　1570

가자답문　柯子答問(6卷)　″柯維騏

(明)　撰；吳大揚(明), 方文沂編″
子部　儒家類　939

가자차고　賈子次詁(16卷) ；敍錄(1
卷)　王耕心(淸)　撰　子部　儒家
類　933

가재자성록가　齋自省錄(不分卷)
吳大澄(淸)　撰　子部　儒家類
953

가재잡기　可齋雜記(1卷)　彭時(明)
撰　子部　雜家類　1166

가정대정류편　嘉靖大政類編　黃鳳
翔　撰　史部　雜史類　434

가정왜란비초　嘉靖倭亂備抄　撰者
未詳(佚名)　史部　雜史類　434

가포집　稼圃輯(1卷)　王芷(淸)　撰
子部　農家類　977

가헌사보유　稼軒詞補遺(1卷)　辛棄
疾撰　集部　詞類　1723

가헌장단구　稼軒長短句(12卷)　辛
棄疾　撰　集部　詞類　1723

가화징헌록　嘉禾徵獻錄　盛楓　撰
史部　傳記類　544

각비암필기　覺非盦筆記(8卷)　顧坤
(淸)　撰　子部　雜家類　1154

각비재문집　覺非齋文集(28卷)　附錄
(1卷)　金實　撰　集部　別集類
1327

각산선생서언　覺山先生緒言(2卷)
洪垣(明)撰　子部　雜家類　1124

각재집고록　恪齋集古錄　吳大澄
(淸)　撰　史部　金石類　903

각전명재내언　覺顛冥齋內言(4卷)
唐才常　撰　集部　別集類　1568

각정기략주소리정팔잠　椎政紀略奏
疏菠政八箴　堵胤　錫　撰史

部政書類　834

간곡유집　澗谷遺集(4卷)首(1卷)末(1卷)　羅椅　撰　集部　別集類　1320

간당시역주소증　干常侍易注疏證.1卷.集證.1卷　方成珪(淸)　撰　經部　易類　28

간류보결절운　刊謬補缺切韻(1)～(3)　王仁煦(唐)撰　經部　小學類　249～50

간명중서회참의학도설　簡明中西匯參醫學圖說(2卷)　王有忠(淸)撰　子部　醫家類　1026

간석재기사고　衍石齋記事槀(10卷)衍石齋記事續槀(10卷)　錢儀吉(淸)撰　集部　別集類　1508～09

간송초당문집　簡松草堂文集(12卷)附錄(1卷)　張雲璈(淸)　撰　集部　別集類　1471

간우집　澗于集(20卷)　張佩綸　撰　集部　別集類　1566

간장문초　簡莊文鈔(6卷)續編(2卷)　陳전(淸)　撰　集部　別集類　1487

간장소기　簡莊疏記(17卷)　陳전(淸)　撰　子部　雜家類　1157

간재선생연보　簡齋先生年譜(1卷)　陳與義　撰；胡稗　注　集部　別集類　1317

간재잡설　艮齋雜說(10卷)　尤통(淸)　撰　子部　雜家類　1136

간전노가원가채주잡극　看錢奴賈寃家債主雜劇　撰者未詳　集部　戲劇類　1762

간주록　看珠錄(1卷)　撰者未詳　子部　譜錄類　1112

간학재시존　簡學齋詩存(4卷)　簡學齋詩删(4卷)　陳沆　撰　集部　別集類　1512

간환역설　艮宦易說(1卷)　俞越(淸)　撰　經部　易類　34

갈석조유란　碣石調幽蘭(1卷)　丘明(南朝梁)　傳譜　子部　藝術類　1092

감단기　六十種曲120卷 ： 邯鄲記(2卷)　湯顯祖　撰　集部　戲劇類　1770

감단도성오황량몽잡극　邯鄲道省悟黃梁夢雜劇　馬致遠　撰　集部　戲劇類　1761

감당소지　甘棠小志　董醇　撰　史部　地理類　716

감산노인몽유집　憨山老人夢遊集(40卷)　(釋)德淸　撰　集部　別集類　1377～78

감지수재집　鑑止水齋集(20卷)　許宗彦　撰　集部　別集類　1492

감천동지두아원잡극　感天動地寶娥寃雜劇　關漢卿　撰　集部　戲劇類　1762

감천향인고　甘泉鄉人稿(24卷)餘稿(2卷)　錢泰吉　撰　集部　別集類　1519

갑신전신록　甲申傳信錄　錢형(明)　撰　史部　雜史類　440

갑연고　天池山人小稿五種 ： 甲年藁(1卷)　陸采　撰　集部　別集類　1354

갑을기정록　〞甲乙記政錄 ,續丙記政錄 續丁記政錄新政〞　徐肇臺　撰　史部　雜史類　438

갑을사안　甲乙事案　文秉　撰　史部　雜史類　443

강남어선품　江南魚鮮品(1卷)　陳鑑(淸)　撰　子部　譜錄類　1120

강남제조국기　江南製造局記　魏允恭　等纂　修　史部　政書類　860

강남최경과도편　江南催耕課稻編(不分卷)　李彦章(淸)　撰　子部　農家類　977

강남해자편연보　康南海自編年譜　康有爲　撰　史部　傳記類　558

강대산선생집　康對山先生集(46卷)　康海　撰　集部　別集類　1335

강동백저　江東白苧(2卷)　續江東白苧(2卷)　梁辰魚　撰　集部　曲類　1739

강동십감　江東十鑑(1卷)　李舜臣(宋)　撰　子部　兵家類　959

강령금석기　江寧金石記　嚴觀　撰　史部　金石類　910

강령금석대방목　江寧金石待訪目　嚴觀　撰　史部　金石類　910

강록　講錄(1卷)　臧鏞堂(淸)　編　經部　群經總義類　172

강부초당시집　絳跗草堂詩集(6卷)　陳壽棋(淸)　撰　集部　別集類　1496

강서시사종파도록　江西詩社宗派圖錄(1卷)　張泰來撰　集部　詩文評類　1698

강서시징　江西詩徵(94卷)　附刻(1卷)　補遺(1卷)　曾燠　輯　集部　總集類　1688～90

강서통지　江西通志(一)～(五)　〞曾國藩(淸), 劉坤一(淸)　等修 ; 劉繹, 趙之謙(淸)　等纂〞　史部　地理類　656～60

강식략　彊識略(40卷)　吳楚材(明)　輯　子部　類書類　1232

강식편　彊識編(4卷) ; 彊識編續(1卷)　朱士端(淸)撰　子部　雜家類　1160

강씨비사　姜氏秘史　姜淸(明)　撰　史部　雜史類　432

강씨음학십서　江氏音學十書(12卷)　江有誥(淸)　撰　經部　小學類　248

강운루서목　絳雲樓書目　錢謙益　藏竝撰　史部　目錄類　920

강재문집　薑齋文集(10卷)　補遺(2卷)　王夫之(淸)　撰　集部　別集類　1403

강재시화　薑齋詩話(2卷)　王夫之(淸)　撰　集部　詩文評類　1698

강주사마청삼루　江州司馬靑衫淚　馬致遠　撰　集部　戲劇類　1763

강주사마청삼루　江州司馬靑衫淚　馬致遠　撰　集部　戲劇類　1760

강주사마청삼루잡극　江州司馬靑衫淚雜劇　馬致遠　撰　集部　戲劇類　1761

강초기　絳綃記(1卷)　黃燮淸　撰　集部　戲劇類　1768

강촌어업　彊村語業(3卷)　彊邨詞賸稿(2卷)　彊邨集外詞(1卷)　朱祖謀　撰　集部　詞類　1727

개당시집　漑堂詩集(21卷)　漑堂文集(5卷)　漑堂詩餘(2卷)　孫枝蔚　撰　集部　別集類　1407～08

개립방설　開立方說(1卷)　陳蠡謨

(明) 撰   子部 天文算法類   1044

개방통석   開方通釋(1卷)   焦循(淸) 撰   子部 天文算法類   1045

개설학당사의근설학철언   改設學堂私議勤設學綴言   劉光蕡(淸) 撰   史部 政書類   831

개안집   開顏集(2卷)   周文玘(宋) 輯   子部 小說家類   1272

개암경설   "介庵經說(10卷), 介庵經說補(2卷)"雷學淇(淸) 撰   經部 群經總義類   176

개정문집   介亭文集(6卷) 介亭外集(6卷) 介亭詩鈔(1卷) 江潘源 撰   集部 別集類   1453

개정원현전기   改定元賢傳奇(16卷) (存6卷) 李開先(明) 輯   集部 戲劇類   1760

개정존고   改亭存稿(10卷) 改亭續稿(6卷) 方鳳 撰   集部 別集類   1338

개주학화편   芥舟學畫編(4卷) 沈宗騫(淸)   子部 藝術類   1068

개평방설   開平方說(1卷)   陳蠹謨(明) 撰 子部 天文算法類   1044

개희덕안수성록   開禧德安守城錄   王致遠(宋) 撰   史部 雜史類   423

객문편   客問篇(1卷)   吳易(明) 撰 子部 雜家類   1133

객사우문   客舍偶聞(1卷)   彭孫貽(淸) 撰 子部 雜家類   1175

객좌췌어   客座贅語(10卷)   顧起元(明) 撰 子部 小說家類   1260

객진의화   客塵醫話(3卷)   計楠(淸) 撰 子部 醫家類   1029

갱생재시여   更生齋詩餘(2卷) 洪亮吉 撰   集部 詞類   1725

갱생재집   更生齋集(28卷) 洪亮吉(淸) 撰   集部 別集類   1468

거가필용사류전집   居家必用事類全集(10卷) 撰者未詳   子部 雜家類   1184

거관비람   居官備覽   熊尙文 等撰   史部 政書類   833

거사전   居士傳(56卷)   彭紹升(淸) 撰   子部 宗敎類   1286

거업당문집   居業堂文集(20卷) 首(1卷) 王源 撰   集部 別集類   1418

거역당시집   居易堂詩集(5卷) 王曾翼 撰   集部 別集類   1453

거역당집   居易堂集(20卷) 徐枋 撰   集部 別集類   1404

거역초집   居易初集(2卷) 經元善 撰   集部 別集類   1564

건륭부청주현도지   乾隆府廳州縣圖志(一)~(三) 洪亮吉(淸) 撰   史部 地理類   625~27

건문서법의   建文書法儗   朱鷺(明) 撰   史部 雜史類   433

건상통감   乾象通鑑(100卷)   李季(宋) 撰   子部 術數類   1050~51

건여선생문집   健餘先生文集(10卷) 尹會一 撰   集部 別集類   1424

건염필록   建炎筆錄   趙鼎(宋) 撰   史部 雜史類   423

건초선생유집   乾初先生遺集(47卷) 陳確(淸) 撰   集部 別集類   1394~95

검계설시   劍谿說詩(2卷) 又編(1卷)

附錄(1卷)　附詩(1卷)　喬億　撰　集部　詩文評類　1701

검산당집　鈐山堂集(40卷)　附錄(1卷)　嚴嵩　撰　集部　別集類　1336

검협　劍莢(27卷)　錢希言(明)　撰　子部　譜錄類　1110

겁여시선　劫餘詩選(23卷)　齊學裘(淸)　撰　集部　別集類　1531

게원사화　憩園詞話(6卷)　杜文瀾　撰　集部　詞類　1734

격강투지　隔江鬪智　撰者未詳　集部　戱劇類　1764

격치총학계몽　格致總學啓蒙(3卷)　撰者未詳　子部　西學譯著類　1300

견나선생서　見羅先生書(21卷)　李材(明)　撰　子部　儒家類　941

견문기훈　見聞紀訓(2卷)　陳良謨(明)　撰　子部　小說家類　1266

견문록　見聞錄(4卷)　徐岳(淸)　撰　子部　小說家類　1268

견문수필　見聞隨筆(26卷)；見聞續筆(24卷)　齊學裘(淸)　撰　子部　雜家類　1181

견문잡기　見聞雜紀(11卷)　李樂(明)　撰　子部　雜家類　1171

견재논문　繭齋論文(6卷)　張謙宣　撰　集部　詩文評類　1714

견재시담　繭齋詩談(8卷)　張謙宣　撰　集部　詩文評類　1699

견호집　堅瓠集(40卷)　褚人穫(淸)　撰　子部　小說家類　1260～62

겸가당고　蒹葭堂稿(8卷)　陸楫　撰　集部　別集類　1354

겸산당혁보　兼山堂奕譜(1卷)　徐星友(淸)　輯　子部　藝術類　1100

경계원음　庚癸原音(4種)　목圓(淸)　撰　經部　樂類　116

경고　經考(5卷)　戴震(淸)　撰　經部　群經總義類　172

경교유행중국비송　景教流行中國碑頌　(釋)景淨(唐)譯　子部　宗教類　1296

경기금석고　京畿金石考　孫星衍(淸)　撰　史部　金石類　906

경덕당문집　經德堂文集(6卷)　別集(2卷)　龍啓瑞　撰　集部　別集類　1541

경덕전도록　景德전陶錄(10卷)　藍浦(淸)；鄭廷桂　撰　子部　譜錄類　1111

경덕전등록　景德傳燈錄(30卷)　(釋)道原(宋)　撰　子部　宗教類　1282

경독고이　″經讀考異(8卷)，首(2卷)″　武億(淸)　撰　經部　群經總義類　173

경동소고　涇東小藁九卷　葉盛　撰　集部　別集類　1329

경림속기　涇林續紀(2卷)　周玄暐(明)　撰　子部　雜家類　1124

경림잡기　涇林雜紀(2卷)　周復俊(明)　撰　子部　雜家類　1124

경맥도고　經脈圖考(4卷)　陳惠疇(淸)　撰　子部　醫家類　996

경무연원　經武淵源(15卷)　李材(明)　撰；左光斗(明)　訂正　子部　兵家類　959

경문당시집　景文堂詩集(13卷)　戚學標(淸)　撰　集部　別集類　1462

경부류고　敬孚類稿(16卷)　蕭穆　撰

集部 別集類 1560~61

경사답문 經史答問(4卷) 朱駿聲(淸) 撰 子部 雜家類 1159

경사대학당장정 京師大學堂章程 撰者未詳 史部 政書類 831

경사오성방항호동집 京師五城坊巷衚衕集 張爵 撰 史部 地理類 729

경사잡기 經史雜記(8卷) 王玉樹(淸) 撰 子部 雜家類 1156

경사질의록 經史質疑錄(不分卷) 張聰咸(淸) 撰 子部 雜家類 1158

경사초 敬事草(一)~(二) 沈一貫(明) 撰 史部 詔令奏議類 479~80

경사피명휘고 經史避名彙考 周廣業(淸) 撰 史部 政書類 827

경서당잡지 經鉏堂雜誌(8卷) 倪思(宋) 撰 子部 雜家類 1122

경세통언 警世通言(40卷) 馮夢龍(明) 輯 集部 小說類 1784~85

경수당강록 敬修堂講錄(不分卷) 查繼佐(淸) 撰 經部 群經總義類 172

경술 經述(4卷) 林願山(淸) 撰 經部 群經總義類 179

경시참 盛明雜劇三集:卷三十三鯁詩讖 土室道民 撰 集部 戲劇類 1765

경신외사 庚申外史 權衡(明) 撰 史部 雜史類 423

경심농화 耕心農話(1卷) 奚誠(淸) 撰 子部 農家類 976

경악신방가 景岳新方歌(1卷)″ 高

秉鈞(淸), 吳辰燦, 姚志仁撰″ 子部 醫家類 1016

경야선생문집 涇野先生文集(38卷) 呂楠 撰 集部 別集類 1337~38

경야선생상서설요 涇野先生尙書說要(5卷) 呂柟(明) 撰 經部 書類 43

경야선생예문 涇野先生禮問(2卷) 呂柟(淸) 撰 經部 禮類 108

경야선생주역설익 涇野先生周易說翼(3卷) 呂柟(淸) 撰 經部 易類 5

경야선생춘추설지 涇野先生春秋說志(5卷) 呂柟(明) 撰 經部 春秋類 133

경완 經玩(20卷) 沈淑(淸) 撰 經部 群經總義類 172

경우건상신서 景祐乾象新書(30卷) 楊惟德(宋) 等撰 子部 術數類 1050

경우태을복응경 景祐太乙福應經(10卷) 撰者未詳 子部 術數類 1061

경운루집 經韻樓集(12卷) 段玉裁(淸) 撰 集部 別集類 1434~35

경원조법사류개희중수상서이부시낭우선격 慶元條法事類開禧重修尙書吏部侍郎右選格 謝深甫 等纂修 史部 政書類 861

경유편 敬由編(12卷) 竇子稱(明) 撰 子部 法家類 974

경의술문 經義述聞(32卷) 王引之(淸) 撰 經部 群經總義類 174~75

경의잡기 經義雜記(30卷) 臧琳(淸)

撰　經部　群經總義類　172

경일당시초　敬一堂詩鈔(16卷)　顧
八代　撰　集部　別集類　1418

경자국변기　庚子國變記　李希聖
撰　史部　雜史類　446

경자해외기사　庚子海外紀事　呂海
寰　撰　史部　雜史類　446

경적고　經籍考　盧文弨(淸)　撰　史
部　目錄類　923

경적발문　經籍跋文　陳전(淸)　撰
史部　目錄類　923

경적일문　經籍佚文(121卷)　王仁俊
(淸)　輯　子部　雜家類　1207~11

경적찬고　經籍纂詁(106卷)　阮元
(淸)　撰　經部　小學類　198~200

경적찬고보유　經籍纂詁補遺(106卷)
阮元(淸)　撰　經部　小學類　201

경전문자변정　經典文字辨正(不分
卷)　錢大昕(淸)　撰　經部　小學
類　239

경전석문고증　經典釋文考證(30卷)
盧文弨(淸)　撰　經部　群經總義
類　180

경전석사　經傳釋詞　王引之(淸)　撰
經部　小學類　195

경전소기　經傳小記(3卷)　劉台拱
(淸)　撰　經部　群經總義類　173

경전집림　經典輯林(32卷)　洪頤煊
(淸)　輯　子部　雜家類　1200

경전체사통고　經傳체祀通考(1卷)
崔述(淸)　撰　經部　禮類　109

경절고의　磬折古義(1卷)　程瑤田
(淸)　撰　經部　禮類　85

경정석문상서　經典釋文尙書(殘卷)
陸德明(唐)　撰　經部　書類　41

경조미　盛明雜劇三集:卷十五京兆
眉　南山逸史　撰　集部　戲劇
類　1765

경주통지　瓊州通志　"蕭應植, 陳
景壎　纂修"　史部　地理類　676

경진구사　景鎭舊事(1卷)　吳允嘉
(淸)　撰　子部　譜錄類　1115

경진동파문집사략　經進東坡文集事
略(60卷)　蘇軾撰; 郎曄 注　集
部　別集類　1314~15

경천시화　涇川詩話(3卷)　趙知希
撰　集部　詩文評類　1701

경학박채록　經學博采錄(12卷)　桂
文燦(淸)　撰　經部　群經總義類
179

경학역사　經學歷史(1卷)　皮錫瑞
(淸)　撰　經部　群經總義類　179

경학위언　經學危言(6卷)　孔廣森
(淸)　撰　經部　群經總義類　173

경학통론　經學通論(5卷)　皮錫瑞
(淸)　撰　經部　群經總義類　180

경화록　鏡花綠一百回　李汝珍(淸)
撰　集部　小說類　1795~96

경효산보　經效産寶(3卷); 續編(1卷)
잠殷(唐)　撰　子部　醫家類　1006

계고서론　稽古緖論(2卷)　趙時春
(明)　撰　子部　雜家類　1123

계기고　天池山人小稿五種:癸己藁(1
卷)　陸采　撰　集部　別集類
1354

계문거예　契文擧例　孫詒讓(淸)　撰
史部　金石類　906

계보　鷄譜(不分卷)　撰者未詳　子
部　譜錄類　1119

계봉보제방　鷄峰普濟方(30卷)　張

銳(宋) 撰　子部　醫家類　1000

계사승고　癸巳賸稿(1卷)　兪精燮 (淸) 撰　子部　雜家類　1160

계사신간어약원방　癸巳新刊御藥院方(11卷)　許國禎(元) 撰　子部　醫家類　1001

계사유고　癸巳類稿(15卷)　兪正燮 (淸) 撰　子部　雜家類　1159

계사전론　繫辭傳論(2卷)　壯存與 (淸) 撰　經部　易類　22

계사존고　癸巳存稿(15卷)　兪正燮 (淸) 撰　子部　雜家類　1159～60

계산금황　谿山琴況(1卷)　徐祺(淸) 撰　子部　藝術類　1094

계산와유록　谿山臥游錄(4卷)　盛大士(淸) 撰　子部　藝術類　1082

계세기문　繼世紀聞　陳洪謨(明) 撰　史部　雜史類　433

계암노인만필　戒菴老人漫筆(8卷)　李詡(明) 撰　子部　雜家類　1173

계옹중설록　契翁中說錄(2卷)　于鎰 (明) 撰　子部　儒家類　937

부계유산방사집　桂留山房詞集(1卷)　沈學淵(淸) 撰　集部　別集類　1516

계유산방시집　桂留山房詩集(12卷)　沈學淵(淸) 撰　集部　別集類　1516

계정양조박복녹　啓禎兩朝剝復錄　吳應箕 撰　史部　雜史類　438

계주시집　桂洲詩集(24卷)　夏言 撰　集部　別集類　1339

계창위장서목　季滄葦藏書目　季振宜 藏　史部　目錄類　920

계한관작고　季漢官爵考　周廣業

(淸) 撰　史部　職官類　747

계헌고　桂軒藁(10卷)　江源 撰　集部　別集類　1330

계헌속고　桂軒續稿(6卷)　江源 撰　集部　別集類　1330

계형당집십　桂馨堂集(13卷)　張廷濟 撰　集部　別集類　1491

고공기고　考工記考(1卷)　圖(1卷)　呂調陽(淸) 撰　經部　禮類　85

고공기고변　考工記考辨(8卷)　王宗涑(淸) 撰　經部　禮類　85

고공기도　考工記圖(2卷)　戴震(淸) 撰　經部　禮類　85

고공기석의　考工記析疑(4卷)　方苞 (淸) 撰　經部　禮類　79

고공기조수충어석　考工記鳥獸蟲魚釋(1卷)　陳宗起(淸) 撰　經部　禮類　85

고공기차제도해　考工記車制圖解(2卷)　阮元(淸) 撰　經部　禮類　85

고공창물소기　考工創物小記(8卷)　程瑤田(淸) 撰　經部　禮類　85

고금관제연혁도　古今官制沿革圖　王光魯 撰　史部　職官類　746

고금담개　古今譚槪(36卷)　馮夢龍 (明) 輯　子部　雜家類　1195

고금대문록　古金待問錄(4卷)；餘(1卷)；補遺(1卷)　朱楓(淸) 撰　子部　譜錄類　1109

고금록　古金錄(4卷)　萬光煒(淸) 撰　子部　譜錄類　1109

고금명선록　古今名扇錄(不分卷)　陸紹曾(淸) 輯　子部　譜錄類　1111

고금문자통석　古今文字通釋(14卷)

呂世宜(淸)　撰　　經部　小學類
236

고금법제표　古今法制表　孫榮(淸)
撰　史部　政書類　761

고금사통　古今詞統(16卷)　雜說(1卷)
附(1卷)″　卓人月, 徐士俊　輯″
集部　詞類　1728~29

고금사화　古今詞話(8卷)　沈雄　撰
集部　詞類　1733

고금석의　古今釋疑(18卷)　方中履
(淸)　撰　子部　雜家類　1145

고금성률정궁　古今聲律定宮(8卷)
葛銘(淸)　撰　經部　樂類　116

고금소설　古今小說(40卷)　馮夢龍
(明)　輯　集部　小說類　1784

고금악율공척　도古今樂律工尺圖
陳懋齡(淸)　撰　經部　樂類　115

고금유명산기　古今游名山記　何鏜
輯　史部　地理類　736

고금의사　古今醫史(7卷)；續增(2卷)
；附錄(1卷)　王宏翰(淸)　撰　子
部　醫家類　1030

고금잡극삼십종　古今雜劇三十鍾
王伯成　撰　集部　戲劇類　1760

고금차략;고금차략보　古今醝略　；
古今醝略補　汪砢玉　撰　史部
政書類　839

고금추보제술고　古今推步諸術考(2
卷)　汪曰楨(淸)　撰　子部　天文
算法類　1041

고금치평략　古今治平略(一)~(二)
朱健　撰　史部　政書類　756~57

고기재정정병화보　高寄齋訂正餠花
譜(1卷)　張謙德(明)　撰　子部
譜錄類　1116

고단문공연보　顧端文公年譜　顧與
沐　記略 ； 顧樞　輯 ； 顧貞觀
訂補　史部　傳記類　553

고단문공유서　顧端文公遺書(37卷)
顧憲成(明)　撰　子部　儒家類
943

고당몽　盛明雜劇初集 ： 卷一高唐
夢　沈泰　輯 :集部　戲劇類
1764

고도초집　鼓棹初集(1卷) 鼓棹二集(1
卷)　王夫之(淸)　撰　集部　詞類
1724

고문긍식　古文矜式　陳繹曾　撰
集部　詩文評類　1713

고문사류찬　古文辭類纂(74卷)　姚
鼐(淸)　輯　集部　總集類　1609~10

고문상서　古文尙書(13卷)　孔安國
(漢)　傳　經部　書類　41

고문상서고　古文尙書考　惠棟(淸)
撰　經部　書類　44

고문상서변위　古文尙書辨僞　崔述
(淸)　撰　經部　書類　46

고문상서원사보정　古文尙書寃詞補
正　周春(淸)　撰　經部　書類
45

고문상서정씨주전석　古文尙書鄭氏
注箋釋(40卷)　曹元弼(淸)　撰
經部　書類　53~54

고문상서조변　古文尙書條辨　梁上
國(淸)　撰　經部　書類　46

고문상서찬이　古文尙書撰異　段玉
裁(淸)　撰　經部　書類　46

고문주역참동계주　古文周易參同契
註(8卷)　袁仁林(淸)　撰　子部
宗敎類　1292

고문효경　古文孝經(敦煌殘卷)　孔安國(漢) 注　經部 孝經類　151

고미당시집　古微堂詩集(10卷)　魏源(淸) 撰　集部 別集類　1522

고미당집　古微堂集(10卷)　魏源(淸) 撰　集部 別集類　1522

고반집문록　攷槃集文錄(12卷)　方東樹(淸) 撰　集部 別集類　1497

고본난경천주　古本難經闡注(4卷)　丁錦(淸) 撰　子部 醫家類　984

고본동해원서상기　古本董解元西廂記(8卷)　董解元 撰　集部 曲類　1738

고사고년이동표　″古史考年異同表, 後說″ 林春溥(淸) 撰　史部 編年類　336

고사기년　古史紀年　林春溥(淸) 撰　史部 編年類　336

고산악부　古山樂府(1卷)　張野 撰　集部 詞類　1723

고삼분서　古三墳書(3卷)　撰者未詳　經部 易類　40

고서의의거례　古書疑義擧例(7卷)　俞越(淸) 撰　子部 雜家類　116 1~62

고소명현소기　姑蘇名賢小紀　文震孟 撰　史部 傳記類　541

고속자략　″古俗字略(5卷), 漢碑用字(1卷), 俗用雜字(1卷)″　陳士元(明) 撰　經部 小學類　238

고수부담　孤樹裒談(10卷)　李默(明) 撰　子部 雜家類　1170

고승　觚賸(8卷) ; 觚賸續編(4卷)　鈕琇(淸) 撰　子部 雜家類　1177

고승전　高僧傳(13卷) ; 序錄(1卷) (釋)慧皎(南朝梁) 撰　子部 宗敎類　1281

고시귀십　古詩歸(15卷)　″鍾惺, 譚元春(共) 輯″　集部 總集類　1589

고시상석　古詩賞析(22卷)　張玉穀 撰　集部 總集類　1591~92

고신록　考信錄　崔述(淸) 撰　史部 史評類　455

고안한궁추　孤雁漢宮秋　馬致遠 撰　集部 戲劇類　1763

고약방　膏藥方(1卷)　吳師機(淸) 撰　子部 醫家類　997

고양집　高陽集(20卷)　孫承宗(明) 撰　集部 別集類　1370

고언　古言(2卷)　鄭曉(明) 撰　子部 雜家類　1123

고역음훈　古易音訓(2卷)　″呂祖謙(宋) 撰, 宋咸熙(淸) 輯″　經部 易類　2

고역회전　古易匯詮(4卷)　劉文龍(淸) 撰　經部 易類　22

고연려춘당　高宴麗春堂　王實甫 撰　集部 戲劇類　1764

고오록　顧誤錄(1卷)　″王德暉, 徐沅澂撰″　集部 曲類　1759

고옥도고　古玉圖考(不分卷)　吳大澄(淸) 撰　子部 譜錄類　1107

고요언　古謠諺(100卷)　杜文瀾輯　集部 總集類　1601~02

고우진씨가숙윤문자　古迁陳氏家塾尹文子(2卷)　尹文子(周) 撰　子部 雜家類　1121

고운도설　古韻圖說(1卷)　李兆元 撰　集部 詩文評類　1702

고운발명　古韻發明(不分卷)　張耕

(清) 撰　經部 小學類　247

고운보　古韻譜(2卷)　王念孫(清) 撰　經部 小學類　245

고운통설　古韻通說(20卷)　龍啓瑞 (清) 撰　經部 小學類　248

고음류표　古音類表(9卷)　傳壽彤 (清) 撰　經部 小學類　248

고음비고　古音備考(1卷)　龎大坤 (清) 撰　經部 小學類　249

고음집략　古音輯略(2卷)　龎大坤 (清) 撰　經部 小學類　249

고음해　″古音諧(8卷), 首(1卷)″　姚文田(清) 撰　經部 小學類　246

고일민선생집　古逸民先生集(2卷) 附錄(1卷)　汪炎昶 撰　集部 別集類　1321

고잡극　古雜劇(20卷)　王驥德 編　集部 戲劇類　1763

고정림선생시전주　顧亭林先生詩箋注(17卷)　顧炎武 撰 ; 徐嘉 輯　集部 別集類　1402

고정림선생연보　顧亭林先生年譜　張穆 撰　史部 傳記類　553

고정연원록　考亭淵源錄　宋端儀 撰 ; 薛應旂 重輯　史部 傳記類　517

고주비산경　古周髀算經(1卷)　趙君卿(漢) 注 ; 朱載堉(明) 圖解　子部 天文算法類　1031

고주습유　古籀拾遺 ; 古籀餘論　孫詒讓(清) 撰　史部 金石類　904

고주습유　″古籀拾遺(3卷), 宋政和禮器文字考(1卷)″　孫詒讓(清) 撰　經部 小學類　243

고주여론　古籀餘論(3卷)　孫詒讓 (清) 撰　經部 小學類　243

고주유춘　沽酒遊春　王九思(明) 撰　集部 戲劇類　1764

고주의　古奏議　黃汝亨 輯　史部 詔令奏議類　461

고천회　古泉匯(64卷) ; 首(1卷)　李左賢(清) 撰　子部 譜錄類　1112

고청량전　古淸涼傳　(釋)慧祥 撰　史部 地理類　718

고태극측　古太極測(1卷)　徐爌(明) 撰　子部 術數類　1048

고항신간관목곽광귀간　古杭新刊關目霍光鬼諫　楊梓 撰　集部 戲劇類　1760

고항신간관목보성왕주공섭정　古杭新刊關目輔成王周公攝政　鄭光祖(清) 撰　集部 戲劇類　1760

고항신간관목적본이태백폄야랑　古杭新刊關目的本李太白貶夜郎　王伯成 撰　集部 戲劇類　1760

고항신간소장도분아구모　古杭新刊小張屠焚兒救母　撰者未詳　集部 戲劇類　1760

고항신간적본관대왕단도회　古杭新刊的本關大王單刀會　關漢卿 撰　集部 戲劇類　1760

고항신간적본관목풍월자운정　古杭新刊的本關目風月紫雲庭　石君寶 撰　集部 戲劇類　1760

고항신간적본위지공삼탈삭　古杭新刊的本尉遲恭三奪槊　尙仲賢 撰　集部 戲劇類　1760

고홍영　盛明雜劇三集:卷二十二孤鴻影　周如璧 撰　集部 戲劇

類 1765

곡강춘 盛明雜劇二集:卷十八曲江春 王九思(明) 撰 集部 戲劇類 1765

곡렴선생유서 谷簾先生遺書(8卷) 黃淵輝(明) 撰 子部 雜家類 1134

곡률 曲律(4卷) 王驥德 撰 集部 曲類 1758

곡산필주 穀山筆麈(18卷) 于愼行(明) 撰 子部 雜家類 1128

곡양대의술 穀梁大義述(30卷) 柳興恩(淸) 撰 經部 春秋類 132

곡양례증 穀梁禮證(2卷) 侯康(淸) 撰 經部 春秋類 132

곡양신의 穀梁申義(1卷) 王開運(淸) 撰 經部 春秋類 133

곡양폐질신하 穀梁廢疾申何(2卷) 劉逢祿(淸) 撰 經部 春秋類 132

곡품 曲品(3卷)附(1卷) 呂天成 撰 集部 曲類 1758

곤산군지 崑山郡志 楊譓 纂 史部 地理類 696

곤산인물전 崑山人物傳 張大復(明) 撰 史部 傳記類 541

곤윤노 崑崘奴 梅鼎祚 撰 集部 戲劇類 1764

곤윤노 盛明雜劇初集:卷二十二崑崘奴 梁辰魚 撰 集部 戲劇類 1764

곤학기문주 困學紀聞注(20卷) 翁元圻(淸) 撰 子部 雜家類 114 2~43

곤학찬언 困學纂言(6卷) 李栻(明)

輯 子部 雜家類 1188

골나강 盛明雜劇三集:卷十八汨羅江 鄭瑜 撰 集部 戲劇類 1765

공당화 盛明雜劇三集:卷五空堂話 鄒兌金 撰 集部 戲劇類 1765

공묘례악고 孔廟禮樂考 瞿九思 撰 史部 政書類 824

공부창고수지 工部廠庫須知 何士晉 纂輯 史部 政書類 878

공손용자주 公孫龍子注(1卷)；校勘記(1卷)；篇目考(1卷)；附錄(1卷) 陳澧(淸) 撰 子部 雜家類 1121

공안절선생화결 龔安節先生畫訣(1卷) 龔賢(淸) 撰 子部 藝術類 1065

공양경전이문집해 公羊經傳異文集解(2卷) 吳壽暘(淸) 撰 經部 春秋類 129

공양의소 公羊義疏(76卷) 陳立(淸) 撰 經部 春秋類 130

공양일례고징 公羊逸禮考徵(1卷) 陳確(淸) 撰 經部 春秋類 129

공양춘추경전통의 公羊春秋經傳通義(11卷)敍(1卷) 孔廣森(淸) 撰 經部 春秋類 129

공양흑사 公羊黑史(2卷) 周拱辰(淸) 撰 經部 春秋類 128

공여집 公餘集(10卷) 劉秉恬 撰 集部 別集類 1457

공자가어고차 孔子家語考次(不分卷) 劉宗周(明) 撰 子部 儒家類 931

공자삼조기 孔子三朝記(7卷) 洪願

煊(淸) 撰　經部 禮類　108

공자집어　孔子集語(17卷)　孫星衍
(淸) 撰　子部 儒家類　931

공정암전집　龔定盦全集(20卷)　龔
自珍 撰　集部 別集類　1520

공정주법　工程做法(一)~(二)　允禮
等撰　史部 政書類　879~80

공죽장　邛竹杖(7卷)　施男(淸) 撰
子部 雜家類　1176

공청관사고공　靑館詞稿(3卷)　邊浴
禮 撰　集部 詞類　1727

공총자　孔叢子(7卷)；釋文(1卷)　孔
鮒(漢) 撰；宋咸(宋) 注　子部
儒家類　932

공충록功蟲錄(2卷)；王孫經補遺(1卷)
秦偶僧(淸) 撰　子部 譜錄類
1120

과괴봉강록　夥壞封疆錄　魏應嘉
(明) 撰　史部 傳記類　537

과라전어기　果臝轉語記(1卷)　程瑤
田(淸) 撰　經部 小學類　191

과백령선생사자보　過伯齡先生四子
譜(2卷)　過文年(淸) 撰　子部
藝術類　1102

과운루서화기　過雲樓書畫記(10卷)
顧文彬(淸) 撰　子部 藝術類
1085

과장조관　科場條貫　陸深(明) 撰
史部 政書類　828

과정록　過庭錄(16卷)　宋翔鳳(淸)
撰　子部 雜家類　1157

과하잡록　過夏雜錄(6卷)；過夏續
錄(1卷)　周廣業(淸) 撰　子部
雜家類　1154

곽난론　霍亂論(2卷)　王士雄(淸) 撰
子部 醫家類　1027

곽대리유고　郭大理遺稿(8卷)　郭尙
先 撰　集部 別集類　1510

곽양정공유집　郭襄靖公遺集(30卷)
郭應聘 撰　集部 別集類　1349

관견거우　管見擧隅(1卷)　王培荀
(淸) 撰　子部 雜家類　1159

관견소급　管見所及(1卷)；補遺(1卷)
奕賡(淸) 撰　子部 雜家類　1181

관규부여　管窺附餘(1卷)　林之翰
(淸) 撰　子部 醫家類　999

관상거역전전　觀象居易傳箋(2卷)
汪師韓(淸) 撰　經部 易類　22

관상완점　觀象玩占(50卷)　李淳風
(唐) 撰　子部 術數類　1049

관색고　管色考(1卷)　徐養原(淸) 撰
經部 樂類　115

관색고　管色考(1卷)　徐養原(淸) 撰
子部 藝術類　1096

관씨역전　關氏易傳(1卷)　"題(後魏)
關朗撰, 趙㽔注(唐)"　經部 易
類　1

관씨지몽　管氏指蒙(2卷)　管輅(淸)
撰；王伋(宋)等注；汪尙갱(明)
補注　子部 術數類　1052

관아　串雅(8卷) 內編(4卷) 外編(4卷)
趙學敏(淸) 撰　子部 醫家類
1003

관원기　六十種曲120卷 : 灌園記(2
卷)　張鳳翼(明) 撰　集部 戲劇
類　1772

관원초목식　灌園草木識(6卷)　陳正
學(明) 撰　子部 譜錄類　1119

관윤자문시진경　關尹子文始眞經(9
卷)　陳顯微(宋) 注　子部 宗敎

類 1292

관윤자천현 關尹子闡玄(3卷) 杜道
堅(宋) 撰 子部 儒家類 958

관자각 管子榷(24卷) 朱長春(明)
撰 子部 法家類 970

관자교정 管子校正(24卷) 戴望(淸)
撰 子部 法家類 970

관자보 官子譜(3卷) 陶式玉(淸) 輯
子部 藝術類 1101

관자보 官子譜(不分卷) 林則徐(淸)
輯 評子 部藝術類 1101

관자의증 管子義證(8卷) 洪이煊
(淸) 撰 子部 法家類 970

관자지원편주 管子地員篇注(4卷)
王紹蘭(淸) 撰 子部 法家類
970

관자집주 管子集注(24卷) 王仁俊
(淸) 撰 子部 法家類 971

관작지 官爵志 徐石麒(淸) 撰 史
部 職官類 749

관장현형기 官場現形記(60卷) 李
寶嘉 撰 集部 小說類 1800

관중금석기 關中金石記 畢沅(淸)
撰 史部 金石類 908

관중금석문자존일고 關中金石文字
存逸考 毛鳳枝 撰 史部 金
石類 908

관중릉묘지 關中陵墓志 祁光宗
撰 史部 地理類 720

관중석각문자신편 關中石刻文字新
編 毛鳳枝 撰 史部 金石類
909

관학편 關學編 馮從吾 撰 ; 王心
敬 等增補 史部 傳記類 515

관혜필기 丱兮筆記(2卷) 管庭芬

(淸) 撰 子部 雜家類 1140

괄담 括談(2卷) 奕賡(淸) 撰 子部
雜家類 1181

괄이지 括異志(10卷) 張師正(宋)
撰 子部 小說家類 1264

괄창금석지 栝蒼金石志 ; 續栝蒼
金石志 李遇孫(淸) 撰; 鄒柏森
校補 史部 金石類 911~12

광계당문집 光啓堂文集(不分卷)
方孝標 撰 集部 別集類 1405

광고사어양삼롱 狂鼓史漁陽三弄
王衡 撰 集部 戲劇類 1764

광금석운부 廣金石韻府(5卷) 字略(1
卷) "朱雲原(明)輯, 林尙葵廣
(淸)輯, 李根校正" 經部 小學
類 238

광동신어 廣東新語 屈大均 撰
史部 地理類 734

광동통지 道光'廣東通志(一)~(七)
阮元(淸)修 ; 陳昌齊(淸) 等纂
史部 地理類 669~75

광릉사략 廣陵事略 姚文田(淸) 輯
史部 地理類 699

광릉월 盛明雜劇初集 : 卷二十五
廣陵月 徐懷 撰 集部 戲劇
類 1764

광사 廣社(不分卷) 張雲龍(明) 撰
子部 雜家類 1186

광사유부 廣事類賦(40卷) 華希閔
(淸) 輯 子部 類書類 1248

광서명승지 廣西名勝志 曹學佺
(明) 撰 史部 地理類 735

광서통지 嘉慶'廣西通志(一)~(四)
謝啓昆(淸) 修 ;胡虔(淸) 纂 史
部 地理類 677~80

광석명　廣釋名(2卷)　張金吾(淸)　撰
　　經部　小學類　190

광속방언　廣續方言　程先甲(淸)　撰
　　經部　小學類　194

광아소의　廣雅疏義(25卷)　錢大昭
　　(淸)　撰　經部　小學類　190

광아소증　廣雅疏證(10卷)　博雅音(10
　　卷)　"王念孫, 王引之(淸)　撰"
　　經部　小學類　191

광아소증보정　廣雅疏證補正(1卷)
　　"王念孫, 王引之(淸)　撰"　經部
　　小學類　191

광여도　廣輿圖　"朱思本　撰；羅
　　洪先, 胡松　增補"　史部　地理
　　類　586

광염이편　廣艷異編(35卷)　吳大震
　　(明)　輯　子部　小說家類　1267

광예주쌍즙　廣藝舟雙楫(6卷)　康有
　　爲　撰　子部　藝術類　1089

광온역논　廣瘟疫論(4卷)；末(1卷)
　　戴天章(淸)　撰　　子部　醫家類
　　1003

광원유산연보　廣元遺山年譜　李光
　　廷　撰　史部　傳記類　552

광잠상설집보　廣蠶桑說輯補(2卷)
　　沈練(淸)　撰；仲學輅(淸)　輯補
　　子部　農家類　978

광잠연당설문답문소증　廣潛研堂說
　　文答問疏證(8卷)　承培元(淸)　撰
　　經部　小學類　221

광주영강등포대공정　廣州永康等砲
　　臺工程　顧炳章　等輯　史部
　　政書類　860

광주인물전　廣州人物傳　黃佐(明)
　　撰　史部　傳記類　549

광주주방사의　廣州駐防事宜　慶保
　　輯　史部　政書類　860

광죽보　廣粥譜(1卷)　黃雲鵠(淸)　撰
　　子部　譜錄類　1115

광집사은선생증정남구궁사보　廣輯
詞隱先生增定南九宮詞譜(26卷)　　沈
　　璟　撰；沈自晉　重定　集部　曲
　　類　1747～48

광청량전　廣淸凉傳　(釋)延一撰
　　史部　地理類　718

괘기직일고　卦氣直日考(1卷)　兪越
　　(淸)　撰　經部　易類　34

괘기표　卦氣表(1卷)卦氣證(1卷)　蔣
　　湘南(淸)　撰　經部　易類　32

괘기해　卦氣解(1篇)　壯存興(淸)　撰
　　經部　易類　23

괘본도고　卦本圖考(1卷)　胡秉虔
　　(淸)　撰　經部　易類　28

괘의일득　卦義一得(2卷)　來集之
　　(淸)　撰　經部　易類　17

괴야선생존사고　槐野先生存思稿(3
　　8卷)　王維楨　撰　集部　別集類
　　1344

괴음집　愧瘖集(21卷)　林大輅　撰
　　集部　別集類　1338～39

괴청재필　槐廳載筆(20卷)　法式善
　　(淸)　撰　子部　雜家類　1178

교가서　敎稼書(1卷)　孫宅揆(淸)　撰
　　子部　農家類　975

교간목경대성　校刊目經大成(3卷)；
　　首(1卷)　黃庭鏡(淸)　撰　子部
　　醫家類　1018

교감기　校勘記(1卷)　麗大坤(淸)　撰
　　經部　小學類　247

교감기　校勘記(3卷)　王士駿(淸)　撰

經部 禮類　110

교경경문고　校經廎文槀(18卷)　李富孫 撰　集部 別集類　1489

교기　校記(1卷)　戴姜福 撰　經部 小學類　247

교례당　校禮堂(14卷)　撰者未詳　集部 別集類　1480

교몽부소금　喬夢符小令(1卷)　〞喬吉, 李開先 輯〞　集部 曲類　1738

교빈여항의　校邠廬抗議(2卷)　馮桂芬(淸) 撰　子部 儒家類　952

교사고변　郊社考辨(1卷)　李塨(淸) 撰　經部 禮類　108

교서잡기　橋西雜記(1卷)　葉名澧(淸) 撰　子部 雜家類　1181

교수통의　校讐通義　章學誠(淸) 撰　史部 目錄類　930

교식역서　交食曆書(1卷)　南懷仁(淸) 撰　子部 天文算法類　1040

교식통궤　交食通軌(1卷)　黃道時制　子部 天文算法類　1031

교여유규　教女遺規(3卷)　撰者未詳　子部 儒家類　951

교영　喬影(1卷)　吳藻 撰　集部 戲劇類　1768

교요서론　教要序論(1卷)　南懷仁(比) 撰　子部 宗教類　1296

교정공씨대대예기보주　校正孔氏大戴禮記補注(13卷)　王樹枬(淸) 撰　經部 禮類　108

교정원성무친정록　校正元聖武親征錄　何秋濤(淸)校正 ; 王國維校注　史部 雜史類　423

교채중랑집소증십권외집소증　校蔡中郎集疏證(10卷) 外集疏證(1卷)　蔡邕(漢) 撰 ; 吳志忠(淸) 疏證　集部 別集類　1303

교취헌필기　交翠軒筆記(4卷)　沈濤(淸) 撰　子部 雜家類　1158

교태운　交泰韻(不分卷)　呂坤(明) 撰　經部 小學類　251

교향당도고보증찰기　校鄉黨圖考補證札記(1卷)　張庭詩(淸) 撰　經部 四書類　157

교환록　巧換綠(1卷)　唐英 撰　集部 戲劇類　1766

구가일상변증　九家逸象辨證(1卷)　紀磊(淸) 撰　經部 易類　35

구경의난　九經疑難(10卷)　張文伯(宋) 撰　經部 群經總義類　171

구계잡저　句溪雜著(6卷)　陳立(淸) 撰　經部 群經總義類　176

구고록예설　求古錄禮說(16卷) 補遺(1卷) 金鶚(淸) 撰　經部 禮類　110

구고산술　勾股算術(2卷)　顧應祥(明) 撰　子部 天文算法類　1044

구고할환기　勾股割環記(3卷)　戴震(淸) 撰 ; 吳思孝(淸) 注　子部 天文算法類　1045

구고할환전의도　勾股割環全義圖(1卷)　戴震(淸) 撰　子部 天文算法類　1045

구공산방역문　九公山房易問(2卷)　郝錦(明) 撰　經部 易類　16

구국지　九國志　路振(宋) 撰　史部 別史類　333

구궐재독서록　求闕齋讀書錄(10卷)　曾國藩(淸) 撰　子部 雜家類

1161

구궐재일기유초　求闕齋日記類鈔　曾國藩(淸)　撰；王啓原　輯　史部　傳記類　559

구궐재제자기　求闕齋弟子記　王定安(淸)　撰　史部　傳記類　551

구기고의술　九旗古義述(1卷)　孫詒讓(淸)　撰　經部　禮類　85

구당서교감기　舊唐書校勘記(一)～(二)　羅士琳(淸)　撰　史部　正史類　283～84

구당서일문　舊唐書逸文　岑建功　輯　史部　正史類　285

구독연서록　毆藘燃犀錄(不分卷)　燃犀道人(淸)　撰　子部　醫家類　1006

구매촌시집　九梅村詩集(20卷)　魏變均　撰　集部　別集類　1539

구문과재문집　求聞過齋文集(4卷)　朱方增　撰　集部　別集類　1501

구문과재시집　求聞過齋詩集(6卷)　朱方增　撰　集部　別集類　1501

구문달공문집　裘文達公文集(6卷)補遺(1卷)裘文達公詩集(18卷)　裘日修　撰　集部　別集類　1441

구법비전　灸法秘傳(1卷)；首(1卷)雷豐(淸)　撰　子部　醫家類　997

구봉선생집　九峰先生集(3卷)首(1卷)附錄(1卷)　區仕衡　撰　集部　別集類1320

구북시화구　北詩話(12卷)　趙翼(淸)　撰　集部　詩文評類　1704

구북집구　北集五(13卷)　趙翼(淸)　撰　集部　別集類　1446～47

구서　訄書(63篇)　章炳麟(淸)　撰

구선신기비보　臞仙神奇秘譜(3卷)　朱權(明)　輯　子部　藝術類　1092

구세쇄사　九勢碎事(1卷)　程瑤田(淸)　撰　子部　藝術類　1068

구시당문집　求是堂文集(6卷)首(1卷)駢體文(2卷)　胡承珙(淸)　撰　集部　別集類　1500

구시당시집　求是堂詩集(22卷)　胡承珙(淸)　撰　集部　別集類　1500

구약별집　九籥別集(4卷)　宋懋澄　撰　集部　別集類　1374

구약집　九籥集(47卷)　宋楙澄　撰　集部　別集類　1373～74

구연선생유집　九煙先生遺集(6卷)　周星　撰　集部　別集類　1399

구오대사고이　舊五代史考異　邵晉涵(淸)　撰　史部　正史類　290

구익재문집　求益齋文集(8卷)　强汝詢　撰　集部　別集類　1553

구일산술　求一算術(3卷)　張敦仁(淸)　撰　子部　天文算法類　1045

구일술통해　求一術通解(2卷)　黃遵憲(淸)　撰　子部　天文算法類　1047

구장산경　九章算經(9卷)　劉徽(晉)　注；李淳風(唐)　釋　子部　天文算法類　1041

구장산술세초도설　九章算術細草圖說(9卷)　李潢(淸)　撰　子部　天文算法類　1041

구장상주비류산법대전　九章詳註比類算法大全(10卷)　吳敬(明)　撰　子部　天文算法類　1043

구정역인　九正易因(不分卷)　李贄

(明) 撰　經部 易類　9

구충선공집　瞿忠宣公集(10卷)　瞿
式耜　撰　集部 別集類　1375

구편쇄언　求偏瑣言(10卷)　費啓泰
(淸) 撰　子部 醫家類　1011

구표첩술　求表捷術(9卷)　戴煦(淸)
撰　子部 天文算法類　1047

구피어화　鷗陂漁話(6卷)　葉廷琯
(淸) 撰　子部 雜家類　1163

구혁강리소기　溝洫疆理小記(1卷)
程瑤田(淸) 撰　經部 禮類　80

구황간역서　救荒簡易書(4卷)　郭雲
陞(淸) 撰　子部 農家類　976

구황야보　救荒野譜(1卷)　姚可成
(明) 撰　子部 農家類　977

구황활민류요　救荒活民類要　張光
大　撰　史 部政書類　846

구효자현모부인시잡극　救孝子賢母
不認屍雜劇　王仲文 撰　集部
戲劇類　1761

국권　國權(不分卷)1～6　談遷(淸)
撰　史部 編年類　358～63

국맥민천　國脈民天(1卷)　耿蔭樓
(明) 撰　子部 農家類　976

국보　菊譜(1卷)　周履靖(明) 撰　子
部 譜錄類　1116

국사경적지　國史經籍志　焦竑 撰
史部 目錄類　916

국사고이　國史考異　潘檉章 撰
史部 史評類　452

국사유의　國史唯疑　王景旸(明) 撰
史部 雜史類　432

국어익해　國語翼解　陳瑑(淸) 撰
史部 雜史類　422

국어정의　國語正義　董增齡(淸) 撰

史部 雜史類　422

국자감지　國子監志(一)～(二)　文慶
等撰　史部 職官類　751～52

국조궁사속편　國朝宮史續編(一)～
(二)　慶桂 等輯　史 部政書類
824～25

국조규각시초　國朝閨閣詩鈔(100卷)
蔡殿齊 編　集部 總集類　1626

국조기보시전　國朝畿輔詩傳(60卷)
陶樑輯　集部 總集類　1681

국조대사기　國朝大事記　金象豫
(淸) 撰　史部 紀事本末類　390

국조만주몽고어사제명　國朝滿洲蒙
古御史題名　蘇芳阿 撰　史部
職官類　751

국조문록속편　"國朝文錄續編(66卷)
附邁堂文略(4卷)(姚端恪公文錄,
變雅堂文錄, 白茅堂文錄, 砥齋
文錄, 聰山文錄, 改亭文錄, 魏
伯子文錄, 河東文錄, 楡溪文錄,
庸書文錄, 白石山房文錄, 三魚
堂文錄, 蒼峴山人文錄, 談園文
錄, 百尺梧桐閣文錄, 飴山文錄,
下儀堂文錄,趙忠毅公文錄,　白
田草堂文錄, 梅莊文錄, 梅崖居
士集文錄, 四知堂文錄, 鷦鷯先
生文錄, 雙桂堂文錄, 松泉文錄,
集虛齋文錄, 歸芋文錄, 果堂文
錄,　培遠堂文錄,　香國集文錄,
小倉山房文錄,　尊聞居士文錄,
叢桂堂文錄, 海崖文錄, 切問齋
文錄, 經韻樓集文錄, 更生齋文
錄,頤綵堂文錄, 운山堂文錄, 竹
香齋文錄, 養一齋文錄, 鑑芝水
齋文錄, 雀硯齋文錄, 雕古集文

錄, 崇百藥齋文錄, 學福齋文錄,
左海文錄, 存吾文集錄, 邃雅堂
文錄)″ 李祖陶輯　集部　總集類
1671~72

국조문록팔　″國朝文錄(82卷) (學士
文集錄, 亭林文錄, 石莊先生文
錄, 南雷文錄, 壯悔堂文錄, 恥
躬堂文錄, 四照堂文錄, 湘帆堂
文錄, 水田居文錄, 潛庵先生遺
棠文錄, 愚山先生文錄, 牛亭文
錄, 張文貞公文錄, 帶經堂集文
錄, 鄭靜庵先生文錄, 榕村全集
文錄卷一,　榕村全集文錄卷二,
西陂類稿文錄,　잠園未定藁文
錄,　居業齋文錄,　邵靑門文錄,
朱文端公文集, 二希堂文錄, 孫
文定公文錄, 鮚埼亭集文錄, 紫
竹山房文集, 鹿洲文錄, 白鶴堂
文錄, 南庄類稿文錄, 海峰先生
文錄, 潛研堂文錄, 惜抱軒先生
文選,紀文達公文錄,　淸獻堂文
錄,　忠雅堂文錄,　二林居文錄,
厚岡文集,　陶士升先生萸江文
錄,　劉寄庵文錄,　知恥齋文錄,
惕園初고文)″ 李祖陶輯　集部
總集類　1669~70

국조문회갑전집國朝文匯甲前集(20
卷) ″沈粹芬, 黃人 等輯″　集
部 總集類　1672~6

국조병체정종　″國朝騈體正宗(12卷),
續編(8卷)″ 曾煜 輯　集部 總
集類　1668

국조사종　國朝詞綜(48卷) 國朝詞綜
二集(8卷)　國朝詞綜續編(24卷)
國朝詞綜補(58卷)　王昶 輯　集

部 詞類　1731

국조상주병체문록　國朝常州騈體文
錄(31卷)　附結一宧騈體文(1卷)
屠寄 輯　集部 總集類　1693

국조서인집략　國朝書人輯略(11卷);
首(1卷)　震鈞(淸) 輯　子部 藝
術類　1089

국조선생사략　國朝先生事略(一)~
(二); 國朝先生事略補編　李元
度輯 史部 傳記類　538~39

국조시인징략　國朝詩人徵略(60卷)
張維屛 輯　集部 詩文評類
1712~13

국조시탁　國朝詩鐸(26卷) 首(1卷)
張應昌(淸) 撰　集部 總集類
1627~28

국조시화보　國朝詩話補(1卷) 彭端
淑 撰 集部 詩文評類　1700

국조어사제명　國朝御史題名 黃叔
璥 撰; 戴璐等續補　史部 職
官類　751

국조열경기　國朝列卿紀(一)~(三)
雷禮 輯 史部 傳記類　522~24

국조주소　國朝奏疏(一)~(二)　朱樨
輯 史部 詔令奏議類　471~72

국조한학사승기　國朝漢學師承記(8
卷) 江藩(淸) 撰　經部 群經總
義類　179

국조화식　國朝畫識(17卷)　馮金伯
(淸) 撰 子部 藝術類　1081

국조화징보록　國朝畫徵補錄(2卷)
劉瑗(淸) 撰 子部 藝術類　1067

국책지명고　國策地名考(1~2)　程
恩澤撰; 狄子奇(淸) 箋　史部
雜史類　422~23

국책편년 國策編年 顧觀光(淸) 撰
史部 雜史類 422

국통악부 鞠通樂府(5卷) 沈自晉
撰 集部 曲類 1739

국파총화 菊坡叢話(26卷) 單宇 輯
集部 詩文評類 1695

군경궁실도 群經宮室圖(2卷) 焦循
(淸) 撰 經部 群經總義類 173

군경설 群經說(4卷) 黃以周(淸) 撰
經部 群經總義類 178

군경식소 群經識小(8卷) 李惇(淸)
撰 經部 群經總義類 173

군경의증 群經義證(8卷) 武億(淸)
撰 經部 群經總義類 173

군경평의 群經平議(35卷) 俞越(淸)
撰 經部 群經總義類 178

군고록 군古錄 吳式芬(淸) 撰 史
部 金石類 895

군고록금문 군古錄金文 吳式芬
(淸) 撰 史部 金石類 902

군기권계론 群己權界論(2卷) 穆勒
(英) 撰 ; 嚴復 譯 子部 西學
譯著類 1298

군물기제 群物奇制(1卷) 周履靖
(明) 撰 子部 雜家類 1185

군서습보 群書拾補(不分卷) 盧文
초(淸) 撰 子部 雜家類 1149

군서유편고사 群書類編故事(24卷)
王罃(明) 輯 子部 類書類 1224

군서의변 群書疑辨(12卷) 萬斯同
(淸) 撰 子部 雜家類 1145

군서찰기 群書札記(16卷) 朱亦棟
(淸) 撰 子部 雜家類 1155

군서치요 群書治要(50卷) 魏徵(唐)
撰 子部 雜家類 1187

군서통요 群書通要(73卷) 撰者未
詳 子部 類書類 1224

군정비례 軍政備例 趙堂 撰 史
部 政書類 852

군정사의 軍政事宜 龐尙鵬 撰
史部 政書類 852

군정조례류고 軍政條例類考 霍翼
輯 史部 政書類 852

군학이언 群學肄言(2卷) 斯賓塞爾
(英) 撰 ; 嚴復 譯 子部 西學
譯著類 1298

굴부미 屈賦微(2卷) 馬其昶(淸) 撰
集部 楚辭類 1302

굴사정의 屈辭精義(6卷) 陳本禮
(淸) 撰 集部 楚辭類 1302

굴소지장 屈騷指掌(4卷) 胡文英
(淸) 撰 集部 楚辭類 1302

굴원부대씨주음의 屈原賦戴氏注音
義(3卷) 汪梧鳳(淸) 撰 集部
楚辭類 1302

굴원부대씨주칠권통석 屈原賦戴氏
注(7卷)通釋(2卷) 戴震(淸) 撰
集部 楚辭類 1302

굴원전 屈原傳(1卷) 陸時雍(明) 撰
集部 楚辭類 1301

권농서 勸農書(1卷) 袁黃(明) 撰
子部 農家類 975

권비문견록 拳匪聞見錄 管鶴 撰
史部 雜史類 446

권포시식기 倦圃蒔植記(3卷) ; 總
論(2卷) 曹溶(淸) 撰 子部 譜
錄類 1119

궐리문헌고 闕理文獻考 孔繼汾
(淸) 撰 史部 傳記類 512

궐목 闕目(1卷) 嚴可均(淸) 輯 子

部 雜家類 1188

귀곡자 鬼谷子(3卷) 陶弘景(梁) 注 ; 秦恩復(淸) 輯 子部 雜家類 1121

귀동 鬼董(5卷) 撰者未詳 子部 小說家類 1266

귀박감총고 歸樸龕叢稿(12卷) 續編 (4卷) 彭蘊章 撰 集部 別集類 1518

귀박재시초 歸樸齋詩鈔(4卷) 曾紀澤 撰 集部 別集類 1562

귀우시초 歸愚詩鈔(20卷) 沈德潛 撰 集部 別集類 1424

귀우시초여집 歸愚詩鈔餘集(10卷) 沈德潛 撰 集部 別集類 1424

귀적총담 歸跡叢談(11卷) 梁章鉅 (淸) 撰 子部 雜家類 1179

귀전쇄기 歸田瑣記(8卷) 梁章鉅 (淸) 撰 子部 雜家類 1179

귀전시화 歸田詩話(3卷) 瞿佑 撰 集部 詩文評類 1694

귀현공유저 歸玄恭遺著(1卷) 詩鈔(1 卷) 歸莊 撰 集部 別集類 1401

규염옹 盛明雜劇二集 : 卷二十二 虬髯翁 凌濛初 撰 集部 戲劇類 1765

균재만록 筠齋漫錄(10卷) ; 續集(2 卷) ; 別集(1卷) 黃學海(明) 撰 子部 雜家類 1127

균조 均藻(4卷) 楊愼(明) 輯 子部 類書類 1232

균천악 鈞天樂(2卷) 尤侗 撰 集部 戲劇類 1775

균청관금석문자 筠淸館金石文字 吳榮光(淸) 撰 史部 金石類 902

균헌문초 筠軒文鈔(8卷) 洪頤煊 (淸) 撰 集部 別集類 1489

귤보 橘譜(1卷) 諸匡鼎(淸) 撰 子部 譜錄類 1116

귤주문집 橘洲文集(10卷) (釋)寶曇 撰 集部 別集類 1318

귤중비 橘中秘(4卷) 朱晉楨(明) 輯 子部 藝術類 1105

극광정잡식 隙光亭雜識(6卷) 揆敍 (淸) 撰 子部 雜家類 1146

극설 劇說(6卷) 焦循(淸) 撰 集部 曲類 1758~59

극암선생존덕성재소집 克庵先生尊德性齋小集(3卷) 補遺(1卷) 程洵 撰 集部 別集類 1318

근계나선생일관편 近溪羅先生一貫編(11卷) 羅汝芳(明) 撰 ; 熊儨 (明) 輯 子部 雜家類 1126

근계자명도록 近溪子明道錄(8卷) 羅汝芳(明) 撰 子部 雜家類 1127

근사록보주 近思錄補注(14卷) 陳沆(淸) 撰 子部 儒家類 934~ 35

근사록집해 近思錄集解(14卷) 葉采(宋) 撰 子部 儒家類 934

근여문독 勤餘文牘(6卷) 首(1卷) 續編(2卷) 陳錦 撰 集部 別集類 1548

근종양면설 勤種洋棉說 朱祖榮 撰 子部 農家類 977

근학편 勤學篇(2卷) 張之洞(淸) 撰 子部 儒家類 953

금경내대방의　　金鏡內臺方議(12卷)
許宏(明) 撰　子部 醫家類　985

금고학고　今古學考(2卷)　류平(淸)
撰　經部 群經總義類　179

금궤심전　金匱懸解(28卷)　尤怡(淸)
撰　子部 醫家類　989

금궤옥함경　金匱玉函經(8卷)　張機
(漢) 撰 ; 林億(宋) 等校正　子
部 醫家類　984

금궤옥함경이주　　金匱玉函經二注(2
3卷) 趙良仁(元) 衍義 ; 周揚俊
(淸) 補注　子部 醫家類　989

금궤요략　金匱要略(4卷)　張機(漢)
撰 ; 張志聰(淸) 注　子部 醫家
類　983

금궤요략방론본의　　金匱要略方論本
義(23卷)　魏려彤(淸) 撰　子部
醫家類　989

금궤요략직해　金匱要略直解(4卷)
程林(淸) 撰　子部 醫家類　988

금궤요략편주　金匱要略編注(25卷)
沈明宗(淸) 撰　子部 醫家類
988

금궤요약광주　金匱要略廣注(4卷)
李문(淸) 撰　子部 醫家類　989

금궤익　金匱翼(8卷)　尤怡(淸) 撰
子部 醫家類　1006

금궤현해　金匱懸解(22卷)　黃元御
(淸) 撰　子部 醫家類　988

금단정리대전제진현오집성　金丹正
理大全諸眞玄奧集成(9卷)　口
涵蟾子 輯　子部 宗敎類　1295

금렴집　金奩集(1卷)　溫庭筠 撰
集部 詞類　1728

금뢰자　金罍子(44卷)　陳絳(明) 撰

子部 雜家類　1124

금률보　琴律譜(1卷)　陳澧(淸) 撰
子部 藝術類　1095

금릉계갑기사략　　金陵癸甲紀事略
謝介鶴 撰　史部 雜史類　446

금릉범찰지　金陵梵刹志(一)～(二)
葛寅亮(明) 撰　史部 地理類
718～19

금릉잡사시金陵雜事詩(1卷)　　袁昶
撰　集部 別集類　1565

금릉현관지　金陵玄觀志　葛寅亮
(明) 撰　史部 地理類　719

금문극　盛明雜劇三集:卷八金門戟
茅僧曇 撰　集部 戲劇類　1765

금문상서경설고　今文尚書經說考(3
2卷)首(1卷)敘錄(1卷)　陳喬樅(淸)
撰　經部 書類　49

금문상서고증　今文尚書考證(30卷)
皮錫瑞(淸) 撰　經部 書類　51

금문정공북정록　金文靖公北征錄
金幼孜(明) 撰　史部 雜史類
433

금문주역연의　″今文周易演義(12卷),
首(1卷)″　徐師曾(明) 撰　經部
易類　9

금문최　″金文最(60卷), 金文最拾遺
(1卷)″　張金吾(淸) 輯　集部 總
集類　1654

금백화당문집　今白華堂文集(32卷)
童槐 撰　集部 別集類　1498

금백화당시록　今白華堂詩錄(8卷)
今白華堂詩集(2卷)　童槐 撰
集部 別集類　1498

금백화당시록보　今白華堂詩錄補(8
卷)　童槐 撰　集部 別集類

1498

금보신성　琴譜新聲(6卷)；指法(1卷)
；琴說(1卷)；鼓琴八則(1卷)　曹
尙絅(淸)　等輯　子部　藝術類
1095

금보지법　琴譜指法(2卷)　徐常遇
(淸)　輯　子部　藝術類　1094

금사기사본말　金史紀事本末(一)～
(二)　李有棠　撰　史部　紀事本
末類　388～89

금사상교　金史詳校　施國祁　撰
史部　正史類　293

금사초집　今詞初集(2卷)　〞顧貞觀,
納蘭性德　輯〞　集部　詞類　1729

금서대전　琴書大全(22卷)　蔣克謙
(明)　輯　子部　藝術類　1092～93

금서전습록　金薯傳習錄(2卷)　陳世
元(淸)　撰　子部　農家類　977

금석록보　金石錄補　葉奕苞　撰
史部　金石類　901

금석문자변이　金石文字辨異(20卷)
邢澍(淸)　撰　經部　小學類　23
9～40

금석삼발　金石三跋；授堂金石文
字續跋　武億(淸)　撰　史部　金
石類　892

금석색　金石索　〞馮雲鵬, 馮雲鷴
輯〞　史部　金石類　894

금석속편　金石續編　陸耀遹　撰
史部　金石類　893

금석원　金石苑(一)～(二)　劉喜海
撰　史部　金石類　894～95

금석췌편　金石萃編(一)～(六)；金石
萃編未刻稿　王昶　撰　史部
金石類　886～91

금석췌편보략　金石萃編補略　王言
撰　史部　金石類　891

금석췌편보정　金石萃編補正　方履
籛　撰　史部　金石類　891

금석학녹　金石學錄　李遇孫(淸)　撰
史部　金石類　894

금석학록보　金石學錄補　陸心源
(淸)　撰　史部　金石類　901

금석후록　金石後錄　錢大昕(淸)　撰
史部　金石類　892

금세설　今世說(8卷)　王晫(淸)　撰
子部　雜家類　1175

금속산방시초　金粟山房詩鈔(10卷)
朱嶟瀛　撰　集部　別集類　1564

금속전설　金粟箋說(1卷)　張燕昌
(淸)　撰　子部　譜錄類　1115

금수경　今水經　黃宗羲(淸)　撰　史
部　地理類　727

금수교진림포장합잡극　金水橋陳琳
抱粧盒雜劇　撰者未詳　集部
戲劇類　1762

금수만화별집　錦繡萬花別集(30卷)
撰者未詳　子部　類書類　1217

금슬사　錦瑟詞(3卷)　汪懋麟　撰
集部　詞類　1725

금심기　六十種曲120卷：琴心記(2
卷)　孫柚　撰　集部　戲劇類
1770

금악고　今樂考(12卷)　姚燮　撰　集
部　曲類　1759

금어도보　金魚圖譜(1卷)　句曲山農
(淸)　撰　子部　譜錄類　1120

금연기　六十種曲120卷：金蓮記(2
卷)　陳汝元　撰　集部　戲劇類
1771

금운당암정연환계잡극　錦雲堂暗定
連環計雜劇　撰者未詳　集部
戱劇類　1762

금율지장　琴律指掌(不分卷)　婁啓
衍(淸)　撰　子部　藝術類　1095

금은원시집　琴隱園詩集(36卷)　湯
貽汾(淸)　撰　集部　別集類　1502

금의지　錦衣志　王世貞(明)　撰　史
部　職官類　749

금작기　六十種曲120卷 : 金雀記(2
卷)　焚香記(2卷)　王玉峯　撰
集部　戱劇類　1768

금전기　六十種曲120卷 : 錦箋記(2
卷)　周履靖　撰　集部　戱劇類
1772

금전기　金錢記　喬吉　撰　集部　戱
劇類　1763

금조　琴操(2卷) ; 補遺(1卷)　蔡邕
(漢)　撰 ; 孫星衍(淸)　校輯　子
部　藝術類　1092

금창철선산방　金瘡鐵扇散方(1卷)
撰者未詳　子部　醫家類　1013

금충술　禽蟲述(1卷)　袁達(明)　撰
子部　譜錄類　1120

금학내편　琴學內篇(1卷) ; 外篇(1卷)
曹庭棟(淸)　撰　子部　藝術類
1095

금학심성해보　琴學心聲諧譜(2卷)
莊臻鳳(淸)　撰　子部　藝術類
1094

금호칠묵　金壺七墨(18卷)　黃鈞宰
(淸)　撰　子部　雜家類　1183

금화징헌략　金華徵獻略　王崇炳
撰　史部　傳記類　547

금화황선생문집　金華黃先生文集(4

3卷)　黃溍　撰　集部　別集類
1323

금훼서목　禁毀書目　撰者未詳　史
部　目錄類　921

급고각설문정　汲古閣說文訂　段玉
裁(淸)　撰　經部　小學類　204

급고각진장비본서목　汲古閣珍藏秘
本書目　毛扆　藏竝撰　史部
目錄類　920

급총기년존진　汲冢紀年存眞　周石
曾(淸)　撰　史部　編年類　336

급취장고이　急就章考異(1卷)　孫星
衍(淸)　撰　經部　小學類　243

기결　棋訣(1卷)　劉仲甫(宋)　撰　子
部　藝術類　1097

기경　棋經(1卷)　張擬(宋)　撰　子部
藝術類　1097

기경주　棋經注(1卷)　蘇之軾(明)　撰
子部　藝術類　1098

기고경문집　奇觚頠文集(3卷)　外集(1
卷)　葉昌熾　撰　集部　別集類
1575

기고경시집　奇觚頠詩集(3卷)　前集(1
卷)　補遺(1卷)　葉昌熾　撰　集
部　別集類　1575

기고실길금문술　奇觚室吉金文述
劉心源　撰　史部　金石類　903

기기곡양폐질　起起穀梁廢疾(1卷)
″廖 平撰, 廖宗澤補疏″　經部
春秋類　133

기당적고　陭堂摘藁(16卷)　許應元
撰　集部　別集類　1342

기력촬요　紀曆撮要(1卷)　婁元禮
(明)　撰　子部　農家類　975

기묘전상주석서상기　奇妙全相註釋

西廂記(5卷)卷首題詠(1卷) 〝王
實甫, 關漢卿 撰〞 集部 戲劇
類 1765

기문달공유집 〝紀文達公遺集(32卷)
文(16卷), 詩(16卷)〞 紀昀(淸) 撰
集部 別集類 1435

기미사과록 己未詞科錄 秦瀛(淸)
撰 史部 傳記類 537

기보수리의 畿輔水利議 林則徐
(淸) 撰 史部 政書類 851

기보안란지 畿輔安瀾志(一)~(二)
王履泰 撰 史部 政書類 84
8~49

기보인물지 畿輔人物志 孫承澤
(淸) 撰 史部 傳記類 540

기보통지 畿輔通志 李鴻章(淸) 等
修 ; 黃彭年 等纂 史部 地理
類 628~40

기암시문초 寄庵詩文鈔(33卷) 劉
大紳(淸) 撰 集部 別集類 1473

기원기소기 寄園寄所寄(12卷) 趙
吉士(淸) 輯 子部 雜家類 119
6~97

기원패사 磯園稗史(3卷) 孫繼芳
(明) 撰 子部 雜家類 1170

기원편 紀元編 李兆洛撰 史部
政書類 826

기월집기 冀越集記(2卷) 熊太古
(元) 撰 子部 雜家類 1166

기이문존 寄簃文存(8卷) 沈家本
撰 集部 別集類 1563

기자명 奇字名(2卷) 李調元(淸) 撰
經部 小學類 191

기저비담 寄楮備談(1卷) 奕賡(淸)
撰 子部 雜家類 1181

기정연 盛明雜劇三集 ： 卷二十八
旗亭讌 張龍文 撰 集部 戲
劇類 1765

기정외서 幾亭外書(9卷) 陳龍正
(明) 撰 子部 雜家類 1133

기청하관혁선 寄靑霞館弈選(8卷) ；
寄靑霞館弈續選(8卷) 王存善
(淸) 輯 子部 藝術類 1103~04

기평거사집 祇平居士集(30卷) 王
元啓 撰 集部 別集類 1430

기하원본 幾何原本(15卷) 歐幾里
得(西洋) 撰 ； 利瑪寶(意) 譯 ；
徐光啓(明) 筆受 ； 偉烈亞力(英)
續譯 ； 李善蘭(淸) 筆受 子部
西學譯著類 1300

긴애고록 菣厓考錄(4卷) 鍾懷(淸)
撰 子部 雜家類 1156

길기정시집 鮚埼亭詩集(10卷) 全
祖望(淸) 撰 集部 別集類 1429

길기정집 鮚埼亭集(38卷)年譜(1卷)
全祖望(淸) 撰 集部 別集類
1428~29

길기정집외편 鮚埼亭集外編(50卷)
全祖望(淸) 撰 集部 別集類
1429~30

길림외기 吉林外記 薩英額 撰
史部 地理類 731

길림통지 吉林通志(一)~(二) 〝長
順 等修 ; 李桂林, 顧雲 纂〞
史部 地理類 647~48

김문통공집 金文通公集(20卷)奏疏(6
卷)詩集(6卷)外集(8卷) 金之俊
撰 集部 別集類 1392~93

김율재선생문집 金栗齋先生文集(11
卷) 金瑤 撰 集部 別集類

ㄴ

나동천공내고　　羅東川公內稿(1卷)
　　羅僑(明) 撰　子部 儒家類　938
나동천공외고　　羅東川公外稿(1卷)
　　羅僑(明) 撰　子部 儒家類　938
나마정찰기　蘿藦亭札記(8卷)　喬松
　　年(淸) 撰　子部 雜家類　1159
나문의공주의　那文毅公奏議(一)～
　　(三)　那彦成(淸) 撰　史部 詔令
　　奏議類4　95～97
나부산지회편　羅浮山志會編　宋廣
　　業(淸) 撰　史部 地理類　725
나부치학산인시초　羅浮偖鶴山人詩
　　草(2卷)外集(1卷)　　鄭官應　撰
　　集部 別集類　1570
나이랑대료상국사잡극　羅李郎大鬧
　　相國寺雜劇　張國賓 撰　集部
　　戲劇類　1762
낙범루문집　落帆樓文集(24卷)補遺(1
　　卷)　沈垚 撰　集部 別集類
　　1525
낙원문답　濼源問答(12卷)　沈可培
　　(淸) 撰　子部 雜家類　1164
낙임해집전주　駱臨海集箋註(10卷)
　　首(1卷)末(1卷)　駱賓王 撰；陳
　　熙晉 箋注　集部 別集類　1305
낙학편　洛學編　湯斌 撰　史部 傳
　　記類　515
난경경석　難經經釋(2卷)　　徐大椿
　　(淸) 撰　子部 醫家類　983
난경정의　難經正義(9卷)；圖(不分
　　卷)　馬蒔(明) 撰　子部 醫家類

983
난경현해　　難經懸解(2卷)　　黃元御
　　(淸) 撰　子部 醫家類　983
난기　六十種曲120卷 ：　蠻記(2卷)
　　葉憲祖 撰　集部 戲劇類　1770
난사　蘭史(1卷)　馮京第(明) 輯　子
　　部 譜錄類　1116
난설당고사원정본　蘭雪堂古事苑定
　　本(12卷)　鄧志謨(淸) 撰　子部
　　類書類　1247
난역　蘭易(2卷)　馮京第(明) 輯　子
　　部 譜錄類　1116
난자직음　難字直音(1卷)　李登(明)
　　撰　經部 小學類　251
난정존고　　蘭汀存藁(8卷)附錄(1卷)
　　梁有譽 撰　集部 別集類　1348
난정지　蘭亭志　吳高增 輯　史部
　　地理類　718
난후단사집요　　爛喉丹疹輯要(1卷)
　　金德鑑(淸) 撰　子部 醫家類
　　1018
남가기　六十種曲120卷 ：　南柯記(2
　　卷)　湯顯祖 撰　集部 戲劇類
　　1770
남간문집　南澗文集(2卷)　　李文藻
　　撰　集部 別集類　1449
남강문초　南江文鈔(12卷)南江詩鈔(4
　　卷)　邵晉涵(淸) 撰　集部 別集
　　類　1463
남강일사　南疆逸史　溫睿臨(淸) 撰
　　史部 別史類　332
남강찰기　南江札記(4卷)　　邵晉涵
　　(淸) 撰　子部 雜家類　1152
남경사　南耕詞(6卷)　　曹亮武　撰
　　集部 詞類　1725

남고추선생어의합편　南皐鄒先生語
　　義合編(4卷)　鄒元標(明)　撰　子
　　部　儒家類　942

남궁주의　南宮奏議　嚴嵩　撰　史
　　部　詔令奏議類　476

남당서주　南唐書注　周在浚(淸)　撰
　　史部　別史類　333

남당이주사　南唐二主詞(1卷)　″李
　　璟, 李煜撰″　集部　詞類　1722

남대구문　南臺舊聞　黃叔璥　輯
　　史部　職官類　746

남도록　南渡錄　李淸(淸)　撰　史部
　　雜史類　443

남뢰문정　南雷文定(22卷)　黃宗羲
　　(淸)　撰　集部　別集類　1397

남뢰시역　″南雷詩曆(5卷),外文(1卷)″
　　黃宗羲(淸)　撰 ; 全祖望　輯　集
　　部　別集類　1397

남루월　盛明雜劇二集:卷七南樓月
　　許潮　撰　集部　戲劇類　1765

남병별감　南病別鑑(不分卷)　宋兆
　　淇(淸)　撰　子部　醫家類　1005

남병산인집　南屛山人集(11卷)　任
　　端書　撰　集部　別集類　1441

남병정자사지　南屛淨慈寺志　(釋)
　　大壑　撰　史部　地理類　719

남북사광운선　南北詞廣韻選(19卷)
　　徐復祚　輯　集部　曲類　1742～43

남북사표　南北史表　周嘉猷(淸)　撰
　　史部　正史類　283

남북사합주　南北史合注(1)～(5)　李
　　淸(淸)　撰　史部　正史類　278～82

남북파십삼투대곡비파신보　南北派
　　十三套大曲琵琶新譜(2卷) ; 附
　　錄(1卷)　李祖菜(淸)　輯　子部

예술류　藝術類　1096

남사서록　南詞敍錄(1卷)　徐渭　撰
　　集部　曲類　1758

남산집　南山集(14卷)補遺(3卷)　戴
　　名世　撰　集部　別集類　1419

남산집우초　南山集偶鈔(不分卷)
　　戴名世　撰　集部　別集類　1418

남선기　南船紀　沈계　撰　史部　政
　　書類　878

남순고어　南滸楛語(8卷)　蔣超伯
　　(淸)　撰　子部　雜家類　1161

남심진지　南潯鎭志　汪曰楨(淸)　撰
　　史部　地理類　717

남악총승집　南嶽總勝集　陳田夫
　　(宋)　撰　史部　地理類　725

남옹지　南雍志　黃佐(明)　撰　史部
　　職官類　749

남왕후　盛明雜劇初集 : 卷二十七
　　男王后　撰者未詳　集部　戲劇
　　類　1764

남음삼뢰　南音三籟(4卷)　凌濛初
　　輯　集部　曲類　1744

남조송회요　南朝宋會要(一)～(三)
　　朱銘盤(淸)　撰　史部　政書類
　　767～69

남조회요　南朝會要　錢儀吉(淸)　撰
　　史部　政書類　775

남주초당집　南州草堂集(30卷)首(1
　　卷)　徐釚　撰　集部　別集類
　　1415

남촌수필　南村隨筆(6卷)　陸廷燦
　　(淸)　撰　子部　雜家類　1137

남촌초당문초　南村草堂文鈔(20卷)
　　鄧顯鶴　撰　集部　別集類　1501

남하전고　南河全考　朱國盛　纂 ;

徐標 續纂　史部 地理類　729
남하지　南河志　朱國盛 纂；徐標 續纂　史部 地理類　728
남학제묵차기　南學製墨箚記(1卷) 謝松岱(淸) 撰　子部 譜錄類　1115
남한기　南漢紀　吳蘭修(淸) 撰　史部 別史類　334
남한문자략　南漢文字略　梁廷枏(淸) 撰　史部 別史類　334
남한서　南漢書　梁廷枏(淸) 撰　史部 別史類　334
남한총록　南漢叢錄　梁廷枏(淸) 撰　史部 別史類　334
남해기귀내법전　南海寄歸內法傳(4卷)　(釋)義淨(唐) 撰　子部 宗教類　1286
남해지　南海志　"陳大震, 呂桂孫 纂修"　史部 地理類　713
남호거사문발　南濠居士文跋　都穆(明) 撰　史部 目錄類　922
남화경해　南華經解(33卷)　宣穎(淸) 撰　子部 儒家類　957
남화발복　南華發覆(8卷)　(釋)性通(明)撰　子部 儒家類　957
남화진경방주　南華眞經旁注(5卷)　方虛名(明) 撰　子部 儒家類　956
남화진경부묵　南華眞經副墨(8卷)　陸西星(明) 撰　子部 宗教類　1291
남화진경순본　南華眞經循本(30卷)　羅勉道(明) 撰　子部 儒家類　956
남화진경주소　南華眞經注疏(35卷)　郭象(晉) 注 ; 成玄英(唐) 疏　子部 儒家類　955
납서영곡보정집　納書楹曲譜正集(4卷)續集(4卷)外集(2卷)補遺(4卷)納書楹四夢全譜(8卷)　葉堂 撰　集部 曲類　1756～57
낭잠기문　郎潛紀聞(14卷);郎潛二筆(16卷);郎潛三筆(12卷)　陳康祺(淸) 撰　子部 雜家類　1182
낭적삼담　浪跡三談(6卷)　梁章鉅(淸) 撰　子部 雜家類　1179
낭적속담　浪跡續談(8卷)　梁章鉅(淸) 撰　子部 雜家類　1179
내각소지내각고사　內閣小志內閣故事　葉鳳毛 撰　史部 職官類　751
내각장서목록　內閣藏書目錄　孫能傳(明) ; 張萱 等撰　史部 目錄類　917
내각주제고　內閣奏題稿　趙志皐 撰　史部 詔令奏議類　479
내각지　內閣志　席吳鰲 撰　史部 職官類　751
내경박의　內經博議(4卷)　羅美(淸) 撰　子部 醫家類　982
내경운기병석　內經運氣病釋(9卷)　陸懋修(淸) 撰　子部 醫家類　983
내경유편병석　內經遺篇病釋(1卷)　陸懋修(淸) 撰　子部 醫家類　983
내대집　內臺集(7卷)　王廷相 撰　集部 別集類　1335
내암문존　耐菴文存(6卷)首(1卷)耐菴詩存(3卷)　賀長金 撰　集部

別集類　1511

내전발례　內傳發例(1卷)　王夫之
(淸) 撰　經部 易類　18

내칙장구　內則章句(1卷)　顧陳垿
(淸) 撰　經部禮類　107

냉려의화　冷廬醫話(5卷)　陸以湉
(淸) 撰　子部 醫家類　1029

냉여잡식　冷廬雜識(8卷)；讀編(1卷)
陸以湉(淸) 撰　子部 雜家類
1140

노곡후집　怒谷後集(13卷)　李塨(淸)
撰　集部 別集類　1420

노대부추호희처잡극　魯大夫秋胡戲
妻雜劇　石君實 撰　集部 戲
劇類　1761

노례체협의소증　魯禮禘祫義疏證(1
卷) 皮錫瑞(淸) 撰　經部 禮類
112

노번집찬만휘선기기보　潞藩輯纂萬
彙仙機棋譜(10卷)　朱常淓(明)
輯 子部 藝術類　1099~100

노서　露書(14卷)　姚旅(明) 撰 子
部 雜家類　1132

노수객담　潞水客談　徐貞明 撰
史部 政書類　851

노자　老子　撰者未詳　子部 儒家
類　954

노자도덕경고본집주　老子道德經古
本集注(2卷)　范應元(宋) 撰 子
部 儒家類　954

노자본의　老子本義(2卷)　魏源(淸)
撰 子部 儒家類　954

노자상이주　老子想爾注(卷上)　張
魯(漢) 撰 子部 宗敎類　1290

노자우재구의　　老子虞齋口義(2卷)

林希逸(宋) 撰　子部 儒家類
954

노자장의　老子章義(2卷)　姚鼐(淸)
撰 子部 儒家類　954

노자집해　老子集解(2卷)　薛蕙(明)
撰 子部 儒家類　954

노잔유기　老殘遊記(20卷)二編(9卷)
外篇(殘稿)(1卷)　劉鶚 撰　集部
小說類　1800

노지춘추　魯之春秋　李聿求(淸) 撰
史部 雜史類　444

노포양언　老圃良言(1卷)　巢鳴盛
(淸) 撰　子部 農家類　976

노화서　蘆花絮(1卷)　唐英 撰　集
部 戲劇類　1767

녹구석실집　鹿裘石室集(65卷)　梅
膺祚(明) 撰　集部 別集類　137
8~79

녹귀부　錄鬼簿(2卷)　鍾嗣成 撰
集部 曲類　1759

녹귀부속편　錄鬼簿續編(1卷)　錄鬼
簿續編　集部 曲類　1759

녹대제화고　麓臺題畫稿(1卷)　王原
祁(淸) 撰　子部 藝術類　1066

녹우아술편　菉友蛾術編(2卷)　王均
(淸) 撰　子部 雜家類　1159

녹의초당문집　綠漪草堂文集(30卷)
首(1卷)外集(2卷)別集(2卷)綠湀草
堂詩集(20卷)硏華館詞(3卷)　羅
汝懷 撰　集部 別集類　1530~
31

녹이기　錄異記(8卷)　杜光庭(五代)
撰 子部 小說家類　1264

녹천서사존초　綠天書舍存草(6卷)
錢楷 撰　集部 別集類　1483

녹충절공집　鹿忠節公集(21卷)　鹿善繼 撰　集部 別集類　1373

논곡　論曲(1卷)　陶宗儀 等撰　集部 戲劇類　1760～62

논어경정록　論語經正錄(20卷)　王肇晉(淸) 撰　經部 四書類　156

논어계　論語稽(20卷)　宦懋庸(淸) 撰　經部 四書類　157

논어고　論語考(1卷)　藩維城(淸) 撰　經部 四書類　154

논어고주집전　論語古注集箋(10卷)附(1卷)　藩維城(淸) 撰　經部 四書類　154

논어고훈　論語古訓(10卷)附(1卷)　陳鱣(淸) 撰　經部 四書類　154

논어공주증위　論語孔注證僞(2卷)　丁晏(淸) 撰　經部 四書類　156

논어로독고　論語魯讀考(1卷)　徐養原(淸) 撰　經部 四書類　155

논어방증　論語旁證(20卷)　梁章鉅(淸) 撰　經部 四書類　155

논어병지　論語駢枝(1卷)　劉台拱(淸) 撰　經部 四書類　154

논어설　論語說(4卷)　程廷祚(淸) 撰　經部 四書類　153

논어설의　論語說義(10卷)　宋翔鳳(淸) 撰　經部 四書類　155

논어양해　論語詳解(20卷)　郝敬(明) 撰　經部 四書類　153

논어우기　論語偶記(1卷)　方觀旭(淸) 撰　經部 四書類　155

논어이문고증　論語異文考證(10卷)　馮登府(淸) 撰　經部 四書類　155

논어정의　論語正義(24卷)　"劉寶楠(淸) 撰, 劉恭冕(淸) 補"　經部 四書類　156

논어통석　論語通釋(1卷)　焦循(淸) 撰　經部 四書類　155

논어후록　論語後錄(5卷)　錢坫(淸) 撰　經部 四書類　154

논어후안　論語後案(20卷)　黃式三(淸) 撰　經部 四書類　155

논학　論學(2卷)　李塨(淸) 撰　子部 儒家類　947

논학소기　論學小記(2卷)　程瑤田(淸) 撰　子部 儒家類　951

논학수답　論學酬答(4卷)　陸世儀(淸) 撰　子部 儒家類　946

농구기　農具記(1卷)　陳玉基(淸) 撰　子部 農家類　976

농상역지록　農桑易知錄(3卷)　鄭之僑(淸) 撰　子部 農家類　975

농상집요　農桑輯要(7卷)　司農司(元) 撰　子部 農家類　975

농서　農書(2卷)　沈口(明) 撰；張履祥(淸) 補撰　子部 農家類　975

농정발명　農政發明(1卷)　奚誠(淸) 撰　子部 農家類　976

농후잡점　農候雜占(4卷)　梁章鉅(淸) 撰　子部 農家類　976

뇌고당집　賴古堂集(24卷)附錄(1卷)　周亮工 撰　集部 別集類　1400

뇌굉천복비　雷轟薦福碑　馬致遠 撰　集部 戲劇類　1763

뇌당암주제자기　雷塘庵主弟子記　張鑑(淸) 等撰　史部 傳記類　557

뇌봉탑전기　雷峯塔傳奇(4卷)　方成培 撰　集部 戲劇類　1776

누산당집　樓山堂集(27卷)遺文(6卷)
遺詩(1卷)　吳應箕　撰　集部
別集類　1388~89

누헌시　陋軒詩(8卷)　吳嘉紀　撰
集部　別集類　1403

능가사자기　楞伽師資記(殘)　(釋)淨
覺(唐)撰　子部　宗敎類　1281

능정거일기　能靜居日記(5卷)　趙烈
文(淸)　撰　史部　傳記類　560~
64

ㄷ

다능비사　多能鄙事(12卷)　劉基(明)
撰　子部　雜家類　1185

다산노인유집　茶山老人遺集(2卷)附
錄(1卷)　沈貞　撰　集部　別集
類　1325

다산시초　″茶山詩鈔(11卷),茶山文鈔
(11卷)″　錢維城　撰　集部　別集
類　1442

다세당시집　多歲堂詩集(4卷)　成書
撰　集部　別集類　1483

다여객화　茶餘客話(22卷)　阮葵生
(淸)　撰　子部　雜家類　1138

다향실총초　茶香室叢鈔(23卷)；續
鈔(25卷)(叢鈔卷1至三鈔卷29)三
鈔(29卷)；四鈔(29卷)　兪越(淸)
撰　子部　雜家類　1198~99

다화보　茶花譜(1卷)　總說(1卷)　樸
靜子(淸)　撰　子部　譜錄類　1116

다화영　茶花詠(1卷)　樸靜子(淸)　撰
子部　譜錄類　1116

단계선생태산비서　丹溪先生胎產秘
書(3卷)　朱震亨(元)　撰　子部

醫家類　1007

단계연지　端溪硏志(3卷)；首(1卷)
吳繩年(淸)　撰　子部　譜錄類
1113

단계전합　盛明雜劇二集:卷十四丹
桂鈿合　葉憲祖　撰　集部　戲
劇類　1765

단괴당시집　丹魁堂詩集(7卷)　季芝
昌　撰　集部　別集類　1517

단구생집　丹邱生集(5卷)附錄(1卷)
柯九思　撰　集部　別集類　1324

단궁변무　檀弓辨誣(3卷)　夏炘(淸)
撰　經部　禮類　107

단씨설문주정　段氏說文注訂(8卷)
鈕樹玉(淸)　撰　經部　小學類
213

단애집　丹崖集(8卷)附錄(1卷)　唐肅
撰　集部　別集類　1326

단전론　象傳論(2卷)　壯存興(淸)　撰
經部　易類　22

단화봉　盛明雜劇初集:卷十六團花
鳳　葉憲祖　撰　集部　戲劇類
1764

달생편　達生編(2卷)　亟齋居士(淸)
撰　子部　醫家類　1008

달제서설　達齋書說(1卷)　兪樾(淸)
撰　經部　書類　50

달제시설　達齋詩說(1卷)　兪越(淸)
撰　經部　詩類　73

달제춘추론　達齋春秋論(1卷)　兪越
(淸)　撰　經部　春秋類　148

담경　談經(9卷)　郝敬(明)　撰　經部
群經總義類　171

담로　譚輅(3卷)　張鳳翼(明)　撰　子
部　雜家類　1127

담빈록　譚賓錄(10卷)　胡璩(唐)　撰　子部　小說家類　1260

담사집　蟫史集(11卷)　穆希文(明)　撰　子部　類書類　1237

담생당장서목　澹生堂藏書目　祁承㸁　藏竝撰　史部　目錄類　919

담서록　談書錄(1卷)　汪師韓(淸)　撰　子部　雜家類　1147

담왕록　談往錄　花村看行侍者(淸)　撰　史部　雜史類　442

담운각집　曇雲閣集(11卷)　曹梿堅　撰　集部　別集類　1514

담원문집　憺園文集(36卷)　徐乾學　撰　集部　別集類　1412

담유집　澹游集(2卷)　(釋)來復　輯　集部　總集類　1622

담정재문초　澹靜齋文鈔(2卷)　龔景瀚(淸)　撰　集部　別集類　1474

담정재시초　澹靜齋詩鈔(6卷)　龔景瀚(淸)　撰　集部　別集類　1474

담천　談天(10卷)；首(1卷)；附表(1卷)　侯失勒(英)　撰；偉烈亞力(英)　譯；李善蘭(淸)　刪述；徐建寅(淸)　續述　子部　西學譯著類　1300

담천필술　澹泉筆述(12卷)　鄭曉(明)　撰　子部　雜家類　1171

담추동고담　甔洞藁(54卷)　吳國倫　撰　集部　別集類　1350

담추동속고담　甔洞續稿(27卷)　吳國倫　撰　集部　別集類　1350～51

담향관사검일기담　香館使黔日記(一)～(二)　嚴修　撰　史部　傳記類　582～83

담화기　六十種曲120卷：曇花記(2卷)　屠隆　撰　集部　戲劇類　1773

당개성석경고　唐開成石經考(2卷)　吳騫(淸)　撰　經部　群經總義類　184

당구시집　唐求詩集(1卷)　唐求　撰　集部　別集類　1313

당녀랑어현기시　唐女郎魚玄機詩(1卷)　魚玄機　撰　集部　別集類　1313

당명황추야오동우　唐明皇秋夜梧桐雨　白仁甫　撰　集部　戲劇類　1760～63

당명황추야오동우잡극　唐明皇秋夜梧桐雨雜劇　白仁甫　撰　集部　戲劇類　1760

당문속습　唐文續拾(16卷)　陸心源　輯　集部　總集類　1651～53

당문습유　唐文拾遺(72卷)目錄(8卷)　陸心源　輯　集部　總集類　1651～52

당백호선생집　唐伯虎先生集(2卷)唐伯虎先生外編(5卷)附錄(1卷)唐伯虎先生外編續刻(12卷)　唐寅　撰；何大成　輯　集部　別集類　1334～35

당비서성정자선서배공조기문집　唐秘書省正字先徐輩公釣磯文集(10卷)補(1卷)　徐인　撰　集部　別集類　1313

당사본당균　唐寫本唐均(殘卷)　孫恬(唐)　撰　經部　小學類　249

당사본문선집주　唐寫本文選集注(120卷)　撰者未詳　集部　別集類　1578～80

당사본설문해자목부전이　唐寫本說
文解字木部箋異　　莫友芝(淸)
撰　經部　小學類　227

당사본절운　唐寫本切韻(殘卷)　陸
法言(隋)　撰　經部　小學類　249

당상서성랑관석주제명고　唐尙書省
郎官石柱題名考　″勞格, 趙鉞
撰″　史部　職官類　747

당서재상세계표정와　唐書宰相世系
表訂譌(1)～(5)　沈炳震　撰　史
部　正史類　285～89

당서합초　唐書合鈔 ; 唐書宰相世
系表訂譌(1)～(5)　沈炳震　撰
史部　正史類　285～89

당서합초보정　唐書合鈔補正(一)～
(五)　丁子復　撰　史部　正史類
285～89

당석경고이　唐石經考異(13卷)　錢
大昕(淸)　撰　經部　群經總義類
184

당석경교문　唐石經校文(10卷)　嚴
可均(淸)　撰　經部　群經總義類
184

당시고취　唐詩鼓吹(10卷)　元好問
(金)　輯 ; 郝天挺　注 ; 요文炳
解　集部　總集類　1611

당시귀　唐詩歸(36卷)　″鍾惺, 譚元
春　共輯″　集部　總集類　158
9～90

당시선　唐詩選(7卷)　李攀龍　選 ;
王穉登評　集部　總集類　1611

당양경성방고　唐兩京城坊考　徐松
(淸)　撰 ; 張穆　校補　史部　地
理類　732

당어사대정사제명고　唐御史臺精舍

題名考　″趙鉞, 勞格　撰″　史
部　職官類　748

당여기전　唐餘紀傳　陳霆(明)　撰
史部　別史類　333

당월령속고　唐月令續攷　茆泮林
輯 ; 成蓉鏡　增訂　史部　時令
類　885

당월령주　唐月令注　″李林甫　等撰
; 茆泮林　輯″　史部　時令類　885

당월령주속보유　　唐月令注續補遺
茆泮林　輯 ; 成蓉鏡　增訂　史
部　時令類　885

당율통운거례　　唐律通韻擧例(2卷)
程道存(淸)　撰　經部　小學類
254

당음통첨　唐音統籤(1033卷)　胡震
亨(明)　輯　集部　總集類　161
2～20

당자서문록　唐子西文錄(1卷)　唐庚
撰 ; 强行父　輯　集部　詩文評
類　1713

당절증기　唐絶增奇(5卷)唐絶搜奇(1
卷)　楊愼輯 ; 焦竑　批點　集
部　總集類　1590

당절충부고　唐折衝府考　勞經原
撰 ; 勞格　校補　史部　職官類
748

당호초서　″倣湖樵書(6卷) (初編6卷,
二編6卷)″　來集之(淸)　撰　子
部　雜家類　1195～96

대가북환록　大駕北還錄　陸深(明)
撰　史部　雜史類　433

대경당시화　　帶經堂詩話(30卷)首(1
卷)　王士진　撰 ; 張宗柟　輯
集部　詩文評類　1698～99

대경당유시　帶耕堂遺詩(5卷)首(1卷)　劀德模 撰　集部 別集類　1545

대경당집　帶經堂集(92卷)　王士禛　撰　集部 別集類　1414~15

대곡산당집　大谷山堂集(6卷)　夢麟　撰　集部 別集類　1438

대관록　大觀錄(20卷)　吳升(淸) 撰　子部 藝術類　1066

대당교사록　大唐郊祀錄　王涇 撰　史部 政書類　821

대당내전록　大唐內典錄(10卷)　(釋)道宣(唐) 撰　子部 宗敎類　1289

대당대자은사삼장법사전　大唐大慈恩寺三藏法師傳(10卷)　"(釋)慧立(唐), (釋)彥悰 撰"　子部 宗敎類　1286

대대예기각보　大戴禮記斠補(3卷)　孫詒讓(淸) 撰　經部 禮類　107

대대예기보주　大戴禮記補注(13卷)序錄(1卷)　孔廣森(淸) 撰　經部 禮類　107

대대예기정오　大戴禮記正誤(1卷)　汪中(淸) 撰　經部 禮類　107

대대예기해고　大戴禮記解詁(30卷)　王聘珍(淸) 撰　經部 禮類　107

대대예주보　大戴禮注補(13卷)附錄(1卷)　汪照(淸) 撰　經部 禮類　107

대도신간관목적본동창사범　大都新刊關目的本東창事犯　孔文卿 撰　集部 戲劇類　1760

대도신편관목공손오삼기　大都新編關目公孫汚衫記　張國賓 撰　集部 戲劇類　1760

대도신편관장쌍부서촉몽　大都新編關張雙赴西蜀夢　關漢卿　撰　集部 戲劇類　1760

대도신편초소왕소자하선　大都新編楚昭王疎者下船　鄭廷玉 撰　集部 戲劇類　1760

대동서　大同書(8卷)　康有爲 撰　子部 儒家類　953

대동원집　戴東原集(12卷)　戴震 撰　集部 別集類　1434

대만부지　臺灣府誌　蔣毓英 纂修　史部 地理類　712

대만수필　臺灣隨筆　徐懷祖 撰　史部 地理類　734

대만정씨시말　臺灣鄭氏始末　沈雲 撰；沈요(淸) 注　史部 紀事本末類　390

대명고승전　大明高僧傳(8卷)　(釋)如惺(明) 撰　子部 宗敎類　1285

대명률　大明律　劉惟謙 等撰　史部 政書類　862

대명율석의　大明律釋義　應檟 撰　史部 政書類　863

대명일통문무제사위문관제　大明一統文武諸司衛門官制　陶承慶 校正；葉時用 增補　史部 職官類　748

대명청류천문분야지서　大明淸類天文分野之書(二)　劉基 等撰　史部 地理類　585~86

대명회전　大明會典(一)~(四)　申時行 等修；趙用賢 等纂　史部 政書類　789~92

대방광불화엄경탐현기　大方廣佛華嚴經探玄記(10~12卷)　(釋)法藏(唐) 撰　子部 宗敎類　1276~78

대비노차나성불경소　大毗盧遮那成
佛經疏(20卷)　(釋)一行(唐)　撰
子部 宗敎類　1280

대사　岱史　查志隆 撰　史部 地理
類　722

대상인혁례　大常因革禮　歐陽修
等撰　史部 政書類　821

대서구의　大書舊義　廖平(淸)　撰
經部 小學類　228

대서장어　大書長語(2卷)　費瀛(明)
撰　子部 藝術類　1065

대성소고　臺省疏稿　張瀚(明) 撰
史部 詔令奏議類　478

대성악율전서　大成樂律全書(1卷)
孔貞瑄(明) 撰　經部 樂類　114

대송승사약　大宋僧史略(3卷)　(釋)
贊寧(宋) 撰　子部 宗敎類　1286

대승기신론의기　大乘起信論義記(7
卷)　(釋)法藏(唐)　撰　子部 宗
敎類　1279

대승백법명문논소　大乘百法明門論
疏(2卷)　(釋)普光(唐) 撰　子部
宗敎類　1274

대씨주논어　戴氏注論語(20卷)　戴
望(淸) 撰　經部 四書類　157

대악율여원성　大樂律呂元聲(6卷)大
樂律呂考注(4卷)　〝李文利(明)
撰, 李元校(明) 補〞　經部 樂類
113

대역칙통　〝大易則通(15卷), 閏(1卷)〞
胡世安(淸) 撰　經部 易類　17

대운산방문고　大雲山房文藁(11卷)
惲敬 撰　集部 別集類　1482

대원관제잡기　大元官制雜記　文廷
式 輯　史部 職官類　748

대원성정국조전장신집지치조례　大
元聖政國朝典章新集至治條例　拜柱
等纂 修　史部 政書類　787

대원지원변위록　大元至元辨僞錄(5
卷)　(釋)祥邁(元) 撰　子部 宗
敎類　1289

대원해운기　大元海運記　〝趙世延,
揭傒斯等纂修 ; 胡敬 輯〞　史
部 政書類　835

대장자모구음등운　大藏字母九音等
韻(12卷)　(釋)阿摩利諦(淸)　撰
經部 小學類　257

대정신편　大定新編(4卷)　楊向春
(明) 撰　子部 術數類　1059

대진경교삼위몽도찬　大秦景敎三威
蒙度讚(1卷)　(釋)景淨(唐)　譯
子部 宗敎類　1296

대청시헌서전석　大淸時憲書箋釋(1
卷)　繆之晉(淸) 輯　子部 天文
算法類　1040

대청율속찬조예　大淸律續纂條例
沈之奇 注 ; 洪弘緖 訂　史部
政書類　863

대청율예교정조관　大淸律例校正條
款　沈之奇 注 ; 洪弘緖 訂
史部 政書類　863

대청율집해부례　大淸律集解附例
沈之奇 注 ; 洪弘緖 訂　史部
政書類　863

대청일통지　大淸一統志(12)　〝穆彰
阿, 潘錫恩(淸) 等纂 修〞　史部
地理類　613~24

대청조령　大淸詔令　撰者未詳　史
部 詔令奏議類　458

대청태조승천광운성덕신공조기입극

인효무황제실록　大淸太祖承天廣運
　　聖德神功肇紀立極仁孝武皇帝
　　實錄　撰者未詳　史部 編年類
　　368

대통역주　大統曆註(不分卷)　陸位
　　(明) 校　子部 天文算法類　1036

대학고본방석.대학고본문　大學古
　　本傍釋(1卷)大學古本問(1卷)　王
　　守仁(淸) 撰　經部 四書類　159

대학고의　大學古義(1卷)　劉光蕡
　　(淸) 撰　經部 四書類　159

대학고의설　大學古義說(2卷)　宋翔
　　鳳(淸) 撰　經部 四書類　159

대학곤학록　大學困學錄(1卷)　王澍
　　(淸) 撰　經部 四書類　159

대학변　大學辨(1卷)　陳確(淸) 撰
　　經部 四書類　159

대학변업　大學辨業(4卷)　李塨(淸)
　　撰　經部 四書類　159

대학설　大學說(1卷)　惠士奇(淸) 撰
　　經部 四書類　159

대학소략　大學疏略(1卷)　張沐(淸)
　　撰　經部 四書類　159

대학우언　大學偶言(1卷)　張文림
　　(淸) 撰　經部 四書類　159

대학원류　臺學源流　金賁亨 撰
　　史部 傳記類　515

대학의　大學意(1卷)中庸意(2卷)大學
　　說(1卷)中庸說(1卷)語孟說略(2卷)
　　顧憲成(明) 撰　經部 四書類
　　162

대학장구질의大學章句質疑(1卷)　郭
　　嵩燾(淸) 撰　經部 四書類　159

대학지본도설　大學知本圖說(1卷)
　　毛奇齡(淸) 撰　經部 四書類

159

대학통　臺學統(二)　王棻 撰　史部
　　傳記類　545～46

대환각금보　大還閣琴譜(6卷)　徐㻏
　　(淸) 撰　子部 藝術類　1094

덕음당집　德蔭堂集(16卷)年譜(1卷)
　　阿克敦 撰　集部 別集類　1423

덕장과공연보　德壯果公年譜　花沙
　　納 撰　史部 傳記類　556

도고당문집　道古堂文集(48卷)道古
　　堂詩集(26卷)集外文(1卷)集外詩(1
　　卷)　杭世駿(淸) 撰　集部 別集
　　類　1426～27

도고록　道古錄(2卷)　"李贄(明), 劉
　　東星 撰"　子部 雜家類　1127

도공담찬　都公譚纂(2卷)　都穆(明)
　　撰 ; 陸采(明) 輯　子部 小說家
　　類　1266

도공목풍우환뢰말잡극　都孔目風雨
　　還牢末雜劇　李致遠 撰　集部
　　戲劇類　1762

도교의추　道敎義樞(10卷)　孟安排
　　(唐) 撰　子部 宗敎類　1293

도기산장사화　賭棋山莊詞話(12卷)
　　續編(5卷)　謝章鋌 撰　集部
　　詞類　1735

도기산장소저서　賭棋山莊所著書(2
　　5卷)　謝章鋌 撰　集部 別集類
　　1545

도남원위록　道南源委錄　朱衡 撰
　　史部 傳記類　515

도덕경논병요의술　道德經論兵要義
　　述(4卷)　王眞(唐) 撰　子部 儒
　　家類　954

도덕진경광성의　道德眞經廣聖義(5

0卷)　杜光庭(前蜀)　撰　子部
宗敎類　1290~91

도덕진경장실찬미편　道德眞經藏室
纂微篇(10卷)　陳景元(宋)　撰
子部　宗敎類　1291

도덕진경전　道德眞經傳(4卷)　陸希
聲(唐)　撰　子部　儒家類　954

도덕진경지귀　道德眞經指歸(13卷)
嚴遵(漢)　撰　子部　儒家類　954

도덕진경취선집　道德眞經取善集(1
2卷)　李霖(宋)　編　子部　儒家
類　954

도덕현경원지　道德玄經原旨(4卷)
杜道堅(元)　撰　子部　儒家類
954

도루문초　陶樓文鈔(14卷)　黃彭年
撰　集部　別集類　1552~53

도명록　道命錄　李心傳　輯；程榮
秀　刪補　史部　傳記類　517

도문의공전집　陶文毅公全集(64卷)
首(1卷)末(1卷)　陶澍　撰　集部
別集類　1502~04

도산문록　陶山文錄(10卷)　唐仲冕
(淸)　撰　集部　別集類　1478

도산시록　陶山詩錄(28卷)　唐仲冕
(淸)　撰　集部　別集類　1478

도산시전록　陶山詩前錄(2卷)　唐仲
冕(淸)　撰　集部　別集類　1478

도산집　陶山集(12卷)續集(4卷)再續
集(5卷)　方文　撰　集部　別集
類　1400

도산해　度算解(1卷)　陳藎謨(明)　撰
子部　天文算法類　1044

도상수황우경합병대전　圖像水黃牛
經合倂大全(2卷)　"喩仁(明), 喩

傑　撰"　子部　醫家類　1030

도암몽억　陶菴夢憶(8卷)　張岱(明)
撰；王文誥(淸)　評　子部　小說
家類　1260

도여잡록　陶廬雜錄(6卷)　法式善
(淸)　撰　子部　雜家類　1177

도연명시　陶淵明試(1卷)陶淵明雜文
(1卷)　陶潛(晉)　撰；曾集(宋)
輯　集部　別集類　1304

도운정선생주소　陶雲汀先生奏疏
(一)~(二)　陶澍　撰　史部　詔令
奏議類　498~99

도원문록외편　弢園文錄外編(12卷)
王韜(淸)　撰　集部　別集類　1558

도원삼방　桃源三訪　孟稱舜　撰
集部　戲劇類　1763

도일편　道一編(6卷)　程敏政(明)　輯
子部　儒家類　936

도재길금록　陶齋吉金錄；陶齋吉
金續錄　端方(淸)　撰　史部　金
石類　904

도재장석기　陶齋臧石記　端方(淸)
撰　史部　金石類　905

도정절선생시주　陶靖節先生詩注(4
卷)補注(1卷)　陶潛(晉)　撰；湯
漢(宋)　注　集部　別集類　1304

도주맥결변진　圖注脈訣辨眞(4卷)
張世賢(明)　撰　子部　醫家類
998

도주팔십일난경변진　圖注八十一難
經辨眞(4卷)　張世賢(明)　撰　子
部　醫家類　983

도지주의　度支奏議(1~8)　畢自嚴
(明)　撰　史部　詔令奏議類　48
3~90

도청록　道廳錄(5卷)　李春熙(明)　撰
　　子部　雜家類　1132

도추　道樞(42卷)　曾慥(宋)　輯　子
　　部　宗敎類　1293

도측　度測(3卷)　陳蠱謨(明)　撰　子
　　部　天文算法類　1044

도학사취사풍광호잡극　陶學士醉寫
　　風光好雜劇　戴善夫　撰　集部
　　戲劇類　1761

도함동광사조시사갑집　道咸同光四
　　朝詩史甲集(8卷)首(1卷)乙集(8卷)
　　孫雄　輯　集部　總集類　1628

도향음관시고　　稻香吟館詩藁(7卷)
　　李賡芸(淸)　撰　　集部　別集類
　　1477

도허자시집　逃虛子詩集(10卷)續集(1
　　卷)逃虛類稿(5卷)逃虛子道餘錄(1
　　卷)逃虛子集補遺(1卷)逃虛子詩
　　集補遺(1卷)　姚廣孝　撰　集部
　　別集類　1326

도화거동리집　附渡花居東籬集(1卷)
　　屠承괴(明)　撰　　子部　譜錄類
　　1116

도화선전기　桃花扇傳奇(2卷)　孔尙
　　任　撰　集部　戲劇類　1776

도화인면　　盛明雜劇初集:卷十七桃
　　花人面　葉憲祖　撰　集部　戲
　　劇類　1764

도화천혁보　桃花泉奕譜(2卷)　范世
　　勳(淸)　撰　子部　藝術類　1101

독남화경잡설　　讀南華經雜說(1卷)
　　陸西星(明)　撰　子部　宗敎類
　　1291

독논어　讀論語(1卷)　郝敬(明)　撰
　　經部　四書類　153

독논어총설　讀論語叢說(3卷)　許謙
　　(元)　撰　經部　孝經類　153

독논질의　讀論質疑(1卷)　　石韞玉
　　(淸)　撰　經部　四書類　155

독례일지　讀禮日知(2卷)　　金浙(明)
　　撰　經部　禮類　97

독록당시집　獨錄堂詩集(15卷)獨록
　　堂文集(15卷)續編(1卷)　陳恭尹
　　撰　集部　別集類　1413

독백화초당시목숙집　讀白華草堂詩
　　苜蓿集(8卷)　黃釗(淸)　撰　集部
　　別集類　1516

독백화초당시이집　讀白華草堂詩二
　　集(12卷)　黃釗(淸)　撰　集部　別
　　集類　1516

독백화초당시초집　讀白華草堂詩初
　　集(9卷)　黃釗(淸)　撰　集部　別
　　集類　1516

독사거정　讀史擧正　張熷　撰　史
　　部　史評類　455

독사규류　讀史糾謬　牛運震(淸)　撰
　　史部　史評類　451

독사방여기요　讀史方輿紀要(1～15)
　　顧炎武(淸)　撰　　史部　地理類
　　598～612

독사병략　讀史兵略(46卷)　　胡林翼
　　(淸)　撰　子部　兵家類　967～68

독사병략속편　　讀史兵略續編(1卷)
　　胡林翼(淸)　撰　　子部　兵家類
　　968～69

독사상어　讀史商語　王志堅　撰
　　史部　史評類　449

독사서대전설　　讀四書大全說(10卷)
　　王夫之(淸)　撰　　經部　四書類
　　164

독사찰기　讀史札記　盧文弨(淸)　撰
　　史部　史評類　452

독서기의　讀書記疑(16卷)　王懋竑
　　(淸)　撰　子部　雜家類　1146

독서당서정수필　讀書堂西征隨筆(1
　　卷)　汪景祺(淸)　撰　子部　雜家
　　類　1177

독서민구기　讀書敏求記　錢曾　撰
　　史部　目錄類　923

독서소기　讀書小記(1卷)　焦廷琥
　　(淸)　撰　子部　雜家類　1140

독서예어　讀書囈語(10卷)　李元吉
　　(明)　撰　子部　雜家類　1443

독서예어　讀書囈語(10卷)　李元吉
　　(明)　撰　子部　雜家類　1143

독서우기　讀書偶記(8卷)　趙紹祖
　　(淸)　撰　子部　雜家類　1161

독서우식　讀書偶識(10卷)附(1卷)
　　鄒漢勳(淸)　撰　經部　群經總義
　　類　176

독서잡록　讀書雜錄(2卷)　胡震亨
　　(明)　撰　子部　雜家類　1132

독서잡석　讀書雜釋(14卷)　徐鼎(淸)
　　撰　子部　雜家類　1161

독서잡술　讀書雜述(10卷)　李鎧(淸)
　　撰　子部　雜家類　1135

독서잡식　讀書雜識(12卷)　勞格(淸)
　　撰　子部　雜家類　1163

독서잡지　讀書雜志(82卷)；餘編(2
　　卷)　王念孫(淸)　撰　子部　雜家
　　類　1152～53

독서좌록　讀書脞錄(7卷)；續編(4卷)
　　孫志祖(淸)　撰　子部　雜家類
　　1152

독서총록　讀書叢錄(24卷)　洪頤煊

（淸)　撰　子部　雜家類　1157

독성자　獨醒子(2卷)　賈應璧(明)　撰
　　子部　儒家類　943

독소대일기　讀小戴日記(1卷)　于鬯
　　(淸)　撰　經部　禮類　106

독소문초　讀素問鈔(9卷)；補遺(1卷)
　　；附錄(1卷)　滑壽(元)　輯；汪機
　　(明)　續注　子部　醫家類　981

독소재금석고략　獨笑齋金石攷略
　　鄭業斆　撰　史部　金石類　901

독송감론　讀宋鑑論　方宗誠(淸)　撰
　　史部　史評類　451

독시고자　讀詩考字(2卷)補編(1卷)
　　程大鏞(淸)　撰　經部　詩類　72

독시차기　讀詩箚記(8卷)詩章句考(1
　　卷)詩樂存亡譜(1卷)詩經集傳校
　　勘記(1卷)　夏炘(淸)　撰　經部
　　詩類　70

독역관견　讀易管見(1卷)　程廷祚
　　(淸)　撰　經部　易類　20

독역우통　讀易隅通(2卷)　來集之
　　(淸)　撰　經部　易類　17

독역잡기　讀易雜記(4卷)　章潢(明)
　　撰　經部　易類　9

독역찬　〃讀易纂(5卷)，首(1卷)〃　張
　　元蒙(明)　撰　經部　易類　8

독역편해　讀易便解(2卷)　盧見曾
　　(淸)　撰　經部　易類　20

독의례일기　讀儀禮日記(1卷)　于鬯
　　(淸)　撰　經部　禮類　93

독의수필　讀醫隨筆(6卷)　周守忠
　　(宋)　撰　子部　醫家類　1029

독의예기　讀儀禮記(2卷)　張惠言
(淸)　撰　經部　禮類　90

독이소　盛明雜劇三集:卷三讀離騷

尤侗　撰　集部　戲劇類　1765

독이아일기　讀爾雅日記(1卷)補記(1卷)　董瑞椿(淸)　撰　經部　小學類　188

독이지　獨異志(3卷)　李冗(唐)　撰　子部　小說家類　1264

독좌보의　讀左補義(50卷)首(2卷)　姜炳璋(淸)　撰　經部　春秋類　122

독주례일기　讀周禮日記(1卷)　于鬯(淸)　撰　經部　禮類　85

독중용총설　讀中庸叢說(2卷)　許謙(元)　撰　經部　四書類　159

독초사어　讀楚辭語(1卷)　陸時雍(明)　撰　集部　楚辭類　1301

독춘추관견　讀春秋管見(14卷)　羅典(淸)　撰　經部　春秋類　141

독춘추존고　讀春秋存考(4卷)　趙佑(淸)　撰　經部　春秋類　141

독통감강목조기　讀通鑑綱目條記　李逃來(淸)　撰　史部　編年類　342

독통감론　讀通鑑論(一)～(二)；宋論　王夫之(淸)　撰　史部　史評類　449～50

독포칙례　督捕則例　〞徐本, 唐紹祖 等纂修〞　史部　政書類　867

독풍억보　讀風臆補(15卷)　〞戴君恩(明) 原本, 陳繼揆(淸) 補輯〞　經部　詩類　58

독풍우식　讀風偶識(4卷)　崔述(淸)　撰　經部　詩類　64

독학여문고　獨學廬文稿附錄(9卷)(獨學廬初稿詩卷　石韞玉(淸)　撰　集部　別集類　1466

독학여삼고　獨學廬三稿(11卷)　石韞玉(淸)　撰　集部　別集類　1466

독학여여고　獨學廬餘稿(1卷)　石韞玉(淸)　撰　集部　別集類　1466

독학여오고　獨學廬五稿(9卷)　石韞玉(淸)　撰　集部　別集類　1466

독학여이고　獨學廬二稿(6卷)　石韞玉(淸)　撰　集部　別集類　1466

독학여초고　獨學廬初稿(11卷)　石韞玉(淸)　撰　集部　別集類　1466

독한기의　讀韓記疑(10卷)首(1卷)　王元啓　撰　集部　別集類　1310

독화록　讀畫錄(4卷)　周亮工(淸)　撰　子部　藝術類　1065

돈숙호재시전집초편　敦夙好齋詩全集初編(12卷)首(1卷)續編(11卷)首(1卷)　葉名澧(淸)　撰　集部　別集類　1536

돈유당문집　惇裕堂文集(4卷)　桂超萬　撰　集部　別集類　1510

돈황곡자보　敦煌曲子譜(1卷)　撰者未詳　子部　藝術類　1096

돈황무보　敦煌舞譜(2卷)　撰者未詳　子部　藝術類　1096

돈황주역　敦煌周易(殘卷)　王弼(魏) 注　經部　易類　1

돌돌음　咄咄吟(2卷)附錄(1卷)　貝靑喬　撰　集部　別集類　1536

동가록　東嘉錄　王朝佐　編　史部　傳記類　547

동갑회　盛明雜劇二集 : 卷十同甲會　許潮　撰　集部　戲劇類　1765

동강집　桐江集(8卷)　方回　撰　集部　別集類　1322

동고서당유와　銅鼓書堂遺와(32卷)
　　查禮　撰　集部　別集類　1431
동고선생시집　東皐先生詩集(5卷)附
　　錄(1卷)　馬玉麟　撰　集部　別
　　集類　1324
동곽기　六十種曲120卷 : 東郭記(2
　　卷)　孫仁孺　撰　集部　戲劇類
　　1768
동곽기　東郭記(2卷)　孫鍾齡　撰
　　集部　戲劇類　1775
동관방구　冬官旁求(2卷)　辛紹業
　　(淸)　撰　經部　禮類　85
동구금석지　東甌金石志　″戴咸弼
　　撰；孫詒讓　校補″　史部　金石
　　類　911
동구초당사　東鷗草堂詞(2卷)　周星
　　譽　撰　集部　詞類　1727
동남기사　東南紀事　邵廷采(淸)　撰
　　史部　別史類　332
동당로　東堂老　秦簡夫　撰　集部
　　戲劇類　1764
동당로권파가자제잡극　東堂老勸破
　　家子第雜劇　秦簡夫　撰　集部
　　戲劇類　1760
동도기　同度記(4卷)　孔繼涵(淸)　撰
　　子部　天文算法類　1045
동래선생분문시율무고　東萊先生分
　　門詩律武庫(15卷) ； 後集(15卷)
　　呂祖謙(宋)　輯　子部　類書類
　　1216
동량산인시집　銅梁山人詩集(25卷)
　　芸麓偶存(2卷)　王汝璧　撰　集
　　部　別集類　1461～62
동류현지　東流縣志　吳篪　修；李
　　兆洛等纂　史部　地理類　712

동리중정　東籬中正(1卷)　許兆熊
　　(淸)　撰　子部　譜錄類　1116
동림사략　東林事略　吳應箕　撰
　　史部　雜史類　438
동림서원지　東林書院志　高樋　等
　　輯　史部　地理類　721
동명문집　東溟文集(6卷)外集(4卷)文
　　後集(14卷)文外集(2卷)後湘詩集(9
　　卷)二集(5卷)續集(7卷)　姚瑩　撰
　　集部　別集類　1512～13
동문상서　同文尚書(不分卷)　牟庭
　　(淸)　撰　經部　書類　47
동방병사기약　東方兵事紀略　姚錫
　　光　撰　史部　雜史類　446
동방삭탐춘력기　東方朔探春曆記(1
　　卷)　婁元禮(明)　撰　子部　農家
　　類　975
동방입문갑집　董方立文甲集(2卷)董
　　方立文乙集(2卷)　董石誠　撰
　　集部　別集類　1518
동사답문　東事答問　茅瑞徵(明)　撰
　　史部　雜史類　436
동산구담지　洞山九潭誌　劉中藻
　　撰　史部　地理類　724
동산사　東山詞(2卷)　賀鑄　撰　集
　　部　詞類　1722
동산시집　童山詩集(42卷)附(2卷)童
　　山文集(20卷)補遺(1卷)　李調元
　　(淸)　撰　集部　別集類　1456
동삼성여지도설　東三省輿地圖說
　　曹廷杰　撰　史部　地理類　646
동서균　東西均(1卷)　方以智(淸)　撰
　　子部　雜家類　1134
동성기구전　桐城耆舊傳　馬其昶
　　撰　史部　傳記類　547

동성오선생문집　桐城吳先生文集(4卷)桐城吳先生詩集(1卷)　吳汝綸 撰　集部 別集類　1563

동소진의금환향잡극　凍蘇秦衣錦還鄉雜劇　撰者未詳　集部 戲劇類　1761

동숙독서기　東塾讀書記(25卷)　陳澧(淸) 撰　子部 雜家類　1160

동숙집　東塾集(6卷)　陳澧(淸) 撰　集部 別集類　1537

동심선생속집　冬心先生續集(2卷)補遺(1卷)續補遺(1卷)冬心先生三體詩(1卷)冬心先生甲戍近詩(1卷)　金農 撰　集部 別集類　1424

동심선생자도곡　冬心先生自度曲(1卷)　金農 撰　集部 曲類　1739

동심선생집　冬心先生集(4卷)　金農 撰　集部 別集類　1424

동악원연청박어잡극　同樂院燕靑博魚雜劇　李文蔚 撰　集部 戲劇類　1760

동원객담　東園客談(1卷)　孫道易(明) 輯　子部 雜家類　1166

동원전서맥결천미　洞垣全書脈訣闡微(1卷)　陳士鐸(淸) 撰　子部 醫家類　1024

동월문원　東越文苑　陳鳴鶴 撰 ; 趙世顯 訂正 ; 郭柏蔚 增訂　史部 傳記類　547

동위두재수필　銅熨斗齋隨筆(8卷)　沈濤(淸) 撰　子部 雜家類　1158

동음론화　桐陰論畫(2卷) ; 桐陰論畫二編(2卷) ; 桐陰論畫三編(2卷) ; 首(1卷) ; 附錄(1卷) ; 桐陰畫訣(1卷) ; 續桐陰論畫(1卷)　秦祖永(淸) 撰　子部 藝術類　1085

동음자변　同音字辨(4卷)　劉維坊(淸) 撰　經部 小學類　260

동이고약　東夷考略　茅瑞徵(明) 撰　史部 雜史類　436

동인록　同寅錄(1卷)　任錫庚(淸) 撰　子部 醫家類　1030

동인수혈침구도경　銅人腧穴鍼灸島經(3卷)　王惟一(宋) 撰　子部 醫家類　995

동장논화　東莊論畫(1卷)　王昱(淸) 撰　子部 藝術類　1067

동정편람　銅政便覽　者未詳 撰　史部 政書類　880

동정호류의전서　洞庭湖柳毅傳書　尙仲賢 撰　集部 戲劇類　1763

동정호류의전서잡극　洞庭湖柳毅傳書雜劇尙仲賢撰集部戲劇類1762

동주궤상어東洲几上語(1卷), 東洲枕上語(1卷)　施淸臣(宋) 撰　子部 雜家類　1122

동주초당문초　東洲草堂文鈔(20卷)　何紹基 撰　集部 別集類　1529

"동주초당시초,동주초당시여"　東洲草堂詩鈔(30卷) 東洲草堂詩餘(1卷)　何紹基 撰　集部 別集類　1528～29

동천나선생잠심어록　東川羅先生潛心語錄(10卷)　羅僑(明) 撰　子部 儒家類　938

동천오지　洞天奧旨(16卷) ; 圖(1卷)　陳士鐸(淸) 撰　子部 醫家類　1013

동천유문간공집　東川劉文簡公集(2

4卷)　劉春　撰　集部　別集類　1332

동청관갑집　冬靑館甲集(6卷)冬靑館乙集(8卷)　張鑑(淸)　撰　集部　別集類　1492

동해어가　東海漁歌(6卷)　顧春　撰　集部　詞類　1726

동호루전제도　銅壺漏箭制度(1卷)　子部　天文算法類　1031

동호총기　東湖叢記(6卷)　蔣光煦(淸)　撰　子部　雜家類　1162

동화록　東華錄　蔣良騏　撰　史部　編年類　368

동화속록(광서)　東華續錄(1～3)(光緒1至220)　朱壽朋(淸)　撰　史部　編年類　383～85

동화속록(동치)　東華續錄(1～4)(同治1至100)　王先謙(淸)　撰　史部　編年類3　79～82

"동화속록(천명,도광)"　東華續錄(1～7)(天命1至道光60)　王先謙(淸)　撰　史部　編年類　369～75

동화속록(함풍)　東華續錄(1～3)(咸豊1至1百)　王先謙(淸)　撰　史部　編年類　376～78

두공부집　杜工部集(20卷)年譜(1卷)諸家詩話(1卷)　杜甫　撰 ; 錢謙益　箋注　集部　別集類　1308

두공부초당시전　杜工部草堂詩箋(40卷)　杜甫　撰 ; 蔡夢弼　注　集部　別集類　1307

두공부초당시전시화　杜工部草堂詩箋詩話(2卷)　蔡夢弼　輯　集部　別集類　1307

두공부초당시전연보　杜工部草堂詩箋年譜(2卷)　"趙子櫟, 魯訔　撰"　集部　別集類　1307

두목지시주양주몽　杜牧之詩酒揚州夢　喬夢符　撰　集部　戲劇類　1760

두목지시주양주몽잡극　杜牧之詩酒揚州夢雜劇　喬孟符　撰　集部　戲劇類　1761

두시부기　杜詩附記(20卷)　翁方綱(淸)　撰　集部　詩文評類　1704

두시언지　杜詩言志(16卷)　撰者未詳　集部　詩文評類　1700

두시천삼십　杜詩闡(33卷)　盧元昌　撰　集部　別集類　1308

두아원　竇娥寃　關漢卿　撰　集部　戲劇類　1764

두억　杜臆(10卷)附管天筆記外編(1卷)　王嗣奭　撰　集部　別集類　1307

두예낭지상금선지잡극　杜蕊娘智賞金線池雜劇　關漢卿　撰　集部　戲劇類　1762

두예낭지상김선지　杜蕊娘智賞金線池　關漢卿　撰　集部　戲劇類　1763

두진격치요론　痘疹格致要論(11卷)　萬全(明)　撰　子部　醫家類　1011

두진세의심법　痘疹世醫心法(12卷)　萬全(明)　撰　子部　醫家類　1011

두진정론　痘疹定論(4卷)　朱純嘏(淸)　撰　子部　醫家類　1012

둔갑부응경　遁甲符應經(3卷)　楊維德(宋)　等撰　子部　術數類　1060

둔재시선　鈍齋詩選(22卷)　方孝標　撰　集部　別集類　1405

둔저창화집　遯渚唱和集(1卷)　孫運
　　錦 輯　集部 別集類　1394

득월고　得月藁(7卷)　呂不用　撰
　　集部 別集類　1325

등과기고　登科記考　徐松(淸)　撰
　　史部 政書類　829

등단필구　登壇必究(40卷)　王鳴鶴
　　(明) 撰　子部 兵家類　960～61

등석자　鄧析子(2卷)　鄧析(周)　撰
　　子部 法家類　971

등왕각　盛明雜劇三集:卷二十滕王
　　閣　鄭전 撰　集部 戲劇類　1
　　765

등운정요　等韻精要(1卷)　賈存仁
　　(淸) 撰　經部 小學類　258

등운학　等韻學(不分卷)　許惠(淸)
　　撰 經部 小學類　258

등월한정십칠종　燈月閑情十七種(2
　　0卷)　唐英 撰　集部 戲劇類
　　1766

등위성은사지　鄧尉聖恩寺志　周永
　　年 撰　史部 地理類　719

등음잡기　藤陰雜記(12卷)　戴璐(淸)
　　撰 子部 雜家類　1177

등음차기　藤陰箚記(不分卷)　孫承
　　澤(淸) 撰　子部 儒家類　944

등자　鄧子(1卷)　鄧析(周) 撰 ; 楊愼
　　(明) 評注　子部 法家類　971

등절원성　等切元聲(10卷)　熊士伯
　　(淸) 撰　經部 小學類　258

등창총록　鐙窗叢錄(5卷) ; 補遺(1卷)
　　吳翌鳳(淸) 撰　子部 雜家類
　　1139

등향관사　藤香館詞(1卷)　蔣時雨
　　撰 集部 詞類1　727

등화정경보　藤花亭鏡譜(8卷)　梁廷
　　枏(淸) 撰　子部 譜錄類　1111

ㄹ

락민원류록　雒閩源流錄　張夏 撰
　　史部 傳記類　536

락빙사　盛明雜劇二集:卷二十五絡
　　氷絲　徐懷 撰　集部 戲劇類
　　1765

락수비　盛明雜劇初集:卷四洛水悲
　　汪道昆 撰　集部 戲劇類　1764

란정회　盛明雜劇二集:卷四蘭亭會
　　楊愼(明) 撰　集部 戲劇類　1765

려작편　蠡勺編(40卷)　凌揚藻(淸)
　　撰 子部 雜家類　1155

력과전서　癧科全書(1卷)　梁希曾
　　(淸) 撰　子部 醫家類　1016

료문신　盛明雜劇三集:卷十鬧門神
　　茅僧曇 撰　集部 戲劇類　1765

룡산연　盛明雜劇二集:卷九龍山宴
　　許潮 撰　集部 戲劇類　1765

ㅁ

마가지관　摩訶止觀(10卷)　(釋)智顗
　　(隋) 撰　子部 宗敎類　1279

마과활인전서　痲科活人全書(4卷)
　　謝玉瓊(淸) 撰　子部 醫家類
　　1012

마니광불교법의략　"摩尼光佛敎法
　　儀略(1卷, 殘)"　撰者未 詳　子
　　部 宗敎類　1296

마단양도탈류행수잡극　馬丹陽度脫
　　劉行首雜劇　楊景賢 撰　集部

戲劇類　1762

마단양삼도임풍자잡극　馬丹陽三度
　　任風子雜劇　馬致遠　撰　集部
　　戲劇類　1762

마수농언　馬首農言(1卷)　祁寯藻
　　(淸)　撰　子部　農家類　976

마왕퇴백서오성점　馬王堆帛書五星
　　占　撰者未詳　子部　術數類
　　1049

마왕퇴백서주역경전석문　馬王堆帛
　　書周易經傳釋文　"名廖春, 釋
　　文"　經部　易類　1

마왕퇴백서천문기상잡점　馬王堆帛
　　書天文氣象雜占　　撰者未詳
　　子部　術數類　1049

마정지　馬政志　陳講　撰　史部　政
　　書類　859

만구정집　"만구亭集(32卷), 後集(12
　　卷)"　祁寯藻(淸)　撰　集部　別
　　集類　1521～22

만국공법　萬國公法(4卷)　　惠頓(美)
　　撰；丁韙良(美)　譯　子部　西學
　　譯著類　1299

만권당서목　萬卷堂書目　朱睦桔
　　撰　史部　目錄類　919

만당설시　漫堂說詩(1卷)　宋犖　撰
　　集部　詩文評類　1699

만당연보　漫堂年譜　宋犖　撰　史
　　部　傳記類　554

만력무공록　萬曆武功錄　瞿九思
　　撰　史部　雜史類　436

만력삼대정고　萬曆三大征考茅　瑞
　　徵(明)　撰　史部　雜史類　436

만력소초　萬曆疏抄(一)～(二)　吳亮
　　(元)　輯　史部　詔令奏議類　46

8～69

만력신해경찰기사시말　萬曆辛亥京
　　察記事始末　周念祖　輯　史部
　　雜史類　435

만력회계록　　萬曆會計錄(一)～(三)
　　張學顏　等撰　史部　政書類
　　831～33

만봉각지법비전　萬峯閣指法閟箋
　　(不分卷)　徐礽(淸)　撰　子部　藝
　　術類　1094

만사합지　蠻司合誌　毛奇齡(淸)　撰
　　史部　地理類　735

만서정의　晚書訂疑　程廷祚(淸)　撰
　　經部　書類　44

만선화실문고　　萬善花室文藁(7卷)
　　方履籛(淸)　撰　　集部　別集類
　　1516

만세옥형록　萬世玉衡錄(4卷)　蔣伊
　　(淸)　撰　子部　儒家類　949

만씨가전육영　萬氏家傳育嬰　萬全
　　(明)　撰　子部　醫家類　1010

만씨비전편옥심서　萬氏秘傳片玉心
　　書(5卷)　萬全(明)　撰　子部　醫
　　家類　1010

만씨여과　萬氏女科(1卷)　　萬全(明)
　　撰　子部　醫家類　1007

만청각시여　萬青閣詩餘(3卷)　趙吉
　　士(淸)　撰　集部　詞類　1724

만청이시회　晚晴簃詩匯(200卷)　徐
　　世昌　輯　集部　總集類　1629～33

만촌선생가훈진적　晚邨先生家訓眞
　　蹟(5卷)　呂留良(淸)　撰；車鼎
　　豊(淸)　輯　子部　儒家類　948

만취헌집　晚翠軒集(1卷)補遺(1卷)外
　　集(1卷)遺札(1卷)附錄(1卷)　林旭

撰　集部　別集類　1568

말능춘전기　秣陵春傳奇(2卷)　吳偉
業(淸)　撰　集部　戲劇類　1775

망강정중추체회단　望江亭中秋切鱠
旦　關漢卿　撰　集部　戲劇類
1763

망강정중추체회잡극　望江亭中秋切
鱠雜劇　關漢卿　撰　集部　戲
劇類　1762

망계선생문집　望溪先生文集(18卷)
集外文(10卷)集外文補遺(2卷)年
譜(2卷)　方苞(淸)　撰　集部　別
集類　1420〜21

망망록　妄妄錄(10卷)　朱海(淸)　撰
子部　小說家類　1270

망산여일기　忘山廬日記(1)〜(4)　孫
寶瑄(淸)　撰　史部　傳記類　57
9〜82

망우청악집　忘憂淸樂集(1卷)　宋逸
民(宋)　撰　子部　藝術類　1097

망진준경　望診遵經(2卷)　汪宏(淸)
撰　子部　醫家類　999

망창창재시　莽蒼蒼齋詩(2卷)補遺(1
卷)　譚嗣同(淸)　撰　集部　別集
類　1568

매간시화　梅磵詩話(3卷)　韋居安
撰　集部　詩文評類　1694

매리사　梅里詞(3卷)　朱一是　撰
集部　詞類　1724

매비전　梅妃傳(1卷)　樂史　撰　集
部　小說類　1783

매숙집　枚叔集(1卷)　枚乘(漢)　撰 ;
丁晏(淸)　輯　集部　別集類　1303

매용진　梅龍鎭(1卷)　唐英　撰　集
部　戲劇類　1767

매우집　埋憂集(10卷) ; 續集(2卷)
朱翊淸(淸)　撰　子部　小說家類
1271

매장시초　梅莊詩鈔(16卷)　華長卿
撰　集部　別集類　1533

매촌가장고　梅村家藏藁(58卷)補遺(1
卷)世系(1卷)年譜(4卷)　吳偉業
(淸)　撰　集部　別集類　1396

매촌시화　梅村詩話(1卷)　吳偉業
(淸)　撰　集部　詩文評類　1697

매화백영　梅花百詠(1卷)　韋珪　撰
集部　別集類　1325

매화초당집　梅花草堂集(16卷)　張
大復(明)　撰　集部　別集類　1380

맥결부방　脈訣附方(1卷)　張世賢
(明)　撰　子部　醫家類　998

맥결휘변　脈訣彙辨(10卷)　李延是
(淸)　撰　子部　醫家類　999

맹덕요여안제미잡극　孟德耀舉案齊
眉雜劇　撰者未詳　集部　戲劇
類　1761

맹린당문초　孟鄰堂文鈔(16卷)　楊
椿　撰　集部　別集類　1423

맹자문설　孟子文說(7卷)　姜瀣(淸)
撰　經部　四書類　158

맹자사고　孟子四考(4卷)　周廣業
(淸)　撰　經部　四書類　158

맹자외서사편　孟子外書四篇(4卷)
劉攽(宋)　注　子部　儒家類　932

맹자자의소증　孟子字義疏證(3卷)
戴震(淸)　撰　經部　四書類1　58

맹자정의　孟子正義(30卷)　焦循(淸)
撰　經部　四書類　158

맹자조주고증　孟子趙注考證(1卷)
桂文燦(淸)　撰　經部　四書類

159

맹자조주보정　孟子趙注補正(6卷)
宋翔鳳(淸)　撰　經部　四書類
159

맹자찰기　孟子札記(2卷)　范爾梅
(淸)　撰　經部　四書類　158

맹자편서　孟子篇敍(7卷)年表(1卷)
姜兆翀(淸)　撰　經部　四書類
158

면복고　冕服考(4卷)　焦廷琥(淸)　撰
經部　禮類　109

면서　棉書(不分卷)　撰者未詳　子
部　農家類　977

면성루집초　面城樓集鈔(4卷)　曾釗
(淸)　撰　集部　別集類　1521

면업도설　棉業圖說(8卷)　農工商部
(淸)　輯　子部　農家類　977

면항소　麪缸笑(1卷)　唐英　撰　集
部　戲劇類　1767

면행당문집　勉行堂文集(6卷)　程晉
芳(淸)　撰　集部　別集類　1433

면행당시집　勉行堂詩集(24卷)首(1
卷)　程晉芳(淸)　撰　集部　別集
類　1433

명가문보편　茗柯文補編(2卷)茗柯文
外編(2卷)　張惠言(淸)　撰　集部
別集類　1488

명가문편　茗柯文編(5卷)　張惠言
(淸)　撰　集部　別集類　1488

명가사　茗柯詞(1卷)　張惠言(淸)　撰
集部　詞類　1725

명계갑을양년휘략　明季甲乙兩年彙
略　許重熙(淸)　撰　史部　雜史
類　441

명계남략　明季南略　計六奇(淸)　撰

史部　雜史類　443

명계북략　明季北略　計六奇(淸)　撰
史部　雜史類　440

명계유문　明季遺聞　鄒漪(淸)　撰
史部　雜史類　442

명공서판청명집　名公書判淸明集(1
4卷)　張四維(明)　輯　子部　法
家類　973

명당고　明堂考(3卷)　孫星衍(淸)　撰
經部　禮類　110

명당대도록　明堂大道錄(8卷)　惠棟
(淸)　撰　經部　禮類　108

명마기　名馬記(2卷)　郭子章(明)　撰
子部　譜錄類　1119

명명신언행록　明名臣言行錄(一)～
(二)　徐開任　輯　史部　傳記類
520～21

명보기　冥報記(3卷)　唐臨(唐)　撰
子部　小說家類　1264

명봉기　審音鑑古錄(8) 鳴鳳記　撰
者未詳　集部　戲劇類　1781

명부고　明賦考　施端教　輯　史部
政書類　834

명사　明史(1)～(8)　萬斯同(淸)　撰
史部　別史類　324～31

명사　茗史(2卷)　萬邦寧(明)　撰　子
部　譜錄類　1115

명사고증군일　明史攷證攈逸　王頌
蔚　撰；王季烈　補遺　史部　正
史類　294

명사기사본말보유　明史紀事本末補
遺　谷應泰(淸)　撰　史部　紀事
本末類　390

명사십이논　明史十二論　段玉裁
(淸)　撰　史部　史評類　450

명사종   明詞綜(12卷)   ″朱彝尊, 王
　　昶輯″   集部 詞類   1730
명사초략   明史抄略   莊廷鑨 撰
　　史部 別史類   323
명산유기   名山游記   王世懋 撰
　　史部 地理類   737
명산장   名山臧(一)~(三)   何喬遠
　　撰 史部 雜史類   425~27
명선당시집   明善堂詩集(42卷)明善
　　堂文集(4卷)(明善堂詩集卷十六
　　至明善堂文集卷四)   弘曉 撰
　　集部 別集類   1444~45
명성당시집   明誠堂詩集(2卷)   黃道
　　周(明) 撰   集部 別集類   1384
명성화설창사화십육종   明成化說唱
　　詞話十六鍾(19卷)傳奇(1卷)   撰
　　者未詳   集部 曲類   1745
명시기사   明詩紀事(187卷)   陳田
　　輯 集部 詩文評類   1710~12
명씨실록   明氏實錄   ″楊學可, 徐
　　松 校補″   史部 編年類   350
명어림   明語林(14卷)補遺(1卷)   吳
　　肅公(淸) 撰   子部 雜家類   1175
명옥당고   鳴玉堂稿(12卷)   張天復
　　撰 集部 別集類   1348
명원시화   名媛詩話(12卷)續集(3卷)
　　沈善寶 撰   集部 詩文評類
　　1706
명의방론   名醫方論(4卷)   羅美(淸)
　　輯幷評 子部 醫家類   1002
명이대방록   明夷待訪錄(1卷)   黃宗
　　羲(淸) 撰 子部 儒家類   945
명이문정공연보   明李文正公年譜
　　法式善 輯；唐仲冕 增補   史
　　部 傳記類   552

명인시화보   明人詩話補(1卷)   彭端
　　淑 撰 集部 詩文評類   1700
명주기   六十種曲120卷 ： 明珠記(2
　　卷) 陸采 撰   集部 戲劇類   1
　　769
명통감   明通鑑(一)~(三)   夏燮(淸)
　　撰 史部 編年類   364~66
명학   名學   穆勒(英) 撰；嚴復 譯
　　子部 西學譯著類   1297
명향당사론   茗香堂史論   彭孫貽
　　(淸) 撰 史部 史評類   450
명화록   明畫錄(8卷)   徐沁(淸) 撰
　　子部 藝術類   1065
명회요   明會要   龍文彬 撰   史部
　　政書類   793
모녹문선생문집   茅鹿門先生文集(3
　　6卷) 茅坤 撰   集部 別集類
　　1344~45
모단정환혼기   牡丹亭還魂記(2卷)
　　湯顯祖 撰 集部 戲劇類   1774
모산지   茅山志   劉大彬 撰   史部
　　地理類   723
모시   毛詩(敦煌殘卷)   撰者未詳
　　經部 書類   56
모시고운   毛詩古韻(5卷)   牟應震
　　(淸) 撰 經部 小學類   247
모시고운잡론   毛詩古韻雜論(1卷)
　　牟應震(淸) 撰   經部 小學類
　　247
모시고음참의   毛詩古音參義(5卷)
　　首(1卷) 潘相(淸) 撰   經 部小
　　學類   244
모시고훈전정본   毛詩故訓傳定本(3
　　0卷) 段玉裁(淸) 撰   經部 詩
　　類   64

모시기구운고　　毛詩奇句韻攷(4卷)
牟應震(淸)　撰　經部　小學類　247

모시다식　毛詩多識(12卷)　多隆(淸)
撰　經部　詩類　72

모시례징　毛詩禮徵(10卷)　包世榮
(淸)　撰　經部　詩類　69

모시명물도설　　毛詩名物圖說(9卷)
徐鼎(淸)　撰　經部　詩類　62

모시문정　毛詩吻訂(10卷)　苗夔(淸)
撰　經部　詩類　69

모시물명고　毛詩物名考(7卷)　牟應
震(淸)　撰　經部　詩類　65

모시보소　毛詩補疏(5卷)　焦循(淸)
撰　經部　詩類　65

모시서설　毛詩序說(8卷)　郝敬(明)
撰　經部　詩類　58

모시석지　毛詩釋地(6卷)　桂文燦
(淸)　撰　經部　詩類　73

모시설　毛詩說(1卷)　陳奐(淸)　撰
經部　詩類　70

모시설　毛詩說(6卷)詩蘊(2卷)　戚學
標(淸)　撰　經部　詩類　64

모시쌍성첩운설　毛詩雙聲疊韻說(1
卷)　王均(淸)　撰　經部　詩類
69

모시요의　毛詩要義(20卷)譜序要義(1
卷)　魏了翁(宋)　撰　經部　詩類
56

모시원해　毛詩原解(36卷)　郝敬(明)
撰　經部　詩類　58

모시유의　毛詩油義(24卷)　李黼平
(淸)　撰　經部　詩類　68

모시음　毛試音(敦煌殘卷)　徐邈(晉)
撰　經部　書類　56

모시이문전　毛詩異文箋(10卷)　陳

모시일전　毛詩日箋(6卷)　秦松齡
(淸)　撰　經部　詩類　61

모시전의류　毛詩傳義類(1卷)　陳奐
(淸)　撰　經部　詩類　70

모시전전이의해　毛詩傳箋異義解(1
6卷)　沈鎬(淸)　撰　經部　詩類
73

모시전전통석　毛詩傳箋通釋(32卷)
馬瑞辰(淸)　撰　經部　詩類　68

모시정전개자설　毛詩鄭箋改字說(4
卷)　陳喬樅(淸)　撰　經部　詩類
72

모시중언　毛詩重言(3卷)　王均(淸)
撰　經部　詩類　69

모시증독　毛詩證讀(5卷)讀詩或問(1
卷)　戚學標(淸)　撰　經部　詩類
64

모시천문고　毛詩天文考(1卷)　洪亮
吉(淸)　撰　經部　詩類　65

모시초목조수충어석　毛詩草木鳥獸
蟲魚釋(12卷)　焦循(淸)　撰　經
部　詩類　65～66

모시초목조수충어소교정　毛詩草木
鳥獸蟲魚疏校正(2卷)　丁晏(淸)
撰　經部　詩類　71

모시통고　毛詩通考(30卷)　林伯桐
(淸)　撰　經部　詩類　68

모시후전　毛詩後箋(30卷)　胡承珙
(淸)　撰　經部　詩類　67

모여시화　耄餘詩話(10卷)　周春(淸)
撰　集部　詩文評類　1700

모정시고　毛鄭詩考正(4卷)　戴震
(淸)　撰　經部　詩類　63

모정시석　毛鄭詩釋(4卷)　丁晏(淸)

撰　經部　詩類　71

모정이동고　毛鄭異同考(10卷)　程晉芳(淸)　撰　經部　詩類　63

목감　牧監　楊昱　輯　史部　職官類　753

목눌재문집　木訥齋文集(5卷)附錄(1卷)　王毅　撰　集部　別集類　1324

목단정　審音鑑古錄(3-1)牧丹亭　撰者未詳　集部　戲劇類　1782

목단정　審音鑑古錄(6)牧丹亭　撰者未詳　集部　戲劇類　1781

목당초고　穆堂初稿(50卷)穆堂別稿(50卷)　李紱　撰　集部　別集類　1421～22

목래좌어　牧萊脞語(20卷)二薹(8卷)　陳仁子　撰　集部　別集類　1320

목령서집요　牧令書輯要　徐棟原輯；丁日昌　選評　史部　職官類　755

목면보　木棉譜(1卷)　褚華(淸)　撰　子部　農家類　977

목석거정교팔조우준　木石居精校八朝偶雋(7卷)　蔣一葵(明)　撰　集部　詩文評類　1714

목재초학집　牧齋初學集(110卷)　錢謙益　撰　集部　別集類　1389～91

목진　牧津　祁承한(淸)　撰　史部　職官類　754

몽고유목기　蒙古游牧記　張穆　撰；何秋濤補　史部　地理類　731

몽고자운　蒙古字韻(2卷)　朱宗文(元)　撰　經部　小學類　259

몽고통감장편　蒙古通鑑長編　王先

謙(淸)　撰　史部　編年類　350

몽구　蒙求(3卷)　李翰(唐)　撰　子部　類書類　1213

몽달비록교주　蒙韃備錄校注　曹元忠(淸)　撰　史部　雜史類　423

몽루시집　夢樓詩集(24卷)　王文治　撰　集部　別集類　1450

몽림현해　夢林玄解(1-34卷)；首(1卷)　邵雍(宋)　纂輯；陳士元(明)增刪；何棟如(明)　重輯　子部　術數類　1063～64

몽원서화록　夢園書畫錄(25卷)　方濬頤(淸)　撰　子部　藝術類　1086

몽점유고　夢占類考(12卷)　張鳳翼(明)　撰　子部　術數類　1064

몽점일지　夢占逸旨(8卷)　陳士元(明)　撰　子部　術數類　1064

몽한잡저　夢閒雜著(10卷)　兪蛟(淸)　撰　子部　小說家類　1269

몽환거화학간명　夢幻居畫學簡明(5卷)；續(5卷)；又(1卷)　鄭績(淸)　撰　子部　藝術類　1086

몽환연　盛明雜劇三集:卷二十三夢幻緣　周如璧　撰　集部　戲劇類　1765

묘관당여담　妙貫堂餘譚(6卷)　裘君弘(淸)　撰　子部　雜家類　1136

묘승　猫乘(8卷)　王初桐(淸)　輯　子部　譜錄類　1119

묘향재시집　妙香齋詩集(4卷)　趙德懋　撰　集部　別集類　1485

무강촌적　無腔村笛(2卷)　吳振棫(淸)　撰　集部　別集類　1521

무군농산고략　撫郡農產攷略(2卷)　何剛德(淸)　撰　子部　農家類

977

무령현지　撫寧縣志　張上和　修 ；
　　史夢蘭　纂　史部　地理類　691

무릉춘　盛明雜劇二集:卷三武陵春
　　許潮　撰　集部　戲劇類　1765

무림금석기　武林金石記　丁敬　撰
　　史部　金石類　910

무몽원유집　無夢園遺集(8卷)　陳仁
　　錫(明)　撰　集部　別集類　1383

무문집　無聞集(4卷)　崔述(淸)　撰
　　集部　別集類　1461

무불선재미정고　無不宣齋未定稿(4
　　卷)　翟灝　撰　集部　別集類
　　1441

무비지　武備志(240卷)　茅元儀(明)
　　撰　子部　兵家類　963～66

무사당문답　無邪堂問答(5卷)　朱一
　　新(淸)　撰　子部　雜家類　1164

무사위복재수필　無事爲福齋隨筆(2
　　卷)　韓泰華(淸)　撰　子部　雜家
　　類　1181

무상비요　無上秘要(100卷)　宇文邕
　　(北周)　勅輯　子部　宗敎類　129
　　2～93

무성시사　無聲詩史(7卷)　姜紹書
　　(淸)　撰　子部　藝術類　1065

무술리상록　戊戌履霜錄　胡思敬
　　撰　史部　雜史類　446

무술정변기　戊戌政變記　梁啓超
　　撰　史部　雜史類　446

무술주고　戊戌奏稿　康有爲　撰 ；
　　麥仲華　輯　史部　詔令奏議類
　　511

무안동이기　撫安東夷記　馬文昇
　　(明)　撰　史部　雜史類　433

무원록　無冤錄(1卷)　王與(元)　撰
　　子部　法家類　972

무이산지　武夷山志　董天工　撰
　　史部　地理類　724

무이집　武夷集(8卷)　白玉蟾　撰
　　集部　別集類　1319

무정부지　武定府志　〃王淸賢, 陳
　　淳　纂修〃　史部　地理類　715

무주간정위경목록　武周刊定僞經目
　　錄(1卷)　(釋)明佺(武周)　等撰
　　子部　宗敎類　1289

무주간정중경목록　武周刊定衆經目
　　錄(14卷)　(釋)明佺(武周)　等撰
　　子部　宗敎類　1289

무주사　無住詞(1卷)　陳與義　撰 ；
　　胡穉　注　集部　別集類　1317

무창기사　武昌紀事　陳徽言　撰
　　史部　雜史類　446

무현금보　無絃琴譜(2卷)　仇遠　撰
　　集部　詞類　1723

무화암시　楙花盦詩(2卷)附錄(1卷)外
　　集(1卷)　葉廷琯(淸)　撰　集部
　　別集類　1519

묵매인명록　墨梅人名錄(1卷)　童翼
　　駒(淸)　輯　子部　藝術類　1068

묵연휘관록　墨緣彙觀錄(4卷)　安岐
　　(淸)　撰　子部　藝術類　1067

묵자한고　墨子閒詁(15卷)附錄(1卷)
　　後語(2卷)　孫詒讓(淸)　撰　子部
　　雜家類　1121

묵정화발　墨井畵跋(1卷)　吳歷(淸)
　　撰　子部　藝術類　1066

문경비부론　文鏡秘府論(6卷)　(日
　　釋)遍照金剛　撰　集部　詩文評
　　類　1694

문관사림　文館詞林(1000卷)　許敬宗 撰　集部 總集類　1582

문기집　問奇集(2卷)　張位(明) 撰　經部 小學類　238

문도희선생유시　文道希先生遺詩(1卷)　文廷式(淸) 撰　集部 別集類　1568

문목산방집　文木山房集(4卷)　吳敬梓 撰　集部 別集類　1428

문방사고도설　文房肆考圖說(8卷)　唐秉鈞(淸) 撰　子部 譜錄類　1113

문사통의　文史通義　章學誠(淸) 撰　史部 史評類　448

문선고이　文選考異(4卷)　孫志祖(淸) 撰　集部 總集類　1581

문선리학권여　文選理學權輿(8卷)補(1卷)　汪師韓(淸) 撰　集部 總集類　1581

문선방증　文選旁證(46卷)　梁章鉅(淸) 撰　集部 總集類　1581

문선전증　文選箋證(32卷)　胡紹煐 撰　集部 總集類　1582

문슬신어　捫蝨新語(15卷)　陳善(宋) 撰　子部 雜家類　1122

문식　文式(2卷)　陳繹曾 撰　集部 詩文評類　1713

문심당온병조변　問心堂溫病條辨(6卷)首(1卷)　吳瑭(淸) 撰　子部 醫家類　1004

문안재필담　聞雁齋筆談(6卷)　張大復(明) 撰　子部 雜家類　1131

문연청화　文淵淸話　撰者未詳　子部 小說家類　1272

문운고충육성회편　文韻攷衷六聲會編(12卷)　桑紹良(明) 撰　經部 小學類　255

문원영화찬요인　文苑英華纂要人(14卷)　高似孫 撰　集部 總集類　1582

문음실시집　聞音室詩集(4卷)遺文附刻(1卷)　王嘉曾 撰　集部 別集類　1447

문인씨두진론　聞人氏痘疹論(4卷)　聞人規(宋) 撰　子部 醫家類　1011

문자　文子(12卷)　"徐靈府(唐)；朱弁(宋), 杜道堅注；孫鑛(明) 評"　子部 儒家類　958

문자몽구　文字夢求(4卷)　王筠(淸) 撰　經部 小學類　220

문장변체　文章辨體(50卷)文章辨體外集五卷總論(1卷)　吳訥 輯　集部 總集類　1602

문전　文筌(不分卷)　陳繹曾 撰　集部 詩文評類　1713

문정공시초　文靖公詩鈔(8卷)　寶鋆 撰　集部 別集類　1536

문정공유집　文靖公遺集(12卷)補遺(1卷)　寶鋆 撰　集部 別集類　1536

문정왕공유사　文正王公遺事　王素 撰　史部 傳記類　550

문천정방언　問天亭放言(1卷)　丁耀亢(淸) 撰　子部 雜家類　1176

문충공연보초고　文忠公年譜草稿　林聰彝 撰　史部 傳記類　557

문통　文通(30卷)閏(1卷)　朱荃宰 撰　集部 詩文評類　1713～14

문통　文通　馬建忠(淸) 撰　經部

小學類　195～96

문해피사　文海披沙(8卷)　謝肇淛(明)　撰　子部　雜家類　1130

문헌징존록　文獻徵存錄　錢林　撰　史部　傳記類　540

문화대훈잠해　文華大訓箴解(6卷)　廖道南(明)　撰　子部　儒家類　939

문희입새　盛明雜劇初集:卷十文姬入塞　陳與郊　撰　集部　戲劇類　1764

물약현전　勿藥玄詮(1卷)　汪昂(淸)　編　子部　醫家類　1030

물헌물학계몽도전통의　勿軒易學啓蒙圖傳通義(7卷)　熊禾(宋)　述　經部　易類　2

미경산관문초　味經山館文鈔(4卷)　戴鈞衡(淸)　撰　集部　別集類　1545

미경산관시초　味經山館詩鈔(6卷)評語(1卷)　戴鈞衡(淸)　撰　集部　別集類　1545

미상재시속집　微尙齋詩續集(2卷)　馮志沂　撰　集部　別集類　1553

미상재시집　微尙齋詩集初編(4卷)　馮志沂　撰　集部　別集類　1553

미수헌일기　味水軒日記　李日華　撰　史部　傳記類　558

미준재사의　味雋齋史義　周濟　撰　史部　史評類　451

미청쇄천녀이혼　迷靑瑣倩女離魂　鄭德輝　撰　集部　戲劇類　1763

미청쇄천여이혼잡극　迷靑瑣倩女離魂雜劇　鄭德輝　撰　集部　戲劇類　1761

미피집　渼陂集(16卷)渼陂續集(3卷)　王九思(明)　撰　集部　別集類　1334

민구기요　敏求機要(16卷)　劉實(元)　撰；劉茂實　注　子部　類書類　1218

민부소　閩部疏　王世懋　撰　史部　地理類　734

민소기　閩小紀　周亮工(淸)　撰　史部　地理類　734

민시록　閩詩錄甲集(6卷)乙集(4卷)丙集(23卷)丁集(1卷)戊集(7卷)　鄭杰　輯　集部　總集類　1687

민역포주해혹　民曆鋪註解惑(1卷)　湯若望(德)　撰　子部　天文算法類　1040

민재시초　敏齋詩艸(2卷)　李苞(淸)　撰　集部　別集類　1475

민중금석지　閩中金石志　馮登府(淸)　撰　史部　金石類　912

민중려지통보　閩中荔支通譜(16卷)　鄧慶寀(淸)　撰　子部　譜錄類　1116

민중서화록　閩中書畵錄(14卷)　黃錫蕃(淸)　撰　子部　藝術類　1068

민천규수시화　閩川閨秀詩話(4卷)　梁章鉅(淸)　撰　集部　詩文評類　1705

민해기약　閩海紀略　撰者未詳　史部　雜史類　445

밀물고　密勿稿　毛紀　撰　史部　詔令奏議類　476

밀암치언　密庵卮言(6卷)　樊良樞(明)　撰　子部　雜家類　1132

ㅂ

박구산방집   泊鷗山房集(38卷)   陶
元藻 撰   集部 別集類   1441~
42

박물요람   博物要覽(16卷)   谷泰(明)
輯   子部 雜家類   1186

박물전휘   博物典彙(20卷)   黃道周
(明) 輯   子部 類書類   1246

박사서개착   駁四書改錯(21卷)   戴
大昌(淸) 撰   經部 四書類   169

박안경기   拍案驚奇(40卷)   凌濛初
撰   集部 小說類   1786

박안휘편   駁案彙編(一)~(二)   朱梅
臣 輯   史部 政書類   873~4

박오경이의소증   駁五經異義疏證(1
0卷)   皮錫瑞(淸) 撰   經部 群
經總義類   171

박춘추명자해고   駁春秋名字解詁(1
卷)   胡元玉(淸) 撰   經部 春秋
類   128

박취재고   博趣齋藁(23卷)   王雲鳳
撰   集部 別集類   1331

박학재문록   樸學齋文錄(4卷)   宋翔
鳳(淸) 撰   集部 別集類   1504

반경재혁보약선   潘景齋奕譜約選(1
卷)   "楚桐隱 (淸), 韋芝楣 輯"
子部 藝術類   1105

반고루이기관식   攀古樓彝器款識
潘祖蔭 撰   史部 金石類   903

반고소여잡저   攀古小廬雜著(12卷)
許濤(淸) 撰   子部 雜家類   1160

반당정고   半塘定稿(2卷)半塘賸稿(1
卷)   王鵬運 撰   集部 詞類
1727

반동악부반   東樂府(2卷)   康海 撰
集部 曲類   1738

반반산장농언저실   半半山莊農言著
實(1卷)   楊秀沅(淸) 撰   子部
農家類   976

반비한   盛明雜劇三集:卷十二半臂
寒   南山逸史 撰   集部 戲劇
類   1765

반암려유집   半巖廬遺集(2卷)   邵懿
辰(淸) 撰   集部 別集類   1536

반야뇌굉천복비잡극   半夜雷轟薦福
碑雜劇   馬致遠 撰   集部 戲
劇類   1761

반자구인록집요   潘子求仁錄輯要(1
0卷)   潘平格(淸) 撰   子部 儒
家類   950

반절정보   反切定譜(1卷)   樸隱子
(淸) 撰   經部 小學類   253

반행암시존고   半行庵詩存稿(8卷)
貝靑喬 撰   集部 別集類   1537

반호문집   柈湖文集(12卷)   吳敏樹
撰   集部 別集類   1534

방거사오방래생채잡극   龐居士誤放
來生債雜劇   撰者未詳   集部
戲劇類   1760

방기수이집설구십구정고   邦畿水利
集說九十九淀考   沈聯芳 撰
史部 政書類   851

방기신해   坊記新解(不分卷)   류平
(淸) 撰   經部 禮類   107

방산설선생전집   方山薛先生全集(6
8卷)   薛應旂 撰   集部 別集類
1343

방성도해   方星圖解(1卷)   閔明我
(淸) 撰   子部 天文算法類   1032

방식록　髹飾錄(2卷)　〝黃成(明) 撰,
　　楊明 注〞　子部 譜錄類　1115

방식록전증　髹飾錄箋證(1卷)　壽碌
　　堂主人(日) 撰 ; 闞鐸 輯　子部
　　譜錄類　1115

방씨묵보　方氏墨譜(6卷) ; 首(1卷)
　　方于魯(明) 撰　子部 譜錄類
　　1114

방씨역학　〝方氏易學(5書,5卷)〞　方
　　申(淸) 撰　經部 易類　30

방언　方言(10卷)　范涞(明) 撰　子
　　部 儒家類　941

방언거　方言據　岳元聲(明) 撰　經
　　部 小學類　193

방언소증　方言疏證　戴辰(淸) 撰
　　經部 小學類　193

방연야주마릉도잡극　龐涓夜走馬陵
　　道雜劇　撰者未詳　集部 戲劇
　　類　1761

방음　方音　戚學標(淸) 撰　經部
　　小學類　195

방잠재시초　仿潛齋詩鈔(15卷)　李
　　嘉樂 撰　集部 別集類　1559~
　　60

방제시설　放齊詩說(4卷)首(1卷)　〝曹
　　粹中(宋)撰,　張壽鏞撰.〞　經部
　　書類　56

방주문집　芳洲文集(10卷)附錄(1卷)
　　芳洲詩集(4卷)　陳循 撰　集部
　　別集類　1327

방주문집속편　芳洲文集續編(6卷)
　　陳循 撰　集部 別集類　1328

방하주의　防河奏議　樀曾筠 撰
　　史部 詔令奏議類　494

방해기략　防海紀略　王之春 撰

史部 雜史類　445

방환비례수표　方環比例數表(1卷)
　　戴震(淸) 撰　子部 天文算法類
　　1045

방휘　方彙(3卷)　高秉鈞(淸) 撰　子
　　部 醫家類　1016

방휘보유　方彙補遺(1卷)　高秉鈞
　　(淸) 撰　子部 醫家類　1016

방희재장서기　滂喜齋藏書記　潘祖
　　蔭 撰 ; 葉昌熾 編 ; 潘承弼
　　增補　史部 目錄類　926

배경당문집　拜經堂文集(5卷)　臧庸
　　(淸) 撰　集部 別集類　1491

배경루시집　拜經樓詩集(12卷)續編(4
　　卷)再續編(1卷)　吳騫(淸) 撰
　　集部 別集類　1454

배경루시화　拜經樓詩話(4卷)　吳騫
　　(淸) 撰　集部 詩文評類　1704

배경루장서제발기　拜經樓藏書題跋
　　記　吳壽暘(淸) 撰　史部 目錄
　　類　930

배경일기　拜經日記(12卷)　臧庸(淸)
　　撰　子部 雜家類　1158

배석산방사초　拜石山房詞鈔(4卷)
　　顧翰 撰　集部 詞類　1726

배소준장두마상잡극　裴少俊牆頭馬
　　上雜劇　白仁甫 撰　集部 戲
　　劇類　1760

배음헌시집　培蔭軒詩集(4卷)培蔭軒
　　文集(2卷)培蔭軒雜記(1卷)　胡季
　　堂 撰　集部 別集類　1447

배자언의　裴子言醫(4卷)　裴一中
　　(明) 撰　子部 醫家類　1028

백견산방전집　柏梘山房全集(31卷)
　　梅曾亮 撰　集部 別集類　151

3~14

백답산인시집   白畓山人詩集(10卷)
    白畓山人文集(2卷)   闍爾梅 撰
    集部 別集類   1394

백당사우언행기   柏堂師友言行記
    方宗誠(淸) 撰   史部 傳記類
    540

백로주주객설시   白鷺洲主客說詩(1
    卷) 毛奇齡(淸) 撰   經部 詩類
    61

백록서원지   白鹿書院志   毛德琦
    撰   史部 地理類   720

백료금감   百僚金鑑   牛天宿 撰
    史部 職官類   755

백말사   百末詞(6卷)   尤侗 撰   集
    部 詞類   1724

백명가사초   百名家詞鈔(100卷)   〝葉
    先, 曾王孫 編〞   集部 詞類   17
    21~22

백명가시선   百名家詩選(89卷)   魏
    憲 輯   集部 總集類   1624~25

백민중추매향   白敏中偁梅香   鄭德
    輝 撰   集部 戲劇類   1763

백사선생지언   白沙先生至言(10卷)
    陳獻章(明) 撰   子部 儒家類
    936

백설루시집   白雪樓詩集(12卷)   李
    攀龍 撰   集部 別集類   1345

백설유음   白雪遺音(4卷)   華廣生
    輯   集部 曲類   1745

백설재선정악부오소합편   白雪齋選
    訂樂府吳騷合編(4卷)衡曲麈談(1
    卷)曲律(1卷)   〝張楚叔, 張旭初
    輯〞   集部 曲類   1743

백성연수   百城烟水   〝徐崧, 張大

純 輯〞   史部 地理類   733

백소재루집   白蘇齋루集(22卷)   袁
    宗道 撰   集部 別集類   1363

백송일전서록   百宋一廛書錄   黃丕
    烈 撰   史部 目錄類   923

백우재사화   白雨齋詞話(8卷)   陳廷
    悼 撰   集部 詞類   1735

백유집   白楡集(28卷)詩集(8卷)文集(2
    0卷)   屠隆 撰   集部 別集類
    1359

백일산방시집   百一山房詩集(12卷)
    孫士毅 撰   集部 別集類   1433

백주당전집   百柱堂全集(51卷)首(1
    卷)附錄(1卷)   王柏心 撰   集部
    別集類   1527~28

백천서지   百川書志   高儒 撰   史
    部 目錄類   919

백토기   六十種曲120卷 : 白兎記(2
    卷)   撰者未詳   集部 戲劇類
    1773

백학산방시초   白鶴山房詩鈔(20卷)
    白鶴山房詞鈔(2卷)白鶴山房外
    集(2卷)   葉紹本 撰   集部 別
    集類   1483

백호통소증   白虎通疏證(12卷)   陳
    立(淸) 撰   子部 雜家類   1142

백화강부각시집   白華絳柎閣詩集(1
    0卷)   李慈銘 撰   集部 別集類
    1559

백화시초   白華詩鈔(13卷)   吳省欽
    撰   集部 別集類   1448

백화전고   白華前稿(60卷)   吳省欽
    撰   集部 別集類   1447~48

백화후고   白華後稿(40卷)   吳省欽
    撰   集部 別集類   1448

백후조변　白喉條辨(1卷)　陳葆善(淸) 撰　子部 醫家類　1018

백후치법기표결미　白喉治法忌表抉微(1卷)　夏雲(淸) 撰　子部 醫家類　1018

뱅자요략孟子要略(5卷)首(1卷)　″朱熹(淸) 撰, 曾國(淸)藩按″　經部 四書類　157

번남문집보편　樊南文集補編(12卷)附錄(1卷)　李商隱 撰；錢振倫 箋；錢振常 注　集部 別集類　1312

번남문집상주　樊南文集詳註(8卷)　李商隱 撰；馮浩 注　集部 別集類　1312

번산속집　樊山續集(28卷)　樊增祥 撰　集部 別集類　1574～75

번산집　樊山集(28卷)　樊增祥 撰　集部別 集類　1574

번소술집　樊紹述集(2卷)　樊宗師 撰；孫之騄 輯竝注　集部 別集類　1311

번천문집협주　樊川文集夾註(4卷)外集(1卷)　杜牧 撰；佚名 注　集部 別集類　1312

번천시집　樊川詩集(4卷)別集(1卷)外集(1卷)補遺(1卷)　杜牧 撰；馮集梧 注　集部 別集類　1312

번한합시장중주　番漢合時掌中珠　骨勒(西夏) 撰　經部 小學類　229

범동문집　範東文集(12卷)　劉隅 集部 別集類　1339

범문정공문집　范文正公文集(20卷)　范仲淹 撰　集部 別集類　1313

범문정공연보　范文正公年譜　樓鑰 撰　史部 傳記類　552

범백자시집　范伯子詩集(19卷)　范當世 撰　集部 別集類　1568

범석호시집주　范石湖詩集注(3卷)　范成大 撰；沈欽韓 注　集部 別集類　1318

범연　範衍(10卷)　錢一本(明) 撰　子部 術數類　1048

범장계서　范張雞黍　宮天挺 撰　集部 戲劇類　1763

법서통석　法書通釋(2卷)　張紳(明) 撰　子部 藝術類　1065

법언의소　法言義疏(20卷)　汪榮寶 撰　子部 儒家類　933

법의　法意(29卷)　孟德斯鳩(法) 撰；嚴復 譯　子部 西學譯著類　1298～99

벡운고　白雲稾(12卷)　朱右 撰　集部 別集類　1326

벽림음관초존　薜蒜吟館鈔存(8卷)賦(2卷)　柏葰 撰　集部 別集類　1521

벽산시여　碧山詩餘(1卷)　王九思(明) 撰　集部 詞類　1723

벽산악부　碧山樂府(4卷)　王九思(明) 撰　集部 曲類　1738

벽송루장서지　皕宋樓藏書志　陸心源(淸) 撰　史部 目錄類　928～29

벽수군영대문회원　璧水群英待問會元(90卷)　劉達可(宋) 輯　子部 類書類　1217～18

벽연수부　盛明雜劇二集:卷十三碧蓮繡符　葉憲祖 撰　集部 戲劇類　1765

벽옹기사   辟雍紀事   ″盧上銘, 馮
    士驊 撰″ 史部 政書類   828
벽운집   碧雲集(3卷)   李中 撰   集
    部 別集類   1313
변무필록   辯誣筆錄   趙禎(宋) 撰
    史部 雜史類   423
변민도찬   便民圖纂(15卷)   鄺반(明)
    撰 子部 農家類   975
변복석례   弁服釋例(8卷)表(1卷)   任
    大椿(淸) 撰 經部 禮類   109
변아당유집   變雅堂遺集(18卷)文集(8
    卷)詩集(10卷)附錄(2卷)   杜濬
    撰 集部 別集類   1394
변자통고   辨字通考(4卷)首(1卷)   王
    在鎬(淸) 撰 經部 小學類   239
변정고   邊政考   張雨 撰   史部 地
    理類   738
변증록   辨證錄(13卷)   陳士鐸(淸)
    撰 子部 醫家類   1023~24
별기   瞥記(7卷)   梁玉繩(淸) 撰   子
    部 雜家類   1157
별아정   別雅訂   許瀚(淸) 撰   經部
    小學類   193
별하재서화록   別下齋書畵錄(7卷) ；
    補闕(1卷) 蔣光煦(淸) 撰   子部
    藝術類   1084
병경   兵鏡(20卷)   ″吳惟順(明), 吳鳴
    球 編撰″ 子部 兵家類   966
병려문   駢儷文(3卷)   孔廣森(淸) 撰
    集部 別集類   1476
병벽백금방   迸澼百金方(14卷)   惠
    麓酒民(淸) 編 子部 兵家類   967
병수재시집   餠水齋詩集(17卷)詩別
    集(2卷)詩話(1卷)附錄(1卷)   舒位
    撰 集部 別集類   1486~87

병여시고   瓶廬詩稿(8卷)   翁同和
    (淸) 撰 集部 別集類   1559
병음연성자학집요   倂音連聲字學集
    要(4卷)   ″陶承學(明), 毛曾輯″
    經部 小學類   259
병일만기   病逸漫記(不分卷)   陸釴
    (明) 撰 子部 雜家類   1170
병자분전   騈字分箋   程際盛(淸) 撰
    經部 小學類   192
병자훈찬   騈字訓찬   朱謀(明) 撰
    經部 小學類   192
병체문초   駢體文鈔(31卷)   李兆洛
    輯 集部 總集類   1610
병촉재수필   炳燭齋隨筆(1卷)   顧大
    韻(明) 撰 子部 雜家類   1133
병촉편   炳燭編(4卷)   李賡芸(淸) 撰
    子部 雜家類   1155
병탑몽흔록   病榻夢痕錄   汪輝祖
    撰 史部 傳記類   555
병학신서   兵學新書(16卷)   徐建寅
    (淸) 輯 子部 兵家類   969
보간진천선생집   補刊震川先生集(8
    卷) 歸有光 撰   集 部別集類
    1353
보갑서   保甲書   徐棟輯   史部 政
    書類   859
보광도인비전면과   葆光道人秘傳眼
    科(1卷)   葆光道人(明) 撰   子部
    醫家類   1017
보규당집십   寶奎堂集(12卷)   陵錫
    態 撰 集部 別集類   1451
보근시존   補勤詩存(24卷)首(1卷)續
    編(5卷) 陳錦 撰   集部 別集
    類   1548
보륜당고   寶綸堂稿(12卷)   許纘曾

撰　集部　別集類　1409～10

보륜당문초　寶綸堂文鈔(8卷)寶綸堂詩鈔(6卷)　齊召南(淸)　撰　集部　別集類　1428

보속고승전　補續高僧傳(26卷)　(釋)明河(明)　撰　子部　宗敎類　1283

보속전촉환문지　補續全蜀환文志(56卷)　胡承詔　輯　集部　總集類　1677

보안당정정맥망　寶顏堂訂正脈望(8卷)　趙台鼎(明)　撰　子部　雜家類　1128

보양비사　莆陽比事　李俊甫　撰　史部　地理類　734

보여당사서문답　補餘堂四書問答(24卷)附錄(1卷)　戴大昌(淸)　撰　經部　四書類　169

보오대사예문지　補五代史藝文志　顧櫰三　撰　史部　目錄類　916

보의년록　補疑年錄　錢椒　撰　史部　傳記類　517

보진서예문지　補晉書藝文志　丁國鈞　撰；丁辰　注　史部　目錄類　914

보천신독　寶泉新牘　陳于廷　輯　史部　政書類　838

보충서옥외집　葆沖書屋外集(2卷)　汪如洋(淸)　撰　集部　別集類　1476

보충서옥집　葆沖書屋集(4卷)　汪如洋(淸)　撰　集部　別集類　1476

보타산지　普陀山志　許琰　撰　史部　地理類　723

보환우방비록　補寰宇訪碑錄　趙之謙(淸)　撰　史部　金石類　904

보훈　寶訓(8卷)　郝懿行(淸)　撰　子部　農家類　976

복강안주소　福康安奏疏　福康安　撰　史部　詔令奏議類　494

복당사　復堂詞(3卷)　譚獻　撰　集部　詞類　1727

복벽녹　復辟錄　楊瑄(明)　撰　史部　雜史類　433

복분명경조점진경　覆盆明鏡照占眞經(8卷)　趙天祐(宋)　撰　子部　術數類　1055

복사기략　復社紀略　陸世儀(淸)　撰　史部　雜史類　438

복서전서　卜筮全書(14卷)　姚際隆(明)　刪補　子部　術數類　1059

복세항언　卜歲恒言(4卷)　吳鵠(淸)　撰　子部　農家類　976

복옹집형명　覆甕集刑名(10卷)；餘集(1卷)　張我觀(淸)　撰　子部　法家類　974

복장병려문각　復莊騈儷文榷(8卷)二編(8卷)　姚燮　撰　集部　別集類　1533

복장시문　復莊詩問(34卷)　姚燮　撰　集部　別集類　1532～33

복재선생용도진공문집　復齋先生龍圖陳公文集(23卷)拾遺(1卷)　陳宓　撰　集部　別集類　1319

복재일기　復齋日記(1卷)　許浩(明)　撰　子部　雜家類　1170

복초재문집　復初齋文集(35卷)　翁方綱(淸)　撰　集部　別集類　1455

복초재시집　復初齋詩集(70卷)　翁方綱(淸)　撰　集部　別集類　1454～55

복회고도도설　復淮故道圖說　丁顯
　　撰　史部　政書類　848

본경봉원　本經逢原(4卷)　張璐(淸)
　　撰　子部　醫家類　994

본경서소요　本經序疏要(8卷)　鄒澍
　　(淸)　撰　子部　醫家類　993

본경소증　本經疏證(12卷)　鄒澍(淸)
　　撰　子部　醫家類　993

본경속소　本經續疏(6卷)　鄒澍(淸)
　　撰　子部　醫家類　993

본사시　本事詩(12卷)　徐釚　撰　集
　　部　詩文評類　1699

본조분성인물고　　本朝分省人物考
　　(1～4)　過庭訓(明)　撰　史部　傳
　　記類　533～36

본초강목습유　本草綱目拾遺(10卷)；
　　正誤(1卷)　趙學敏(淸)　撰　子部
　　醫家類　994～95

본초경해요　本草經解要(4卷)；附
　　餘(1卷)　姚球(淸)　撰　子部　醫
　　家類　995

본초구진　本草求眞(9卷)　黃宮繡
　　(淸)　撰　子部　醫家類　995

본초몽전　本草蒙筌(12卷)　陳嘉謨
　　(明)　撰　子部　醫家類　991

본초비요　增訂本草備要(4卷)　汪昂
　　(淸)　撰　子部　醫家類　993

본초연의　本草衍義(20卷)　寇宗奭
　　(宋)　撰　子部　醫家類　990

본초원시　本草原始(20卷)　李中立
　　(明)　撰　子部　醫家類　992～93

본초종신　本草從新(18卷)　吳儀洛
　　(淸)　撰　子部　醫家類　994

본초집요　本草集要(8卷)　王綸(明)
　　輯　子部　醫家類　990

본초통현　本草通玄(2卷)　　李中梓
　　(明)　撰　子部　醫家類　993

본초품휘정요　〃本草品彙精要(42卷),
　　續集(10卷)；脈訣(上)〃　劉文泰
　　(明)　等撰　王道純(淸)　等輯　子
　　部　醫家類　990～91

본초휘언　本草彙言(20卷)　　倪朱謨
　　(明)　撰　子部　醫家類　992

봉니고약　封泥考略(10卷)　〃吳式芬
　　(淸), 陳介祺　撰〃　子部　譜錄類
　　1109～10

봉대현지　鳳臺縣志　李兆洛纂修
　　史部　地理類　710

봉려문초　蓬廬文鈔(8卷)　　周廣業
　　(淸)　撰　集部　別集類　1449

봉복편　捧腹編(10卷)　許自昌(明)　輯
　　子部　小說家類　1273

봉아소기　蜂衙小記(1卷)　　郝懿行
　　(淸)　撰　子部　譜錄類　1120

봉저부담　蓬底浮談(15卷)；附錄(1
　　卷)　張元諭(明)　撰　子部　雜家
　　類　1126

봉창수록　蓬窗隨錄(14卷)；附錄(2
　　卷)；續錄(2卷)　沈兆澐(淸)　輯
　　子部　雜家類　1197～98

봉창유기　蓬窗類紀(5卷)　黃暐(明)
　　撰　子部　小說家類　1271

봉창일록　蓬窗日錄(8卷)；轍轓述(4
　　卷)　陳全之(明)　撰　子部　雜家
　　類　1125

봉천록　奉天錄　趙元一(唐)　撰　史
　　部　雜史類　423

봉천자극기시아편　鳳川子克己示兒
　　編(1卷)　劉良臣(明)撰　子　部儒
　　家類　938

부경록　賦鏡錄　施端敎　輯　史部
　　政書類　834

부고이　附考異(2卷)　黃景仁(淸)　撰
　　集部　別集類　1474

부과옥척　婦科玉尺(6卷)　沈金鰲
　　(淸)　撰　子部　醫家類　1008

부구자　浮邱子(12卷)　湯鵬(淸)　撰
　　子部　儒家類　952

부남해유초　附南陔遺鈔(1卷)　扎拉
　　芬(淸)　撰　集部　別集類　1474

부득기　不得已(2卷)　楊光先(淸)　撰
　　子部　天文算法類　1033

부려시　缶廬詩(4卷)別存(3卷)　吳昌
　　碩　撰　集部　別集類　1570

부록서당답문　附錄書堂答問(1卷)
　　簡朝亮(淸)　撰　經部　書類　52

부복소재부화　附復小齋賦話(2卷)
　　浦銑　撰　集部　詩文評類　1716

부봉실우음　附蓬室偶吟(1卷)　湯瑤
　　卿　撰　集部　別集類　1486

부산문집　浮山文集前編(10卷)浮山
　　文集後編(2卷)　方以智(淸)　撰
　　集部　別集類　1398

부산차장헌별집　浮山此藏軒別集(2
　　卷)　方以智(淸)　撰　集部　別集
　　類　1398

부씨면과심시요함　傅氏眼科審視瑤
　　函(6卷)　;　首(1卷)　;　醫案(1卷)
　　傅仁宇(明)　撰　子部　醫家類
　　1017

부씨위종도설　鳧氏爲鍾圖說(1卷)
　　鄭珍(淸)　撰　經部　禮類　85

부양도정지　浮梁陶政志(1卷)　吳允
　　嘉(淸)　撰　子部　譜錄類　1115

부여사　扶荔詞(3卷)　丁澎　撰　集

部　詞類　1724

부용산관전집　芙蓉山館全集(20卷)
　　附錄(1卷)　楊芳燦(淸)　撰　集部
　　別集類　1477

부율시요체　附律詩拗體(4卷)　李兆
　　元　撰　集部　詩文評類　1702

부의원사략　附薏園事略(1卷)　楊鍾
　　羲　撰　集部　別集類　1567

부정선생문집　梓亭先生文集(6卷)補
　　遺(1卷)　詩集陸世儀(淸)　撰　集
　　部　別集類　1398

부찰설변증가　附察舌辨症歌(1卷)
　　吳坤安(淸)　撰　子部　醫家類
　　999

부책주여과　"傅責主女科(2卷);附,
　　產後編(2卷)"　傅山(淸)　撰　子
　　部　醫家類　1007

부철함재서발보　鐵函齋書跋補(1卷)
　　翁方綱(淸)　撰　;　何溱(淸)　輯
　　子部　藝術類　1068

부초회양이왕재위사적고　附楚懷襄
　　二王在位事蹟考(1卷)　屈復(淸)
　　撰　集部　楚辭類　1302

부포당문선　負苞堂文選(4卷)　臧懋
　　循　撰　集部　別集類　1361

부포당시선　負苞堂詩選(5卷)　臧懋
　　循　撰　集部　別集類　1361

부혜전서　孚惠全書　彭元瑞(淸)　等
　　纂　修　史部　政書類　846

부화　賦話(10卷)　李調元(淸)　撰
　　集部　詩文評類　1715

북강시화　北江詩話(6卷)　洪亮吉
　　撰　集部　詩文評類　1705

북당서초　北堂書鈔(160卷)　虞世南
　　(唐)　輯　子部　雜家類　1212～13

북망설법　盛明雜劇初集:卷十五北邙說法　沈自徵　撰　集部　戲劇類　1764

북변비대　北邊備對　程大昌　撰　史部　地理類　737

북서포옹록　北墅抱甕錄(1卷)　高士奇(淸)　撰　子部　譜錄類　1119

북송변학이체석경기　北宋汴學二體石經記　丁晏(淸)　撰　經部　群經總義類　184

북수행록　北狩行錄　蔡絛(宋)　撰　史部　雜史類　423

북순사기　北巡私記　劉佶　撰　史部　雜史類　424

북유록　北游錄　談遷(淸)　撰　史部　地理類　737

북정기　北征記　楊榮(明)　撰　史部　雜史類　433

북정사적　北征事蹟　袁彬(明)　撰　史部　雜史類　433

북학편　北學編　魏一鰲　撰；尹會一等續補　史部　傳記類　515

북해삼고　北海三考　胡元儀　撰　史部　傳記類　549

분문쇄쇄록　分門瑣碎錄　溫革(宋)　撰　子部　農家類　975

분문집주두공부시　分門集註杜工部詩(25卷)　"杜甫　撰；王洙, 趙次公 等注"　集部　別集類　1306

분문집주두공부시연보　分門集註杜工部詩年譜(1卷)　呂大防　撰　集部　別集類　1306

분상속담　汾上續談(1卷)　朱孟震(明)　撰　子部　雜家類　1128

분주부지　汾州府志　孫和相　修；戴震　纂　史部　地理類　692

분초록　焚椒錄　王鼎(遼)　撰　史部　雜史類　423

분타리실사집　芬陀利室詞集(5卷)　蔣敦復　撰　集部　詞類　1726

분타리실사화　芬陀利室詞話(3卷)　蔣敦復　撰　集部　詞類　1735

분행조서　분행詔書　撰者未　詳　史部　詔令奏議類　458

불고편　不古編(不分卷)　吳貞吉(淸)　輯　子部　藝術類　1100

불복로　盛明雜劇二集:卷二十一不伏老　馮氏　撰　集部　戲劇類　1765

불요연　盛明雜劇三集:卷二十五不了緣　碧蕉軒主人　撰　集部　戲劇類　1765

불조통기　佛祖統紀(54卷)　(釋)志磐(宋)　撰　子部　宗敎類　1287

불하대편　不下帶編(7卷)　金埴(淸)　撰　子部　小說家類　1262

비구니전　比丘尼傳(4卷)　(釋)寶唱(南朝梁)　撰　子部　宗敎類　1285

비농최요　裨農最要(3卷)　陳開沚(淸)　撰　子部　農家類　978

비릉인품기　毘陵人品記　毛憲　撰；吳亮增補　史部　傳記類　541

비별자　碑別字(5卷)　羅振鈞(淸)　撰　經部　小學類　243

비씨고역정문　費氏古易訂文(12卷)　王樹枏(淸)　撰　經部　易類　40

비아　比雅　洪亮吉(淸)　撰　經部　小學類　192

비연외전　飛燕外傳(1卷)　伶玄　撰　集部　小說類　1783

비용양방　備用良方(1卷)　費啓泰(淸)　撰　子部　醫家類　1011

비은여지록　費隱與知錄(1卷)　鄭復光(淸)　撰　子部　雜家類　1140

비전면과용목의서총론　秘傳眼科龍木醫書總論(10卷)　葆光道人(明)　撰　子部　醫家類　1017

비전면과전서　秘傳眼科全書(6卷)　袁學淵(明)　撰　子部　醫家類　1018

비전화경　秘傳花鏡(6卷)；圖(1卷)　陳淏子(淸)　輯　子部　譜錄類　1117

비파기　六十種曲120卷:琵琶記(2卷)　高明　撰　集部　戲劇類　1769

비파기　審音鑑古錄(1)　琵琶記　撰者未　詳集部戲劇類　1781

비파보　琵琶譜(3卷)　華文桂(淸)　輯　子部　藝術類　1096

비홍당연보　飛鴻堂硯譜(3卷)；飛鴻堂墨譜(1卷)；飛鴻堂瓶譜(1卷)；飛鴻堂鼎로譜(1卷)　汪啓淑(淸)　輯　子部　譜錄類　1113

비환기　六十種曲120卷:飛丸記(2卷)　徐復祚　撰　集部　戲劇類　1771

빈라암유집　頻羅庵遺集(16卷)　梁同書(淸)　撰　集部　別集類　1444～5

빈맹집　賓萌集(6卷)外集(4卷)春左堂雜文(2卷)續編(5卷)三編(4卷)四編(8卷)五編(8卷)六編(10卷)六編補遺(6卷)春在堂詩編(23卷)　前樾　撰　集部　別集類　1550～51

빈주석실록　邠州石室錄　葉昌熾　撰　史部　金石類　909

빈주어적보　蘋洲漁笛譜(2卷)集外詞(1卷)　周密(宋)　撰；江昱　疏證　集部　詞類　1723

빈풍광의　豳風廣義(3卷)　楊屾(淸)　撰　子部　農家類　978

ㅅ

사강악집　謝康樂集(4卷)　謝靈運(南朝宋)　撰；沈啓原(明)　輯　集部　別集類　1304

사견전서　絲絹全書　程任卿　輯　史部　政書類　835

사고미수서제요　四庫未收書提要　阮元(淸)　撰；阮福　編　史部　目錄類　921

사고전서변정통속문자　四庫全書辨正通俗文字(不分卷)　″陸費墀(淸)　撰, 王朝梧增補″　經部　小學類　239

사교의　四敎義(6卷)　(釋)智顗(隋)　撰　子部　宗敎類　1279

사금록　使金錄　程卓(宋)　撰　史部　雜史類　423

사금오사탁청풍부잡극　謝金吾詐拆淸風府雜劇　撰者未詳　集部　戲劇類　1761

사기　史記(一)～(二)　司馬遷(漢)　撰　史部　正史類　261～62

사기고증　史記考證　杭世駿(淸)　撰　史部　正史類　263

사기당집　賜綺堂集二十八卷　詹應甲　撰　集部　別集類　1484

사기소증　史記疏證　撰者未詳　史部　正史類　264

사기지의　史記志疑(一)~(二)　梁玉繩(淸)　撰　史部　正史類　262~63

사기탐원　史記探源　崔適　撰　史部　正史類　264

사김연시주홍이화　謝金蓮詩酒紅梨花　張壽卿　撰　集部　戲劇類　1763

사농주의　司農奏議　趙世卿　撰　史部　詔令奏議類　480

사동산선생연보　査東山先生年譜　"沈起　撰 ; 張濤, 査穀　注"　史部　傳記類　553

사례거장서제발기　士禮居藏書題跋記　黃丕烈　撰　史部　目錄類　923

사례익　四禮翼(8卷)　呂柟(淸)　撰　經部　禮類　108

사림운석　詞林韻釋(1卷)　撰者未詳　集部　詞類　1737

사림적염　詞林摘艷(10卷)　張祿　輯　集部　曲類　1740

사림정운　詞林正韻(3卷)發凡(1卷)　戈載　撰　集部　詞類　1737

사림측의　史林測義　計大受　撰　史部　史評類　451

사마법집해　司馬法集解(3卷)　閻禹錫(明)　輯　子部　兵家類　959

사마태사온국문정공연보　司馬太師溫國文正公年譜　顧棟高　撰　史部　傳記類　552

사명도경　四明圖經　張津　等纂　修　史部　地理類　704

사명산지　四明山志　黃宗羲(淸)　撰　史部　地理類　723

사명속지　四明續志　"梅應發, 劉錫　纂修"　史部　地理類　705

사명속지　四明續志　王元恭　纂修　史部　地理類　705

사명지　四明志　"胡榘, 羅濬　纂修"　史部　地理類　705

사목안기집　司牧安驥集(5卷)　撰者未詳　子部　醫家類　1030

사문대기　思文大紀　陳燕翼　撰　史部　雜史類　444

사문도장생자해잡극　沙門島張生煮海雜劇　李好古　撰　集部　戲劇類　1762

사문록내편　思問錄內篇(1卷)　王夫之(淸)　撰　子部　儒家類　945

사문표이　事文標異(1卷)　陸次雲(淸)　撰　子部　雜家類　1136

사물고　事物考(8卷)　王三聘(明)　輯　子部　類書類　1232

사물이명록　事物異名錄(18卷)　厲荃(淸)　輯 ; 關槐(淸)　增輯　子部　類書類　1252~53

사백삼십이봉초당시초　四百三十二峯草堂詩鈔(26卷)　趙希璜(淸)　撰　集部　別集類　1471

사백자당시집　思伯子堂詩集(32卷)　張際亮　撰　集部　別集類　1526~27

사변　詞辨(2卷)附介存齋論詞雜箸(1卷)　周濟　撰　集部　詞類　1732

사복당병문이종　師伏堂駢文二種(6卷)　皮錫瑞(淸)　撰　集部　別集類　1567

사복당시초　師伏堂詩草(6卷)　皮錫瑞(淸)　撰　集部　別集類　1567

사복당춘추강의　師伏堂春秋講義(2

卷) 皮錫瑞(淸) 撰　經部 春秋類　148

사복당필기　師伏堂筆記(3卷)　皮錫瑞(淸) 撰　子部 雜家類　1165

사산농보　梭山農譜(3卷)　劉應棠(淸) 撰　子部 農家類　976

사생교범장계서잡극　死生交范張雞黍雜劇　宮大用 撰　集部 戲劇類　1761

사서　射書(4卷)；首(1卷)　顧煜(明) 撰　子部 藝術類　1106

사서개착　四書改錯(22卷)　毛奇齡(淸) 撰　經部 四書類　165

사서경주집증　四書經注集證(19卷)　吳昌宗(淸) 撰　經部 四書類　168

사서고이　四書考異(72卷)　崔灝(淸) 撰　經部 四書類　167

사서고인전림　四書古人典林(12卷)　江永(淸) 撰　經部 四書類　166

사서근어　四書近語(6卷)　孫應鰲(明) 撰　經部 四書類　160

사서기정　使西紀程　郭嵩燾(淸) 撰　史部 傳記類　577

사서대문　四書待問(22卷)　蕭鎰(元) 撰　經部 四書類　159

사서반신록　"四書反身錄(6卷), 續錄(2卷)"　李顒(淸) 撰　經部 四書類　165

사서변의변　四書辨疑辨(1卷)　兪越(淸)撰　經部 四書類　170

사서석지변증　四書釋地辨證(2卷)　宋翔鳳(淸) 撰　經部 四書類　170

사서석지보　四書釋地補(1卷)補(1卷)謏補(1卷)又續補(1卷)三續補(1卷)　樊廷枚(淸) 撰　經部 四書類　170

사서설약　四書說約(33卷)　鹿善繼(明) 撰　經部 四書類　162

사서설원　四書說苑(11卷)首(1卷)補遺(1卷)續遺(1卷)　孫應科(淸) 輯　經部 四書類　170

사서소기　四書疏記(4卷)　陳鱣(淸) 撰　經部 四書類　169

사서속담　四書續談內編(2卷)補(1卷)外編(2卷)補(1卷)　戚學標(淸) 撰　經部 四書類　169

사서안고　四書按稿(30卷)　江永(淸) 撰　經部 四書類　166

사서약설　四書約說(6卷)題說(2卷)　孫肇興(明) 撰　經部 四書類　164

사서온고록　四書溫故錄(11卷)　趙佑(淸) 撰　經部 四書類　166

사서우담　四書偶談內編(2卷)外編(1卷)續編內編(2卷)外編(1卷)　戚學標(淸) 撰　經部 四書類　168

사서위　四書緯(4卷)　常增(淸) 撰　經部 四書類　170

사서전고고변　四書典故考辨(1卷)　戴淸(淸) 撰　經部 四書類　169

사서전고변정　四書典故辨正(20卷)附錄(1卷)　周柄中(淸) 撰　經部 四書類　167

사서전고변정속　四書典考辨正續(5卷)　周柄中(淸) 撰　經部 四書類　167

사서전고핵　四書典故覈(8卷)　凌曙(淸) 撰　經部 四書類　169

사서전의찬요　四書箋義纂要(12卷)補遺(1卷)續遺(1卷)　趙悳(宋) 撰　經部 四書類　159

사서전해　四書箋解(11卷)　王夫之(淸)　撰　經部　四書類　164

사서지리고　四書地理考(15卷)　王栻(淸)　撰　經部　四書類　170

사서집석　四書輯釋(43卷)　"倪士毅(元)　輯釋, 程復心章圖, 王元善通考"　經部　四書類　160

사서패소　四書稗疏(2卷)考異(1卷)　王夫之(淸)　撰　經部　四書類　164

사서평　四書評(19卷)　李贄(明)　撰　經部　四書類　161

사서해쇄언　四書解瑣言(4卷)補編(1卷)　方祖範(淸)　撰　經部　四書類　170

사서호남강　四書湖南講(11卷)　葛寅亮(明)　撰　經部　四書類　163

사성균화표　四聲均和表(5卷)　洪枋(淸)　撰　經部　小學類　258

사성심원　四聖心源(10卷)　黃元御(淸)　撰　子部　醫家類　1025

사성운보　四聲韻譜(9卷)首(1卷)　梁僧寶(淸)　撰　經部　小學類　253

사성원　四聲猿(4卷)　徐渭　撰　集部　戲劇類　1766

사성유한　司成遺翰(4卷)　王維楨　撰　集部　別集類　1344

사성절운표　四聲切韻表(1卷)凡例(1卷)　江永(淸)　撰　經部　小學類　253

사승상고회려춘당잡극　四丞相高會麗春堂雜劇　王實甫　撰　集部　戲劇類　1761

사시기후집해　四時氣候集解　李泰　撰　史部　時令類　885

사시찬요　四時纂要(5卷)　韓鄂(唐)撰　子部　農家類　975

사억당시집　四憶堂詩集(6卷)遺稿(1卷)　侯方域　撰　集部　別集類　1406

사여통궤　四餘通軌(1卷)　黃道時制　子部　天文算法類　1031

"사역관증정관칙,신증관칙"　"四譯館增定館則, 新增館則"　呂維祺　輯 ; 曹溶　增 ; 錢綎補　史部　職官類　749

사영시집　史詠詩集(2卷)　徐鈞　撰　集部　別集類　1321

사우재총설　四友齋叢說(38卷)　何良俊(明)　撰　子部　雜家類　1125

사원　詞源(2卷)　張炎　撰　集部　詞類　1733

사원래편　詞苑萊編(24卷)　馮金伯(淸)　輯　集部　詞類　1733

사원옥감세초　四元玉鑑細草(不分卷)　羅士琳(淸)　撰　子部　天文算法類　1043

사원일기　詞垣日記　帥方蔚　撰　史部　傳記類　559

사월　史鉞　晏璧　撰　史部　史評類　449

사유구록　使琉球錄　"蕭崇業, 謝杰　撰"　史部　地理類　742

사육총화　四六叢話(33卷)　孫梅　輯　集部　詩文評類　1715

사율　師律(16卷)　范景文(明)　撰　子部　兵家類　962

사율습유　詞律拾遺(8卷)　徐本立　撰　集部　詞類　1736

사응루시화　射鷹樓詩話(24卷)　林昌彝　撰　集部　詩文評類　1706

사이도생　盛明雜劇初集:卷十八死
　　裏도생　孟稱舜　撰　集部　戲
　　劇類　1764

사익당일찰　思益堂日札(10卷)　周
　　壽昌(淸)　撰　子部　雜家類　1161

사익당집　思益堂集(19卷)　周壽昌
　　(淸)　撰　集部　別集類　1540~41

사재지방　史載之方(2卷)　史堪(宋)
　　撰　子部　醫家類　999

사적재집　思適齋集(18卷)　顧廣圻
　　(淸)　撰　集部　別集類　1491

사종보유　詞綜補遺(20卷)　陶樑輯
　　集部　詞類　1730

사주도경　沙州圖經　撰者未詳　史
　　部　地理類　732

사죽재집　師竹齋集(4卷)　李鼎元
　　(淸)　撰　集部　別集類　1475

사지　詞旨(1卷)　陸輔之　撰；胡元
　　儀釋；陳去病　補釋　集部詞類
　　1733

사진결미　四診抉微(8卷)　林之翰
　　(淸)　撰　子部　醫家類　999

사진맥감대전　四診脈鑑大全(9卷)
　　王宏翰(淸)　撰　子部　醫家類
　　999

사창옥형서　痧脹玉衡書(3卷)；後(1
　　卷)　郭志邃(淸)　撰　子部　醫家
　　類　1003

사창원류　痧脹源流(1卷)　沈金鰲
　　(淸)　撰　子部　醫家類　1005

사천염법지　四川鹽法志　丁寶楨
　　纂修　史部　政書類　842

사천집　斜川集(6卷)附錄(2卷)訂誤(1
　　卷)補遺(2卷)續鈔(1卷)附錄(1卷)
　　蘇過　撰　集部　別集類　1317

사충정공집　史忠正公集(4卷)首(1卷)
　　末(1卷)　史可法　撰　集部　別
　　集類　1387

사통삭번　史通削繁　紀昀　撰　史
　　部　史評類　448

사통평석　史通評釋　郭孔延　撰
　　史部　史評類　447

사통훈고　史通訓故　王惟儉　撰
　　史部　史評類　447

사통훈고보　史通訓故補　黃叔琳
　　撰　史部　史評類　447

사품　辭品(6卷)拾遺(1卷)　楊愼(明)
　　撰　集部　詞類　1733

사풍정　盛明雜劇二集:卷五寫風情
　　許潮　撰　集部　戲劇類　1765

사하문집　笤河文集(16卷)　首(1卷)
　　″朱筠(淸)　撰, 金德瑛　撰″　集
　　部　別集類　1440

사하문초　笤河文鈔(3卷)　朱筠(淸)
　　撰　集部　別集類　1440

사하시집　笤河詩集(20卷)　朱筠(淸)
　　撰　集部　別集類　1439

사학전제　詞學筌蹄(8卷)　周瑛　撰
　　集部　詞類　1735

사학지남　射學指南(1卷)　楊惟明
　　(明)　輯　子部　藝術類　1106

사학집성　詞學集成(8卷)　江順詒
　　輯　集部　詞類　1735

사헌문집　思軒文集(23卷)附錄(1卷)
　　王여　撰　集部　別集類　1329

사현기　六十種曲120卷:四賢記(2卷)
　　撰者未詳　集部　戲劇類　1773

사회통전　社會通詮(2卷)　甄克思
　　(英)　撰；嚴復　譯　子部　西學
　　譯著類　1300

사후기   六十種曲120卷:獅吼記(2卷)
汪廷訥 撰   集部 戲劇類   1772

사후정의   痧喉正義(1卷)   張振鋆
(淸) 撰   子部 醫家類   1018

사희기   六十種曲120卷:四喜記(二卷)
謝讜 撰   集部 戲劇類   1771

삭방비승   朔方備乘(一)~(三)   河秋
濤(淸) 撰 ; 黃宗漢 等輯補   史
部 地理類   740~42

삭방비승찰기   朔方備乘札記   李文
田 撰   史部 地理類   742

산가山   歌(10卷)   馮夢龍(明) 輯
集部 曲類   1744

산가재천사로생아잡극   散家財天賜
老生兒雜劇   武漢臣 撰   集部
戲劇類   1760

산동고고록   山東考古錄   顧炎武
(淸) 撰   史部 地理類   732

산동수리관규략   山東水利管窺略
李方膺 撰   史部 政書類   851

산목거사외집   山木居士外集(4卷)附
(1卷)   魯九皐 撰   集部 別集
類   1452

산법   算法(2卷)   撰者未詳   子部
天文算法類   1043

산법전능집   算法全能集(2卷)   賈亨
(明) 撰   子部 天文算法類   1043

산보잡록   産寶雜錄(1卷)   齊仲甫
(宋) 撰   子部 醫家類   1007

산서   山書   孫承澤(淸) 撰   史部
編年類   367

산서공전삼정   尙書孔傳參正(36卷)
王先謙(淸) 撰   經部 書類   51

산서통지   山西通志(一)~(六)   "曾
國荃, 張煦(淸)等修 ; 王軒, 楊

篤(淸) 等纂."   史部 地理類
641~46

산옥허선생사록   山屋許先生事錄(2
卷)   許月卿 撰   集部 別集類
1320

산우석각총편   山右石刻叢編(一)~
(二)   胡聘之 撰   史部 金石類
907~08

산원정사시   散原精舍詩(2卷)   陳三
立 撰   集部 別集類   1576

산유시   山遊詩(1卷)   歸莊 撰   集
部 別集類   1401

산재객담   山齋客譚(8卷)   景星杓
(淸) 撰   子部 小說家類   1268

산정거화론   山靜居畫論(2卷)   方薰
(淸) 撰   子部 藝術類   1068

산정당시해   刪訂唐詩解(24卷)   唐
汝詢 選釋 ; 吳昌祺 評定   集
部 總集類   1612

산좌금석지   山左金石志(一)~(二)
"畢沅(淸), 阮元 撰"   史部 金
石類   909~10

산좌방비록   山左訪碑錄   法偉堂
撰   史部 金石類   910

산중백운사소증   山中白雲詞疏證(8
卷)   張炎 撰 ; 江昱 疏證   集
部 詞類   1723

산중일석화   "山中一夕話, 上集(7卷)
; 下集(7卷)"   李贄(明) 輯   子
部 小說家類   1272

산지   山志(6卷)   王弘撰(淸) 撰   子
部 雜家類   1136

산촌유고   "山村遺稾(4卷), 雜著(1卷),
雜著補遺(1卷)"   "仇遠 撰 ; 顧
維岳, 鮑廷博 輯"   集部 別集

類　1322

산칠정교식릉범법　算七政交食凌犯
法(1卷)　撰者未詳　子部　天文
算法類　1040

산해경전소　山海經箋疏(18卷)；圖
贊(1卷)；訂譌(1卷)；敍錄(1卷)；
補遺(1卷)　郭璞(晉)　撰；茆泮
林(淸)　輯　子部　小說家類　1264

산해관지　山海關志　詹榮　纂修
史部　地理類　718

산해설상　算海說詳(9卷)　李長茂
(淸)　撰　子部　天文算法類　1044

산호림　珊瑚林(2卷)；金屑編(1卷)
袁宏道(明)　撰　子部　雜家類
1131

살구기　六十種曲120卷:殺狗記(2卷)
"徐진, 馮夢龍　訂正"　集部　戲
劇類　1773

살진인야단벽도화잡극　薩眞人夜斷
碧桃花雜劇　撰者未詳　集部
戲劇類　1762

삼가시보유　三家詩補遺(3卷)　阮元
(淸)　撰　經部　詩類　76

삼가시유설　"三家詩遺說(8卷), 補(1
卷)"　馮登府(淸)　撰　經部　詩
類　76

삼가시유설고　三家詩遺說考　"陳
壽祺(淸)　撰, 陳喬樅(淸)　述"
經部　詩類　76

삼관지　三關誌　廖希顏　撰　史部
地理類　738

삼국예문지　三國藝文志　姚振宗
撰　史部　目錄類　914

삼국지고증　三國志考證　潘眉　撰
史部　正史類　274

삼국지방증　三國志旁證　梁章鉅
(淸)　撰　史部　正史類　274

삼국지변의　三國志辨疑　錢大昭
(淸)　撰　史部　正史類　274

삼국지주보　三國志注補　趙一淸
撰　史部　正史類　274

삼국지통속연의　三國志通俗演義(2
4卷)　羅貫中　撰　集部　小說類
1789～91

삼국직관표　三國職官表　洪飴孫
撰　史部　職官類　747

삼국회요　三國會要　楊晨　撰　史
部　政書類　767

삼논현의　三論玄義(2卷)　(釋)吉藏
(隋)　撰　子部　宗敎類　1274

삼농기　三農紀(10卷)　張宗法(淸)
撰　子部　農家類　975

삼도성남류　三度城南柳　谷子敬
撰　集部　戲劇類　1763

삼도소도홍　三度小桃紅　周藩憲王
撰　集部　戲劇類　1763

삼도임풍자　三渡任風子　馬致遠
撰　集部　戲劇類　1763

삼동군선록　三洞群仙錄(20卷)　陳
葆光(宋)　撰　子部　宗敎類　1294

삼동주낭　三洞珠囊(10卷)　王懸河
(唐)　輯　子部　宗敎類　1293

삼례의증　三禮義證(12卷)　武億(淸)
撰　經部　禮類　110

삼례진수구의　三禮陳數求義(30卷)
林喬蔭(淸)　撰　經部　禮類　109

삼류도리표;독포칙례　三流道里表；
督捕則例"　徐本, 唐紹祖　等纂
修"　史部　政書類　867

삼보결록　三輔決錄　趙岐　撰；摯

虞 注 ; 張澍 輯 史部 傳記類 540

삼산왕양정선생집 三山王養靜先生集(10卷) 王보 撰 集部 別集類 1326

삼산정국산선생청준집 三山鄭菊山先生淸雋集(1卷) 鄭震 撰 集部 別集類 1320

삼성변방비람 三省邊防備覽 嚴如역 撰 史部 地理類 732

삼속의년록 三續疑年錄 陸心源 撰 史部 傳記類 517

삼송당집 三松堂集(24卷)續集(6卷) 潘奕雋 撰 集部 別集類 1460~61

삼수소독 三水小牘(2卷) ; 逸文(1卷) ; 附錄(1卷) 皇甫枚(唐) 撰 ; 繆荃孫 校補 子部 小說家類 1260

삼수현지 三水縣志 "葛德新, 朱廷模 修 ; 孫星衍纂" 史部 地理類 693

삼술기 三述奇 張德彝 撰 史部 傳記類 576

삼술총담 三戌叢譚(13卷) 茅元儀(明) 撰 子部 雜家類 1133

삼십육만초로고 三十六灣草盧稿(10卷) 黃本驥 撰 集部 別集類 1507

삼어당일기 三魚堂日記 陸隴其 撰 史部 傳記類 559

삼역촬요 三曆撮要(1卷) 撰者未詳 子部 術數類 1061

삼운주조고 三雲籌俎考 王士琦 撰 史部 地理類 739

삼원기 六十種曲120卷:三元記(2卷) 沈受先 撰 集部 戲劇類 1771

삼원보 三元報(1卷) 唐英 撰 集部 戲劇類 1767

삼원열사입숙거극집 三垣列舍入宿去極集(1卷) 黃道時 制 子部 天文算法類 1031

삼원칠정이십팔숙주천정감 三垣七政二十八宿週天精鑑(1卷) 韋士純(明) 撰 子部 天文算法類 1031

삼원필기 三垣筆記 李淸(淸) 撰 史部 雜史類 440

"삼장물재시략,부각,문략" 三長物齋詩略(5卷)附刻(1卷)三長物齋文略(6卷) 黃本驥 撰 集部 別集類 1511

삼재도회 三才圖會(天文4卷) "王圻(明), 王思義 輯." 子部 類書類 1232

삼재도회 三才圖會(106卷) "王圻(明), 王思義(明) 輯" 子部 類書類 1233~36

삼재실의천집 三才實義天集(20卷) 周于漆(淸) 撰 子部 天文算法類 1033

삼조야기 三朝野紀 李遜之 撰 史部 雜史類 438

삼조요사실록 三朝遼事實錄 王在晉 撰 史部 雜史類 437

삼주일기 三洲日記 張蔭桓 撰 史部 傳記類 577

삼체척운 三體摭韻(不分卷) 朱昆田(淸) 輯 子部 類書類 1247~48

삼통술상설　三統術詳說(4卷)　陳澧
(淸)　撰 ; 廖廷相(淸)　補　子部
天文算法類　1041

삼협통지　三峽通志　吳守忠　撰
史部　政書類　848

상견도설　橡繭圖說(2卷)　劉祖憲
(淸)　撰　子部　農家類　978

상경당집　尙絅堂集(56卷)　劉嗣綰
撰　集部　別集類　1485

상과대성　傷科大成(1卷)　趙濂(淸)
撰　子部　醫家類　1017

상과보요　傷科補要(4卷)　錢秀昌
(淸)　撰　子部　醫家類　1017

상과휘찬　傷科彙纂(12卷);圖注(1卷)
胡廷光(淸)　輯　子部　醫家類
1017

상국사공손합한삼잡극　相國寺公孫
合汗衫雜劇　張國賓　撰　集部
戲劇類　1760

상군기　湘軍記　王定安(淸)　撰　史
部　紀事本末類　413

상군서신교정　商君書新校正(5卷) ;
附攷(1卷)　嚴萬里(淸)　撰　子部
法家類　971

상군지　湘軍志　王闓運(淸)　撰　史
部　紀事本末類　413

상군팔읍예문지　常郡八邑藝文志
盧文弨　輯 ;　莊翊昆　等校補
史部　目錄類　917

상기루전집　湘綺樓全集(30卷)　王
闓運(淸)　撰　集部　別集類　156
8~69

상논지평　尙論持平(2卷)　陸次雲
(淸)　撰　子部　雜家類　1136

상담현지　湘潭縣志　陳嘉榆　等修

;　王闓運　等纂　史部　地理類
712

상례오설편　喪禮吾說篇(10卷)　毛
奇齡(淸)　撰　經部　禮類　95

상명산법　詳明算法(2卷)　安正齋
(淸)　撰　子部　天文算法類　1042

상문의공유행집　商文毅公遺行集
商汝頤　撰　史部　傳記類　551

상미각유시　湘蘗閣遺詩(4卷)　陶方
琦(淸)　撰　集部　別集類　1567

상법십육편　相法十六篇(1卷)　許負
(漢)　撰　子部　術數類　1059

상복경전보소　喪服經傳補疏(2卷)
葉大莊(淸)　撰　經部　禮類　95

상복정씨학　喪服鄭氏學(16卷)　張
錫恭　撰　經部　禮類　96

상복표　喪服表(1卷)　孔繼汾(淸)　撰
經部　禮類　95

상복회통설　喪服會通說(4卷)　吳嘉
賓(淸)　撰　經部　禮類　95

상사보　盛明雜劇二集:卷三十相思
譜　吳中情奴　撰　集部　戲劇
類　1765

상산정석지　常山貞石志　沈濤(淸)
撰　史部　金石類　906

상서강의　尙書講義(1卷)　黃以周
(淸)　撰　經部　書類　50

상서계몽　尙書啓幪(5卷)　黃式三
(淸)　撰　經部　書類　48

상서고　尙書故(3卷)　吳汝侖(淸)　撰
經部　書類　50

상서고　尙書考　李榮陛(淸)　撰　經
部　書類　45

상서고문소증변정　尙書古文疏證辨
正(1卷)　皮錫瑞(淸)　撰　經部

書類   51

상서고변   尚書考辨   宋鑑(淸)   撰
經部   書類   44

상서구소고정   尚書舊疏考正(1卷)
劉毓崧(淸)   撰   經部   書類   50

상서금고문고증   尚書今古文考證
莊述祖(淸)   撰   經部   書類   46

상서금고문주소   尚書今古文注疏
孫星衍(淸)   撰   經部   書類   46

상서금고문집해   尚書今古文集解(3
0卷)   劉逢祿(淸)   撰   經部   書
類   48

상서기견   尚書旣見   莊存與(淸)   撰
經部   書類   44

상서대전보주   尚書大傳補注(7卷)
王闓運(淸)   撰   經部   書類   55

상서대전소증   尚書大傳疏證(7卷)
皮錫瑞(淸)   撰   經部   書類   55

상서력보   尚書曆譜(1卷)   成蓉鏡
(淸)   撰   經部   書類   50

상서례고정석문   尚書隷古定釋文(8
卷)   李遇孫(淸)   撰   經部   書類
48

상서미   尚書微(1卷)   劉光蕡(淸)   撰
經部   書類   51

상서변해   ″尚書辨解(10卷),   讀書(1
卷)″   郝敬(明)   撰   經部   書類   43

상서병지   尚書駢枝(1卷)   孫詒讓
(淸)   撰   經部   書類   51

상서보   尚書譜(5卷)   梅鷟(明)   撰
經部   書類   43

상서보   尚書譜(1卷)   宋翔鳳(淸)   撰
經部   書類   48

상서보소   尚書補疏(2卷)   焦循(淸)
撰   經部   書類   48

상서상의   尚書商誼(3卷)   王樹楠
(淸)   撰   經部   書類   53

상서서녹   尚書序錄(1卷)   胡秉虔
(淸)   撰   經部   書類   48

상서석천   尚書釋天   盛百二(淸)   撰
經部   書類   44

상서소소   尚書小疏(1卷)   沈彤(淸)
撰   經部   書類   43

상서약설   尚序略說(2卷)   撰者未詳
經部   書類   48

상서여론   尚書餘論(1卷)   丁晏(淸)
撰   經部   書類   48

상서음석   尚書音釋(1卷)   鄒季友
(宋)   撰   經部   書類   43

상서의고   尚書誼詁(8卷)   馬其昶
撰   經部   書類   53

상서의고   尚書義考   戴震(淸)   撰
經部   書類   45

상서의략   ″尚書誼略(28卷),   敍錄(1
卷)″   姚永樸   撰   經部   書類   53

상서인의   尚書引疑(6卷)   王夫之
(淸)   撰   經部   書類   43

상서일탕서고   ″尚書逸湯誓考(6卷),
書後(1卷)″   徐時棟(淸)   撰   經
部   書類   55

상서전   尚書箋(30卷)   王闓運(淸)
撰   經部   書類   51

상서전수동이고   尚書傳授同異考(1
卷)   邵懿辰(淸)   撰   經部   書類
50

상서정의   尚書正義(20卷)   孔穎達
(唐)   撰   經部   書類   41

상서주소고증   尚書注疏考證   齊召
南(淸)   撰   經部   書類   44

상서중후소증   尚書中候疏證(1卷)

皮錫瑤(淸) 撰　經部 書類　55

상서증의　尙書證義(28卷)　周用錫
(淸) 撰　經部 書類　48

상서질의　尙書質疑　趙佑(淸) 撰
經部 書類　45

상서집주술소　尙書集注述疏(35卷)
簡朝亮(淸) 撰　經部 書類　52

상서집주음소　尙書集注音疏　江聲
(淸) 撰　經部 書類　44

상서집해　尙書集解(30卷)　卞斌(淸)
撰　經部 書類　48

상서채전정와　尙書蔡傳正訛(6卷)
左眉(淸) 撰　經部 書類　43

상서협이　尙書協異　戴祖啓(淸) 撰
經部 書類　45

상서후안　尙書後案　王鳴盛(淸) 撰
經部 書類　45

상세칙례　常稅則例　撰者未詳　史
部 政書類　834

상수일원　象數一原(7卷)　項名達
(淸) 撰 ; 戴煦(淸) 校補　子部
天文算法類　1047

상슬사　湘瑟詞(4卷)　錢芳標　撰
集部 詞類　1725

상심락사　賞心樂事　張鑑(淸) 撰
史部 時令類　885

″상우모옥시집,외집″　賞雨茅屋詩集
(22卷)賞雨茅屋外集(1卷)　曾燠
撰　集部 別集類　1484

상잠집요　桑蠶輯要(1卷)　沈秉成
(淸) 撰　子部 農家類　978

상주주미성사편옥집　詳註周美成詞
片玉集(10卷)　周邦彦 撰 ; 陳
元龍 注　集部 詞類　1722

상지　桑志(10卷) ; 首(1卷)　李聿求

(淸) 撰　子部 農家類　978

상진각고　湘眞閣稿(6卷)　陳子龍
撰　集部 別集類　1388

상한구십론　傷寒九十論(1卷)　許叔
微(宋) 撰　子部 醫家類　984

상한래소전집　傷寒來蘇全集(8卷)
柯琴(淸) 撰　子部 醫家類　986

상한론　傷寒論(7卷)　張遂辰(淸) 注
子部 醫家類　985

상한론직해　傷寒論直解(6卷) ; 附
傷寒(1卷) ; 附餘(1卷)　張錫駒
(淸) 撰　子部 醫家類　987

상한론집주　傷寒論集注(6卷)　張志
聰(淸) 撰　子部 醫家類　985

상한론천주보정　傷寒論淺注補正(7
卷) ; 首(1卷)　陳念祖(淸) 注 ;
唐宗海(淸) 補正　子部 醫家類
987

상한론후조변　傷寒論後條辨(15卷)
程應旄(淸) 撰　子部 醫家類
986

상한백문　傷寒百問(6卷)　朱肱(宋)
撰　子部 醫家類　984

상한변증　傷寒辯證(4卷)　陳堯道
(淸) 撰　子部 醫家類　985

상한온역조변　傷寒瘟疫條辯(6卷)
楊璿(淸) 撰　子部 醫家類　1004

상한육서　傷寒六書(6卷)　陶華(明)
撰　子部 醫家類　985

상해구장산법　詳解九章算法(1卷) ;
纂類(1卷)　楊輝(宋) 撰　子部
天文算法類　1042

상호기세시편　上湖紀歲詩編(4卷)
汪師韓(淸) 撰　集部 別集類
1430

상호문편보초   上湖文編補鈔(2卷)
汪師韓(淸) 撰   集部 別集類
1430

상호분류문편   上湖分類文編(10卷)
汪師韓(淸) 撰   集部 別集類
1430

상호시기속편   上湖詩紀續編(1卷)
汪師韓(淸) 撰   集部 別集類
1430

상홍감집   霜紅龕集(40卷)附錄(3卷)
年譜(1卷) 傅山(淸) 撰   集部
別集類   1395~96

생생편   生生篇(7卷) 蘇濬(明) 撰
經部 易類   10

서강시견얼기사   西江視見臬紀事
凌燽 撰 史部 政書類   882

서강시화   西江詩話(12卷) 裘君弘
(淸) 輯 集部 詩文評類   1699

서경요의   書經要義(6卷) 王建常
(淸) 撰 經部 書類   43

서경주   書經注(12卷) 金履祥(宋)
撰 經部 書類   42

서경참의   書經參義(6卷) 姜兆錫
(淸) 撰 經部 書類   43

서고문훈   書古文訓(16卷) 薛季宣
(宋) 撰 經部 書類   42

서고징   "書古徵(12卷), 首(1卷)" 魏
源(淸) 撰 經部 書類   48

서곡중용강어   恕谷中庸講語(1卷)
李塨(淸) 撰 經部 四書類   159

서남기사   西南紀事 邵廷采(淸) 撰
史部 別史類   332

서당문집   西堂文集(24卷)西堂詩集(3
2卷)西堂樂府(7卷) 尤侗 撰
集部 別集類   1406~07

서대기   盛明雜劇三集:卷三十一西
臺記 陸世儀(淸) 撰 集部 戲
劇類   1765

서대만기   西臺漫紀(6卷) 蔣以化
(明) 撰 子部 雜家類   1172

서란당시문존   舒嬾堂詩文存(3卷)首
(1卷) 舒亶 撰 ; 張壽鏞 等輯
集部 別集類   1316

서란당시문존보유   "舒嬾堂詩文存
補遺(1卷), 附錄(1卷)" 馮貞群
輯 集部 別集類   1316

서래년표   西來年表(1卷) (釋)道原
(宋) 撰 子部 宗敎類   1282

서록당금통   西麓堂琴統(25卷) 汪
芝(明) 輯 子部 藝術類   1094

서루기   六十種曲120卷:西樓記(2卷)
袁于今 撰 集部 戲劇類   1771

서류당시집   瑞榴堂詩集(4卷) 托渾
撰 集部 別集類   1513

서림외집   書林外集(7卷) 袁士元
撰 集部 別集類   1324

서목답문   書目答問 張之洞(淸) 撰
史部 目錄類   921

서문음의편고사편   書文音義便考私
編(5卷) 李登(明) 撰 經部 小
學類   251

서문장문집   徐文長文集(30卷) 徐
渭 撰 ; 袁宏道評點 集部 別
集類   1354~5

서문장일고   徐文長逸稿(24卷)畸譜(1
卷) 徐渭 撰 集部 別集類
1355

서문장일초   徐文長佚草(10卷) 徐
渭 撰 ; 徐沁 輯 集部 別集類
1355

서문장전　徐文長傳(1卷)　陶望齡
　　撰　集部 別集類　1354～5
서법약언　書法約言(1卷)　宋曹(淸)
　　撰　子部 藝術類　1065
서벽선생황양집　栖碧先生黃楊集(3
　　卷)補遺(1卷)附錄(1卷)　華幼武
　　撰　集部 別集類　1325
서산일기　西山日記(2卷)　丁元薦
　　(明) 撰　子部 雜家類　1172
서상기　審音鑑古錄(7) 西廂記　撰
　　者未詳　集部 戲劇類　1781
서상기審音鑑古錄(1-1) 西廂記　撰
　　者未詳　集部 戲劇類　1782
서상기(남)　六十種曲120卷:西廂記
　　(南)(2卷)　李日華 撰　集部 戲
　　劇類　1769
서상기(북)　六十種曲120卷:西廂記
　　(北)(2卷)　王實甫 撰　集部 戲
　　劇類　1770
서서술문　書序述聞(1卷)　劉逢祿
　　(淸) 撰　經部 書類　48
서석시존　胥石詩存(4卷)胥石文存(1
　　卷)附錄(1卷)　吳蘭庭 撰　集部
　　別集類　1447
서석양농포편람　西石梁農圃便覽
　　(不分卷)　丁宜曾(淸) 撰　子部
　　農家類　976
서소　書笑(不分卷)　撰者未詳　子
　　部 小說家類　1273
서수금략　西陲今略　梁彬 撰　史
　　部 地理類　740
서순대사기　西巡大事記　王彥威
　　撰　史部 雜史類　446
서씨가장서목　徐氏家藏書目　徐발
　　藏竝撰　史部 目錄類　919

서양번국지　西洋番國誌　鞏珍 撰
　　史部 地理類　742
서양조공전록　西洋朝貢典錄　黃省
　　曾(明) 撰　史部 地理類　742
서역결미　鼠疫抉微(4卷)　余德壎
　　(淸) 撰　子部 醫家類　1005
서역수도기　西域水道記　徐松(淸)
　　撰　史部 地理類　728
서예실수필　舒藝室隨筆(6卷) ; 舒
　　藝室續筆(1卷) ; 舒藝室餘筆(3
　　卷)　張文虎(淸) 撰　子部 雜家
　　類　1164
서예실시존　舒藝室詩存七卷續存(1
　　卷)　張文虎(淸) 撰　集部 別集
　　類　1535
서예실잡저　舒藝室雜箸(4卷) 縢槀(1
　　卷) 鼠壤餘蔬(1卷)　張文虎(淸)
　　撰　集部 別集類　1535
서오잠략　西吳蠶略(2卷)　程岱葊
　　(淸) 撰　子部 農家類　978
서요입국본말고　西遼立國本末攷
　　丁謙 撰　史部 紀事本末類　387
서우재자서연보　徐愚齋自敍年譜
　　徐潤 撰　史部 傳記類　558
서원문록　西園聞錄(107卷)　張萱
　　(明) 撰　子部 雜家類　1168～70
서위서　西魏書　謝啓昆(淸) 撰　史
　　部 別史類　304
서유록주　西遊錄注　耶律楚材 撰
　　; 盛如梓 刪略 ; 李文田 注
　　史部 地理類　736
서유이목자　西儒耳目資(不分卷)
　　金尼閣(法) 撰　經部 小學類　259
서은총설　書隱叢說(19卷)　袁棟(淸)
　　撰　子部 雜家類　1137

서의   書疑(9卷)   王柏(宋) 撰   經部
書類   42

서장시존고   西莊始存稿(39卷)   王
鳴盛(淸) 撰   集部 別集類   1434

서장일기   西藏日記   允禮 撰   史
部 傳記類   559

서장지   西藏誌   允禮 撰   史部 地
理類   682

서전   書筌(1卷)   ″笪重光(淸) 撰 ;
王翬, 惲格評″   子部 藝術類
1066

서전보상   書傳補常(17卷)   戴鈞衡
(淸) 撰   經部 書類   50

서절천애소선생문집   西浙泉厓邵先
生文集(10卷)西浙泉厓邵先生詩
集(10卷)   邵經濟 撰   集部 別
集類   1339~40

서정석성기   西征石城記   馬文昇
(明) 撰   史部 雜史類   433

서진관집   栖眞館集(31卷)   屠隆 撰
集部 別集類   1360

서집전   ″書集傳(12卷), 或問(2卷)″
陳大猷(宋) 撰   經部 書類   42

서청속감갑편   西淸續鑑甲編(20卷) ;
附錄(1卷)   王杰(淸) 輯   子部
譜錄類   1107~8

서청속감을편   西淸續鑑乙編(13-20
卷)   王杰(淸) 等撰   子部 譜錄
類   1109

서초야기   西樵野紀(10卷)   侯甸(明)
撰   子部 小說家類   1266

서촉당포정선생행략   西蜀唐圃亭先
生行略(1卷)   王聞遠(淸) 撰   子
部 儒家類   945

서포문설   西圃文說(3卷)西圃詩說(1

卷)   田同之 撰   集部 詩文評
類   1714

서하기사본말   西夏紀事本末   張鑑
(淸) 撰   史部 紀事本末類   387

서하서   西夏書   周春(淸) 撰   史部
別史類   334

서하서사   西夏書事   吳蘭修(淸) 撰
史部 別史類   334

서하장춘자구신선번계집   棲霞長春
子丘神仙磻溪集(3卷)   丘處機
撰   集部 別集類   1322

서학고략   西學考略(2卷)   丁韙良
(美) 撰   子部 西學譯著類   1299

서학도설   西學圖說(1卷)   王韜(淸)
撰   子部 天文算法類   1036

서학정운   書學正韻(36卷)   揚桓(元)
撰   經部 小學類   250~51

서호몽심   西湖夢尋   張岱(明) 撰
史部 地理類   729

서호번승록   西湖繁勝錄   西湖老人
撰   史部 地理類   733

서화감영   書畵鑑影(24卷)   李佐賢
(淸) 撰   子部 藝術類   1085~86

서화기   書畵記(6卷)   吳其貞(淸) 撰
子部 藝術類   1066

서화산진단고와   西華山陳摶高臥
馬致遠 撰   集部 戲劇類   1760

서화산진단고와잡극   西華山陳摶高
臥雜劇   馬致遠 撰   集部 戲
劇類   1761

서화설령   書畵說鈴(1卷)   陸時化
(淸) 撰   子部 藝術類   1068

석감계고략속집   釋鑑稽古略續集(3
卷)   (釋)大聞(明) 輯   子部 宗
教類   1288

석거수필　石渠隨筆(8卷)　阮元(淸) 撰　子部　藝術類　1081

석거여기　石渠餘紀　王慶雲 撰　史部　政書類　815

석거의견　″石渠意見(4卷), 補缺(1卷)″ 王恕(明) 撰　經部　群經總義類　171

석경보고　石經補考(2卷)　馮登府(淸) 撰　經部　群經總義類　184

석경산방주역설통　石鏡山房周易說統(12卷)　張振淵(明) 撰　經部　易類　12

석경잔자고　石經殘字考(1卷)　翁方綱(淸) 撰　經部　群經總義類　184

석계독주관　石谿讀周官(6卷)　官獻瑤(淸) 撰　經部　禮類　79

석고서원지　石鼓書院志　李安仁 等修　史部　地理類　720

석곡　釋穀　劉寶楠(淸) 撰　經部　小學類　193

석궤서　″石櫃書1~3, 石櫃書後集″　張岱(明) 撰　史部　別史類　318~20

석당선생유집　石堂先生遺集(22卷)　陳普 撰　集部　別集類　1321

석대　釋大(8卷)　王念孫(淸) 撰　經部　小學類　191

석련암시　石蓮闇詩(6卷)石蓮闇詞(1卷)石蓮菴樂府(1卷)　吳重憙 撰　集部　別集類　1570

석림주의　石林奏議　葉夢得 撰　史部　詔令奏議類　474

석명　釋名(1卷)　李紹文(明) 撰　子部　雜家類　1173

석명소증　″釋名疏證(8卷), 續釋名(1卷), 釋名補遺(1卷)″　畢沅(淸) 撰　經部　小學類　189

석명소증보　″釋名疏證補(8卷), 續釋名釋名補遺共(1卷), 疏證補附(1卷)″　王先謙(淸) 撰　經部　小學類　190

석모시음　釋毛詩音(4卷)　陳奐(淸) 撰　經部　詩類　70

석민49집　石民四十集(98卷)　茅元儀(明) 撰　集部　別集類　138 6~87

석백산방시존　石柏山房詩存(8卷)首(1卷)　趙文楷 撰　集部　別集類　1485

석범　釋范(1卷)　″廖 平撰, 廖宗澤補疏″　經部　春秋類　133

석복　釋服(2卷)　宋綿初(淸) 撰　經部　禮類　108

석사산방집　石사山房集(24卷)　胡天游 撰　集部　別集類　1425

석소시집십　石巢詩集(12卷)　程頌萬 撰　集部　別集類　1577

석실비록　石室秘錄(6卷)　陳士鐸(淸) 撰　子部　醫家類　1025

석씨독설문기　席氏讀說文記　席世昌(淸) 撰　經部　小學類　223

석옥선사산거시　石屋禪師山居詩(6卷)　(釋)淸珙 撰　集部　別集類　1324

″석운산인시집,문집″　石雲山人詩集(23卷)石雲山人文集(5卷)　吳榮光(淸) 撰　集部別集類　1497~98

석원문집　石園文集(8卷)　萬斯同(淸) 撰　集部　別集類　1415

석유실시집　石遺室詩集(6卷)補遺(1卷)石遺室文集(12卷)　陳衍　撰　集部　別集類　1576

석음　釋音(1卷)　周守忠(宋)　撰　子部　醫家類　1030

석의대정　析疑待正(2卷)　陸次雲(清)　撰　子部　雜家類　1136

석전고　石田稿(不分卷)　沈周(明)　撰　集部　別集類　1333

석전옹객좌신문　石田翁客座新聞(1卷)　沈周(明)　撰　子部　雜家類　1167

석주시화　石洲詩話(8卷)　翁方綱(清)　撰　集部　詩文評類　1704

석천서옥류고　石泉書屋類稿(8卷)附尺牘(2卷)　李佐賢(清)　撰　集部　別集類　1534

석천서옥시초　石泉書屋詩鈔(8卷)　李佐賢(清)　撰　集部　別集類　1534

석초소기　釋草小記(2卷)　程瑤田(清)　撰　經部　小學類　191

석포헌구경설　惜抱軒九經說(17卷)　姚鼐(清)　撰　經部　群經總義類　172

석포헌문집　惜抱軒文集(16卷)後集(10卷)惜抱軒詩集(10卷)後集(1卷)　姚鼐(清)　撰　集部　別集類　1453

석포헌필기　惜抱軒筆記(8卷)　姚鼐(清)　撰　子部　雜家類　1152

석호지　石湖志　莫震　撰 ; 莫旦　增補　史部　地理類　729

선계지　仙溪志　″趙與泌, 黃巖孫　纂修″　史部　地理類　660

선기식고　仙機式庫(8卷)　陸玄宇(明)　輯　子部　藝術類　1098～99

선기유술　璇璣遺述(7卷)　揭暄(清)　撰　子部　天文算法類　1033

선대산서삼진도설　宣大山西三鎮圖說　楊時寧　撰　史部　地理類　739

선도지　仙都志　陳性定　撰　史部　地理類　723

선림보훈　禪林寶訓(2卷)　(釋)淨善(宋)　輯　子部　宗教類　1281

선발지시　先撥志始　文秉　撰　史部　雜史類　437

선병서옥초집　仙屏書屋初集(18卷)　黃爵滋　撰　集部　別集類　1521

선본서실장서지　善本書室藏書志　丁丙　撰　史部　目錄類　927

선부경수록　膳夫經手錄(1卷)　楊曄(唐)　撰　子部　譜錄類　1115

선부기략　繕部紀略　郭尚友　撰　史部　政書類　878

선산공연보　船山公年譜　王之春　撰　史部　傳記類　553

선산사우기　船山師友記　羅正鈞　撰　史部　傳記類　540

선산선생시고　船山先生詩稿(2卷)　王夫之(清)　撰　集部　別集類　1403

″선산시초,보유″　船山詩草(20卷)船山詩草補遺(6卷)　張問陶　撰　集部　別集類　1486

선서통　宣西通(3卷)　許桂林(清)　撰　子部　天文算法類　1035

선성유사　先聖遺事(1卷)　郝敬(明)　撰　經部　四書類　153

선시총화　選詩叢話(1卷)　孫梅　輯

集部 詩文評類　1715

선악당음운청탁감　善樂堂音韻淸濁鑑(3卷)　王祚禎(淸)　撰　經部 小學類　257

선원제전집도서　禪源諸詮集都序(2卷)　(釋)宗密(唐)　撰　子部 宗敎類　1279

선원편주　仙苑編珠(3卷)　王松年(唐)　撰　子部 宗敎類　1293

선자화상발도가　船子和尙撥棹歌(1卷)　(釋)德誠　撰　集部 詞類　1722

선정　船政　撰者未詳　史部 政書類　878

선정신서　船政新書　倪凍　撰　史部 政書類　878

선천집　先天集(10卷)附錄(2卷)　許月卿　撰　集部 別集類　1320

선추산조예양비잡극　宣秋山趙禮讓肥雜劇　秦簡夫　撰　集部 戲劇類　1761

선화패보　宣和牌譜　撰者未詳　子部 藝術類　1106

설감변정　舌鑑辨正(2卷)　梁玉瑜(淸)　撰　子部 醫家類　999

설니서옥잡지　雪泥書屋雜志(4卷)　牟庭相(淸)　撰　子部 雜家類　1156

설리회편　說理會編(16卷)　季本(明)　撰　子部 儒家類　938〜39

설문가차의증　″說文假借義證(28卷), 首(1卷)″　朱珔(淸)　撰　經部 小學類　214〜15

″설문검자,설문중문검자,설문의난검자,금문검자″　說文檢字　說文重文檢字　說文疑難檢字　今文檢字　徐樲　撰　經部 小學類　225〜26

설문경각보유　說文勁斠補遺　楊廷瑞(淸)　撰　經部 小學類　228

설문경자고　說文經字考　陳壽棋(淸)　撰　經部 小學類　227

설문경자정의　說文經字正誼　郭慶藩(淸)　撰　經部 小學類　228

설문경전이자석　說文經典異字釋(1卷)　高翔麟(淸)　撰　經部 小學類　222

설문계전교록　說文繫傳校錄(30卷)　王筠(淸)　撰　經部 小學類　215

설문고본고　說文古本考(14卷)　沈濤(淸)　撰　經部 小學類　222

설문고어곡　說文古語考(2卷)　程際盛(淸)　撰　經部 小學類　212

설문고주보　″說文古籀補(14卷), 補遺(1卷), 附錄(1卷)″　吳大澄(淸)　撰　經部 小學類　243

설문고주소증　說文古籀疏證(6卷)　莊述祖(淸)　撰　經部 小學類　243

설문교의　說文校義(30卷)　″嚴可均(淸), 姚文田　撰″　經部 小學類　213

설문교의의　說文校議議(30卷)　嚴章福(淸)　撰　經部 小學類　214

설문교정본　說文校定本(2卷)　朱士端(淸)　撰　經部 小學類　214

설문단주정보　說文段注訂補(14卷)　王紹蘭(淸)　撰　經部 小學類　213

설문답문소증　說文答問疏證　錢大昕(淸)　撰　經部 小學類　204

설문려전　說文籀箋　潘奕전(淸)　撰　經部　小學類　211

설문리동후편　說文理董後篇　吳穎芳(淸)　撰　經部　小學類　204

설문발의　說文發疑　張行孚(淸)　撰　經部　小學類　227

설문변의　說文辨疑(1卷)　顧廣圻(淸)　撰　經部　小學類　215

설문보고　說文補考(1卷)　戚學標(淸)　撰　經部　小學類　245

설문석례　說文釋例(20卷)　王筠(淸)　撰　經部　小學類　215～16

설문성계　說文聲系(14卷)　姚文田(淸)　撰　經部　小學類　246

설문성류　說文聲類(2卷)　嚴可均(淸)　撰　經部　小學類　247

설문성통　"說文聲統(17卷), 標目(2卷)"　陳澧(淸)　撰　經部　小學類　248

설문시초　雪門詩草(14卷)　許瑤光　撰　集部　別集類　1546

설문신부고　"說文新附考(6卷), 續考(1卷)"　鈕樹玉(淸)　撰　經部　小學類　213

설문신부고　說文新附考　鄭珍(淸)　撰　經部　小學類　223

설문오익　說文五翼(8卷)　王煦(淸)　撰　經部　小學類　212

설문외편보유　說文外編補遺　雷浚(淸)　撰　經部　小學類　227

설문우고　說文又考(1卷)　戚學標(淸)　撰　經部　小學類　245

설문이서전이　說文二徐箋異　田吳炤　撰　經部　小學類　228

설문인경고　"說文引經考(2卷), 補遺(1卷)"　吳玉搢(淸)　撰　經部　小學類　203

설문인경고　說文引經考(20卷)　程際盛(淸)　撰　經部　小學類　212

설문인경고증　說文引經考證　陳瑑(淸)　撰　經部　小學類　227

설문인경례변　說文引經禮辨　雷浚(淸)　撰　經部　小學類　227

설문인경이자　說文引經異字(3卷)　吳雲蒸(淸)　撰　經部　小學類　220

설문인경증례　說文引經證例(24卷)　承培元(淸)　撰　經部　小學類　222

설문인경호이설　說文引經互異說　陳瑑(淸)　撰　經部　小學類　227

설문인경효이　說文引經孝異　柳榮宗(淸)　撰　經部　小學類　223

설문일자　說文逸字　鄭珍(淸)　撰　經部　小學類　223

설문일자고　說文佚字考　張鳴珂(淸)　撰　經部　小學類　227

설문자통　說文字(4卷)　高翔麟(淸)　撰　經部　小學類　222

설문정속　說文正俗　楊廷瑞(淸)　撰　經部　小學類　228

설문정정　說文訂訂(1卷)　嚴可均(淸)　撰　經部　小學類　213

설문천설　說文淺說　鄭知同(淸)　撰　經部　小學類　227

설문청공요언　薛文淸公要言(2卷)　薛瑄(明)　撰 ; 谷中虛　輯　子部　儒家類　935

설문청문행실록　薛文淸文行實錄　王鴻　輯　史部　傳記類　551

설문통훈정성　"說文通訓定聲(18卷), 分部束韻(1卷), 說雅(1卷), 古今

韻準(1卷), 補遺(1卷)″　朱駿聲
(淸)　撰　經部 小學類　220～21

설문해자성자생술　說文諧聲孳生述
(不分卷)　陳立(淸)　撰　經部 小
學類　248

설문해자각전　說文解字斠詮　錢坫
(淸)　撰　經部 小學類　211

설문해자교감기　說文解字校勘記(1
卷)　王念孫(淸)　撰　經部 小學
類　212

설문해자교록　說文解字校錄(15卷)
鈕樹玉(淸)　撰　經部 小學類　212

설문해자구독　″說文解字句讀(30卷),
句讀補正(30卷)″　王筠(淸)　撰
經部 小學類　216～19

″설문해자구음,경전문자변증서,음동
의이변″　″說文解字舊音(1卷),
經典文字辨證書(5卷), 音同義異
辨(1卷)″　畢沅(淸)　撰　經部 小
學類　239

설문해자군경정자　說文解字群經正
字　邵瑛(淸)　撰　經部 小學類
211

설문해자단주고　說文解字段注考
(卷13)　馮桂芬(淸)　撰　經部 小
學類　223～24

설문해자리동　說文解字理董　吳穎
芳(淸)　撰　經部 小學類　204

설문해자보의　說文解字補義(12卷)
包希魯(元)　撰　經部 小學類
202

설문해자음균표　說文解字音均表(2
卷)　江沅(淸)　撰　經部 小學類
247

설문해자의증　說文解字義證(1)～(2)

桂馥(淸)　撰　經部 小學類　20
9～10

설문해자주　說文解字注(卷一上至
卷六下)　段玉裁(淸)　撰　經部
小學類　204～08

설문해자주광류　說文解字注匡謬(1
5卷)　徐承慶(淸)　撰　經部 小
學類　214

설문해자주전　說文解字注箋　徐灝
(淸)　撰　經部 小學類　225～6

설문해자주전　說文解字注箋　徐灝
(淸)　撰　經部 小學類　227

설부속　說郛續(46卷)　陶珽(明)　編
子部 雜家類　1189～92

설사　說蛇(1卷)　趙彪詔(淸)　撰　子
部 譜錄類　1120

설시수어　說詩晬語(2卷)　沈德潛
撰　集部 詩文評類　1701

설시장의　說詩章義(3卷)　方宗誠
(淸)　撰　經部 詩類　73

설애선생시집　雪厓先生詩集(5卷)
金守正　撰　集部 別集類　1325

설야시담　雪夜詩談三卷附　彭端淑
撰　集部 詩文評類　1700

설여산방장고　薛荔山房藏稿(10卷)
敖文禎　撰　集部 別集類　1359

설역　說易(12卷)　喬中和(明)　撰
經部 易類1　6

설옹시집　雪翁詩集(17卷)　魏경　撰
集部 別集類　1393

설인귀영귀고리잡극　薛仁貴榮歸故
里雜劇　張國賓　撰　集部 戲
劇類　1760

설자용어　薛子庸語(12卷)　薛應旂
(明)　撰 ; 向程(明)　音釋　子部

儒家類 940

설전제오원취소잡극 說囀諸伍員吹簫雜劇 李壽卿 撰 集部 戲劇類 1761

설허성당시초 雪虛聲堂詩鈔(3卷) 楊深秀 撰 集部 別集類 1567

섬계만필 剡溪漫筆(6卷) 孫能傳 (明) 撰 子部 雜家類 1132

섬원일고 剡源逸稿(7卷) 戴表元 撰 集部 別集類 1322

성가남순일녹 聖駕南巡日錄 陸深 (明) 撰 史部 雜史類 433

성경전제비고 盛京典制備考 崇厚 輯 史部 政書類 882

성경학규찬 聖經學規纂(2卷) 李塨 (淸) 撰 子部 儒家類 947

성남사 盛明雜劇三集:卷三十城南寺 黃家舒 撰 集部 戲劇類 1765

성률관건 聲律關鍵(8卷) 鄭起潛 撰 集部 詩文評類 1717

성리대중 性理大中(28卷) 應撝謙 (淸) 撰 子部 儒家類 949~50

성리지귀 性理指歸(28卷) 姚舜牧 (明) 撰 子部 儒家類 942

성명잡극삼집 盛明雜劇三集(34卷) 鄒式金 輯 集部 戲劇類 1765

성명잡극이집 盛明雜劇二集(30卷) 沈泰 輯 集部 戲劇類 1765

성명잡극초집 盛明雜劇初集(30卷) 孟稱舜 撰 集部 戲劇類 1764

성문십육자서 聖門十六子書(不分卷) 馮雲鵷(淸) 輯 子部 儒家類 931

성문인물지 聖門人物志 郭子章

(明) 撰 史部 傳記類 512

성방절용 成方切用(12卷) ; 首(1卷) ; 末(1卷) 吳儀洛(淸) 撰 子部 醫家類 1002~03

성보 聲譜(2卷) 時庸매(淸) 撰 經部 小學類 249

성설 聲說(2卷) 時庸매(淸) 撰 經部 小學類 249

성세긍언 醒世恆言(40卷) 馮夢龍 (明) 輯 集部 小說類 1785~86

성세일반록 醒世一斑錄(5卷) ; 附編(3卷) ; 雜述(8卷) (一斑錄卷1至卷2) 鄭光祖(淸) 撰 子部 雜家類 1139~40

성송고승시선 聖宋高僧詩選(3卷)後集(3卷)續集(1卷) 陳起 輯 集部 總集類 1621

성송명람사육총주 聖宋名覽四六叢珠(1-100) 葉蕡(宋) 輯 子部 類書類 1213~14

성안기사 聖安記事 顧炎武(淸) 撰 史部 雜史類 443

성운고 "聲韻攷(4卷), 聲類表(9卷), 首(1卷)" 戴震(淸) 撰 經部 小學類 244

성운집저 "聲韻집箸 1卷" 桑紹良 (明) 撰 經部 小學類 255

성유식론술기 成唯識論述記(60卷) (釋)窺基(唐) 撰 子部 宗敎類 1274~75

성율통고 聲律通考(10卷) 陳澧(淸) 撰 經部 樂類 116

성재록 誠齋錄(4卷) 誠齋新錄(1卷) 誠齋牡丹百詠(1卷) 誠齋梅花百詠(1卷) 誠齋玉堂春百詠(1卷)

朱有燉 撰　集部 別集類　1328

성전　聖典　朱睦㮮(明) 輯　史部 雜史類　432

성조신정요약　聖朝新政要略　題外史氏 輯　史部 雜史類　438

성차승람　星槎勝覽　費信 撰　史部 地理類　742

성표　聲表(30卷)　葉承敬(明) 撰　經部 小學類　255

성학심법　聖學心法(4卷)　朱棣 撰　子部 儒家類　935

성학종전　聖學宗傳　周汝登 撰　史部 傳記類　513

성해　姓解(3卷)　邵思(宋) 纂　子部 類書類　1213

성화정해중간개병오음류취사성편해　成化丁亥重刊改倂五音類聚四聲篇海　韓孝彦(金) 撰　經部 小學類　229

세묘식여록　世廟識餘錄　徐學謨 撰　史部 雜史類　433

세본　帝王世紀續補　錢保塘(淸) 輯　史部 別史類　301

세선당장서목　世善堂藏書目　陳第 藏竝撰　史部 目錄類　919

세시광기　歲時廣記　陳元靚 撰　史部 時令類　885

세원록상의洗寃錄詳義(4卷);首(1卷)許槤(淸)撰子部法家類972

세원록척유　洗寃錄撝遺(2卷)；補(1卷)　葛元煦(淸) 撰　子部 法家類　972

세한사　歲寒詞(1卷)　曹亮武 撰　集部 詞類　1725

소경소문집　巢經巢文集(6卷)　巢經巢詩集(9卷) 後集(4卷) 遺詩(1卷) 附錄(1卷)　鄭珍(淸) 撰　集部 別集類　1534

소경소집경설　巢經巢集經說(1卷)　鄭珍(淸) 撰　經部 群經總義類　176

소고당시집　嘯古堂詩集(8卷)遺集(1卷)　蔣敦復 撰　集部 別集類　1535

소고일명고　召誥日名考(1卷)　李銳(淸) 撰　經部 書類　55

소구산방시초　埽垢山房詩鈔(12卷)　黃文暘 撰　集部 別集類　1459

소군몽　盛明雜劇三集:卷二十七昭君夢　薛旦 撰　集部 戲劇類　1765

소군출새　盛明雜劇初集:卷九昭君出塞　徐渭 撰　集部 戲劇類　1764

소권유각집　小倦遊閣集(27卷)　包世臣(淸) 撰　集部 別集類　1500

소남옹일백이십도시집　所南翁一百二十圖詩集(1卷)　鄭思肖 撰　集部 別集類　1320

소대록　召對錄　申時行(明) 撰　史部 雜史類　434

소대무공편　昭代武功編　范景文(明) 撰　史部 紀事本末類　389

소대미녹기　蘇臺麋鹿記　潘鍾瑞 撰　史部 雜史類　446

소대전칙　昭代典則　黃光昇 撰　史部 編年類　351

소령미온　素靈微蘊(4卷)　黃元御(淸) 撰　子部 醫家類　982

소림필담　巢林筆談(6卷)；巢林筆

談續編(2卷) 龔煒(淸) 撰 子部 雜家類 1177

소매옥섬 盛明雜劇二集:卷十五素梅玉蟾 葉憲祖 撰 集部 戱劇類 1765

소매첨언 昭昧詹言(10卷)續(8卷)續錄(2卷) 方東樹(淸) 撰 集部 詩文評類 1705

″소모상관시문집,속집″ 小謨觴館詩文集(13卷)小謨觴館續集(5卷) 彭兆蓀 撰 集部 別集類 1492

소목자시삼각 小木子詩三刻(7卷) 朱休度 撰 集部 別集類 1452

소문육기현주밀어 素問六氣玄珠密語 王氷(唐) 撰 子部 術數類 1049

소문충공시편주집성 蘇文忠公詩編註集成(46卷)總案(45卷)諸家雜綴酌存(1卷)蘇海識餘(4卷)箋詩圖(1卷) 王文誥 輯注 集部 別集類 1315〜16

소문편 紹聞編(8卷) 王樵(明) 撰 子部 儒家類 940

소민시집 巢民詩集(6卷) 巢民文集(7卷) 冒襄(淸) 撰 集部 別集類 1399

소부야정유공유고 少傅野亭劉公遺藁(8卷) 劉忠 撰 集部 別集類 1330

소빙애시집습유 蕭氷崖詩集拾遺(3卷) 蕭立之 撰 集部 別集類 1321

소사마주초 小司馬奏草 項篤壽 撰 史部 詔令奏議類 478

소사주양의공독촉소초 少師朱襄毅

公督蜀疏草 朱燮元 撰 史部 詔令奏議類 491

소산시여 小山詩餘(4卷) 王時翔 撰 集部 詞類 1725

소상원사 瀟湘怨詞(1卷) 王夫之(淸) 撰 集部 詞類 1724

소상재악부 蕭爽齋樂府(1卷) 金鑾 撰 集部 曲類 1738

소상청우록 瀟湘聽雨錄(8卷) 江昱(淸) 撰 子部 雜家類 1138

소서록 消署錄(1卷) 趙紹祖(淸) 撰 子部 雜家類 1161

소석거각문집 小石渠閣文集(6卷) 林昌彝 撰 集部 別集類 1530

소소록 笑笑錄(6卷) 獨逸窩退士(淸) 撰 子部 小說家類 1273

소손도 永樂大典-小孫屠 永樂帝(明) 勅 撰集 部戱劇類 1768

소송역대재부고 蘇松歷代財賦考 熊尙文 等撰 史部 政書類 833

소숙란 蕭淑蘭 賈仲名 撰 集部 戱劇類 1763

소숙란정기보살만 蕭淑蘭情寄菩薩蠻 賈仲名 撰 集部 戱劇類 1763

소숙란정기보살만잡극 蕭淑蘭情寄菩薩蠻雜劇 賈仲名 撰 集部 戱劇類 1762

소식보 疏食譜(1卷) 陳達叟(宋) 撰 子部 譜錄類 1115

소실산인집 少室山人集(25卷) 楊本仁 撰 集部 別集類 1340

소여보 嘯餘譜(11卷) 鄭紹儀 輯 集部 詞類 1736

소엽장일표노인의안　掃葉莊一瓢老
　　人醫案(4卷　)薛雲(淸)　撰　子部
　　醫家類　1027
소영루사　疎影樓詞(5卷)　姚燮　撰
　　集部　詞類　1726
소영루사속초　疏影樓詞續鈔(1卷)
　　姚燮　撰　集部　詞類　1726
소요유　盛明雜劇二集:卷二十九逍
　　遙遊　王應遴　撰　集部　戲劇
　　類　1765
소원석보　素園石譜(4卷)　林有麟
　　(明)　輯　子部　譜錄類　1112
소원시화　素園詩話(4卷)　朱庭珍
　　撰　集部　詩文評類　1708
소원옹　盛明雜劇三集:卷六蘇園翁
　　茅僧曇　撰　集部　戲劇類　1765
소위지장투장인부귀조잡극　少尉遲
　　將鬪將認父歸朝雜劇　撰者未
　　詳　集部　戲劇類　1761
소이아광주　小爾雅廣注(4卷)　莫栻
　　(淸)　撰　經部　小學類　189
소이아소　小爾雅疏(8卷)　王煦(淸)
　　撰　經部　小學類　189
소이아소증　小爾雅疏證(5卷)　葛其
　　仁(淸)　撰　經部　小學類　189
소이아약주　小爾雅約注(1卷)　朱駿
　　聲(淸)　撰　經部　小學類　189
소이아의증　"小爾雅義證(13卷), 補遺
　　(1卷)"　胡承珙(淸)　撰　經部　小
　　學類　189
소이아훈찬　小爾雅訓纂(6卷)　宋翔
　　鳳(淸)　撰　經部　小學類　189
소재제발　蘇齋題跋(不分卷)　翁方
　　綱(淸)　撰 ; 何溱(淸)　輯　子部
　　藝術類　1068

소전기년부고　小腆紀年附考(一)～
　　(二)　徐鼐(淸)　撰　史部　編年類
　　367～68
소전기전　小腆紀傳(1)～(2)　徐鼐
　　(淸)　撰　史部　別史類　332～33
소정속록　嘯亭續錄(3卷)　昭槤(淸)
　　撰　子部　雜家類　1179
소정잡록　嘯亭雜錄(10卷)　昭槤(淸)
　　撰　子部　雜家類　1179
소중산방시사전집　小重山房詩詞全
　　集(32卷)　張祥河　撰　集部　別
　　集類　1513
소지록　所知錄　錢澄之　撰　史部
　　雜史類　444
소창산방시집　小倉山房詩集(36卷)
　　補遺(2卷)小倉山房文集(35卷)小
　　倉山房外集(8卷)　哀枚　撰　集
　　部　別集類　1431～32
소초재집　小草齋集(30卷)　謝肇제
　　(明)　撰　集部　別集類　1366
소포암시존　小匏庵詩存(6卷)卷末附
　　(1卷)　吳仰賢　撰　集部　別集
　　類　1548
소포암시화　小匏庵詩話(10卷)　吳
　　仰賢　撰　集部　詩文評類　1707
소학계업　小學稽業(5卷)　李塨(淸)
　　撰　子部　儒家類　947
소학고　小學考　謝啓昆(淸)　撰　史
　　部　目錄類　922
소학구침　小學鉤沈(19卷)　任大椿
　　(淸)　撰　經部　小學類　201
소학구침속편　小學鉤沈續編(8卷)
　　顧震福(淸)　輯　經部　小學類　201
소학병지　小學駢枝　田寶臣(淸)　撰
　　經部　小學類　193

소한노인명수집주   蕭閑老人明秀集
　　注(6卷)   蔡松年 撰 ; 魏道明
　　注   集部 詞類   1723
소헌집   素軒集(12卷)   沐昂 撰   集
　　部 別集類   1329
소현산시인문집   小峴山詩人文集(3
　　7卷)   秦瀛(清) 撰   集部 別集
　　類   1464～65
소홍정음고   掃紅亭吟稿(14卷)附題
　　詞(1卷)   馮雲鵬 撰   集部別
　　集類   1491
속가훈   續家訓   董正功(宋) 撰   子
　　部 雜家類   1122
속고문사류찬   續古文辭類纂(34卷)
　　王先謙(清) 輯   集部 總集類
　　1610
속고문원   續古文苑(20卷)   孫星衍
　　(清) 輯   集部 總集類   1609
속고사전   續高士傳   高兆 撰   史
　　部 傳記類   516
속고승전   續高僧傳(31卷)   (釋)道宣
　　(唐) 撰   子部 宗敎類   1281～82
속고전운   續古篆韻(6卷)   吾衍(元)
　　撰   經部 小學類   237
속관감록   續觀感錄(12卷)   方鵬(明)
　　輯   子部 雜家類   1188
속광박물지   續廣博物志(16卷)   徐
　　壽基(清) 輯   子部 小說家類
　　1272
속광아   續廣雅(2卷)   劉燦(清) 撰
　　經部 小學類   191
속금석췌편조기   續金石萃編條記
　　沈欽韓(清) 撰   史部 金石類
　　891
속기구   續耆舊(140卷)   全祖望(清)

輯   集部 總集類   1682～83
속대당내전록   續大唐內典錄(1卷)
　　(釋)智昇(唐) 撰   子部 宗敎類
　　1289
속명마기   續名馬記(2卷)   李承勛
　　(明) 撰   子部 譜錄類   1119
속무요명림   俗務要名林(敦煌殘卷)
　　撰者未詳   經部 小學類   236
속묵객휘서   續墨客揮犀(10卷)   彭
　　僧(宋) 撰   子部 雜家類   1166
속문헌통고   續文獻通考(一)～(七)
　　王圻(明) 撰   史部 政書類   76
　　1～67
속방언   續方言   戴辰(清) 撰   經部
　　小學類   193
속방언보정   續方言補正   程際盛
　　(清) 撰   經部 小學類   194
속방언소증   續方言疏證   沈齡(清)
　　撰   經部 小學類   194
속방언우보   續方言又補   徐乃昌
　　(清) 撰   經部 小學類   194
속부고편   續復古編(4卷)   曹本(元)
　　撰   經部 小學類   237
속사선   續詞選(2卷)   董毅 輯   集
　　部 詞類   1732
속산동고고록   續山東考古錄   葉圭
　　綬 撰   史部 地理類   733
속서상   盛明雜劇三集:卷二十四續
　　西廂   查繼佐(清) 撰   集部 戲
　　劇類   1765
속서증오   俗書證誤(1卷)   顏愍楚
　　(隋) 撰   經部 小學類   236
속세설   續世說(12卷)   孔平仲(宋)
　　撰   子部 雜家類   1166
속송재보편년록   續宋宰輔編年錄

呂邦燿　撰　史部　職官類　748

속수사고전서:제공저본적도서관명록　〈續修四庫全書〉提供底本的圖書館名錄　續修四庫全書編輯委員會　集部　小說類　1800

속수사고전서공작인원명록　續修四庫全書工作人員名錄　續修四庫全書編輯委員會　集部　小說類　1800

속수운림사지　續修雲林寺志　沈鎤彭纂　史部　地理類　719

속양조집　續羊棗集(9卷)；附(2卷)　輅問禮(明)　撰　子部　雜家類　1127

속역기　讀易記(3卷)　王漸逵(明)　撰　經部　易類　6

속예기집설　續禮記集說(100卷)　杭世駿(淸)　撰　經部　禮類　101～02

속우성집　續友聲集(10卷)　王裒之　輯　集部　總集類　1627

속의년록　續疑年錄　吳修　補　史部　傳記類　517

속이견지　〃續夷堅志(4卷)；附, 遺山年譜略(1卷)〃　元好問(金)　撰　子部　小說家類　1266

속일절경음의　續一切經音義　(釋)希麟(遼)　撰　經部　小學類　197

속자치통감　續資治通鑑(一)～(四)　畢沅(淸)　撰　史部　編年類　343～46

속자치통감장편습보　續資治通鑑長編拾補　〃秦상業, 黃以周 等輯〃　史部　編年類　349

속장서　續藏書　李贄(明)　撰　史部　別史類　303

속증약언　續增略言(3卷)　吳師機

(淸)　撰　子部　醫家類　997

속진택기문　續震澤紀聞(1卷)　王禹聲(明)　撰　子部　雜家類　1167

속천회　續泉匯(14卷)；首集(1卷)；補遺(2卷)　〃李佐賢(淸), 鮑康　撰〃　子部　譜錄類　1113

속청량전　續淸凉傳　張商英(宋)　撰　史部　地理類　718

속편영구기략　續編綏寇紀略　葉夢珠(淸)　輯　史部　紀事本末類　390

속한서변의　續漢書辨疑　錢大昭(淸)　撰　史部　正史類　272

속행존녹　續幸存錄　夏完淳(明)　撰　史部　雜史類　440

속향수필　粟香隨筆(8卷)；粟香二筆(8卷)；粟香三筆(8卷)　金武祥　撰　子部　雜家類　1183～84

속홍간록원사류편　續弘簡錄元史類編　邵遠平　撰　史部　別史類　313

속회계철영집　續會稽掇英集(5卷)　黃康弼　輯　集部　總集類　1682

손경한집　孫耕閒集(1卷)　孫鋭　撰；趙時遠　編　集部　別集類　1320

손빈병법십육편　孫臏兵法十六篇　孫臏(戰國)　撰　子部　兵家類　959

손상과　損傷科(1卷)　곽孔昭(淸)　撰　子部　醫家類　1016

손씨서화초　孫氏書畫鈔(2卷)　孫鳳(明)　撰　子部　藝術類　1065

손씨주역집해　孫氏周易集解(10卷)　孫星(淸)　撰　經部　易類　25

손연여선생전집　孫淵如先生全集(21卷)　孫星衍(淸)　撰　集部　別集類　1477

손자산경   孫子算經(3卷)   李淳風
(唐) 等注釋   子部 天文算法類
1041

손재선생사륙   巽齋先生四六(1卷)
危昭德 撰   集部 別集類   1321

손징군일보록존   孫徵君日譜錄存
(一)~(二)   孫奇逢 撰   史部 傳
記類   558~59

손학재문초   遜學齋文鈔(12卷)續鈔(5
卷)首(1卷)末(1卷)   孫衣言 撰
集部 別集類   1544

손학재시초   遜學齋詩鈔(10卷)續鈔(5
卷)   孫衣言 撰   集部 別集類
1544

"송감선생문집,시집"   松龕先生文集
(4卷)松龕先生詩集(2卷)   徐繼畬
撰   集部 別集類   1523

송강부지   松江府志(一)~(三)   "宋
如林 修 ; 孫星衍, 莫晉 纂"
史部 地理類   687~89

송고술   淞故述   楊樞 撰   史部 地
理類   730

송금원인사십팔종   宋金元人詞十八
種(28卷)   撰者未詳   集部 詞類
1721

송동경고   宋東京考   周城 撰   史
部 地理類   734

송릉문헌   松陵文獻   潘檉章 撰
史部 傳記類   541

송명가사   宋名家詞六十一種(91卷)
毛晉 編   集部 詞類   1719~20

송몽료시고   松夢寮詩稿(6卷)   丁丙
撰   集部 別集類   1559

송봉설역   松峰說疫(6卷)   劉奎(淸)
撰   子部 醫家類   1004

송사가사선   宋四家詞選(1卷)   周濟
輯   集部 詞類   1732

송사신편   宋史新編(一)~(四)   柯維
騏(明) 撰   史部 別史類   308~11

송사예문지보   宋史藝文志補   倪燦
撰   史部 目錄類   916

송사육화   宋四六話(12卷)   彭元瑞
(淸) 輯   集部 詩文評類   1715

송서사안   宋西事案   祁承한(淸) 撰
史部 雜史類   423

송수당시초   松壽堂詩鈔(10卷)   陳
夔龍 撰   集部 別集類   1577

송승상이충정공주의   宋丞相李忠定
公奏議(一)~(二)   李綱 撰   史
部 詔令奏議類   474~75

송승상최청헌공전록   宋丞相崔淸獻
公全錄(10卷)   崔與之 撰   集部
別集類   1319

송승상최청헌공전록   宋丞相崔淸獻
公全錄   崔子瓙 輯 ; 崔曉 增
輯   史部 傳記類   550

송승시선보   宋僧詩選補(3卷)   陳世
隆 輯   集部 總集類   1621

"송시기사보유,소전보정"   宋詩紀事
補遺(100卷)宋詩紀事小傳補正(4
卷)   陸心源(淸) 撰   集部 詩文
評類   1708~09

송시습유   宋詩拾遺(23卷)   陳世隆
輯   集部 總集類   1621

송심시록   松心詩綠(10卷)   張維屛
撰   集部 別集類   1496

송십오가시선   宋十五家詩選(16卷)
陳訏 輯   集部 總集類   1621

송애문초   松崖文鈔(2卷)   惠棟(淸)
撰   集部 別集類   1427

송원게암집　松圓偈庵集(2卷)　程嘉燧 撰　集部 別集類　1385

송원구본서경안록　宋元舊本書經眼錄　莫友芝(淸) 撰　史部 目錄類　926

송원랑도집　松圓浪淘集(18卷)　程嘉燧 撰　集部 別集類　1385

송원시노소전　松圓詩老小傳(1卷)　錢謙益 撰　集部 別集類　1386

송원학안　宋元學案(一)~(二)　"黃宗羲(淸) 輯；全祖望 訂補；馮雲濠, 王梓材 校正"　史部 傳記類　518~19

송정사나창주선생집宋貞士羅滄洲先生集(5卷)　羅公升 撰　集部 別集類　1321

송정화례기문자고　"古籀拾遺(3卷), 宋政和禮器文字考(2卷)"　孫詒讓(淸) 撰　經部 小學類　243

송제형세원집록　宋提刑洗寃集錄(5卷)　宋慈(宋) 撰　子部 法家類　972

송조대조령집　宋朝大詔令集　撰者未詳　史部 詔令奏議類　456

송존서실송원비본서목　宋存書室宋元秘本書目　楊紹和 藏並撰　史部 目錄類　927

송좌승상육공전서　宋左丞相陸公全書(8卷)續編(2卷)　陸秀夫 撰　集部 別集類　1321

송중흥학사원제명　宋中興學士院題名　何異 撰　史部 職官類　748

송창백설　松窓百說(1卷)　李季可(宋) 撰　子部 雜家類　1122

송천려필　頌天臚筆　金日升 輯　史部 雜史類　439

송충숙진요재사명존요집　宋忠肅陳了齋四明尊堯集　陳瓘 撰　史部 史評類　448

송태조용호풍운회　宋太祖龍虎風雲會　羅貫中 撰　集部 戲劇類　1763

송특진좌승상허국공주의　宋特進左丞相許國公奏議　吳潛 撰　史部 詔令奏議類　475

송풍각시초　松風閣詩鈔(26卷)　彭蘊章 撰　集部 別集類　1518

송학산방시집　松鶴山房詩集(9卷)松鶴山房文集(20卷)　陳夢雷 撰　集部 別集類　1415~16

송현사휘　宋賢事彙(2卷)　李廷機(明) 輯　子部 雜家類　1189

송호화억　松壺畵憶(2卷)　錢杜(淸) 撰　子部 藝術類　1068

송황선헌공주예설　"宋黃宣獻公周禮說(5卷),首(1卷),末(1卷)"　"黃度(淸) 撰, 陳金鑑 撰"　經部 禮類　78

송회요　宋會要(1)~(12)　徐松(淸) 輯　史部 政書類　775~86

쇄금사보　碎金詞譜(14卷)碎金續譜(6卷)碎金詞韻(4卷)　謝元淮 撰　集部 詞類　1737

쇄서당집쇄　書堂集(17卷)　郝懿行(淸) 撰　集部 別集類　1481

수가대부하범숙잡극　須賈大夫하范叔雜劇　撰者未詳　集部 戲劇類　1762

수결재한필　修潔齋閑筆(8卷)　劉堅(淸) 撰　子部 雜家類　1144

수경　獸經(1卷)　張綱孫(淸) 撰　子
　　部 譜錄類　1119

수경주소　水經注疏(一)～(二)　〃楊
　　守敬, 熊會貞 纂〃　史部 地理
　　類　726～27

〃수당문초,속집〃　授堂文鈔(8卷)續集
　　(2卷)　武億(淸) 撰　集部 別集
　　類　1466

수당시초　授堂詩鈔(8卷)　武億(淸)
　　撰　集部 別集類　1466

수력려의례석고　壽櫟廬儀禮奭固(1
　　7卷)　吳之英 撰　經部 禮類　93

수력려의례석고예기도　〃壽櫟廬儀
　　禮奭固禮器圖(17卷),首(1卷),末(1
　　卷)〃　吳之英 撰　經部 禮類
　　93～94

수리집　水利集　任仁發 撰　史部
　　政書類　851

수명당결식　修明堂訣式(1卷)　王惟
　　一(宋) 撰　子部 醫家類　995

수문전어람　修文殿御覽(1卷)　祖珽
　　(北齊) 等輯　子部 雜家類　1212

수밀도보　水蜜桃譜(1卷)　褚華(淸)
　　撰　子部 譜錄類　1116

수범숙　水范叔　撰者未詳　集部
　　戲劇類　1764

수보　繡譜(2卷)　丁佩(淸) 撰　子部
　　譜錄類　1115

수사집요　水師輯要　陳良弼 撰
　　史部 政書類　860

수산관외고　隨山館猥棗(10卷) 續棗
　　(2卷) 隨山館叢棗(4卷) 隨山館尺
　　牘(2卷)　汪瑔 撰　集部 別集
　　類　1557～58

수서경적지고증　隋書經籍志考證

（一)～(二)　姚振宗 撰　史部 目
　　錄類　915～16

수서지리지고증　隋書地理志考證
　　楊守敬(淸) 撰　史部 正史類　283

수세청편　壽世靑編(2卷)　李中梓
　　(明) 撰 ;尤乘(淸) 輯　子部 醫
　　家類　1030

수술기유　數術記遺(1卷)　徐岳(漢)
　　撰 ; 甄鸞(北周) 注　子部 天文
　　算法類　1041

수시묘언　需時眇言(10卷)　沈善登
　　(淸) 撰　經部 易類　35

수시역고　授時曆故(4卷)　黃宗羲
　　(淸) 撰　子部 天文算法類　1040

수식거중정곽난론　隨息居重訂雚亂
　　論(4卷)　王士雄(淸) 撰　子部
　　醫家類　1005

수신비람　搜神秘覽(3卷)　章炳文
　　(宋) 撰　子部 小說家類　1264

수아당문집속편　邃雅堂文集續編(1
　　卷)　姚文田(淸) 撰　集部 別集
　　類　1482

수아당집　邃雅堂集(10卷)　姚文田
　　(淸) 撰　集部 別集類　1482

수역주자록　殊域周咨錄(一)～(二)
　　嚴從簡 撰　史部 地理類　73
　　5～36

수예편　樹藝篇(33卷)　胡古愚(元)
　　撰　子部 農家類　977

수옥사　漱玉詞(1卷)附錄(1卷)　李淸
　　照 撰　集部 詞類　1722

수운루사　〃水雲樓詞(2卷), 水雲樓詞
　　續(1卷)〃　蔣春霖 撰　集部 詞
　　類　1727

수운집　水雲集(3卷)　譚處端 撰

集部　別集類　1322

수원수필　隨園隨筆(28卷)　袁枚(淸)　撰　子部　雜家類　1148

수원시화　隨園詩話(16卷)補遺(10卷)　袁枚(淸)　撰　集部　詩文評類　1701

수원식단　隨園食單(4卷)　袁枚(淸)　撰　子部　譜錄類　1115

수유기　六十種曲120卷 : 繡襦記(2卷)　徐霖　撰　集部　戲劇類　1772

수유록　隋遺錄(2卷)　顏師古　撰　集部　小說類　1783

"수유재시초초집,속집"　守柔齋詩鈔初集(4卷)續集(4卷)　蘇廷魁　撰　集部　別集類　1530

수유재행하초　守柔齋行河草(2卷)　蘇廷魁　撰　集部　別集類　1530

수의감시집　守意龕詩集(28卷)　百齡(淸)　撰　集部　別集類　1474

수조청가록　水曹淸暇錄(16卷)　汪啓淑(淸)　撰　子部　雜家類　1138

수지기　水地記　戴震　撰　史部　地理類　728

수천태지자대사별전　隋天台智者大師別傳(1卷)　(釋)灌頂(隋)　撰　子部　宗教類　1285

수초당시집　遂初堂詩集(16卷)遂初堂文集(12卷)遂初堂別集(4卷)　潘耒　撰　集部　別集類　1417~18

수초초로시집　遂初草盧詩集(10卷)　杜岕　撰　集部　別集類　1498

수하잠풍마괴통잡극　隨何賺風魔蒯通雜劇　撰者未詳　集部　戲劇類　1760

수호기　六十種曲120卷:水滸記(2卷)　許自昌(明)　撰　集部　戲劇類　1772

수회당전집　邃懷棠全集(38卷)　袁翼　撰　集部　別集類　1515

순대록　巡臺錄　張嗣昌　撰　史部　政書類　881

순묵　盾墨　湯彝　撰　史部　雜史類　445

순묵습여　盾墨拾餘(14卷)　易順鼎　撰　集部　別集類　1576

순상자지어　純常子枝語(40卷)　文廷式(淸)　撰　子部　雜家類　1165

순수선생문집　舜水先生文集(28卷)　朱之瑜　撰　集部　別集類　1384~85

순욱적율도주　筍勖笛律圖注(1卷)　徐養原(淸)　撰　經部　樂類　115

순자고이　荀子考異(1卷)　錢佃(宋)　撰　子部　儒家類　932

순자미언　荀子微言(1卷)　惠棟(淸)　撰　子部　儒家類　932

순자집해　荀子集解(20卷) ; 考證(1卷)　王先謙(淸)　撰　子部　儒家類　932

순자평주삼십이편　荀子評注三十二篇　傅山(淸)　撰　子部　儒家類　932

순천부지　順天府志(一)~(四)　"周家楣, 沈秉成, 薛福辰 修 ; 張之洞, 繆荃孫纂"　史部　地理類　683~86

순해찬문　循陔纂聞(5卷)　周廣業(淸)　撰　子部　雜家類　1138

술균　述均(10卷)　夏燮(淸)　撰　經部　小學類　249

술암선생연보   述庵先生年譜(2卷) 嚴榮 撰   集部 別集類   1437

술주질의   述朱質疑(16卷) 夏炘(淸) 撰   子部 儒家類   952

술직음   述職吟(2卷) 劉秉恬 撰   集部 別集類   1457

술학육권부춘추술의   述學六卷附春秋述義(1卷) 汪中(淸) 撰   集部 別集類   1465

숭릉전신록   崇陵傳信錄 惲毓鼎 撰   史部 雜史類   446

숭문총목집석   崇文總目輯釋 王堯臣 等撰 ; 錢東垣 等輯 釋 ; 錢동 補遺   史部 目錄類   916

숭백락재문집   崇百樂齋文集(20卷) 陳壽棋(淸) 撰   集部 別集類   1496~97

숭백락재삼집   崇百樂齋三集(12卷) 陸繼輅(淸) 撰   集部 別集類   1497

숭백락재속집   崇百樂齋續集(4卷) 陸繼輅(淸) 撰   集部 別集類   1497

숭사록   崇祀錄(1卷) 鄗德模 撰   集部 別集類   1545

숭서   嵩書 傅梅(明) 撰   史部 地理類   725

숭아당문초   崇雅堂文鈔(2卷)崇雅堂詩鈔(10卷)崇雅堂駢體文鈔(4卷)崇雅堂應制存稿(1卷)崇雅堂刪餘詩(1卷)-篔谷詩鈔(20卷)篔谷文鈔(12卷) 胡敬(淸) 撰   集部 別集類   1494

숭정오십재상전   崇禎五十宰相傳 曹溶(淸) 撰   史部 傳記類   537

쉬장록   焠掌錄(2卷) 汪啓淑(淸) 撰   子部 雜家類   1152

슬사총담   瑟謝叢談(2卷) 沈濤(淸) 撰   子部 雜家類   1139

"습고재시집,고문"   習苦齋詩集(8卷)習苦齋古文(4卷) 戴熙(淸) 撰   集部 別集類   1530

습고재화서   習苦齋畫絮(10卷) 戴熙(淸) 撰   子部 藝術類   1084

습서초당문집   隰西草堂文集(3卷) 萬壽祺 撰   集部 別集類   1394

습서초당시집   隰西草堂詩集(5卷) 萬壽祺 撰   集部 別集類   1394

습서초당집습유   隰西草堂集拾遺(1卷) 羅振玉 錄   集部 別集類   1394

습아   拾雅 夏味堂(淸) 撰   經部 小學類   192

습열조변   濕熱條辨(1卷) 薛雪(淸) 撰   子部 醫家類   1005

습유방   拾遺方(1卷) 劉昉(宋) 等編   子部 醫家類   1009

승암장단구   升菴長短句(3卷)升菴長短句續集(3卷) 楊愼 撰   集部 詞類   1723

승왕주고   僧王奏稿 僧格林沁 撰   史部 詔令奏議類   508

승제개방기례   乘除開方起例(1卷) 吳敬(明) 撰   子部 天文算法類   1043

승진재적문록   承晉齋積聞錄(1卷) 梁巘(淸) 撰   子部 藝術類   1068

시가직설   詩家直說(4卷) 謝榛 撰   集部 詩文評類   1695

시경광고   詩經廣詁(30卷) 徐璈(淸)

撰　經部 詩類　69

시경부의　詩經剖疑(24卷)　曹學佺(明)　撰　經部 詩類　60

시경사가이문고　詩經四家異文考(5卷)　陳喬樅(淸)　撰　經部 詩類　75

시경설약　詩經說約(28卷)　顧夢麟(明)　撰　經部 詩類　60

시경소학　詩經小學(4卷)　段玉裁(淸)　撰　經部 詩類　64

시경우전　詩經偶箋(13卷)　萬時華(明)　撰　經部 詩類　61

시경원시　"詩經原始(18卷), 首(2卷)"　方玉潤(淸)　撰　經部 詩類　73

시경유고　詩經類考(30卷)　沈萬鈳(明)　撰　經部 詩類　59

시경이문석　詩經異文釋(16卷)　李邵孫(淸)　撰　經部 詩類　75

시경통론　"詩經通論(18卷), 首(1卷)"　姚際恒(淸)　撰　經部 詩類　62

시고운표입이부집설　詩古韻表卄二部集說(2卷)　夏炘(淸)　撰　經部 小學類　248

시고음역　詩古音繹(1卷)　胡錫燕(淸)　撰　經部 小學類　249

시고이자전여　詩考異字箋餘(14卷)　周邵蓮(淸)　撰　經部 詩類　75

시고징상편　"詩古徵上編(6卷), 首(1卷), 中編(10卷), 下編(3卷)"　魏源(淸)　撰　經部 詩類　77

시관견　"詩管見(7卷), 首(1卷)"　尹繼美(淸)　撰　經部 詩類　74

시담　詩譚(10卷)續錄(1卷)　葉廷秀 輯評　集部 詩文評類　1696

시랑갈공귀우집　侍郎葛公歸愚集(2

0卷)　葛立方 撰　集部 別集類　1317

시모씨전소　詩毛氏傳疏(30卷)　陳奐(淸)　撰　經部 詩類　70

시모씨학　詩毛氏學(30卷)　馬其昶(淸)　撰　經部 詩類　74

시모정이동변　詩毛鄭異同辨(2卷)　曾釗(淸)　撰　經部 詩類　73

시무통고　時務通考(35卷)(天算6卷)　杞廬主人 等撰　子部 類書類　1254～59

시문　詩問(6卷)　牟應震(淸)　撰　經部 詩類　65

시문　詩問(7卷)　郝懿行　撰　經部 詩類　65

시법　詩法(10卷)　謝天瑞 輯　集部 詩文評類　1695

시법역간록　詩法易簡錄(14卷)錄餘緖論(1卷)　李鍈 撰　集部 詩文評類　1702

시법정종　詩法正宗(1卷)　揭溪斯 撰　集部 詩文評類　1694

시법지남　詩法指南(6卷)　蔡鈞 輯　集部 詩文評類　1702

시변망　"詩辨妄(1卷),附錄4種"　"鄭樵(宋)著, 顧詰剛輯點"　經部 詩類　56

시병론　時病論(8卷)　雷豊(淸)　撰　子部 醫家類　1005

시보보망후정　"詩譜補亡後訂(1卷), 拾遺(1卷)"　吳騫(淸)　撰　經部 詩類　64

시본의　詩本誼(1卷)　龔橙(淸)　撰　經部 詩類　73

시사통운　"詩詞通韻(5卷),首(1卷)"

樸隱子(淸) 撰　經部 小學類 253

시삼가의집소　"詩三家義集疏(28卷), 首(1卷)"　王先謙(淸) 撰　經部 詩類 77

시서고훈　詩書古訓(6卷)　阮元(淸) 輯　經部 群經總義類 174

시서변설　詩序辨說(1卷)　朱熹(宋) 撰　經部 詩類 56

시서부록찬소　詩序附錄纂疏(1卷)　胡一桂(元) 撰　經部 詩類 57

시서여록　詩緖餘錄(8卷)　黃位淸(淸) 撰　經部 詩類 71

시설　"詩說(12卷),總說(1卷)"　劉克(宋) 撰　經部 詩類 57

시설고략　詩說考略(12卷)　成僎(淸) 撰　經部 詩類 71

시성류　詩聲類(12卷)　孔廣森(淸) 撰　經部 小學類 246

시성분례　詩聲分例(1卷)　孔廣森(淸) 撰　經部 小學類 246

시소　詩笑(2卷)　池上餐華生 輯　子部 小說家類 1273

시소서익　"詩小序翼(27卷),首(1卷)"　張澍(淸) 撰　經部 詩類 66

시수　詩藪(20卷)　胡應麟 撰　集部 詩文評類 1696

시씨고운통　"柴氏古韻通(8卷),正音切韻復古編(1卷)"　柴紹炳(淸) 撰　經部 小學類 244

시씨족고　詩氏族考(6卷)　李超孫(淸) 撰　經部 詩類 66

시아절어　示兒切語(1卷)　洪枋(淸) 撰　經部 小學類 258

시여도보詩餘圖譜(6卷)補遺(6卷)　張

綖 撰　集部 詞類 1735

시역백후첩요　時疫白喉捷要(1卷)　陳耕道(淸) 撰　子部 醫家類 1018

시연　詩淵(不分卷)(1～7)　撰者未詳　集部 總集類 1594～600

시엽헌필기　柿葉軒筆記　胡虔(淸) 撰　子部 雜家類 1158

시운석　"詩韻析(5卷),首(1卷),末(1卷)"　汪烜(淸) 撰　經部 小學類 258

시원변체　詩源辯體(36卷)附後集纂要(2卷)　許學夷 撰　集部 詩文評類 1696

시위쇄언　侍衛瑣言(1卷)；補(1卷)　奕賡(淸) 撰　子部 雜家類 1181

시위집증　詩緯集證(4卷)　陳喬樅(淸) 撰　經部 詩類 77

시음표　詩音表(1卷)　錢坫(淸) 撰　經部 小學類 245

시의　詩疑(2卷)　王柏(宋) 撰　經部 詩類 57

시의필기　詩疑筆記(7卷)後說(1卷)　夏味堂(淸) 撰　經部 詩類 64

시이문록　詩異文錄(3卷)　黃位淸(淸) 撰　經部 詩類 75

시익　詩益(20卷)　劉始興(淸) 撰　經部 詩類 63

시자　尸子(2卷)　汪繼培(淸) 輯 校　子部 雜家類 1121

시전강령부록찬소　詩傳綱領附錄纂疏(1卷)　胡一桂(元) 撰　經部 詩類 57

시전주소　詩傳注疏(3卷)　"謝枋得(宋), 吳長元重(淸) 輯"　經部 詩類 57

시정당이집　是程堂二集(4卷)　屠倬　撰　集部　別集類　1517

시정당집　是程堂集(14卷)　屠倬　撰　集部　別集類　1517

시존지여　詩存之餘(2卷)　魯一同　撰　集部　別集類　1532

시종정법안장　詩宗正法眼藏(1卷)　揭傒斯　撰　集部　詩文評類　1694

시주양주몽　詩酒揚州夢　喬吉　撰　集部　戲劇類　1763

시주홍이화　詩酒紅梨花　張壽卿　撰　集部　戲劇類　1763

시지리고략　〃詩地理考略(2卷),圖(2卷)〃　尹繼美(淸)　撰　經部　詩類　74

시지리징　詩地理徵(7卷)　朱右曾(淸)　撰　經部　詩類　72

시집광서　詩集廣序(10卷)　朱嘉徵　撰　集部　總集類　1590

시집전　詩集傳(20卷)　蘇轍(宋)　撰　經部　書類　56

시집전명물초음석찬집　詩集傳名物鈔音釋纂輯(20卷)　羅復(元)　撰　經部　詩類　57

시집전부록찬소　詩集傳附錄纂疏(20卷)　胡一桂(元)　撰　經部　詩類　57

시촉　詩觸(6卷)　賀貽孫(淸)　撰　經部　詩類　61

시통　詩通(4卷)　陸化熙(明)　撰　經部　詩類　61

시학　視學(不分卷)　年希堯(淸)　撰　子部　藝術類　1067

시학여위　詩學女爲(26卷)　汪梧鳳(淸)　撰　經部　詩類　63

시학집성압운연해　詩學集成押韻淵海(20卷)　嚴毅(元)　輯　子部　類書類　1222～24

시학체요류편　詩學體要類編(3卷)　宋孟淸　輯　集部　詩文評類　1695

시해초　詩解鈔(1卷)　唐仲友(宋)　撰　經部　詩類　56

시황전　〃詩廣傳(5卷),詩譯(1卷)〃　王夫之(淸)　撰　經部　詩類　61

식경편　式敬編(5卷)　楊景仁(淸)　輯　子部　法家類　974

식물명실도고　植物名實圖考(38卷)　吳其濬(淸)　撰　子部　譜錄類　1117～18

식병첩법　識病捷法(10卷)　繆存濟(明)　撰　子部　醫家類　998

식재필기　息齋筆記(2卷)　吳桂森(明)　撰　子部　雜家類　1132

신각경판청양시조사임일지　新刻京板靑陽時調詞林一枝(4卷)　黃文華　輯　集部　戲劇類　1777

신각교정맥결지장병식도설　新刻校定脈訣指掌病式圖說(1卷)　朱震亨(元)　撰　子部　醫家類　998

신각군음류선관강　新刻群音類選官腔(26卷)諸腔(4卷)北腔(6卷)淸腔(8卷)補(5卷)　胡文煥　輯　集部　戲劇類　1777～78

신각담우하합집　新刻譚友夏合集(23卷)　〃譚元春　撰 ; 徐병, 張澤等評〃　集部　別集類　1385

신각담화점설　新刻痰火點雪(4卷)　龔居中(明)　撰　子部　醫家類　1005

신각만법귀종　新刻萬法歸宗(5卷)

撰者未詳 子部 術數類 1064

신각박소기 新刻博笑記(2卷) 沈璟 撰 集部 戲劇類 1774

신각복양성전부 新刻濮陽城全部 撰者未詳 集部 戲劇類 1782

신각석상담 新刻釋常談(3卷) 撰者未詳 子部 雜家類 1142

신각소아추나방맥활영비지전서 新刻小兒推拿方脈活嬰秘旨全書(2卷) 龔廷賢(淸) 撰 ; 姚國禎(淸) 補輯 子部 醫家類 997

신각여경야선생교정중비원본 新刻呂涇野先生校正中秘元本(20卷) 任廣(宋) 輯 子部 類書類 1214~15

신각장태악선생문집 新刻張太岳先生文集(47卷) 張居正 撰 集部 別集類 1345~46

신각전상고성기 新刻全像古城記(2卷) 撰者未詳 集部 戲劇類 1775

신각증보예원치언 新刻增補藝苑巵言(16卷) 王世貞(明) 撰 集部 詩文評類 1695

신각출상증보수신기 新刻出像增補搜神記(6卷) 撰者未詳 子部 小說家類 1264

신각취남군전본 新刻取南郡全本 撰者未詳 集部 戲劇類 1782

신간경진상주창여선생문집 〞新刊經進詳註昌黎先生文集(40卷),外集(10卷)遺文(3卷)〞 韓愈 撰 ; 文讜注 ; 王儔 補注 集部 別集類 1309~10

신간관목간전노매원가채주 新刊關目看錢奴買冤家債主 鄭廷玉 撰 集部 戲劇類 1760

신간관목규원가인배월정 新刊關目閨怨佳人拜月亭 關漢卿 撰 集部 戲劇類 1760

신간관목마단양삼도임풍자 新刊關目馬丹陽三度任風子 馬致遠 撰 集部 戲劇類 1760

신간관목사니자조풍월 新刊關目詐妮子調風月 關漢卿 撰 集部 戲劇類 1760

신간관목엄자릉수조칠리탄 新刊關目嚴子陵垂釣七里灘 宮天挺 撰 集部 戲劇類 1760

신간관목장정지감마합라 新刊關目張鼎智勘魔合羅 孟漢卿 撰 集部 戲劇類 1760

신간관목전소하추한신 新刊關目全蕭何追韓信 金仁傑 撰 集部 戲劇類 1760

신간관목제갈량박망소둔 新刊關目諸葛亮博望燒屯 撰者未詳 集部 戲劇類 1760

신간관목진계경오도죽엽주 新刊關目陳季卿悟道竹葉舟 范康 撰 集部 戲劇類 1760

신간관목한고황탁족기영포 新刊關目漢高皇濯足氣英布 尙仲賢 撰 集部 戲劇類 1760

신간관목호주조원우상황 新刊關目好酒趙元遇上皇 高文秀 撰 集部 戲劇類 1760

신간국조이백가명현문수 新刊國朝二百家名賢文粹(300卷) 撰者未詳 集部 總集類 1652~54

신간권재지문집　新刊權載之文集(5
0卷)補刻(1卷)　權德輿　撰　集
部　別集類　1309

신간만씨가전양생사요　新刊萬氏家
傳養生四要(5卷)　萬全(明)　撰
子部　醫家類　1030

신간만씨가전유과발휘　新刊萬氏家
傳幼科發揮(2卷)　萬全(明)　撰
子部　醫家類　1010

신간물청자속해팔십일난경　新刊勿
聽子俗解八十一難經(6卷)　熊
均(明)　撰　子部　醫家類　983

신간범위수　新刊範圍數(2卷)　撰者
未詳　子部　術數類　1059

신간봉주선생첨제성리정찬약의　新
刊鳳洲先生簽題性理精纂約義(8
卷)；首(1卷)　王世貞(明)　撰
子部　儒家類　940

신간분류출상도진선수악부홍산　新
刊分類出像陶眞選粹樂府紅珊(1
6卷)　秦淮墨　輯　集部　戲劇類
1778

신간비수외과백효전서　新刊秘授外
科百效全書(6卷)　龔居中(明)　撰
子部　醫家類　1013

신간사생교범장계서　新刊死生交范
張鷄黍　宮天挺　撰　集部　戲
劇類　1760

신간역측　新刻易測(10卷)　曾朝節
(明)　撰　經部　易類　11

신간연산성옹활유구의　新刊演山省
翁活幼口議(20卷)　曾世榮(元)
撰　子部　醫家類　1009

신간왕씨맥경　新刊王氏脈經(10卷)
王叔和(晉)　撰　子部　醫家類

997

신간외과정종　新刊外科正宗(4卷)
陳實功(明)　撰　子部　醫家類
1013

신간요목관장탁기풍월금낭정잡량과
전집　新刊燿目冠場擢奇風月
錦囊正雜兩科全集(41卷)　徐文
弼(淸)　輯　集部　戲劇類　177
6～77

신간운략　新刊韻略(5卷)　王文鬱
(金)　撰　經部　小學類　250

신간원본채백개비파기　新刊元本蔡
伯개琵琶記(2卷)　高則誠　撰
集部　戲劇類　1774

신간음양보감극택통서전집　新刊陰
陽寶鑑剋擇通書前集-1～2　撰
者未詳　子部術數類　1061～62

신간의림상원수세보원　新刊醫林狀
元壽世保元(10卷)　龔廷賢(明)
撰　子部　醫家類　1021

신간이기상변찬요삼태편람통서정종
新刊理氣詳辯纂要三台便覽通
書正宗(20卷)；首(1卷)　林紹周
(明)　輯；林維松(明)　重編　子
部　術數類　1063

신간장소산북곡연악부　新刊張小山
北曲聯樂府(3卷)外集(1卷)補遺(1
卷)　張可久　撰；勞平甫　校
集部　曲類　1738

신간적본산가재천사노생아　新刊的
本散家財天賜老生兒　武漢臣
撰　集部　戲劇類　1760

신간적본설인귀의금환향　新刊的本
薛仁貴衣錦還鄉　張國賓　撰
集部　戲劇類　1760

신간적본태화산진단고와 新刊的本泰華山陳搏高臥 馬致遠 撰 集部 戲劇類 1760

신간정몽해 新刊正蒙解(4卷) 劉僎 (明) 撰 子部 儒家類 934

신간중정출상부석표주월정기 新刊重訂出相附釋標註月亭記(2卷) 施惠 撰 集部 戲劇類 1774

신간지남대사원천강선생오성명대전 新刊指南臺司袁天罡先生五星命大全(4卷) 撰者未詳 子部 術數類 1059

신간찬도원형료마집 新刊纂圖元亨療馬集(6卷) "喩仁(明),喩傑 撰" 子部 醫家類 1030

신간휘판합상곤조악부관강적금기음 新刊徽板合像滾調樂府官腔摘錦奇音(6卷) 正我 輯 集部 戲劇類 1778

신강도지 新疆圖志(一)~(二) "袁大化 修 ; 王樹枏, 王學曾 纂" 史部 地理類 649~50

신강식략 新疆識略 撰.松筠 纂修 史部 地理類 732

신계휘군원판몽학전서 新計徽郡原板夢學全書(3卷);首(1卷) 撰者未詳 子部 術數類 1064

신고여론 信古餘論(8卷) 徐三重 (明) 撰 子部 儒家類 943

신교경사해편직음 新校經史海篇直音(10卷) 撰者未詳 經部 小學類 232

신교주고본서상기 新校注古本西廂記(5卷)彙考(1卷) 王驥德 撰 集部 戲劇類 1766

신구경륜 神灸經綸(4卷) 吳亦鼎 (淸) 撰 子部 醫家類 997

신궤 臣軌 武照 撰 史部 職官類 753

신노아대료개봉부잡극 神奴兒大鬧開封府雜劇 撰者未詳 集部 戲劇類 1761

신농본초경독 神農本草經讀(4卷) 陳念祖(淸)撰 子部 醫家類 995

신도대편상종화천오성 神道大編象宗華天五星(9卷) 周雲(明) 撰 子部 天文算法類 1031

신도대편역종산회 神道大編曆宗算會(15卷) 周述學(明) 撰 子部 天文算法類 1043

신도대편역종통의 神道大編曆宗通議(18卷) 周述學(明) 撰 子部 天文算法類 1036

신묘시행기 辛卯侍行記 陶保廉 撰 史部 地理類 737

신묘유중주소휘요 神廟留中奏疏彙要(一)~(二) 董其昌 輯 史部 詔令奏議類 470~71

신방언 新方言 章炳麟(淸) 撰 經部 小學類 195

신사읍기록 辛巳泣蘄錄 趙與용 (宋) 撰 史部 雜史類 423

신수강령부지 新修江寧府志 "呂燕昭 修, 姚鼐 纂" 史部 地理類 695

신수루음인증군적옥편 新修루音引證群籍玉篇 邢準(金) 撰 經部 小學類 229

신수본초 新修本草(20卷) 蘇敬(唐) 撰 子部 醫家類 989

신승전　神僧傳(9卷)　朱체(明)　撰　子部　宗敎類　1285

신양자탁록　信陽子卓錄(8卷)　張鵬翮(淸)　撰　子部　儒家類　949

신언　愼言(13卷)　王廷相(明)　撰　子部　儒家類　938

신원식략　宸垣識略　吳長元　撰　史部　地理類　730

신유오서　愼柔五書(5卷)　胡愼柔(淸)　撰　子部　醫家類　1005

신자　愼子(1卷)；附逸文(1卷)　愼到(周)　撰；錢熙祚(淸)　輯校　子部　法家類　971

신저강추련검노시곡문전본　新著姜秋蓮撿蘆柴曲文全本　撰者未詳　集部　戲劇類　1782

신저과망태전곡　新著과蟒台全曲　撰者未詳　集部　戲劇類　1782

신저관등전곡　新著觀燈全曲　撰者未詳　集部　戲劇類　1782

신저교부구계전곡　新著喬府求計全曲　撰者未詳　集部　戲劇類　1782

신저구수전곡　新著求壽全曲　撰者未詳　集部　戲劇類　1782

신저남양관전곡　新著南陽關全曲　撰者未詳　集部　戲劇類　1782

신저대향산전본　新著大香山全本　撰者未詳　集部　戲劇類　1782

신저도화동전곡　新著桃花洞全曲　撰者未詳　集部　戲劇類　1782

신저로화하전곡　新著蘆花河全曲　撰者未詳　集部　戲劇類　1782

신저료강주전본　新著閙江州全本　撰者未詳　集部　戲劇類　1782

신저린골상전본　新著麟骨床全本　撰者未詳　集部　戲劇類　1782

신저림강관전본　新著臨江關全本　撰者未詳　集部　戲劇類　1782

신저마천령전곡　新著摩天嶺全曲　撰者未詳　集部　戲劇類　1782

신저매조전곡　新著罵曹全曲　撰者未詳　集部　戲劇類　1782

신저반서량전곡　新著反西凉全曲　撰者未詳　集部　戲劇類　1782

신저백자도전곡　新著百子圖全曲　撰者未詳　集部　戲劇類　1782

신저벽진주전본　新著碧塵珠全本　撰者未詳　集部　戲劇類　1782

신저사타반병정경사해보곡문전본　新著沙沱頒兵程敬思解寶曲文全本　撰者未詳　集部　戲劇類　1782

신저상강회곡문전본　新著湘江會曲文全本　撰者未詳　集部　戲劇類　1782

신저설교관화곡문전본　新著薛蛟觀畵曲文全本　撰者未詳　集部　戲劇類　1782

신저설인귀회요전곡　新著薛仁貴回窯全曲　撰者未詳　集部　戲劇類　1782

신저소면산전곡　新著燒棉山全曲　撰者未詳　集部　戲劇類　1782

신저손후자료천궁전곡　新著孫猴子鬧天宮全曲　撰者未詳　集部　戲劇類　1782

신저쌍룡회전본　新著雙龍會全本　撰者未詳　集部　戲劇類　1782

신저쌍의절전본　新著雙義節　撰者

未詳　集部　戲劇類　1782

신저쌍합인전곡　　新著雙合印全曲
　　撰者未詳　集部　戲劇類　1782

신저악왕전전곡　　新著樂王傳全曲
　　撰者未詳　集部　戲劇類　1782

신저양사랑탐모전곡　新著楊四郎探
　　母全曲　撰者未詳　集部　戲劇
　　類　1782

신저오국성전곡　　新著五國城全曲
　　撰者未詳　集部　戲劇類　1782

신저인과보전부　　新著因果報全部
　　撰者未詳　集部　戲劇類　1782

신저자분적성루전본　新著自焚摘星
　　樓全本　撰者未詳　集部　戲劇
　　類　1782

신저장판판전본　　新著長板坂全本
　　撰者未詳　集部　戲劇類　1782

신저전환성전곡　　新著戰宛城全曲
　　撰者未詳　集部　戲劇類　1782

신저제풍태전본　　新著祭風台全本
　　撰者未詳　集部　戲劇類　1782

신저주사인전본　　新著硃砂印全本
　　撰者未詳　集部　戲劇類　1782

신저주설전곡신전초곡십종　新著走
　　雪全曲新鐫楚曲十鍾(存五鍾):英
　　雄志(4卷)　撰者未詳　集部　戲
　　劇類　1782

신저진경전산곡문전본　新著秦瓊戰
　　山曲文全本　撰者未詳　集部
　　戲劇類　1782

신저참황포전본　　新著斬黃袍全本
　　撰者未詳　集部　戲劇類　1782

신저천개방전본　　新著天開榜全本
　　撰者未詳　集部　戲劇類　1782

신저풍운회전본　　新著風雲會全本

撰者未詳　集部　戲劇類　1782

신저호접매전곡　　新著蝴蝶媒全曲
　　撰者未詳　集部　戲劇類　1782

신저홍서검전본　　新著紅書劍全本
　　撰者未詳　集部　戲劇類　1782

신저홍양탑전곡　　新著紅陽塔全曲
　　撰者未詳　集部　戲劇類　1782

신저화우진　新著火牛陣　撰者未詳
　　集部　戲劇類　1782

신전고금대아남궁사기　新鐫古今大
　　雅南宮詞紀(6卷)　陳所聞　輯
　　集部　曲類　1741

신전고금대아북궁사기　新鐫古今大
　　雅北宮詞紀(6卷)　陳所聞　輯
　　集部　曲類　1741

신전고금명극뢰강집　新鐫古今名劇
　　酹江集(30卷)　孟稱舜　編　集部
　　戲劇類　1763~64

신전고금명극류지집　新鐫古今名劇
　　柳枝集(26卷)　孟稱舜　編　集部
　　戲劇類　1763

신전고금사물원시전서　新鐫古今事
　　物原始全書(30卷)　徐炬(明)　輯
　　子部　類書類　1237~38

신전공사조착정식노반목경장가경
　　新鐫工師雕斲正式魯班木經匠
　　家鏡　"午榮, 章嚴 撰"　史部
　　政書類　879

신전주해장중경상한발미론　新鐫注
　　解張仲景傷寒發微論(4卷)　許
　　叔微(宋)　撰　子部　醫家類　984

신전출상점판전두백련　新鐫出像點
　　板纏頭百練(6卷)　충和居士　輯
　　集部　戲劇類　1779

신전해내기관　新鐫海內奇觀　楊爾

曾 撰　史部 地理類　721

신전휘음묘오전집　新鐫彙音妙悟全集(不分卷)　黃謙(淸) 輯　經部 小學類　260

신정구궁대성남북사궁보　新定九宮大成南北詞宮譜(81卷)閏(1卷)目錄(3卷)　″周祥鈺, 鄒金生 等輯″　集部 曲類　1753~56

신정십이율경강보　新定十二律京腔譜(16卷)新定宗北歸音(5卷)新定考正音韻大全(1卷)新定重較問奇一覽(2卷)　王正祥 撰　集部 曲類　1753

신제영대의상지　新製靈臺儀象志(14卷)　南懷仁(比) 撰　子部 天文算法類　1031~32

신제해　新齊諧(24卷)續新齊諧(10卷)　袁枚(淸) 撰　集部 小說類　1788

신조이연음양삼명　新雕李燕陰陽三命(2卷)　″李同(宋) 注, 東方明(宋) 疏″　子部 術數類　1059

신조주소락록자삼명소식부　新雕注疏珞琭子三命消息賦(3卷)　″李同(宋) 注, 東方明(宋) 疏″　子部 術數類　1059

신주주숙진단장시집　新註朱淑眞斷腸詩集(8卷)後集(8卷)　朱淑眞 撰 ; 鄭元佐 注　集部 別集類　1316

신증격고요론　新增格古要論(13卷)　″曹昭(明) 撰 ; 舒敏, 王佐 增″　子部 雜家類　1185

신증보상전등신화대전　新增補相剪燈新話大全(4卷)附錄(1卷)　瞿佑 撰　集部 小說類　1787

신증전상호해신기전등여화대전　新增全相湖海新奇剪燈餘話大全(4卷)　李昌祺 撰　集部 小說類　1787

신증형안회남　新增刑案匯覽　潘文舫 撰　史部 政書類　872

신질추언　愼疾芻言(1卷)　徐大椿(淸) 撰　子部 醫家類　1028

신축쇄하기　辛丑鎖夏記(5卷)　吳榮光(淸) 撰　子部 藝術類　1082

신축일기　辛丑日記　華學瀾 撰　史部 傳記類　583

신편공자가어구해　新編孔子家語句解(10卷)　撰者未詳　子部 儒家類　931

신편관목진문공화소개자추　新編關目晉文公火燒介子推　狄君厚 撰　集部 戲劇類　1760

신편남사정률　新編南詞定律(13卷)首(1卷)　呂士雄 等輯　集部 曲類　1751~53

신편노반영조정식　新編魯般營造正式　撰者未詳　史部 政書類　879

신편림충보검기　新編林沖寶劍記(2卷)　李開先(明) 撰　集部 戲劇類　1774

신편목련구모권선희문　新編目連救母勸善戲文(3卷)　鄭之珍 撰　集部 戲劇類　1774

신편사문류요계차청전전집　新編事文類要啓箚靑錢前集(10卷) ; 後集(10卷) ; 續集(10卷) ; 別集(10卷) ; 外集(11卷) 聯新事備詩學大成(30卷)　林楨(元) 輯　子部

類書類　1221

신편사문유취한묵전서　新編事文類
聚翰墨全書(134卷)　劉應李(元)
輯　子部　類書類　1219～21

신편사원옥감　新編四元玉鑑(3卷)
朱世傑(元)　撰　子部　天文算法
類　1042

신편산학계몽　新編算學啓蒙(3卷)；
總括(1卷)　朱世傑(元)　撰；羅
士琳(淸)　附釋　子部　天文算法
類　1043

신편수세전진　新編壽世傳眞(不分
卷)　徐文弼(淸)　輯　子部　醫家
類　1030

신편시의집설　新編詩義集說(4卷)
孫鼎(明)　撰　經部　詩類　58

신편악공목차철괘이환혼　新編岳孔
目借鐵枴李還魂　岳伯川　撰
集部　戲劇類　1760

신편안자　新編顏子(5卷)　李純仁
(元)　輯　子部　儒家類　932

신편유의집해제자경림전집　新編類
意集解諸子瓊林前集(24卷)；後
集(16卷)　蘇應龍(元)　輯　子部
類書類　1221～22

신편의학정전　新編醫學正傳(8卷)
虞摶(明)　撰　子部　醫家類　1019

신편조고장표기요　新編詔誥章表機
要　郭明如(金)　編　史部　詔令
奏議類　457

신편족본관목장천체살처　新編足本
關目張千替殺妻　撰者未詳
集部　戲劇類　1760

신편준의사천대경위역서　新編遵依
司天臺經緯曆書(6卷)　陸位(明)

校　子部　天文算法類　1036～37

신편직지산법통종　新編直指算法統
宗(17卷)；首(1卷)　程大位(明)
撰　子部　天文算法類　1044

신편찬도증류군서유요사림광기　新
編纂圖增類群書類要事林廣記(4
2卷)　陳元정(宋)　等編　子部
類書類　1218

신편취옹담록십집　新編醉翁談錄十
集(20卷)　羅燁(宋)　撰　子部　小
說家類　1266

신학위경고　新學僞經考(14卷)　康
有爲　撰　經部　群經總義類　179

신형록　愼刑錄(4卷)　王士翹(明)　輯
子部　法家類　974

신형사육권외집　新蘅詞六卷外集(1
卷)　張景祁　撰　集部　詞類　1727

실사구시재경의　實事求是齋經義(2
卷)　朱大韶(淸)　撰　經部　群經
總義類　176

실정록　實政錄　呂坤(明)　撰　史部
職官類　753

심랑촌선초인학사종　沈烺邨選抄印
學四種(4卷)　沈淸佐(淸)　撰　子
部　藝術類　1092

심무잔편　心武殘編(4卷)；首(1卷)
薛丙(淸)　輯　子部　藝術類　1105

심설우담　深雪偶談(1卷)　方嶽　撰
集部　詩文評類　1694

심씨익설　沈氏弋說(6卷)；(12卷)
沈長卿(明)　撰　子部　雜家類
1131

심씨일단　沈氏日旦　沈長卿(明)　撰
子部　雜家類　1131

심음감고록　審音鑑古錄(不分卷)

撰者未詳　集部　戲劇類　1781

심음감고록　審音鑑古錄(不分卷)
撰者未詳　集部　戲劇類　1782

심의석례　深衣釋例(3卷)　任大椿
(淸)　撰　經部　禮類　107

심의해　深衣解(1卷)　戴震(淸)　撰
經部　禮類　107

심일재사집　心日齋詞集(6卷)　周之
琦　撰　集部　詞類　1726

심지당시고　心知堂詩稿(18卷)　汪
仲洋　撰　集部　別集類　1502

심친기　六十種曲120卷:尋親記(2卷)
撰者未詳　集部　戲劇類　1768

심허당적고　鐔墟堂摘稿(20卷)　雷
禮　撰　集部　別集類　1342

십가재양신록　十駕齋養新錄(20卷)；
餘錄(3卷)　錢大昕(淸)　撰　子部
雜家類　1151

십가주손자유설　十家注孫子遺說(1
卷)　鄭友賢(宋)　撰　子部　兵家
類　959

십사경발휘　十四經發揮(3卷)　滑壽
(元)　撰　子部　醫家類　995

십삼경주소교감기　十三經注疏校勘
記(245卷)　阮元(淸)　撰　經部
群經總義類　180～83

십삼경주소교감기식어　十三經注疏
校勘記識語(4卷)　汪文臺(淸)　撰
經部　群經總義類　183

십오귀　十五貴(2卷)　朱학　撰　集
部　戲劇類　1775

십익후록　十翼後錄(24卷)　黃以周
(淸)　撰　經部　易類　36～37

십일가주손자　十一家注孫子(3卷)
曹操(漢)；杜牧(唐)　等撰　子部

兵家類　959

십자성　十字城(1卷)　唐英　撰　集
部　戲劇類　1767

십칠사상각　十七史商榷(1～2)　王
鳴盛(淸)　撰　史部　史評類　45
2～53

십탁여한　拾籜餘閑(1卷)　孔毓연
(淸)　撰　子部　雜家類　1177

십팔가시초　十八家詩鈔(28卷)　曾
國藩(淸)　輯　集部　總集類　159
2～93

쌍강선생곤변록　雙江先生困辯錄(8
卷)　聶豹(明)　撰；羅洪先　批注
子部　儒家類　939

쌍계당고　"雙桂堂稿(10卷),續編(12
卷)"　紀大奎(淸)　撰　集部　別
集類　1470

쌍괴세초　雙槐歲抄(10卷)　黃瑜(明)
撰　子部　雜家類　1166

쌍봉선생존고　雙峯先生存藁(6卷)
舒邦佐　撰；舒日敬　輯　集部
別集類　1318

쌍앵전　盛明雜劇二集:卷二十雙鶯
傳　幔亭僊史　撰　集部　戲劇
類　1765

쌍연재시초　雙硯齋詩鈔(16卷)　鄧
廷楨　撰　集部　別集類　1499

쌍열기　六十種曲120卷:雙烈記(2卷)
張四維(明)　撰　集部　戲劇類
1772

쌍정안　雙釘案(2卷)　唐英　撰　集
部　戲劇類　1767

쌍주기　六十種曲120卷:雙珠記(2卷)
沈鯨　撰　集部　戲劇類　1768

쌍지문집　雙池文集(10卷)　汪불　撰

集部 別集類　1425

쌍합환　盛明雜劇三集:卷十一雙合歡　茅僧曇 撰　集部 戲劇類　1765

쌍호선생문집　雙湖先生文集(10卷)　胡一桂(元) 撰　集部 別集類　1322

ㅇ

아가편　我暇編(不分卷)　王宗敬(清) 撰　子部 雜家類　1179

아녀영웅전　兒女英雄傳四十回　文康 撰　集部 小說類　1796～97

아륜　雅倫(26卷)　費經虞 撰 ; 費密 補　集部 詩文評類　1697

아문성공연보　阿文成公年譜(一)～(二)　那彥成 撰　史部 傳記類　554～55

아문실잉고　〃我聞室賸稿(2卷),附錄(2卷)〃　柳是 撰　集部 別集類　1391

아미산지　峨眉山志　蔣超 撰　史部 地理類　726

아방삭　盛明雜劇三集:卷二十九餓方朔　孫源文 撰　集部 戲劇類　1765

아소　雅笑(3卷)　李贄(明) 輯　子部 小說家類　1272

아손복　審音鑑古錄(4) 兒孫福　撰者未詳　集部 戲劇類　1781

아술　雅述(2卷)　王廷相(明) 撰　子部 儒家類　938

아술편　蛾術編(82卷)　王鳴盛(清) 撰 ; 챽鶴壽 參校　子部 雜家

類　1150～51

아악발징　雅樂發徵(8卷)　張敔(明) 撰　經部 樂類　113

아우당문집　雅雨堂文集(4卷)　盧見曾(清) 撰　集部 別集類　1423

아우당시집　雅雨堂詩集(2卷)　盧見曾(清) 撰　集部 別集類　1423

아우산인출새집　雅雨山人出塞集(1卷)　盧見曾(清) 撰　集部 別集類　1423

아편사략　鴉片事略　李圭 撰　史部 雜史類　445

아학고　雅學攷(1卷)　胡元玉(清) 撰　經部 小學類　189

악경심득　樂蔚心得(2卷)　安清翹(清) 撰　經部 樂類　115

악경원의　樂經元義(8卷)　劉濂(明) 撰　經部 樂類　113

악경율여통해　樂經律呂通解(5卷)　汪紱(清) 撰　經部 樂類　115

악경혹문　樂經或問(3卷)　汪紱(清) 撰　經部 樂類　114

악기삼사능언　樂器三事能言(1卷)　程瑤田(清) 撰　經部 樂類　115

악기이문고　樂記異文考(1卷)　俞越(清) 撰　經部 樂類　116

악몽　噩夢(1卷)　王夫之(清) 撰　子部 儒家類　945

악부광서　樂府廣序(30卷)　朱嘉徵 撰　集部 總集類　1590

악부신편양춘백설전집　樂府新編陽春白雪前集(5卷)後集(5卷)　楊朝英 輯　集部 曲類　1739

악부유음　樂府遺音(1卷)　瞿佑 撰　集部 詞類　1723

악부전성　樂府傳聲(不分卷)　徐大椿(清)　撰　集部　曲類　1758

악서요록　樂書要錄(10卷)　武公(唐)　撰　經部　樂類　113

악선록　樂善錄(10卷)　李昌齡(宋)　輯　子部　小說家類　1266

악설루서화록　嶽雪樓書畫錄(5卷)　孔廣陶(清)　撰　子部　藝術類　1085

악애좌설　諤崖脞說(5卷)　章楹(清)　撰　子部　雜家類　1137

악율명진명산　樂律明眞明算(1卷)　戴武(清)　撰　經部　樂類　116

악율명진입표　樂律明眞立表(1卷)　戴武(清)　撰　經部　樂類　116

악율명진해의　樂律明眞解義(1卷)　戴武(清)　撰　經部　樂類　116

악율의답　樂律擬答(1卷)　戴武(清)　撰　經部樂類　116

악율찬요　樂律纂要(1卷)　季本(明)　撰　經部　樂類　113

악이태주고　鄂爾泰奏稿　鄂爾泰　撰　史部　詔令奏議類　494

"악장집,속첨곡자"　樂章集(3卷)續添曲子(1卷)　柳永　撰　集部　詞類　1722

악전　樂典(36卷)　黃佐(明)　撰　經部　樂類　113

악지당문집　樂志堂文集(18卷)續集(2卷)　譚瑩　撰　集部　別集類　1528

악지당시집　樂志堂詩集(12卷)　譚瑩　撰　集部　別集類　1528

안거금경　安居金鏡(8卷)　"周南(清),呂臨　輯"　子部　術數類　1052

안록산사적　安祿山事迹　姚汝能　撰　史部　傳記類　550

안문집　鴈文集(14卷)附詩餘(1卷)倡和錄(1卷)別錄(1卷)　薩都拉　撰；薩龍光　編注　集部　別集類　1324

안반이시속초　安般簃詩續鈔(10卷)　袁昶　撰　集部　別集類　1565

안순보전집　鵪鶉譜全集(4卷)　浣花逸士(清)　撰　子部　譜錄類　1119

안습재선생사서정오　顏習齋先生四書正誤(6卷)　顏元(清)　撰　經部　四書類　166

안습재선생연보　顏習齋先生年譜　李塨(清)　撰　史部　傳記類　554

안씨가훈　顏氏家訓(7卷)　顏之推(北齊)　撰；趙曦明(清)　注；盧文초(清)　補　子部　雜家類　1121

안씨학기　顏氏學記(10卷)　戴望(清)　撰　子部　儒家類　952

안아당고　安雅堂稿(18卷)　陳子龍　撰　集部　別集類　1387～88

안아당문집　安雅堂文集(2卷)　宋琬　撰　集部　別集類　1404

안아당부각고　安雅堂夫刻稿(8卷)　宋琬　撰　集部　別集類　1405

안아당시　安雅堂詩(不分卷)　宋琬　撰　集部　別集類　1404

안아미　盛明雜劇三集:卷二十一眼兒媚　孟稱舜　撰　集部　戲劇類　1765

안양현금석록　安陽縣金石錄　武億(清)　撰；趙希璜　補遺　史部　金石類　913

안요소고　按遼疏稿　熊廷弼　撰

史部　詔令奏議類　491

안정망전집　安正忘筌集(2卷)　潘植
(宋)　撰　子部　儒家類　934

안초록　安楚錄　秦金(明)　撰　史部
雜史類　433

안휘금석략　安徽金石略　趙紹祖
(淸)　撰　史部　金石類　912

알운각곡보　遏雲閣曲譜(不分卷)
王錫純　輯；李秀雲　拍正　集
部　曲類　1757～58

압강행부지　鴨江行部誌　王寂　撰
史部　地理類　731

애강남부주　哀江南賦注(1卷)　庾信
(北周)　撰；王闓運　注　集部
別集類　1304

애암밀잠　艾庵密箴(1卷)　蔡淸(明)
撰　子部　儒家類　936

애일음여서화록　愛日吟廬書畵錄(4
卷)　葛金烺(淸)　撰　子部　藝術
類　1088

애일음여서화보록　愛日吟廬書畵補
錄(1卷)　；　愛日吟廬書畵續錄(8
卷)　；　愛日吟廬書畵別錄(4卷)
葛嗣浵(淸)　撰　子部　藝術類
1088

애일정려장서지　愛日精廬藏書志
張金吾(淸)　撰　史部　目錄類
925

앵도연　盛明雜劇三集:卷二十六櫻
桃宴　張源　撰　集部　戲劇類
1765

앵도원　盛明雜劇二集:卷二十八櫻
桃園　王澹翁　撰　集部　戲劇
類　1765

앵무주　盛明雜劇三集:卷十七鸚鵡

洲　鄭瑜　撰　集部　戲劇類
1765

야금록　冶金錄(3卷)　阿發滿(美)　撰
；傅蘭雅(英)　譯；趙元益　述
子部　西學譯著類　1300

야어　野語(9卷)　程岱葊(淸)　撰　子
部　雜家類　1180

야우추등록　夜雨秋燈錄(8卷)續錄(8
卷)　宣鼎　撰　集部　小說類
1789

야잠록　野蠶錄(不分卷)　王元綎(淸)
撰　子部　農家類　978

야채찬　野菜贊(1卷)　顧景星(淸)　撰
子部　農家類　977

야항사화　野航史話(4卷)　茅元儀
(明)　撰　子部　雜家類　1133

야항선　夜航船(20卷)　長岱(淸)　撰
子部　雜家類　1135

야홍시적　野鴻詩的(1卷)　黃子雲
撰　集部　詩文評類　1701

야획편　野獲編(30卷)　；　補遺(4卷)
沈德符(明)　撰　子部　雜家類
1174

약성통고　藥性通考(6卷)　太醫院
(淸)　撰　子部　醫家類　994

약수집　弱水集(22卷)　屈復　撰　集
部　別集類　1423～24

약언　略言(1卷)　吳師機(淸)　撰　子
部　醫家類　997

약장성안회람　約章成案匯覽(一)～
(三)　顔世淸　輯　史部　政書類
874～76

약지포장　藥地炮莊(9卷)　方以智
(淸)　撰　子部　儒家類　957

약품화의　藥品化義(13卷)　賈所學

(明) 撰 子部 醫家類 990

양강문통집 梁江文通集(10卷) 江淹(南朝梁) 撰 ; 胡之驥(宋) 注 集部 別集類 1304

양경신기 兩京新記 韋述 撰 史部 地理類 732

양과임증심득집 瘍科臨證心得集(3卷) 高秉鈞(淸) 撰 子部 醫家類 1016

양군사격강투지잡극 兩軍師隔江鬪智雜劇 撰者未詳 集部 戲劇類 1762

양근백악문단공연보 襄勤伯鄂文端公年譜 鄂容安 等撰 史部 傳記類 554

양길재여록 養吉齋餘錄(10卷) 吳振棫(淸) 撰 子部 雜家類 1158

양길재총서 養吉齋叢書(26卷) 嚴元照(淸) 撰 子部 雜家類 1158

양당헌전집 兩當軒全集(20卷) 黃景仁(淸) 撰 集部 別集類 1474

양동래선생비평서유기 楊東來先生批評西遊記(6卷) 楊訥 撰 集部 戲劇類 1766

양명선생도학초 陽明先生道學鈔(8卷) 王守仁(明) 撰 子部 儒家類 937

양명선생칙언 陽明先生則言(2卷) 王守仁(明) 撰 子部 儒家類 937

양묵산방시고 養默山房詩藁(32卷) 謝元淮 撰 集部 別集類 1511~12

양문각공문집 楊文恪公文集(62卷) 楊廉 撰 集部 別集類 1332~33

양문약선생집 楊文弱先生集(57卷) 楊嗣昌 撰 集部 別集類 1372~73

양문정공시집 楊文定公詩集(7卷) 楊溥 撰 集部 別集類 1326

양산묵담 兩山墨談(18卷) 陳霆(明) 撰 子部 雜家類 1443

양산묵담 兩山墨談(18卷) 陳霆(明) 撰 子部 雜家類 1143

양산박이규부형잡극 梁山泊李逵負荊雜劇 康進之 撰 集部 戲劇類 1762

양상안 梁上眼(1卷) 唐英 撰 集部 戲劇類 1767

양생월람 養生月覽(2卷) 周守忠(宋) 撰 子部 醫家類 1029

양생유찬 養生類纂(22卷) 周守忠(宋) 撰 子部 醫家類 1029

양서 攘書(1卷) 劉師培 撰 子部 儒家類 953

양성연명록 養性延命錄(2卷) 陶弘景(梁) 撰 子部 宗敎類 1292

양세인연 兩世姻緣 喬吉 撰 集部 戲劇類 1763

양소거화학구심 養素居畫學鉤深(1卷) 董棨(淸) 撰 子部 藝術類 1068

양소당문집 養素堂文集(35卷) 張澍(淸) 撰 集部 別集類 1506~07

양소당시집 養素堂詩集(26卷) 張澍(淸) 撰 集部 別集類 1506

양숙교선생시집 楊叔嶠先生詩集(2卷)楊叔嶠先生文集(1卷) 楊銳 撰 集部 別集類 1568

양씨녀살구권부잡극   楊氏女殺狗勸
夫雜劇   撰者未詳   集部 戲劇
類   1760

양양기구기   襄陽耆舊記   習鑿齒
撰 ; 任兆麟 訂   史部 傳記類
548

양양의공본병소의   楊襄毅公本兵疏
議   楊博 撰   史部 詔令奏議
類   477

양왕강상록   煬王江上錄   撰者未詳
史部 雜史類   423

양원귀도록   梁園歸櫂錄(1卷)   余集
撰   集部 別集類   1460

양원선생시문   楊園先生詩文(24卷)
張履祥 撰   集部 別集類   1399

양원풍아   梁園風雅(27卷)   趙彥復
輯   集部 總集類   1680

양의대전   瘍醫大全(40卷)   顧世澄
(淸) 撰   子部 醫家類   1013~16

양이관과안록   穰梨館過眼錄(40卷) ;
穰梨館過眼續錄(16卷)   陸心源
(淸) 撰   子部 藝術類   1087

양이명도록   陽羨名陶錄(2卷) ; 續
錄(1卷)   吳騫(淸) 撰   子部 譜
錄類   1111

양일재문집   養一齋文集(20卷)補遺(1
卷)續編(6卷)養一齋詩集(8卷)
李兆洛 撰   集部 別集類   1495

양일재시화   養一齋詩話(10卷)   潘
德輿 撰   集部 詩文評類   1706

″양일재집,수,부″   養一齋集(26卷)首
(1卷)附(1卷)   潘德輿 撰   集部
別集類   1510~11

양자절충   楊子折衷(6卷)   湛若水
(明) 撰   子部 儒家類   938

양잠비결   養蠶秘訣(1卷)   張文藝
(淸) 撰   子部 農家類   978

양잠설   養蠶說(1卷)   吳烜(淸) 撰
子部 農家類   978

양전보간초   楊全甫諫草   楊天民
撰   史部 詔令奏議類   482

양절금석지   兩浙金石志(一)~(二)
阮元(淸) 編 ; 阮福 補遺   史部
金石類   910~11

양절남관각사서   兩浙南關榷事書
楊時喬 撰   史部 政書類   834

양절명현록   兩浙名賢錄(一)~(三)
徐象梅 撰   史部 傳記類   54
2~44

양절유헌록   兩浙輶軒錄(40卷)   阮
元(淸) 輯   集部 總集類   168
3~84

″양절유헌록,보유″   兩浙輶軒錄(54
卷)補遺(6卷)   潘衍桐(淸) 輯
集部 總集類   1685~87

양절해방류고속편   兩浙海防類考續
編   范淶 撰   史部 地理類
739

양정도해   養正圖解(不分卷)   焦竑
(明) 撰   子部 儒家類   943

양정유규   養正遺規(2卷) ; 補遺(1卷)
撰者未詳   子部 儒家類   951

양조종신록   兩朝從信錄   沈國元
撰   史部 編年類   356

양조평양록   兩朝平攘錄   諸葛元聲
(明) 撰   史部 雜史類   434

양조헌장록   兩朝憲章錄   吳瑞登
撰   史部 編年類   352

양주이물지   凉州異物志   張澍(淸)
輯   史部 地理類   732

양주화방록　揚州畫舫錄　李斗　撰　史部　地理類　733

양주화원록　揚州畫苑錄(4卷)　汪鋆(淸)　撰　子部　藝術類　1087

양지서옥시집　養知書屋詩集(15卷)　養知書屋文集(28卷)　郭嵩燾(淸)　撰　集部　別集類　1547

양진악사　良辰樂事(不分卷)　劉效祖　撰　集部　曲類　1739

양춘백설　陽春白雪(8卷)外集(1卷)　趙聞禮　輯　集部　詞類　1728

양춘집　陽春集(1卷)　馮延巳　撰　集部　詞類　1722

양충렬공문집　楊忠烈公文集(6卷)　楊漣　撰　集部　別集類　1371

양태진외전　楊太眞外傳(2卷)　樂史　撰　集部　小說類　1783

양택대전　陽宅大全(11卷)　撰者未詳　子部　術數類　1052

양한금석기　兩漢金石記　翁方綱(淸)　撰　史部　金石類　892

양한서소　兩漢書疏　周璕　輯　史部　詔令奏議類　462

양한오경박사고　兩漢五經博士考(3卷)　張金吾(淸)　撰　經部　群經總義類　179

양호재시고　養浩齋詩稿(9卷)養浩齋詩續稿(5卷)　桂超萬　撰　集部　別集類　1510

양회요　梁會要(一)～(二)　朱銘盤(淸)　撰　史部　政書類　772～73

양휘산법　楊輝算法(6卷)　楊輝(淸)　撰　子部　天文算法類　1042

어석　語石　葉昌熾　撰　史部　金石類　905

어선단　御膳單(不分卷)　撰者未詳　子部　譜錄類　1116

어시비관일기　御試備官日記　趙抃　撰　史部　傳記類　558

어아불　盛明雜劇二集:卷十九魚兒佛　寓山居士　撰　集部　戲劇類　1765

어양산인자찬연보주보　漁洋山人自撰年譜註補　惠棟(淸)　撰　史部　傳記類　554

어양삼롱　盛明雜劇初集:卷五漁陽三弄　汪道昆　撰　集部　戲劇類　1764

어왜군사조관　禦倭軍事條款　李遂　撰　史部　政書類　852

어장렴전본　魚藏斂全本　撰者未詳　集部　戲劇類　1782

어제경직도시　御製耕織圖詩(1卷)　玄燁(淸)　撰；焦秉貞(淸)　繪　子部　農家類　975

어제대고;대고무신　御製大誥；續編；三編；大誥武臣　朱元璋(明)　撰　史部　政書類　862

억강남관사　憶江南館詞(1卷)　陳澧(淸)　撰　集部　詞類　1726

억만암고　憶漫庵稿(1卷)　余集　撰　集部　別集類　1460

억산당시록　憶山堂詩錄(8卷)　宋翔鳳(淸)　撰　集部　別集類　1504

억운사사권산　憶雲詞四卷冊(1卷)　項廷紀　撰　集部　詞類　1726

언사금석유문보록　偃師金石遺文補錄　武億(淸)　撰；王復　續補　史部　金石類　913

얼해화　孽海花三十五回　曾樸　撰

集部 小說類　1800

엄동유시집　嚴東有詩集(10卷)　嚴長明 撰　集部 別集類　1450

엄주도경　嚴州圖經　〃陳公亮, 劉文富 纂修〃　史部 地理類　704

엄주산인연보　弇州山人年譜　錢大昕(淸) 撰　史部 傳記類　553

여계재총고　與稽齋叢稿(18卷)　吳翌鳳(淸) 撰　集部 別集類　1463

여고재금보　與古齋琴譜(4卷) ; 補義(1卷)　祝鳳喈(淸) 撰　子部 藝術類　1095

여과경륜　女科經綸(8卷)　蕭壎(淸) 撰　子部 醫家類　1007

여과백문　女科百問(2卷)　齊仲甫(宋) 撰　子部 醫家類　1007

여과집요　女科輯要(2卷)　沈又彭(淸) 撰　子部 醫家類　1007

여남포사　汝南圃史(12卷)　周文華(明) 撰　子部 譜錄類　1119

여동빈도철괴이악잡극　呂洞賓度鐵拐李岳雜劇　岳伯川 撰　集部 戲劇類　1761

여동빈삼도성남류잡극　呂洞賓三度城南柳雜劇　谷子敬 撰　集部 戲劇類　1762

여동빈삼취악양루잡극　呂洞賓三醉岳陽樓雜劇　馬致遠 撰　集部 戲劇類　1761

여득집　慮得集(4卷) ; 附錄(2卷)　華悰韡(明) 撰　子部 雜家類　1122

여만촌선생문집　呂晩村先生文集(8卷)續集(4卷)附錄(1卷)　呂留良 撰　集部 別集類　1411

여만촌선생사서강의　呂晩村先生四書講義(30卷)　呂留良(淸) 撰　經部 四書類　165

여만촌시　呂晩村詩(7卷)硏銘(1卷)　呂留良 撰　集部 別集類　1411

여문민공문집　余文敏公文集(12卷)　余有丁 撰　集部 別集類　1352

여문희공집　黎文僖公集(17卷)　黎淳 撰　集部 別集類　1330

여산당유변　侶山堂類辯(2卷)　張志聰(淸) 撰　子部 醫家類　1028

여씨향약　呂氏鄕約(1卷) ; 鄕儀(1卷)　呂大鈞(宋) 撰　子部 儒家類　934

여은산방문략　荔隱山房文略(1卷)　道慶瀾 撰　集部 別集類　1561

여은산방시초　荔隱山房詩草(6卷)　道慶瀾 撰　集部 別集類　1561

여자평어정편　呂子評語正編(42卷)　呂留良(淸) 撰 ; 車鼎豊(淸) 輯　子部 儒家類　948

여장원　盛明雜劇初集:卷八女狀元　徐渭 撰　集部 戲劇類　1764

여적인몽　如積引蒙(10卷)　汪曰楨(淸) 撰　子部 天文算法類　1046

여정유문　郘亭遺文(8卷)　莫友芝(淸) 撰　集部 別集類　1537

여정유시　郘亭遺詩(8卷)　莫友芝(淸) 撰　集部 別集類　1537

여주부지　廬州府志　張祥雲 修 ; 孫星衍 等纂　史部 地理類　709～10

여지기승　輿地紀勝(一)～(二)　王象之 撰　史部 地理類　584～85

여촌초당시초　〃荔村草堂詩鈔(10卷), 續鈔(1卷)〃　譚宗浚 撰　集部

別集類　1564

여탄사　女彈詞(1卷)　唐英 撰　集部 戲劇類　1767

역간재시초　易簡齋詩鈔(4卷)　和瑛 撰　集部 別集類　1460

역경고본　易經古本(1卷)　廖平(淸) 撰　經部易類　40

역경규일　易經揆一(14卷)　梁錫璵(淸) 撰　經部 易類　23

역경도역　易經圖繹(12卷)　劉定之(明) 撰　經部 易類　5

역경방훈　易經旁訓(3卷)　李恕(明) 撰　經部 易類　5

역경본의　"易經本意(4卷),首(1卷)末(1卷)"　何志高(淸) 撰　經部 易類　33

역경상류　易經象類(1卷)　丁晏(淸) 撰　經部 易類　31

역경여화　"易經如話(12卷),首(1卷)"　汪紱(淸) 撰　經部 易類　21

역경이문석　易經異文釋(6卷)　李富孫(淸) 輯　經部 易類　27

역경정의　易經正義(6卷)　酈懋卿(明) 撰　經部 易類　8

역경증주　易經增註(10卷)　張鐘心(明) 撰　經部 易類　14

역경징실해　易經徵實解(1卷)　胡翔瀛(淸) 撰　經部 易類　19

역경해　易經解(不分卷)　失長文(宋) 撰　經部 易類　1

역경해성　易經解醒(4卷)　"洪守美(明),鄭林祥 輯著"　經部 易類　16

역경훈해　易經訓解(4卷)　熊禾訓(宋) 解　經部 易類　2

역고　"易考(2卷),易續考(2卷)"　李榮陛(淸) 撰　經部 易類　24

역고　易攷(1卷)　張鐘心(明) 撰　經部 易類　14

역고훈　易古訓(1卷)　劉寶楠(淸) 撰　經部 易類　30

역광기　易廣記(3卷)　焦循(淸) 撰　經部 易類　27

역괘도설　易卦圖說(1卷)　崔述(淸) 撰　經部 易類　24

역괘총론　易卦總論(1卷)　葉佩蓀(淸) 撰　經部 易類　24

역내전　易內傳(12卷)　金士升(淸) 撰　經部 易類　18

역대궁전명　歷代宮殿名　李昉等 撰　史部 地理類　718

역대기년　歷代紀年　晁公邁 撰　史部 政書類　826

역대기원휘고　歷代紀元彙考　萬斯同(淸) 撰　史部 政書類　826

역대내시고　歷代內侍考　毛一公 撰　史部 傳記類　517

역대도학통종연원문대　歷代道學統宗淵源問對(12卷)　黎溫(明) 撰　子部 儒家類　936~37

역대마정지　歷代馬政志　蔡方炳 撰　史部 政書類　859

역대명신주소　歷代名臣奏疏　王錫爵 輯　史部 詔令奏議類　461

역대명의몽구　歷代名醫蒙求(2卷)　周守忠(宋) 撰　子部 醫家類　1030

역대몽구　歷代蒙求(1卷)　王芮(宋) 撰；鄭鎭孫(元) 注　子部 類書類　1218

역대무거고　歷代武擧考　譚吉璁

撰　史部　政書類　859

역대부화　歷代賦話(14卷)續集(14卷)　浦銑　撰　集部　詩文評類　1716

역대삼보기　歷代三寶紀(15卷)　費長房(隋)　撰　子部　宗教類　1288

역대석경략　歷代石經略(2卷)　桂馥(淸)　撰　經部　群經總義類　183

역대의　易大義(1卷)　惠棟(淸)　撰　經部　四書類　159

역대장술집요　歷代長術輯要(10卷)；首(1卷)　汪曰楨(淸)　撰　子部　天文算法類　1041

역대재보휘고　歷代宰輔彙攷　萬斯同(淸)　撰　史部　職官類　746

역대전법비고　歷代錢法備考　沈學詩　撰　史部　政書類　838

역대제왕역조고　歷代帝王曆祚考　吳繼安　撰　史部　政書類　826

역대지리지운편금석　歷代地理志韻編今釋　李兆洛　撰　史部　正史類　294

역대지리지장도　歷代地理指掌圖　稅安禮　撰　史部　地理類　585

역대직원촬요　歷代職源撮要　王益之　撰　史部　職官類　746

역대형법고　歷代刑法考　沈家本　撰　史部　政書類　877

역대화사휘전　歷代畫史彙傳(72卷)；首(1卷)；附錄(2卷)　彭蘊璨(淸)　撰　子部　藝術類　1083～84

역대황하지장도설　歷代黃河指掌圖說　朱鈜　撰　史部　政書類　838

역대휘명고　歷代諱名考　劉錫信　撰　史部　政書類　828

역도략　易圖略(8卷)　焦循(淸)　撰　經部　易類　27

역도조변　易圖條辨(1卷)　張惠言(淸)　撰　經部　易類　26

역도존시　易圖存是(2卷)　辛紹業(淸)　撰　經部　易類　26

역도친견　易圖親見(1卷)　來集之(淸)　撰　經部　易類　17

역도해　易圖解(1卷)　德沛(淸)　撰　經部　易類　19

역례집략　易例輯略(1卷)　龐大坤(淸)　撰　經部　易類　28

역림석문　易林釋文(2卷)　丁晏(淸)　撰　子部　術數類　1055

역림주　易林註(16卷)　撰者未詳　子部　術數類　1054～55

역문언전　易文言傳(1卷)　俞樾(淸)　撰　經部　易類　29

역사장　疫痧章(3卷)　鄭梅澗(淸)　撰　子部　醫家類　1018

역상관규　易象管窺(15卷)　黃正憲(明)　撰　經部　易類　11

역상본요　曆象本要(1卷)　楊文言(淸)　撰　子部　天文算法類　1040

역상집해　易象集解(10卷)　黃守平(淸)　輯　經部　易類　35

역상통의　易象通義(6卷)　秦篤輝(淸)　撰　經部　易類　33

역상휘해　易象彙解(2卷)　陳士元(明)　撰　經部　易類　8

역석　易釋(4卷)　黃式三(淸)　撰　經部　易類　30

역설　易說(2卷)　吳汝綸(淸)　撰　經部　易類　38

역설　易說(1卷)　王育(明)　撰　經部　易類　15

역설　〝易說(12卷),便錄(1卷)〞　郝懿
行(淸)　撰　經部　易類　26

역성현지　歷城縣志　〝胡德琳,李文
藻 等纂〞　史部　地理類　694

역세진선체도통감　歷世眞仙體道通
鑑(53卷)　續編(5卷) ; 後集(6卷)
趙道一(元)　撰　子部　宗敎類
1294～95

역수　易守(32卷)　葉佩蓀(淸)　撰
經部　易類　24

역수한　盛明雜劇二集:卷十一易水
寒　葉憲祖　撰　集部　戲劇類
1765

역실　易貫(5卷)　兪越(淸)　撰　經部
易類　34

역아유의　易牙遺意(2卷)　韓奕(明)
撰子 部譜錄類　1115

역용　易用(5卷)　毛一豐(淸)　輯　經
部　易類　29

역원　易原(8卷)　陳錫(明)　撰　經部
易類　10

역원포산법　曆元布算法(1卷)　魏文
魁(明)　撰　子部　天文算法類
1039

역위략의　易緯略義(3卷)　張惠言
(淸)　撰　經部　易類　40

역위통의　易緯通義(8卷)　張忠棫
(淸)　撰　經部　易類　40

역유생재집　亦有生齋集(54卷)樂府(2
卷)詩(32卷)文(20卷)　趙懷玉(淸)
撰　集部　別集類　1470

역의참의　〝易薏參疑.首編(2卷),外編
(10卷)〞　孫從龍(明)　撰　經部
易類　10

역장구　易章句(12卷)　焦循(淸)　撰

역전　〝易筌(6卷),附,論〞　焦竑(明)　撰
經部　易類　11

역전외편　易傳外篇(1卷)　撰者未詳
經部　易類　18

역정당정정영애승남　亦政堂訂正瀛
涯勝覽　馬歡　撰　史部　地理
類　742

역조다마주의　歷朝茶馬奏議　廖攀
龍 等輯　史部　詔令奏議類　461

역지　繹志(19卷)　胡承諾(淸)　撰
子部　儒家類　945

역지　曆誌(16卷)　撰者未詳　子部
天文算法類　1037～39

역진일득　疫疹一得(2卷)　余霖(淸)
撰　子部　醫家類　1004

역촉　易觸(7卷)　賀飴孫(淸)　撰　經
部　易類　18

역측　曆測(2卷)　魏文魁(明)　撰　子
部　天文算法類　1039

역통　易通(14卷)　程廷祚(淸)　撰
經部　易類　20

역통석　易通釋(20卷)　焦循(淸)　撰
經部　易類　27

역학　易學.4同(8卷)別錄(4卷)　季本
(明)　撰　經部　易類　6

역학　易學(12卷)　沈一貫(明)　撰
經部　易類　10

역학가여　曆學假如(2卷)　黃宗羲
(淸) ; 姜希轍　撰　子部　天文算
法類　1040

역학계몽보　易學啓蒙補(2卷)　梁錫
璵(淸)　撰　經部　易類　23

역학관규　易學管窺(15卷)　兪檀(淸)
撰　經部　易類　29

역학도설회통　″易學圖說會通(8卷),續聞.(1卷)″　楊方達(淸)　撰　經部 易類　21

역학상수거우　易學象數擧隅(2卷)　汪敬(明)　撰　經部 易類　5

역학절해　易學節解(5卷)　丁澤安(淸)　撰　經部 易類　38

역한학거요　″易漢學擧要(1卷),訂誤(1卷)″　張鼎(淸)　撰　經部 易類　39

역한학고　易漢學考(2卷)　吳翊寅(淸)　撰　經部 易類　39

역한학사승표　易漢學師承表(1卷)　吳翊寅(淸)　撰　經部 易類　39

역호　易互(6卷)　楊陸榮(淸)　撰　經部 易類　21

역화　易話(2卷)　焦循(淸)　撰　經部 易類　27

역후천론　疫喉淺論(2卷)；補遺(1卷)　張紹修(淸)　撰　子部 醫家類　1018

연경실집　揅經室集(57卷)　阮元(淸)　撰　集部 別集類　1478～79

연경언　研經言(4卷)　莫文泉(淸)　撰　子部 醫家類　1029

연경위지략　延慶衛志略　李士宣 修；周碩勳 纂　史部 地理類　718

연계선생집　硯谿先生集(11卷)總目(2卷)　惠周惕 撰　集部 別集類　1421

연곡선생생독역색은　蓮谷先生讀易索隱(6卷)　洪鼐(明)　撰　經部 易類　6

연기록　研機錄(不分卷)　薛侃(明)

撰；鄭三極(明)　輯　子部 儒家類　939

연단자　燕丹子(3卷)　孫星衍(淸)　輯　子部 小說家類　1260

연당시화　″蓮堂詩話(2卷),校訛(1卷),續校(1卷)″　祝誠 撰　集部 詩文評類　1694

연대록　燕對錄　李東陽(明)　撰　史部 雜史類　433

연독려일기초　緣督廬日記抄　葉昌熾 撰　史部 傳記類　576

연벌재문집　研벌齋文集(2卷)　趙希璜(淸)　撰　集部 別集類　1472

연보　烟譜(1卷)　陸燿(淸)　撰　子部 譜錄類　1117

연서루독서지　煙嶼樓讀書志(16卷)；煙嶼樓筆記(8卷)　徐時棟(淸)　撰　子部 雜家類　1162

연서루문집　烟嶼樓文集(40卷)　徐時棟(淸)　撰　集部 別集類　1542

연서루시집　烟嶼樓詩集(18卷)　徐時棟(淸)　撰　集部 別集類　1542

연아당전집　″淵雅堂全集(56卷)編年詩藁(20卷),惕甫未定藁(26卷),外集(8卷),編年詩續藁(1卷),文續藁(1卷)″　王芑孫 撰　集部 別集類　1481

연악고원　燕樂考原(6卷)　凌廷堪(淸)　撰　經部 樂類　115

연안부지　延安府志　洪惠　纂修　史部 地理類　693

연운서옥존고　連雲書屋存稿(6卷)　焦和生 撰　集部 別集類　1482

″연육실문초,보유″　研六室文鈔(10卷)補遺(1卷)　胡培翬 撰　集部

別集類　1507

연자거사화　蓮子居詞話(4卷)　吳衡照　撰　集部　詞類　1734

연재각지신록　燕在閣知新錄(32卷)　王棠(淸)　撰　子部　雜家類　1146~47

연정시초　棟亭詩鈔(8卷)棟亭詩別集(4卷)棟亭詞鈔(1卷)棟亭詞鈔別集(1卷)棟亭文鈔(1卷)　曹寅　撰　集部　別集類　1419

연청박어　燕靑博魚　李文蔚　撰　集部　戲劇類　1764

연초보　烟草譜(8卷);題詞(1卷)　陸燿(淸)　撰　子部　譜錄類　1117

연침고　燕寢考(3卷)　胡培翬(淸)　撰　經部　禮類　110

연파시화　蓮坡詩話(3卷)　查爲仁　撰　集部　詩文評類　1701

연파어창　煙波漁唱　張應昌(淸)　撰　集部　別集類　1517

연평왕호관양영종정실록　延平王戶官楊英從征實錄　楊榮(明)　撰　史部　雜史類　444

연하만고루문집　煙霞萬古樓文集(6卷)　王曇　撰　集部　別集類　1483

연하만고루시선　煙霞萬古樓詩選(2卷)　王曇　撰　集部　別集類　1483

연하만고루시잔고　煙霞萬古樓詩殘藁(1卷)　王曇　撰　集部　別集類　1483

연한사적　燕閒四適(20卷)　孫丕顯(明)　輯　子部　雜家類　1186

연환기　連環記二卷　撰者未詳　集

部　戲劇類　1774

열국변통흥성기　列國變通興盛記(4卷)　李提摩太(英)　撰　子部　西學譯著類　1297

열국육군제　列國陸軍制(不分卷)　〃　歐潑登(美)　撰; 林樂知(美), 瞿昂來(淸)　同譯〃　子部　西學譯著類　1299

열미초당필기　閱微草堂筆記(24卷)　紀昀(淸)　撰　子部　小說家類　1269

열사극시　閱史隙視　李埴(淸)　撰　史部　史評類　450

열여전보주　列女傳補注　王照圓　撰　史部傳記類　515

열자　列子(8卷)　盧重元(唐)　注　子部　儒家類　958

열자권재구의　列子鬳齋口義(2卷)　林希逸(宋)　撰　子部　儒家類　958

열자노주고증　列子盧注考證(1卷)　汪孝嬰(淸)　撰　子部　儒家類　958

열장지진　閱藏知津(44卷)；總目(4卷)　(釋)智旭(明)　撰　子部　宗教類　1290

열재문초　悅齋文鈔(10卷)補(1卷)　唐中友　撰　集部　別集類　1318

열조시집　列朝詩集(81卷)　錢謙益　輯　集部　總集類　1622~24

열친루시집　悅親樓詩集(30卷)外(2卷)　祝德麟　撰　集部　別集類　1462~63

열하지략　熱河志略　和瑛　撰　史部　地理類　730

열황소식　烈皇小識　文秉 撰　史部　雜史類　439

염계지　濂溪志　李楨 撰　史部 傳記類　550

염리전　廉吏傳　黃汝亨 撰　史部 傳記類　515

염사　奩史(100卷)；拾遺(1卷)　王初桐(淸) 輯　子部 類書類　125　1～52

염잠구선생연보　閻潛丘先生年譜　張穆 撰　史部傳記類　554

염정문집염　亭文集(8卷)遺文(5卷)遺詩(2卷)　張裕釗 撰　集部 別集類　1544

염정지　鹽政志　朱廷立 等撰　史部 政書類　839

엽문민공집　葉文敏公集(13卷)　葉方藹 撰　集部 別集類　1410

엽문장공주의　葉文莊公奏議　葉盛 撰　史部 詔令奏議類　475

엽희원기　葉戲原起(1卷)　汪師韓(淸) 撰　子部 藝術類　1106

영가현지　永嘉縣志(一)～(二)　″張寶琳修 ； 王棻, 孫이讓 等纂″　史部 地理類　708～09

영고탑기략　寧古搭紀略　吳振臣 撰　史部 地理類　731

영고탑산수기　寧古搭山水記　張縉彥 撰　史部 地理類　731

영국부지　寧國府志(一)～(二)　″魯銓, 鍾英 修 ； 洪亮吉, 施晉纂″　史部 地理類　710～11

영남군아　嶺南羣雅初集(3卷)二集(3卷)初補(2卷)　劉彬華 輯　集部 總集類　1693

영남려지보　嶺南荔支譜(6卷)　吳應逵(淸) 撰　子部 譜錄類　1116

영남시집　嶺南詩集(8卷)　李文藻 撰　集部 別集類　1449

영동백문　嬰童百問(10卷)　魯伯嗣(明) 撰　子部 醫家類　1009

영락대전(희문삼종)　永樂大典戲文三種　永樂帝(明) 勅撰　集部 戲劇類　1768

영란일기　迎鑾日紀　宋犖 撰　史部 傳記類　559

영력실록　永曆實錄　王夫之(淸) 撰　史部 雜史類　444

영련총화　盈聯叢話(12卷)；盈聯續話(4卷)；巧對錄(8卷)　梁章鉅(淸) 撰　子部 類書類　1254

영매암억어　影梅庵憶語(1卷)　冒襄(淸) 撰　子部 小說家類　1272

영분관사종　靈芬館四種(7卷)　郭麐(淸) 撰　集部 詞類　1725

영분관사화　靈芬館詞話(2卷)　郭麐(淸) 撰　集部 詞類　1733

영분관시화　靈芬館詩話(12卷)續(6卷)　郭麐 撰　集部 詩文評類　1705

영서우록　楹書隅錄(一)～(二)　楊紹和 撰　史部 目錄類　926～27

영성당집십　榮性堂集(16卷)　吳俊 撰　集部 別集類　1464

영수감고　寧壽鑑古(16卷)　高宗弘曆 勅撰　子部 譜錄類　1107

영암산인시집　靈巖山人詩集(40卷)　畢沅(淸) 撰　集部 別集類　1450

영업근집　詠業近集(4卷)　黃道周(明) 撰　集部 別集類　1384

영운해일루시초　嶺雲海日樓詩鈔(1
3卷)選外集(1卷)　丘逢甲　撰
集 部別集類　1576

영웅보　英雄報(1卷)　唐英 撰　集
部 戲劇類　1766

영웅성패　盛明雜劇二集:卷二十三
英雄成敗　孟稱舜 撰　集部
戲劇類　1765

영재근사록연주　泳齋近思錄衍註(1
4卷)　楊伯嵒(宋)　撰　子部 儒
家類　934

영전집요내편　營田輯要內篇(2卷) ;
外篇(1卷) ; 首(1卷)　黃輔辰(淸)
撰 子部 農家類　976

영정하지　永定河志　陳琮 撰　史
部 政書類　850

영청현지　永淸縣志　周震榮 修 ;
章學誠 纂　史部 地理類　692

영초일기　英軺日記　載振 撰　史
部 傳記類　583

영추경　靈樞經(9卷)　張志聰(淸) 集
注 子部 醫家類　981

영풍류왕환백화정잡극　淫風流王煥
百花亭雜劇　撰者未詳　集部
戲劇類　1762

영하신지　寧夏新志　楊守禮 修 ;
管律 纂　史部 地理類　649

영환지략　瀛環志略　徐繼畬 撰
史部 地理類　743

영회당시집　詠懷堂詩集(4卷)詠懷堂
詩外集(2卷)　阮大鋮 撰　集部
別集類　1374

예개　藝槪(6卷)　劉熙載 撰　集部
詩文評類　1714

예경교석　禮經校釋(22卷)　曹元弼

(淸) 撰　經部 禮類　94

예경궁실답문　禮經宮室答問(2卷)
洪願煊(淸) 撰　經部 禮類　110

예경문　″隷經文(4卷),續隷經(1卷)″
江藩(淸) 撰　經部 群經總義類
173

예경범례　″禮經凡例(1卷),附容經學
凡例(1卷)″　류平(淸) 撰　經部
禮類　93

예경석례　禮經釋例(13卷)　凌廷堪
(淸) 撰　經部 禮類　90

예경학　禮經學(7卷)　曹元弼(淸) 撰
經部 禮類　94

예고사연보　倪高士年譜　沈世良 輯
史部 傳記類　552

예국지　藝菊志(8卷)　陸廷燦(淸) 撰
子部 譜錄類　1116

예기리편　″禮記釐編(10卷),附錄(1卷)″
潘相(淸) 撰　經部 禮類　103

예기보소　禮記補疏(3卷)　焦循(淸)
撰　經部 禮類　105

예기보주　禮記補注(4卷)　李調元
(淸) 撰　經部 禮類　103

예기부기　禮記附記(10卷　)翁方綱
(淸) 撰　經部 禮類　103

예기사　禮記思(5卷)　趙선(明) 撰
經部 禮類　97

예기석주　禮記釋注(4卷)　丁晏(淸)
撰　經部 禮類　106

예기식　禮記識(2卷)　류平(淸) 撰
經部 禮類　106

예기요의　禮記要義(33卷)　魏了翁
(宋) 撰　經部 禮類　96

예기우전　禮記偶箋(3卷)　萬斯大
(淸) 撰　經部 禮類　98

예기의의　禮記疑義(72卷)　吳廷華(淸)　撰　經部　禮類　99～100

예기자사자언정주보정　禮記子思子言鄭注補正(4卷)　簡朝亮　撰　子部　儒家類　932

예기장구　禮記章句(49卷)　王夫之(淸)　撰　經部　禮類　98

예기장구　禮記章句(10卷)　汪紱(淸)　任啓運(淸)　撰　經部　禮類　99～100

예기장의　禮記章義(10卷)　姜兆錫(淸)　撰　經部　禮類　98

예기전　禮記箋(49卷)　郝懿行(淸)　撰　經部　禮類　104

예기정독고　禮記鄭讀考(1卷)　俞越(淸)　撰　經部　禮類　106

예기정독고　禮記鄭讀考(6卷)　"陳壽祺(淸)　撰, 陳喬樅(淸)　述"　經部　禮類　106

예기질의　禮記質疑(49卷)　郭嵩燾(淸)　撰　經部　禮類　106

예기집설변의　禮記集說辨疑(1卷)　戴冠(明)　撰　子部　雜家類　1170

예기집해　禮記集解(61卷)　孫希旦(淸)　撰　經部　禮類　103～04

예기통해　"禮記通解(22卷),首(1卷)"　郝敬(明)　撰　經部　禮類　97

예기항해　禮記恒解(49卷)　劉沅(淸)　輯註　經部　禮類　105

예기훈찬　禮記訓纂(49卷)　朱彬(淸)　撰　經部　禮類　106

예림벌산　藝林伐山(20卷)　楊愼　撰　子部　雜家類　1443

예마집요　藝蔴輯要　汪曾保(淸)　等　撰　子部　農家類　977

예상속보　霓裳續譜(8卷)首(1卷)　王廷紹　輯　集部　曲類　1744

예서정와　隸書正譌(2卷)　吳元滿(明)　撰　經部　小學類　238

예서통고　"禮書通故(50卷),校文(1卷)"　黃以周(淸)　撰　經部　禮類　11 1～12

예설　禮說(4卷)　凌曙(淸)　撰　經部　禮類　110

예설　禮說(6卷)　黃以周(淸)　撰　經部　禮類　112

예양　隸樣(8卷)　翟雲升(淸)　撰　經部　小學類　242

예운　"隸韻(10卷),碑目(1卷)"　劉球(宋)　撰　經部　小學類　236

예운고증　"隸韻考證(2卷),碑目考證(1卷)"　撰者未詳　經部　小學類　236

예인분변　隸人分辨(1卷)　方轉(淸)　撰　經部　小學類　239

예임벌산　囈林伐山(20卷)　楊愼(明)　撰　子部　雜家類　1143

예전　禮箋(3卷)　金枋(淸)　撰　經部　禮類　109

예주쌍즙　藝舟雙楫(6卷)；附錄(3卷)　包世臣(淸)　撰　子部　藝術類　1082

예통　隸通(2卷)　錢慶曾(淸)　撰　經部　小學類　241

예편　隸篇(15卷)　翟雲升(淸)　撰　經部　小學類　241～42

예풍당문속집　藝風堂文續集(8卷)外集(1卷)　繆荃孫　撰　集部　別集類　1574

예풍당문집　藝風堂文集(7卷)外篇(1

卷)　繆荃孫　撰　集部　別集類　1574

예학치언　禮學卮言(6卷)　孔廣森(淸)　撰　經部　禮類　110

오경소학술　五經小學述(2卷)　莊述祖(淸)　撰　經部　群經總義類　173

오경의의　五經疑義(2卷)　嚴天麟(明)　撰　經部　群經總義類　171

오경이의소증　五經異義疏證(3卷)　陳壽祺(淸)　撰　經部　群經總義類　171

오공고금합주　"禹貢古今合注(5卷),圖(1卷)"　夏允彝(明)　撰　經部　書類　55

오국통선생의안　吳鞠通先生醫案(5卷)　吳瑭(淸)　撰　子部　醫家類　1028

오담보　吳覃譜(1卷)　吳林(淸)　撰　子部　譜錄類　1117

오대사기주　五代史記注(一)~(三)　"彭元瑞(淸),劉鳳誥(淸)　撰"　史部　正史類　290~92

오대사기찬오보　五代史記纂誤補　吳光耀(淸)　撰　史部　正史類　292

오대사기찬오속보　五代史記纂誤續補　吳光耀(淸)　撰　史部　正史類　292

오대신락부　五代新樂府(1卷)　徐寶善(淸)　撰　集部　別集類　1516

오례부시화　吳禮部詩話(1卷)　吳師道　撰　集部　詩文評類　1694

오륜서　五倫書(62卷)　朱瞻基(明)　撰　子部　儒家類　935~36

오문기략　澳門記略　"印光任,張汝霖　纂"　史部　地理類　676

오문시화　"梧門詩話(12卷),附八旗詩話(1卷)"　法式善(淸)　撰　集部　詩文評類　1705

오문절공유집　吳文節公遺集(80卷)　吳文鎔　撰　集部　別集類　1520

오방원음　五方元音(2卷)　樊騰鳳(淸)　撰　經部　小學類　260

오백사봉당시초　五百四峰堂詩鈔(25卷)　黎簡(淸)　撰　集部　別集類　1473~74

오백석동천휘주　五百石洞天揮麈(12卷)　邱煒萲　撰　集部　詩文評類　1708

오복도해　五服圖解(1卷)　龔端禮(元)　撰　經部　禮類　95

오복석례　五服釋例(20卷)　夏燮(淸)　撰　經部　禮類　95

오복이동휘고　五服異同彙考(3卷)　崔述(淸)　撰　經部　禮類　95

오봉기　嗚鳳記(2卷)　王世貞(明)　撰　集部　戲劇類　1774

오봉기　六十種曲120卷:嗚鳳記(2卷)　王世貞(明)　撰　集部　戲劇類　1771

오봉유고　五峯遺稿(24卷)　秦夔　撰　集部　別集類　1330

오봉집　鰲峰集(28卷)　徐渤　撰　集部　別集類　1381

오서산선생유집　吳書山先生遺集(20卷)首(1卷)末(1卷)　吳會　撰　集部　別集類　1325

오선당문시각고　五先堂文市榷酤(4卷)　袁子讓(明)　撰　子部　雜家

類 1132

오선당자학원원 五先堂字學元元(1
0卷) 袁子讓(明) 撰 經部 小
學類 255

오성반절정균 五聲反切正均(不分
卷) 吳烺(淸) 撰 經部 小學類
258

오성통궤 五星通軌(1卷) 黃道時
制 子部 天文算法類 1031

오시집람 吳詩集覽(20卷) 吳偉業
(淸) 撰 ; 靳榮藩 注 集部 別
集類 1396~97

오연재문초 五硏齋文鈔 沈赤然
(淸) 撰 集部 別集類 1465

오연재시초 五硏齋詩鈔(20卷) 沈
赤然(淸) 撰 集部 別集類 1465

오운론 五韻論(2卷) 鄒漢勳(淸) 撰
經部 小學類 248

오월소견서화록 吳越所見書畫錄(6
卷) 陸時化(淸) 撰 子部 藝術
類 1068

오의휘강 吳醫彙講(11卷) 唐大烈
(淸) 輯 子部 醫家類 1028

오일음 盛明雜劇二集:卷六午日吟
許潮 撰 集部 戲劇類 1765

오입도원 悞入桃源 王子一 撰
集部 戲劇類 1763

오자십삼편 吳子十三篇 〃吳惟順
(明), 吳鳴球 編撰〃 子部 兵家
類 966

오잡조 五雜組(16卷) 謝肇淛(明)
撰 子部 雜家類 1130

오정현지 烏程縣志 羅愫 修 ; 杭
世駿 纂 史部 地理類 704

오조산경 五曹算經(5卷) 李淳風

(唐) 等注釋 子部 天文算法類
1041

오종유규 五種遺規(16卷) 陳弘謨
(淸) 輯 子部 儒家類 951

오중인물지 吳中人物志 張昶 等
撰 史部 傳記類 541

오중판독 吳中判牘(1卷) 괴德模
撰 集部 別集類 1545

오지재금보 五知齋琴譜(8卷) 徐祺
(淸) 輯 子部 藝術類 1094~95

오창수필 午窗隨筆(4卷) 郭夢星
(淸) 撰 子部 雜家類 1165

오춘소초 嗚春小草(7卷) 錢維城
撰 集部 別集類 1442

오친아언 娛親雅言(6卷) 嚴元照
(淸) 撰 子部 雜家類 1158

오친아언 娛親雅言(6卷) 嚴元照
(淸) 撰 經部 群經總義類 175

오풍당집 午風堂集(6卷) 鄒炳泰
撰 集部 別集類 1462

오풍당총담 午風堂叢談(8卷) 鄒炳
泰 撰 集部 別集類 1462

오풍록 吳風錄 黃省曾(明) 撰 史
部 地理類 733

오하방언고 吳下方言考 胡文英
(淸) 撰 經部 小學類 195

오하언련 吳下諺聯(4卷) 王有光
(淸) 撰 子部 小說家類 1272

오학록초편 吾學錄初編 吳榮光
(淸) 撰 史部 政書類 815

〃오학사시집,문집〃 吳學士詩集(5卷)
吳學士文集(4卷) 吳자 撰 集
部 別集類 1487

오학편 吾學編(一)~(二) ; 吾學編餘
; 今言 鄭曉(明) 撰 史部 雜

史類　424～25

오행대의　五行大義(5卷)　蕭吉(隋)
　　撰　子部　術數類　1060

오호유　盛明雜劇初集:卷二五湖遊
　　汪道昆　撰　集部　戲劇類　1764

오흥금석기　吳興金石記　陸心源
　　(淸)　撰　史部　金石類　911

오흥시화　吳興詩話(16卷)首(1卷)
　　戴노　撰　集部　詩文評類　1705

오흥예문보　吳興藝文補(70卷)　董
　　斯張(明)　撰　集部　總集類　167
　　8～80

오흥지　吳興志　談鑰　纂修　史部
　　地理類　704

옥감당시집　玉鑑堂詩集(6卷)　汪曰
　　楨(淸)　撰　集部　別集類　1543

옥검존문　玉劍尊聞(10卷)　梁維樞
　　(淸)　撰　子部　雜家類　1175

옥결기　六十種曲120卷:玉玦記(2卷)
　　鄭若庸(明)　撰　集部　戲劇類
　　1772

옥경대　玉鏡臺　關漢卿　撰　集部
　　戲劇類　1763

옥경대기　六十種曲120卷:玉鏡臺記
　　(2卷)　朱鼎　撰　集部　戲劇類
　　1770

옥계생시상주　玉谿生詩詳註(3卷)
　　李商隱　撰；馮浩　注　集部　別
　　集類　1312

옥계음초　玉溪吟草(1卷)附錄(1卷)
　　林表民　撰　集部　別集類　1321

옥금재사　玉琴齋詞(1卷)　徐懷　撰
　　集部　詞類　1724

옥당총어　玉堂叢語(8卷)　焦竑(明)
　　撰　子部　雜家類　1172

옥당회기　玉堂薈記(4卷)　楊士聰
　　(淸)　撰　子部　雜家類　1175

옥대서사　玉臺書史(1卷)　여악(淸)
　　撰　子部　藝術類　1084

옥대신영　玉臺新詠(10卷)　徐陵輯；
　　吳兆宜　注；程際盛　删補　集
　　部　總集類　1588

옥대화사　玉臺畫史(5卷)　湯漱玉
　　(淸)　輯　子部　藝術類　1084

옥명당비평홍매기　玉茗堂批評紅梅
　　記(2卷)　周朝俊　撰　集部　戲
　　劇類　1774

옥명당적평왕엄주선생염이편　玉茗
　　堂摘評王弇州先生艷異編(12卷)
　　王世貞(明)　撰；湯顯祖(明)　評
　　子部　小說家類　1267

옥명당전집　玉茗堂全集(46卷)文集(1
　　6卷)詩集(18卷)賦集(6卷)尺牘(6卷)
　　湯顯祖　撰　集部　別集類　136
　　2～63

옥봉지　玉峰志　"凌萬頃,邊實　纂
　　修"　史部　地理類　696

옥생루시록　玉笙樓詩錄(12卷)續錄(1
　　卷)　沈壽榕　撰　集部　別集類
　　1557

옥소녀량세인연　玉簫女兩世姻緣
　　喬夢符　撰　集部　戲劇類　176
　　0～63

옥소녀량세인연잡극　玉簫女兩世姻
　　緣雜劇　喬夢符　撰　集部　戲
　　劇類　1761

옥수진경　玉髓眞經(30卷)　張洞玄
　　(宋)　撰；劉允中(宋)　注釋；蔡
　　元定(宋)　發揮　子部　術數類
　　1053

옥영조담경　玉靈照膽經(1卷)　邵平軒(宋)　撰. 心傳要訣(1卷)　子部　術數類　1055

옥음법사　玉音法事(3卷)　撰者未詳　子部　宗敎類　1293

옥잠기　六十種曲120卷:玉簪記(2卷)　高濂　撰　集部　戲劇類　1769

옥지노인자서　玉池老人自敍　郭嵩燾(淸)　撰　史部　傳記類　552

옥진신담　玉塵新譚(34卷)(淸言(10卷)；偶記(8卷)；耳新(8卷)；雋區(8卷)　鄭仲夔(明)　撰　子部　小說家類　1268

옥천자시집　玉川子詩集(5卷)　盧仝　撰；孫之祿　注　集部　別集類　1311

옥청암착송원앙피잡극　玉淸菴錯送鴛鴦被雜劇　撰者未詳　集部　戲劇類　1760

옥촉보전　玉燭寶典　杜臺卿　撰；楊守敬　校訂　史部　時令類　885

옥타호　玉唾壺(2卷)　王一槐(明)　撰　子部　雜家類　1143

옥편　玉篇　顧野王(梁)　撰　經部　小學類　228

옥함산방집일서보편　玉函山房輯佚書補編(139卷)　王仁俊(淸)　撰　子部　雜家類　1206

옥함산방집일서속편　玉函山房輯佚書續編(273卷)　王仁俊(淸)　撰　子部　雜家類　1206

옥합기　六十種曲120卷:玉合記(2卷)　梅鼎祚(明)　撰　集部　戲劇類　1770

옥호산방사선　玉壺山房詞選(2卷)　改琦　撰　集部　詞類　1725

옥환기　六十種曲120卷:玉環記(2卷)　楊柔勝　撰　集部　戲劇類　1773

온소각문집　蘊素閣文集(8卷)　盛大士(淸)　撰　集部　別集類　1494

온소각별집　蘊素閣別集(4卷)　盛大士(淸)　撰　集部　別集類　1493

온소각시집　蘊素閣詩集(12卷)　盛大士(淸)　撰　集部　別集類　1493

온역명변　瘟疫明辨(4卷)；方(1卷)　鄭奠一(淸)　撰　子部　醫家類　1003

온열경위　溫熱經緯(5卷)　王士雄(淸)　撰　子部　醫家類　1005

온열봉원　溫熱逢源(3卷)　柳寶이(淸)　撰　子部　醫家類　1005

온열서역전서　溫熱署疫全書(4卷)　周揚俊(淸)　撰　子部　醫家類　1004

온주경적지　溫州經籍志　孫이讓(淸)　撰　史部　目錄類　918

온태진옥경대　溫太眞玉鏡臺　關漢卿　撰　集部　戲劇類　1763

온태진옥경대잡극溫太眞玉鏡臺雜劇　關漢卿　撰　集部　戲劇類　1760

옹문공공일기　翁文恭公日記(11)　翁同和(淸)　撰　史部　傳記類　565~75

옹산시외　翁山詩外(18卷)　屈大均　撰　集部　別集類　1411~12

옹저신비구경　癰疽神秘灸經(1卷)　胡元慶(元)　撰；薛己(明)　校補　子部　醫家類　1012

옹주금석기　雍州金石記　朱楓(淸)

撰　史部　金石類　908

옹희악부　雍熙樂府(20卷)　郭勛　輯
集部　曲類　1740～41

완린집　宛鄰集(6卷)　張琦　撰　集
部　別集類　1486

완담시화　頑潭詩話(2卷)補遺(1卷)附
錄(1卷)　陳瑚(淸)　輯　集部　詩
文評類　1697

완사기　六十種曲120卷:浣紗記(2卷)
梁辰魚　撰　集部　戲劇類　1769

완석려경설　頑石廬經說(10卷)　徐
養原(淸)　撰　經部　群經總義類
173

완씨칠록　阮氏七錄　阮孝緒　撰；
藏庸　輯考　史部　目錄類　919

완역의견　玩易意見(2卷)　王恕(明)
撰　經部　易類　5

완월산방시집　浣月山房詩集(5卷)
龍啓瑞(淸)　撰　集部　別集類
1542

완위산방집　宛委山房集(2卷)　曹仁
虎(淸)　撰　集部　別集類　1449

왕공의공박고　王恭毅公駁稿(2卷)
王槩(明)　撰；高銓(明)　編　子
部　法家類　974

왕국전례　王國典禮　朱勤美　撰
史部　政書類　824

왕매촌선생집　汪梅村先生集(12卷)
外集(1卷)　汪士鐸(淸)　撰　集部
別集類　1531

왕무공문집　王無功文集(5卷)　王績
撰　集部　別集類　1304

왕문간공문집　王文簡公文集(4卷)附
錄(1卷)　王引之(淸)　撰　集部
別集類　1490

왕문민공유집　王文敏公遺集(8卷)
王懿榮　撰　集部　別集類　1565

왕문성전본　王文成傳本　毛奇齡
(淸)　撰　史部　傳記類　551

왕문안공시문집　王文安公詩文集(1
1卷)　王英撰；王祐　輯　集部
別集類　1327

왕문종지　王門宗旨(14卷)　周汝登
(明)　輯　子部　儒家類　942

왕봉상서화제발　王奉常書畫題跋(2
卷)　王時敏(淸)　撰　子部　藝術
類　1065

왕서루선생악부　王西樓先生樂府(1
卷)　王磐　撰　集部　曲類　1738

왕석구선생유문　王石臞先生遺文(4
卷)　王念孫(淸)　撰　集部　別集
類　1466

왕손감　王孫鑑(3卷)　朱從延(淸)　輯
子部　譜錄類　1120

왕시랑주의　王侍郞奏議　王茂蔭
撰　史部　詔令奏議類　500

왕씨감고재묵수　汪氏鑑古齋墨藪
(不分卷)　汪近聖(淸)　撰　子部
譜錄類　1114

왕씨경설　王氏經說(6卷)　王紹蘭
(淸)　撰　經部　群經總義類　173

왕씨의안　王氏醫案(2卷)；續編(8卷)
王士雄(淸)　撰　子部　醫家類
1027

왕월영원야류혜기잡극　王月英元夜
留鞋記雜劇　曾瑞卿　撰　集部
戲劇類　1762

왕자문록　汪子文錄(10卷)　汪縉　撰
集部　別集類　1437

왕자삼록　汪子三錄(3卷)　汪縉　撰

집部 別集類　1437

왕자시록　汪子詩錄(4卷)　汪縉 撰
集部 別集類　1437

왕자안집주　　王子安集註(20卷)首(1
卷)末(1卷)　王勃 撰 ; 蔣淸翊
注　集部 別集類　1305

왕자이록　汪子二錄(2卷)錄後(1卷)附
(1卷)　汪縉 撰　集部 別集類
1437

왕자중전　汪子中詮(6卷)　汪應蛟
(明) 撰　子部 儒家類　941

왕제전　王制箋(1卷)　皮錫瑞(淸) 撰
經部 禮類　107

왕찬등루　王粲登樓　鄭光祖(淸) 撰
集部 戲劇類　1764

왕태초선생오악유초　王太初先生五
岳遊草　王士性 撰　史部 地
理類　737

왕한림집주황제팔십일난경　王翰林
集注黃帝八十一難經(5卷)　王
九思(明) 等撰　子部 醫家類
983

왕형공시집주　王荊公詩集注(4卷)王
荊公文集注(14卷)　王安石 撰 ;
沈欽韓 注　集部 別集類　131
3~14

왕형공연보고략　　王荊公年譜考略
蔡上翔 撰　史部 傳記類　552

왕회편전석　　周書集訓校釋　逸文
宋右曾(淸)　撰　史部 別史類
301

왕회편전석　　王會篇箋釋　何秋濤
(淸) 撰　史部 別史類　301

외과증치전생　　外科證治全生(不分
卷)　王維德(淸) 撰　子部 醫家

類　1013

외과증치전서　　外科證治全書(5卷) ;
末(1卷)　"許克昌(淸), 華法 輯"
子部 醫家類　1016

외과회여집　外科灰餘集(2卷)　程國
彭(淸) 撰　子部 醫家類　1016

외발한담　煨発閒談(1卷)　奕賡(淸)
撰　子部 雜家類　1181

외루필기　畏壘筆記(4卷)　徐昻發
(淸) 撰　子部 雜家類　1145

외재서경객난　畏齋書經客難　龔元
玠(淸) 撰　經部 書類　44

외재설선생서언　畏齋薛先生緖言(4
卷)　薛甲(明) 撰　子部 雜家類
1124

외재설선생예문류고　畏齋薛先生藝
文類稿(14卷) 畏齋薛先生藝文類
稿續集(3卷)　薛甲(明) 撰　集部
別集類　1340

외재주례객난　畏齋周禮客難(8卷)
龔元玠(淸) 撰　經部 禮類　79

외제주역객난　畏齊周易客難(1卷)
龔元玠(淸) 撰　經部 易類　22

외증의안휘편　外證醫案彙編(4卷)
余景和(淸) 撰　子部 醫家類
1016

외해기요　外海紀要　李增階 撰
史部 政書類　860

요강학변　姚江學辨(2卷)　羅澤南
(淸) 撰　子部 儒家類　952

요금원예문지　遼金元藝文志　倪燦
撰　史部 目錄類　916

요기설요　器說(1卷)　程哲(淸) 撰
子部 譜錄類　1111

요도환선　　盛明雜劇二集:卷十二天

桃紈扇　葉憲祖　撰　集部　戲劇類　1765

요동지　遼東志　畢恭　等修；任洛　等重修　史部　地理類　646

요동행부지　遼東行部志　王寂　撰　史部　地理類　731

요사기사본말　遼史紀事本末　李有棠　撰　史部　紀事本末類　388

요사습유보　遼史拾遺補　楊復吉(清)　撰　史部　正史類　292

요산당외기　堯山堂外紀(100卷)　蔣一葵(明)　撰　子部　雜家類　1194~95

요시화　遼詩話(2卷)　周春(清)　輯　集部　詩文評類　1710

요씨역효천원　姚氏易斅闡元(1卷)　姚配中(清)　撰　經部　易類　31

요재문집요　齋文集(4卷)　蒲松齡　撰　集部　別集類　1416

요재지이　聊齋誌異(12卷)　蒲松齡　撰　集部　小說類　1787~88

요천일각문　寥天一閣文(2卷)　譚嗣同(清)　撰　集部　別集類　1568

요화녀파법가주공잡극　姚花女破法嫁周公雜劇　撰者未詳　集部　戲劇類　1761

요화집　謠華集(22卷)附(2卷)　張景祁　輯　集部　詞類　1730

용강몽여록　龍江夢餘錄(4卷)　唐錦(明)　撰　子部　雜家類　1122

용강산인고문상서　龍岡山人古文尙書.4種　洪良品(清)　撰　經部　書類　50

용강선창지　龍江船廠志　李昭祥　撰　史部　政書類　878

용강집　龍江集(14卷)　唐錦　撰　集部　別集類　1334

용고기　六十種曲120卷:龍膏記(2卷)　楊珽　撰　集部　戲劇類　1773

용당소품　湧幢小品(32卷)　朱國禎(明)　撰　子部　雜家類　1172~73

용당시화　蓉塘詩話(20卷)　姜南　撰　集部　詩文評類　1695~96

용벽산방문집　龍壁山房文集(8卷)　王拯　撰　集部　別集類　1545

용벽산방시초　龍壁山房詩草(17卷)　王拯　撰　集部　別集類　1545

용보선생유시　容甫先生遺詩補遺(1卷)附錄(1卷)　汪中(清)　撰　集部　別集類　1465

용성시화　榕城詩話(3卷)　杭世駿(清)　撰　集部　詩文評類　1701

용성찰기　龍城札記(3卷)　盧文弨(清)　撰　子部　雜家類　1149

용암문편　庸庵文編(4卷)庸庵文續編(2卷)庸庵文外編(4卷)庸庵海外文編(4卷)　薛福成(清)　撰　集部　別集類　1562

용암필기　庸盦筆記(6卷)　薛福成(清)　撰　子部　雜家類　1182

용언　庸言(1卷)　魏象樞(清)　撰　子部　儒家類　946

용언　庸言(12卷)　黃佐(明)　撰　子部　儒家類　939

용원사운　榕園詞韻(1卷)　吳寧　撰　集部　詞類　1737

용음신검　榕陰新檢　徐渤　撰　史部　傳記類　547

용재시집　容齋詩集(28卷)附古香詞(1卷)補遺(1卷)　茹綸常　撰　集部

別集類 1457

용중인 傭中人(1卷) 唐英 撰 集部 戲劇類 1767

용차려설 蓉槎蠡說(12卷) 程哲(淸) 撰 子部 雜家類 1137

용촌자화변와 榕村字畵辨訛(1卷) 李光地(淸) 撰 經部 小學類 239

용한재필기 庸閒齋筆記(12卷) 陳其元(淸) 撰 子部 雜家類 1142

용호풍운회 龍虎風雲會 羅貫中 撰 集部 戲劇類 1764

우경당집 耦耕堂集詩(3卷)文(2卷) 程嘉燧 撰 集部 別集類 1386

우곡문존 愚谷文存(14卷) 吳騫(淸) 撰 集部 別集類 1454

우공구주금지고 禹貢九州今地考(2卷) 曾廉(淸) 撰 經部 書類 55

우공도설 禹貢圖說(1卷) 鄭曉(明) 撰 經部 書類 54

우공반의술 "禹貢班義述(3卷),附(1卷)" 成蓉鏡(淸) 撰 經部 書類 55

우공본의 禹貢本義(1卷) 楊守敬 撰 經部 書類 55

우공삼강고 禹貢三江考(3卷) 程瑤田(淸) 撰 經部 書類 55

우공설 禹貢說(1卷) 倪文蔚(淸) 撰 經部 書類 55

우공설 禹貢說(2卷) 魏源(淸) 撰 經部 書類 55

우공요주 禹貢要注(1卷) 鄭曉(明) 撰 經部 書類 54

우공이지편 禹貢易知編(12卷) 李

愼儒(淸) 撰 經部 書類 55

우공정씨약례 禹貢鄭氏略例(1卷) 何秋濤(淸) 撰 經部 書類 55

우공정주석 禹貢鄭注釋(2卷) 焦循(淸) 撰 經部 書類 55

우공집석 禹貢集釋(3卷) 丁晏(淸) 撰 經部 書類 55

우공채전정오 禹貢蔡傳正誤(1卷) 丁晏(淸) 撰 經部 書類 55

우공추지정오 禹貢錐指正誤(1卷) 丁晏(淸) 撰 經部 書類 55

우공회소 "禹貢匯疏(2卷),圖經(2卷),神禹別錄(1卷)" 茅瑞徵(明) 撰 經部 書類 54

우려록 愚慮錄(5卷) 陳偉(淸) 撰 子部 雜家類 1165

우림집 寓林集(32卷)寓林集詩(6卷) 黃汝亨 撰 集部 別集類 1368～69

우서명의화장해 虞書命羲和章解(1卷) 曾釗(淸) 撰 經部 書類 50

우선보 羽扇譜(1卷) 張燕昌(淸) 撰 子部 譜錄類 1111

우성집 友聲集(40卷)附錄(9卷) 王相 輯 集部 總集類 1627

우시역언보 虞氏易言補(1卷) "劉逢祿(淸) 撰, 劉逢祿(淸) 撰" 經部 易類 26

우씨역례 虞氏易禮(2卷) 張惠言(淸) 撰 經部 易類 26

우씨역사 虞氏易事(2卷) 張惠言(淸) 撰 經部 易類 26

우씨역소식도설 虞氏易消息圖說(1卷) 胡詳麟(淸) 撰 經部 易類

28

우씨역언　虞氏易言(2卷)　張惠言(淸) 撰　經部 易類　26

우씨역의보주　虞氏易義補注(1卷)附錄(1卷)　紀磊(淸) 撰　經部 易類　35

우씨역후　虞氏易候(1卷)　張惠言(淸) 撰　經部 易類　26

우씨일상고정　〞虞氏逸象考正(1卷), 續纂(1卷)〞　紀磊(淸) 撰　經部 易類　35

우암집　寓庵集(8卷)　李庭 撰　集部 別集類　1322

우연심　虞淵沈　吳偉業(淸) 撰　史部 紀事本末類　390

우재시초　偶齋詩草(36卷)　寶廷 撰　集部 別集類　1562~63

우재존고　愚齋存槀(100卷)首(1卷)末(1卷)　盛宣懷 撰　集部 別集類　1571~73

우창만필　雨窓漫筆(1卷)　王原祁(淸) 撰　子部 藝術類　1066

우초속지　虞初續志(12卷)　鄭澍若 輯　集部 小說類　1783

우초신지　虞初新志(20卷)　張潮 輯　集部 小說類　1783

우초지　虞初志(8卷)　撰者未詳　集部 小說類　1783

우촉초　寓蜀草(4卷)　王培荀(淸) 撰　集部 別集類　1526

우태선관필기　右台仙館筆記(16卷)　俞越(淸) 撰　子部 小說家類　1270

우편보　右編補(一)~(二)　姚文蔚 輯　史部 詔令奏議類　460~61

우포잡기　寓圃雜記(1卷)　王錡(明) 撰　子部 雜家類　1170

우혜몽　虞兮夢(1卷)　唐英 撰　集部 戲劇類　1767

우호소집　于湖小集(6卷)　袁昶 撰　集部 別集類　1565

우회담총　友會談叢(3卷)　上官融(宋) 撰　子部 小說家類　1260

운간지　雲間志　楊潛 纂　史部 地理類　687

운거을고　芸居乙藁(1卷)　陳起 撰　集部 別集類　1318

운경　韻鏡(1卷)　撰者未詳　經部 小學類　254

운곡시초　篔谷詩鈔(20卷)篔谷文鈔(12卷)　查揆 撰　集部 別集類　1494

운과담묵　雲薖淡墨(8卷)　木增(明) 輯　子部 雜家類　1192

운기역람　運氣易覽(3卷)　汪機(明) 撰　子部 醫家類　983

운기점후　雲氣占候(2卷)　汪宗沂(淸) 撰　子部 術數類　1052

운기헌사초　雲起軒詞鈔(1卷)　文廷式(淸) 撰　集部 詞類　1727

운남도경지서　雲南圖經志書　陳文 等纂 修　史部 地理類　681

운략역통　韻略易通(2卷)　蘭廷秀(明) 撰　經部 小學類　259

운뢰　韻籟(4卷)　華長忠(淸) 撰　經部 小學類　258

운림당음식제도집　雲林堂飮食製度集(1卷)　倪瓚(員) 撰　子部 譜錄類　1115

운벽기　六十種曲120卷:運甓記(2卷)

吾丘瑞 撰　集部 戲劇類　1770

운보　韻譜(1卷)　牟應震(淸) 撰　經部 小學類　247

운사복재곽공언행록　運使復齋郭公言行錄　徐東 撰　史部 傳記類　550

운산일기　雲山日記　郭比 撰　史部 傳記類　558

운와산장시집　雲臥山莊詩集(8卷)首(1卷)末(1卷)　郭嵩燾 撰　集部 別集類　1552

운요집잡곡자　雲謠集雜曲子(1卷)　佚名 輯　集部 詞類　1728

운장사육여화　雲莊四六餘話(1卷)　楊淵道 撰　集部 詩文評類　1714

운장장문충공휴거자적소악부　雲莊張文忠公休居自適小樂府(1卷)　張養浩 撰　集部 曲類　1738

운재광녹　雲齋光錄(8卷)；後集(1卷)　李獻民(宋) 撰　子部 小說家類　1264

운좌산방시초　雲左山房詩鈔(8卷)附(3卷)　林則徐(淸) 撰　集部 別集類　1512

운징　韻徵(16卷)　安吉(淸) 撰　經部 小學類　245

운통　韻通(1卷)　蕭雲從(淸) 撰　經部 小學類　257

운표　韻表(30卷)　葉承敬(明) 撰　經部 小學類　255

운학려주　韻學驪珠(2卷)　沈乘麟 撰　集部 曲類　1747

울강재필주　鬱岡齋筆塵(4卷)　王肯堂(明) 撰　子部 雜家類　1130

울윤포　盛明雜劇初集:卷二十鬱輪袍　康海 撰　集部 戲劇類　1764

울윤포　鬱輪袍　梁辰魚 撰　集部 戲劇類　1764

울화각유집　鬱華閣遺集(4卷)　盛昱 撰　集部 別集類　1567

원각경략소지초　圓覺經略疏之鈔(25卷)　(釋)宗密(唐) 撰　子部 宗敎類　1279

원계복망지　元季伏莽志　周昂 撰　史部 傳記類　520

원곡론:논곡　元曲論一卷:論曲　陶宗儀 等撰　集部 戲劇類　1760

원곡론:사금연시주홍이화잡극　元曲論一卷:謝金蓮詩酒紅梨花雜劇　張壽卿 撰　集部 戲劇類　1762

원곡론:편선행사호두패잡극　元曲論一卷:便宣行事虎頭牌雜劇　李直夫 撰　集部 戲劇類　1761

원곡선　元曲選(100卷)　臧懋循 輯　集部 戲劇類　1761~62

원노시화　園爐詩話(6卷)　吳喬 撰　集部 詩文評類　1697

원라옹시집　元懶翁詩集(2卷)　董壽民 撰　集部 別集類　1323

원부　原富(5卷)　斯密亞丹(英) 撰；嚴復 譯　子部 西學譯著類　1297

원비사산천지명고　元秘史山川地名考　施世杰 撰　史部 別史類　312

원비사이주보정　元秘史李注補正；元秘史李注補正續編　高寶銓

撰　史部　別史類　312

원비사주　元秘史注　李文田　注　史部　別史類　312

원사기사본말　元史紀事本末　陳邦瞻　撰；臧懋循　補；張溥　論正　史部　紀事本末類　389

원사본증　元史本證　汪輝祖　撰；汪繼培補　史部　正史類　293

원사신편　元史新編(一)～(二)　魏源(淸)　撰　史部　別史類　314～15

원사씨족표　元史氏族表　錢大昕(淸)　撰　史部　正史類　293

원사역문증보　元史譯文證補　洪鈞　撰　史部　正史類　293

원사예문지　元史藝文志　錢大昕(淸)　撰　史部　目錄類　916

원사지명고　元史地名考　李文田　撰　史部　正史類　294

원산당곡품　遠山堂曲品(不分卷)　祁彪佳　撰　集部　曲類　1758

원산당극품　遠山堂劇品(不分卷)　祁彪佳　撰　集部　曲類　1758

원산당문고　遠山堂文稿(1卷)　祁彪佳　撰　集部　別集類　1385

원산당시집　遠山堂詩集(10卷)　祁彪佳　撰；魏경　校定　集部　別集類　1385

원산희　盛明雜劇初集:卷三遠山戲　汪道昆　撰　集部　戲劇類　1764

원상기구집　沅湘耆舊集(200卷)　鄧顯鶴　輯　集部　總集類　1690～93

원상기구집전편　沅湘耆舊集前編(40卷)　鄧顯鶴　輯　集部　總集類　1690

원선　原善(3卷)　戴震(淸)　撰　子部

儒家類　951

원순당필기　援鶉堂筆記(50卷)　姚範(淸)　撰　子部　雜家類　1148～49

원시기사　元詩紀事(24卷)　陳衍　輯　集部　詩文評類　1710

원시　原詩(4卷)　葉燮　撰　集部　詩文評類　1698

원씨의견　盛明雜劇初集:卷十一袁氏義犬　陳與郊　撰　集部　戲劇類　1764

원야　園冶　計成　撰　史部　政書類　879

원오씨상한금경록　元敖氏傷寒金鏡錄(1卷)　杜本(元)　撰　子部　醫家類　998

원우당인전　元祐黨人傳　陸心源(淸)　撰　史部　傳記類　517

원우당적비고위학역당적　元祐黨籍碑考僞學逆黨籍　海瑞　撰　史部　傳記類　517

원운보　元韻譜(54卷)　喬中和(明)　撰　經部　小學類　256

원유당집외문　遠遺堂集外文(2卷)　譚嗣同(淸)　撰　集部　別集類　1568

원유산시집전주　元遺山詩集箋注(14卷)首(1卷)末(1卷)　施國祁　撰　集部　別集類　1322

원음정고　圓音正考(1卷)　存之堂(淸)　輯　經部　小學類　254

원조비사　元朝秘史　撰者未詳　史部　別史類　312

원학편　願學編(2卷)　胡續宗(明)　撰　子部　儒家類　938

원화현지　元和縣志　″許治修；沈
　　德潛, 顧이祿 纂″　史部 地理
　　類　696

월계화보　月季花譜(1卷)　撰者未詳
　　子部 譜錄類　1116

월동금석략　粤東金石略　翁方綱
　　(淸) 撰　史部 金石類　913

월령수편　月令粹編　秦嘉謨 撰
　　史部 時令類　885

월령찬언　月令纂言　吳澄 撰　史
　　部 時令類　885

월만당문집　越縵堂文集(12卷)　李
　　慈銘 撰　集部 別集類　1559

월만당시속집　越縵堂詩續集(10卷)
　　李慈銘 撰　集部 別集類　1559

월만루문집　月滿樓文集(14卷)首(2
　　卷)　顧宗泰 撰　集部 別集類
　　1459

월만루시집　月滿樓詩集(40卷)別集(5
　　卷)首(1卷)　顧宗泰 撰　集部
　　別集類　1459

월명화상도류취　月明和尙度柳翠
　　撰者未詳　集部 戲劇類　1763

월명화상도류취잡극　月明和尙度柳
　　翠雜劇　撰者未詳　集部 戲劇
　　類　1762

월비기략　粤匪紀略　蕭盛遠 撰
　　史部 雜史類　446

월산시화　月山詩話(1卷)　긍仁 撰
　　集部 詩文評類　1702

월식통궤　月食通軌(1卷)　黃道時
　　制　子部 天文算法類　1031

월어긍계녹　越語肯綮錄　程際盛
　　(淸) 撰　經部 小學類　194

월중원정기　越中園亭記　祁彪佳

撰　史部 地理類　718

월중잠상추언　粤中蠶桑芻言(1卷)
　　盧燮宸(淸) 撰　子部 農家類
　　978

월해관지　粤海關志　梁廷枏(淸) 撰
　　史部 政書類　834～35

위군　緯攟(14卷)　喬松年(淸) 撰
　　經部 群經總義類　184

위생가보산과비요　衛生家寶產科備
　　要(8卷)　朱端章(宋) 撰　子部
　　醫家類　1007

위생보감　衛生寶鑑(24卷)；補遺(1
　　卷) 羅天益(元) 撰　子部 醫家
　　類　1019

위숙자문집　魏叔子文集外篇(22卷)
　　魏叔子日錄(3卷)魏叔子詩集(8卷)
　　(文集外篇卷13至詩集卷8)　魏禧
　　(淸) 撰　集部 別集類　1409

위씨가장방　″魏氏家藏方(10卷,存卷
　　1-2,4-10)″　魏峴(宋) 撰　子部
　　醫家類　1000

위씨악보　魏氏樂譜(1卷)　魏皓(日)
　　輯　子部 藝術類　1096

위장통지　衛藏通志　撰者未詳　史
　　部 地理類　683

위정선보사유　爲政善報事類　葉留
　　撰；陳相 注　史部 職官類　753

위지공단편탈삭잡극　尉遲恭單鞭奪
　　삭雜劇　尙仲賢 撰　集部 戲
　　劇類　1762

위학원류흥폐고　緯學原流興廢考(3
　　卷) 蔣淸翊(淸) 撰　經部 小學
　　類　185

위화부　盛明雜劇三集:卷三十二衛
　　花符　堵廷芬 撰　集部 戲劇

類　1765

유경당집　由庚堂集(38卷)　鄭汝璧
　　撰　集部 別集類　1356～57

유계장선생광양잡기　劉繼莊先生廣
　　陽雜記(5卷)　劉獻廷(淸)　撰　子
　　部 雜家類　1176

유과철경　幼科鐵鏡(6卷)　夏鼎(淸)
　　撰　子部 醫家類　1010

유구국지략　琉球國志略　周煌　撰
　　史部 地理類　745

유구지　流寇志　彭孫貽(淸)　撰　史
　　部 雜史類　442

유권집　由拳集(23卷)　屠隆　撰　集
　　部 別集類　1360

유규기　六十種曲120卷:幽閨記(2卷)
　　施惠　撰　集部 戲劇類　1769

유남수필　柳南隨筆(6卷) ; 續筆(4卷)
　　王應奎(淸)　撰　　子部 雜家類
　　1147

유당필담　柚堂筆談(4卷)　盛百二
　　(淸)　撰　子部 雜家類　1154

유례부집　"劉禮部集(11卷), 附錄(1
　　卷)"　劉逢祿(淸)　撰　集部 別
　　集類　1501

유림외사　儒林外史五十六回　吳敬
　　梓　撰　集部 小說類　1795

유림전고　儒林傳稿　阮元(淸)　撰
　　史部 傳記類　537

유맹도집　劉孟塗集(44卷)　劉開　撰
　　集部 別集類　1510

유문청공유집　劉文淸公遺集(17卷)
　　劉墉　撰　集部 別集類　1433

유문청공응제시집　劉文淸公應制詩
　　集(3卷)　劉墉　撰　集部 別集
　　類　1433

유변기략새외초　柳邊紀略塞外草
　　楊賓　撰　史部 地理類　731

유산선생신악부　遺山先生新樂府(5
　　卷)　元好問(金)　撰　集部 詞類
　　1723

유상빈문집　劉尙賓文集(5卷)附錄(1
　　卷)劉尙賓文續集(4卷)　劉夏　撰
　　集部 別集類　1326

유서찬요　類書纂要(33卷)　周魯(淸)
　　輯　子部 類書類　1250～51

유선굴　游仙窟(5卷)　張鷟　撰　集
　　部 小說類　1783

유선사가의안　柳選四家醫案(8卷)
　　柳寶이(淸)　選評　子部 醫家類
　　1028

유선전석초당시여　類選箋釋草堂詩
　　餘(6卷)類選箋釋續選草堂詩餘(2
　　卷)類編箋釋國朝詩餘(5卷)　"顧
　　從敬, 錢允治　輯 ; 錢允治, 陳
　　仁錫　箋釋."　集部 詞類　1728

유수집　遺愁集(14卷)　張貫勝(淸)
　　撰　子部 小說家類　1273

유신원조오입도원잡극　劉晨阮肇悞
　　入桃源雜劇　王子一　撰　集部
　　戲劇類　1762

유신원조오입천태　劉晨阮肇悞入天
　　台　王子一　撰　集部 戲劇類
　　1760

유씨유산　劉氏類山(10卷)　劉胤昌
　　(明)　撰　子部 類書類　1237

유씨홍서　劉氏鴻書(108卷)　劉仲達
　　(明)　輯　子部 類書類　1238～39

유액　類腋(55卷)天部(8卷)地部(16卷)
　　人部(15卷)物部(16卷)　"姚培謙
　　(淸), 張卿雲　輯 ; 補遺(3卷) /

張隆孫(淸)　輯″　子部　類書類　1248～49

유양마리술　瀏陽痲利述(1卷)　邱惟毅(淸)　等述 ; 譚嗣同(淸)　筆記　子部　農家類　977

유연자귀유방　劉涓子鬼遺方(5卷)　공慶宣(南齊)　撰　子部　醫家類　1012

유예사적　劉豫事迹　曹溶(淸)　輯　史部　傳記類　550

유예숙문규　游藝塾文規(10卷)　袁黃(明)　撰　集部　詩文評類　1718

유예숙속문규　游藝塾續文規(18卷)　袁黃(明)　輯　集部　詩文評類　1718

유우록　愈愚錄(6卷)　劉寶楠(淸)　撰　子部　雜家類　1156

유유신서　幼幼新書(40卷)　劉昉(宋)　等編　子部　醫家類　1008～09

유음　類音(8卷)　潘來(淸)　撰　經部　小學類　258

유의전서　柳毅傳書　尙仲賢　撰　集部　戲劇類　1763

유잠신편　柳蠶新編(2卷)　許鵬翊(淸)　撰　子部　農家類　978

유정미재병체문　有正味齋騈體文(24卷)續集(8卷)　吳錫麒(淸)　撰　集部　別集類　1468～69

유정미재사집　有正味齋詞集(8卷)有正味齋詞續集(2卷)有正味齋外集(2卷)　吳錫麒(淸)　撰　集部　詞類　1725

유정미재시집　有正味齋詩集(16卷)續集(8卷)　吳錫麒(淸)　撰　集部　別集類　1468～69

유정시화　柳亭詩話(30卷)　宋長白　撰　集部　詩文評類　1700

유정치　盛明雜劇二集:卷十六有情癡　徐陽輝　撰　集部　戲劇類　1765

유종이요　儒宗理要(29卷)　張能鱗(淸)　輯　子部　儒家類　944

유준　類雋(30卷)　鄭若庸(明)　輯　子部　類書類　1236～37

유중수선생시문집　劉仲修先生詩文集(8卷)　劉永之　撰　集部　別集類　1326

유증보제본사방속집　類證普濟本事方續集(10卷)　許叔微(宋)　撰　子部　醫家類　999

유증치재　類證治裁(8卷)　林佩琴(淸)　撰　子部　醫家類　1026

유지원제궁조　劉知遠諸宮調(12卷)　撰者未詳　集部　曲類　1738

유집점감　柳集點勘(4卷)　陳景雲　撰　集部　別集類　1311

유청일찰　留靑日札(39卷)　田藝衡(明)　撰　子部　雜家類　1129

유청재전집　惟淸齋全集(17卷)年譜(2卷)　鐵保(淸)　撰　集部　別集類　1476

유춘초당시초　留春草堂詩鈔(7卷)　伊秉綬(淸)　撰　集部　別集類　1475

유편역법통서대전　類編曆法通書大全(30卷)　宋魯珍(元)　通書 ; 何士泰(元)　曆法 ; 熊宗立(明)　類編　子部　術數類　1062

유편장안지　類編長安志　駱天양　纂　史部　地理類　732

유학당시고　　幼學堂詩稿(17卷)幼學堂文稿(8卷)　沈欽韓(淸)　撰　集部　別集類　1498～99

유헌사자절대어석별국방언소증보　輶軒使者絶代語釋別國方言疏證補　王念孫(淸)　撰　經部　小學類　193

유헌사자절대어석별국방언전소　輶軒使者絶代語釋別國方言箋疏　錢繹(淸)　撰　經部　小學類　193

육가서선생연보정본　陸稼書先生年譜定本　吳光酉　撰　史部　傳記類　554

육구헌산서오종　六九軒算書五種(7卷)　劉衡(淸)　撰　子部　天文算法類　1046

육당시학　陸堂詩學(12卷)讀詩總論(1卷)　陸奎勳(淸)　撰　經部　詩類　62

육당역학　　陸堂易學(10卷)首(1卷)　陸奎勳(淸)　撰　經部　易類　19

육덕당외제　育德堂外制(5卷)　蔡幼學　撰　集部　別集類　1319

육례론소증　六藝論疏證(1卷)　皮錫瑞(淸)　撰　經部　群經總義類　171

육박보　六博譜(1卷)　潘之恒(明)　撰　子部　藝術類　1106

육박쇄금　六博碎金(7卷)　撰者未詳　子部　藝術類　1106

육사형문집　陸士衡文集(10卷)　陸機(晉)　撰　集部　別集類　1304

육서류찬　〞六書類撰(8卷),讀篆臆存雜說(1卷),字學尋源(3卷)〞　吳錦章(淸)　撰　經部　小學類　242

육서설　六書說(1卷)　江聲(淸)　撰　經部　小學類　203

육서음균표　六書音均表(5卷)　段玉裁(淸)　撰　經部　小學類　244

육서장전　六書長箋(7卷)　趙宧光(明)　撰　經部　小學類　203

육서정온　六書精薀(6卷)　魏校(明)　撰　經部　小學類　202

육서정의　六書正義(12卷)　吳元滿(明)　撰　經部　小學類　203

육서통소원　六書統溯原(13卷)　揚桓(元)　撰　經部　小學類　202

육십사괘경해　64卦經解(8卷)　朱駿聲(淸)　撰　經部　易類　29

육십종곡　六十種曲(120卷)　毛晉　輯　集部　戲劇類　1768～73

육씨가제　陸氏家制(1卷)　陸九韶(宋)　撰　子部　儒家類　935

육씨초목조수충어소소　陸氏草木鳥獸蟲魚疏疏(2卷)　焦循(淸)　撰　經部　詩類　65

육악등임지　六岳登臨志　龔黃　撰　史部　地理類　721

육언절구　六言絶句(1卷)五言絶句(1卷)　楊愼　輯；焦竑　批點　集部　總集類　1590

육우승도해록　陸右丞蹈海錄　丁元吉　輯　史部　傳記類　550

육일산방시집　六一山房詩集(10卷)續集(10卷)　董沛　撰　集部　別集類　1558

육임군장신기　六壬軍帳神機(50卷)　撰者未詳　子部　術數類　1055～58

육자학보　陸子學譜(20卷)李紱(淸)

撰　子部　儒家類　950

육재비의　"六齋卑議(1卷),附錄(1卷)"　宋恕(淸)　撰　子部　儒家類　953

육전통고　六典通考(一)～(四)　閻鎭珩(淸)　撰　史部　政書類　758～61

육조단경　六祖壇經(1卷)　(釋)惠能(唐)　撰　子部　宗敎類　1281

육조문혈전주　六朝文絜箋注(12卷)　許槤(淸)　評選 ; 黎經誥 注　集部　總集類　1611

육조별자기　六朝別字記(不分卷)　趙之謙(淸)　撰　經部　小學類　242

육조시집　六朝詩集(55卷)　撰者未詳　集部　總集類　1589

육필주경　六必酒經(3卷)　楊萬樹(淸)　撰　子部　譜錄類　1115

윤문단공시집　尹文端公詩集(10卷)　尹繼善　撰　集部　別集類　1426

윤비주초　綸扉奏草(一)～(二) ; 續綸扉奏草　葉向高　撰　史部　詔令奏議類　481～82

윤산전서　胤產全書(4卷)　王肯堂(明)　撰　子部　醫家類　1007

윤여사전　"輪輿私箋(2卷),圖(1卷)"　鄭珍(淸)　撰　經部　禮類　85

윤주선현록　潤州先賢錄　"姚堂, 劉文徽 輯"　史部　傳記類　541

율　律　撰者未詳　史部　政書類　861

율여고의　律呂古誼(6卷)　錢塘(淸)　撰　經部　樂類　115

율여승언　律呂臆言(3卷)　蔣文勳(淸)　撰　經部　樂類　115

율여신서전의　"律呂新書箋義(2卷),

八音考略(1卷)"　"蔡元定(宋) 撰, 羅登選(淸) 箋義"　經部　樂類　113

율여신의　"律呂新義(4卷),附錄(1卷)"　江永(淸)　撰　經部　樂類　114

율여억설　律呂臆說(1卷)　徐養原(淸)　撰　經部　樂類　115

율여원음　律呂原音(1卷)　畢華珍(淸)　撰　經部　樂類　116

율여정론　"律呂正論(4卷),律呂質疑辨惑(1卷)"　朱載堉(明)　撰　經部　樂類　114

율열관교정세원록　律列館校正洗寃錄(4卷)　律列館(淸)　輯　子部　法家類　972

율음의　律音義　孫奭等　撰　史部　政書類　861

율화　律話(3卷)　戴長庚(淸)　撰　經部　樂類　115

융사유점　戎事類占(21卷)　李克家(元)　撰　子部　術數類　1051

은복당필기　恩福堂筆記(2卷)　英和(淸)　撰　子部　雜家類　1178

은여당집고　恩餘堂輯稿(4卷)　彭元瑞(淸)　撰　集部　別集類　1447

은현지　鄞縣志　錢維喬 修 ; 錢大昕 纂　史部　地理類　706

을사점　乙巳占(9卷)　李淳風(唐)　撰　子部　術數類　1049

음부　音泭(1卷)　徐鑑(淸)　撰　經部　小學類　258

음부경현해정의　陰符經玄解正義(1卷)　閔一得(淸)　撰　子部　宗敎類　1290

음분고의　"音分古義(2卷),附(1卷)"

戴煦(淸)　撰　經部　樂類　116

음석거요　音釋擧要(1卷)　徐官(明)
撰　經部　小學類　202

음선정요　飮膳正要(3卷)　忽思慧
(元)　撰　子部　譜錄類　1115

음성기원　音聲紀元(6卷)　吳繼仕
(明)　撰　經部　小學類　254

음운봉원　音韻逢源(4卷)　곡恩(淸)
撰　經部　小學類　258

음운수지　音韻須知(2卷)　李書雲輯
；朱素臣　校　集部　曲類　1747

음운일월등　音韻日月燈(64卷)　〃呂
維祺(明)　撰, 呂維길(明)　詮〃
經部　小學類　252

음운정와　音韻正訛(4卷)　孫耀(明)
撰　經部　小學類　259

음절보　音切譜(20卷)　李元(淸)　撰
經部　小學類　246

음조정정　音調定程(1卷)　繆전(淸)
撰　子部　藝術類　1095

음주전문춘추괄례시말좌전구독직해
音注全文春秋括例始末左傳句
讀直解(70卷)　林堯叟(宋)　注
經部　春秋類　118

음증략례　陰證略例(1卷)　王好古
(元)　撰　子部　醫家類　985

음풍각　吟風閣(4卷)　楊潮觀　撰
集部　戲劇類　1768

음학변미　音學辨微(1卷)　江永(淸)
撰　經部　小學類　253

읍부안아미　泣賦眼兒媚　孟稱舜
撰　集部　戲劇類　1763

응시시법천설　應試詩法淺說(6卷)
葉보　撰　集部　詩文評類　1718

의경원지　醫經原旨(6卷)　薛雪(淸)

撰　子部　醫家類　982

의경정본서　醫經正本書(1卷)　程迥
撰　子部　醫家類　1028

의고　醫故(2卷)　鄭文작　撰　子部
醫家類　1030

의고당제발　儀顧堂題跋；儀顧堂
續跋　陸心源(淸)　撰　史部　目
錄類　930

의고당집　儀顧堂集(20卷)　陸心源
(淸)　撰　集部　別集類　1560

의관　醫貫(6卷)　趙獻可(明)　撰；呂
留良(淸)　評　子部　醫家類　1019

의관폄　醫貫砭(2卷)　徐大椿(淸)　撰
子部　醫家類　1028

의년록　疑年錄　錢大昕(淸)　撰　史
部　傳記類　517

의등속도　醫燈續焰(21卷)　潘楫(淸)
撰；王佑賢(淸)　評　子部　醫家
類　998

의례　儀禮(武威漢簡殘編)附釋文九
篇　撰者未詳　經部　禮類　85

의례경전내편　〃儀禮經傳內編(23卷),
外編(5卷),首(1卷)〃　姜兆錫(淸)
注疏參議　經部　禮類　88

의례경주　儀禮經注一隅(2卷)　朱駿
聲(淸)　撰　經部　禮類　93

의례경주소정와　儀禮經注疏正訛(1
7卷)　金日追(淸)　撰　經部　禮
類　89

의례고금고　儀禮古今考(2卷)　李調
元(淸)　撰　經部　禮類　89

의례고금문소의　儀禮古今文疏義(1
7卷)　胡承珙(淸)　撰　經部　禮
類　91

의례고금문소증　儀禮古今文疏證(2

卷) 宋世犖(清) 撰 經部 禮類 91

의례고금문이동 儀禮古今文異同(5卷) 徐養原(清) 撰 經部 禮類 90

의례관견 "儀禮管見(3卷),附錄(1卷)" 褚寅亮(清) 撰 經部 禮類 88

의례도 儀禮圖(6卷) 張惠言(清) 撰 經部 禮類 90~91

의례려측 儀禮蠡測(17卷) 韋協夢(清) 撰 經部 禮類 89

의례사전 儀禮私箋(8卷) 鄭珍(清) 撰 經部 禮類 93

의례상복문족징기 儀禮喪服文足徵記(10卷) 程瑤田(清) 撰 經部 禮類 95

의례석관 "儀禮釋官(9卷),首(1卷)" 胡匡衷(清) 撰 經部 禮類 89

의례석례 儀禮釋例(1卷) 江永(清) 撰 經部 禮類 88

의례석주 儀禮釋注(2卷) 丁晏(清) 撰 經部 禮類 93

의례순해 儀禮紃解(17卷) 王士讓(清) 撰 經部 禮類 88

의례을측 "儀禮肊測(17卷),敍錄(1卷)" 孔廣林(清) 撰 經部 禮類 89

"의례절해,독의례" "儀禮節解(17卷),讀儀禮(1卷)" 郝敬(明) 撰 經部 禮類85

의례정의 儀禮正義(40卷)" 胡培翬(清) 撰, 楊大堉補" 經部 禮類 91~92

의례정의 儀禮精義(不分卷)補編(1卷) 黃淦(清) 撰 經部 禮類 90

의례주소상교 儀禮注疏詳校(17卷) 盧文弨(清) 撰 經部 禮類 88

의례통론 儀禮通論(17卷) 姚際恒(清) 撰 經部 禮類 86~87

의례학 儀禮學(1卷) 王聘珍(清) 撰 經部 禮類 89

의례항해 儀禮恒海(16卷) 劉沅(清) 撰 經部 禮類 91

의례휘설 儀禮彙說(17卷) 焦以恕(清) 撰 經部 禮類 89

의림 意林(5卷) 馬總(唐) 輯 子部 雜家類 1188

의림개착 醫林改錯(2卷) 王清任(清) 撰 子部 醫家類 1026

의문봉갈 醫門棒喝(4卷) 章楠(清) 撰 子部 醫家類 1029

의문봉갈이집상한논본지 醫門棒喝二集傷寒論本旨(9卷) 章楠(清) 撰 子部 醫家類 987~88

의문선생집 義門先生集(12卷)附錄(2卷) 何작 撰 集部 別集類 1420

의방론 醫方論(4卷) 費伯雄(清) 撰 子部 醫家類 1003

의방집해 醫方集解(6卷) 汪昂(清) 撰 子部 醫家類 1002

의변록 疑辨錄(3卷) 周洪謨(明) 撰 經部 群經總義類 171

의분전고 宜焚全稿 祁彪佳 撰 史部 詔令奏議類 492

의사 醫史(10卷) 李濂(明) 撰 子部 醫家類 1030

의성초집 倚聲初集(20卷)前編(4卷) "鄒祇謨, 王士진 輯" 集部 詞類 1729

의순승의　醫醇賸義(4卷)　費伯雄
(淸) 撰　子部 醫家類　1006

의술사선　蟻術詞選(4卷)　邵亨貞
撰　集部 詞類　1723

의술시선　蟻術詩選(8卷)　邵亨貞
撰　集部 別集類　1324

의안　醫案(5卷)　孫一奎(明) 撰　子
部 醫家類　1026

의옥전　疑獄箋(4卷)　陳芳生(淸) 撰
子部 法家類　974

의원문략　意園文略(2卷)　盛昱 撰
集部 別集類　1567

의은산방시집　衣讔山房詩集(8卷)
林昌彛 撰　集部 別集類　1530

의잠병방　醫蠶病方(1卷)　劉淸藜
(淸) 補輯　子部 農家類　978

의종필독　醫宗必讀(10卷)　李中梓
(明) 撰　子部 醫家類　1022

의청루시여　倚晴樓詩餘(4卷)　黃燮
淸 撰　集部 詞類　1726

의초산관시고　意茗山館詩稿(16卷)
陸嵩 撰　集部 別集類　1517

의편　醫碥(7卷)　何夢瑤(淸) 撰　子
部 醫家類　1025

의학강목　醫學綱目(40卷)　樓英(明)
撰　子部 醫家類　1020～21

의학계원　醫學啓源(3卷)　張元素
(金) 撰　子部 醫家類　1019

의학독서기　醫學讀書記(3卷)；續
記(1卷)　尤怡(淸) 撰　子部 醫
家類　1027

의학발명　醫學發明(1卷)　李杲(金)
撰　子部 醫家類　1005

의학삼자경　醫學三字經(4卷)　陳念
祖(淸) 撰　子部 醫家類　1026

의학심오　醫學心悟(5卷)　程國彭
(淸) 撰　子部 醫家類　1024

의학일견능　醫學一見能(1卷)　唐宗
海(淸) 撰　子部 醫家類　1006

의협기　六十種曲120卷:義俠記(2卷)
沈璟 撰　集部 戲劇類　1772

의흥고　天池山人小稿五種:義興藁(1
卷)　陸采 撰　集部 別集類
1354

이각박안경기　二刻拍案驚奇(39卷)
雜劇(1卷)　凌濛初 撰　集部
小說類　1787

이강필록　伊江筆錄(2卷)　吳熊光
(淸) 撰　子部 雜家類　1177

이견지　夷堅志(180卷)　洪邁(宋) 撰
子部 小說家類　1264～66

이곡집　二曲集(26卷)　李顒 撰　集
部 別集類　1410

이교잡영　李嶠雜詠(2卷)　李嶠 撰
集部 別集類　1305

이규부형　李逵負荊　康進之 撰
集部 戲劇類　1764

이담유증　耳談類增(54卷)　王同軌
(明) 撰　子部 小說家類　1268

이당가훈　里堂家訓(2卷)　焦循(淸)
撰　子部 儒家類　951

이당선생문집　頤堂先生文集(5卷)
王灼 撰　集部 別集類　1317

이당학산기오종　里堂學算記五種(1
6卷)　焦循(淸) 撰　子部 天文
算法類　1045

이도당시선　頤道堂詩選(30卷)頤道
堂詩外集(10卷)頤道堂文鈔(13卷)
附(1卷)　陳文述 撰　集部 別
集類　1504～06

이랑수저팔계   二郎收猪八戒   吳昌齡 撰   集部 戲劇類   1763

이뢰계려문초   夷牢溪廬文鈔(6卷)   黎汝謙 撰   集部 別集類   1567

이뢰계려시초   夷牢溪廬詩鈔(7卷)   黎汝謙 撰   集部 別集類   1567

이루기략   二樓紀略(4卷)   동賦偉(淸) 撰   子部 雜家類   1176

이림거집   二林居集(24卷)   彭紹升(淸) 撰   集部 別集類   1461

"이문공공유집,행술"   李文恭公遺集(46卷)行述(1卷)   李星沅 撰   集部 別集類   1523～25

이문양공별록   李文襄公別錄   李之芳(淸) 撰   史部 詔令奏議類   493

이문양공연보   李文襄公年譜   程光두 撰   史部 傳記類   554

이문양공주소   李文襄公奏疏   李之芳(淸) 撰   史部 詔令奏議類   493

이문양공주의   李文襄公奏議   李之芳(淸) 撰   史部 詔令奏議類   493

이문충공명료함고   李文忠公明僚函稿(24卷)   李鴻章(淸) 撰   集部 別集類   1553～54

이문충공주고   李文忠公奏稿(一)～(四)   "李鴻章(淸) 撰, 吳汝綸(淸) 編"   史部 詔令奏議類   505～08

이밀투당사회   李密投唐四回   撰者未詳   集部 戲劇類   1782

이분문기   夷氛聞記   梁廷枏(淸) 撰   史部 雜史類   445

이사사외전   李師師外傳(1卷)附錄(1卷)   撰者未詳   集部 小說類   1783

이산시여   飴山詩餘(1卷)   趙執信 撰   集部 詞類   1725

이서곡선생연보   李恕谷先生年譜   馮辰 撰   史部 傳記類   554

이소란풍월옥호춘잡극   李素蘭風月玉壺春雜劇   武漢臣 撰   集部 戲劇類   1761

이소입구기   夷艘入寇記   撰者未詳   史部 雜史類   445

이소집전   離騷集傳(1卷)   錢고之(宋) 撰   集部 楚辭類   1301

이소초목사   離騷草木史(10卷)   周拱辰(淸) 撰   集部 楚辭類   1302

이수성자술   李秀成自述   李秀成 撰   史部 雜史類   445

이수헌시초   彝壽軒詩鈔(12卷)   張應昌(淸) 撰   集部 別集類   1517

이승   里乘(10卷)   許奉恩(淸) 撰   子部 小說家類   1270

이승상시집   李丞相詩集(2卷)   李建勳 撰   集部 別集類   1313

이시변의   李詩辯疑(2卷)   朱諫 選注   集部 別集類   1305～06

이시선주   李詩選註(13卷)   李白 撰 ; 朱諫 選   集部 別集類   1305～06

이십년목도지괴현장   二十年目睹之怪現狀一百八回   吳견人 撰   集部 小說類   1798～99

이십사화품   二十四畵品(1卷)   黃鉞(淸) 撰   子部 藝術類   1068

이씨속분서   李氏續焚書(5卷)   李贄(明) 撰   集部 別集類   1352

이씨악서   李氏樂書(6種)   李文察

(明) 撰　經部 樂類　114

이씨역전교　李氏易傳校(1卷)　陸心源(淸) 輯　經部 易類　38

이씨역해잉의　李氏易解賸義(3卷)　李當孫(淸) 輯　經部 易類　27

이씨유서십일종　李氏遺書十一種(18卷)　李銳(淸) 撰　子部 天文算法類　1045～46

이씨음감　李氏音鑑(6卷)　李汝珍(淸) 撰　經部 小學類　260

이아　爾雅(3卷)　郭璞注(晉) 撰　經部 小學類　185

이아경주집증　爾雅經注集證(3卷)　龍啓瑞(淸) 撰　經部 小學類　188

이아고의　爾雅古義(2卷)　錢坫(淸) 撰　經部 小學類　187

이아고의　爾雅古義(2卷)　胡承珙(淸) 撰　經部 小學類　188

이아고주각　爾雅古注斠(3卷)　葉蕙心(淸) 撰　經部 小學類　188

이아곽주보　爾雅郭註補(59卷)　戴鎣(淸) 撰　經部 小學類　186

이아곽주의소　爾雅郭注義疏(20卷)　郝懿行(淸) 撰　經部 小學類　187

이아곽주일존보정　爾雅郭注佚存補訂(20卷)　王樹柟(淸) 撰　經部 小學類　189

이아광명　爾雅匡名(20卷)　嚴元照(淸) 撰　經部 小學類　188

이아교의　爾雅校議(2卷)　劉玉린(淸) 撰　經部 小學類　185

이아보곽　爾雅補郭(2卷)　翟灝(淸) 撰　經部 小學類　185

이아보주　爾雅補注(4卷)　周春(淸) 撰　經部 小學類　185

이아석례　爾雅釋例(5卷)　陳玉澍(淸) 撰　經部 小學類　188

이아석지사편주　爾雅釋地四篇注(1卷)　錢坫(淸) 撰　經部 小學類　187

이아선화주곡강지　李亞僊花酒曲江池　石君寶 撰　集部 戲劇類　1763

이아선화주곡강지잡극　李亞仙花酒曲江池雜劇　石君寶 撰　集部 戲劇類　1760

이아소　爾雅疏(10卷)　邢昺等(宋) 撰　經部 小學類　185

이아소전　爾雅小箋(3卷)　江藩(淸) 撰　經部 小學類　188

이아신의　爾雅新義(20卷)　陸佃(宋) 撰　經部 小學類　185

이아음석　爾雅音釋(3卷)　陸德明(晉) 撰　經部 小學類　185

이아일절주음　爾雅一切注音(10卷)　嚴可均(淸) 撰　經部 小學類　188

이아정곽　爾雅正郭(3卷)　潘衍桐(淸) 撰　經部 小學類　188

이아정의　爾雅正義(20卷)　邵晉涵(淸) 撰　經部 小學類　187

이아주소본정오　爾雅注疏本正誤(5卷)　張宗泰(淸) 撰　經部 小學類　187

이아주소전보　爾雅注疏箋補(3卷)　任基振(淸) 撰　經部 小學類　186

이아주소참의　爾雅注疏參議(6卷)

姜兆錫(淸) 撰   經部 小學類
185

이아패소   爾雅稗疏(4卷)   삼해(淸)
撰 經部 小學類 189

이아학주간오   爾雅郝注刊誤(1卷)
王念孫(淸) 撰   經部 小學類
188

이안당시초고   詒安堂詩初稿(8卷)詒
安堂二集(8卷)詒安堂詩餘(3卷)詒
安堂試帖詩鈔(1卷)   王慶勳 撰
集部 別集類   1544

이암시화   而菴詩話(1卷)   徐增 撰
集部 詩文評類 1698

이약병문   理瀹駢文(1卷)   吳師機
(淸) 撰 子部 醫家類 997

이언   邇言   錢大昭(淸) 撰   經部
小學類 195

이온릉집   李溫陵集(20卷)   李贄(明)
撰   集部 別集類 1352

이운영풍송오동엽   李雲英風送梧桐
葉   喬夢符 撰   集部 戲劇類
1763

이운영풍송오동엽잡극   李雲英風送
梧桐葉雜劇   撰者未詳   集部
戲劇類 1762

이원론화   頤園論畫(不分卷)   松年
(淸) 撰 子部 藝術類 1088

이원안시악부신성   梨園按試樂府新
聲(3卷)   撰者未詳   集部 曲類
1739

이원집성   審音鑑古錄(6-1)梨園集成
撰者未詳   集部 戲劇類 1782

이원총화   履園叢話(24卷)   錢泳(淸)
撰 子部 雜家類 1139

이의산시해   李義山詩解(不分卷)

陸崑曾 撰   集部 詩文評類 1701

이의진적진주탑   李義眞蹟珍珠塔(6
卷) 撰者未詳   集部 曲類 1745

이이서옥문초   爾爾書屋文鈔(2卷)
史夢蘭(淸) 撰   集部 別集類
1541

이이서옥시초   爾爾書屋詩草(8卷)
史夢蘭(淸) 撰   集部 別集類
1541

이장길가시휘해   李長吉歌詩彙解(4
卷)首(1卷)外集(1卷)   李賀 撰 ；
王琦 彙解   集部 別集類 1311

이장길창곡집구해정본   李長吉昌谷
集句解定本(4卷)   李賀 撰；姚
佺 箋；丘象升 等評；丘象隨
等辯注   集部 別集類 1311

이재고   易齋槀(10卷)附錄(1卷)   劉
環 撰   集部 別集類 1326

이정안마요술   釐正按摩要術(4卷)
張振鋆(淸) 撰   子部 醫家類
997

이중록한거집   李中麓閒居集(12卷)
李開先(明) 撰   集部 別集類
1340～41

이증회참   痢證匯參(10卷)   吳道源
(淸) 輯 子部 醫家類 1004

이지당시초편   怡志堂詩初編(8卷)
朱琦 撰 集部 別集類 1530

이지당문초편   怡志堂文初編(6卷)
朱琦 撰 集部 別集類 1530

〃이지재문초,이지재감구시〃   頤志齋
文鈔(1卷)이志齋感舊詩(1卷)   丁
晏(淸) 撰 集部 別集類 1523

이지헌문존   二知軒文存(34卷)   方
濬이(淸) 撰 集部 別集類 155

6～57
이지헌시속초　二知軒詩續鈔(16卷)
　　方濬이(淸)　撰　集部　別集類
　　1556
이지헌시초　二知軒詩鈔(14卷)　瘟
　　廠래　淺　集部　別集類　1555
이진재집　詒晉齋集(8卷)後集(1卷)隨
　　筆(1卷)　永성　撰　集部　別集
　　類　1487
이질론　痢疾論(4卷)　孔毓禮(淸)　撰
　　子部　醫家類　1004
이참암본초　履巉巖本草(3卷)　王介
　　(宋)　撰　子部　醫家類　990
이초재독서기　二初齋讀書記(10卷)；
　　首(1卷)　倪思寬(淸)　撰　子部
　　雜家類　1156
이치집요　吏治輯要　倭仁　撰　史
　　部　職官類　755
이탁오선생비평서유기　李卓吾先生
　　批評西遊記一百回　吳承恩　撰；
　　李贄　評　集部　小說類　1792～93
이탁오선생비평충의수호전　李卓吾
　　先生批評忠義水滸傳(100卷)引首
　　(1卷)　"施耐庵, 羅貫中　共撰"
　　集部　小說類　1791～92
이태백필배금전기잡극　李太白匹配
　　金錢記雜劇　喬孟符　撰　集部
　　戲劇類　1760
이태백필배김전기　李太白匹配金錢
　　記　喬夢符　撰　集部　戲劇類
　　1763
이필구주고증　爾疋舊注攷證(2卷)
　　李曾白(淸)　撰　李滋然補考　經
　　部　小學類　188
이학봉원　理學逢源(12卷)　汪紱(淸)

撰　子部　儒家類　947
이학종전　理學宗傳　孫奇逢　撰
　　史部　傳記類　514
이학지남　吏學指南(8卷)　徐元瑞
　　(元)　撰　子部　法家類　973
이허원감　理虛元鑑(2卷)　汪綺石
　　(明)　撰　子部　醫家類　1006
익고연단　益古演段(3卷)　李冶(淸)
　　撰　子部　天文算法類　1042
익법　謚法　劉熙　撰；孔晁　注；
　　孫동　輯　史部　政書類　826
익법통고　謚法通考(一)～(二)　王圻
　　撰　史部　政書類　826～27
익현　翼玄(12卷)　張行成(宋)　撰
　　子部　術數類　1048
인간사화　人間詞話(2卷)　王國維
　　撰　集部　詞類　1735
인경　忍經(1卷)　吳亮(元)　輯　子部
　　雜家類　1188
인경려시초　人境廬詩草(11卷)　黃
　　遵憲(淸)　撰　集部　別集類　1566
인기헌문초집　因寄軒文初集(10卷)
　　因寄軒文二集(6卷)因寄軒文集
　　補遺(1卷)　管同　撰　集部　別
　　集類　1504
인두략　引痘略(1卷)　邱熺(淸)　撰
　　子部　醫家類　1012
인수옥서영　因樹屋書影(10卷)　周
　　亮工(淸)　撰　子部　雜家類　1134
인암시존　訒菴詩存(6卷)　汪啓淑
　　(淸)　撰　集部　別集類　1446
인옥류편　仁獄類編(30卷)　余懋學
　　(明)　纂　子部　法家類　973
인유각독서록　因柳閣讀書錄(1卷)
　　焦廷琥(淸)　撰　子部　雜家類

1140

인존초집　印存初集(4卷) ; 印存玄覽(4卷)　胡正言(明)　篆刻　子部 藝術類　1091

인학　仁學(2卷)　譚嗣同(淸)　撰　子部 儒家類　953

인해기　人海記(2卷)　査愼行(淸)　撰 子部 雜家類　1177

인후맥증통론　咽喉脈證通論(1卷) 撰者未詳　子部 醫家類　1018

일관재도설　日貫齋塗說　撰者未詳 經部 小學類　194

일등정사갑부고　一鐙精舍甲部藁(5卷)　何秋濤(淸)　撰　集部 別集類　1554

일례부징　"佚禮扶徵(2卷),附錄(1卷)" 丁晏(淸)　撰　經部 禮類　110

일로당시화　逸老堂詩話(2卷)　俞弁 撰　集部 詩文評類　1695

일립암북사광정보　一笠菴北詞廣正譜(18卷)附南戲北詞正謬(1卷) 徐慶卿　輯 ; 李玉 更定　集部 曲類　1748

일립암신편일봉설전기　一笠菴新編 一捧雪傳奇(2卷)　李玉 撰　集部 戲劇類　1775

일립암휘편청충보전기　一笠菴彙編 淸忠譜傳奇(2卷)　李玉等　撰 集部 戲劇類　1775

일맹자　逸孟子(1卷)　李調元(淸)　輯 經部 四書類　158

일문　逸文(1卷)　周廣業(淸)　輯　子部 雜家類　1188

일문전　盛明雜劇初集:卷二十九一 文錢　형무실 撰　集部 戲劇

類　1764

일본고　日本考　"李言恭, 郝杰 撰" 史部 地理類　744

일본국지　日本國志　黄遵憲(淸)　撰 史部 地理類　745

일본방서지　日本訪書志　楊守敬 (淸)　撰　史部 目錄類　930

일본방서지보　日本訪書志補　楊守敬 撰 ; 王重民 輯　史部 目錄類　930

일세불복로　一世不伏老　馮惟敏 撰　集部 戲劇類　1764

일식통궤　日食通軌(1卷)　黄道時制　子部 天文算法類　1031

일재집　壹齋集(40卷)　黄金(淸)　撰 集部 別集類　1475

일절경음의　一切經音義(100卷) (釋)慧琳(唐)　撰　經部 小學類 195～98

일지록지여　日知錄之餘(4卷)　顧炎武(淸)　撰　子部 雜家類　1144

일지록집석　日知錄集釋(32卷)刊誤(2卷)續刊誤(2卷)(卷1至卷3)　黄汝成(淸)　撰　子部 雜家類　1443

일지록집석　日知錄集釋(32卷) ; 刊誤(2卷) ; 續刊誤(2卷)　黄汝成 (淸)　撰　子部 雜家類　1143～44

일초정목과전서　一草亭目科全書(1卷) ; 附錄(1卷)　鄧苑(明)　撰 子部 醫家類　1018

일표시화　一瓢詩話(1卷)　薛雪(淸) 撰　集部 詩文評類　1701

일표재시존　一瓢齋詩存(6卷)　薛雪 (淸)　撰　集部 別集類　1423

임강역소상야우　臨江驛瀟湘夜雨

楊顯之 撰　集部　戲劇類　1763

임강역소상추야우잡극　臨江驛瀟湘
　　秋夜雨雜劇　楊顯之 撰　集部
　　戲劇類　1760

임거만록전집　林居漫錄前集(6卷)；
　　別集(9卷)；畸集(5卷)；多集(6
　　卷)　伍袁萃(明) 撰　子部 雜家
　　類　1172

임급산방유문　林汲山房遺文(不分
　　卷)　周永年 撰　集部　別集類
　　1449

임동투보사회　臨潼鬪寶四回　撰者
　　未詳　集部　戲劇類　1782

임문충공정서　林文忠公政書　林則
　　徐(淸) 撰　史部　詔令奏議類
　　500

임석일흥　林石逸興(10卷)　薛論道
　　撰　集部 曲類　1739

임옥산인만고　林屋山人漫藁(1卷)附
　　錄(1卷)　兪琰(宋) 撰　集部 別
　　集類　1321

임인소하록　壬寅消夏錄(不分卷)
　　端方(淸) 撰　子部 藝術類　108
　　9～90

임증변사　臨症辨似(1卷)　凌旭(淸)
　　撰　子部 醫家類　999

임증지남의안　臨證指南醫案(10卷)
　　葉桂(淸) 撰；華岫雲 撰　子部
　　醫家類　1027

임진고　天池山人小稿五種:壬辰藁(1
　　卷)　陸采 撰　集部 別集類　1354

임천몽　臨川夢(2卷)　蔣士銓 撰
　　集部 戲劇類　1776

임초문시문전집　林初文詩文全集
　　(不分卷)　林章 撰　集部 別集

類　1358

임춘각　盛明雜劇三集:卷二臨春閣
　　吳偉業(淸) 撰　集部 戲劇類
　　1765

임하사선　林下士選(14卷)　周銘 輯
　　集部 詞類　1729

입이사고이　卄二史考異；三史拾
　　遺　錢大昕(淸) 撰　史部 史評
　　類　454

입이사차기　卄二史箚記　趙翼(淸)
　　撰　史部 史評類　453

입재한록　立齋閑錄(4卷)　宋端儀
　　(明) 撰　子部 雜家類　1167

입촉집　入蜀集(2卷)　宋琬 撰　集
　　部 別集類　1405

잉언　剩言(17卷)　戴君恩(明) 撰
　　子部 雜家類　1132

ㅈ

자량시존　子良詩存(21卷)　馮詢 撰
　　集部 別集類　1526

자림고일　"字林考逸(8卷),附錄(1卷),
　　補本(1卷),補附錄(1卷)"　任大椿
　　(淸) 撰 陶方琦(淸) 補　經部 小
　　學類　236

자목란　盛明雜劇初集:卷七雌木蘭
　　徐渭 撰　集部 戲劇類　1764

자변증전　字辨證篆(17卷)　易本烺
　　(淸) 撰　經部 小學類　240

자보　字寶(敦煌殘卷)　鄭氏(唐) 撰
　　經部 小學類　236

자본란체부종군　雌本蘭替父從軍
　　徐渭 撰　集部 戲劇類　1764

자사자　子思子(7卷)　黃以周(淸) 輯

解　子部 儒家類　932

자세통훈　資世通訓(1卷)　朱元璋
　　　(明) 撰　子部 儒家類　935

자소기　六十種曲120卷:紫簫記(2卷)
　　　湯顯祖 撰　集部 戲劇類　1772

자채기　六十種曲120卷:紫釵記(2卷)
　　　湯顯祖 撰　集部 戲劇類　1769

자치통감보　資治通鑑補(一)～(六)
　　　嚴衍(明) 撰　史部 編年類　336～41

자치통감지리금석　資治通鑑地理今
　　　釋　吳熙載(淸) 撰　史部 編年
　　　類　342

자하역전석존　子夏易傳釋存(2卷)
　　　吳騫(淸) 撰　經部 易類　24

자학지남　字學指南(10卷)　朱光家
　　　(明) 撰　經部 小學類　238

자호록　自號錄(1卷)　徐光溥(宋) 撰
　　　子部 類書類　1218

자휘　"字彙(12卷),首(1卷),韻法直圖(1
　　　卷)"　梅膺祚(明) 撰　經部 小
　　　學類　232～33

자휘보　字彙補(2卷)　吳任臣(淸) 撰
　　　經部 小學類　233

작계산방시존　斫桂山房詩存(6卷)
　　　薛雪(淸) 撰　集部 別集類　1423

작비암일찬　"昨非庵日纂(20卷),2集(2
　　　0卷),3集(20卷)"　鄭瑄(明) 撰
　　　子部 雜家類　1193

작비집　昨非集(4卷)　劉熙載 撰
　　　集部 別集類　1543

작애집　灼艾集(2卷) ; 續集(2卷) ;
　　　別集(2卷) ; 餘集(2卷) ; 新集(2
　　　卷) 萬表(明) 輯　子部 雜家類
　　　1188

작읍자침　作邑自針　李元弼 撰

史部 職官類　753

작잠문답　柞蠶雜誌(2卷)　增韞(淸)
　　　撰　子部 農家類　978

작잠잡지　柞蠶雜誌(1卷)　增韞(淸)
　　　撰　子部 農家類　978

작잠휘지　柞蠶雜誌(3卷)　董元亮
　　　(淸) 撰　子部 農家類　978

작중지　酌中志　劉若愚 撰　史部
　　　雜史類　437

잠가주시　岑嘉州詩(8卷)　岑參 撰
　　　集部 別集類　1309

잠부논전　潛夫論箋(10卷)　汪繼培
　　　(淸) 撰　子部 儒家類　933

잠사요약　蠶事要略(1卷)　張行孚
　　　(淸) 撰　子部 農家類　978

잠상비요　蠶桑備要(4卷)　劉淸藜
　　　(淸) 補輯　子部 農家類　978

잠상설　蠶桑說(1卷)　趙敬如(淸) 撰
　　　子部 農家類　978

잠상제요;상잠설　蠶桑提要(2卷) ;
　　　附桑蠶說(1卷)　方大湜(淸) 撰
　　　子部 農家類　978

잠상집요　蠶桑輯要(2卷)　高銓(淸)
　　　撰 子部 農家類　978

잠상집요　蠶桑輯要(不分卷)　鄭文
　　　同(淸) 撰　子部 農家類　978

잠서　潛書(2卷)　唐甄(淸) 撰　子部
　　　儒家類　945

잠실차기　潛室箚記(2卷)　刁包(淸)
　　　撰　子部 儒家類　945

잠양근공연보　岑襄勤公年譜　趙藩
　　　撰　史部 傳記類　558

잠연당금석문발미　潛研堂金石文跋
　　　尾　錢大昕(淸) 撰　史部 金石
　　　類　891

잠연당문집 潛研堂文集(50卷)潛研堂詩集(10卷)潛研堂詩續集(10卷) 錢大昕(淸) 撰 集部 別集類 1438~39

잠재간효방 潛齋簡效方(不分卷) 王士雄(淸) 撰 子部 醫家類 1003

잠허술의 潛虛述義(4卷)；附攷異(1卷) 蘇天木(淸) 撰 子部 術數類 1048

잠화계 盛明雜劇初集:卷十四簪花髻 沈自徵 撰 集部 戲劇類 1764

잡병원류서촉 雜病源流犀燭(30卷) 沈金鰲(淸) 撰 子部 醫家類 1024

잡체문고 雜體文稿(7卷) 孔繼涵(淸) 撰 集部 別集類 1460

장거선생문하질의록 莊渠先生門下質疑錄(2卷) 魏校(明) 撰 子部 儒家類 938

장경전주 葬經箋註(1卷)；圖說(1卷) 吳元音(淸) 撰 子部 術數類 1054

장계자시록 張季子詩錄(10卷) 張건 撰 集部 別集類 1575

장공매 盛明雜劇三集:卷十三長公妹 南山逸史 撰 集部 戲劇類 1765

장공목지감마합라잡극 張孔目智勘魔合羅雜劇 孟漢卿 撰 集部 戲劇類 1762

장공의송창몽어 張恭擬松窓夢語(8卷) 張瀚(明) 撰 子部 雜家類 1171

장노염법지 長蘆鹽法志 黃掌綸等撰 史部 政書類 840

장두마상 墻頭馬上 白仁甫 撰 集部 戲劇類 1763

장문양공고문 張文襄公古文(2卷)張文襄公書札(8卷)張文襄公駢文(2卷)張文襄公詩集(4卷) 張之洞(淸) 撰 集部 別集類 1561

장문양공자정연보 長文襄公自定年譜 撰者未詳 史部 傳記類 557

장문양공전주 張文襄公奏議張文襄公電奏(一)~(二) 張之洞(淸) 撰 史部 詔令奏議類 510~11

장문정공근광루집 張文定公觀光樓集(10卷) 張邦奇 撰 集部 別集類 1336

장문정공미회헌집 張文定公靡悔軒集(12卷) 張邦奇 撰 集部 別集類 1336~37

장문정공사우정집 張文定公四友亭集(20卷) 張邦奇 撰 集部 別集類 1336

장문정공양심정집 張文定公養心亭集(8卷) 張邦奇 撰 集部 別集類 1336

장문정공우옥루집 張文定公紆玉樓集(10卷) 張邦奇 撰 集部 別集類 1336

장문정공환벽당집 張文定公環碧堂集(18卷) 張邦奇 撰 集部 別集類 1336

장밀재집 藏密齋集(24卷) 魏大中 撰 集部 別集類 1374~75

장사부악록지 長沙府嶽麓誌 趙寧

纂修　史部　地理類　720

장산각집　藏山閣集(20卷)田間尺牘(4卷)　錢澄之　撰　集部　別集類　1400～01

장상문시집　張象文詩集(3卷)　張빈　撰　集部　別集類　1313

장생자해　張生煮海　李好古　撰　集部　戲劇類　1763

장생전　審音鑑古錄(5)長生殿　撰者未詳　集部　戲劇類　1781

장생전　審音鑑古錄(4-1)長生殿　撰者未詳　集部　戲劇類　1782

장생전보궐　長生殿補闕(1卷)　唐英　撰　集部　戲劇類　1767

장생전전기　長生殿傳奇(2卷)　洪昇　撰　集部　戲劇類　1775

장서　藏書1～2　李贄(明)　撰　史部　別史類　301～02

장승길집　張承吉集(10卷)　張祜　撰　集部　別集類　1311

장씨유예비록구종　蔣氏游藝秘錄九種(9卷)　蔣和等　撰　子部　藝術類　1068

장씨의통　張氏醫通(16卷)　張로(淸)　撰　子部　醫家類　1022～23

장안잡설　章安雜說　趙之謙(淸)　撰　子部　雜家類　1141

장안획고편　長安獲古編　劉喜海　撰　史部　金石類　906

장위공집　張魏公集(1卷)首(1卷)　張浚　撰　集部　別集類　1317

장자야사　張子野詞(2卷)補遺(2卷)　張先　撰　集部　詞類　1722

장자정몽주　張子正蒙注(9卷)　王夫之(淸)　撰　子部　儒家類　945

장자집석　莊子集釋(10卷)　郭慶藩(淸)　撰　子部　儒家類　957～58

장자집해　莊子集解(8卷)　王先謙(淸)　撰　子部　儒家類　958

장자통　莊子通(10卷)　沈一貫(明)　撰　子部　儒家類　956

장자통의　莊子通義(10卷)　朱得之(明)　撰　子部　儒家類　955～56

장중경상한론관주집　張仲景傷寒論貫珠集(8卷)　尤怡(淸)　撰　子部　醫家類　987

장중경주해상한백증가　張仲景注解傷寒百證歌(5卷)　許叔微(宋)　撰　子部　醫家類　984

장중우주　掌中宇宙(14卷)　盧翰(明)　撰　子部　雜家類　1125

장천사단풍화설월잡극　張天師斷風花雪月雜劇　吳昌齡　撰　集部　戲劇類　1760

장청각공연보　張淸恪公年譜　"張師栻, 張師載　撰"　史部　傳記類　554

장춘도교원류　長春道敎源流(8卷)　陳銘珪(淸)　撰　子部　宗敎類　1295

장춘진인유기　長春眞人游記　李志常　撰　史部　地理類　736

장충렬공집　張忠烈公集(12卷)補遺(1卷)首(1卷)末(1卷)附錄(2卷)　張煌言　撰　集部　別集類　1388

장학지남　瘴瘧指南(2卷)　鄭全望(明)　撰　子部　醫家類　1003

장협장원　永樂大典-張協狀元　永樂帝(明)　勅撰　集部　戲劇類　1768

장황지　裝潢志(1卷)　周嘉冑(明)　撰
　　　子部　譜錄類　1115
장회당문집　壯悔堂文集(10卷)遺稿(1
　　　卷)四憶堂詩集(6卷)遺稿(1卷)
　　　侯方域　撰　集部　別集類　1406
장회당시초고　壯懷堂詩初稿(10卷)
　　　壯懷堂詩二集(4卷)壯懷堂詩三
　　　集(14卷)　林直　撰　集部　別集
　　　類　1557
재갱집　載賡集(2卷)附試律詩集(1卷)
　　　賦集(1卷)　成書　撰　集部　別
　　　集類　1483
재관법계록　在官法戒錄(4卷)　撰者
　　　未詳　子部　儒家類　951
"재문집,재시집"　齋文集(8卷)齋詩集
　　　(4卷)　張穆　撰　集部　別集類
　　　1532
재생연　盛明雜劇初集:卷二十八再
　　　生緣　秦樓外史　撰　集部　戲
　　　劇類　1764
재생연전전　再生緣全傳(20卷)　陳
　　　端生　撰　集部　曲類　1745～47
재원잡지　在園雜志(4卷)　劉廷璣
　　　(淸)　撰　子部　雜家類　1137
재저마법략　栽苧麻法略(1卷)　黃厚
　　　裕(淸)　撰　子部　農家類　977
재조집보주　才調集補注(10卷)　韋
　　　곡輯；殷元勳　注；宋邦綏　補
　　　注　集部　總集類　1611
재혜기략　宰惠紀略　柳堂　撰　史
　　　部　政書類　884
쟁보은삼호하산잡극　爭報恩三虎下
　　　山雜劇　撰者未詳　集部　戲劇
　　　類　1760
저견보　樗繭譜(1卷)　鄭珍(淸)　撰；

莫友芝　注　子部　農家類　978
저원쇄하록　樗園鎖夏錄(3卷)　郭린
　　　(淸)　撰　子部　雜家類　1179
저재만록　樗齋漫錄(12卷)　許自昌
　　　(明)　撰　子部　雜家類　1133
적가재기언　適可齋記言(4卷)適可齋
　　　記行(6卷)　馬建忠　撰　集部
　　　別集類　1565
적린당유집　謫麐堂遺集(4卷)補遺(1
　　　卷)　戴望(淸)　撰　集部　別集類
　　　1561
적벽유　盛明雜劇二集:卷八赤壁遊
　　　許潮　撰　集部　戲劇類　1765
적적재문집　適適齋文集(2卷)　馮志
　　　沂　撰　集部　別集類　1553
적정록　適情錄(20卷)　林應龍(明)
　　　撰　子部　藝術類　1097
적정아취　適情雅趣(10卷)　徐芝(淸)
　　　輯　子部　藝術類　1105
적정휘찬　賊情彙纂　張德堅　等輯
　　　史部　雜史類　445
적학당문초　績學堂文鈔(6卷)首(1卷)
　　　績學堂詩鈔(4卷)首(1卷)　梅文鼎
　　　撰　集部　別集類　1413
전가오행　田家五行(3卷)；拾遺(1卷)
　　　婁元禮(明)　撰　子部　農家類　975
전가점후집람　田家占候集覽(10卷)
　　　鄒存淦(淸)　撰　子部　農家類
　　　976
전각침도　篆刻鍼度(8卷)　陳克恕
　　　(淸)　撰　子部　藝術類　1091
전간문집　田間文集(30卷)田間詩集(2
　　　8卷)　錢澄之　撰　集部　別集類
　　　1401
전경실문집　傳經室文集(10卷)　朱

駿聲(淸) 撰　集部 別集類　1514

전곡금계　錢穀金計　撰者未詳　史部 政書類　834

전곡시성　錢穀視成　謝鳴篁 撰　史部 政書類　834

전국기년　戰國紀年　林春溥 撰　史部 編年類　347

전국책보석　戰國策補釋　金正煒 撰　史部 雜史類　422

전남광창도략　滇南礦廠圖略　吳其濬(淸) 撰 ; 徐金生 繪　史部 政書類　880

전남원선생유집　錢南園先生遺集(5卷)　錢灃 撰　集部 別集類　1461

전당문기사　全唐文紀事(122卷)首(1卷)　陳鴻지 輯　集部 詩文評類　1716~17

전대윤지감비의몽　錢大尹智勘緋衣夢　關漢卿 撰　集部 戲劇類　1763

전대윤지총사천향잡극　錢大尹智寵謝天香雜劇　關漢卿 撰　集部 戲劇類　1760

전동재필　剪桐載筆(1卷)　王象晉(明) 撰　子部 小說家類　1260

전루심득　篆鏤心得(1卷)　孔繼浩(淸) 撰　子部 藝術類　1091

전문민공전집　錢文敏公全集(30卷)　錢維城 撰　集部 別集類　1442

전민시화　全閩詩話(12卷)　鄭方坤 編　集部 詩文評類　1702

전변략기　全邊略記　方孔炤(明) 輯　史部 地理類　738

전보뇌공포제약성해　鐫補雷公炮製藥性解(6卷)　李中梓(明) 撰　子部 醫家類　990

전사산선생경사문답　全謝山先生經史問答(10卷)　全祖望(淸) 撰　子部 雜家類　1147

전상고삼대진한삼국육조문　全上古三代秦漢三國六朝文(741卷)　嚴可均(淸) 輯　集部 總集類　1603~08

전시루서목　傳是樓書目　徐乾學 藏　史部 目錄類　920

전오영제록　傳悟靈濟錄(2卷)　張衍恩(淸) 撰　子部 醫家類　997

전욱역고　顓頊曆考(2卷)　鄒漢勳(淸) 撰　子部 天文算法類　1036

전유심감　全幼心鑑(4卷)　寇平(明) 撰　子部 醫家類　1010

전절시화　全浙詩話(54卷)　陶元藻 輯　集部 詩文評類　1703

전정초　田亭草(20卷)　黃鳳翔 撰　集部 別集類　1356

전조의주　銓曹儀注　唐伯元 撰　史部 職官類　749

전조일기　轉漕日記　李鈞 撰　史部 傳記類　559

전주고의고　轉注古義考　曹仁虎(淸) 撰　經部 小學類　204

전주도연명집　箋註陶淵明集(10卷)　陶潛(晉) 撰 ; 湯漢(宋) 等箋注　集部 別集類　1304

전주도연명집총론　箋註陶淵明集總論(1卷)　李公煥(元) 輯　集部 別集類　1304

전준왕술고당장서목록　錢遵王述古堂藏書目錄　錢曾 藏並撰　史部 目錄類　920

전지　滇志(一)~(二)　劉文徵 纂修

史部 地理類　681~82

전지리참보평림도결전비평사옥척경
　　　鐫地理參補評林圖訣全備平沙
　　　玉尺經(2卷)　;附錄(1卷)　;賴從
　　　謙(明) 增釋　;徐之鏌(明) 參補
　　　劉秉忠(元) 撰　;劉基(明) 注
　　　子部 術數類　1054

전지신편　錢志新編(20卷)　張崇懿
　　　(淸) 撰　子部 譜錄類　1113

전진몽영록　前塵夢影錄(2卷)　徐康
　　　(淸) 撰　子部 雜家類　1186

전천심　轉天心(2卷)　唐英 撰　集
　　　部 戲劇類　1766

전초집　剪草集(2卷)　李공(淸) 撰
　　　集部 別集類　1321

전치혈증경험양방론　專治血症經驗
　　　良方論(2卷)　潘爲繢(淸) 撰　子
　　　部 醫家類　1006

전폐추언전폐추언속각전폐추언재속
　　　錢幣芻言錢幣芻言續刻錢幣芻
　　　言再續　王류(淸) 撰　史部 政
　　　書類　838

전학쇄저삼십종　篆學瑣著三十種(4
　　　0卷)　顧湘(淸) 輯　子部 藝術
　　　類　1091~92

절굉만록　折肱漫錄(7卷)　黃承昊
　　　(明) 撰　子部醫家類　1028

절구연의　絶句衍義(4卷)絶句辨體(8
　　　卷)絶句附錄(1卷)　楊愼輯 ;焦
　　　횡 批點　集部 總集類　1590

절록변증요략　節錄辨證要略(1卷)
　　　宋兆淇(淸) 撰　子部 醫家類
　　　1005

절서일고　節序日考　徐卓 撰　史
　　　部 時令類　885

절옥구감보　折獄龜鑑補(6卷)　胡文
　　　炳(淸) 撰　子部 法家類　973

절옥신어　折獄新語(10卷)　李淸(淸)
　　　撰　子部 法家類　972

절운고　切韻攷(4卷)　李鄴(淸) 撰
　　　經部 小學類　258

절운고　切韻考(6卷)　陳澧(淸) 撰
　　　經部 小學類　253

절운고외편　切韻考外篇(3卷)　陳澧
　　　(淸) 撰　經部 小學類　253

절운구몽　切韻求蒙(1卷)　梁僧寶
　　　(淸) 撰　經部 小學類　253

절운표　切韻表(5卷)　成蓉鏡(淸) 撰
　　　經部 小學類　253

절중역법　折中曆法(13卷)　朱仲福
　　　(明) 撰　子部 天文算法類　1039

절협기　六十種曲120卷:節俠記(2卷)
　　　撰者未詳　集部 戲劇類　1773

점서촌인초집　漸西村人初集(13卷)
　　　袁昶 撰　集部 別集類　1565

점창산인시초　點蒼山人詩鈔(8卷)附
　　　錄(1卷)　沙琛 撰　集部 別集
　　　類　1483

접궤보　蝶几譜(1卷)　戈汕(明) 撰
　　　子部 譜錄類　1111

정강기문　靖康紀聞　丁特起(宋) 撰
　　　史部 雜史類　423

정거사　貞居詞(1卷)　張雨 撰　集
　　　部 詞類　1723

정거산법　丁巨算法(1卷)　丁巨(元)
　　　撰　子部 天文算法類　1042

정계유유집성　鼎鍥幼幼集成(6卷)
　　　陳復正(淸) 撰　子部 醫家類
　　　1010~11

정계휘지아조남북관강악부점판곡향

대명춘　鼎鍥徽池雅調南北官腔樂府
點板曲響大明春(6卷)　程萬里
輯　集部　戲劇類　1778

정공목풍설혹한정잡극　鄭孔目風雪
酷寒亭雜劇　楊顯之　撰　集部
戲劇類　1761

정단간공주의　鄭端簡公奏議(一)～
(二)　鄭曉(明)　撰　史部　詔令奏
議類　476～77

정당독서기　鄭堂讀書記(一)～(二)
周中孚(淸)　撰　史部　目錄類
924～25

정당찰기　鄭堂札記(5卷)　周中孚
(淸)　撰　子部　雜家類　1158

정렴재시집　靜廉齋詩集(24卷)　金
神　撰　集部　別集類　1440

정림시집　亭林詩集(5卷)亭林文集(6
卷)　顧炎武(淸)　撰　集部　別集
類　1402

정립기문　庭立記聞(4卷)　梁學昌
(淸)　輯　子部　雜家類　1157

정명요록부자양　正名要錄附字樣
(敦煌殘卷)　郞知本(唐)　撰　經
部　小學類　236

정몽집설　正蒙集說(17卷)　楊方達
(淸)　撰　子部　儒家類　951

정몽회고　正蒙會稿(4卷)　劉璣(明)
撰　子部　儒家類　937

정묘집전주　丁卯集箋註(8卷)　許渾
撰 ; 許培榮　箋注　集部　別集
類　1311

정무지한행　丁戊之閒行卷(10卷)
易順鼎　撰　集部　別集類　1576

정무필기　丁戊筆記(2卷)　陳宗起
(淸)　撰　子部　雜家類　1161

정문록　政問錄　唐樞(明)　撰　史部
政書類　880

정문성공주고　丁文誠公奏稿　丁寶
楨　撰　史部　詔令奏議類　509

정복당문고　井福堂文稿(10卷)　汪
學金(淸)　撰　集部　別集類　1472

정부통회　程賦統會　劉斯樞　輯
史部　政書類　834

정산당고문소품　定山堂古文小品(2
卷)　공鼎자　撰　集部　別集類
4103

정산당시집　定山堂詩集(43卷)定山
堂詩餘(4卷)　공鼎자　撰　集部
別集類　1402～03

정선명유초당시여　精選名儒草堂詩
餘(3卷)　鳳林書院　輯　集部
詞類　1728

정소남선생문집　鄭所南先生文集(1
卷)附錄(1卷)　鄭思肖　撰　集部
別集類　1320

정소재유문　靜嘯齋遺文(4卷)　董斯
張(明)　撰　集部　別集類　1381

정소재존초　靜嘯齋存草(12卷)附錄(1
卷)　董斯張(明)　撰　集部　別集
類　1381

정시랑유집　程侍郎遺集(10卷)附錄(1
卷)　程恩澤　撰　集部　別集類
1511

정신도상충경　鼎新圖像蟲經(2卷)
賈似道(宋)　輯　子部　譜錄類
1120

정씨묵원　程氏墨苑(14卷)　程君房
(明)　撰　子部　譜錄類　1114

정씨시보고정　鄭氏時譜考正(1卷)
丁晏(淸)　撰　經部　詩類　71

정씨전고징　鄭氏箋考徵(1卷)　陳奐(清)　撰　經部 詩類　70

정씨효신보　鄭氏爻辰補(6卷)　戴棠　撰　經部 易類　33

정암문집　靜庵文集(1卷)　詩稿(1卷)　王國維　撰　集部 別集類　1577

정암사　定盦詞(5卷)　공自珍　撰　集部 詞類　1726

정암선생연보　定盦先生年譜　吳昌綬　撰　史部 傳記類　557

정애시속고　靜厓詩續稿(6卷)　汪學金(清)　撰　集部 別集類　1472

정애시초고　靜厓詩初稿(12卷)　汪學金(清)　撰　集部 別集類　1472

정애시후고　靜厓詩後稿(12卷)　汪學金(清)　撰　集部 別集類　1472

정여필록　政餘筆錄(4卷)　蔣鳴玉(清)　撰　子部 雜家類　1134

정역경씨학　鄭易京氏學(1卷)　陶方琦(清)　撰　經部 易類　38

정역마씨학　鄭易馬氏學(1卷)　陶方琦(清)　撰　經部 易類　38

정역소학　鄭易小學(1卷)　陶方琦(清)　撰　經部 易類　38

정역옥형　定曆玉衡(18卷)；首(1卷)　張雍敬(清)　撰　子部 天文算法類　1040

정염양조견문록　靖炎兩朝見聞錄　陳東(宋)　撰　史部 雜史類　423

정오정필기　靜娛亭筆記(12卷)　張培仁(清)　撰　子部 雜家類　1181~82

정와　正訛(1卷)　朱澤澐(清)　撰　子部 儒家類　946

정와류　訂訛類(6卷)；續補(2卷)　杭

世駿(清)　撰　子部 雜家類　1148

정음절운지장　正音切韻指掌(1卷)　莎彝尊(清)　撰　經部 小學類　258

정의당문집　正誼堂文集(24卷)行狀(1卷)　董市　撰　集部 別集類　1558

정이재약언록　靜怡齋約言錄(2卷)　魏裔介(清)　撰　子部 儒家類　946

정일재시문고　貞一齋詩文稿(2卷)　朱思本　撰　集部 別集類　1323

정일재시설　貞一齋詩說(1卷)　李重華　撰　集部 詩文評類　1701

정자략정본　正字略正本(1卷)　王均(清)　撰　經部 小學類　240

정자통　"正字通(12卷),附字彙舊本首卷(1卷)"　"張自烈(明) 撰, 류文英(清) 續撰"　經部 小學類　234~35

정재독서록　箸齋讀書錄(2卷)　周洪謨(明)　撰　子部 雜家類　1143

정재시화　"艇齋詩話(1卷),校訛(1卷),續校(1卷)"　曾季리　撰　集部 詩文評類　1694

정재지정직기　靜齋至正直記(4卷)　孔齊(元)　撰　子部 雜家類　1166

정절도잔당재창　鄭節度殘唐再創　沈自徵　撰　集部 戲劇類　1764

정절선생집　"靖節先生集(10卷)首(1卷),年譜考異(2卷)"　陶潛(晉)陶澍(清)　撰 ; 陶澍(清) 集注　集部 別集類　1304

정정당당분아귀잡극　玎玎璫璫盆兒鬼雜劇　撰者未詳　集部 戲劇類　1762

정정홍범집설　"定正洪範集說(1卷),

首(1卷)″ 胡一中(元) 撰 經部
書類 55

정지 程志(10卷) 崔銑(明) 撰 子
部 儒家類 938

정지거시화 靜志居詩話(24卷) 朱
彝尊 撰;姚祖恩 輯 集部 詩
文評類 1698

정지소증 ″鄭志疏證(8卷),鄭記考證
(1卷),答臨孝存周禮難(1卷)″ 皮
錫瑞(淸) 撰 經部 群經總義類
171

정진공담록 丁晉公談錄(1卷) 丁謂
(宋) 撰 子部 雜家類 1166

정천유서 定川遺書(2卷)附錄(4卷)
沈煥 撰;張壽鏞 輯 集部 別
集類 1318

정충기 六十種曲120卷:精忠記(2卷)
姚茂良 撰 集部 戲劇類 1769

정토성현록 淨土聖賢錄(9卷) 彭希
涑(淸) 撰 子部 宗敎類 1286

정토성현록속편 淨土聖賢錄續編(4
卷) 蓮歸居士(淸) 撰 子部 宗
敎類 1286

정통임융록 正統臨戎錄 楊銘(明)
撰 史部 雜史類 433

정학록 鄭學錄 鄭珍 撰 史部 傳
記類 515

정학록 政學錄 鄭端 撰 史部 職
官類 755

정학편 正學編(8卷) 潘世恩(淸) 撰
;潘曾瑋(淸) 疏解 子部 儒家
類 951

정해기사 靖海紀事 施琅 撰 史
部 紀事本末類 390

정해시초 丁亥詩鈔(1卷) 王念孫

(淸) 撰 集部 別集類 1466

정해지 靖海志 彭孫貽(淸) 撰;
李延是 補 史部 紀事本末類
390

정향루의안 靜香樓醫案(1卷) 尤怡
(淸) 撰 子部 醫家類 1027

정향정필담 定香亭筆談(4卷) 阮元
(淸) 撰 子部雜家類 1138

정허재석음록 靜虛齋惜陰錄(12卷);
附錄(1卷) 顧應祥(明) 撰 子部
雜家類 1122

정헌선생문집 靜軒先生文集(15卷)
附錄(1卷) 汪舜民 撰 集部
別集類 1331

정화관전집 椰華館全集(12卷) 路
德 撰 集部 別集類 1509

제갈무후심서 諸葛武侯心書(1卷)
諸葛亮(蜀) 撰 子部 兵家類
959

제경경물략 帝京景物略 劉侗等
撰 史部 地理類 729

제경세시기승 帝京歲時紀勝 潘榮
陛 撰 史部 時令類 885

제동절도 盛明雜劇初集:卷三十齊
東絶倒 破간道人 撰 集部
戲劇類 1764

제뢰비고 提牢備考 趙舒翹 撰
史部 政書類 867

제물론재문집 齊物論齋文集(6卷)
董士錫 撰 集部 別集類 1507

제물론재사 齊物論齋詞(1卷) 董士
錫 撰 集部 詞類 1726

제본평도휘집 諸本評陶彙集(1卷)
陶澍(淸) 編撰 集部 別集類
1304

제사고이　諸史考異　洪이煊(淸)　撰
　　史部　史評類　455

제사쇄언　諸史瑣言　沈家本　撰
　　史部　史評類　451

제사십유　諸史拾遺　錢大昕(淸)　撰
　　史部　史評類　455

제사직장　諸司職掌　撰者未詳　史
　　部　職官類　748

제성유씨삼세주고　諸城劉氏三世奏
　　稿　"劉統勳, 劉墉, 劉鐶之　撰"
　　史部　詔令奏議類　494

제시익씨학　齊詩翼氏學(4卷)　책鶴
　　壽(淸)　撰　經部　詩類　75

제시익씨학소증　"齊詩翼氏學疏證(2
　　卷),敍錄(1卷)"　陳喬樅(淸)　撰
　　經部　詩類　75

제왕세기고이　帝王世紀　皇甫謐
　　(晉)　撰　史部　別史類　301

제요　提要(1卷)　朱澤澐(淸)　撰　子
　　部　儒家類　946

제의과쇄기　制義科瑣記　李調元
　　(淸)　撰　史部　政書類　829

제의총화　制義叢話(24卷)題名(1卷)
　　梁章鉅(淸)　撰　集部　詩文評類
　　1718

제이고　諸夷考　游朴　撰　史部　地
　　理類　742

제일누서부고　第一樓書附考　兪越
　　(淸)　撰　經部　小學類　227

제자평의　諸子平議(35卷)　兪越(淸)
　　撰　子部　雜家類　1161～62

제조만년금감록　帝祖萬年金鑑錄(3
　　卷)　汪循(明)　撰　子部　儒家類
　　937

제풍대　祭風臺(4卷)　撰者未詳　集

부　部　戲劇類　1782

제회요　齊會要(一)～(二)　朱銘盤
　　(淸)　撰　史部　政書類　770～71

조각사방론　弔脚痧方論(1卷)　徐子
　　默(淸)　撰　子部　醫家類　1005

조경부지　肇慶府志(一)～(二)　屠英
　　等修 ; 江藩　等纂　史部　地理
　　類　713～14

조고집　雕고集(24卷)　焦循(淸)　撰
　　集部　別集類　1489

조공의공자치관서류집　趙恭毅公自
治官書類集(一)～(二)　趙申喬　撰
　　史部　政書類　880～81

조구자선생시집십　晁具茨先生詩集
　　(15卷)　晁충之　撰　集部　別集
　　類　1317

조구잡록　雕丘雜錄(18卷)　梁淸遠
　　(淸)　撰　子部　雜家類　1135

조기시집　釣磯詩集(5卷)　邱葵　撰
　　集部　別集類　1321

조당집　祖堂集(20卷)　"(釋)靜(五代),
　　(釋)筠輯"　子部　宗敎類　1285

조록당집　條錄堂集(34卷)　張四維
　　(明)　撰　集部　別集類　1351

조론중오집해　肇論中吳集解(3卷)
　　(釋)僧肇(後秦)　撰 ; (釋)淨源(宋)
　　解　子部　宗敎類1　274

조림외색　棗林外索(3卷)　談遷(淸)
　　撰　子部　雜家類　1135

조림잡조　棗林雜俎(6卷)　談遷(淸)
　　撰　子部　雜家類　1134～35

조명종경집　造命宗鏡集(12卷)　吳
　　國仕(明)　輯　子部　術數類　105
　　9～60

조반아풍월구풍진잡극　趙盼兒風月

救風塵雜劇　關漢卿　撰　集部
　　　戲劇類　1760
조보봉선생문집　趙寶峰先生文集(2
　　　卷)　趙偕　撰　集部　別集類
　　　1321
조보집성　弔譜集成(6卷)；首(1卷)；
　　　緒餘(1卷)　退庵居士(淸)　輯　子
　　　部　藝術類　1106
조비파　　盛明雜劇三集:卷四弔琵琶
　　　尤동　撰　集部　戲劇類　1765
조선기사　朝鮮紀事　倪謙　撰　史
　　　部　地理類　744
조씨고아　趙氏孤兒　紀君祥　撰
　　　集部　戲劇類　1764
조씨고아　趙氏孤兒　紀君祥　撰
　　　集部　戲劇類　1760
조씨고아대보수잡극　趙氏孤兒大報
　　　讐雜劇　紀君祥　撰　集部　戲
　　　劇類　1762
조씨보문당서목　　晁氏寶文堂書目
　　　晁瑮　撰　史部　目錄類　919
조야신성태평악부　朝野新聲太平樂
　　　府(9卷)　楊朝英　輯　集部　曲
　　　類　1739
조역지　肇域志(1～10)　顧炎武(淸)
　　　撰　史部　地理類　586～95
조옥집　珊玉集(15卷)　　撰者未詳
　　　子部　雜家類　1212
조운통지　漕運通志　謝純　撰　史
　　　部　政書類　836
조자건집　　曹子建集(10卷)逸文(1卷)
　　　曹植(三國魏)　撰；丁晏(淸)　詮
　　　評　集部　別集類　1303
조주모단보　曹州牡丹譜(1卷)　余鵬
　　　年(淸)　撰　子部　譜錄類　1116

조집고이　曹集考異　曹植(三國魏)
　　　撰；朱緒曾(淸)　考異　集部　別
　　　集類　1303
조하도지　漕河圖志　王瓊　撰　史
　　　部　政書類　835
조학변약　助學辨略　劉淇(淸)　撰
　　　經部　小學類　195
존문거사집　尊聞居士集(8卷)遺稿(1
　　　卷)　羅有高　撰　集部　別集類
　　　1453
존복재문집　"存復齋文集(10卷),附錄
　　　(1卷),續集(1卷)"　朱德潤　撰　集
　　　部　別集類　1324
존성편　存性編(2卷)　顏元(淸)　撰
　　　子部　儒家類　946
존소당문집　存素堂文集(4卷)續集(4
　　　卷)　法式善(淸)　撰　集部　別集
　　　類　1476
존소당시초집록　存素堂詩初集錄(2
　　　4卷)　法式善(淸)　撰　集部　別
　　　集類　1476
존수원집략　尊水園集略(12卷)補遺(2
　　　卷)　盧世각　撰　集部　別集類
　　　1392
존심헌사　存審軒詞(2卷)　周濟　撰
　　　集部　詞類　1726
존오문고　存吾文稿(不分卷)　余廷
　　　燦　撰　集部　別集類　1456
존의　存疑(1卷)　汪繼培(淸)　輯校
　　　子部　雜家類　1121
존인편　存人編(4卷)　顏元(淸)　撰
　　　子部　儒家類　947
존치편　存治編(1卷)　顏元(淸)　撰
　　　子部　儒家類　947
존학편　存學編(4卷)　顏元(淸)　撰

子部 儒家類　946

존회재집　存悔齋集(28卷)存悔齋外集(4卷)　劉鳳誥 撰　集部 別集類　1485～86

졸암운오　拙菴韻悟(1卷)　趙紹箕(淸) 撰　經部 小學類　257

졸존원총고　拙尊園叢稿(6卷)　黎庶昌 撰　集部 別集類　1561

종경록　宗鏡錄(100卷)　(釋)延壽(宋) 撰　子部 宗敎類　1283～85

종고당관식학　從古堂款識學　徐同柏 撰　史部 金石類　902

종두신서　種痘新書(12卷)　張琰(淸) 撰　子部 醫家類　1012

종면실험설　種棉實驗說　黃宗堅(淸) 撰　子部 農家類　977

종법론　宗法論(1卷)　萬斯大(淸) 撰　經部 禮類　108

종법소기　宗法小記(1卷)　程瑤田(淸) 撰　經部 禮類　108

종산찰기　鍾山札記(4卷)　盧文弨(淸) 撰　子部 雜家類　1149

종상설　種桑說(1卷)　吳烜(淸) 撰　子部 農家類　978

종야당존고　從野堂存稿(8卷)　繆昌期 撰　集部 別集類　1373

종연집　種蓮集(1卷)　蓮歸居士(淸) 撰　子部 宗敎類　1286

종옥기　六十種曲120卷:種玉記(2卷)　汪廷訥 撰　集部 戲劇類　1772

종우법　種芋法(1卷)　黃省曾(明) 撰　子部 譜錄類　1117

종정고문초　椶亭古文鈔(10卷)　金兆燕 撰　集部 別集類　1442

종정관식　鐘鼎款識　王厚之 輯

史部 金石類　901

종정병체문초　椶亭駢體文鈔(8卷)　金兆燕 撰　集部 別集類　1442

종정시초　椶亭詩鈔(18卷)　金兆燕 撰　集部 別集類　1442

종정유규　從政遺規(2卷)　撰者未詳　子部 儒家類　951

종주요법　宗朱要法(1卷)　朱澤澐(淸) 撰　子部 儒家類　946

좌각정후주고　"左恪靖侯奏稿初編,續編,三編"　左宗棠 撰　史部 詔令奏議類　502～04

좌문양공문집　左文襄公文集(5卷)左文襄公詩集(1卷)左文襄公聯語(1卷)　左宗棠 撰　集部 別集類　1541

좌문양공연보　左文襄公年譜　羅正鈞 撰　史部 傳記類　557

좌씨고의　左氏古義(6卷)　臧壽恭(淸) 撰　經部 春秋類　125

좌씨적기　左氏摘奇(12卷)　胡元質(宋) 撰　經部 春秋類　118

좌씨조관　左氏條貫(18卷)　曹基(淸) 編　經部 春秋類　121

좌씨춘추고증　左氏春秋考證(2卷)　劉逢祿(淸) 撰　經部 春秋類　125

좌씨춘추전　左氏春秋鐫(2卷)　陸粲(明) 撰　經部 春秋類　119

좌씨춘추집설　左氏春秋集說(10卷)　朱鶴齡(淸) 輯　經部 春秋類　120

좌은선생정정이운기오　坐隱先生精訂梨雲寄傲(1卷)坐隱先生精訂秋碧軒稿(1卷)坐隱先生精訂可

雪齋稿(1卷)坐隱先生精訂月香亭稿(1卷)坐隱先生精訂滑稽餘韻(1卷)　陳鐸 撰 ; 汪廷訥 訂　集部 曲類　1738

좌은선생정정초당여의　坐隱先生精訂草堂餘意　陳大聲 編　集部 詞類　1723

좌전경세초　左傳經世鈔(23卷)　〃魏禧(淸) 撰, 彭家屛(淸) 參訂〃　經部 春秋類　120

좌전관명고　左傳官名考(2卷)　李調元(淸) 撰　經部 春秋類　123

좌전사주변증　左傳社注辨證(6卷)　張聰咸(淸) 撰　經部 春秋類　125

좌전사해집　左傳社解集正(8卷)　丁晏(淸) 撰　經部 春秋類　128

좌전석지　左傳釋地(3卷)　范士齡(淸) 撰　經部 春秋類　125

좌전주해변오　〃左傳注解辨誤(2卷), 補遺(1卷)〃　傳遜(明) 撰　經部 春秋類　119

좌전찰기　左傳札記(7卷)　錢綺(淸) 撰　經部 春秋類　128

좌전통석　左傳通釋(12卷)　李惇(淸) 撰　經部 春秋類　123

좌충의공집　左忠毅公集(5卷)　左光斗 撰　集部 別集類　1370

좌치약언　佐治藥言 ; 學治臆說 學治續說 學治說贅　汪輝祖 撰　史部 職官類　755

좌치추언　佐治芻言(1卷)　傳蘭雅(英) 譯 ; 應祖錫 述　子部 西學譯著類　1297

좌통보석　左通補釋(32卷)　梁履繩

(淸) 撰　經部 春秋類　123

좌해경변　左解經辨(2卷)　陳壽祺(淸) 撰　經部 群經總義類　175

〃좌해문집,을편〃　左海文集(10卷)乙編(2卷)　陳壽棋(淸) 撰　集部 別集類　1496

죄유록　罪惟錄1~3　査繼佐(淸) 撰　史部 別史類　321~23

주개　酒概(4卷)　沈沈(明) 撰　子部 譜錄類　1115

주경당류와　籒經堂類藁(24卷)　陳慶鏞 撰　集部 別集類　1522~23

주경술림　籒경述林　孫詒讓(淸) 撰　子部 雜家類　1164

주경여시집　朱慶餘詩集(1卷)　朱慶餘 撰　集部 別集類　1311

주경유문　籒경遺文(2卷)　孫詒讓(淸) 撰　集部 別集類　1567

주계편략　周季編略　黃式三(淸) 撰　史部 編年類　347

주관고서고　周官故書考(4卷)　徐養原(淸) 撰　經部 禮類　81

주관기　周官記(5卷)　莊存與(淸) 撰　經部 禮類　80

주관변　周官辨(1卷)　方苞(淸) 撰　經部 禮類　79

주관변비　周官辨非(1卷)　萬斯大(淸) 撰　經部 禮類　78

주관석의　周官析疑(36卷)　方苞(淸) 撰　經部 禮類　79

주관설　〃周官說(2卷),補(3卷)〃　莊存與(淸) 撰　經部 禮類　80

주관심해　周官心解(28卷)　蔣載康(淸) 撰　經部 禮類　80

주관억측　〃周官肊測(6卷),敍錄(1卷)〃

孔廣林(清)　撰　經部　禮類　80

주관지장　周官指掌(5卷)　莊有可 (清)　撰　經部　禮類　81

주관항해　周官恒解(6卷)　劉沅(清) 輯註　經部　禮類　81

주구강선생집　朱九江先生集(10卷) 首(1卷)　朱次琦　撰　集部　別 集類　1535

주독　奏牘　凌義渠　撰　史部　詔令 奏議類　493

주라여선생위기보　周懶予先生圍棋 譜(1卷)　周嘉錫(清)　撰　子部 藝術類　1103

주례고서고　周禮故書考(1卷)　程際 盛(清)　撰　經部　禮類　81

주례고서소증　周禮故書疏證(6卷) 宋世犖(清)　撰　經部　禮類　81

주례고의　周禮古義(1卷)　惠陳(清) 撰　經部　禮類　79

주례군부설　周禮軍賦說(4卷)　王鳴 盛(清)　撰　經部　禮類　80

주례기내수전고실　周禮畿內授田考 實(1卷)　胡匡衷(清)　撰　經部 禮類　81

주례문　周禮問(2卷)　毛奇齡(清)　撰 經部　禮類　78

주례보주　周禮補注(6卷)　呂鵬飛 (清)　撰　經部　禮類　81

주례서관고　周禮序官考(1卷)　陳大 庚(清)　撰　經部　禮類　81

주례석주　周禮釋注(2券)　丁晏(清) 撰　經部　禮類　81

주례완해　周禮完解(12卷)　郝敬(明) 撰　經部　禮類　78

주례인론　周禮因論(1卷)　唐樞(明)

撰　經部　禮類　78

주례적전　周禮摘箋(5卷)　李調元 (清)　撰　經部　禮類　80

주례정의　周禮正義(86卷)　孫이讓 (清)　撰　經部　禮類　82~84

주례주소소전　周禮注疏小箋(5卷) 曾소(清)　撰　經部　禮類　81

주례질의　周禮質疑(5卷)　劉靑芝 (清)　撰　經部　禮類　79

주례집의　周禮輯義(12卷)　姜兆錫 (清)　撰　經部　禮類　78

주례찰기　周禮札記(1卷)　潘任(清) 撰　經部　禮類　81

주례촬요　周禮撮要(3卷)　潘相(清) 撰　經部　禮類　80

주례학　周禮學(1卷)　沈夢蘭(清)王 聘珍(清)　撰　經部　禮類　81

주례헌도고　周禮漢讀考(6卷)　段玉 裁(清)　撰　經部　禮類　80

주릉선공주의　註陵宣公奏議　陸贄 撰 ; 郎曄 注　史部　詔令奏議 類　474

주문숙공집　"朱文肅公集(不分卷),詩 集(7卷)"　朱國禎(明)　撰　集部 別集類　1366

주변사　酒邊詞(8卷)　謝章鋌　撰 集部　詞類　1727

주비산경　周髀算經(2卷)　趙君卿 (漢)　注 ; 甄鸞(北周) 重述 ; 李 淳風(唐) 等注釋　子部　天文算 法類　1031

주비산경교감기　周髀算經校勘記(1 卷)　顧觀光(清)　撰　子部　天文 算法類　1031

주비산경음의　周髀算經音義(1卷)

李籍(宋) 撰　子部 天文算法類 1031

주사담적수부구기잡극　硃砂擔滴水浮구記雜劇　撰者未詳　集部 戲劇類　1760

주사례집　滿洲四禮集　索寧安 輯　史部 政書類　824

주사승묵　舟師繩墨(1卷)　林君陞(淸) 撰　子部 兵家類　967

주산설략　籌算說略(1卷)　鄭復光(淸) 撰　子部 天文算法類　1047

주서각보　周書斠補　孫이讓(淸) 撰　史部 別史類　301

주서각보　世本　宋衷(漢) 注　史部 別史類　301

주서집훈교석　帝王世紀考異　錢保塘(淸) 輯　史部 別史類　301

주어보　朱魚譜(1卷)　蔣在鏞(淸) 撰　子部 譜錄類　1120

주여　麈餘(4卷)　謝肇제(明) 撰　子部 雜家類　1130

주역　周易(4卷)　董中行(元) 注　經部 易類　4

주역가설　周易可說(7卷)　曹學佺(明) 撰　經部 易類　13

주역경의　周易經疑(3卷)　途진生(元) 撰　經部 易類　4

주역경전석문　周易經典釋文(殘卷)　陸德明(唐) 撰　經部 易類　1

주역경전증략　"周易經典證略(10卷),末(1卷)"　何其傑(淸) 撰　經部 易類　38

주역고문초　周易古文鈔(4卷)　劉宗周(明) 撰　經部 易類　13

주역고본전서회편　周易古本全書匯編(17卷)　李本固(明) 撰　經部 易類　12

주역고이　周易考異(不分卷)　徐堂(淸) 撰　經部 易類　32

주역고이　周易考異(2卷)　宋翔鳳(淸) 撰　經部 易類　28

주역고훈정　周易故訓訂(1卷)　黃以周(淸) 撰　經部 易類　35

주역괘상휘참　周易卦象彙參(2卷)　譚秀(淸) 撰　經部 易類　24

주역구소고정　周易舊疏考正(1卷)　劉毓崧(淸) 撰　經部 易類　34

주역규　周易揆(12卷)　錢士升(明) 撰　經部 易類　13

주역내전　周易內傳(6卷)　王夫之(淸) 撰　經部 易類　18

주역대상해　周易大象解(1卷)　王夫之(淸) 撰　經部 易類　18

주역례표　周易例表(10卷)　段復昌(淸) 撰　經部 易類　39

주역방주　"周易旁註(2卷),卦傳(10卷),前圖(2卷)"　朱升(明) 撰　經部 易類　4

주역번로　周易繁露(5卷)　張忠역(淸) 撰　經部 易類　40

주역보소　周易補疏(2卷)　焦循(淸) 撰　經部 易類　27

주역보주　周易補註(41卷)　段復昌(淸) 撰　經部 易類　39

주역본의변증　周易本義辨證(6卷)　惠棟(淸) 撰　經部 易類　21

주역본의변증보정　周易本義辨證補訂(4卷)　紀磊(淸) 撰　經部 易類　34

주역본의습유　周易本義拾遺(6卷)

李文炤(淸)　撰　經部　易類　19

주역본의주　周易本義註(6卷)　胡方
(淸)　撰　經部　易類　19

주역본의효징　周易本義爻徵(2卷)
吳日愼(淸)　撰　經部　易類　17

주역불아해　周易不我解(6卷)　徐體
乾(明)　撰　經部　易類　7

주역사고　周易辭考(1卷)　茹敦和
(淸)　撰　經部　易類　23

주역상고　周易象考(1卷)　茹敦和
(淸)　撰　經部　易類　23

주역상설　周易詳說(18卷)　劉紹攽
(淸)　撰　經部　易類　22

주역상의　周易象義(6卷)　章潢(明)
撰　經部　易類　9

주역상통　周易象通(8卷)　朱謀㙔
(明)　撰　經部　易類　12

주역서례　周易序例(1卷)　李文炤
(淸)　撰　經部　易類　19

주역석정　周易釋貞(2卷)　王樹枏
(淸)　撰　經部　易類　40

주역석효례　周易釋爻例(1卷)　成蓉
鏡(淸)　撰　經部　易類　34

주역선해　周易禪解(10卷)　(釋)智旭
(明)　撰　經部　易類　15

주역설　周易說(11卷)　王開運(淸)
撰　經部　易類　40

주역설략　周易說略(8卷)　張爾岐
(淸)　撰　經部　易類　17

주역설록　周易說錄(1卷)　沈紹勳
(淸)　撰　經部　易類　38

주역소략　周易疏略(4卷)　張沐(淸)
撰　經部　易類　19

주역소식　周易消息(15卷)　紀磊(淸)
撰　經部　易類　34

주역소식승강효례　周易消息升降爻
例(1卷)　吳翊寅(淸)　撰　經部
易類　39

주역소의　周易疏義(4卷)　程汝繼
(明)　撰　經部　易類　14

주역속사　"周易屬辭(12卷),通例(5卷),
通說(2卷)"　簫光遠(淸)　撰　經
部　易類　32

주역술문　周易述聞(1卷)　林慶炳
(淸)　撰　經部　易類　39

주역술보　周易述補(4卷)　江藩(淸)
撰　經部　易類　27

주역술보　周易述補(5卷)　李林松
(淸)　撰　經部　易類　26

주역술익　周易述翼(5卷)　黃應麒
(淸)　撰　經部　易類　31

주역술전　"周易述傳(2卷),續錄(1卷)"
丁晏(淸)　撰　經部　易類　31

주역습유　周易拾遺(1卷)　李文炤
(淸)　撰　經部　易類　19

주역시론합편　周易時論合編(23卷)
方孔炤(明)　撰　經部　易類　15

주역시아록　周易示兒錄(3卷)　沈紹
勳(淸)　撰　經部　易類　38

주역신강의　周易新講義(10卷)　龔
原(宋)　撰　經部　易類　1

주역약해　周易略解(8卷)　馮經(淸)
撰　經部　易類　25

주역역해　周易易解(10卷)　沈紹勳
(淸)　撰　經部　易類　38

주역외전　周易外傳(7卷)　王夫之
(淸)　撰　經部　易類　18

주역요씨학　周易姚氏學(16卷)　姚
配中(淸)　撰　經部　易類　30

주역우씨소식　周易虞氏消息(2卷)

張惠言(淸) 撰　經部 易類　26

주역우씨약례　　周易虞氏略例(1卷)
李銳(淸) 撰　經部 易類　28

주역우씨의　周易虞氏義(9卷)　張惠
言(淸) 撰　經部 易類　26

주역우씨의전　　周易虞氏義箋(9卷)
曾釗(淸) 撰　經部 易類　32

주역의괘　周易議卦(2卷)　　王崇慶
(明) 撰　經部 易類　6

주역의수록　　〃周易倚數錄(2卷),附圖
(1卷)〃　楊履泰(淸) 撰　經部 易
類　34

주역의총　〃周易義叢(16卷),首(1卷)〃
葉良佩(明) 輯　經部 易類　7

주역이려기　周易二閭記(3卷)　茹敦
和(淸) 撰　經部 易類　23

주역인경통석　　周易引經通釋(10卷)
李鈞簡(淸) 撰　經部 易類　25

주역전의보의　　周易傳義補疑(12卷)
姜寶(明) 撰　經部 易類　8

주역점고　周易占考(1卷)　　茹敦和
(淸) 撰　經部 易類　23

주역정순의　周易鄭荀義(3卷)　張惠
言(淸) 撰　經部 易類　26

주역정의　周易正義(14卷)　孔穎達
(唐) 撰　經部 易類　1

주역정의　〃周易訂疑(15卷),首(1卷)〃
董養性(元) 撰　經部 易類　3

주역정주　周易鄭注(12卷)　〃王應麟
(宋) 輯, 丁杰(淸) 後定, 張惠言
(淸) 訂正〃　經部 易類　1

주역정해　〃周易正解(20卷),首讀易(1
卷)〃　郝敬(明) 撰　經部 易類　11

주역제괘합상고　　周易諸卦合象考(1
卷) 任雲倬(淸) 撰　經部 易類

31

주역종의　周易宗義(12卷)　程汝繼
(明) 輯　經部 易類　14

주역주　周易注(2卷)　李士삼(淸) 撰
經部 易類　39

주역주소　周易注疏(13卷)　王弼(唐)
韓康佰注(晉)　孔穎達疏(唐)　撰
經部 易類　1

주역주소잉본　　周易注疏賸本(1卷)
黃以周(淸) 撰　經部 易類　35

주역증첨　周易證籤(4卷)　茹敦和
(淸) 撰　經部 易類　23

주역집의　周易集義(8卷)　　强汝諤
(淸) 撰　經部 易類　39

주역집해찬소　　周易集解纂疏(10卷)
李道平(淸) 撰　經部 易類　30

주역찬의　周易贊義(17卷)　馬理(明)
撰　經部 易類　5

주역참동계해전　　周易參同契解箋(3
卷)　張文龍(明) 解 ; 朱長春(明)
箋　子部 宗敎類　1292

주역추　周易推(6卷)　狄子奇(淸) 撰
經部 易類　32

주역택언　周易擇言(6卷)　鮑作雨
(淸) 撰　經部 易類　28

주역통략　周易通略(1卷)　　黃俊(明)
撰　經部 易類　5

주역통론월령　　周易通論月令(2卷)
姚配中(淸) 撰　經部 易類　30

주역통의　周易通義(16卷)　莊忠役
(淸) 撰　經部 易類　38

주역통의　〃周易通義(8卷),發例(2卷),
識蒙(1卷),或問(3卷)〃　黃超然(元)
撰　經部 易類　2

〃주역통해,석의〃　　周易通解(3卷),釋

義(1卷)　下斌(淸)　撰　經部　易
類　28

주역편　〃周易篇(3卷),首(1卷)〃　李榮
陛(淸)　撰　經部　易類　24

주역한독고　周易漢讀考(3卷)　郭階
(淸)　撰　經部　易類　39

주역한학통의　〃周易漢學通義(8卷),
略例(1卷)〃　黃瓚(淸)　撰　經部
易類　31

주역항해　〃周易恒解(5卷),首(1卷)〃
劉沅(淸)　撰　經部　易類　26

주역해　周易解(9卷)　牛運震(淸)　撰
經部　易類　21

주역해고　周易解故(1卷)　丁晏(淸)
撰　經部易類　31

주역호체괘변고　周易互體卦變考(1
卷)　任雲倬(淸)　撰　經部　易類
31

주역호체징　周易互體徵(1卷)　俞越
(淸)　撰　經部　易類　34

주역효물당명　周易爻物當名(2卷)
黎遂球(明)　撰　經部　易類　16

주역효신신정의　周易爻辰申鄭義
何秋濤(淸)　撰　經部　易類　34

주영편　晝永編(2卷)　宋岳(明)　撰
子部　雜家類　1124

주월팔기지　駐粵八旗志(一)～(二)
長善 等修 ; 劉彥明　纂　史部
政書類　859～60

주인경설　周人經說(4卷)　王紹蘭
(淸)　撰　經部　群經總義類　173

주인상정　酒人觴政(1卷)　訥齋道人
(淸)　編　子部　藝術類　1106

주인전　疇人傳　阮元(淸)　撰 ; 羅
士琳　續補　史部　傳記類　516

주인전삼편　疇人傳三編　諸可寶
撰　史部　傳記類　516

주인전사편　疇人傳四編　黃鍾駿
撰　史部　傳記類　516

주자논어집주훈고　朱子論語集注訓
詁考(2卷)　潘衍桐(淸)　撰　經部
四書類　157

주자시의보정　朱子詩義補正(8卷)
〃方苞(淸)　撰, 單作哲(淸)　編次〃
經部　詩類　62

주자실기　朱子實紀　戴銑　輯　史
部　傳記類　550

주자통서훈의　周子通書訓義(1卷)
保八(元)　撰　子部　儒家類　934

주장진지　周莊鎮志　陶煦　纂　史
部　地理類　717

주재문고　疇齋文稿(不分卷)　張仲
壽　撰　集部　別集類　1324

주제군징　主制群徵(2卷)　湯若望
(德)　撰　子部　宗敎類　1296

주중승소고　周中丞疏稿　周孔敎
撰　史部　詔令奏議類　481

주지천선생주자성학고약　朱止泉先
生朱子聖學考略(10卷)　朱澤澐
(淸)　撰　子部　儒家類　946

주천성위경위숙도고　周天星位經緯
宿度考(不分卷)　撰者未詳　子
部　天文算法類　1033

주충의공주의　周忠毅公奏議　周宗
建　撰　史部　詔令奏議類　492

주태복문집　朱太復文集(52卷)朱太
復乙集(38卷)　朱長春(明)　撰
集部　別集類　1361～62

주태수풍설어초기잡극　朱太守風雪
漁樵記雜劇　撰者未詳　集部

戱劇類　1761

주판이무시말　籌辦夷務始末(1～8)
〝文慶, 賈楨, 寶鋆(淸) 等纂　輯〞
史部　紀事本末類　414～21

주하시집　周賀詩集(1卷)　周賀　撰
集部　別集類　1311

죽림사여과비전　竹林寺女科秘傳(1
卷)　撰者未詳　子部　醫家類
1008

죽보　竹譜(1卷)　陳鼎(淸)　撰　子部
譜錄類　1117

죽보　粥譜(1卷)　黃雲鵠(淸)　撰　子
部　譜錄類　1115

죽서기년집증　竹書紀年集證　陳逢
衡　撰　史部　編年類　335

죽암집　竹嚴集(18卷)補遺(1卷)續補
遺(1卷)附錄(1卷)　柯潛　撰　集
部　別集類　1329

죽엽암문집　竹葉庵文集(33卷)　張
塤　撰　集部　別集類　1449

죽엽정잡기　竹葉亭雜記(8卷)　姚元
之(淸)　撰　子部　雜家類　1139

죽오청금　竹塢聽琴　石子章　撰
集部　戱劇類　1763

죽초시초　竹初詩鈔(16卷)竹初文鈔(6
卷)　錢維喬　撰　集部　別集類
1460

죽파류고　竹坡類藁(5卷)附錄(1卷)
呂午　撰　集部　別集類　1320

죽향재상희보　竹香齋象戲譜(3卷)
張喬棟(淸)　輯　子部　藝術類
1105～06

준망간법　準望簡法(1卷)　戴震(淸)
撰　子部　天文算法類　1045

준의부지　遵義府志　〝平翰 等修 ;

鄭珍, 莫友芝　纂〞　史部　地理
類　716

준재심제궤누도식　準齋心製几漏圖
式(1卷)　孫逢吉(宋)　撰　子部
天文算法類　1031

준천내대집　浚川內臺集(3卷)　王廷
相　撰　集部　別集類　1335

중각내구당선생일록내편　重刻來瞿
唐先生日錄內篇(7卷) ; 外篇(5
卷)　來知德(明)　撰　子部　雜家
類　1128

중각심재왕선생어록　重刻心齋王先
生語錄(2卷)　王艮(明)　撰　子部
儒家類　938

중각장봉규상서전서　重刻張鳳逵傷
暑全書(2卷)　張鶴騰(明)　撰 ;
彭期生(明)　輯　子部　醫家類
1003

중각족본건가시단점장록　重刻足本
乾嘉詩壇點將錄(1卷)　舒位　撰
集部　詩文評類　1705

중간상교편해　重訂詳校篇海(5卷)
李登(明)　撰　經部　小學類　232

중간속무경총요　重刊續武經總要(8
卷)　趙本學(明) ; 兪大猷　撰
子部　兵家類　959

중간오색조천삽과증입시사북곡구란
려경기　重刊五色潮泉揷科增入詩詞
北曲勾欄荔鏡記(不分卷)　撰者
未詳　集部　戱劇類　1774

중간정정추충보　重刊訂正秋蟲譜(2
卷)　賈似道(宋)　輯　子部　譜錄
類　1120

중간증광분문유림잡설　重刊增廣分
門類林雜說(15卷)　王朋壽(金)

撰　子部　類書類　1219

중경상한보망론　仲景傷寒補亡論(2
0卷)　郭雍(宋)　撰　子部　醫家
類　984

중관논소　"中觀論疏(26卷) ; 附, 中
論科判(1卷)"　(釋)吉藏(隋)　撰
子部　宗敎類　1274

중교송두태사창양경험전서　重校宋
竇太師瘡瘍經驗全書(12卷)　竇
默(宋)撰 ; 竇夢麟(明)　增輯　子
部　醫家類　1012

중교옥잠기　重校玉簪記(2卷)　高濂
撰　集部　戲劇類　1775

중교정지리신서　重校正地理新書(1
5卷)　撰者未詳　子部　術數類
1054

중구시록　仲瞿詩錄(1卷)　王曇撰 ;
徐渭仁　輯　集部　別集類　1483

중대옥소기　重對玉梳記　賈仲名
撰　集部　戲劇類　1763

중랑녀　盛明雜劇三集:卷十四中郎
女　南山逸史　撰　集部　戲劇
類　1765

중록화품　中麓畫品(1卷)　李開先
(明)　撰　子部　藝術類　1065

중론문재필록　重論文齋筆錄(12卷)
王端履(淸)　撰　子部　小說家類
1262

중루옥약　重樓玉鑰(2卷)　張宗良
(淸)　撰　子部　醫家類　1018

중백사　中白詞(4卷)　莊棫　撰　集
部　詞類　1727

중복당유고　中復堂遺稿(5卷)續編(2
卷)　姚瑩　撰　集部　別集類
1513

중산랑　中山狼　康海　撰　集部　戲
劇類　1764

중산랑　盛明雜劇初集:卷十九中山
狼　孟稱舜　撰　集部　戲劇類
1764

중산전신록　中山傳信錄　徐葆光
撰　史部　地理類　745

중상정형통　重詳定刑統　竇儀　等
撰　史部　政書類　862

중서병략지장　中西兵略指掌(24卷) ;
首(1卷)　陳龍昌(淸)　輯　子部
兵家類　969

중서전고휘기　中書典故彙紀　王正
功　撰 ; 趙輯寧　校補　史部　職
官類　746

중서회통의경정의　中西匯通醫經精
義(2卷)　唐宗海(淸)　撰　子部
醫家類　982

중설고　中說考(7卷)　崔銑(明)　撰
子部　儒家類　933

중수금천지　重修琴川志　"孫應時
纂修 ; 鮑廉, 鍾秀實　續修 ; 盧
鎭　增修"　史部　地理類　698

중수비릉지　重修毗陵志　史能之
纂修　史部　地理類　699

중수안휘통지　重修安徽通志(一)～
(五)　"沈葆楨, 吳坤修(淸) 等修
; 何紹基, 楊沂孫(淸) 等纂"　史
部　地理類　651～55

중수양회염법지　重修兩淮鹽法志(
1)～(4)　王定安(淸)　等纂　修
史部　政書類　842～45

중수정문대음첩요진전금보대전　重
修正文對音捷要眞傳琴譜大全(1
0卷)　楊表正(明)　撰　子部　藝

術類　1092

중수천진부지　重修天津府志(一)～(二)　″沈家本, 榮銓 修 ; 徐宗亮, 蔡啓盛 纂″　史部 地理類　690～91

중용곤학록　中庸困學錄(1卷)　王澍(淸) 撰　經部 四書類　159

중용보주　中庸補注(1卷)　戴震(淸) 撰　經部 四書類　159

중용설요　中庸說要(1卷)　宋大勻(明) 撰　經部 四書類　159

중용소략　中庸疏略(1卷)　張沐(淸) 撰　經部 四書類　159

중용장구질의　中庸章句質疑(2卷)　郭嵩燾(淸) 撰　經部 四書類　159

중용전주　″中庸傳注(1卷),問(1卷)″　李塨(淸) 撰　經部 四書類　159

중용찰기　中庸札記(1卷)　范爾梅(淸) 撰　經部 四書類　159

중울선생집　仲蔚先生集(24卷)附錄(1卷)　俞允文 撰　集部 別集類　1354

중전초당외집　重鐫草堂外集(15卷)　檀萃 撰　集部 別集類　1444～45

중정곡양춘추경전고의소　重訂穀梁春秋經傳古義疏(11卷)　″廖平 撰, 廖宗澤補疏″　經部 春秋類　133

중정관해조어사　重訂冠解助語辭　盧以緯(元) 撰　經部 小學類　195

중정부역성규　重訂賦役成規　熊尙文 等撰　史部 政書類　833

중정사서설총　重訂四書說叢(17卷)

沈守正(明) 撰　經部 四書類　163

중정주역비씨학　″重定周易費氏學(8卷),首(1卷),敍錄(1卷)″　馬其昶(淸) 撰　經部 易類　40

중정주역소의　重訂周易小義(2卷)　″茹敦和(淸) 撰, 李慈銘(淸) 訂″　經部 易類　23

중정직음편　重訂直音篇(7卷)　李登(明) 撰　經部 小學類　231

중정철백구신집합편　重訂綴白구新集合編十二集　錢德蒼 輯　集部 戲劇類　1779～80

중주금석고　中州金石攷　黃叔璥 撰　史部 金石類　912

중주금석기　中州金石記　畢沅(淸) 撰　史部 金石類　912

중주악부음운유편　中州樂府音韻類編(1卷)　卓徒之 編　集部 曲類　1739

중주음운집요　中州音韻輯要(21卷)　王준 撰　集部 曲類　1747

중주전운　中州全韻(19卷)　范善溱 撰　集部 曲類　1747

중첨교정촉본서림사류운회　重添校正蜀本書林事類韻會(100卷)　撰者未詳　子部 類書類　1218～19

중편고균홍성행청절공송원문집　重編古筠洪城幸淸節公松垣文集(11卷)　幸元龍 撰　集部 別集類　1320

중편장중경상한론증치발명소원집　重編張仲景傷寒論證治發明溯源集(10卷)　錢潢(淸) 撰　子部 醫家類　986～87

중풍론　中風論(1卷)　熊笏(淸)　撰
　　子部　醫家類　1006

중흥동궁관료제명　中興東宮官寮題
　　名　何異　撰　史部　職官類　748

중흥예서　中興禮書(一)~(二)　禮部
　　太常寺　纂修；徐松　輯　史部
　　政書類　822~23

중흥행재잡매무잡매장제할관제명
　　中興行在雜買務雜賣場提轄官
　　題名　何異　撰　史部　職官類
　　748

증광대생요지　增廣大生要旨(5卷)
　　唐千頃(淸)　撰；菓灝(淸)　增訂
　　子部　醫家類　1008

증광전주간재시집　增廣箋註簡齋詩
　　集(30卷)　陳與義　撰；胡穉　注
　　集部　別集類　1317

증광종정전운　增廣鍾鼎篆韻(7卷)
　　楊鉤(元)　撰　經部　小學類　237

증묵암시유집　增默菴詩遺集(2卷)
　　郭尙先　撰　集部　別集類　1510

증문정공가훈　曾文正公家訓(2卷)
　　曾國藩(淸)　撰　子部　儒家類
　　952

증문정공서찰　曾文正公書札(33卷)
　　曾國藩(淸)　撰　集部　別集類
　　1538

증문정공시집　曾文正公詩集(4卷)曾
　　文正公文集(4卷)　曾國藩(淸)　撰
　　集部　別集類　1537

증문정공연보　曾文正公年譜　黎庶
　　昌　等撰　史部　傳記類　557

증문정공주고　曾文正公奏稿(一)~
　　(二)　曾國藩(淸)　撰　史部　詔令
　　奏議類　500~01

증보공거고략　增補貢擧考略(一)~
　　(二)　黃崇蘭　撰；趙學增　續撰
　　史部　政書類　830~31

증서기　六十種曲120卷:贈書記(2卷)
　　撰者未詳　集部　戲劇類　1773

증속문　證俗文　郝懿行(淸)　撰　經
　　部　小學類　192

증수비아광요　增修埤雅廣要(42卷)
　　陸佃(宋)　撰；牛衷(明)　增輯
　　子部　小說家類　1271

증수운림사지　增修雲林寺志　여鶚
　　撰　史部　地理類　719

증수전주묘선군영초당시여전집　增
　　修箋註妙選群英草堂詩餘前集(2
　　卷)後集(2卷)　何士信　輯　集部
　　詞類　1728

증입명유강의황송중흥양조성정　增
　　入名儒講義皇宋中興兩朝聖政
　　留正　等撰　史部　編年類　348

증자가어　曾子家語(6卷)　王定安
　　(淸)　輯　子部　儒家類　932

증자문강록　曾子問講錄(4卷)　毛奇
　　齡(淸)　撰　經部　禮類　108

증자주석　曾子注釋(4卷)；敍錄(1卷)
　　阮元(淸)　撰　子部　儒家類　932

증정단계연갱지　增訂端溪硯坑志(6
　　卷)；圖說(1卷)　朱玉振(淸)　撰
　　子部　譜錄類　1113

증정성세위언신편　增訂盛世危言新
　　編(14卷)　鄭觀應　撰　子部　儒
　　家類　953

증정춘추세족원류도고　增訂春秋世
　　族源流圖考(6卷)　常茂徠(淸)　撰
　　經部　春秋類　148

증주동래려성공고문관건　增注東萊

呂成公古文關鍵(20卷)　呂祖謙 輯；蔡文子 注　集部 總集類 1602

증주주역신응육친백장해저안전집 增註周易神應六親百章海底眼 前集(1卷)；後集(1卷)　王자(宋) 撰；何侁(宋) 重編　子部 術數類 1055

증충양공문집　曾忠襄公文集(2卷)曾 忠襄公批牘(5卷)曾忠襄公書札(2 2卷)　曾國전 撰　集部 別集類 1554～55

증혜민공문집　曾惠敏公文集(5卷) 曾紀澤 撰　集部 別集類 1562

증혜민공사서일기　曾惠敏公使西日 記　曾紀澤 撰　史部 傳記類 577

증혜민공주소　曾惠敏公奏疏　曾紀 澤 撰　史部 詔令奏議類 510

지감마합라　智勘魔合羅　孟漢卿 撰　集部 戲劇類 1764

지구도설　地球圖說(1卷)；補圖(1卷) "蔣友仁(法) 譯；何國宗(淸), 錢 大昕 潤色；阮元(淸) 補圖" 子部 天文算法類 1035

지도림외집　支道林外集(1卷)　史玄 (明) 輯　集部 別集類 1304

지도림집　支道林集(1卷)　(釋)支遁 (晉) 撰；皇甫涍(明) 輯　集部 別集類 1304

지독학여사고문　至獨學廬四稿文 (卷四) 石온玉(淸) 撰　集部 別 集類 1466

지두화설　指頭畵說(1卷)　高秉(淸) 撰　子部 藝術類 1067

지문록　咫聞錄(12卷)　용訥居士(淸) 撰　子部 小說家類 1270

지비재역석　知非齋易釋(3卷)　陳懋 侯(淸) 撰　經部 易類 38

지비재역주　"知非齋易注(3卷),首(1 卷),末(1卷)"　陳懋侯(淸) 撰　經 部 易類 38

지상김선지　智賞金線池　關漢卿 撰　集部 戲劇類 1763

지성편　知聖篇(2卷)　廖平(淸) 撰 子部 儒家類 953

지수사　地水師　潘鳳梧 撰　史部 政書類 852

지아　支雅　劉燦(淸) 撰　經部 小 學類 193

지원법보감동총록　至元法寶勘同總 錄(10卷)　(釋)慶吉祥(元) 等編 子部 宗敎類 1289

지원설　地圓說(1卷)　焦廷琥(淸) 撰 子部 天文算法類 1035

지원억초존안　芷園臆草存案(1卷) 盧復(明) 撰　子部 醫家類 1027

지원외집　芝園外集(24卷)　張時徹 (明) 撰　子部 雜家類 1123

지원재사화　志遠齋史話　楊以貞 撰　史部 史評類 451

지원필담　止園筆談(8卷)　史夢蘭 (淸) 撰　子部 雜家類 1141

지재집　砥齋集(12卷)　王弘撰(淸) 撰　集部 別集類 1404

지족재시집　知足齋詩集(20卷)續集(4 卷)知足齋文集(6卷)進呈文稿(2 卷)年譜(3卷)　朱珪 撰　集部 別集類 1451～52

지지재시집　知止齋詩集(16卷)　翁

心存 撰　集部 別集類　1519

직렴서옥시초　織簾書屋詩鈔(12卷)　沈兆澐(淸) 撰　集部 別集類　1492

직어보증　直語補證　撰者未詳　經部 小學類　194

직예태창주지　直隷太倉州志(一)~(二)　王昶 等纂修　史部 地理類　697~98

직음방훈모시구해　直音傍訓毛詩句解(20卷)　李公凱(元) 撰　經部 詩類　57

진가정안　診家正眼(2卷)　李中梓(淸) 撰　子部 醫家類　999

진강지　鎭江志　俞希魯 纂修　史部 地理類　698

진강지　鎭江志　盧憲 纂修　史部 地理類　698

진계경오상죽엽주잡극　陳季卿悞上竹葉舟雜劇　范子安 撰　集部 戲劇類　1761

진계본병부주　晉溪本兵敷奏(一)~(二)　王瓊 撰　史部 詔令奏議類　475~76

진공개공문집　陳恭介公文集(12卷)　陳有年 撰　集部 別集類　1352~53

진관오종　晉官五種　黃奭(淸) 輯　史部 職官類　747

진괴뢰　盛明雜劇初集:卷二十六眞傀儡　汪廷訥 撰　集部 戲劇類　1764

진괴뢰　眞傀儡　徐渭 撰　集部 戲劇類　1764

진문정공문집　陳文正公文集(13卷)

陳康伯 撰　集部 別集類　1317

진미공고반여사　陳眉公考槃餘事(4卷)　屠隆(明) 撰　子部 雜家類　1185

진미공중정병사　陳眉公重訂瓶史(2卷)　袁宏道(明) 撰　子部 譜錄類　1116

진미공집　陳眉公集(17卷)　陳繼儒 撰　集部 別集類　1380

진서각주　晉書斠注(一)~(三)　"吳士鑑, 劉承幹 撰"　史部 正史類　275~77

진서교감기　晉書校勘記　周家祿 撰　史部 正史類　274

진서지리지신보정　晉書地理志新補正　畢沅(淸) 撰　史部 正史類　277

진송각사　眞松閣詞(6卷)　楊夔生 撰　集部 詞類　1726

진수연죽오청금　秦脩然竹塢聽琴　石子章 撰　集部 戲劇類　1763

진수연죽오청금잡극　秦脩然竹塢聽琴雜劇　石子章 撰　集部 戲劇類　1762

진씨역설　"陳氏易說(4卷),附錄(2卷)"　陳壽態(淸) 撰　經部 易類　34

진씨하화산방시고　陳氏荷華山房詩稿(26卷)　陳邦瞻 撰　集部 別集類　1368

진예이문초　珍埶宧文鈔(7卷)　莊述祖(淸) 撰　集部 別集類　1475

진예이시초　珍埶宧詩鈔(2卷)　莊述祖(淸) 撰　集部 別集類　1475

진의희동고고　晉義熙銅鼓考(1卷)　羅士琳(淸) 撰　子部 譜錄類

1111

진장기정　進藏紀程　王世睿　撰　史部 地理類　737

진정문고　進呈文稿(2卷)年譜(3卷)　朱珪　撰　集部 別集類　1452

진정집요　晉政輯要(一)~(二)　剛毅　修 ; 安이 纂　史部 政書類　883~84

진정축　盛明雜劇三集:卷七秦廷筑　茅僧曇 撰　集部 戲劇類　1765

진천분여초　"秦川焚餘草(6卷)補遺(1卷),附刻(1卷)"　董平章 撰　集部 別集類　1537

진태사무몽원초집　陳太史無夢園初集(34卷)　陳仁錫(明) 撰　集部 別集類　1381~83

진태시적율광류　晉泰始笛律匡謬(1卷)　凌廷堪(清) 撰　經部 樂類　115

진택기문　震澤紀聞(2卷)　王오(明) 撰　子部 雜家類　1167

진학사음창잡록　陳學士吟窓雜錄(50卷)　陳應行 編　集部 詩文評類　1694

진한서소　秦漢書疏　撰者未詳　史部 詔令奏議類　462

진한와도기　秦漢瓦圖記(4卷) ; 補遺(1卷)　朱楓(清) 撰　子部 譜錄類　1111

진해현지　鎭海縣志　于萬川 修 ; 俞월 纂　史部 地理類　707

진회요　陳會要　朱銘盤(清) 撰　史部 政書類　774

집고관인고　集古官印考(17卷)　瞿中溶(清) 撰　子部 譜錄類　1109

집고산경고주　緝古算經攷注(2卷)　王孝通(唐) 撰竝注 ; 李潢(清) 攷注　子部 天文算法類　1041

집고산경보주　輯古算經補注(1卷)　劉衡(清) 撰　子部 天文算法類　1046

집고호부어부고　集古虎符魚符考(1卷)　瞿中溶(清) 撰　子部 譜錄類　1109

집운고　集韻考(50卷)　方成珪(清) 撰　經部 小學類　253

집운편아　集韻編雅(10卷)　董文渙(清) 撰　經部 小學類　254

집의헌영사시초　集義軒詠史詩鈔(60卷)　羅惇衍 撰　集部 別集類　1542~43

집재선생문집　執齋先生文集(20卷)　劉玉 撰　集部 別集類　1334

집전고문운해　集篆古文韻海(5卷)　杜從古(宋) 撰　經部 小學類　236

집주초당두공부시외집　集註草堂杜工部詩外集(1卷)　蔡夢弼 注　集部 別集類　1307

집주태현　集注太玄(6卷)　司馬光(宋) 撰　子部 術數類　1048

징란실고연췌록　澄蘭室古緣萃錄(18卷)　邵松年(清) 撰　子部 藝術類　1088

징회록　澄懷錄(2卷)　周密(宋) 輯　子部 雜家類　1188

징회서옥시초　澄懷書屋詩鈔(4卷)　穆彰阿 撰　集部 別集類　1507

大

차목헌잡저　此木軒雜著(8卷)　焦袁
　　熹(淸)撰　子　部雜　家類　1136

차보　茶譜(1卷)　顧元慶(明)　撰　子
　　部　譜錄類　1115

차사　茶史(2卷)；補(1卷)　劉源長
　　(淸)　撰；余懷(淸)補　子部　譜
　　錄類　1115

차승　茶乘(6卷)；拾遺(1卷)　高元濬
　　(明)　撰　子部　譜錄類　1115

차암강록　此庵講錄(10卷)　胡統虞
　　(淸)　撰　子部　儒家類　944

차영고답합편　車營叩答合編(4卷)
　　孫承宗(明)　等撰　子部　兵家類
　　962

차운관곡보　借雲館曲譜(2卷)　華文
　　彬(淸)　輯　子部　藝術類　1096

차정전서　醝政全書　周昌晉　撰
　　史部　政書類　839

차제고　車制考(1卷)　錢坫(淸)　撰
　　經部　禮類　85

"차한생시,사"　借閒生詩(3卷)借閒生
　　詞(1卷)　汪遠孫　撰　集部　別
　　集類　1519

차향실경설　茶香室經說(16卷)　兪
　　越(淸)　撰　經部　群經總義類
　　177

착전윤　盛明雜劇二集:卷二十六錯
　　轉輪　祁元孺　撰　集部　戲劇
　　類　1765

찬국재기평　餐菊齋棋評(1卷)　周鼎
　　(淸)　撰　子部　藝術類　1102

찰기　札記(1卷)　宋景昌(淸)　撰　子
　　部　天文算法類　1042

찰박　札樸(10卷)　桂馥(淸)　撰　子
　　部　雜家類　1156

찰병지남　察病指南(3卷)　施發(宋)
　　撰　子部　醫家類　998

찰이　札迻(12卷)　孫이讓(淸)　撰
　　子部　雜家類　1164

참서　讒書(5卷)；附校(1卷)　羅隱
　　(唐)　撰　子部　雜家類　1122

참주비서　參籌秘書(10卷)　汪三益
　　(明)　輯註　子部　術數類　1051~52

창낭헌시집　滄浪軒詩集(6卷)　呂彦
　　貞　撰　集部　別集類　1324

창설화상남래당시집　蒼雪和尙南來
　　堂詩集(4卷)附錄(1卷)　(釋)讀徹
　　撰　集部　別集類　1393

창수제영부록　唱酬題詠附錄(1卷)附
　　錄(1卷)　杜甫　撰；錢謙益　箋
　　注　集部　別集類　1308

창오사　蒼梧詞(12卷)　董元愷　撰
　　集部　詞類　1725

창평산수기　昌平山水記　顧炎武
　　(淸)　撰　史部　地理類　721

창힐편　"倉頡篇(3卷),輯本(1卷),續本
　　(1卷),補本(1卷)"　孫星衍(淸)　撰
　　經部　小學類　243

채근담전집　菜根譚前集(1卷)；後
　　集(1卷)　洪自誠(明)　撰　子部
　　雜家類　1133

채류일기　採硫日記　郁永河　撰
　　史部　傳記類　559

채석과주폐량기　采石瓜洲斃亮記
　　蹇駒(宋)　撰　史部　雜史類　423

채숙당고시선　采菽堂古詩選(38卷)
　　采菽堂古詩選補遺(4卷)　陳祚明
　　評選　集部　總集類　1590~91

채운승신전악부알운편　彩雲乘新鐫
樂府遏雲編(3卷)　˝槐鼎, 吳之
俊 輯˝　集部 戲劇類　1778

채중랑문집보　蔡中郎文集補(1卷)
蔡邕(漢) 撰 ; 吳志忠(淸) 輯
集部 別集類　1303

채지집　采芝集(1卷)續集(1卷)　(釋)
斯植 撰　集部 別集類　1320

채향사　采香詞(4卷)　杜文瀾 撰
集部 詞類　1727

채호기　六十種曲120卷:綵毫記(2卷)
屠隆 撰　集部 戲劇類　1770

책역한학사기　贖易漢學私記(1卷)
陳壽態(淸) 撰　經部 易類　34

처실당집　處實堂集(8卷)續集(10卷)
後集(6卷)　張鳳翼(明) 撰　集部
別集類　1353

척강초당유집　尺岡草堂遺集(12卷)
陳璞 撰　集部 別集類　1547

척소보연보기편　戚少保年譜耆編
戚祚國 等撰　史部 傳記類　553

척재경설　惕齋經說(4卷)　孫經世
(淸) 撰　經部 群經總義類　176

천경재초집　千頃齋初集(26卷)　黃
居中 撰　集部 別集類　1363

천공개물　天工開物(3卷)　宋應星
(明) 撰　子部 譜錄類　1115

천관고이　天官考異(1卷)　吳肅公
(淸) 撰　子部 天文算法類　1032

천관도　˝天官圖(不分卷),附錄(1卷)˝
張汝璧(淸) 撰　子部 天文算法
類　1031

천금기　六十種曲120卷:千金記(2卷)
沈采 撰　集部 戲劇類　1773

천남일사　天南逸史　瞿共美 撰

史部 雜史類　444

천남지보중편　泉南指譜重編(6卷)
林鴻 編　子部 藝術類　1096

천녀이혼　天女離魂　鄭德輝 撰
集部 戲劇類　1763

천녹채　天綠債(2卷)　唐英 撰　集
部 戲劇類　1766

천명조지서　天命詔旨書　撰者未詳
史部 詔令奏議類　458

천목선생집　天目先生集(21卷)　徐
中行 撰　集部 別集類　1349

천문게요　天文揭要(2卷)　赫士(美)
編譯 ; 周文源(淸) 述　子部 西
學譯著類　1300

천문도설　天文圖說(不分卷)　袁啓
(明) 輯　子部 天文算法類　1031

천문략　天文略(1卷)　蔡汝楠(明) 撰
子部 天文算法類　1031

천문보주　天問補註(1卷)　毛奇齡
(淸) 撰　集部 楚辭類　1302

천문본단경논어교감기　天文本單經
論語校勘記(1卷)　葉德輝(淸) 撰
經部 四書類　157

천문비지　天文秘旨(5卷)　撰者未詳
子部 天文算法類　1036

천문삼십육전도　天文三十六全圖(1
卷)　黃道時制　子部 天文算
法類　1031

천문서　天文書(4卷)　˝海達兒(明)
等口授 ; 李충, 吳伯宗(明) 譯˝
子部 術數類　1063

천문정의부　天文精義賦(5卷)　岳熙
載(元) 撰　子部 天文算法類
1031

천방성리　天方性理(5卷) ; 首(1卷)

劉智(淸) 撰　子部 宗敎類　1296

천방전예택요해　天方典禮擇要解(2
0卷) ; 後編(1卷)　劉智(淸) 撰
子部 宗敎類　1295

천방지성실록　天方至聖實錄(20卷) ;
首(1卷)　劉智(淸) 撰　子部 宗
敎類　1296

천벽정전록　千甓亭磚錄(4卷)　陸心
源(淸) 撰　子部 譜錄類　1111

천부광기　天府廣記(一)～(二)　孫承
澤(淸) 撰　史部 地理類　729～30

천사　天史(12卷)　丁耀亢(淸) 撰
子部 雜家類　1176

천사로생아　天賜老生兒　武漢臣
撰　集部 戲劇類　1764

천산시집　千山詩集(20卷)首(1卷)補
遺(1卷)　(釋)函可 撰　集部 別
集類　1398

천상원위　天象源委(20卷)　張永祚
(淸) 輯　子部 天文算法類　1034

천상의전도　天象儀全圖(1卷)　徐敬
儀(明) 輯　子部 天文算法類
1031

천순일녹　天順日錄　李賢(明) 撰
史部 雜史類　433

천악산관문초　天岳山館文鈔(40卷)
李元度 撰　集部 別集類　1549

천연론　天演論(2卷)　赫胥黎(英) 撰
; 嚴復 譯　子部 西學譯著類
1297

천외귀범초　天外歸帆草(1卷)　斌椿
撰　集部 別集類　1532

천원력리전서　天元曆理全書(12卷)
徐發(淸) 撰　子部 天文算法類
1032

천유각집　天游閣集五卷詩補(1卷)附
錄(1卷)　顧春 撰　集部 別集
類　1529

천일각비목　天一閣碑目　范欽藏 ;
范懋敏 撰　史部 目錄類　920

천일각서목　天一閣書目　范欽藏 ;
范邦甸 撰　史部 目錄類　920

천일각집　天一閣集(32卷)　范欽 撰
集部 別集類　1341

천일록　千一錄(26卷)　方弘靜(明)
撰　子部 雜家類　1126

천일유서　天一遺書　陳潢 撰　史
部 政書類　847

천주실의　天主實義(2卷)　利瑪竇
(意) 撰　子部 宗敎類　1296

천지　泉志(15卷)　洪遵(宋) 撰　子
部 譜錄類　1112

천지산인소고　天池山人小稿　陸采
撰　集部 別集類　1354

천지우문　天咫偶聞　震鈞(淸) 撰
史部 地理類　730

천진각집　天眞閣集(54卷)外集(6卷)
孫原湘 撰　集部 別集類　148
7～88

천태산전지　天台山全志　張聯元
輯　史部 地理類　723

천하군국이병서　天下郡國利病書
(一)～(三)　顧炎武(淸) 撰　史部
地理類　595～97

천하금석지　天下金石志　于奕正
撰 ; 孫國미 校補 ; 翁方綱
校竝跋　史部 金石類　886

천학천미　天學闡微(10卷)　王家弼
(淸) 撰　子部 天文算法類　1035

천향각수필　天香閣隨筆(2卷)　李介

(淸) 撰 子部 雜家類 1175

철관도 審音鑑古錄(9) 鐵冠圖 撰者未詳 集部 戲劇類 1781~82

철괴이 鐵拐李 岳伯川 撰 集部 戲劇類 1764

철괴이도금동옥녀잡극 鐵拐李度金童玉女雜劇 賈仲名 撰 集部 戲劇類 1762

철교온고 鐵橋溫稿(13卷) 嚴可均(淸) 撰 集部 別集類 1488~89

철금동검루장서목록 鐵琴銅劍樓藏書目錄 瞿鏞 撰 史部 目錄類 926

철립문기 鐵立文起(22卷)首(1卷) 王之績 撰 集部 詩文評類 1714

철애부고 鐵崖賦藁(2卷) 楊維楨 撰 集部 別集類 1325

철애악부주 鐵崖樂府註(10卷) 楊維楨 撰 ; 樓卜전注 集部 別集類 1325

철애영사주 鐵厓詠史註(8卷) 楊維楨 撰 ; 樓卜전注 集部 別集類 1325

철애일편주 鐵厓逸編註(8卷) 楊維楨 撰 ; 樓卜전注 集部 別集類 1325

철운장구 鐵雲臟龜 劉鶚 撰 史部 金石類 906

첨양총필 尖陽叢筆(10卷) ; 續筆(1卷) 吳騫(淸) 撰 子部 雜家類 1139

첨폭잡기 簷曝雜記(6卷) ; 附錄(1卷) 趙翼(淸) 撰 子部 雜家類 1138

첩아 疊雅 史夢蘭(淸) 撰 經部

小學類 193

청가록 淸嘉錄(12卷) 顧祿(淸) 撰 子部 小說家類 1262

청감소송부량소고 請減蘇松浮糧疏稿 熊尙文 等撰 史部 政書類 833

청계가필 靑溪暇筆(2卷) 姚福(明) 撰 子部 雜家類 1167

청계구궤 靑溪寇軌 方勺(宋) 撰 史部 雜史類 423

청계구옥문집 靑溪舊屋文集(12卷) 劉文淇(淸) 撰 集部 別集類 1517

청교시 靑郊詩存(6卷) 梁煥奎 撰 集部 別集類 1576

청권당집 淸權堂集(22卷) 沈德符(明) 撰 集部 別集類 1377

청니연화기 靑泥蓮花記(13卷) 梅鼎祚(明) 撰 子部 小說家類 1271

청대금훼서목사종 淸代禁毀書目四種 姚覲元 編 史部 目錄類 921

청루집 靑樓集(1卷) 夏庭芝 撰 集部 曲類 1758

청몽암이백사 淸夢盒二白詞(5卷) 沈傳桂 撰 集部 詞類 1726

청부용각시초 靑芙蓉閣詩鈔(6卷) 陸元횡(淸) 撰 集部 別集類 1475

청분루유와 淸芬樓遺藁(4卷) 任啓運 撰 集部 別集類 1424

청비술문 淸秘述聞(16卷) 法式善(淸) 撰 子部 雜家類 1178

청비술문보 淸秘述聞補(1卷) 錢維

福(淸) 撰 子部 雜家類 1178

청비술문속 淸秘述聞續(16卷) 王家相(淸) ; 魏茂林 等撰 子部 雜家類 1178

청사고 淸史稿(一)~(六) 趙爾巽 等撰 史部 正史類 295~300

청사기사본말 淸史紀事本末 黃鴻壽 撰 史部 紀事本末類 390

청삼기 六十種曲120卷:靑衫記(2卷) 顧大典 撰 集 部戲 劇類 1772

청삼루 靑衫淚 馬致遠 撰 集部 戲劇類 1763

청석령 靑石嶺(4卷) 撰者未詳 集部 戲劇類 1782

청영일기 淸纓日記 唐景崧 撰 史部 傳記類 577

청우루수필 聽雨樓隨筆(8卷) 王培荀(淸) 撰 子部 雜家類 1180

청지산관집 靑芝山館集(27卷) 樂鈞 撰 集部 別集類 1490

청천해록 晴川蟹錄(4卷) ; 晴川後蟹錄(4卷) ; 晴川續蟹錄(1卷) 孫之錄(淸) 輯 子部 譜錄類 1120

청추성관사화 聽秋聲館詞話(20卷) 鄭紹儀 撰 集部 詞類 1734

청충보정안 淸忠譜正案(1卷) 唐英 撰 集部 戲劇類 1767

청평산당화본이십칠종 淸平山堂話本二十七種 洪편 輯 集部 小說類 1784

청하집 淸河集(7卷)附錄(1卷) 元明善 撰 集部 別集類 1323

청해지 靑海誌 康敷鎔 等修 史部 地理類 649

체설 褅說(2卷) 惠棟(淸) 撰 經部 禮類 108

체협문답 褅祫問答(1卷) 胡培翬(淸) 撰 經部 禮類 110

초가 樵歌(3卷) 朱敦儒 撰 集部 詞類 1722

초담집 初潭集(30卷) 李贄(明) 撰 子部 雜家類 1188~89

초동산문집 焦桐山文集(1卷) 黃道周(明) 撰 集部 別集類 1384

초동산시집 焦桐山詩集(2卷) 黃道周(明) 撰 集部 別集類 1384

초랑좌녹 蕉廊脞錄(8卷) 吳慶저(淸) 撰 子部 小說家類 1264

초록몽 盛明雜劇二集:卷二十七蕉鹿夢 거然子 撰 集部 戲劇類 1765

초망각시집 楚望閣詩集(10卷) 程頌萬 撰 集部 別集類 1577

초목소교정 草木疏校正(2卷) 趙佑(淸) 撰 經部 詩類 64

초보 楚寶(一)~(二) 周聖楷 撰 史部 傳記類 548~49

초사고이 楚辭考異(1卷) 汪瑗(明) 撰 集部 楚辭類 1301

초사대서 楚辭大序(1卷) 汪瑗(明) 撰 集部 楚辭類 1301

초사몽인 楚辭蒙引(2卷) 汪瑗(明) 撰 集部 楚辭類 1301

초사석 楚辭釋(11卷) 王闓運(淸) 撰 集部 楚辭類 1302

초사소 楚辭疏(1卷) 陸時雍(明) 撰 集部 楚辭類 1301

초사소서 楚辭小序(1卷) 汪瑗(明) 撰 集部 楚辭類 1301

초사신집주　楚辭新集註(8卷)　屈復
(淸) 撰　集部 楚辭類　1302

초사잡론　楚辭雜論(1卷)　陸時雍
(明) 撰　集部 楚辭類　1301

초사전주　楚詞箋註(4卷)　李陳玉
(淸) 撰　集部 楚辭類　1302

초사집해　楚辭集解(1卷)　汪瑗(明)
撰　集部 楚辭類　1301

초사청직팔권합론　楚辭聽直八卷合
論(1卷)　黃文煥(明) 撰　集部
楚辭類　1301

초사통석　楚辭通釋(14卷)　末(1卷)
王夫之(淸) 撰　集部 楚辭類
1302

초서　焦書(2卷)　紀許國(明) 撰　子
部 儒家類　944

초소공소자하선잡극　楚昭公疏者下
船雜劇　鄭廷玉 撰　集部 戱
劇類　1760

초씨담원속집　焦氏澹園續集(27卷)
焦竑(明) 撰　集部 別集類　136
4～65

초씨담원집　焦氏澹園集(49卷)　焦
竑(明) 撰　集部 別集類　1364

초씨등음　焦氏等音(1卷)　焦自授
(淸) 撰　經部 小學類　257

초씨사서강록　焦氏四書講錄(14卷)
焦竑(明) 撰　經部 四書類　162

초씨설고　焦氏說楛(7卷)　焦周(明)
撰　子部 雜家類　1174

초씨역림교략　焦氏易林校略(16卷)
翼云升(淸) 撰　子部 術數類
1055

초씨유림　焦氏類林(8卷)　焦竑(明)
輯　子部 雜家類　1189

초씨필승　焦氏筆乘(6卷)；續集(8卷)
焦竑(明) 撰　子部 雜家類　1129

초암문초　肖巖文鈔(4卷)　趙良柱
撰　集部 別集類　1464

초암시초　肖巖詩鈔(12卷)　趙良柱
撰　集部 別集類　1464

초월루고문서론　初月樓古文緖論(1
卷)　吳德旋 撰；呂璜 輯　集
部 詩文評類　1714

초자오행지　譙子五行志(5卷)　복陽
夏(唐) 撰　子部 術數類　1049

초정선생집　〃艸亭先生集(7卷)文集(2
卷),詩集(4卷),補遺(1卷)〃　周篆
撰　集部 別集類　1416

초창구록　蕉窓九錄(9卷)　項元변
(明) 撰　子部 雜家類　1185

초태사편집국조헌징록　焦太史編輯
國朝獻徵錄(1～7)　焦竑(明) 輯
史部 傳記類　525～31

초파기　六十種曲120卷:蕉帕記(2卷)
單本 撰　集部 戱劇類　1772

초풍악부　樵風樂府(9卷)　鄭文悼
撰　集部 詞類　1727

초헌수록　蕉軒隨錄(12卷)；蕉軒續
錄(2卷)　方濬師(淸) 撰　子部
雜家類　1141

촉도잡초　蜀都雜抄　陸深(明) 撰
史部 地理類　735

촉벽　蜀碧　彭遵泗(淸) 撰　史部
雜史類　442

촉석경잔자삼종　蜀石經殘字三種(4
卷)　撰者未詳　經部 群經總義
類　184

촉수경　蜀水經　李元(淸) 撰　史部
地理類　728

촉승상제갈량문집　蜀丞相諸葛亮文
集(6卷)　諸葛亮(三國蜀)　撰　集
部　別集類　1303

촉전;속검서　蜀典；續黔書　張澍
(淸)　撰　史部　地理類　735

최부군단원가채주잡극　崔府君斷寃
家債主雜劇　撰者未詳　集部
戲劇類　1762

최사인옥당류고　崔舍人玉堂類藁(2
0卷)附錄(1卷)崔舍人西垣類藁(2卷)
崔敦詩　撰　集部　別集類　1318

최신청국문무관제표　最新淸國文武
官制表　撰者未詳　史部　職官
類　753

추가집　秋笳集(8卷)補遺(1卷)　吳兆
騫　撰　集部　別集類　1412

추가헌시여　秋佳軒詩餘(12卷)　易
震吉　撰　集部　詞類　1723

추나광의　推拿廣意(3卷)　熊應雄
(淸)　撰　子部　醫家類　997

추등총화　秋燈叢話(18卷)　王감(淸)
撰　子部　小說家類　1269

추림금아　秋林琴雅(4卷)　여악(淸)
撰　集部　詞類　1725

추매향편한림풍월잡극　추梅香騙翰
林風月雜劇　鄭德輝　撰　集部
戲劇類　1762

추몽암사초　秋夢盦詞鈔(2卷)續(1卷)
再續(1卷)　葉衍蘭　撰　集部
詞類　1727

추보법해　推步法解(5卷)　江永(淸)
撰　子部　天文算法類　1032

추봉오어　推蓬寤語(9卷)；餘錄(1卷)
李豫亨(明)　撰　子部　雜家類
1128

추선유보전집　秋仙遺譜前集(8卷)；
後集(4卷)　저克明(明)　撰　子部
藝術類　1097

추성집　秋聲集(9卷)　黃鎭成　撰
集部　別集類　1323

추수각시집　秋水閣詩集(1卷)　許兆
椿(淸)　撰　集部　別集類　1472

추수각잡저　秋水閣雜著(1卷)　許兆
椿(淸)　撰　集部　別集類　1472

추수암화영집　秋水庵花影集(5卷)
施紹莘　撰　集部　曲類　1739

추실집　秋室集(10卷)　楊鳳苞(淸)
撰　集部　別集類　1476

추실학고록　秋室學古錄(6卷)　余集
撰　集部　別集類　1460

추씨학맥　鄒氏學脈(4卷)　鄒守益
(明)　撰　子部　儒家類　938

추암유고　秋盦遺稿(不分卷)　黃易
(淸)　撰　集部　別集類　1466

추야소상우　秋夜瀟湘雨　楊顯之
撰　集部　戲劇類　1763

추야오동우　秋夜梧桐雨　白仁甫
撰　集部　戲劇類　1763

추영루시집　秋影樓詩集(9卷)　汪繹
撰　集部　別集類　1421

추우집추　隅集(10卷)　趙文哲　撰
集部　別集類　1436

추원기략　樞垣記略　梁章鉅(淸)　撰
；朱智　等補　史部　職官類　751

추원제명　樞垣題名　吳孝銘　輯
史部　職官類　751

추징군존고　鄒徵君存稿(1卷)　鄒伯
奇　撰　集部　別集類　1547

추춘추일식법　"推春秋日食法(1卷),
末(1卷)"　施彦士(淸)　撰　經部

春秋類　147

추충개공주소　鄒忠介公奏疏　鄒元標(明)　撰　史部　詔令奏議類　481

추혜음관시초　秋蟪吟館詩鈔(7卷)　金和　撰　集部　別集類　1554

축국보　蹴踘譜(不分卷)　撰者未詳　子部　藝術類　1106

축우도설　築圩圖說(1卷)　孫峻(淸)　撰　子部　農家類　976

축위설　築圍說(1卷)　陳瑚(淸)　撰　子部　農家類　975

축자죄지록　祝子罪知錄(10卷)　祝允明(明)　撰　子部　雜家類　1122

축자지괴록　祝子志怪錄(5卷)　祝允明(明)　撰　子部　小說家類　1266

춘무기　六十種曲120卷:春蕪記(2卷)　汪릉　撰　集部　戲劇類　1770

춘융당집　春融堂集(68卷)　王애　撰　集部　別集類　1437～38

춘재당수필　春在堂隨筆(10卷)　兪越(淸)　撰　子部　雜家類　1141

춘재당시편　春在堂詩編(23卷)　前월　撰　集部　別集類　1551

춘좌당잡문　春左堂雜文(2卷)續編(5卷)三編(4卷)四編(8卷)五編(8卷)六編(10卷)六編補遺(6卷)　前월　撰　集部　別集類　1551

춘천문견록　春泉聞見錄(4卷)　劉壽眉(淸)　撰　子部　雜家類　1177

춘초당집　春草堂集(6卷)　謝곤　撰　集部　別集類　1507

춘추가설　春秋家說(3卷)　王夫之(淸)　撰　經部　春秋類　139

춘추경사비　春秋決事比(1卷)　龔自珍(淸)　撰　經部　春秋類　129

춘추경전비사　春秋經傳比事(22卷)　林春보(淸)　撰　經部　春秋類　147

춘추경전일월고　春秋經傳日月考(1卷)　측伯奇(淸)　撰　經部　春秋類　148

춘추경전집해고정　春秋經傳集解考正(30卷)　陳樹華(淸)　撰　經部　春秋類　142～43

춘추고경설　春秋古經說(2卷)　侯康(淸)　撰　經部　春秋類　148

춘추곡양경전보주　"春秋穀梁經傳補注(24卷),首(1卷),末(1卷)"　鍾文烝(淸)　撰　經部　春秋類　132

춘추공양경하씨석례　"春秋公羊經何氏釋例(10卷),後錄(6卷)"　劉逢祿(淸)　撰　經部　春秋類　129

춘추공양문답　春秋公羊問答(2卷)　凌曙(淸)　撰　經部　春秋類　129

춘추공양예소　春秋公羊禮疏(11卷)　凌曙(淸)　撰　經部　春秋類　129

춘추공양전력보　春秋公羊傳曆譜(11卷)　包愼言(淸)　撰　經部　春秋類　131

춘추공양전전　春秋公羊傳箋(11卷)　王闓運(淸)　撰　經部　春秋類　131

춘추공양주소질의　春秋公羊注疏質疑(2卷)　何若瑤(淸)　撰　經部　春秋類　129

춘추귀의　春秋歸義(12卷)　"賀仲軾(明)　撰,　范양(淸)　删訂"　經部　春秋類　136

춘추난적고　春秋亂賊考(1卷)　朱駿

聲(淸) 撰　經部 春秋類　148

춘추내전고주　春秋內傳古注輯存(3
卷)　嚴蔚(淸) 輯　經部 春秋類
122

춘추도표　春秋圖表(2卷)　廖平(淸)
撰　經部 春秋類　148

춘추명자해고보의　春秋名字解詁補
義(1卷) 兪樾(淸) 撰　經部 春
秋類　128

춘추무례상고　春秋無例詳考(1卷)
姚際恒(淸) 撰　經部 春秋類
139

춘추번로의증　″春秋繁露義證(17卷),
首(1卷),考證(1卷)″ 蘇輿 撰 經
部 春秋類　150

춘추번로주　″春秋繁露注(17卷),題跋
附錄(1卷)″ 凌曙(淸) 撰 經部
春秋類　150

춘추범례　春秋凡例(2卷)　″王樵(明)
輯, 朱鶴齡(淸) 參訂″　經部 春
秋類　120

춘추복시　春秋復始(38卷)　崔適 撰
經部 春秋類　131

춘추사고　″春秋私考(36卷),首(1卷)″
李本(明) 撰　經部 春秋類　134

춘추사사의　春秋使師義(1卷)　莊有
可(淸) 撰　經部 春秋類　144

춘추사전사고　春秋四傳私考(2卷)
徐浦(明) 撰　經部 春秋類　135

춘추삭윤이동　春秋朔閏異同(2卷)
羅士琳(淸) 撰　經部 春秋類
147～48

춘추삭윤지일고　春秋朔閏至日考(3
卷)　王韜(淸) 撰　經部 春秋類
148

춘추삭윤표발복　″春秋朔閏表發覆(4
卷),首(1卷)″ 施彦士(淸) 撰　經
部 春秋類　147

춘추삭지표　春秋朔至表(1卷)　王韜
(淸) 撰　經部 春秋類　148

춘추삼가이문핵　春秋三家異文覈(1
卷)　朱駿聲(淸) 撰　經部 春秋
類　148

춘추삼발　春秋三發(3卷)　馮士化
(明) 輯　經部 春秋類　136

춘추삼전비　春秋三傳比(2卷)　李調
元(淸) 撰　經部 春秋類　144

춘추삼전이동고　春秋三傳異同考(1
卷)　吳陳琰(淸) 撰　經部 春秋
類　139

춘추삼전이문석　春秋三傳異文釋(1
2卷)　李富孫(淸) 撰　經部 春
秋類　144

춘추삼전통경합찬　春秋三傳通經合
纂(12卷)　″周統(明) 撰, 周夢齡
(淸), 周毓齡增輯″　經部 春秋
類　134

춘추석　春秋釋(4卷)　黃式三(淸) 撰
經部 春秋類　148

춘추설략　春秋說略(12卷)春秋比(2
卷)　郝懿行(淸) 撰　經部 春秋
類　144

춘추세계표　春秋世系表(不分卷)
周耀藻(淸) 撰　經部 春秋類
149

춘추세족증십유　春秋世族譜拾遺(1
卷)　成蓉鏡(淸) 撰　經部 春秋
類　148

춘추세족집략　″春秋世族輯略(2卷),
春秋列國輯略(1卷)″　王文源(淸)

190　續修四庫全書한글索引集

撰　經部　春秋類　124

춘추소학　春秋小學(8卷)　莊有可
(淸)　撰　經部　春秋類　144

춘추속사변례편　"春秋屬辭辨例編(6
0卷),首(2卷)"　張應昌(淸)　撰
經部　春秋類　145～46

춘추시어　春秋詩語(5卷)　勞孝輿
撰　集部　詩文評類　1702

춘추신행의　春秋愼行義(2卷)　莊有
可(淸)　撰　經部　春秋類　144

춘추여증　春秋女譜(1卷)　常茂徠
(淸)　撰　經部　春秋類　148

춘추열국관명이동고　春秋列國官名
異同考(1卷)　汪中(淸)　撰　經部
春秋類　144

춘추의문　春秋疑問(12卷)　姚舞牧
(明)　撰　經部　春秋類　135

춘추의존록　"春秋義存錄(12卷),首(1
卷)"　陸奎勳(淸)　撰　經部　春
秋類　139

춘추이문　"春秋異文(12卷),附錄(1卷)"
趙坦(淸)　撰　經部　春秋類　144

춘추이지동명고　春秋異地同名考(1
卷)　丁壽徵(淸)　撰　經部　春秋
類　128

춘추익부　春秋翼附(20卷)　黃正憲
(明)　撰　經部　春秋類　135

춘추일남지증　春秋日南至譜(1卷)
成蓉鏡(淸)　撰　經部　春秋類
148

춘추일식변정　春秋日食辨正(1卷)
王韜(淸)　撰　經部　春秋類　148

춘추일식질의　春秋日食質疑(1卷)
吳守一(淸)　撰　經部　春秋類
144

춘추일식집증　春秋日食集證(10卷)
馮澂(淸)　撰　經部　春秋類　148

춘추자전보주　春秋左傳補注(3卷)
馬宗璉(淸)　撰　經部　春秋類
124

춘추전　春秋傳(12卷)　牛運震(淸)
撰　經部　春秋類　140

춘추전례징　春秋傳禮徵(10卷)　朱
大韶(淸)　撰　經部　春秋類　128

춘추전복씨주　春秋傳服氏注(12卷)
"服虔(淸)　撰, 袁鈞(淸)　輯"　經
部　春秋類　117

춘추전주　"春秋傳注(36卷),提綱(1卷)"
嚴啓隆(淸)　撰　經部　春秋類
137～39

춘추정사　"春秋正辭(11卷),春秋擧例
(1卷),春秋要指(1卷)"　莊存與(淸)
撰　經部　春秋類　141

춘추조관편　春秋條貫編(11卷)　毛
奇齡(淸)　撰　經部　春秋類　139

춘추좌씨고경　"春秋左氏古經(12卷),
附(1卷)"　段玉裁(淸)　撰　經部
春秋類　123

춘추좌씨전구주소증　春秋左氏傳舊
注疏證(不分卷)　"劉文淇(淸),
劉毓崧, 劉壽曾　撰"　經部　春
秋類　126～27

춘추좌씨전매복주집술　春秋左氏傳
買服注輯述(20卷)　李貽德(淸)
撰　經部　春秋類　125

춘추좌씨전보주　春秋左氏傳補注(1
2卷)　沈欽韓(淸)　撰　經部　春
秋類　125

춘추좌씨전지명보주　春秋左氏傳地
名補注(12卷)　沈欽韓(淸)　撰

經部　春秋類　125

춘추좌전고　春秋左傳詁(20卷)　洪
　　亮吉(淸)　撰　經部　春秋類　124

춘추좌전독서록　″春秋左傳讀敍錄(1
　　卷),류子政左氏說(1卷)″　章炳麟
　　(淸)　撰　經部　春秋類　128

춘추좌전보소　春秋左傳補疏(5卷)
　　焦循(淸)　撰　經部　春秋類　124

춘추좌전사씨집해변　春秋左傳社氏
　　集解辨正(2卷)　류平(淸)　撰　經
　　部　春秋類　128

춘추좌전사주　″春秋左傳社注(30卷),
　　首(1卷)″　姚培謙(淸)　撰　經部
　　春秋類　121

춘추좌전사주교감기　春秋左傳社注
　　校勘記(1卷)　黎庶昌(淸)　撰　經
　　部　春秋類　128

춘추좌전석　″春秋左傳釋(82卷),附錄
　　(1卷)″　范照藜(淸)　撰　經部　春
　　秋類　124

춘추좌전성명동이고　春秋左傳姓名
　　同異考(4卷)　高士奇(淸)　撰　經
　　部　春秋類　121

춘추좌전식소록　春秋左傳識小錄(2
　　卷)　朱駿聲(淸)　撰　經部　春秋
　　類　125

춘추좌전유해　春秋左傳類解(12卷)
　　劉績(明)　撰　經部　春秋類　119

춘추좌전전략　春秋左傳典略(12卷)
　　陳許廷(明)　撰　經部　春秋類
　　119

춘추좌전정의　春秋左傳正義(36卷)
　　孔穎達(唐)　等撰　經部　春秋類
　　117～18

춘추좌전회요　春秋左傳會要(4卷)

李調元(淸)　撰　經部　春秋類
　　123

춘추직해　春秋直解(12卷)　方苞(淸)
　　撰　經部　春秋類　140

춘추직해　″春秋直解(15卷),讀春秋(1
　　卷)″　郝敬(明)　撰　經部　春秋
　　類　136

춘추집전　″春秋集傳(16卷),首(1卷),末
　　(1卷)″　汪紱(淸)　撰　經部　春秋
　　類　140

춘추집전　春秋集傳(26卷)　張洽(宋)
　　撰　經部　春秋類　133

춘추취의측　春秋取義測(12卷)　法
　　坤宏(淸)　撰　經部　春秋類　140

춘추통론　春秋通論(15卷),論旨(1卷)
　　姚際恒(淸)　撰　經部　春秋類
　　139

춘추평의　春秋平議(1卷)　朱駿聲
　　(淸)　撰　經部　春秋類　148

춘추형법의　春秋刑法義(1卷)　莊有
　　可(淸)　撰　經部　春秋類　144

춘파영　盛明雜劇初集:卷二十四春
　　波影　孟稱舜　撰　集部　戲劇
　　類　1764

춘풍경삭당　春風慶朔堂　周藩憲王
　　撰　集部　戲劇類　1763

춘휘각시선　春暉閣詩選(6卷)　蔣湘
　　南(淸)　撰　集部　別集類　1541

출사미일비국일기　出使美日秘國日
　　記　崔國因(淸)　撰　史部　傳記
　　類　578

출사영법의비사국일기　出使英法義
　　比四國日記　薛福成(淸)　撰
　　史部　傳記類　578

출사일기속각　出使日記續刻(一)～

(二) 薛福成(淸) 撰 史部 傳記類 578~79

출삼장기집 出三藏記集(15卷) (釋)僧祐(梁) 撰 子部 宗敎類 1288

충경상해 忠經詳解(1卷) 馬融(漢) 撰 ; 鄭玄(漢) 注 ; 陶原良(明) 詳解 子部 儒家類 933

충무공연보 忠武公年譜 楊國禎 撰 史部 傳記類 557

충문왕기사실록 忠文王紀事實錄 謝起巖 撰 史部 傳記類 550

충성재문집 衷聖齋文集(1卷)衷聖齋詩集(2卷) 劉光第 撰 集部 別集類 1568

충아당문집 忠雅堂文集(30卷) 蔣士銓 撰 集部 別集類 1436~37

충아당시집 忠雅堂詩集(不分卷)附銅絃詞(不分卷) 蔣士銓 撰 集部 別集類 1436

충암고선생무요주의 沖庵顧先生撫遼奏議 顧養謙 撰 史部 詔令奏議類 478

충절록 忠節錄 張朝瑞(明) 撰 史部 傳記類 537

충절오차미선생연보 忠節吳次尾先生年譜 夏燮(淸) 撰 史部 傳記類 553

충허지덕진경사해 沖虛至德眞經四解(20卷) 高守元(宋) 撰 子部 儒家類 958

충헌한위왕가전 忠獻韓魏王家傳 王巖叟 撰 史部 傳記類 550

충회 蟲薈(5卷) 方旭(淸) 撰 子部 譜錄類 1120

취경집 吹景集(14卷) 董斯張(明) 撰 子部 雜家類 1134

취망록 吹網錄(6卷) 葉廷琯(淸) 撰 子部 雜家類 1163

취미선생북정록 翠微先生北征錄(12卷) 華岳(宋) 撰 子部 兵家類 959

취사향왕찬등루잡극 醉思鄉王粲登樓雜劇 鄭德輝 撰 集部 戲劇類 1761

취신풍 盛明雜劇三集:卷九醉新豊 茅僧曇 撰 集部 戲劇類 1765

취오각근언 翠娛閣近言(4卷)詩(1卷)文(3卷) 陸雲龍 撰 集部 別集類 1389

취오각평선종백경선생합집 翠娛閣評選鍾伯敬先生合集(16卷) 鍾惺 撰 ; 陸雲龍 評 集部 別集類 1371

취옹금취외편 醉翁琴趣外篇(6卷) 歐陽修 撰 集部 詞類 1722

취옹담록 醉翁談錄(5卷) 金盈之(宋) 撰 子部 雜家類 1166

취전연 盛明雜劇三集:卷十六翠鈿緣 南山逸史 撰 集部 戲劇類 1765

취향몽 盛明雜劇初集:卷六翠鄉夢 徐渭 撰 集部 戲劇類 1764

취홍향아녀량단원잡극 翠紅鄉兒女兩團圓雜劇 楊文奎 撰 集部 戲劇類 1761

측원해경세초 測圓海鏡細草(12卷) 李冶(淸) 撰 子部 天文算法類 1042

측환밀솔 測圓密率(3卷) 徐有任(淸) 撰 子部 天文算法類 1047

치곡도해　致曲圖解(1卷)　夏鸞翔
(淸) 撰　子部 天文算法類　1047

치곡술　致曲術(1卷)　夏鸞翔(淸) 撰
子部 天文算法類　1047

치당독사관견　致堂讀史管見(一)～
(二)　胡寅 撰　史部 史評類
448～49

치대필고록　治臺必告錄　丁曰健
撰　史部 政書類　882

치보　治譜　余自强 撰　史部 職官
類　753

치선집　治鮮集　林華皖 撰　史部
政書類　880

치세여문록　治世餘聞錄　陳洪謨
(明) 撰　史部 雜史類　433

치심병방　治心病方(1卷)　吳師機
(淸) 撰　子部 醫家類　997

치심재금학연요　治心齋琴學練要(5
卷)　王善(淸) 撰　子部 藝術類
1095

치평승산전서　治平勝算全書(28卷)
年羹堯(淸) 輯　子部 兵家類
967

치평통의　治平通議(8卷)　陳虬(淸)
撰　子部 儒家類　952

치하전서　治河全書　張鵬翮(淸) 撰
史部 政書類　847

치하통고　治河通考　劉隅 撰　史
部 政書類　847

칙고석재산학십삼종　則古昔齋算學
十三種　李善蘭(淸) 撰　子部
天文算法類　1047

칙수백장청규　勅修百丈淸規(2卷)
(釋)德煇(元) 撰　子部 宗敎類
1281

칙수양절해당통지　勅修兩浙海塘通
志　方觀承 等修 ; 查祥 等纂
史部 政書類　851

친속기　親屬記(2卷)　"鄭珍(淸) 撰,
陳榘補"　經部 禮類　110

칠경루문초　七經樓文鈔(6卷)　蔣湘
南(淸) 撰　集部 別集類　1541

칠략별록일문　七略別錄佚文　劉向
撰 ; 姚振宗 輯　史部 目錄類
916

칠략일문　七略佚文　劉向 撰 ; 姚
振宗 輯　史部 目錄類　916

칠록재시문합집　七錄齋詩文合集(1
6卷)近稿(6卷)存稿(5卷)館課(1卷)
論略(1卷)詩稿(3卷)　張溥 撰
集部 別集類　1387

칠록재시초　七錄齋詩鈔(10卷)七錄
齋文鈔(10卷)　阮葵生(淸)　撰
集部 別集類　1444～46

칠송당사역　七頌堂詞繹(1卷)　劉體
仁 撰　集部 詞類　1733

칠수류고　七修類稿(51卷) ; 七修續
稿(7卷)　郞瑛(明) 撰　子部 雜
家類　1123

칠십가부초　七十家賦鈔(6卷)　張惠
言(淸) 輯　集部 總集類　1611

칠십이가집　"七十二家集(346卷)附
錄(72卷) (宋大夫集, 賈長沙集,
司馬文園集,　董膠西集,東方大
中集,　王諫議集, 楊侍郎集, 馮
曲陽集,　班蘭臺集,　張河間集,
蔡中郞集,　孔少府集,　諸葛丞相
集,　魏武帝集,　魏文帝集卷一至
卷三)"　張燮 撰　集部 總集類
1583～88

칠십이후고   七十二候考   曹仁虎
(淸) 撰   史部 時令類   885
칠정대역   七政臺曆(8卷)   撰者未詳
子部 天文算法類   1040
침구대성   針灸大成(10卷)   楊繼洲
(明) 撰   子部 醫家類   996
침구취영   鍼灸聚英(4卷)   高式 撰
子部 醫家類   996
침방육집   針方六集(6卷)   吳崑(明)
撰   子部 醫家類   996
침벽누우존고   枕碧樓偶存稿(12卷)
沈家本 撰   集部 別集類   1563
칭위록   稱謂錄(32卷)   梁章鉅(淸)
撰   子部 類書類   1253
쾌원시화   快園詩話(16卷)   凌소 撰
集部 詩文評類   1705

ㅌ

타경   駝經(1卷)   喩仁(明) 喩傑 撰
子部 醫家類   1030
탁영정필기   濯纓亭筆記(10卷)   戴
冠(明) 撰   子部 雜家類   1170
탁오선생비평용계왕선생어록초   卓
吾先生批評龍谿王先生語錄鈔(8
卷)   王畿(明) 撰 ; 李贄(明) 評
子部 儒家類   943
탄암악부서향집   坦庵樂府黍香集(3
卷)   徐石麒(淸) 撰   集部 曲類
1739
탄지사   彈指詞(2卷)   顧貞觀 撰
集部 詞類   1725
탈낭영   盛明雜劇二集:卷十七脫囊
穎   徐陽輝 撰   集部 戲劇類
1765

탕해약문극우초   湯海若問棘郵草(2
卷)   湯顯祖 撰 ; 徐渭 評   集
部 別集類   1363
태고정음금경   太古正音琴經(14卷);
太古正音琴譜(4卷)   張大命(明)
輯   子部 藝術類   1093
태극도설   太極圖說(1卷)   蔡淸(明)
撰   子部 儒家類   936
태극도설론   太極圖說論(14卷)   王
嗣槐(淸) 撰   子部 儒家類   93
3~4
태보비문헌공적고   太保費文憲公摘
稿(20卷)   費宏 撰   集部 別集
類   1331
태사양복소선생증학편   太史楊復所
先生證學編(4卷) ; 首(1卷) ; 證
學論(1卷) ; 策(1卷)   楊起元(明)
撰   子部 雜家類   1129
태산고   天池山人小稿五種:太山藁(1
卷)   陸采 撰   集部 別集類
1354
태산심법   胎産心法(3卷)   閻純璽
(淸) 撰   子部 醫家類   1008
태서신사람요   泰西新史攬要(24卷)
馬懇西(英) 著 ; 李提摩太(英)
譯 ; 蔡爾康(淸) 述   子部 西學
譯著類   1297
태양포현   太易鉤玄(3卷)   鮑恂(元)
撰   經部 易類   3
태염문록초편   太炎文錄初編(6卷)補
編(1卷)   章炳麟(淸) 撰   集部
別集類   1577
태운당집   泰雲堂集(25卷)   孫爾準
撰   集部 別集類   1495
태율   ″太律(12卷),外篇(3卷)″   葛中

選(明) 撰　經部 樂類　114

태을신침심법　太乙神鍼心法(2卷)
韓貽豊(淸) 撰　子部 醫家類
996

태을주문집　太乙舟文集(8卷)　陳用
光 撰　集部 別集類　1493

태을주시집　太乙舟詩集(13卷)　陳
用光 撰　集部 別集類　1493

태을통종보감　太乙統宗寶鑑(20卷)
曉山老人(元) 撰　子部 術數
類　1061

태음대전집　太音大全集(5卷)　撰者
未詳　子部 藝術類　1092

태의원경험기효량방대전　太醫院經
驗奇效良方大全(69)　方賢(明)
輯　子部 醫家類　1001～02

태의원지　太醫院志(不分卷)　任錫
庚(淸) 撰　子部 醫家類　1030

태정양생주론　泰定養生主論(16卷)
王珪(元) 撰　子部 醫家類　1029

태종황제실록　太宗皇帝實錄　錢若
水等 撰　史部 編年類　348

태주찰기　台州札記　洪이煊(淸) 撰
史部 地理類　734

태평금경책　太平金鏡策　趙天麟
撰　史部 詔令奏議類　475

태평조서　太平詔書　撰者未詳　史
部 詔令奏議類　458

태평천일　太平天日　洪仁玕 撰
史部 雜史類　445

태평환우기보궐　太平寰宇記補闕
樂史 撰　史部 地理類　585

태하신주　太霞新奏(14卷)　馮夢龍
(明) 輯　集部 曲類　1744

태학신증합벽연주성률만권청화전집

"太學新增合璧聯珠聲律萬卷菁
華前集(60卷),後集(80卷)"　李昭玘
(宋) 輯　子部 類書類　1214～15

태학신편보조문장백단금　太學新編
保藻文章百段錦(2卷)　方이孫
輯　集部 詩文評類　1717

태함집　太函集(120卷)　汪道昆 撰
集部 別集類　1346～48

태헌역전　泰軒易傳(6卷)　李中正
(宋) 撰　經部 易類　2

태현천비　太玄闡秘(10卷)；首(1卷)
；外編(1卷)；附編(1卷)　陳本禮
(淸) 撰　子部 術數類　1048

태현해　太玄解　許翰(宋) 撰　子部
術數類　1048

태화정음보　太和正音譜(2卷)　朱權
(明) 撰　集部 曲類　1747

택아당문집　澤雅堂文集(8卷)　施補
華 撰　集部 別集類　1560

택아당시이집　澤雅堂詩二集(18卷)
施補華 撰　集部 別集類　1560

택아당시집　澤雅堂詩集(6卷)　施補
華 撰　集部 別集類　1560

통감주변정　通鑑注辯正　錢大昕
(淸) 撰　史部 編年類　342

통감주상　通鑑注商　趙紹祖(淸) 撰
史部 編年類　342

통개당경설　通介堂經說(37卷)　徐
灝(淸) 撰　經部 群經總義類
177

통기　通紀　馬總(唐) 撰　史部編年
類　336

통보류고　通甫類藁(4卷) 續編(2卷)
魯一同撰　集部 別集類　1532

통부시존　通父詩存(4卷)　魯一同撰

集部 別集類　1532

통속자림변증　通俗字林辨證(5卷)　唐熙(淸)　撰　經部 小學類　241

통속종면술략　通屬種棉述略(1卷)　朱祖榮　撰　子部 農家類　977

통속편　通俗編　翟灝(淸)　撰　經部 小學類　194

통의당문집　通義堂文集(16卷)　劉毓崧　撰　集部 別集類　1546

통의당집　通義堂集(2卷)　劉毓崧(淸)　撰　經部 群經總義類　177

통제조격　通制條格　拜柱 等纂 修　史部 政書類　787

통지당집　通志堂集(20卷)　納蘭性德 撰　集部 別集類　1419

통천대　盛明雜劇三集:卷一通天臺　灌隱主人 撰　集部 戲劇類　1765

통혜하지　通惠河志　吳仲 撰　史部 政書類　850

퇴보재문존　退補齋詩存二編(10卷)　退補齋文存二編(5卷)　胡鳳丹 撰　集部 別集類　1552

퇴보재시존　退補齋詩存(16卷) 首(1卷)　退補齋文存(12卷) 首(1卷)　胡鳳丹 撰　集部 別集類　1552

퇴복헌시　退復軒詩(4卷)　錫縝 撰　集部 別集類　1554

퇴사역화　退思易話(8卷)　王玉樹(淸)　撰　經部 易類　24

퇴암수필　退庵隨筆(22卷)　梁章鉅(淸)　撰　子部 雜家類　1197

퇴암시존　退菴詩存(25卷)　梁章鉅(淸)　撰　集部 別集類　1499

투사기　六十種曲120卷:投梭記(2卷)　徐復祚 撰　集部 戲劇類　1771

투필집전주　投筆集箋註(2卷)　錢謙益 撰;錢曾 箋注　集部 別集類　1391

투호고원　投壺考原(1卷)　丁晏(淸)　撰　子部 藝術類　1106

ㅍ

파당시초　巴塘詩鈔(2卷)　李苞(淸)　撰　集部 別集類　1475

파사론　破邪論(1卷)　黃宗羲(淸)　撰　子部 儒家類　945

파유몽고안한궁추잡극　元曲論.破幽夢孤雁漢宮秋雜劇　馬致遠 撰　集部 戲劇類　1760

판교잡기　板橋雜記(3卷)　余懷(淸)　撰　子部 小說家類　1272

판교잡기　板橋雜記　余懷(淸)　撰　史部 地理類　733

판교집　板橋集(7卷)　鄭燮 撰　集部 別集類　1425

팔경실금석거위　八瓊室金石祛僞　陸增祥 撰　史部 金石類　899

팔경실금석보정　八瓊室金石補正八瓊室金石札記八瓊室金石祛僞八瓊室元金石偶存(一)～(四)　陸增祥 撰　史部 金石類　896～99

팔경실금석보정속편　八瓊室金石補正續編(一)～(三)　陸繼煇 撰　史部 金石類　899～901

팔경실금석찰기　八瓊室金石札記　陸增祥 撰　史部 金石類　899

팔경실원금석우존　八瓊室元金石偶存　陸增祥 撰　史部 金石類

899

팔괘관상해　八卦觀象解(2篇)　壯存
興(淸)　撰　經部　易類　23

팔괘여생　八卦餘生(18卷)　鄧夢文
(明)　撰　經部　易類　5

팔대시선　八代詩選(20卷)　王闓運
(淸)　撰　集部　總集類　1593

팔의기　六十種曲120卷:八義記(2卷)
徐元　撰　集部　戲劇類　1771

팔지두타시집　八指頭陀詩集(10卷)
述(1卷)續集(8卷)八指頭陀雜文(1
卷)　敬安　撰　集部　別集類
1575

팔진합변도설　八陣合變圖說(1卷)
龍正(明)　撰　子部　兵家類　959

팔천권루서목　八千卷樓書目　丁丙
藏；丁仁　撰　史部　目錄類
921

팔편유찬　八編類纂(285卷)；圖(2卷)
；六經圖(6卷)　陳仁錫(明)　輯
子部　類書類　1240～46

패정추　盛明雜劇初集:卷十二覇亭
秋　陳與郊　撰　集部　戲劇類
1764

패현재문　佩弦齋文存(2卷)首(1卷)佩
弦齋騈文存(1卷)佩弦齋詩存(1卷)
朱一新(淸)　撰　集部　別集類
1565

편가기　盛明雜劇初集:卷十三鞭歌
妓　沈自徵　撰　集部　戲劇類
1764

편가기　鞭歌妓　撰者未詳　集部
戲劇類　1764

편각여한집　片刻餘閒集(2卷)　劉청
(淸)　撰　子部　雜家類　1137

편년통재　編年通載　章衡(宋)　撰
史部　編年類　336

편류운사복재곽공민행록　編類運使
復齋郭公敏行錄　鄧文原　選
史部　傳記類　550

편해유편　″篇海類編,附錄(1卷)″　宋
濂(明)　撰　經部　小學類　230

평당도선생시　平塘陶先生詩(3卷)
陶夢桂　撰　集部　別集類　1320

평번시말　平番始末　許進(明)　撰
史部　雜史類　433

평생장관　平生壯觀(10卷)　顧復(淸)
撰　子部　藝術類　1065

평서정　平書訂(1卷)　李공(淸)　撰
子部　儒家類　947

평암회고　平庵悔稿十四卷　項安世
撰　集部　別集類　1318～19

평원록　平冤錄(1卷)　撰者未詳　子
部　法家類　972

평정나찰방략　平定羅刹方略　撰者
未詳　史部　紀事本末類　390

평정월비기략　平定粵匪紀略　杜文
瀾(淸)　撰　史部　紀事本末類
413

평진관감장서적기　平津館鑒藏徐籍
記　孫星衍(淸)　撰　史部　目錄
類　923

평진관금석췌편　平津館金石萃編
嚴可均(淸)　輯　史部　金石類
893

평진독비기　平津讀碑記　洪이훤
(淸)　撰　史部　金石類　905

평촉기　平蜀記　撰者未詳　史部
雜史類　432

평파전서　平播全書(1～2)　李化龍

(明) 撰　史部　雜史類　434~35

평하록　平夏錄　黃標(明) 撰　史部
　　雜史類　432

평한록　平漢錄　童承敍(明) 撰　史
　　部　雜史類　432

평호기　平濠記　錢德洪(明) 撰　史
　　部　雜史類　433

포강정씨가범　浦江鄭氏家範(1卷)
　　鄭濤(明) 撰　子部　儒家類　935

포경당문집　抱經堂文集(34卷)　盧
　　文弨(淸) 撰　集部　別集類　143
　　2~33

포대제삼감호접몽잡극　包待制三勘
　　蝴蝶夢雜劇　關漢卿 撰　集部
　　戲劇類　1761

포대제지잠생금각잡극　包待制智賺
　　生金閣雜劇　武漢臣 撰　集部
　　戲劇類　1762

포대제지잠회란기잡극　包待制智賺
　　灰闌記雜劇　李行道 撰　集部
　　戲劇類　1762

포대제지참로재랑잡극　包待制智斬
　　魯齋郎雜劇　關漢卿 撰　集部
　　戲劇類　1761

포대제진주조미잡극　包待制陳州糶
　　米雜劇　撰者未詳　集部　戲劇
　　類　1760

포대화상인자기잡극　布袋和尙忍字
　　記雜劇　鄭庭玉 撰　集部　戲
　　劇類　1761

포룡도지감후정화잡극　包龍圖智勘
　　後庭花雜劇　鄭庭玉 撰　集部
　　戲劇類　1761

포룡도지렴합동문자잡극　包龍圖智
　　賺合同文字雜劇　　撰者未詳

集部　戲劇類　1761

포묘농자　浦泖農咨　姜臯(淸) 撰
　　子部　農家類　976

포양문헌　蒲陽文獻　鄭岳 輯　史
　　部　傳記類　548

포여당환산보　胞與堂丸散譜(不分
　　卷)　洪基(明) 輯　子部　醫家類
　　1002

포윤헌문집　抱潤軒文集(10卷)　馬
　　其昶 撰　集部　別集類　1575

포의진선생존고　布衣陳先生存稿(9
　　卷)　陳眞晟 撰　集部　別集類
　　1330

포주헌시존　抱珠軒詩存(6卷)　薛雪
　　(淸) 撰　集部　別集類　1423

포진서옥시초　抱眞書屋詩鈔(9卷)
　　陸應穀 撰　集部　別集類　1532

"포충재시집,안금선관사"　抱沖齋詩
　　集(36卷)附眼琴僊館詞(1卷)　斌
　　良 撰　集部　別集類　1508

폭서잡기　曝書雜記　錢泰吉 撰
　　史部　目錄類　926

폭서정집사주　曝書亭集詞註(7卷)
　　朱彝尊 撰　;李富　孫注集部詞
　　類　1724

표맹　標盂(7卷)　汪有光(淸) 撰　經
　　部　四書類　157

품관가의고사인가의고　品官家儀考
　　士人家儀考　林伯桐撰　史部
　　政書類　826

풍각서　風角書(8卷)　張爾岐(淸) 撰
　　子部　術數類　1052

풍류총　盛明雜劇三集:卷三十四風
　　流塚　鄒式金 撰　集部　戲劇
　　類　1765

풍속통의교정　風俗通義校正(2卷)；
　　風俗通義補逸(1卷)　朱筠(淸)　撰
　　子部　雜家類　1121
풍수거혹　風水祛惑(1卷)　丁芮樸
　　(淸)　撰　子部　術數類　1054
풍아유음　風雅遺音(2卷)　史榮(淸)
　　撰　經部　詩類　62
풍옥란야월읍강주잡극　馮玉蘭夜月
　　泣江舟雜劇　撰者未詳　集部
　　戲劇類　1762
풍우상생화랑단잡극　風雨像生貨郎
　　旦雜劇　撰者未詳　集部　戲劇
　　類　1762
풍월목단선　風月牧丹僊　周藩憲王
　　撰　集部　戲劇類　1763
풍월목단선　盛明雜劇二集:卷一‐風
　　月牡丹仙　周藩憲王　撰　集部
　　戲劇類　1765
풍쟁오전기　風箏誤傳奇(2卷)　李漁
　　撰　集部　戲劇類　1775
풍청민공유사　豊淸敏公遺事　李朴
　　撰　史部　傳記類　550
풍초암시집　豊草菴詩集(11卷)豊草
　　菴文集(6卷)寶雲詩集(7卷)禪樂府
　　(1卷)　董說　撰　集部　別集類
　　1403～04
풍희당문집　風希堂文集(4卷)　戴殿
　　泗(淸)　撰　集部　別集類　1471
풍희당시집　風希堂詩集(6卷)　戴殿
　　泗(淸)　撰　集部　別集類　1471
피융야화　避戎夜話　石茂良(宋)　撰
　　史部　雜史類　423
피침구결　避鍼灸訣(1卷)　王惟一
　　(宋)　撰　子部　醫家類　995
필사　筆史(1卷)　梁同書(淸)　撰　子

部　譜錄類　1115
필사　筆史　梁同書(淸)　撰　經部
　　小學類　194
필산설략　筆算說略(1卷)　鄭復光
　　(淸)　撰　子部　天文算法類　1047
필화의경　筆花醫鏡(4卷)　江涵暾
　　(淸)　撰　子部　醫家類　1025

ㅎ

하기　河紀　孫承澤(淸)　撰　史部
　　地理類　728
하남부장정감두건잡극　河南府張鼎
　　勘頭巾雜劇　孫仲章　撰　集部
　　戲劇類　1761
하내사집　夏內史集(9卷)附錄(1卷)
　　夏完淳(明)　撰　集部　別集類
　　1389
하당시집　荷塘詩集(16卷)　張五典
　　撰　集部　別集類　1457
하당시집　荷塘詩集(16卷)　張五典
　　撰　集部　別集類　1458
하도락서원천편　河圖洛書原舛編(1
　　卷)　毛奇齡(淸)　撰　經部　易類
　　40
하동군척독　河東君尺牘(1卷)　柳是
　　撰　集部　別集類　1391
하동선생용성록　河東先生龍城錄(2
　　卷)　柳宗元(唐)　撰　子部　小說
　　家類　1264
하동염정휘찬　河東鹽政彙纂　蘇昌
　　臣　輯　史部　政書類　839
하락사견　河洛私見(1卷)　蔡淸(明)
　　撰　子部　儒家類　936
하락진수　河洛眞數(10卷)　″陳단

(宋), 邵雍 撰″　子部　術數類　1061

하방소략　河防疏略　李之芳(淸) 撰　史部　詔令奏議類　493

하방추의　河防芻議　崔維雅 撰　史部　政書類　847

하방회사　賀方回詞(2卷)　賀鑄 撰　集部　詞類　1722

하봉선생집　夏峯先生集(14卷)補遺(2卷)　孫奇逢 撰　集部　別集類　1391～92

하북산선생유집　何北山先生遺集(3卷)附錄(1卷)　何基 撰　集部　別集類　1320

하상저담　河上楮談(3卷)　朱孟震(明) 撰　子部　雜家類　1128

하선생문집　賀先生文集(4卷)　賀濤 撰　集部　別集類　1567

하소정고　夏小正詁(1卷)　諸錦(淸) 撰　經部　禮類　108

하소정고주　夏小正考注(1卷)　畢沅(淸) 撰　經部　禮類　108

하소정보주　夏小正補注(4卷)　任兆麟(淸) 撰　經部　禮類　108

하소정석의　夏小正釋義(不分卷)　宋書升(淸) 撰　經部　禮類　108

하소정소의　″夏小正疏義(4卷),釋音(1卷),異字記(1卷),附天象圖″　洪震煊(淸) 撰　經部　禮類　108

하심은선생찬동집　何心隱先生찬桐集(4卷)　梁汝元 撰　集部　別集類　1355

하씨공양해　″何氏公羊解詁30論(3卷),附(1卷)″　廖平 撰　經部　春秋類　131

하외군설　霞外捃屑(10卷)　平步靑(淸) 撰　子部　雜家類　1163

하장시초　河莊詩鈔(1卷)　陳전(淸) 撰　集部　別集類　1487

하전기　六十種曲120卷:霞箋記(2卷)　姚茂良 撰　集部　戲劇類　1769

하조비고　河漕備考　朱鋐 撰　史部　政書類　838

하학당차기　下學堂箚記(3卷)　熊賜履(淸) 撰　子部　儒家類　947

하학암산서삼종　下學菴算書三種　項名達(淸) 撰　子部　天文算法類　1047

하후양산경　夏候陽算經(3卷)　夏侯陽 撰　子部　天文算法類　1041

하희지선생계늑집　何希之先生鷄肋集(2卷)　何希之 撰　集部　別集類　1320

학규류편　學規類編(27卷)　張伯行(淸) 撰　子部　儒家類　948～49

학기전증　學記箋證(4卷)　王樹枏(淸) 撰　經部　禮類　107

학례관석　儀禮管釋(18卷)　夏炘(淸) 撰　經部　禮類　93

학례궐의　學禮闕疑(8卷)　″劉靑蓮(淸) 撰, 劉靑芝(淸) 撰″　經部　禮類　108

학복재집　學福齋集(20卷)學福齋詩集(37卷)首(1卷)　沈大成 撰　集部　別集類　1428

학부통변전편　學蔀通辨前編(3卷)　陳建(明) 撰　子部　儒家類　939

학송재사운　學宋齋詞韻(1卷)　″吳랑(淸), 江昉 等輯″　集部　詞類　1737

학시모정이동첨　學詩毛鄭異同籤(2
3卷)　張汝霖(淸)　撰　經部　詩
類　71

학시상설　″學詩詳說(30卷),學詩正詁
(5卷)″　顧廣譽(淸)　撰　經部　詩
類　72

학안소식　學案小識　唐鑑　撰　史
部　傳記類　539

학암문반소품　譾菴文飯小品(5卷)
王思任　撰　集部　別集類　1368

학역기　學易記(5卷)　金賁亨(明)　撰
經部　易類　6

학역신여록　學易愼餘錄(4卷)　″葉
佩蓀(淸)　撰　/　錢大昕批,　王鳴
盛批並跋″　經部　易類　24

학역오종　學易五種(14卷)　王언(淸)
撰　經部　易類　28

학적　學的(2卷)　丘濬(明)　輯　子部
儒家類　936

학천문초속선　鶴泉文鈔續選(9卷)
戚學標(淸)　撰　集部　別集類
1462

학춘추수필　學春秋隨筆(10卷)　萬
斯大(淸)　撰　經部　春秋類　139

학춘추이변　學春秋理辨(1卷)　凌坤
(淸)　撰　經部　春秋類　148

학통　學統(一)～(二)　熊賜履(淸)　撰
史部　傳記類　513～14

한간전정　″汗簡箋正(7卷),首(1卷),末
(1卷)″　鄭珍(淸)　撰　經部　小學
類　240

한감천궁와기　漢甘泉宮瓦記(1卷)
林佶(淸)　撰　子部　譜錄類　1111

한계서법통해　漢溪書法通解(8卷)
戈守智(淸)　撰　子部　藝術類

1067

한고황탁족기영포잡극　漢高皇濯足
氣英布雜劇　撰者未詳　集部
戲劇類　1762

한관답문　漢官答問　陳樹鏞　撰
史部　職官類　746

한관육종　漢官六種　孫星衍(淸)　輯
史部　職官類　746

한관의　漢官儀(3卷)　劉반(宋)　撰
子部　藝術類　1106

한대중승주의　韓大中丞奏議　韓文
綺　撰　史部　詔令奏議類　498

한례변체　漢隷辨體(4卷)　尹彭壽
(淸)　撰　經部　小學類　243

한례이동　漢隷異同(12卷)　甘揚聲
(淸)　撰　經部　小學類　240

한림집　翰林集(4卷)附錄(1卷)　韓악
撰　集部　別集類　1313

한림풍월　翰林風月　鄭光祖(淸)　撰
集部　戲劇類　1763

한림학사집　翰林學士集　撰者未詳
集部　總集類　1611

한문류보　韓文類譜　魏仲擧　輯
史部　傳記類　552

한문철학　韓門綴學(5卷)；續編(1卷)
汪師韓(淸)　撰　子部　雜家類
1147

한비자집해　韓非子集解(20卷)　王
先愼　撰　子部　法家類　972

한산곡보　寒山曲譜(不分卷)　張彝
宣　輯　集部　曲類　1750

한산당신정구궁십삼섭남곡보　寒山
堂新定九宮十三攝南曲譜(5卷)
張彝宣　輯　集部　曲類　1750

한산인시집　韓山人詩集(9卷)韓山人

詩續集(8卷)　韓奕(明)　撰　集部　別集類　1325

한서고정　漢書考正　撰者未詳　史部　正史類　265

한서변의　漢書辨疑　錢大昭(淸)　撰　史部　正史類　267

한서보주　漢書補注(一)~(三)　王先謙(淸)　撰　史部　正史類　268~70

한서서역전보주　漢書西域傳補注　徐松(淸)　撰　史部　正史類　270

한서소증　漢書疏證(1)~(3)　撰者未詳　史部　正史類　265~27

한서예문지습보　漢書藝文志拾補　姚振宗　撰　史部　目錄類　914

한서예문지조리　漢書藝文志條理　姚振宗　撰　史部　目錄類　914

한서주교보　漢書注校補　周壽昌(淸)　撰　史部　正史類　267

한성현지　韓城縣志　傅應奎　修；錢점　等修　史部　地理類　693

한송각담예소록　寒松閣談藝瑣錄(6卷)　張鳴珂(淸)　撰　子部　藝術類　1088

한송각사　寒松閣詞(4卷)　張鳴珂(淸)撰　集部　詞類　1727

한시내전징　〝韓詩內傳徵(4卷),補遺(1卷),疑義(1卷),敍錄(2卷)〞　宋綿初(淸)　撰　經部　詩類　75

한야록　寒夜錄(2卷)　陳弘緒(淸)　撰　子部　雜家類　1134

한원제고안한궁추　漢元帝孤雁漢宮秋　馬致遠　撰　集部　戲劇類　1763

한위석경고　漢魏石經(3卷)　劉傳瑩(淸)　撰　經部　群經總義類　184

한위유서초　漢魏遺書鈔(114卷)　王謨(淸)　輯　子部　雜家類　1199~1200

한위음　漢魏音(4卷)　洪亮吉(淸)　撰　經部　小學類　245

한유전역원류　漢濡傳易源流(1卷)　紀磊(淸)　撰　經部　易類　35

한유통의　漢儒通義(7卷)　陳풍(淸)　撰　子部　儒家類　952

한자실문초　漢자室文鈔(4卷)補遺(1卷)　陶方琦(淸)　撰　集部　別集類　1567

한적극담　閒適劇談(5卷)　鄧球(明)　撰　子部　雜家類　1127

한정우기　閒情偶寄(16卷)　李漁(淸)　撰　子部　雜家類　1186

한주군현리제고　漢州郡縣吏制考　强汝詢　撰　史部　職官類　746

한중령고　閑中令古(2卷)　陳기(明)　撰　子部　雜家類　1122

한진흘명익휘고황조익휘고　漢晉迄明謚彙考皇朝謚彙考　劉長華　撰　史部　政書類　827

한집전정오권년보　韓集箋正五卷年譜(1卷)　方成珪(淸)　撰　集部　別集類　1310

한창괄이지　閑窓括異志(1卷)　魯應龍(宋)　撰　子部　小說家類　1264

한창려시집편년전주　韓昌黎詩集編年箋注(12卷)　方世擧　撰　集部　別集類　1310

한태초역고　漢太初曆考(1卷)　成蓉鏡(淸)　撰　子部　天文算法類　1036

한학상태　漢學商兌(3卷)　方東樹

(淸) 撰　子部 儒家類　951

한학해성　漢學諧聲.24卷　戚學標 (淸) 撰　經部 小學類　245

할환고시보론　割環孤矢補論(1卷) 戴震(淸) 撰　子部 天文算法類　1045

할환밀솔첩법　割環密率捷法(4卷) 明安圖(淸) 撰；陳際新(淸) 等 續　子部 天文算法類　1045

할환연비례술도해　割環連比例術圖 解(3卷)　董祐誠(淸) 撰　子部 天文算法類　1047

함경당집　"含經堂集(30卷),別集(2卷)" 徐元文 撰　集部 別集類　1413

함빈록　咸賓錄　羅日褧 撰　史部 地理類　736

합경　鴿經(1卷)　張萬鐘(淸) 撰　子 部 譜錄類　1119

합비학사찰기　合肥學舍札記(12卷) 陸繼輅(淸) 撰　子部 雜家類　1157

항주부지　杭州府志(一)～(三)　鄭澐 修；邵晉涵 纂　史部 地理類　701～03

항주팔기주방영지략　杭州八旗駐防 營志略　張大昌 輯　史部 政 書類　859

항헌시　恒軒詩(1卷)　歸莊 撰　集 部 別集類　1401

해국도지　海國圖志(一)～(二)　魏源 (淸) 撰　史部 地理類　743～44

해국승유초　海國勝遊草(1卷)　斌椿 撰　集部 別集類　1532

해기자　海沂子(5卷)　王文祿(明) 撰 子部 雜家類　1125

해도산경세초도설　海島算經細草圖 說(1卷)　李潢(淸) 撰　子部 天 文算法類　1041

해동일사　海東逸史　題翁洲老民 撰　史部 雜史類　444

해령경적지비고　海寧經籍志備考 吳騫(淸) 撰　史部 目錄類　918

해방요람　海防要覽(2卷)　"丁日昌 (淸), 李鴻章 撰"　子部 兵家類　969

해방주소무기주소계부주소　海防奏 疏撫畿奏疏計部奏疏　王應蛟 撰　史部 詔令奏議類　480

해방찬요　海防纂要(一)～(二)　王在 晉 撰　史部 地理類　739～40

해법소원　"楷法溯源(14卷),古碑目錄 (1卷),集帖目錄(1卷)"　"潘存原 (淸) 輯, 楊守敬(淸) 編"　經部 小學類　241

해봉문집　海峰文集(8卷)海峰詩集(11 卷)　劉大괴 撰　集部 別集類　1427

해부산당사고　海浮山堂詞稿(4卷) 馮惟敏 撰　集部 曲類　1738

해부산당시고　海浮山堂詩稿(5卷) 馮惟敏 撰　集部 別集類　1345

해상견문록정본　海上見聞錄定本 阮旻錫 撰　史部 雜史類　445

해성보　"諧聲譜(50卷),附錄(2卷)"　" 張惠言(淸) 撰, 張成孫(淸) 編" 經部 小學類　247

해성보일　諧聲補逸(14卷)　安保(淸) 撰　經部 小學類　247

해성운학　諧聲韻學(16卷)　(釋)阿摩 利諦(淸) 撰　經部 小學類　257

해여총고해　餘叢考(1-43)　趙翼(淸)
　　撰　子部　雜家類　1151~52
해외기사　海外紀事　(釋)大汕　撰
　　史部　地理類　744
해우시화　海虞詩話(16卷)　單學傳
　　撰　集部　詩文評類　1706
해운속안　海運續案　撰者未詳　史
　　部　政書類　838
해운편　解運編(14卷)　樂天大笑生
　　(明)　輯　子部　小說家類　1272
해위원수　解圍元藪(4卷)　沈之問
　　(明)　輯　子部　醫家類　1016
해착백일록　海錯百一錄(5卷)　郭柏
　　蒼(淸)　撰　子部　譜錄類　1120
해추시집　海秋詩集(26卷)　湯鵬(淸)
　　撰　集部　別集類　1529
해춘집문초　解春集文鈔(12卷)補遺(2
　　卷)解春集詩鈔(3卷)　馮景　撰
　　集部　別集類　1418
행재양추　行在陽秋　劉湘客　撰
　　史部　雜史類　444
행조녹　行朝錄　黃宗羲(淸)　撰　史
　　部　雜史類　442
행존록　幸存錄　夏允彝(明)　撰　史
　　部　雜史類　440
행화촌지　杏花邨志　郞遂　纂　史
　　部　地理類　717
향낭기　六十種曲120卷:香囊記(2卷)
　　邵璨　撰　集部　戲劇類　1773
향낭원　盛明雜劇二集:卷二香囊怨
　　周藩憲王　撰　集部　戲劇類
　　1765
향당도고보증　鄕黨圖考補證(6卷)
　　王漸鴻(淸)　撰　經部　四書類
　　157

향산현지　香山縣志　田明曜　修；
　　陳澧　纂　史部　地理類　713
향석시화　香石詩話(4卷)　黃培芳
　　撰　集部　詩文評類　1706
향소산관시집　香蘇山館詩集(36卷)
　　吳嵩梁　撰　集部　別集類　148
　　9~90
향언해이　鄕言解頤(5卷)　李光庭
　　(淸)　撰　子部　小說家類　1272
향엽초당시존　香葉草堂詩存(1卷)
　　羅聘　撰　集部　別集類　1453
향우집　香宇集(34卷)拾遺(1卷)　田
　　藝蘅　撰　集部　別集類　1354
향원억구록　鄕園憶舊錄(6卷)　王培
　　荀(淸)　撰　子部　雜家類　1180
향정문고　香亭文稿(12卷)　吳玉綸
　　撰　集部　別集類　1451
향천집　響泉集(18卷)　顧光旭　撰
　　集部　別集類　1451
향호촌사시초집　向湖邨舍詩初集(1
　　2卷)　趙藩　撰　集部　別集類
　　1575
허문숙공유고　許文肅公遺稿(12卷)
　　許景澄　撰　集部　別集類　1564
허손계미　虛損啓微(2卷)　洪緯(淸)
　　撰　子部　醫家類　1006
허수당문집　虛受堂文集(16卷)　王
　　先謙(淸)　撰　集部　別集類　1570
허수당시존　虛受堂詩存(16卷)　王
　　先謙(淸)　撰　集部　別集類　1570
허씨이모사칙　許氏貽謀四則(4卷)
　　許相卿(明)　撰　子部　儒家類
　　938
허암이공봉사록　虛庵李公奉使錄
　　李實(明)　撰　史部　雜史類　433

허자설　虛字說　袁仁林(淸)　撰　經部　小學類　195

허재명화록　虛齋名畫錄(16卷)；虛齋名畫續錄　龐元濟　撰　子部　藝術類　1090～91

허주제발　虛舟題跋(10卷)；原(3卷)　王澍(淸)　撰　子部　藝術類　1067

허주집　虛舟集(1卷)　陳堯(明)　撰　子部　雜家類　1124

헌세전편　憲世前編(1卷)　唐鶴徵(明)　輯　子部　儒家類　941

헌세편　憲世編(6卷)　唐鶴徵(明)　輯　子部　儒家類　941

헌장록　憲章錄　薛應旂　撰　史部　編年類　352

헌장외사속편　憲章外史續編　許重熙(淸)　撰　史部　編年類　353

헐암집　"歇菴集(20卷),附錄(3卷)"　陶望齡　撰　集部　別集類　1365

혁리지귀도　奕理指歸圖(3卷)　施襄夏(淸)　撰；錢長澤　繪圖　子部　藝術類　1101～02

혁묘　奕妙(1卷)；奕妙二編(1卷)　吳峻(淸)　撰　子部　藝術類　1101

혁사　奕史(1卷)　王稚登(明)　撰　子部　藝術類　1098

혁수　奕藪(4卷)　蘇之軾(明)　撰　子部　藝術類　1098

혁이지귀속편　奕理指歸續編(1卷)　施襄夏(淸)　撰　子部　藝術類　1102

혁재당고옥도록　奕載堂古玉圖錄(1卷)　瞿中溶(淸)　撰　子部　譜錄類　1107

혁정　奕程(2卷)　張雅博(淸)　輯　子部　藝術類　1102

혁제유사　革除遺事　黃佐(明)　撰　史部　雜史類　432

현경원지발휘　玄經原旨發揮(2卷)　杜道堅(元)　撰　子部　儒家類　954

현삭비고　絃索備考(6卷)　爲光(淸)　等撰　子部　藝術類　1096

"현지당고,부몽내시고"　顯志堂稿(12卷)附夢奈詩稿(1卷)　馮桂芬(淸)　撰　集部　別集類　1535～36

현초산방시집　峴初山房詩集(10卷)　董文渙(淸)　撰　集部　別集類　1559

현휘선비　絃徽宣秘(1卷)　繆荃(淸)　撰　子部　藝術類　1095

혈수도수　穴數都數(1卷)　王惟一(宋)　撰　子部　醫家類　995

혈증론　血證論(8卷)　唐宗海(淸)　撰　子部　醫家類　1006

협률구현사권외집　協律鉤玄四卷外集(1卷)　李賀　撰；陳本禮　箋注　集部　別集類　1311

협의전　俠義傳一百二十回　石玉崑　撰　集部　小說類　1797

협중사　篋中詞(6卷)續(4卷)　譚獻　輯　集部　詞類　1732～33

형부비조가감성안　刑部比照加減成案　"許槤(淸), 熊莪 撰"　史部　政書類　865

형부비조가감성안속편　刑部比照加減成案續編　許槤(淸)　撰　史部　政書類　866

형성류편　"形聲類篇(2卷),餘論(1卷)"　丁履恒(淸)　撰　經部　小學類

247

형안회람속증형안회남　刑案匯覽續
　　增刑案匯覽(一)～(六)　　祝慶祺
　　撰　史部 政書類　867～72

형재산학　衡齋算學(7卷)　汪萊(淸)
　　撰　子部 天文算法類　1045

형주주방팔기지　　荊州駐防八旗志
　　希元 等纂 修　史部 政書類
　　859

형창이초　螢窓異草(12卷)　浩歌子
　　撰　集部 小說類　1789

형채기　六十種曲120卷:荊釵記(2卷)
　　朱權(明) 撰　集部 戲劇類　1768

형채기　審音鑑古錄(2) 荊釵記.　撰
　　者未詳　集部 戲劇類　1781

형천선생우편　荊川先生右編(1～2)
　　唐順之 輯 ; 劉日寧 補　史部
　　詔令奏議類　459～60

형초신중대옥소　　荊楚臣重對玉梳
　　賈仲名 撰　集部 戲劇類　1763

형초신중대옥소기잡극　荊楚臣重對
　　玉梳記雜劇　賈仲名 撰　集部
　　戲劇類　1762

형통부　刑統賦　傳霖(宋) 撰　子部
　　法家類　972

형통부해　刑統賦解(2卷)　傳霖(宋)
　　撰 ; 隙口(元) 輯釋 ; 王亮(元)
　　增注　子部 法家類　972

형화관시록　蘅華館詩錄(5卷)附存(1
　　卷)　王韜(淸) 撰　集部 別集類
　　1558

형화관일기　蘅華館日記　王韜(淸)
　　撰　史部 傳記類　576

혜면잡기　惠樗襍記(1卷)　嚴元照
　　(淸) 撰　子部 雜家類　1158

혜씨독설문기　　惠氏讀說文記(5卷)
　　″惠棟(淸)　撰，江聲參(淸)　補″
　　經部 小學類　203

혜풍사　蕙風詞(2卷)　況周이　撰
　　集部 詞類　1727

혜풍사화　蕙風詞話(5卷)　況周이
　　撰　集部 詞類　1735

호각통감정문교송기　胡刻通鑑正文
　　校宋記　章鈺 撰　史部 編年
　　類　342

호남통지　湖南通志(一)～(八)　″卜
　　寶第, 李瀚章(淸) 等修 ; 曾國
　　荃, 郭嵩燾(淸) 等纂″　史部 地
　　理類　661～68

호루필담　湖樓筆談(7卷)　兪越(淸)
　　撰　子部 雜家類　1161～62

호림익주의　胡林翼奏議　胡林翼
　　(淸) 撰　史部 詔令奏議類　505

호문충공유집　　胡文忠公遺集(86卷)
　　胡林翼(淸) 撰　集部 別集類
　　1539～40

호북금석지　湖北金石志　楊守敬
　　(淸) 撰　史部 金石類　913

호북시징전략　湖北詩徵傳略(40卷)
　　丁宿章 輯　集部 詩文評類
　　1707

호북통지미성고　湖北通志檢存稿
　　章學誠(淸) 纂　史部 地理類
　　660

호사　壺史(5卷)　郭元鴻(明) 撰　子
　　部 藝術類　1106

호산승개　湖山勝槪　撰者未詳　史
　　部 地理類　721

호상집　湖上集(14卷)　徐師曾(明)
　　撰　集部 別集類　1351

호상초　湖上草(1卷)　柳是　撰　集
　　部　別集類　1391

호소사총집　胡少師總集(6卷)首(1卷)
　　附錄(1卷)　胡舜陟　撰　集部
　　別集類　1317

호시초선　壺詩鈔選(10卷)　徐寶善
　　(淸)　撰　集部　別集類　1516

호씨서화고삼종　胡氏書畫考三種(8
　　卷)　胡敬(淸)　撰　子部　藝術類
　　1082

호암한화　蒿庵閑話(2卷)　張爾岐
　　(淸)　撰　子部　雜家類　1136

호연당시집　浩然堂詩集(1卷)　黃道
　　周(明)　撰　集部　別集類　1384

호원　虎苑(2卷)　王稚登(明)　撰　子
　　部　譜錄類　1119

호원부초　壺園賦鈔(2卷)　徐寶善
　　(淸)　撰　集部　別集類　1516

호원시외집　壺園詩外集(6卷)　徐寶
　　善(淸)　撰　集部　別集類　1516

호자역연　胡子易演(18卷)　胡經(明)
　　撰　經部　易類　7

호자형제　胡子衡齊(8卷)　胡直(明)
　　撰　子部　儒家類　939

호잠술　湖蠶述(4卷)　汪曰楨(淸)　撰
　　子部　農家類　978

호주모단사　亳州牡丹史　薛鳳翔
　　(明)　撰　子部　譜錄類　1116

호천록　壺天錄(3卷)　百一居士(淸)
　　撰　子部　小說家類　1271

호천탑맹량도골잡극　昊天塔孟良盜
　　骨雜劇　撰者未詳　集部　戲劇
　　類　1761

호학사속첨간재시전정오　胡學士續
　　添簡齋詩箋正誤(1卷)　陳與義

撰　；　胡稺　注　集部　別集類
　　1317

호해문전칠　湖海文傳七(15卷)　王
　　昶　輯　集部　總集類　1668～69

호해시전사　湖海詩傳四(16卷)　王
　　昶　輯　集部　總集類　1625～26

호해신문이견속지전집　湖海新聞夷
　　堅續志前集(12卷)　；　後集(6卷)
　　撰者未詳　子部　小說家類　1266

혼례변정　昏禮辨正(1卷)　毛奇齡
　　(淸)　撰　經部　禮類　95

홀암시　笏菴詩(20卷)　吳湟鵬　撰
　　集部　別集類　1514

홍간록　弘簡錄(一)～(五)　邵經邦
　　(明)　撰　史部　別史類　304～08

홍광실록초　弘光實錄初　黃宗羲
　　(淸)　撰　史部　編年類　367

홍도서　弘道書(3卷)　費密(淸)　撰
　　子部　儒家類　946

홍두수관서화기　紅豆樹館書畫記(8
　　卷)　陶梁(淸)　撰　子部　藝術類
　　1082

홍려서옥시집　紅櫚書屋詩集(4卷)
　　孔繼涵(淸)　撰　集部　別集類
　　1460

홍루몽　紅樓夢一百二十回　曹雪芹
　　撰　；　高악　補撰　集部　小說類
　　1793～4

홍리기　審音鑑古錄(3)　紅梨記　撰
　　者未詳　集部　戲劇類　1781

홍리기　審音鑑古錄(2-1)　紅梨記
　　撰者未詳　集部　戲劇類　1782

홍문안공유집　洪文安公遺集(20卷)
　　洪遵(宋)　撰　；　勞格　輯　集部
　　別集類　1317

홍범정감　洪範政鑑(12卷)　趙禎(宋)
　　撰　子部　術數類　1060

홍범천해　洪範淺解(11卷)　程宗舜
　　(明)　撰　子部　術數類　1060

홍불기　六十種曲120卷:紅拂記(2卷)
　　張鳳翼(明)　撰　集部　戲劇類
　　1769

홍선녀　盛明雜劇初集:卷二十一紅
　　線女　王衡　撰　集部　戲劇類
　　1764

홍술헌자니법정본　紅術軒紫泥法定
　　本(1卷)　汪鎬京(淸)　撰　子部
　　藝術類　1092

홍씨집험방　洪氏集驗方(5卷)　洪遵
　　(宋)　輯　子部　醫家類　1000

홍연채　盛明雜劇二集:卷二十四紅
　　蓮債　陳汝元　撰　集部　戲劇
　　類　1765

홍우루제발　紅雨樓題跋　徐渤　撰
　　史部　目錄類　923

홍유록　鴻猷錄　高岱　撰　史部　紀
　　事本末類　389

홍이기　六十種曲120卷:紅梨記(2卷)
　　徐復祚　撰　集部　戲劇類　1771

화계보유　畫繼補遺(2卷)　莊肅(元)
　　撰　子部　藝術類　1065

화공설요　火攻挈要(3卷)　湯若望
　　(西洋)　撰 ; 焦勗(明)　輯　子部
　　兵家類　966

화당각총담　花當閣叢談(8卷)　徐復
　　祚(明)　撰　子部　雜家類　1175

화론　畫論(1卷)　張庚(淸)　撰　子部
　　藝術類　1067

화목소지　花木小志(1卷)　謝坤(淸)
　　撰　子部　譜錄類　1117

화미필담　畫眉筆談(1卷)　陳均(淸)
　　撰　子部　譜錄類　1120

화방연　盛明雜劇初集:卷二十三花
　　舫緣　梅鼎祚(明)　撰　集部　戲
　　劇類　1764

화보　畫譜(1卷)　石濤(淸)　撰　子部
　　藝術類　1065

화부농담　花部農譚(1卷)　焦循(淸)
　　撰　集部　曲類　1759

화사　花史(4卷)　撰者未詳　子部
　　譜錄類　1116

화사좌편　花史左編(27卷)　王路(明)
　　撰　子部　譜錄類　1117

화선관시초　花宣館詩鈔(16卷)續存(1
　　卷)　吳振棫(淸)　撰　集部　別集
　　類　1521

화씨중장경　華氏中藏經(3卷)　華佗
　　(漢)　撰　子部　醫家類　1018

화악전집　華嶽全集　張維新　等纂
　　史部　地理類　722

화양도은거내전　華陽陶隱居內傳(3
　　卷)　賈嵩(唐)　撰　子部　宗敎類
　　1294

화외집　花外集(1卷)　王沂孫　撰
　　集部　詞類　1723

화용신기진법　火龍神器陣法(1卷)
　　焦玉(明)　撰　子部　兵家類　959

화용월령　花傭月令(1卷)　徐石麒
　　(淸)　撰　子部　譜錄類　1119

화이역어　"華夷譯語(不分卷),附高昌
　　館來文(1卷),譯文備覽(1卷)"　章
　　保(明)　撰 ; 吳道長(明)　重訂
　　經部　小學類　230

화이화목조수진완고　華夷花木鳥獸
　　珍玩考(12卷)　愼懋官(明)　撰

子部　雜家類　1185

화전석람　畵筌析覽(2卷)　湯貽汾
(淸)　撰　子部　藝術類　1083

화전일소　花前一笑　孟稱舜　撰
集部　戲劇類　1763

화초몽습　花草蒙拾(1卷)　王士진
撰　集部　詞類　1733

화타외과십법　華佗外科十法(1卷)
程國彭(淸)　撰　子部　醫家類
1024

화학심인　畵學心印(8卷)　秦祖永
(淸)　撰　子部　藝術類　1085

화한사우동성몽잡극　花閒四友東城
夢雜劇　吳昌齡　撰　集部　戲
劇類　1762

환문자제착립신　永樂大典-宦門子
弟錯立身　永樂帝(明)　勅撰
集部　戲劇類　1768

환석재역한학의지　還碩齋易漢學擬
旨(1卷)　淯新(淸)　輯　經部　易
類　34

환석재주역술　還碩齋周易述(4卷)
淯新(淸)　撰　經部　易類　34

환우방비록　寰宇訪碑錄　"孫星衍
(淸),邢澍　撰"　史部　金石類
904

환우통구　寰宇通衢　撰者未詳　史
部　地理類　586

환유지구신록　環遊地球新錄　李圭
撰　史部　地理類　737

환혼기　六十種曲120卷:還魂記(2卷)
"湯顯祖　撰, 碩園刪定"　集部
戲劇類　1769～71

활유심법　活幼心法(9卷)　섭尙恒
(明)　撰　子部　醫家類　1011

활인서　活人書(20卷)　朱肱(宋)　撰
子部　醫家類　984

황곡산인시초초　黃鵠山人詩初鈔(1
8卷)　林壽圖　撰　集部　別集類
1548

황극경세관물외편석의　皇極經世觀
物外篇釋義(4卷)　余本(明)　撰
子部　術數類　1048

황극성음문자통　皇極聲音文字通(3
2卷)　趙撝謙(明)　撰　經部　小
學類　254

황내여화　黃嬭餘話(8卷)　陳錫路
(淸)　撰　子部　雜家類　1138

황람　黃覽(1卷)　孫馮翼(淸)　輯　子
部　雜家類　1212

황리주선생연보　黃梨洲先生年譜
黃炳垕　撰　史部　傳記類　553

황명가륭소초　皇明嘉隆疏抄嘉隆新
例附萬曆(一)～(二)　張鹵　輯
史部　詔令奏議類　466～67

황명경세문편　皇明經世文編(504卷)
補遺(4卷)　陳子龍　等輯　集部
總集類　1655～62

황명공거고　皇明貢擧考　張朝瑞
(明)　撰　史部　政書類　828

황명기략　皇明紀略(1卷)　皇甫錄
(明)　撰　子部　雜家類　1167

황명대정기　皇明大政紀(一)～(二)
"雷禮, 范守己, 譚希思　撰"　史
部　編年類　353～54

황명말조록　皇明末造錄　金鐘　撰
史部　雜史類　444

황명명신언행록　皇明名臣言行錄
徐咸　輯　史部　傳記類　520

황명법전록가륭기　皇明法傳錄嘉隆

紀　高汝栻(明)　輯　史部　編年類　357

황명보세편　皇明輔世編　唐鶴徵(明)　撰　史部　傳記類　524

황명사개　皇明史槪(一)～(四)　朱國禎(明)　輯　史部　雜史類　428～31

황명사림인물고　黃明詞林人物考　王兆雲(明)　撰　史部　傳記類　532

황명사절　皇明史竊(一)～(二)　尹守衡　撰　史部　別史類　316～17

황명서　皇明書(一)～(二)　鄧元錫　撰　史部　別史類　315～16

황명세설신어　皇明世說新語(8卷)　李紹文(明)　撰　子部　雜家類　1173

황명소의집약　皇明疏議輯略(一)～(二)　張瀚(明)　輯　史部　詔令奏議類　462～63

황명소초　皇明疏鈔(一)～(二)　孫旬　史部　詔令奏議類　463～64

황명속기삼조법전전록　皇明續紀三朝法傳全錄　高汝栻(明)　輯　史部　編年類　357

황명양조소초　皇明兩朝疏抄　賈三近　輯　史部　詔令奏議類　465

황명어왜록　皇明馭倭錄　王士騏　撰　史部　雜史類　428

황명유대주의　皇明留臺奏議　"朱吾弼, 李雲鵠 等輯"　史部　詔令奏議類　467

황명전고기문　皇明典故紀聞　余繼登輯　史部　雜史類　428

황명전례지　皇明典禮志　郭正域　撰　史部政書類　824

황명정요　皇明政要　婁性撰　史部　雜史類　424

황명제서　皇明制書　張鹵　輯　史部　政書類　788

황명조령　皇明詔令　撰者未詳　史部　詔令奏議類　457

황명조제　皇明詔制(1～2)　孔貞運(明)　輯　史部　詔令奏議類　457～58

황명종신록　皇明從信　錄陳建　撰 ; 沈國元　訂補　史部　編年類　355

황명통기법전전록　皇明通紀法傳全錄　陳建(明)　撰　史部　編年類　357

황명평오녹　皇明平吳錄　吳寬(明)　撰　史部　雜史類　432

황벽산사지　黃檗山寺志　(釋)隱元　撰　史部　地理類　719

황산지정본　黃山志定本(一)～(二)　閔麟嗣　撰　史部　地理類　723～24

황서　黃書(1卷)　王夫之(淸)　撰　子部　儒家類　945

황석재선생문집　黃石齋先生文集(13卷)　黃道周(明)　撰　集部　別集類　1384

황송십조강요　皇宋十朝綱要　李埴　撰　史部　編年類　347

황송통감장편기사본말　皇宋通鑑長編紀事本末(一)～(二)　楊仲良(宋)　撰　史部　紀事本末類　386～87

황씨논어의소　"皇氏論語義疏參訂(10卷),附錄(1卷)"　吳간(淸)　撰

經部 四書類　153

황씨일서고　黃氏逸書考(291卷)；附 (11卷)　黃奭(淸)　輯　子部　雜家類　1206～11

황씨집천가주두공부시사보유　黃氏集千家註杜工部詩史補遺(10卷)　黃鶴　注　集部　別集類　1307

황요포선생연보　黃堯圃先生年譜　江標　撰　史部　傳記類　557

황원풍아　皇元風雅(30卷)　蔣易　輯　集部　總集類　1622

황자연보　黃子年譜　洪思　撰　史部　傳記類　553

황정요람　荒政要覽　兪汝爲　輯　史部　政書類　846

황제금궤옥형경　黃帝金匱玉衡經(1卷)　孫星衍(淸)　校　子部　術數類　1054

황제내경소문　"黃帝內經素問(24卷), (9卷)"　"吳崑(明)　注, 張志聰(淸)　集注"　子部　醫家類　980～81

황제내경소문주증발미　黃帝內經素問注證發微(9卷)；補遺(1卷)；黃帝內經靈樞注證發微(9卷)；黃帝內經素問注證發微(9卷)　馬蒔(明)　撰　子部　醫家類　979～80

황제내경태소　黃帝內經太素(總30卷)　楊土善(唐)注；蕭延平(淸)　校正　子部　醫家類　979

황제소문직해　黃帝素問直解(9卷)　高世栻(淸)　撰　子部　醫家類　982

황제수삼자현여경　黃帝授三子玄女經(1卷)　孫星衍(淸)　校　子部　術數類　1054

황제용수경　黃帝龍首經(2卷)　孫星衍(淸)　校　子部　術數類　1054

황제음부경주　黃帝陰符經註(1卷)　兪琰(宋)　撰　子部　宗敎類　1290

황제음부경주　黃帝陰符經注(1卷)　張果(唐)　撰　子部　宗敎類　1290

황제음부경집해　黃帝陰符經集解(3卷)　袁淑眞(宋)　撰　子部　宗敎類　1290

황조번부세계표　皇朝藩部世系表　祁韻士　撰　史部　地理類　740

황조번부요략　皇朝藩部要略　祁韻士　撰　史部　地理類　740

황조병제고략　皇朝兵制考略　翁同爵　撰　史部　政書類　858

황조속문헌통고　皇朝續文獻通考(一)～(七)　劉錦藻　撰　史部　政書類　815～21

황조여지운편　皇朝輿地韻編　李兆洛　撰　史部　正史類　294

황청문영속편　皇淸文穎續編(108卷)首(56卷)目錄(10卷)　董誥等　輯　集部　總集類　1663～67

황청주의　皇淸奏議　撰者未詳　史部　詔令奏議類　473

황촌집　篁村集(12卷)續編(1卷)　陵錫熊　撰　集部　別集類　1451

황학루　盛明雜劇三集:卷十九黃鶴樓　鄭瑜　撰　集部　戲劇類　1765

회계선생사운　回溪先生史韻(49卷)　錢諷(宋)　輯　子部　類書類　1216

회계의안　洄溪醫案(1卷)　徐大椿(淸)　撰　子部　醫家類　1027

회고전사시절초　懷古田舍詩節鈔(6

卷) 徐榮 撰 集部 別集類 1518

회곡선생인윤광감집설 回谷先生人倫廣鑑集說(10卷) 撰者未詳 子部 術數類 1059

회군평념기 淮軍平捻記 周世澄(淸) 撰 史部 紀事本末類 413

회남만필술 淮南萬畢術(1卷) 丁晏(淸) 輯 子部 雜家類 1121

회남수리고 淮南水利考 撰者未詳 史部 政書類 851

회남천문훈보주 淮南天文訓補注(2卷) 錢塘(淸) 撰 子部 雜家類 1121

회남허주이동고 淮南許注異同詁(4卷);補遺(1卷);續補(1卷) 陶方琦(淸) 撰 子部 雜家類 1121

회남홍렬한고 淮南鴻烈閒詁(2卷) 許愼(漢) 撰;葉德輝 輯 子部 雜家類 1121

회릉류구시종록 懷陵流寇始終錄(1~2) "戴笠, 吳殳(淸) 共撰" 史部 雜史類 441~42

회명헌고 晦明軒稿(不分卷) 楊守敬(淸) 撰 集部 別集類 1570

회사발미 繪事發微(1卷) 唐岱(淸) 撰 子部 藝術類 1067

회사쇄언 繪事瑣言(8卷) 迮朗(淸) 撰 子部 藝術類 1068

회안부지 淮安府志(一)~(二) "衛哲治 等修;葉長揚, 顧棟高 等纂" 史部 地理類 699~700

회암선생교정주역계사정의 晦庵先生校正周易繫辭精義(2卷) 呂祖謙(宋) 編 經部 易類 2

회옹시초 悔翁詩鈔(15卷)補遺(1卷) 汪士鐸(淸) 撰 集部 別集類 1532

회옹필기 悔翁筆記(6卷) 汪士鐸(淸) 撰 子部 雜家類 1162

회원 獪園(16卷) 錢希言(明) 撰 子部 小說家類 1267

회원당비점연자전 懷遠堂批點燕子箋(2卷) 阮大鋮 撰 集部 戲劇類 1775

회해영영집 "淮海英靈集(22卷),淮海英靈續集(12卷)" 阮元(淸) 輯 集部 總集類 1682

회향기 六十種曲120卷:懷香記(2卷) 陸采 撰 集部 戲劇類 1770

회회역법 回回曆法(1卷)釋例(1卷) 貝琳(明) 撰 子部 天文算法類 1036

횡운산인집 "橫雲山人集(32卷)(颺言集,山暉集,望雲集,谷口集,還朝集,淮干集,谷口續集,還朝續集)" 王鴻緒 撰 集部 別集類 1416~17

효경 孝經(1卷) "鄭玄(漢) 注, 陳선(淸) 輯" 經部 孝經類 151

효경내외전 "孝經內外傳(5卷),孝經正文(1卷)" 李之素(淸) 輯 經部 孝經類 152

효경대전 "孝經大全(28卷),首(1卷),或問(3卷)" 呂維祺(明) 撰 經部 孝經類 151

효경본의 孝經本義(1卷) 胡時化(明) 撰 經部 孝經類 151

효경상설 孝經詳說(6卷) 冉覲祖(淸) 撰 經部 孝經類 152

효경술주　孝經述注(1卷)　丁安(淸)
　　輯　經部　孝經類　152

효경의소보　"孝經義疏補(9卷),首(1
　　卷)"　阮福(淸)　撰　經部　孝經
　　類　152

효경익　孝經翼(1卷)　呂維祺(明)　撰
　　經部　孝經類　151

효경정의　"孝經精義(1卷),後錄(1卷),
　　或問(1卷),原孝(1卷),餘論(1卷)"
　　張敘(淸)　撰　經部　孝經類　152

효경집증　孝經集證(10卷)　桂文燦
　　(淸)　撰　經部　孝經類　152

효경집해　孝經集解(18卷)　趙起蛟
　　(淸)　撰　經部　孝經類　152

효경찬의　孝經贊義(1卷)　黃道周
　　(明)　撰　經部　孝經類　151

효경총류　孝經總類(12卷)　朱鴻(明)
　　編　經部　孝經類　151

효경학　孝經學(7卷)　曹元弼(淸)　撰
　　經部　孝經類　152

효독서재잡록　曉讀書齋雜錄(8卷)
　　洪亮吉(淸)　撰　子部　雜家類
　　1155

효빈집　效顰集(3卷)　趙弼(明)　撰
　　子部　小說家類　1266

효빈채선생어록　洨濱蔡先生語錄(2
　　0卷)　蔡叆(明)　撰　子部　儒家
　　類　939

효예재문존　斅藝齋文存(8卷)斅藝齋
　　詩存(2卷)　鄒漢勳(淸)　撰　集部
　　別集類　1534

효효자역경　囂囂子曆鏡(1卷)　"胡
　　襲參(淸), 方江自(淸)　撰"　子部
　　天文算法類　1040

후감록　後鑑錄　奇齡(淸)　撰　史部

雜史類　432

후과비본　喉科秘本(1卷)　尤乘(淸)
　　撰　子部　醫家類　1018

후과지장　喉科指掌(6卷)　吳氏(淸)
　　輯　子部　醫家類　1018

후덕록　厚德錄(4卷)　李元綱(宋)　撰
　　子部　小說家類　1266

후촌장단구　後村長短句(5卷)　劉克
　　莊　撰　集部　詞類　1723

후포황선생존집　後圃黃先生存集(4
　　卷)附嚮明齋詩文(1卷)　黃樞　撰
　　集部　別集類　1325

후한서고정　後漢書考正　撰者未詳
　　史部　正史類　265

후한서변의　後漢書辨疑　錢大昭
　　(淸)　撰　史部　正史類　272

후한서보주　後漢書補注　惠棟(淸)
　　撰　史部　正史類　270

후한서소증　後漢書疏證　沈欽韓
　　(淸)　撰　史部　正史類　271

후한서주보정　後漢書注補正　周壽
　　昌(淸)　撰　史部　正史類　272

후한서집해　後漢書集解;續漢志集
　　解(一)～(二)　王先謙(淸)　撰　;
　　黃山　等校補　史部　正史類
　　272～73

후한예문지　後漢藝文志　姚振宗
　　撰　史部　目錄類　914

훈속유규　訓俗遺規(4卷)　撰者未詳
　　子部　儒家類　951

훼명문집　喙鳴文集(21卷)　喙鳴詩
　　集(18卷)敬事草(19卷)　沈一貫
　　(明)　撰　集部　別集類　1357～58

휘집아속통　彙集雅俗通十五音(8卷)
　　謝秀嵐(淸)　撰　經部　小學類

260

휘찬원보남곡구궁정시　彙纂元譜南曲九宮正始(不分卷)　徐慶卿輯；鈕少雅訂　集部曲類　1748～50

휘초삼관자례　彙鈔三館字例(6卷)　撰者未詳　經部小學類　243

흑달사략　黑韃事略　彭大雅撰；徐霆(宋)疏證　史部雜史類　423

흑룡강술략　黑龍江述略　徐宗亮撰　史部地理類　731

흑룡강외기　黑龍江外記　西淸撰　史部地理類　731

흑선풍쌍헌공잡극　黑旋風雙獻功雜劇　高文秀撰　集部戲劇類　1761

흑선풍장의소재　黑旋風仗義疎財　周藩憲王撰　集部戲劇類　1764

흠정과장조례　欽定科場條例(一)～(二)　杜受田等修；英匯等纂　史部政書類　829～30

흠정대청현행신율례　欽定大淸現行新律例(一)～(二)　沈家本等編訂　史部政書類　864～65

흠정대청회전　"欽定大淸會典,圖(一)～(三)"　崑岡(淸)等修；吳樹梅(淸)等纂　史部政書類　794～97

흠정대청회전사례　欽定大淸會典事例(1)～(17)　崑岡(淸)等修；吳樹梅(淸)等纂　史部政書類　798～814

흠정리부전선칙례　欽定吏部銓選則例　錫珍等撰　史部職官類　750

흠정병부속찬처분칙례　欽定兵部續纂處分則例　"長齡, 慶源等纂修"　史部政書類　856

흠정병부처분칙례　欽定兵部處分則例　"伯麟, 慶源等纂修"　史部政書類　856

흠정복건성외해전선칙례　欽定福建省外海戰船則例　撰者未詳　史部政書類　858

흠정비전주림삼편　欽定秘殿珠林三編;欽定石渠寶笈三編(1-7)　英和(淸)等輯　子部藝術類　1075～81

흠정비전주림속편　欽定秘殿珠林續編;欽定石渠寶笈續編(1～6)　王杰(淸)等輯　子部藝術類　1069～74

흠정속찬외번몽고회부왕공전　欽定續纂外藩蒙古回部王公傳　撰者未詳　史部傳記類　537

흠정속찬외번몽고회부왕공표　欽定續纂外藩蒙古回部王公表　撰者未詳　史部傳記類　537

흠정수의광훈　欽定授依廣訓(2卷)　仁宗顒(淸)琰定；董誥(淸)等撰　子部農家類　977

흠정왕공처분칙례　欽定王公處分則例(一)～(二)　宗人府撰修　史部政書類　866～67

흠정의상고성속편　欽定儀象考成續編(32卷)　撰者未詳　子部天文算法類　1035

흠정전당문　欽定全唐文(一千卷)總

目(3卷)　董誥 等輯　集部總集類　1634～50

흠정조보　欽定鳥譜(12卷)　撰者未詳　子部 譜錄類　1119

흠정중수양절염법지　欽定重修兩浙鹽法志(一)～(二)　延豊 等纂修　史部 政書類　840～41

흠정중추정고　欽定中樞政考(一)～(三)　"明亮, 納蘇泰 等纂撰"　史部 政書類　853～55

흠정중추정고속찬　欽定中樞政考續纂　"長齡, 景善 等纂修"　史部 政書類　857

흠정천록림랑서목후편　欽定天祿琳琅書目後編　彭元瑞(淸) 等撰　史部 目錄類　917

흠정천문정의　欽定天文正義(80卷)　撰者未詳　子部 天文算法類　1033～34

흠정청량산지　欽定淸凉山志　撰者未詳　史部 地理類　722

흠정초평삼성사비방략　欽定剿平三省邪匪方略(1～10)　慶桂(淸) 等撰　史部 紀事本末類　391～400

흠정초평월비방략　欽定剿平粵匪方略(1～10)　奕訢(淸) 等撰　史部 紀事本末類　403～12

흠정평정교비기약　欽定平定教匪紀略(1～2)　托津(淸) 等撰　史部 紀事本末類　401～02

흠정학정전서　欽定學政全書　素爾訥 等撰　史部　政書類828

흠정호부조운전서　欽定戶部漕運全書(一)～(三)　載齡 等修 ; 福趾 等纂　史部 政書類　836～38

흡연집고　歙硯輯考(1卷)　徐毅(淸) 撰　子部 譜錄類　1113

흥복합밀기　興復哈密記　馬文昇(明) 撰　史部 雜史類　433

희고당집　希古堂集(8卷)　譚宗浚 撰　集部 別集類　1564

희조명신실록　熙朝名臣實錄焦竑(明) 輯　史部 傳記類　532

희조신어　熙朝新語(16卷)　余金(淸) 撰　子部 雜家類　1178

희조악사　熙朝樂事　田汝成 撰　史部 時令類　885

희하　戲瑕(3卷)　錢希言(明) 撰　子部 雜家類　1143

저 자 편

ㄱ

가구사찬　柯九思撰　丹邱生集五卷
附錄(1卷)　集部　別集類　1324
가금(청)찬　柯琴(淸)撰　傷寒來蘇
全集(8卷)　子部　醫家類　986
가사도(송)집　賈似道(宋)輯　鼎新
圖像蟲經(2卷)　子部　譜錄類
1120
重刊訂正秋蟲譜(2卷)　子部　譜
錄類　1120
가삼근집　賈三近　輯　皇明兩朝疏
抄　史部　詔令奏議類　465
가소학(명)찬　賈所學(明)　撰　藥品
化義(13卷)　子部　醫家類　990
가숭(당)찬　賈嵩(唐)　撰　華陽陶隱
居內傳(3卷)　子部　宗敎類　1294
가유기(명)찬　"柯維騏(明)　撰；吳大
揚(明),　方文沂編"　柯子答問(6
卷)　子部　儒家類　939
柯維騏(明)　撰　宋史新編(一)～
(四)　史部　別史類　308～11
가응벽(명)찬　賈應壁(明)撰　獨醒子
(2卷)　子部　儒家類　943
가잠찬　柯潛　撰　竹巖集(18卷)補遺
(1卷)續補遺(1卷)附錄(1卷)　集部
別集類　1329
가존인(청)찬　賈存仁(淸)　撰　等韻
精要(1卷)　經部小學類　258
가중명찬　賈仲名　撰　蕭淑蘭情寄
菩薩蠻雜劇　集部　戲劇類　1762
蕭淑蘭　集部　戲劇類　1763
蕭淑蘭情寄菩薩蠻　集部　戲劇
類　1763
重對玉梳記　集部　戲劇類　1763

鐵拐李度金童玉女雜劇　集部
戲劇類　1762
荊楚臣重對玉梳　集部　戲劇類
1763
荊楚臣重對玉梳記雜劇　集部
戲劇類　1762
가형(명)찬　賈亨(明)　撰　算法全能
集(2卷)　子部　天文算法類　1043
간조량(청)찬　簡朝亮(淸)　撰　禮記
子思子言鄭注補正(4卷)　子部
儒家類　932
尙書集注述疏(35卷)　經部　書類
52
書堂答問(1卷)　經部　書類　52
갈금랑(청)찬　葛金烺(淸)　撰　愛日
吟廬書畫錄(4卷)　子部　藝術類
1088
갈기인(청)찬　葛其仁(淸)　撰　小爾
雅疏證(5卷)　經部　小學類　189
갈덕신수　"葛德新,朱廷模修；孫星
衍纂"　三水縣志　史部　地理
類　693
갈명(청)찬　葛銘(淸)　撰　古今聲律
定宮(8卷)　經部　樂類　116
갈사동(청)찬　葛嗣浵(淸)　撰　愛日
吟廬書畫補錄(1卷)　；　愛日吟廬
書畫續錄(8卷)　；　愛日吟廬書畫
別錄(4卷)　子部　藝術類　1088
갈원후(청)찬　葛元煦(淸)　撰　洗寃錄
撮遺(2卷)；補(1卷)　子部　法家
類　972
갈인량(명)찬　葛寅亮(明)　撰　四書
湖南講(11卷)　經部　四書類　163
金陵梵刹志(一)～(二)　史部　地
理類　718～19

갈입방찬 葛立方 撰 侍郞葛公歸
　愚集(20卷) 集部 別集類 1317
갈중선(명)찬 葛中選(明) 撰 太律(1
　2卷)外篇(3卷) 經部 樂類 114
감양성(청)찬 甘揚聲(淸) 撰 漢隸
　異同(12卷) 經部 小學類 240
강고(청)찬 姜皋(淸)撰 浦臬農咨
　子部 農家類 976
강남찬 姜南 撰 蓉塘詩話(20卷)
　集部 詩文評類 1695~96
강번(청)찬 江藩(淸) 撰 周易述補(4
　卷) 經部 易類 27
　國朝漢學師承記(8卷) 經部 群
　經總義類 179
　隸經文(4卷)續隸經(1卷) 經部
　群經 總義類 173
　爾雅小箋(3卷) 經部 小學類 188
강병장(청)찬 姜炳璋(淸) 撰 讀左
　補義(50卷)首(2卷) 經部 春秋類
　122
강보(명)찬 姜寶(明) 撰 周易傳義
　補疑(12卷) 經部 易類 8
강부용등수 康敷鎔 等修 靑海誌
　史部 地理類 649
강성(청)찬 江聲(淸) 撰 尙書集注
　音疏 經部 書類 44
　六書說(1卷) 經部 小學類 203
강소서(청)찬 姜紹書(淸) 撰 無聲
　詩史(7卷) 子部 藝術類 1065
강순이집 江順頤輯 詞學集成(8卷)
　集部 詞類 1735
강엄(남조양)찬 江淹(南朝梁) 撰 ;
　胡之驥(宋)注 梁江文通集(10卷)
　集部 別集類 1304
강여순찬 强汝詢 撰 漢州郡縣吏

　制考 史部 職官類 746
　求益齋文集(8卷) 集部 別集類
　1553
강여악(청)찬 强汝諤(淸) 撰 周易
　集義(8卷) 經部 易類 39
강영(청)찬 江永(淸)撰 推步法解(5
　卷) 子部 天文算法類 1032
　四書古人典林(12卷) 經部 四書
　類 166
　四書按稿(30卷) 經部 四書類
　166
　"四聲切韻表(1卷),凡例(1卷)" 經
　部 小學類 253
　"律呂新義(4卷),附錄(1卷)" 經部
　樂類 114
　音學辨微(1卷) 經部 小學類 253
　儀禮釋例(1卷) 經部 禮類 88
강욱(청)찬 江昱(淸) 撰 瀟湘聽雨
　錄(8卷) 子部 雜家類 1138
강원찬 江源撰桂軒藁(10卷) 集部
　別集類 1330
　桂軒續稿(6卷) 集部 別集類 1330
강원(청)찬 江沅(淸) 撰 說文解字
　音均表(2卷) 經部 小學類 247
강유고(청)찬 江有誥(淸) 撰 江氏
　音學十書(12卷) 經部 小學類
　248
강유위찬 康有爲 撰 大同書(8卷)
　子部 儒家類 953
　康南海自編年譜 史部 傳記類
　558
　廣藝舟雙楫(6卷) 子部 藝術類
　1089
　戊戌奏稿 史部 詔令奏議類
　511

新學僞經考(14卷)　經部　群經總
義類　179

강의수　剛毅修 ; 安頤　纂晉政輯
要(一)~(二)　史部　政書類　883~84

강조석(청)주소참의　姜兆錫(淸)　注
疏參議　〝儀禮經傳內編(23卷),
外編(5卷),首(1卷)〞經部　禮類　88

강조석(청)찬　姜兆錫(淸)　撰　禮記
章義(10卷)　經部　禮類　98

周禮輯義(12卷)　經部　禮類　78

爾雅注疏參議(6卷)　經部　小學
類　185

書經參義(6卷)　經部　書類　43

강조충(청)찬　姜兆狆(淸)　撰　孟子
篇敍(7卷)年表(1卷)　經部　四書
類　158

강준(청)찬　姜濬(淸)　撰　孟子文說(7
卷)　經部　四書類　158

강준원찬　江濬源　撰　介亭文集(6
卷)　介亭外集(6卷)　介亭詩鈔(1
卷)　集部　別集類　1453

강진지찬　康進之　撰　李逵負荊
集部　戲劇類　1764

梁山泊李逵負荊雜劇　集部　戲
劇類　1762

강청(명)찬　姜淸(明)　撰　姜氏秘史
史部　雜史類　432

강표찬　江標　撰　黃堯圃先生年譜
史部　傳記類　557

강함돈(청)찬　江涵暾(淸)　撰　筆花
醫鏡(4卷)　子部　醫家類　1025

강해찬　康海　撰　康對山先生集(46
卷)　集部　別集類　1335

沜東樂府(2卷)　集部　曲類　1738

中山狼　集部　戲劇類　1764

개기찬　改琦　撰　玉壺山房詞選(2
卷)　集部　詞類　1725

거연자찬　거然子　撰　盛明雜劇二
集 : 卷二十七蕉鹿夢　集部　戲
劇類　1765

건구(송)찬　塞駒(宋)　撰　采石瓜洲
斃亮記　史部　雜史類　423

계계사찬　揭溪斯　撰　詩法正宗(1
卷)　集部　詩文評類　1694

계혜사찬　揭傒斯　撰　詩宗正法眼
藏(1卷)　集部　詩文評類　1694

계훤(청)찬　揭暄(淸)　撰　璇璣遺述(7
卷)　子部　天文算法類　1033

견극사(영)찬　甄克思(英)　撰 ; 嚴復
譯　社會通詮(2卷)　子部　西學
譯著類　1300

경계(청)등집　慶桂(淸)　等輯　國朝
宮史續編(1)~(2　)史部　政書類
824~25

경계(청)등찬　慶桂(淸)　等撰　欽定
剿平三省邪匪方略(1)~(10)　　史
部　紀事本末類　391~400

경보집　慶保　輯　廣州駐防事宜
史部　政書類　860

경성표(청)찬　景星杓(淸)　撰　山齋
客譚(8卷)　子部　小說家類　1268

경안찬　敬安　撰　八指頭陀詩集(10
卷)述(1卷)續集(8卷)　　八指頭陀
雜文(1卷)　集部　別集類　1575

경원선찬　經元善　撰　居易初集(2
卷)　集部　別集類　1564

경음루(명)찬　耿蔭樓(明)　撰　國脈
民天(1卷)　子部　農家類　976

계남(청)찬　計楠(淸)　撰　客塵醫話(3
卷)　子部　醫家類　1029

계대수찬　計大受　撰　史林測義
　　史部　史評類　451
계동찬　計東　撰　改亭詩集(6卷)　改
　　亭文集(16卷)　集部　別集類　1408
계문찬(청)찬　桂文燦(淸)　撰　毛詩
　　釋地(6卷)　經部　詩類　73
　　經學博采錄(12卷)　經部　群經總
　　義類　179
　　孟子趙注考證(1卷)　經部　四書
　　類　159
　　孝經集證(10卷)　經部　孝經類　152
계복(청)찬　桂馥(淸)　撰　說文解字
　　義證(1)　經部　小學類　209
　　說文解字義證(2)　經部　小學類
　　210
　　札樸(10卷)　子部　雜家類　1156
　　歷代石經略(2卷)　經部　群經總
　　義類　183
계본(명)찬　季本(明)　撰　說理會編(9
　　-16卷)　子部　儒家類　939
　　說理會編(1-8卷)　子部　儒家類
　　938
　　"易學.4同(8卷),別錄(4卷)"　經部
　　易類　6
　　樂律纂要(1卷)　經部　樂類　113
계성찬　計成　撰　園冶　史部　政書
　　類　879
계육기(청)찬　計六奇(淸)　撰　明季
　　南略　史部　雜史類　443
　　明季北略　史部　雜史類　440
계지창찬　季芝昌　撰　丹魁堂詩集
　　(7卷)　集部　別集類　1517
계진의장　季振宜　藏　季滄葦藏書
　　目　史部　目錄類　920
계초만찬　桂超萬　撰　惇裕堂文集

　　(4卷)　集部　別集類　1510
　　養浩齋詩稿(9卷)　養浩齋詩續稿
　　(5卷)　集部　別集類　1510
고경성(청)찬　顧景星(淸)　撰　野菜
　　贊(1卷)　子部　農家類　977
고곤(청)찬　顧坤(淸)　撰　覺非盦筆
　　記(8卷)　子部　雜家類　1154
고관광(청)찬　顧觀光(淸)　撰　周髀
　　算經校勘記(1卷)　子部　天文算
　　法類　1031
　　國策編年　史部　雜史類　422
고광기(청)찬　顧廣圻(淸)　撰　思適
　　齋集(18卷)　集部　別集類　1491
　　說文辨疑(1卷)　經部　小學類　215
고광예(청)찬　顧廣譽(淸)　撰　"學詩
　　詳說(30卷),學詩正詁(5卷)"　經部
　　詩類　72
고광욱찬　顧光旭　撰　響泉集(18卷)
　　集部　別集類　1451
고기원(명)찬　顧起元(明)　撰　客座
　　贅語(10卷)　子部　小說家類　1260
고대찬　高岱　撰　鴻猷錄　史部　紀
　　事本末類　389
고대운(명)찬　顧大韻(明)　撰　炳燭
　　齋隨筆(1卷)　子部　雜家類　1133
　　六十種曲(120卷)　：　靑衫記(2卷)
　　集部　戲劇類　1772
고동고찬　顧棟高　撰　司馬太師溫
　　國文正公年譜　史部　傳記類　552
고렴찬　高濂　撰　六十種曲(120卷)：
　　玉簪記(2卷)　集部　戲劇類　1769
　　重校玉簪記(2卷)　集部　戲劇類
　　1775
고록(청)찬　顧祿(淸)　撰　淸嘉錄(12
　　卷)　子部　小說家類　1262

고명찬　高明　撰　六十種曲(120卷) :
　　琵琶記(2卷)　集部　戲劇類　1769
고몽린(명)찬　顧夢麟(明)　撰　詩經
　　說約(28卷)　經部　詩類　60
고문빈(청)찬　顧文彬(淸)　撰　過雲
　　樓書畫記(10卷)　子部　藝術類
　　1085
고문수찬　高文秀　撰　新刊關目好
　　酒趙元遇上皇　集部　戲劇類
　　1760
　　黑旋風雙獻功雜劇　集部　戲劇
　　類　1761
고병(청)찬　高秉(淸)　撰　指頭畫說(1
　　卷)　子部　藝術類　1067
고병균(청)찬　高秉鈞(淸)　撰　家用
　　膏丹丸散方(1卷)　子部　醫家類
　　1016
　　方彙(3卷)　子部　醫家類　1016
　　方彙補遺(1卷)　子部　醫家類　1016
　　瘍科臨證心得集(3卷)　子部　醫
　　家類　1016
고병균(청)찬　"高秉鈞(淸),吳辰燦,姚
　　志仁撰"　景岳新方歌(1卷)　子
　　部　醫家類　1016
고병장등집　顧炳章　等輯　廣州永
　　康等砲臺工程　史部　政書類　860
고보전찬　高寶銓　撰　元秘史李注
　　補正　;　元秘史李注補正續編
　　史部　別史類　312
고복(청)찬　顧復(淸)　撰　平生壯觀(10
　　卷)　子部　藝術類　1065
고사기(청)찬　高士奇(淸)　撰　北墅
　　抱甕錄(1卷)　子部　譜錄類　1119
　　春秋左傳姓名同異考(4卷)　經
　　部　春秋類　121

고사손찬　高似孫撰文苑英華纂要人
　　(14卷)　集部　總集類　1582
고상(청)집　顧湘(淸)　輯　篆學瑣著
　　三十種(40卷)　子部　藝術類　1091
　　～92
고상린(청)찬　高翔麟(淸)　撰　說文
　　經典異字釋(1卷)　經部　小學類
　　222
　　說文字通(4卷)　經部　小學類　222
고세식(청)찬　高世栻(淸)　撰　黃帝
　　素問直解(9卷)　子部　醫家類　982
고세징(청)찬　顧世澄(淸)　撰　瘍醫
　　大全(40卷)　子部　醫家類　1013～
　　16
고수원(송)찬　高守元(宋)　撰　沖虛
　　至德眞經四解(20卷)　子部　醫家
　　類　958
고식찬　高式　撰　鍼灸聚英(4卷)
　　子部　醫家類　996
고야왕(양)찬　顧野王(梁)　撰　玉篇
　　經部　小學類　228
고양겸찬　顧養謙　撰　沖庵顧先生
　　撫遼奏議　史部　詔令奏議類　478
고여목기략　顧與沐記略 ; 顧樞輯 ;
　　顧貞觀訂補　　顧端文公年譜
　　史部　傳記類　553
고여식(명)집　高汝栻(明)　輯　皇明
　　法傳錄嘉隆紀　史部　編年類　357
　　皇明續紀三朝法傳全錄　　史部
　　編年類　357
고염무(청)찬　顧炎武(淸)　撰　山東
　　考古錄　史部　地理類　732
　　亭林詩集(5卷)　　亭林文集(6卷)
　　集部　別集類　1402
　　昌平山水記　史部　地理類　721

聖安記事　史部　雜史類　443

고염무찬　顧炎武 撰 ；徐嘉 輯　顧亭林先生詩箋注(17卷)　集部 別集類　1402

고염무(청)찬　顧炎武(淸) 撰　日知錄之餘(4卷)　子部 雜家類　1144
讀史方輿紀要(1)～(15)　史部 地理類　598～612
肇域志(1)～(10)　史部 地理類　586～95
天下郡國利病書(1)～(3)　史部 地理類　595～97

고욱(명)찬　顧煜(明) 撰　射書(4卷)；首(1卷)　子部 藝術類　1106

고원경(명)찬　顧元慶(明) 撰　茶譜(1卷)　子部 譜錄類　1115

고원준(명)찬　高元濬(明) 撰　茶乘(6卷)；拾遺(1卷)　子部 譜錄類　1115

고유찬　高儒 撰　百川書志　史部 目錄類　919

고응상(명)찬　顧應祥(明) 撰　勾股算術(2卷)　子部 天文算法類　1044
靜虛齋惜陰錄(12卷)；附錄(1卷)　子部 雜家類　1122

고전(청)찬　高銓(淸) 撰　蠶桑輯要(2卷)　子部 農家類　978

고정관찬　顧貞觀 撰　彈指詞(2卷)　集部 詞類　1725

고정관집　〞顧貞觀,納蘭性德輯〞 今詞初集(2卷)　集部 詞類　1729

고조찬　高兆 撰　續高士傳　史部 傳記類　516

고종경집　〞顧從敬,錢允治輯 ；錢允治,陳仁錫箋釋〞 類選箋釋草堂詩餘(6卷)　類選箋釋續選草堂詩餘(2卷)　類編箋釋國朝詩餘(5卷)　集部 詞類　1728

고종태찬　顧宗泰 撰　月滿樓文集(14卷) 首(2卷)　集部 別集類　1459
月滿樓詩集(40卷) 別集(5卷)首(1卷)　集部 別集類　1459

고종홍찬　高宗弘 曆勅 撰　寧壽鑑古(16卷)　子部 譜錄類　1107

이주등집　高样等輯　東林書院志　史部 地理類　721

고진서(청)찬　顧陳垿(淸) 撰　內則章句(1卷)　經部 禮類　107

고진복(청)집　顧震福(淸) 輯　小學鉤沈續編(8卷)　經部 小學類　201

고춘찬　顧春 撰　東海漁歌(6卷)　集部 詞類　1726
天游閣集(5卷)詩補(1卷)附錄(1卷)　集部 別集類　1529

고칙성찬　高則誠 撰　新刊元本蔡伯喈琵琶記(2卷)　集部 戲劇類　1774

고팔대찬　顧八代 撰　敬一堂詩鈔(16卷)　集部 別集類　1418

고한찬　顧翰 撰　拜石山房詞鈔(4卷)　集部 詞類　1726

고헌성(명)찬　顧憲成(明) 撰　顧端文公遺書(37卷)　子部 儒家類　943
〞大學意(1卷),中庸意(2卷),大學說(1卷),中庸說(1卷),語孟說略(2卷)〞　經部 四書類　162

고회삼찬　顧櫂三 撰　補五代史藝文志　史部 目錄類　916

곡응태(청)찬　谷應泰(淸) 撰　明史紀事本末補遺　史部 紀事本末類　390

곡자경찬　谷子敬　撰　三度城南柳
　　集部　戲劇類　1763
　　呂洞賓三度城南柳雜劇　　集部
　　戲劇類　1762
곡태(명)집　谷泰(明)　輯　博物要覽(16
　　卷)　子部　雜家類　1186
곤강(청)등수　崑岡(淸)　等修；吳樹
　　梅(淸)　等纂欽定大淸會典　　史
　　部　政書類　794
　　欽定大淸會典圖(1)～(3)　史部　政
　　書類　795～97
　　欽定大淸會典事例(1)～(17)　　史部
　　政書類　798～814
골륵(서하)찬　骨勒(西夏)　撰　番漢
　　合時掌中珠　經部. 小學類　229
골수(원)집　滑壽(元)　輯；汪機(明)續
　　注讀素問鈔(9卷)　；補遺(1卷);附
　　錄(1卷)　子部　醫家類　981
골수(원)찬　滑壽(元)　撰　十四經發揮
　　(3卷)　子部醫家類995
공거중(명)찬공　居中(明)　撰　新刻痰
　　火點雪(4卷)　子部　醫家類　1005
　　新刊秘授外科百效全書(6卷)
　　子部　醫家類　1013
공경선(남제)찬공　慶宣(南齊)　撰　劉
　　涓子鬼遺方(5卷)　子部　醫家類
　　1012
공경한(청)찬공　景瀚(淸)　撰　澹靜齋
　　文鈔(2卷)　集部　別集類　1474
　　澹靜齋詩鈔(6卷)　　集部　別集類
　　1474
공계분(청)찬　孔繼汾(淸)　撰　闕理文
　　獻考　史部　傳記類　512
　　喪服表(1卷)　經部　禮類　95
공계함(청)찬　孔繼涵(淸)　撰　雜體文

稿(7卷)　集部　別集類　1460
　　紅橱書屋詩集(4卷)　集部　別集類
　　1460
　　同度記(4卷)　子部　天文算法類
　　1045
　　篆鏤心得(1卷)　子部　藝術類　1091
공광도(청)찬　孔廣陶(淸)　撰　嶽雪樓
　　書畫錄(5卷)　子部　藝術類　1085
공광림(청)찬　孔廣林(淸)　撰　"儀禮肬
　　測(17卷),敍錄(1卷)"　經部　禮類　89
　　"周官肬測(6卷),敍錄(1卷)"　經部
　　禮類　80
공광삼(청)찬　孔廣森(淸)　撰　"公羊春
　　秋經傳通義(11卷),敍(1卷)"　經部
　　春秋類　129
　　"大戴禮記補注(13卷),序錄(1卷)"
　　經部禮類　107
　　禮學卮言(6卷)　經部　禮類　110
　　經學卮言(6卷)　經部　群經總義類
　　173
　　詩聲類(12卷)　經部　小學類　246
　　詩聲分例(1卷)　經部　小學類　246
　　駢儷文(3卷)　集部　別集類　1476
공단례(원)찬　龔端禮(元)　撰　五服圖
　　解(1卷　)經部　禮類　95
공등(청)찬　龔橙(淸)撰　詩本誼(1卷)
　　經部　詩類　73
공문경찬　孔文卿　撰　大都新刊關目
　　的本東窗事犯　集部　戲劇類　1760
공부(한)찬　孔鮒(漢)　撰；宋咸(宋)注
　　孔叢子(7卷)　子部　儒家類　932
　　釋文(1卷)　子部　儒家類　932
공상임찬　孔尙任　撰　桃花扇傳奇
　　(2卷)　集部　戲劇類　1776
공안국(한)주　孔安國(漢)　注　古文孝

經(敦煌殘卷)　經部 孝經類　151

공안국(한)전　孔安國(漢) 傳　古文尙書(13卷)　經部 書類　41

공영달(당)등찬　孔穎達(唐) 等撰　春秋左傳正義(36卷)　經部 春秋類　117~18

周易正義(14卷)　經部 易類　1

尙書正義(20卷)　經部 易類　41

공원(송)찬　龔原(宋) 撰　周易新講義(10卷)　經部 易類　1

공원개(청)찬　龔元玠(淸) 撰　畏齋書經客難　經部 易類　44

畏齋周易客難(1卷)　經部 易類　22

畏齋周禮客難(8卷)　經部 禮類　79

공위(청)찬　공위(淸) 撰　巢林筆談(6卷)；巢林筆談續編(2卷)　子部 雜家類　1177

공육례(청)찬　孔毓禮(淸) 撰　痢疾論(4卷)　子部 醫家類　1004

공육연(청)찬　孔毓珽(淸) 撰　拾籜餘閒(1卷)　子部 雜家類　1177

공자진찬　龔自珍(淸) 撰　定盦詞(5卷)　集部 詞類　1726

龔定盦全集(20卷)　集部 別集類　1520

공자진(청)찬　龔自珍(淸) 撰　春秋決事比(1卷)　經部 春秋類　129

공정선(명)찬　孔貞瑄(明) 撰　大成樂律全書(1卷)　經部 樂類　114

공정운(명)집　孔貞運(明) 輯　皇明詔制(1)~(2)　史部 詔令奏議類　457~58

공정자찬　龔鼎孳 撰　定山堂詩集(43卷)定山堂詩餘(4卷)　集部 別集類　1402~03

定山堂古文小品(2卷)　集部 別集類　4103

공정현(명)찬　공廷賢(明) 撰　新刊醫林狀元壽世保元(10卷)　子部 醫家類　1021

공정현(청)찬　龔廷賢(淸) 撰 ; 姚國禎(淸)補輯新刻小兒推拿方脈活嬰秘旨全書(2卷)　子部 醫家類　997

공제(원)찬　孔齊(元) 撰　靜齋至正直記(4卷)　子部 雜家類　1166

공진찬　鞏珍 撰　西洋番國誌　史部 地理類　742

공평중(송)찬　孔平仲(宋) 撰　續世說(12卷)　子部 雜家類　1166

공현(청)찬　公賢(淸) 撰　龔安節先生畫訣(1卷)　子部 藝術類　1065

공황찬　龔黃 撰　六岳登臨志　史部 地理類　721

과문년(청)찬　過文年(淸) 撰　過伯齡先生四子譜(2卷)　子部 藝術類　1102

과산(명)찬　戈汕(明) 撰　蝶几譜(1卷)　子部 譜錄類　1111

과수지(청)찬　戈守智(淸) 撰　漢溪書法通解(8卷)　子部 藝術類　1067

과재찬　戈載 撰　詞林正韻(3卷)發凡(1卷)　集部 詞類　1737

과정훈(명)찬　過庭訓(明) 撰　李朝分省人物考(1)~(4)　史部 傳記類　533~36

곽경번(청)찬　郭慶藩(淸) 撰　說文經字正誼　經部 小學類　228

莊子集釋　子部 儒家類　957~58

곽계(청)찬　郭階(淸) 撰　周易漢讀考

(3卷) 經部 易類 39

곽곤도찬 郭崑燾 撰 雲臥山莊詩集
(8卷)首(1卷)末(1卷) 集部 別集類
1552

곽공소(청)찬 霍孔昭(淸) 撰 損傷科
(1卷) 子部 醫家類 1016

곽공연찬 郭孔延 撰 史通評釋 史
部 史評類 447

곽린(청)찬 郭麐(淸) 撰 靈芬館四種
(7卷) 集部 詞類 1725
靈芬館詞話(2卷) 集部 詞類 1733
樗園鎖夏錄(3卷) 子部 雜家類
1179

곽명여(금)편 郭明如(金) 編 新編詔
誥章表機要 史部 詔令奏議類
457

곽몽성(청)찬 郭夢星(淸) 撰 午窓隨
筆(4卷) 子部 雜家類 1165

곽박(진)찬 郭璞(晉) 撰 ; 묘불림(淸)
輯山海經箋疏(18卷) ; 圖贊(1卷)
; 訂譌(1卷) ; 敍錄(1卷) ; 補遺(1
卷) 子部 小說家類 1264

곽박주(진)찬 郭璞注(晉) 撰 爾雅(3
卷) 子部 小說家類 185

곽백창(청)찬 郭柏蒼(淸) 撰 海錯百
一錄(5卷) 子部 譜錄類 1120

곽비찬 郭畀 撰 雲山日記 史部
傳記類 558

곽상(진)주 郭象(晉)注 ; 成玄英(唐)
疏南華眞經注疏(35卷) 子部 儒家
類 955

곽상선찬 郭尙先 撰 郭大理遺稿
(8卷) 集部 別集類 1510
增默菴詩遺集(2卷) 集部 別集
類 1510

繕部紀略 史部 政書類 878

곽숭도(청)찬 郭嵩燾(淸) 撰 中庸章
句質疑(2卷) 經部 四書類 159
玉池老人自敍 史部 傳記類 552
使西紀程 史部 傳記類 577
養知書屋詩集(15卷) 養知書屋文
集(28卷) 集部 別集類 1547
禮記質疑(49卷) 經部禮類 106
大學章句質疑(1卷) 經部 四書類
159

곽옹(송)찬 郭雍(宋) 撰 仲景傷寒補
亡論(20卷) 子部 醫家類 984

곽운승(청)찬 郭雲陞(淸) 撰 救荒簡
易書(4卷) 子部 農家類 976

곽원홍(명)찬 郭元鴻(明) 撰 壺史(5
卷) 子部 藝術類 1106

곽응빙찬 郭應聘 撰 郭襄靖公遺集
(30卷) 集部 別集類 1349

곽익집 霍翼 輯 軍政條例類考 史
部 政書類 852

곽인찬 郭麐 撰 靈芬館詩話(12卷)
續(6卷) 集部 詩文評類 1705

곽자장(명)찬 郭子章(明) 撰 聖門人
物志 史部 傳記類 512
名馬記(2卷) 子部 譜錄類 1119

곽정역찬 郭正域 撰 皇明典禮志
史部 政書類 824

곽지수(청)찬 郭志邃(淸) 撰 痧脹玉
衡書(3卷) ; 後(1卷) 子部 醫家類
1003

곽훈집 郭勛 輯 雍熙樂府(20卷)
集部 曲類 1740~41

관동찬 管同 撰 因寄軒文初集(10
卷) 因寄軒文二集(6卷) 因寄軒
文集補遺(1卷) 集部 別集類 1504

관로(청)찬 管輅(淸)撰 ; 王伋(宋) 等
　　注 ; 汪尙甡(明) 補注 管氏指蒙
　　(2卷) 子部 術數類 1052
관은주인찬 灌隱主人 撰 盛明雜
　　劇集：卷一通天臺 集部 戲劇
　　類 1765
관정분(청)찬 管庭芬(淸) 撰 卅兮
　　筆記(2卷) 子部 雜家類 1140
관학찬 管鶴 撰 拳匪聞見錄 史
　　部 雜史類 446
관한경찬 關漢卿 撰 古杭新刊的
　　本關大王單刀會 集部 戲劇類
　　1760
　　竇娥冤 集部 戲劇類 1764
　　望江亭中秋切鱠旦 集部 戲劇
　　類 1763
　　望江亭中秋切鱠雜劇 集部 戲
　　劇類 1762
　　新刊關目閨怨佳人拜月亭集部
　　戲劇類1760
　　玉鏡臺 集部 戲劇類 1763
　　錢大尹智勘緋衣夢 集部 戲劇
　　類 1763
　　智賞金線池 集部 戲劇類 1763
　　感天動地竇娥冤雜劇 集部 戲
　　劇類 1762
　　大都新編關張雙赴西蜀夢 集
　　部 戲劇類 1760
　　杜藥娘智賞金線池雜劇 集部
　　戲劇類 1762
　　杜藥娘智賞金線池 集部 戲劇
　　類 1763
　　新刊關目詐妮子調風月 集部
　　戲劇類 1760
　　溫太眞玉鏡臺 集部 戲劇類

　　1763
　　溫太眞玉鏡臺雜劇 集部 戲劇
　　類 1760
　　錢大尹智寵謝天香雜劇 集部
　　戲劇類 1760
　　趙盼兒風月救風塵雜劇 集部
　　戲劇類 1760
　　包待制三勘蝴蝶夢雜劇 集部
　　戲劇類 1761
　　包待制智斬魯齋郎雜劇 集部
　　戲劇類 1761
관헌요(청)찬 官獻瑤(淸) 撰 石谿
　　讀周官(6卷) 經部 禮類 79
광반(명)찬 鄺璠(明) 撰 便民圖纂(15
　　卷) 子部 農家類 975
괴덕모찬괴 德模 撰 帶耕堂遺詩
　　(5卷)首(1卷) 集部 別集類 1545
　　崇祀錄(1卷) 集部 別集類 1545
　　吳中判牘(1卷) 集部 別集類 1545
"괴정,오지준집" "槐鼎,吳之俊 輯"
　　彩雲乘新鐫樂府曰雲編(3卷)
　　集部 戲劇類 1778
교길찬 喬吉 撰 金錢記 集部 戲
　　劇類 1763
　　詩酒揚州夢 集部 戲劇類 1763
　　兩世姻緣 集部 戲劇類 1763
"교길,이개선집" "喬吉,李開先輯"喬
　　夢符小令(1卷) 集部 曲類 1738
교동(청)집 喬棟(淸) 輯 竹香齋象
　　戲譜(3集) 子部 藝術類 1106
교맹부찬 喬孟符 撰 杜牧之詩酒
　　揚州夢雜劇 集部 戲劇類 1761
　　李太白匹配金錢記雜劇 集部 戲
　　劇類 1760
　　李雲英風送梧桐葉 集部 戲劇

類　1763

杜牧之詩酒揚州夢　集部　戲劇
類　1760

玉簫女兩世姻緣　集部　戲劇類
1760

李太白匹配金錢記　集部　戲劇
類　1763

교송년(청)찬　喬松年(淸)　撰　蘿藦
亭札記(8卷)　子部　雜家類　1159

緯攟(14卷)　經部　群經總義類
184

교억찬　喬億　撰　劍谿說詩(2卷)又
編(1卷)　集部　詩文評類　1701

교중화(명)찬　喬中和(明)　撰　元韻
譜(54卷)　經部　小學類　256

說易(12卷)　經部　易類　16

구곡산농(청)찬　句曲山農(淸)　撰　金
魚圖譜(1卷)　子部　譜錄類　1120

구공미찬　瞿共美　撰　天南逸史　史
部　雜史類　444

구구사찬　瞿九思　撰　萬曆武功錄
史部　雜史類　436

孔廟禮樂考　史部　政書類　824

구군홍(청)집　裘君弘(淸)　輯　西江
詩話(12卷)　集部　詩文評類　1699

妙貫堂餘譚(6卷)　子部　雜家類
1136

구규찬　邱葵　撰　釣磯詩集(5卷)
集部　別集類　1321

구기리득(서양)찬　歐幾里得(西洋)　撰
；利瑪竇(意)譯　；徐光啓(明)　筆
受　；　偉烈亞力(英)續譯;李善蘭
(淸)筆受幾何原本(15卷)　子部　西
學譯著類　1300

구명(남조양)전보　丘明(南朝梁)　傳

譜　碣石調幽蘭(1卷)　子部　藝
術類　1092

구발등(미)찬　〝歐潑登(美)　撰；林樂
知(美),瞿昂來(淸)　同譯〞列國陸
軍制(不分卷)　子部　西學譯著
類　1299

구봉갑찬丘　逢甲　撰　嶺雲海日樓
詩鈔(13卷)選外集(1卷)　集部　別
集類　1576

구사형찬　區仕衡　撰　九峰先生集
(3卷)首(1卷)附錄(1卷)　集部　別
集類　1320

구식사찬　瞿式耜　撰　瞿忠宣公集
(10卷)　集部　別集類　1375

구양수등찬　歐陽修等　撰　大常因
革禮　史部　政書類　821

醉翁琴趣外篇(6卷)　集部　詞類
1722

구용찬　瞿鏞　撰　鐵琴銅劍樓藏書
目錄　史部　目錄類　926

구우찬　瞿佑撰歸田詩話(3卷)　集部
詩文評類　1694

新增補相剪燈新話大全四卷附
錄(1卷)　集部　小說類　1787

樂府遺音(1卷)　集部　詞類　1723

구원찬　仇遠　撰　山村遺稿(4卷)
集部　別集類　1322

無絃琴譜(2卷)　集部　詞類　1723

구위훤찬　邱煒萲　撰　五百石洞天
揮麈(12卷)　集部　詩文評類　1708

구유의(청)등술　邱惟毅(淸)　等述；
譚嗣同(淸)　筆記　瀏陽麻利述(1
卷)　子部　農家類　977

구일수찬　裘日修　撰　裘文達公文
集(6卷)補遺(1卷)裘　文達公詩集

(18卷)集部別集類1441

구종석(송)찬　寇宗奭(宋)　撰　本草
　　衍義(20卷)　子部醫家類　990

구준(명)집丘　濬(明)輯學的(2卷)　子
　　部儒家類　936

구중용(청)찬　瞿中溶(淸)　撰　集古
　　官印考(17卷)；集古虎符魚符考
　　(1卷)　子部　譜錄類　1109

　　奕載堂古玉圖錄(1卷)　子部　譜
　　錄類　1107

구처기찬丘　處機　撰　棲霞長春子
　　丘神仙磻溪集(3卷)　集部　別集
　　類　1322

구평(명)찬　寇平(明)　撰　全幼心鑑(4
　　卷)　子部　醫家類　1010

구함섬자집　口涵蟾子　輯　金丹正
　　理大全諸眞玄奧集成(9卷)　　子
　　部　宗教類　1295

구희(청)찬　邱熺(淸)　撰　引痘略(1
　　卷)　子部　醫家類　1012

굴대균찬　屈大均　撰　翁山文外(18
　　卷)　集部　別集類　1412

　　翁山詩外(18卷)(卷18未刻)　集部
　　別集類　1411

　　廣東新語　史部　地理類　734

굴복(청)찬　屈復(淸)　撰　弱水集(22
　　卷)　集部　別集類　1423～24

　　附楚懷襄二王在位事蹟考(1卷)
　　集部　楚辭類　1302

　　楚辭新集註(8卷)　集部　楚辭類
　　1302

궁대용찬　宮大用　撰　死生交范張
　　雞黍雜劇　集部　戲劇類　1761

궁천연찬　宮天挺　撰　范張雞黍
　　集部　戲劇類　1763

　　新刊關目嚴子陵垂釣七里灘
　　集部　戲劇類　1760

　　新刊死生交范張鷄黍　集部　戲
　　劇類　1760

권덕여찬　權德輿　撰　新刊權載之
　　文集(50卷)補刻(1卷)　集部　別集
　　類　1309

권형(명)찬　權衡(明)　撰　庚申外史
　　史部　雜史類　423

귀유광찬　歸有光　撰　補刊震川先
　　生集(8卷)　集部　別集類　1353

귀장찬　歸莊　撰　山遊詩(1卷)　集
　　部　別集類　1401

　　恒軒詩(1卷)　集部　別集類　1401

　　歸玄恭遺著(1卷)詩鈔(1卷)　集部
　　別集類　1401

규서(청)찬　揆敍(淸)　撰　隙光亭雜
　　識(6卷)　子部　雜家類　1146

극재거사(청)찬　亟齋居士(淸)　撰　達
　　生編(2卷)　子部　醫家類　1008

금농찬　金農　撰　冬心先生集(4卷)
　　續集(2卷)補遺(1卷)續補遺(1卷)
　　冬心先生三體詩(1卷)　冬心先生
　　甲成近詩(1卷)　集部別集類　1424

금덕감(청)찬　金德鑑(淸)　撰　爛喉단
　　痧輯要(1卷)　子部　醫家類　1018

금분형찬　金賁亨　撰　臺學源流　史
　　部　傳記類　515

금상예(청)찬　金象豫(淸)　撰　國朝
　　大事記　史部　紀事本末類　390

금식(청)찬　金埴(淸)　撰　不下帶編(7
　　卷)　子部　小說家類　1262

금신찬　金蓍　撰　靜廉齋詩集(24卷)
　　集部　別集類　1440

금영지(송)찬　金盈之(宋)　撰　醉翁

談錄(5卷)　子部　雜家類　1166

금일승집　金日升　輯　頌天臚筆
史部　雜史類　439

금조연찬　金兆燕　撰　棕亭古文鈔
(10卷)　集部　別集類　1442
　棕亭駢體文鈔(8卷)　集部　別集
類　1442
　棕亭詩鈔(18卷)　集部　別集類
1442

금종찬　金鐘　撰　皇明末造錄　史
部　雜史類　444

금화찬　金和　撰　秋蟪吟館詩鈔(7
卷)　集部　別集類　1554

긍인찬　恆仁　撰　月山詩話(1卷)
集部　詩文評類　1702

기광종찬　祁光宗　撰　關中陵墓志
史部　地理類　720

기군상찬　紀君祥　撰　趙氏孤兒
集部　戲劇類　1760～64
　趙氏孤兒大報讐雜劇　集部　戲
劇類　1762

기대규(청)찬　紀大奎(淸)　撰　雙桂
堂稿(10卷)續編(12卷)集　部別
集類　1470

기령(청)찬　奇齡(淸)　撰　後鑒錄
史部　雜史類　432

기뢰(청)찬　紀磊(淸)　撰　九家逸象
辨證(1卷)　經部　易類　35
　虞氏易義補注(1卷)附錄(1卷)　經
部　易類　35
　虞氏逸象考正(1卷)續纂(1卷)　經
部　易類　35
　周易本義辨證補訂(4卷)　經部
易類　34
　周易消息(15卷)　經部　易類　34

漢濡傳易源流(1卷)　經部　易類
35

기승한장병찬　祁承爜藏竝　撰　澹
生堂藏書目　史部　目錄類　919

기승한(청)찬　祁承爜(淸)　撰　牧津
史部　職官類　754
　宋西事案　史部　雜史類　423

기여주인등찬　杞廬主人　等撰　時
務通考-1～6(天算1-6卷)　子部
類書類　1254～59

기운사찬　祁韻士　撰　皇朝藩部要
略皇朝藩部世系表　史部　地理
類　740

기원유찬　祁元孺　撰　盛明雜劇二
集:卷二十六錯轉輪　集部　戲劇
類　1765

기윤(청)찬　紀昀(淸)　撰　史通削繁
史部　史評類　448

기윤(청)찬　紀昀(淸)　撰　紀文達公
遺集(32卷)(文16卷詩16卷)　集部
別集類　1435
　閱微草堂筆記(24卷)　子部　小說
家類　1269

기준조(청)찬　祁寯藻(淸)　撰　馬首
亭集(32卷)馬首亭後集(12卷)　集
部　別集類　1521～22
　馬首農言(1卷)　子部　農家類　976

기표가찬　祁彪佳　撰　越中園亭記
史部　地理類　718
　遠山堂詩集(10卷)　集部　別集類
1385
　遠山堂文稿(1卷)　集部　別集類
1385
　遠山堂曲品(不分卷)　集部　曲
類　1758

遠山堂劇品(不分卷)　集部　曲類　1758

宜焚全稿　史部　詔令奏議類　492

기허국(명)찬　紀許國(明)　撰　焦書(2卷)　子部　儒家類　944

김농찬　金農　撰　冬心先生自度曲(1卷)　集部　曲類　1739

김니각(법)찬　金尼閣(法)　撰　西儒耳目資(不分卷)　經部　小學類　259

김란찬　金鑾　撰　蕭爽齋樂府(1卷)　集部　曲類　1738

김리상(송)찬　金履祥(宋)　撰　書經注.(12卷)　經部　書類　42

김무상찬　金武祥　撰粟　香隨筆(8卷)；粟香二筆(8卷)；粟香三筆(8卷)　子部　雜家類　1183

粟香隨筆(8卷)；粟香四筆(8卷)；粟香五筆(8卷)　子部　雜家類　1184

김방(청)찬　金枋(淸)　撰　禮箋.(3卷)　經部　禮類　109

김분형(명)찬　金賁亨(明)　撰　學易記(5卷)　經部　易類　6

김사승(청)찬　金士升(淸)　撰　易內傳(12卷)　經部　易類　18

易傳外篇(1卷)　經部　易類　18

김수정찬　金守正　撰　雪厓先生詩集(5卷)　集部　別集類　1325

김실찬　金實　撰　覺非齋文集(28卷)附錄(1卷)　集部　別集類　1327

김악(청)찬　金鶚(淸)　撰　求古錄禮說(16卷)補遺(1卷)　經部　禮類　110

김요찬　金瑤　撰　金栗齋先生文集(11卷)　集部　別集類　1342

김유자(명)찬　金幼孜(明)　撰　金文靖公北征錄　史部　雜史類　433

김인걸찬　金仁傑　撰　新刊關目全蕭何追韓信　集部　戲劇類　1760

김일추(청)찬　金日追(淸)　撰　儀禮經注疏正와.(17卷)　經部　禮類　89

김절(명)찬　金浙(明)　撰　讀禮日知(2卷)　經部　禮類　97

김정위찬　金正煒　撰　戰國策補釋　史部　雜史類　422

김지준찬　金之俊　撰　金文通公集(20卷)奏疏(6卷)詩集(6卷)外集(8卷)　集部　別集類　1392〜93

ㄴ

나공승찬　羅公升　撰　宋貞士羅滄洲先生集(5卷)　集部　別集類　1321

나관중찬　羅貫中　撰　三國志通俗演義(24卷)　集部　小說類　1789〜91

宋太祖龍虎風雲會　集部　戲劇類　1763

龍虎風雲會　集部　戲劇類　1764

나교(명)찬　羅僑(明)　撰　羅東川公內稿(1卷)　子部　儒家類　938

羅東川公外稿(1卷)　子部　儒家類　938

東川羅先生潛心語錄(10卷)　子部　儒家類　938

나돈연찬　羅惇衍　撰　集義軒詠史詩鈔(60卷)　集部　別集類　1542〜43

나면도(명)찬　羅勉道(明)　撰　南華

眞經循本(30卷)　　子部　儒家類
956

나미(청)찬　羅美(淸)撰　內經博議(4
卷)　子部　醫家類　982

나빙찬　羅聘撰　香葉草堂詩存(1
卷)　集部　別集類　1453

나사림(청)찬　羅士琳(淸)撰　舊唐
書校勘記(一)～(二)　史部　正史
類　283～84
四元玉鑑細草(不分卷)　子部　天
文算法類　1043
晉義熙銅鼓考(1卷)　子部　譜錄
類　1111

나소수　羅少　修；杭世駿纂烏程縣
志　史部　地理類　704

나언성(청)찬　那彦成(淸)撰　阿文
成公年譜(一)～(二)　史部　傳記
類　554～55
那文毅公奏議(一)～(三)　　史部
詔令奏議類　495～97

나여방(명)찬　羅汝芳(明)撰　近溪
子明道錄(8卷)　子部雜家類　1127
近溪羅先生一貫編(11卷)　　子部
雜家類　1126

나여회찬　羅汝懷撰　綠漪草堂文
集(30卷)首一卷外集(2卷)別集(2
卷)綠漪草堂詩集(20卷)研華館詞
(3卷)　集部　別集類　1530～31

나엽(송)찬　羅燁(宋)撰　新編醉翁
談錄十集(20卷)　子部　小說家類
1266

나유고찬　羅有高撰　尊聞居士集
(8卷)遺稿(1卷)　集部　別集類　1453

나은(당)찬　羅隱(唐)撰　讒書(5卷)；
附校(1卷)　子部　雜家類　1122

나의찬　羅椅撰　澗谷遺集(4卷)首(1
卷)末(1卷)　集部　別集類　1320

나일경찬　羅日褧撰　咸賓錄　史
部　地理類　736

나정균찬　羅正鈞撰　船山師友記
史部　傳記類　540
左文襄公年譜　　史部　傳記類
557

나진균(청)찬　羅振均(淸)撰　碑別
字(5卷)　經部　小學類　243

나진옥록　羅振玉錄合西草堂集拾遺
(1卷)　集部　別集類　1394

나천익(원)찬　羅天益(元)撰　衛生
寶鑑(24卷)；補遺(1卷)　　子部
醫家類　1019

나택남(청)찬　羅澤南(淸)撰　姚江
學辨(2卷)　子部　儒家類　952

낙빈왕찬　駱賓王撰；陳熙晉箋注
駱臨海集箋註(10卷)　　首一卷末
(1卷)　集部　別集類　1305

낙사찬　樂史撰　太平寰宇記補闕
史部　地理類　585

남산일사찬　南山逸史撰　盛明雜
劇三集:卷十五京兆眉　集部　戲
劇類　1765
盛明雜劇三集:卷十二半臂寒
集部　戲劇類　1765
盛明雜劇三集:卷十三長公妹
集部　戲劇類　1765
盛明雜劇三集:卷十四中郎女
集部　戲劇類　1765
盛明雜劇三集:卷十六翠鈿緣
集部　戲劇類　1765

남포(청)찬　藍浦(淸)；鄭廷桂撰
景德鎭陶錄(10卷)　子部　譜錄類

1111

남회인(비)찬　南懷仁(比)　撰　敎要
序論(1卷)　子部　宗敎類　1296
新製靈臺儀象志　子部　天文算
法類　1031~32
交食曆書(1卷)　子部　天文算法
類　1040

납란성덕찬　納蘭性德　撰　通志堂
集(20卷)　集部　別集類　1419

낭영(명)찬　郎瑛(明)　撰　七修類稿(5
1卷)；七修續稿(7卷)　子部　雜
家類　1123

내지덕(명)찬　來知德(明)　撰　重刻
來瞿唐先生日錄內篇(7卷)；外
篇(5卷)　子部　雜家類　1128

내집지(청)찬　來集之(淸)　撰　倘湖
樵書(6卷)二編(6卷)　子部　雜家
類　1195~96

노격(청)찬　勞格(淸)　撰　讀書雜識(12
卷)　子部　雜家類　1163
唐尙書省郎官石柱題名考　史
部　職官類　747

노견증(청)찬　盧見曾(淸)　撰　雅雨
堂文集(4卷)　集部　別集類　1423
雅雨堂詩集(2卷)　集部　別集類
1423
雅雨山人出塞集(1卷)　集部　別
集類　1423
讀易便解(2卷)　經部　易類　20

노경원찬　勞經原　撰；勞格校補唐
折衝府考　史部　職官類　748

노구고찬　魯九皐　撰　山木居士外
集(4卷)附(1卷)　集部　別集類　1452

노덕찬　路德　撰　檉華館全集(12卷)
集部　別集類　1509

노동찬　盧仝　撰；孫之祿注玉川子
詩集(5卷)　集部　別集類　1311

노문초(청)집　盧文弨(淸)　輯；莊翊
昆等校補常郡八邑藝文志　史
部　目錄類　917

노문초(청)찬　盧文弨(淸)　撰　抱經
堂文集(34卷)　集部　別集類　1432
~33
經籍考　史部　目錄類　923
讀史札記　史部　史評類　452
群書拾補(不分卷)　子部　雜家
類　1149
龍城札記(3卷)　子部　雜家類　1149
鍾山札記(4卷)　子部　雜家類　1149
儀禮注疏詳校(17卷)　經部　禮類
88
經典釋文考證(30卷)　經部　群經
總義類　180

노백사(명)찬　魯伯嗣(明)　撰　嬰童
百問(10卷)　子部　醫家類　1009

노복(명)찬　盧復(明)　撰　芷園臆草
存案(1卷)　子部　醫家類　1027

"노상명,풍사화찬"　"盧上銘,馮士驊
撰"벽雍紀事　史部　政書類　828

노섭신(청)찬　盧燮宸(淸)　撰　월中
蠶桑芻言(1卷)　子部　農家類　978

노세각찬　盧世㴶　撰　尊水園集略
(12卷)補遺(2卷)　集部　別集類
1392

노원창찬　盧元昌　撰　杜詩闡(33卷)
集部　別集類　1308

노응룡(송)찬　魯應龍(宋)撰閑窓括異
志(1卷)　子部　小說家類　1264

노이위(원)찬　盧以緯(元)　撰　重訂
冠解助語辭　子部　小說家類　195

노일동찬　魯一同　撰　通甫類藁(4卷)續編(2卷)　集部　別集類　1532
通父詩存(4卷)詩存之餘(2卷)　集部　別集類　1532
″노전,종영수″″魯銓,鍾英修；洪亮吉,施晉纂″　寧國府志(一)~(二)　史部　地理類　710~11

노중원(당)주　盧重元(唐)　注　列子(8卷)　子部　儒家類　958

노진(송)찬　路振(宋)　撰　九國志　史部　別史類　333

노한(명)찬　盧翰(明)　撰　掌中宇宙(14卷)　子部　雜家類　1125

노효여찬　勞孝輿　撰　春秋詩語(5卷)　集部　詩文評類　1702

녹선계찬　鹿善繼　撰　鹿忠節公集(21卷)　集部　別集類　1373

농공상부(청)집　農工商部(淸)　輯　棉業圖說(8卷)　子部　農家類　977

뇌례찬　″雷禮,范守己,譚希思撰″黃明大政紀(一)~(二)　史部　編年類　353~54

뇌예찬　雷禮　撰　心墟堂摘稿(20卷)　集部　別集類　1342

뇌준(청)찬　雷浚(淸)　撰　說文外編補遺　經部　小學類　227
說文弓經禮辨　經部　小學類　227

뇌풍(청)찬　雷豐(淸)　撰　灸法秘傳(1卷)；首(1卷)　子部　醫家類　997
時病論(8卷)　子部　醫家類　1005

뇌학기(청)찬　雷學淇(淸)　撰　″介庵經說(10卷),介庵經說補(2卷)″　經部　群經總義類　176

누영(명)찬　樓英(明　撰　醫學綱目　子部　醫家類　1020~21

눌재도인(청)편　訥齋道人(淸)　編　酒人觴政(1卷)　子部　醫家類　1106

뉴수(청)찬　鈕琇(淸)　撰　觚賸(8卷)；觚賸續編(4卷)　子部　雜家類　1177

뉴수옥(청)찬　鈕樹玉(淸)　撰　段氏說文注訂(8卷)　經部　小學類　213
″說文新附考(6卷),續考(1卷)″　經部　小學類　213

뉴수옥(청)찬　鈕壽玉(淸)　撰　說文解字校錄(15卷)　經部　小學類　212

능만경찬수　″凌萬頃,邊實纂修″　玉峰志　史部　地理類　696

능몽초집　凌濛初　輯　南音三籟(4卷)　集部　曲類　1744
拍案驚奇(40卷)　集部　小說類　1786
盛明雜劇二集:卷二十二弄髻翁　集部　戲劇類　1765
二刻拍案驚奇(39卷)雜劇(1卷)　集部　小說類　1787

능석태찬　陵錫態　撰　寶奎堂集(12卷)　集部　別集類　1451
篁村集(12卷)續編(1卷)　集部　別集類　1451

능소찬　凌少　撰　快園詩話(19卷)　集部　詩文評類　1705

능양조(청)찬　凌揚藻(淸)　撰　蠡勺編(40卷)　子部　雜家類　1155

능욱(청)찬　凌旭(淸)　撰　臨症辨似(1卷)　子部　醫家類　999

능의거찬　凌義渠　撰　奏牘　史部　詔令奏議類　493

능주찬　凌燾　撰　西江視臬紀事　史部　政書類　882

ㄷ

다륭(청)찬　多隆(淸)　撰　毛詩多識.
(12卷)　經部　詩類　72

단방집　端方　輯　陶齋吉金錄 ; 陶
齋吉金續錄　史部　金石類　904

단방(청)찬　端方(淸)　撰　陶齋臧石
記　史部　金石類　905
　　壬寅消夏錄(不分卷)　子部　藝術
類　1089～90

단복창(청)찬　段復昌(淸)　撰　周易
例表(10卷)　經部　易類　39
　　周易補註.(41卷)　經部　易類　39

단본찬　單本　撰　六十種曲(120卷) :
蕉파記(2卷)　集部　戲劇類　1772

단옥재(청)찬　段玉裁(淸)　撰　明史
十二論　史部　史評類　450
　　經韻樓集(12卷)　集部　別集類
1434～35
　　古文尙書撰異　經部　書類　46
　　汲古閣說文訂　經部　小學類　204
　　說文解字注經　部小　學類　204
～08
　　″春秋左氏古經(12卷),附(1卷)″
經部　春秋類　123
　　六書音均表(5卷)　經部　小學類
244
　　詩經小學(4卷)　經部　詩類　64
　　毛詩故訓傳定本(30卷)　經部　詩
類　64
　　周禮漢讀考(6卷)　經部　禮類　80

단우집　單宇輯菊坡叢話(26卷)　集
部　詩文評類　1695

단췌찬　檀萃　撰　重鐫草堂外集(15
卷)　集部　別集類　1444～45

단학전찬　單學傳　撰　海虞詩話(16
卷)　集部　詩文評類　1706

달중광(청)찬　″笪重光(淸)撰 ; 王
휘,운격評″　書筌(1卷)　子部　藝
術類　1066

담길총찬　譚吉璁　撰　歷代武擧考
史部　政書類　859

담사동(청)찬　譚嗣同(淸)　撰　莽蒼
蒼齋詩(2卷)補遺(1卷)　集部　別
集類　1568
　　寥天一閣文(2卷)　集部　別集類
1568
　　遠遺堂集外文(2卷)　集部　別集
類　1568
　　仁學(2卷)　子部　儒家類　953

담수(청)찬　譚秀(淸)　撰　周易卦象
彙參(2卷)　經部　易類　24

담약찬수　談鑰纂　修　吳興志　史
部　地理類　704

담약수(명)찬　湛若水(明)　撰　楊子
折衷(6卷)　子部　儒家類　938

담영찬　譚瑩　撰　樂志堂文集(18卷)
續集(2卷)　集部　別集類　1528
　　樂志堂詩集(12卷)　集部　別集類
1528

담원춘찬　″譚元春撰;徐병,張澤等評″
新刻譚友夏合集(23卷)　集部　別
集類　1385

담종준찬　譚宗浚　撰　″荔村草堂詩
鈔(10卷),荔村草堂詩續鈔(1卷)″
集部　別集類　1564
　　希古堂集(8卷)　集部　別集類　1564

담처단찬　譚處端　撰　水雲集(3卷)
集部　別集類　1322

담천(청)찬　談遷(淸)　撰　北游錄　史

部 地理類　737

棗林外索(3卷)　子部 雜家類　1135

棗林雜俎(6卷)　子部 雜家類　1134～35

國榷(不分卷)(1)~(6)　史部 編年類　358～63

담헌집　譚獻 輯　篋中詞(6卷)續(4卷)　集部 詞類　1732～33

復堂詞(3卷)　集部 詞類　1727

당감찬　唐鑑 撰　學案小識　史部 傳記類　539

당견(청)찬　唐甄(清) 撰　潛書(2卷)　子部 儒家類　945

당경찬　唐庚 撰 ; 强行父輯唐子西文錄(1卷)　集部 詩文評類　1713

당경숭찬　唐景崧 撰　淸纓日記　史部 傳記類　577

당구찬　唐求 撰　唐求詩集(1卷)　集部 別集類　1313

당금(명)찬　唐錦(明) 撰　龍江集(14卷)　集部 別集類　1334

龍江夢餘錄(4卷)　子部 雜家類　1122

당대(청)찬　唐岱(清) 撰　繪事發微(1卷)　子部 藝術類　1067

당대열(청)집　唐大烈(清) 輯　吳醫彙講(11卷)　子部 醫家類　1028

당백원찬　唐伯元 撰　銓曹儀注　史部 職官類　749

당병균(청)찬　唐秉鈞(清) 撰　文房肆考圖說(8卷)　子部 譜錄類　1113

당숙찬　唐肅 撰　丹崖集八卷附錄(1卷)　集部 別集類　1326

당순지집　唐順之 輯 ; 劉曰寧補荊川先生右編(一)~(二)　史部 詔令奏議類　459～60

당여순선석　唐汝詢選釋 ; 吳昌祺評定刪訂唐詩解(24卷)　集部 總集類　1612

당영찬　唐英 撰　茄騷(1卷)　集部 戲劇類　1767

巧換緣(1卷)　集部 戲劇類　1766

蘆花絮(1卷)　集部 戲劇類　1767

燈月閑情十七種(20卷)　集部 戲劇類　1766～67

梅龍鎭(1卷)　集部 戲劇類　1767

芻缸笑(1卷)　集部 戲劇類　1767

三元報(1卷)　集部 戲劇類　1767

十字城(1卷)　集部 戲劇類　1767

雙釘案(2卷)　集部 戲劇類　1767

梁上眼(1卷)　集部 戲劇類　1767

女彈詞(1卷)　集部 戲劇類　1767

英雄報(1卷)　集部 戲劇類　1766

傭中人(1卷)　集部 戲劇類　1767

虞兮夢(1卷)　集部 戲劇類　1767

長生殿補闕(1卷)　集部 戲劇類　1767

轉天心(2卷)　集部 戲劇類　1766

天緣債(2卷)　集部 戲劇類　1766

清忠譜正案(1卷)　集部 戲劇類　1767

당인찬　唐寅撰 ; 何大成輯唐伯虎先生集(2卷)　唐伯虎先生外編五卷附錄(1卷)　唐伯虎先生外編續刻(12卷)　集部 別集類　1334～35

당임(당)찬　唐臨(唐) 撰　冥報記(3卷)　子部 小說家類　1264

당재상찬　唐才常 撰　覺顛冥齋內言(4卷)　集部 別集類　1568

당종해(청)찬　唐宗海(清) 撰　醫學

一見能(1卷)　子部　醫家類　1006

血證論(8卷)　子部　醫家類　1006

中西匯通醫經精義(2卷)　子部　醫家類　982

당중면(청)찬　唐仲冕(淸)　撰　陶山文錄(10卷)　集部　別集類　1478

陶山詩錄(28卷)　集部　別集類　1478

陶山詩前錄(2卷)　集部　別集類　1478

당중우찬　唐中友　撰　悅齋文鈔(10卷)補(1卷)　集部　別集類　1318

당중우(송)찬　唐仲友(宋)　撰　詩解鈔(1卷)　經部　詩類　56

당천경(청)찬　唐千頃(淸)　撰 ; 葉灝(淸)　增訂　增廣大生要旨(5卷)　子部　醫家類　1008

당추(명)찬　唐樞(明)　撰　政問錄　史部　政書類　880

周禮因論(1卷)　經部　禮類　78

당학징(명)집　唐鶴徵(明)　輯　皇明輔世編　史部　傳記類　524

憲世前編(1卷)　子部　儒家類　941

憲世編(6卷)　子部　儒家類　941

당훈(청)찬　唐燻(淸)　撰　通俗字林辨證(5卷)　經部　小學類　241

대당찬　戴棠　撰　鄭氏爻辰補(6卷)　經部　易類　33

대관(명)찬　戴冠(明)　撰　"濯纓亭筆記(10卷) ; 附,禮記集說辨疑(1卷)"　子部　雜家類　1170

대군은(명)찬　戴君恩(明)　撰　剩言(17卷)　子部　雜家類　1132

讀風臆補(15卷)　經部　詩類　58

대균형(청)찬　戴鈞衡(淸)　撰　味經山館文鈔(4卷)　集部　別集類　1545

味經山館詩鈔(6卷)評語(1卷)　集部　別集類　1545

書傳補常(17卷)　經部　書類　50

대대창(청)찬　戴大昌(淸)　撰　"補餘堂四書問答(24卷),附錄(1卷)"　經部　四書類　169

駁四書改錯(21卷)　經部　四書類　169

대로(청)찬　戴璐(淸)　撰　藤陰雜記(12卷)　子部　雜家類　1177

吳興詩話(18卷)首(1卷)　集部　詩文評類　1705

대립(청)공찬　"戴笠,吳殳(淸)　共撰"　懷陵流寇始終錄(一)~(二)　史部　雜史類　441~42

대망(청)찬　戴望(淸)　撰　謫麐堂遺集(4卷)補遺(1卷)　集部　別集類　1561

管子校正(24卷)　子部　法家類　970

顏氏學記(10卷)　子部　儒家類　952

戴氏注論語(20卷)　經部　四書類　157

대명세찬　戴名世　撰　南山集十(14卷)補遺(3卷)　集部　別集類　1419

南山集偶鈔(不分卷)　集部　別集類　1418

대무(청)찬　戴武(淸)　撰　樂律明眞明算(1卷)　經部　樂類　116

樂律明眞立表(1卷)　經部　樂類　116

樂律明眞解義(1卷)　經部樂類　116

樂律擬答(1卷)　經部　樂類　116

대선집　戴銑　輯　朱子實紀　史部　傳記類　550

대선부찬　戴善夫　撰　陶學士醉寫
風光好雜劇　集部　戲劇類　1761
대장경(청)찬　戴長庚(淸)　撰　律話(3
卷)　經部　樂類　115
대전사(청)찬　戴殿泗(淸)　撰　風希堂
文集(4卷)　集部　別集類　1471
風希堂詩集(6卷)　集部　別集類
1471
대조계(청)찬　戴祖啓(淸)　撰　尙書
協異　經部　書類　45
대진(청)찬　戴震(淸)　撰　中庸補注(1
卷)　經部　四書類　159
戴東原集(12卷)　集部　別集類
1434
水地記　史部　地理類　728
대진(청)찬　戴辰(淸)　撰　方言疏證
經部　小學類　193
續方言　經部　小學類　193
尙書義考　經部　書類　45
緒言(3卷)　子部　儒家類　951
原善(3卷)　子部　儒家類　951
勾股割圜全義圖(1卷)　子部　天文
算法類　1045
方圜比例數表(1卷)　子部　天文算
法類　1045
準望簡法(1卷)　子部　天文算法類
1045
割圜孤矢補論(1卷)　子部　天文算
法類　1045
勾股割圜記(3卷)　子部　天文算法
類　1045
聲類表(9卷)　經部　小學類　244
聲韻攷(4卷)　經部　小學類　244
深衣解(1卷)　經部　禮類　107
孟子字義疏證(3卷)　經部　四書

類　158
毛鄭詩考正(4卷)　經部　詩類　63
經考(5卷)　經部　群經總義類　172
考工記圖(2卷)　經部　禮類　85
屈原賦戴氏注(7卷)通釋(2卷)　集
部　楚辭類　1302
대천장(청)찬　戴天章(淸)　撰　廣瘟
疫論(4卷)；末(1卷)　子部　醫家
類　1003
대청(청)찬　戴淸(淸)　撰　四書典故
考辨(1卷)　經部　四書類　169
대표원찬　戴表元　撰　剡源逸稿(7
卷)　集部　別集類　1322
대함필찬　戴咸弼　撰；孫詒讓校補
東甌金石志　史部　金石類　911
대형(청)찬　戴鋆(淸)　撰　爾雅郭註補
(59卷)　經部　小學類　186
대후(청)찬　戴煦(淸)　撰　求表捷術(9
卷)　子部　天文算法類　1047
音分古義(2卷)附(1卷)　經部　樂
類　116
대희(청)찬　戴熙(淸)　撰　習苦齋詩
集(8卷)習苦齋古文(4卷)　集部
別集類　1530
習苦齋畵絮(10卷)　子部　藝術類
1084
덕패(청)찬　德沛(淸)　撰　易圖解(1
卷)　經部　易類　19
도경란찬　涂慶瀾　撰　荔隱山房文
略(1卷)　集部　別集類　1561
荔隱山房詩草(6卷)　集部　別集類
1561
도기집　屠寄　輯　國朝常州駢體文
錄(31卷)附結一宧駢體文(1卷)
集部　總集類　1693

도량집　陶樑　輯　國朝畿輔詩傳(60
　　卷)　集部　總集類　1681
　　詞綜補遺(20卷)　集部　詞類　1730
도륭(명)찬　屠隆(明)　撰　陳眉公考槃
　　餘事(4卷)　子部　雜家類　1185
도망령찬　陶望齡　撰　徐文長傳(1卷)
　　集部　別集類　1354-55
　　"歇菴集(20卷),附錄(3卷)"　集部　別
　　集類　1365
도목(명)찬　都穆(明)　撰　南濠居士
　　文跋　史部　目錄類　922
　　都公譚纂(2卷)　子部　小說家類
　　1266
도몽계찬　陶夢桂　撰　平塘陶先生
　　詩(3卷)　集部　別集類　1320
도방기(청)찬　陶方琦(淸)　撰　湘䐉閣
　　遺詩(4卷)　集部　別集類　1567
　　漢자室文鈔(4卷)補遺(1卷)　集部
　　別集類　1567
　　淮南許注異同詁(4卷)；補遺(1卷)
　　子部　雜家類　1121
　　鄭易京氏學(1卷)　經部　易類　38
　　鄭易馬氏學(1卷)　經部　易類　38
　　鄭易小學(1卷)　經部　易類　38
도보렴찬　陶保廉　撰　辛卯侍行記
　　史部　地理類　737
도승경교정　陶承慶校正；葉時用
　　增補大明一統文武諸司衙門官
　　制　史部　職官類　748
도승괴(명)찬　屠承괴(明)　撰　附渡
　　花居東籬集(1卷)　子部　譜錄類
　　1116
도승학(명)집　陶承學(明)　毛曾輯　併
　　音連聲字學集要.(4卷)　經部　小
　　學類259

도식옥(청)집　陶式玉(淸)　輯　官子
　　譜(3卷)　子部　藝術類　1101
도양(청)찬　陶梁(淸)　撰　紅豆樹館書
　　畵記(8卷)　子部　藝術類　1082
도영등수　屠英　等修；江藩　等纂
　　肇慶府志(一)～(二)　史部　地理
　　類　713～14
도원조집　陶元藻　輯　全浙詩話(54
　　卷)　集部　詩文評類　1703
　　泊鷗山房集(38卷)　集部　別集類
　　1441～42
도윤석찬　堵胤錫　撰　權政紀略奏
　　疏리政八箴　史部　政書類　834
도융찬　屠隆　撰　白楡集(28卷)(詩集
　　8卷文集20卷)　集部　別集類　1359
　　栖眞館集(31卷)　集部　別集類
　　1360
　　六十種曲(120卷)　：　曇花記(2卷)
　　集部　戲劇類　1773
　　由拳集(23卷)　集部　別集類　1360
　　六十種曲(120卷)　：　綵毫記(2卷)
　　集部　戲劇類　1770
도잠(진)찬　陶潛(晉)　撰　靖節先生集
　　十卷首(1卷)　集部　別集類　1304
　　陶淵明試(1卷)陶淵明雜文(1卷)
　　集部　別集類　1304
　　箋註陶淵明集(10卷)　集部　別集
　　類　1304
　　陶靖節先生詩注四卷補注(1卷)
　　集部　別集類　1304
도정(명)편　陶珽(明)　編　說郛續　子
　　部　雜家類　1189～92
도정분찬　堵廷棻　撰　盛明雜劇三
　　集:卷32衞花符　集部　戲劇類
　　1765

도종의등찬　陶宗儀等　撰　論曲(1)～(3)　集部　戲劇類　1760～62

도주(청)편찬　陶澍(淸)　編撰　陶文毅公全集(64卷)首(1卷)末(1卷)　集部　別集類　1502～03

陶雲汀先生奏疏(一)～(二)　史部　詔令奏議類　498～99

陶文毅公全集(64卷)首(1卷)末(1卷)　集部　別集類　1504

靖節先生年譜考異(2卷)　集部　別集類　1304

諸本評陶彙集(1卷)　集部　別集類　1304

도진생(원)찬　途潛生(元)　撰　周易經疑(3卷)　經部　易類　4

도탁찬　屠倬　撰　是程堂二集(4卷)　集部　別集類　1517

是程堂集(14卷)　集部　別集類　1517

도홍경(양)주　陶弘景(梁)　注；秦恩復(淸)　輯　鬼谷子(3卷)　子部　雜家類　1121

도홍경(양)찬　陶弘景(梁)　撰　養性延命錄(2卷)　子部　宗敎類　1292

도화(명)찬　陶華(明)　撰　傷寒六書(6卷)　子部　醫家類　985

도후찬　陶煦　纂　周莊鎭志　史部　地理類7　17

독일와퇴사(청)찬　獨逸窩退士(淸)　撰　笑笑錄(6卷)　子部　小說家類　1273

동계(청)찬　董棨(淸)　撰　養素居畵學鈎深(1卷)　子部　藝術類　1068

동고등집　董誥等　輯欽定全唐文(1000卷)總目(3卷)　集部　總集類　1634～50

皇淸文穎續編一百(8卷)首(56卷)目錄(10卷)　集部　總集類　1663～67

동괴찬　童槐　撰　今白華堂文集(32卷)　集部　別集類　1498

今白華堂詩錄補(8卷)　集部　別集類　1498

今白華堂詩錄(8卷)　今白華堂詩集(2卷)　集部　別集類　1498

동기창집　董其昌　輯　神廟留中奏疏彙要(1)～(2)　史部　詔令奏議類　470～71

동문환(청)찬　董文渙(淸)　撰　峴초山房詩集(10卷)　集部　別集類　1559

集韻編雅(10卷)　經部　小學類　254

동부위(청)찬　佟賦偉(淸)　撰　二樓紀略(4卷)　子部　雜家類　1176

동사석찬　董士錫　撰　齊物論齋文集(6卷)　集部　別集類　1507

齊物論齋詞(1卷)　集部　詞類　1726

동사장(명)찬　董斯張(明)　撰　吳興藝文補(70卷)　集部　總集類　1678～80

靜嘯齋存草(12卷)附錄(1卷)　集部　別集類　1381

靜嘯齋遺文(4卷)　集部　別集類　1381

吹景集(14卷)　子部　雜家類　1134

동서춘(청)찬　董瑞椿(淸)　撰　讀爾雅日記(1卷)補記(1卷)　經部　小學類　188

동석성찬　董祐誠　撰　董方立文甲集(2卷)　董方立文乙集(2卷)　集部　別集類　1518

동설찬　董說 撰　豊草菴詩集(11卷)
　　豊草菴文集(6卷)　寶雲詩集(7卷)
　　禪樂附(1卷)　集部　別集類　1403
　　～04
동수민찬　董壽民 撰　元懶翁詩集
　　(2卷)　集部　別集類　1323
동순찬　董醇 撰　甘棠小志　史部
　　地理類　716
동승서(명)찬　童承敍(明) 撰　平漢
　　錄　史部　雜史類　432
동양성(원)찬　董養性(元) 撰　″周易
　　訂疑(15卷),首(1卷)″　經部　易類　3
동우성(청)찬　董祐誠(淸) 撰　割環
　　連比例術圖解(3卷)　子部　天文
　　算法類　1047
동원개찬　董元愷 撰　蒼梧詞(12卷)
　　集部　詞類　1725
동의집　董毅 輯　續詞選(2卷)　集
　　部　詞類　1732
동익구(청)집　童翼駒(淸) 輯　墨梅
　　人名錄(1卷)　子部　藝術類　1068
동정공(송)찬　董正功(宋) 撰　續家
　　訓(存6-8卷)　子部　雜家類　1122
동중행(원)주　董中行(元) 注　周易(4
　　卷)　經部　易類　4
동증령(청)찬　董增齡(淸) 撰　國語
　　正義　史部　雜史類　422
동천공찬　董天工 撰　武夷山志
　　史部　地理類　724
동패찬　董沛 撰　正誼堂文集(24卷)
　　行狀(1卷)　集部　別集類　1558
　　六一山房詩集(10卷)續集(10卷)
　　集部　別集類　1558
동평장찬　董平章 撰　秦川焚餘草
　　(6卷)補遺(1卷)附刻(1卷)　集部　別

集類　1537
동해원찬　董解元 撰　古本董解元
　　西廂記(8卷)　集部　曲類　1738
두광정(오대)찬　杜光庭(五代) 撰　錄
　　異記(8卷)　子部　小說家類　1264
두광정(전촉)찬　杜光庭(前蜀) 撰　道
　　德眞經廣聖義　子部　宗敎類　1290
　　～91
두 대경찬　杜臺卿 撰 ; 楊守敬校
　　訂玉燭寶典　史部　時令類　885
두도견(송)찬　杜道堅(宋) 撰　關尹
　　子闡玄(3卷)　子部　儒家類　958
　　道德玄經原旨(4卷)　子部　儒家類
　　954
　　玄經原旨發揮(2卷)　子部　儒家類
　　954
두목찬　杜牧 撰　樊川文集夾註(4
　　卷)外集(1卷)　集部　別集類　1312
　　樊川詩集四卷別集(1卷)外集(1卷)
　　補遺(1卷)　集部　別集類　1312
두묵(송)찬　竇默(宋) 撰 ; 竇夢麟(明)
　　增輯　重校宋竇太師瘡瘍經驗
　　全書(12卷)　子部　醫家類　1012
두문란(청)찬　杜文瀾(淸) 撰　古謠諺
　　(100卷)　集部　總集類　1601～02
　　憩園詞話(6卷)　集部詞類　1734
　　采香詞四卷　集部　詞類　1727
　　平定粵匪紀略　史部　紀事本末
　　類　413
두보찬　杜甫 撰　″分門集註杜工部
　　詩(25卷),年譜(1卷)″　集部　別集
　　類　1306
　　杜工部集(20卷)年譜一卷諸家詩
　　話(1卷)唱酬題詠附錄(1卷)附錄(1
　　卷)　集部　別集類　1308

杜工部草堂詩箋(40卷)　集部　別
集類　1307

두본(원)찬　杜本(元) 撰　元敫氏傷寒
金鏡錄(1卷)　子部　醫家類　998

두수전등수　杜受田 等修；英匯等
纂欽定科場條例(一)～(二)　史部
政書類　829～30

두악찬　杜鶚 撰　遂初草廬詩集(10
卷)　集部　別集類　1498

두의등찬　竇儀 等撰　重詳定刑統
史部　政書類　862

두준찬　杜濬 撰　變雅堂遺集(18卷)
(文集八卷詩集十卷)附錄(2卷)
集部　別集類　1394

등경채(청)찬　鄧慶寀(淸) 撰　閩中려
支通譜(16卷)　子部　譜錄類　1116

등구(명)찬　鄧球(明) 撰　閒適劇談(5
卷)　子部　雜家類　1127

등몽문(명)찬　鄧夢文(明) 撰　八卦
餘生(18卷)　經部　易類　5

등문원선　鄧文原 選　編類運使復齋
郭公敏行錄　史部　傳記類　550

등석(주)찬　鄧析(周) 撰　鄧子(1卷)
子部　法家類　971

鄧析子(2卷)　子部　法家類　971

등원(명)찬　鄧苑(明) 撰　一草亭目科
全書(1卷)；附錄(1卷)　子部　醫
家類　1018

등원석찬　鄧元錫 撰　皇明書(一)～
(二)　史部　別史類　315～16

등정정찬　鄧廷楨 撰　雙硯齋詩鈔
(16卷)　集部　別集類　1499

등지모(청)찬　鄧志謨(淸) 撰　蘭雪
堂古事苑定本(12卷)　子部　類書
類　1247

등현학집　鄧顯鶴 輯　沅湘耆舊集
(200卷)　集部　總集類　1690～93

沅湘耆舊集前編(40卷)　集部　總
集類　1690

南村草堂文鈔(20卷)　集部　別集
類　1501

ㄹ

라미(청)집병평　羅美(淸) 輯幷評　名
醫方論(4卷)　子部　醫家類　1002

라복(원)찬　羅復(元) 撰　詩集傳名物
초音釋纂輯(20卷)　經部　詩類　57

라사림(청)찬　羅士琳(淸) 撰　春秋朔
閏異同(2卷)　經部　春秋類　147
～48

라전(청)찬　羅典(淸) 撰　讀春秋管
見(14卷)　經部　春秋類　141

락사찬　樂史 撰　梅妃傳(1卷)　集
部　小說類　1783

楊太眞外傳(2卷)　集部　小說類
1783

락천양찬　駱天驤 纂　類編長安志
史部　地理類　732

란정수(명)찬　蘭廷秀(明) 撰　韻略
易通(2卷)　經部　小學類　259

랑수찬　郎遂 纂　杏花邨志　史部
地理類　717

랑지본(당)찬　郎知本(唐) 撰　正名要
錄附字樣(敦煌殘卷)　經部　小學
類　236

래집지(청)찬　來集之(淸) 撰　讀易
隅通(2卷)　經部　易類　17

卦義一得(2卷)　經部　易類　17

易圖親見(1卷)　經部　易類　17

려남(명)찬　呂柟(明)　撰　涇野先生春
　　秋說志(5卷)　經部　春秋類　133
　　涇野先生尙書說要(5卷)　經部　書
　　類　43
　　涇野先生禮問(2卷)　經部　禮類
　　108
　　涇野先生周易說翼(3卷)　經部　易
　　類　5
려서창(청)찬　黎庶昌(淸)　撰　春秋
　　左傳杜注校勘記(1卷)　經部　春
　　秋類　128
려수구(명)찬　黎遂球(明)　撰　周易
　　爻物當名(2卷)　經部　易類　16
령현찬　伶玄　撰　飛燕外傳(1卷)
　　集部　小說類　1783
로문례(명)찬　輅問禮(明)　撰　續羊棗
　　集(9卷)；附(2卷)　子部　雜家類
　　1127
록선계(명)찬　鹿善繼(明)　撰　四書
　　說約(33卷)　經部　四書類　162
료평찬　"廖　平撰,廖宗澤補疏"　起起
　　穀梁廢疾(1卷)　經部　春秋類　133
　　釋范(1卷)　經部　春秋類　133
　　重訂穀梁春秋經傳古義疏(11卷)
　　經部　春秋類　133
　　何氏公羊解詁30論(3卷)附(1卷)
　　經部　春秋類　131
료도남(명)찬　廖道南(明)　撰　文華大
　　訓箴解(6卷)　子部　儒家類　939
료반용등집　廖攀龍　等輯　歷朝茶
　　馬奏議　史部　詔令奏議類　461
료평(청)찬　廖平(淸)　撰　大書舊義
　　經部　小學類　228
　　知聖篇(2卷)　子部　儒家類　953
　　易經古本(1卷)　經部　易類　40

春秋圖表(2卷)　經部　春秋類　148
료희안찬　廖希顔　撰　三關誌　史
　　部　地理類　738
루계연(청)찬　婁啓衍(淸)　撰　琴律
　　指掌(不分卷)　子部　藝術類　1095
루성찬　婁性　撰　皇明政要　史部
　　雜史類　424
루약찬　樓鑰　撰　范文正公年譜　史
　　部　傳記類　552
루원례(명)찬　婁元禮(明)　撰　紀曆
　　撮要(1卷)　子部　農家類　975
　　東方朔探春曆記(1卷)　子部　農家
　　類　975
　　田家五行(3卷)；拾遺(1卷)　子部
　　農家類　975
류극(송)찬　劉克(宋)　撰　詩說.(12卷)
　　總說(1卷)　經部　詩類　57
류정지(명)찬　劉定之(明)　撰　易經
　　圖繹(12卷)　經部　易類　5
류평(청)찬류　平(淸)　撰　春秋左傳
　　杜氏集解辨正.(2卷)　經部　春秋
　　類　128
　　禮記識(2卷)　經部　禮類　106
　　今古學考(2卷)　經部　群經總義類
　　179
　　坊記新解(不分卷)　經部　禮類
　　107
　　禮經凡例(1卷)附容經學凡例(1卷)
　　經部　禮類　93
류규훈(청)찬　陸奎勳(淸)　撰　"陸堂
　　易學(10卷),首(1卷)"　經部　易類
　　19
류덕명(당)찬　陸德明(唐)　撰　周易
　　經典釋文(殘卷)　經部　易類　1
류심원집　陸心源　輯　唐文續拾(16

卷)　集部　總集類　1651～52

唐文拾遺(72卷)目錄(8卷)　集部
總集類　1651～52

륙정찬(청)찬　陸廷燦(淸)　撰　南村
隨筆(6卷)　子部　雜家類　1137

릉곤(청)찬　凌坤(淸)　撰　學春秋理
辨(1卷)　經部　春秋類　148

릉서(청)집　凌曙(淸)　輯　四書典故
覈(8卷)　經部　四書類　169
春秋公羊問答(2卷)　經部　春秋
類　129
春秋公羊禮疏(11卷)　經部　春秋
類　129
禮說(4卷)　經部　禮類　110
春秋繁露注.(17卷)題跋附錄(1卷)
經部　春秋類　150

릉정감(청)찬　凌廷堪(淸)　撰　禮經
釋例.(13卷)　經部　禮類　90
燕樂考原(6卷)　經部　樂類　115
晉泰始笛律匡謬(1卷)　　經部　樂
類　115

ㅁ

마간서(영)저　馬懇西(英)　著；李提
摩太(英)　譯；　蔡爾康(淸)　述
泰西新史攬要(24卷)　子部　西學
譯著類　1297

마건충(청)찬　馬建忠(淸)　撰　適可齋
記言(4卷)　適可齋記行(6卷)　集
部　別集類　1565
文通1～2　經部　小學類　195～
96

마국한(청)집　馬國翰(淸)　輯　玉函
山房輯佚書(739卷)　(經編易類周

易沈氏要略至經編禮記類禮記
王氏注；　經編禮記類禮記孫氏
注至經編論語類論語鄭氏注卷4
；　經編論語類論語鄭氏注卷5至
經編小學類纂要；　經編小學類
文字集略至目耕帖卷4；目耕帖
卷5至卷31)　子部　雜家類　1200
～05

마기창(청)찬　馬其昶(淸)　撰　桐城
耆舊傳　史部　傳記類　547
尙書誼詁(8卷)　經部　書類　53
抱潤軒文集(10卷)　集部　別集類
1575
重定周易費氏學(8卷)首(1卷)敍錄
(1卷)　經部　易類　40
屈賦微(2卷)　集部　楚辭類　1302
詩毛氏學(30卷)　經部　詩類　74

마리(명)찬　馬理(明)　撰　周易贊義(1
7卷)　經部　易類　5

마문승(명)찬　馬文昇(明)　撰　撫安
東夷記　史部　雜史類　433
興復哈密記　史部　雜史類　433
西征石城記　史部　雜史類　433

마서진(청)찬　馬瑞辰(淸)　撰　毛詩
傳箋通釋(32卷)　經部　詩類　68

마시(명)찬　馬蒔(明)　撰　"難經正義
(9卷)；　圖(不分卷),(存卷1-5卷)"
子部　醫家類　983
黃帝內經素問注證發微(9卷)；補
遺(1卷)；　黃帝內經靈樞注證發
微(9卷)；　黃帝內經靈樞注證發
微(9卷)　子部　醫家類　979～80
黃帝內經靈樞注證發微(9卷)
子部　醫家類　979

마옥린찬　馬玉麟　撰　東皐先生詩

集五卷附錄(1卷)　集部　別集類
1324
마융(한)찬　馬融(漢)　撰 ; 鄭玄(漢)
注 ; 陶原良(明)　詳解　忠經詳
解(1卷)　子部　儒家類　933
마종련(청)찬　馬宗璉(淸)　撰　春秋
左傳補注(3卷)　經部　春秋類　124
마총(당)집　馬總(唐)　輯　意林(5卷)
子部　雜家類　1188
通紀　史部　編年類　336
마치원찬　馬致遠　撰　江州司馬靑
衫淚-1　集部　戲劇類　1763
馬丹陽三度任風子雜劇　集部
戲劇類　1762
半夜雷轟薦福碑雜劇　集部　戲
劇類　1761
邯鄲道省悟黃粱夢雜劇　集部
戲劇類　1761
江州司馬靑衫淚-2　集部　戲劇
類　1760
孤雁漢宮秋　集部　戲劇類　1763
雷轟薦福碑　集部　戲劇類　1763
三渡任風子　集部　戲劇類　1763
西華山陳단高臥　集部　戲劇類
1760
新刊關目馬丹陽三度任風子
集部　戲劇類　1760
新刊的本泰華山陳摶高臥　集部
戲劇類　1760
呂洞賓三醉岳陽樓雜劇　集部
戲劇類　1761
元曲論. 破幽夢孤雁漢宮秋雜劇
集部　戲劇類　1760
靑衫淚　集部　戲劇類　1763
漢元帝孤鴈漢宮秋　集部　戲劇

類　1763
江州司馬靑衫淚雜劇　集部　戲
劇類　1761
西華山陳摶高臥雜劇　集部　戲
劇類　1761
마환찬　馬歡　撰　亦政堂訂正瀛涯
勝覽　史部　地理類　742
막문천(청)찬　莫文泉(淸)　撰　硏經
言(4卷)　子部　醫家類　1029
막식(청)찬　莫栻(淸)　撰　小爾雅廣
注(4卷)　經部　小學類　189
막우지(청)찬　莫友芝(淸)　撰　宋元
舊本書經眼錄　史部　目錄類926
郘亭遺文(8卷)　集部　別集類　1537
郘亭遺詩(8卷)　集部　別集類　1537
唐寫本說文解字木部箋異　經
部　小學類　227
막진찬　莫震　撰 ; 莫旦增補石湖志
史部　地理類　729
만광위(청)찬　萬光煒(淸)　撰　古金
錄(4卷)　子部　譜錄類　1109
만방영(명)찬　萬邦寧(明)　撰　茗史(2
卷)　子部　譜錄類　1115
만사대(청)찬　萬斯大(淸)　撰　學春
秋隨筆(10卷)　經部　春秋類　139
禮記偶箋(3卷)　經部　禮類　98
宗法論(1卷)　經部　禮類　108
周官辨非(1卷)　經部　禮類　78
만사동(청)찬　萬斯同(淸)　撰　石園
文集(8卷)　集部　別集類　1415
歷代宰輔彙攷　史部　職官類　746
歷代紀元彙考　史部　政書類　826
群書疑辨(12卷)　子部　雜家類
1145
明史(1)~(8)　史部　別史類　324

～31

만수기찬　萬壽祺　撰　隰西草堂文
　　集(3卷)　集部　別集類　1394
　　隰西草堂詩集(5卷)　集部　別集
　　類　1394
만시화(명)찬　萬時華(明)　撰　詩經
　　偶箋(13卷)　經部　詩類　61
만전(명)찬　萬全(明)　撰　萬氏家傳
　　育嬰　子部　醫家類　1010
　　萬氏秘傳片玉心書(5卷)　子部　醫
　　家類　1010
　　萬氏女科(1卷)　子部　醫家類　1007
　　新刊萬氏家傳養生四要(5卷)
　　子部　醫家類　1030
　　新刊萬氏家傳幼科發揮(2卷)
　　子部　醫家類　1010
　　痘疹格致要論(11卷)　子部　醫家
　　類　1011
　　痘疹世醫心法(12卷)　子部　醫家
　　類　1011
만정선사찬　幔亭僊史　撰　盛明雜
　　劇二集　：卷二十雙鶯傳　集部
　　戲劇類1765
만표(명)집　萬表(明)　輯　灼艾集(2
　　卷)；續集(2卷)；別集(2卷)；餘
　　集(2卷)；新集(2卷)　子部　雜家
　　類　1188
매작(명)찬　梅鷟(明)　撰　尙書譜.(5
　　卷)　經部　書類　43
매문정찬　梅文鼎　撰　績學堂文鈔
　　(6卷)首(1卷)績學堂詩鈔(4卷)首(1
　　卷)　集部　別集類　1413
매승(한)찬　枚乘(漢)　撰；丁晏(淸)輯
　　枚叔集(1卷)　集部　別集類　1303
매응발찬수　″梅應發,劉錫纂修″　四

明績志　史部　地理類　705
매응조(명)찬　梅膺祚(明)　撰　″字彙
　　(12卷),首(1卷)韻法直圖(1卷)末(1
　　卷)″　經部　小學類　232～33
매정조(명)찬　梅鼎祚(明)　撰　鹿구石
　　室集(65卷)　集部　別集類　1378
　　～79
　　崑崙奴集部戲劇類1764
　　六十種曲(120卷)　：　玉合記(2卷)
　　集部　戲劇類　1770
　　盛明雜劇初集:卷二十三花舫緣
　　集部　戲劇類　1764
　　靑泥蓮花記(13卷)　子部　小說家
　　類　1271
매증량찬　梅曾亮　撰　″柏梘山房全
　　集(31卷)　(柏梘山房文集十(6卷)
　　文續集(1卷),柏梘山房詩集(10卷)
　　詩續集(2卷),柏梘山房駢體文(2
　　卷)″　集部　別集類　1513～14
맹덕사구(법)찬　孟德斯鳩(法)　撰；
　　嚴復譯法意(29卷)　子部　西學譯
　　著類　1298～99
맹안배(당)찬　孟安排(唐)　撰　″道敎義
　　樞5,7-10卷)″　子部　宗敎類　1293
맹칭순찬　孟稱舜　撰　泣賦眼兒媚
　　集部　戲劇類　1763
　　桃源三訪　集部　戲劇類　1763
　　盛明雜劇初集:卷18死裏逃生
　　集部　戲劇類　1764
　　盛明雜劇三集:卷21眼兒媚　集部
　　戲劇類　1765
　　盛明雜劇二集:卷23英雄成敗
　　集部　戲劇類　1765
　　盛明雜劇初集:卷19中山狼　集部
　　戲劇類　1764

盛明雜劇初集:卷24春波影　集部
戲劇類　1764
盛明雜劇初集(30卷)　集部　戲劇
類　1764
花前一笑　集部　戲劇類　1763
新鐫古今名劇酹江集(30卷)　集部
戲劇類　1763～64
新鐫古今名劇柳枝集(26卷)　集部
戲劇類　1763
맹한경찬　孟漢卿　撰　新刊關目張
鼎智勘魔合羅　集部　戲劇類　1760
張孔目智勘魔合羅雜劇　集部　戲
劇類　1762
智勘魔合羅　集部　戲劇類　1764
명량등찬찬　"明亮,納蘇泰 等纂 撰"
欽定中樞政考(一)～(三)　史部　政
書類　853～55
명료춘석문　"名廖春,釋文"　馬王堆
帛書周易經傳釋文　經部　易類
1
명안도(청)찬　明安圖(淸)　撰 ; 陳際
新(淸) 等續　割圜密率捷法(4卷)
子部　天文算法類　1045
모곤찬　茅坤　撰　茅鹿門先生文集
(36卷)　集部　別集類　1344～45
모기찬　毛紀　撰　密勿稿　史部　詔
令奏議類　476
모기령(청)찬　毛奇齡(淸)　撰　蠻司
合誌　史部　地理類　735
王文成傳本　史部　傳記類　551
大學知本圖說(1卷)　經部　四書
類　159
白鷺洲主客說詩(1卷)　經部　詩類
61
"喪禮,吾說篇(10卷)"　經部　禮類

95
曾子問講錄(4卷)　經部　禮類　108
昏禮辨正(1卷)　經部　禮類　95
四書改錯(22卷)　　經部　四書類
165
周禮問(2卷)　經部　禮類　78
春秋條貫編(11卷)　經部　春秋類
139
河圖洛書原舛編(1卷)　　經部　易
類　40
天問補註(1卷)　集部　楚辭類　1302
모덕기찬　毛德琦　撰　白鹿書院志
史部　地理類　720
모봉지찬　毛鳳枝　撰　關中石刻文
字新編　史部　金石類　909
關中金石文字存逸考　史部　金
石類　908
모서징(명)찬　茅瑞徵(明)　撰　"禹貢
匯疏(2卷),圖經(2卷),神禹別錄(1
卷)"　經部　書類　54
萬曆三大征考　東夷考略　東事
答問　史部　雜史類　436
모승담찬　茅僧曇　撰　盛明雜劇三
集:卷8金門戟　集部　戲劇類　1765
盛明雜劇三集:卷10鬧門神　集部
戲劇類　1765
盛明雜劇三集:卷6蘇園翁　集部
戲劇類　1765
盛明雜劇三集:卷11雙合歡　集部
戲劇類　1765
盛明雜劇三集:卷7秦廷筑　集部
戲劇類　1765
盛明雜劇三集:卷9醉新豊　集部
戲劇類　1765
모양(청)찬　冒襄(淸)　撰　巢民詩集六

卷　巢民文集7卷　集部　別集類　1399

影梅庵憶語(1卷)　子部　小說家類　1272

모원의(명)찬　茅元儀(明)　撰　石民四十集(98卷)　集部　別集類　1386～87

武備志(211-240卷)　子部　兵家類　966

暇老齋雜記(32卷)　子部　雜家類　1133

武備志　子部　兵家類　963～65

三戌叢譚(13卷)　子部　雜家類　1133

野航史話(4卷)　子部　雜家類　1133

모응진(청)찬　牟應震(清)　撰　詩問(6卷)　經部　詩類　65

毛詩古韻(5卷)　經部　小學類　247

毛詩古韻雜論(1卷)　經部　小學類　247

毛詩奇句韻攷(4卷)　經部　小學類　247

毛詩物名考(7卷)　經部　詩類　65

韻譜(1卷)　經部　小學類　247

모의장병찬　毛扆藏竝撰　汲古閣珍藏秘本書目　史部　目錄類　920

모일공찬　毛一公　撰　歷代內侍考　史部　傳記類　517

모일풍(청)집　毛一豐(清)　輯　易用(5卷)　經部　易類　29

모정(청)찬　牟庭(清)　撰　同文尙書(不分卷)　經部　書類　47

모정상(청)찬　牟庭相(清)　撰　雪泥書屋雜志(4卷)　子部　雜家類　1156

모진집　毛晉　輯　六十種曲(120卷)　集部　戲劇類　1768～73

宋名家詞61種(91卷)　集部　詞類　1719～20

모헌찬　毛憲　撰；吳亮增補毘陵人品記　史部　傳記類　541

목륵(영)찬　穆勒(英)　撰；嚴復譯群己權界論(2卷)　子部　西學譯著類　1298

名學　子部　西學譯著類　1297

목앙찬　沐昂　撰　素軒集(20卷)　集部　別集類　1329

목증(명)집　木增(明)　輯　雲薖淡墨(8卷)　子部　雜家類　1192

목창아(청)찬　穆彰阿　撰　澄懷書屋詩鈔(4卷)　集部　別集類　1507

목창아(청)등찬수　"穆彰阿,潘錫恩(清)等纂修"　大淸一統志(1)～(12)　史部　地理類　613～24

목희문(명)찬　穆希文(明)　撰　蟫史集(11卷)　子部　類書類　1237

몽린찬　夢麟　撰　大谷山堂集(6卷)　集部　別集類　1438

묘기(청)찬　苗夔(清)　撰　毛詩吻訂(10卷)　經部　詩類　69

묘반림집　苗泮林　輯；成蓉鏡增訂　唐月令續攷　史部　時令類　885

唐月令注續補遺　史部　時令類　885

무공(당)찬　武公(唐)　撰樂　書要錄(10卷)　經部　樂類　113

무억(청)찬　武億(清)　撰　金石三跋；授堂金石文字續跋　史部　金石類　892

偃師金石遺文補錄　史部　金石

類　913

安陽縣金石錄　史部　金石類　913

三禮義證(12卷)　經部　禮類　110

″經讀考異(8卷),首(2卷)″　經部　群
經總義類　173

群經義證(8卷)　經部　群經總義
類　173

授堂文鈔(8卷)續集(2卷)　集部　別
集類　1466

무전(청)찬　繆荃(淸)　撰　音調定程(1
卷)　子部　藝術類　1095

絃徽宣秘(1卷)　子部　藝術類　1095

庚癸原音.4種　經部　樂類　116

무전손찬　繆荃孫　撰　藝風堂文續
集(8卷)外集(1卷)　集部　別集類
1574

藝風堂文集(7卷)外篇(1卷)　集部
別集類　1574

무조찬　武照　撰　臣軌　史部　職官
類　753

무존제(명)찬　繆存濟(明)　撰　識病
捷法(10卷)　子部　醫家類　998

무지진(청)집　繆之晉(淸)　輯　大淸時
憲書箋釋(1卷)　子部　天文算法類
1040

무창기찬　繆昌期　撰　從野堂存稿
(8卷)　集部　別集類　1373

무한신찬　武漢臣　撰　天賜老生兒
集部　戲劇類　1764

散家財天賜老生兒雜劇　集部
戲劇類　1760

新刊的本散家財天賜老生兒
集部　戲劇類　1760

包待制智잠生金閣雜劇　集部　戲
劇類　1762

李素蘭風月玉壺春雜劇　集部　戲
劇類　1761

무해(청)찬　繆楷(淸)　撰　爾雅稗疏(4
卷)　經部　小學類　189

문강찬　文康　撰　兒女英雄傳四十
回　集部　小說類　1796～97

國子監志　史部　職官類　751～
52

문경(청)등찬집　″文慶,賈楨,寶鋆(淸)
等纂輯″　籌辦夷務始末(1)～(8)
史部　紀事本末類　414～21

문병찬　文秉　撰　先撥志始　史部
雜史類　437

烈皇小識　史部　雜史類　439

甲乙事案　史部　雜史類　443

문인규(송)찬　聞人規(宋)　撰　聞人氏
痘疹論(4卷)　子部　醫家類　1011

문정식(청)찬　文廷式(淸)　撰　大元
官制雜記　史部　職官類　748

雲起軒詞鈔(1卷)　集部　詞類　1727

文道希先生遺詩(1卷)　集部　別
集類　1568

純常子枝語(40卷)　子部　雜家類
1165

문진맹찬　文震孟　撰　姑蘇名賢小
紀　史部　傳記類　541

민린사찬　閔麟嗣　撰　黃山志定本
(一)～(二)　史部　地理類　723～24

민명아(청)찬　閔明我(淸)　撰　方星圖
解(1卷)　子部　天文算法類　1032

민일득(청)찬　閔一得(淸)　撰　陰符
經玄解正義(1卷)　子部　宗敎類
1290

ㅂ

박은자(청)찬 樸隱子(淸) 撰 反切
定譜(1卷) 經部 小學類 253

詩詞通韻(5卷) 首(1卷) 經部 小
學類 253

茶花譜(1卷) 總說(1卷) 茶花詠(1
卷) 子部 譜錄類 1116

반뇌찬 潘耒 撰 遂初堂詩集(16卷)
遂初堂文集(12卷) 遂初堂別集(4
卷) 集部 別集類 1417～18

반덕여찬 潘德輿 撰 養一齋集(26
卷)首(1卷)附(1卷) 集部 別集類
1510～11

養一齋詩話(10卷) 集部 詩文評
類 1706

반래(청)찬 潘來(淸) 撰 類音(8卷)
經部 小學類 258

반문방찬 潘文舫 撰 新增刑案匯覽
史部 政書類 872

반미찬 潘眉 撰 三國志考證 史
部 正史類 274

반봉오찬 潘鳳梧 撰 地水師 史
部 政書類 852

반상(청)찬 潘相(淸) 撰 毛詩古音
參義(5卷)首(1卷) 經部 小學類
244

禮記纂編(10卷)附錄(1卷) 經部
禮類 103

周禮撮要(3卷) 經部 禮類 80

반세은(청)찬 潘世恩(淸) 撰 ；潘曾
瑋(淸) 疏解 正學編(8卷) 子部
儒家類 951

반식(송)찬 潘植(宋) 撰 安正忘筌
集(2卷) 子部 儒家類 934

반연동(청)찬 潘衍桐(淸) 撰 兩浙
輶軒錄(54卷)補遺(6卷) 集部 總
集類 1685～87

朱子論語集注訓詁考(2卷) 經部
四書類 157

爾雅正郭(3卷) 經部 小學類 188

반영폐찬 潘榮陛 撰 帝京歲時紀
勝 史部 時令類 885

반위진(청)찬 潘爲縉(淸) 撰 專治
血症經驗良方論(2卷) 子部 醫
家類 1006

반임(청)찬 潘任(淸) 撰 周禮札記(1
卷) 經部 禮類 81

반정장찬 潘檉章 撰 國史考異
史部 史評類 452

松陵文獻 史部 傳記類 541

반조음찬 潘祖蔭 撰 攀古樓彝器
款識 史部 金石類 903

滂喜齋藏書記 史部 目錄類 926

반존원(청)집 〞潘存原(淸) 輯,楊守敬
(淸) 編〞〞楷法溯源(14卷),古碑目
錄(1卷),集帖目錄(1卷)〞 經部 小
學類 241

반종서찬 潘鍾瑞 撰 蘇臺麋鹿記
史部 雜史類 446

반즙(청)찬 潘楫(淸) 撰 ；王佑賢(淸)
評醫燈續焰(21卷) 子部 醫家類
998

반지항(명)찬 潘之恒(明) 撰 六博
譜(1卷) 子部 藝術類 1106

반평격(청)찬 潘平格(淸) 撰 潘子
求仁錄輯要(10卷) 子部 儒家類
950

반혁전(청)찬 潘奕雋(淸) 撰 說文
蠡箋 經部 小學類 211

반혁준찬　潘奕雋　撰　三松堂集(24卷)續集(6卷)　集部　別集類　1460~61

방공소(명)집　方孔炤(明)　輯　全邊略記　史部　地理類　738

방공소(명)찬　方孔炤(明)　撰　周易時論合編(23卷)　經部　易類　15

방관승등수　方觀承　等修　; 查祥　等纂　勅修兩浙海塘通志　史部　政書類　851

방관욱(청)찬　方觀旭(淸)　撰　論語偶記(1卷)　經部　四書類　155

방대곤(청)찬　龐大坤(淸)　撰　易例輯略(1卷)　經部　易類　28
　古音備考(1卷)　經部　小學類　249
　古音輯略(2卷)　經部　小學類　249

방대식(청)찬　方大湜(淸)　撰　蠶桑提要(2卷) ; 附柔蠶說(1卷)　子部　農家類　978

방동수(청)찬　方東樹(淸)　撰　攷槃集文錄(12卷)　集部　別集類　1497
　昭昧詹言(10卷)續(8卷)續錄(2卷)　集部　詩文評類　1705
　漢學商兌(3卷)　子部　儒家類　951

방리전찬　方履籛　撰　金石萃編補正　史部　金石類　891

방문찬　方文　撰　嵞山集(12卷)續集(4卷)再續集(5卷)　集部　別集類　1400

방봉찬　方鳳　撰　改亭存稿(10卷)改亭續稿(6卷)　集部　別集類　1338

방붕(명)집　方鵬(明)　輯　續觀感錄(12卷)　子部　雜家類　1188

방상붕찬　龐尙鵬　撰　軍政事宜　史部　政書類　852

방성규(청)찬　方成珪(淸)　撰　韓集箋正(5卷)年譜(1卷)　集部　別集類　1310
　干常侍易注疏證(1卷)　集證(1卷)　經部　易類　28
　集韻考(50卷)　經部　小學類　253

방성배찬　方成培　撰　雷峯塔傳奇(4卷)　集部　戲劇類　1776

방세거찬　方世擧　撰　韓昌黎詩集編年箋注(12卷)　集部　別集類　1310

방신(청)찬　方申(淸)　撰　方氏易學5書(5卷)　經部　易類　30

방악찬　方嶽　撰　深雪偶談(1卷)　集部　詩文評類　1694

방옥윤(청)찬　方玉潤(淸)　撰　詩經原始(18卷)　首(2卷)　經部　詩類　73

방우노(명)찬　方于魯(明)　撰　方氏墨譜(6卷)　首(1卷)　子部　譜錄類　1114

방욱(청)찬　方旭(淸)撰蟲𧌏(5卷)　子部　譜錄類　1120

방원제찬　龐元濟　撰　虛齋名畫錄 ; 虛齋名畫續錄　子部　藝術類　1090~91

방이손집　方頤孫　輯　太學新編保藁文章百段錦(2卷)　集部　詩文評類　1717

방이전(청)찬　方履籛(淸)　撰　萬善花室文藁(7卷)　集部　別集類　1516

방이지(청)찬　方以智(淸)　撰　浮山文集前編(10卷)　浮山文集後編(2卷)　集部　別集類　1398
　浮山此藏軒別集二卷　集部　別

集類 1398

藥地炮莊(9卷) 子部 儒家類 957

總論(3卷) 子部 儒家類 957

東西均(1卷) 子部 雜家類 1134

방작(송)찬 方勺(宋) 撰 靑溪寇軌
史部 雜史類 423

방전(청)찬 方轉(淸) 撰 隷人分辨(1
卷) 經部 小學類 239

방정(송)등찬 房正(宋) 等撰 後卷(2
1卷) 子部 術數類 1053

방조범(청)찬 方祖範(淸) 撰 ″四書
解瑣言(4卷),補編(1卷)″ 經部 四
書類 170

방종성(청)찬 方宗誠(淸) 撰 柏堂
師友言行記 史部 傳記類 540

讀宋鑑論 史部 史評類 451

說詩章義(3卷) 經部 詩類 73

방준사(청)찬 方濬師(淸) 撰 蕉軒
隨錄(12卷) ; 蕉軒續錄(2卷) 子
部 雜家類 1141

방준이(청)찬 方濬頤(淸) 撰 二知
軒詩鈔(14卷) 集部 別集類 1555

二知軒文存(34卷) 集部 別集類
1556～57

二知軒詩續鈔(16卷) 集部 別集
類 1556

夢園書畫錄(25卷) 子部 藝術類
1086

방중리(청)찬 方中履(淸) 撰 古今
釋疑(18卷) 子部 雜家類 1145

방포(청)찬 方苞(淸) 撰 望溪先生
文集(18卷)集外文(10卷)集外文補遺(2
卷)年譜(2卷) 集部 別集類 1420
～21

朱子詩義補正(8卷) 經部 詩類

62

春秋直解(12卷) 經部 春秋類
140

考工記析疑(4卷) 經部 禮類 79

周官辨(1卷) 經部 禮類 79

周官析疑(36卷) 經部 禮類 79

방허명(명)찬 方虛名(明) 撰 南華眞
經旁注(5卷) 子部 儒家類 956

방현(명)집 方賢(明) 輯 太醫院經
驗奇效良方大全 子部 醫家類
1001～02

방홍정(명)찬 方弘靜(明) 撰 千一
錄(26卷) 子部 雜家類 1126

방회찬 方回 撰 桐江集(8卷) 集
部 別集類 1322

방효표찬 方孝標 撰 光啓堂文集
(不分卷) 集部 別集類 1405

鈍齋詩選(22卷) 集部 別集類
1405

방훈(청)찬 方薰(淸) 撰 山靜居畫
論(2卷) 子部 藝術類 1068

배일중(명)찬 裵一中(命) 撰 裵子
言醫(4卷) 子部 醫家類 1028

배주등찬수 拜柱 等纂修 大元聖
政國朝典章新集至治條例 史
部 政書類787

通制條格 史部 政書類 787

백령(청)찬 百齡(淸) 撰 守意龕詩
集(28卷) 集部 別集類 1474

백린등찬수 ″伯麟,慶源等纂修″ 欽
定兵部處分則例 史部 政書類
856

백옥섬찬 白玉蟾 撰 武夷集(8卷)
集部 別集類 1319

백인보찬 白仁甫 撰 唐明皇秋夜

梧桐雨　集部　戲劇類　1763

裴少俊牆頭馬上雜劇　集部　戲劇類　1760

牆頭馬上　集部　戲劇類　1763

秋夜梧桐雨　集部　戲劇類　1763

唐明皇秋夜梧桐雨雜劇　集部　戲劇類　1760

백일거사(청)찬　百一居士(淸)　撰　壺天錄(3卷)　子部　小說家類　1271

백준찬　柏葰　撰　薛篆吟館鈔存(8卷)賦(2卷)　集部　別集類　1521

번등봉(청)찬　樊騰鳳(淸)　撰　五方元音(2卷)　經部　小學類　260

번양추(명)찬　樊良樞(明)　撰　密庵卮言(6卷)　子部　雜家類　1132

번유성(청)찬　藩維城(淸)　撰　論語考(1卷)　經部　四書類　154

論語古注集箋(10卷)附(1卷)　經部　四書類　154

번정매(청)찬　樊廷枚(淸)　撰　"四書釋地補(1卷),補(1卷),護補(1卷),又續補(1卷),三續補(1卷)"　經部　四書類　170

번종사찬　樊宗師　撰；孫之록　輯並注　樊紹述集(2卷)　集部　別集類　1311

번증상찬　樊增祥　撰　樊山續集(28卷)　集部　別集類　1574～75

樊山集(28卷)　集部　別集類　1574

범가상(청)찬　范家相(淸)　撰　家語證僞(11卷)　子部　儒家類　931

범강찬　范康　撰　新刊關目陳季卿悟道竹葉舟　集部　戲劇類　1760

범경문(명)찬　范景文(明)　撰　昭代武功編　史部　紀事本末類　389

師律(16卷)　子部　兵家類　962

범당세찬　范當世　撰　范伯子詩集(19卷)　集部　別集類　1568

범래(명)찬　范淶(明)　撰　唲言(10卷)　子部　儒家類　941

범사령(청)찬　范士齡(淸)　撰　左傳釋地(3卷)　經部　春秋類　125

범선진찬　范善溱　撰　中州全韻(19卷)　集部　曲類　1747

범성대찬　范成大　撰；沈欽韓注范石湖詩集注(3卷)　集部　別集類　1318

범세훈(청)찬　范世勳(淸)　撰　桃花泉奕譜(2卷)　子部　藝術類　1101

범응원(송)찬　范應元(宋)　撰　老子道德經古本集注(2卷)　子部　儒家類　954

범이매(청)찬　范爾梅(淸)　撰　中庸札記(1卷)　經部　四書類　159

孟子札記(2卷)　經部　四書類　158

범자안찬　范子安　撰　陳季卿悞上竹葉舟雜劇　集部　戲劇類　1761

범조려(청)찬　范照藜(淸)　撰　"春秋左傳釋(82卷),附錄(1卷)"　經部　春秋類　124

범중엄찬　范仲淹　撰　范文正公文集(20卷)　集部　別集類　1313

범협찬　范淶　撰　兩浙海防類考續編　史部　地理類　739

天一閣碑目　史部　目錄類　920

天一閣書目　史部　目錄類　920

天一閣集(32卷)　集部　別集類　1341

법곤굉(청)찬　法坤宏(淸)　撰　春秋取義測(12卷)　經部　春秋類　140

법식선(청)집　法式善(淸)　輯 ; 唐仲
　　晃增補明李文正公年譜　史部　傳
　　記類　552
법식선(청)찬　法式善(淸)　撰　梧門
　　詩話(12卷)　(卷八至卷11合卷)　附
　　八旗詩話(1卷)　集部　詩文評類
　　1705
　　陶廬雜錄(6卷)　子部　雜家類　1177
　　槐廳載筆(20卷)　　子部　雜家類
　　1178
　　淸秘述聞(16卷)　　子部　雜家類
　　1178
　　"存素堂文集(4卷)續集(4卷)　(續集
　　存卷1,卷2,卷4)"　集部　別集類
　　1476
　　存素堂詩初集錄(24卷)　集部　別
　　集類　1476
법위당찬　法偉堂　撰　山左訪碑錄
　　史部　金石類　910
벽초헌주인찬　碧蕉軒主人　撰　盛
　　明雜劇三集:卷25不了緣　集部
　　戲劇類　1765
변보제(청)등수　"卞寶第,李瀚章(淸)
　　等修 ; 曾國荃,郭嵩燾(淸)等纂."
　　湖南通志(一)~(八)　史部　地理
　　類　661~68
변빈(청)찬　卞斌(淸)　撰　尙書集解(30
　　卷)　經部　書類　48
변욕례찬　邊浴禮　撰　空靑館詞稿
　　(3卷)　集部　詞類　1727
보광도인(명)찬　葆光道人(明)　撰　"秘
　　傳眼科龍木醫書總論(10卷) ; 附,
　　葆光道人秘傳眼科(1卷)"　子部
　　醫家類　1017
보윤찬　寶鋆　撰　文靖公遺集(12卷)

補遺(1卷)　集部　別集類　1536
　　文靖公詩鈔(8卷)　　集部　別集類
　　1536
보자칭(명)찬　寶子稱(明)　撰　敬由
　　編(12卷)　子部　法家類　974
보정찬　寶廷　撰　偶齋詩草36卷 (內
　　集8卷內次集10卷外集8卷外次集
　　10卷)　集部　別集類　1562~63
보팔(원)찬　保八(元)　撰　周子通書
　　訓義(1卷)　子部　儒家類　934
복강안찬　福康安　撰　福康安奏疏
　　史部　詔令奏議類　494
복건(청)찬　"服虔(淸)　撰,袁鈞(淸)　輯
　　"春秋傳服氏注(12卷)　經部　春
　　秋類　117
복양하(당)찬　濮陽夏(唐)　撰　譙子五
　　行志(5卷)　子部　術數類　1049
봉림서원집　鳳林書院　輯　精選名
　　儒草堂詩餘(3卷)　集部　詞類　1728
부란아(영)역　傅蘭雅(英)　譯 ; 應祖
　　錫　述　佐治芻言(1卷)　　子部
　　西學譯著類　1297
부림(송)찬　傅霖(宋)　撰　刑統賦
　　子部　法家類　972
　　傅霖(宋)　撰 ; 隙口(元)輯釋 ; 王
　　亮(元)　增注. 刑統賦解(2卷)　子部
　　法家類　972
부매(명)찬　傅梅(明)　撰　嵩書　史
　　部　地理類　725
부산(청)찬　傅山(淸)　撰　霜紅龕集(40
　　卷)附錄(3卷)年譜(1卷)　集部　別
　　集類　1395~96
　　"傳責主女科(2卷) ; 附,產後編(2
　　卷)"　子部　醫家類　1007
　　荀子評注32篇　子部　儒家類　932

부응규수　傅應奎 修 ; 錢점 等修
　　韓城縣志　史部 地理類　693
부인우(명)찬　傅仁宇(明) 撰　傅氏
　　眼科審視瑤函(6卷) 首(1卷) 醫案
　　(1卷)　子部 醫家類　1017
비경우찬　費經虞 撰 ; 費密補雅倫
　　(26卷)　集部 詩文評類　1697
비계태(청)찬　費啓泰(淸) 撰　求偏
　　瑣言(10卷)　子部 醫家類　1011
　　備用良方(1卷)　子部 醫家類　1011
비굉찬　費宏 撰　太保費文憲公摘
　　稿(20卷)　集部 別集類　1331
비밀(청)찬　費密(淸) 撰　弘道書(3
　　卷)　子部 儒家類　946
비백웅(청)찬　費伯雄(淸) 撰　醫醇
　　賸義(4卷)　子部 醫家類　1006
　　醫方論(4卷)　子部 醫家類　1003
비신찬　費信 撰　星槎勝覽　史部
　　地理類7　42
비영(명)찬　費瀛(明) 撰　大書長語(2
　　卷)　子部 藝術類　1065
비장방(수)찬　費長房(隋) 撰　歷代
　　三寶紀(15卷)　子部 宗敎類　1288
빈량찬　斌良 撰　抱沖齋詩集(36卷)
　　附眼琴僊館詞(1卷)　集部 別集
　　類　1508
빈춘찬　斌椿 撰　天外歸帆草(1卷)
　　集部 別集類　1532
　　海國勝遊草(1卷)　集部 別集類
　　1532

ㅅ

사가법찬　史可法 撰　史忠正公集
　　(4卷)首(1卷)末(1卷)　集部 別集

類　1387
사감(송)찬　史堪(宋) 撰　史載之方(2
　　卷)　子部 醫家類　999
사개학찬　謝介鶴 撰　金陵癸甲紀
　　事略　史部 雜史類　446
사계곤(청)찬　謝啓昆(淸) 撰　小學
　　考　史部 目錄類　922
사계곤(청)수　謝啓昆(淸) 修 ; 胡虔
　　(淸)纂嘉慶'廣西通志(一)～(四)
　　史部 地理類　677～80
　　西魏書　史部 別史類　304
사계좌(청)찬　查繼佐(淸) 撰　盛明
　　雜劇三集:卷24續西廂　集部 戲
　　劇類　1765
　　罪惟錄(一)～(三)　史部 別史類
　　321～23
　　敬修堂講錄(不分卷)　經部 群
　　經總義類　172
사곤(청)찬　謝坤(淸) 撰　春草堂集(6
　　卷)　集部 別集類　1507
　　花木小志(1卷)　子部 譜錄類　1117
사규찬　查揆 撰　筼谷詩鈔(20卷)筼
　　谷文鈔(12卷)　集部 別集類　1494
사기암찬　謝起巖 撰　忠文王紀事
　　實錄　史部 傳記類　550
사농사(원)찬　司農司(元) 撰　農桑
　　輯要(7卷)　子部 農家類　975
사능지찬수　史能之 纂修　重修毗
　　陵志　史部 地理類　699
사당찬　謝讜 撰　六十種曲(120卷):
　　四喜記(2卷)　集部 戲劇類　1771
사마광(송)찬　司馬光(宋) 撰　集注
　　太玄(6卷)　子部 術數類　1048
사마천(한)찬　司馬遷(漢) 撰　史記
　　史部 正史類　261～62

사명황찬　謝鳴篁 撰　錢穀視成
　　史部 政書類　834
사몽란(청)찬　史夢蘭(淸) 撰　爾爾書
　　屋文鈔(2卷)　集部 別集類　1541
　　爾爾書屋詩草(8卷)　集部 別集
　　類　1541
　　疊雅　經部 小學類　193
　　止園筆談(8卷)　子部 雜家類　1141
사밀아단(영)찬　斯密亞丹(英) 撰 ；
　　嚴復 譯　原富(5卷)　子部 西
　　學譯著類　1297
사방득(송)찬　"謝枋得(宋) 撰,吳長元
　　重(淸) 輯"　詩傳注疏(3卷)　經部
　　詩類　57
사빈새이(영)찬　斯賓塞爾(英) 撰 ；
　　嚴復 譯　群學肄言(2卷)　子部
　　西學譯著類　1298
사수람(청)찬　謝秀嵐(淸) 撰　彙集
　　雅俗通15音(8卷)　經部 小學類
　　260
사순찬　謝純 撰　漕運通志　史部
　　政書類　836
사숭대(청)찬　謝崧岱(淸) 撰　南學
　　製墨箚記(1卷)　子部 譜錄類　1115
사신행(청)찬　査愼行(淸) 撰　人海
　　記(2卷)　子部 雜家類　1177
사심보등찬수　謝深甫 等纂修　慶
　　元條法事類開禧重修尙書吏部
　　侍郎右選格　史部 政書類　861
사영(청)찬　史榮(淸) 撰　風雅遺音(2
　　卷)　經部 詩類　62
사영운(남조송)찬　謝靈運(南朝宋) 撰
　　； 沈啓原[明] 輯　謝康樂集(4卷)
　　集部 別集類　1304
사예찬　査禮 撰　銅鼓書堂遺稿(32

卷)　集部 別集類　1431
사옥경(청)찬　謝玉瓊(淸) 撰　痲科
　　活人全書(4卷)　子部 醫家類　1012
사원회찬　謝元淮 撰　養默山房詩
　　藁(32卷)　集部 別集類　1511～12
　　碎金詞譜(14卷) 碎金續譜(6卷) 碎
　　金詞韻(4卷)　集部 詞類　1737
사위인찬　査爲仁 撰　蓮坡詩話(3
　　卷)　集部 詩文評類　1701
사이존(청)찬　莎彝尊(淸) 撰　正音切
　　韻指掌(1卷)　經部 小學類　258
사장정찬　謝章鋌 撰　賭棋山莊詞
　　話(12卷)續編(5卷)　集部 詞類
　　1735
　　賭棋山莊所著書(25卷)　集部 別
　　集類　1545
　　酒邊詞(8卷)集部詞類1727
사조제(명)찬　謝肇淛(明) 撰　小草齋
　　集(30卷)　集部 別集類　1366～67
　　文海披沙(8卷)　子部 雜家類　1130
　　五雜組(16卷)　子部 雜家類　1130
　　芉餘(4卷)　子部 雜家類　1130
사종고(송)찬　社從古(宋) 撰　集篆
　　古文韻海(5卷)　經部 小學類　236
사지륭찬　査志隆 撰　岱史　史部
　　地理類　722
사진찬　謝榛 撰　詩家直說(4卷)
　　集部 詩文評類　1695
사천서집　謝天瑞 輯　詩法(10卷)
　　集部 詩文評類　1695
사침찬　沙琛 撰　點蒼山人詩鈔(8
　　卷)附錄(1卷)　集部 別集類　1483
사현(명)집　史玄(明) 輯　支道林外
　　集(1卷)　集部 別集類　1304
살도랍찬　薩都拉 撰 ； 薩龍光 編

注　鴈門集(14卷)附詩餘(1卷)倡和
錄(1卷)別錄(1卷)　集部　別集類
1324
살영액찬　薩英額　撰　吉林外記
史部　地理類　731
상관융(송)찬　上官融(宋)　撰　友會談
叢(3卷)　子部　小說家類　1260
상무래(청)찬　常茂徠(淸)　撰　增訂
春秋世族源流圖考(6卷)　經部　春
秋類　148
春秋女譜(1卷)　經部　春秋類　148
상소량(명)찬　桑紹良(明)　撰　文韻
攷衷六聲會編(12卷)　經部　小學
類　255
聲韻集箸(1卷)　經部　小學類　255
상여이찬　商汝頤　撰　商文毅公遺
行集　史部　傳記類　551
상중현찬　尙仲賢　撰　洞庭湖柳毅
傳書　集部　戲劇類　1763
古杭新刊的本尉遲恭三奪槊
集部　戲劇類　1760
洞庭湖柳毅傳書雜劇　集部　戲
劇類　1762
新刊關目漢高皇濯足氣英布
集部　戲劇類　1760
尉遲恭單鞭奪槊雜劇　集部　戲
劇類　1762
柳毅傳書　集部　戲劇類　1763
상증(청)찬　常增(淸)　撰　四書緯(4
卷)　經部　四書類　170
색령안집　索寧安　輯　滿洲四禮集
史部　政書類　824
서오(청)찬　徐璈(淸)　撰　詩經廣詁(30
卷)　經部　詩類　69
서포(명)찬　徐浦(明)　撰　春秋四傳

私考(2卷)　經部　春秋類　135
서감(청)찬　徐鑑(淸)　撰　音泐(1卷)
經部　小學類　258
서강(청)찬　徐康(淸)　撰　前塵夢影
錄(2卷)　子部　雜家類　1186
서개임집　徐開任　輯　明名臣言行
錄　史部　傳記類　520～21
서거(명)집　徐炬(明)　輯　新鐫古今
事物原始全書(1-13卷)　子部　類
書類　1237
鐫古今事物原始全書(14-30卷)
子部　類書類　1238
서건인(청)집　徐建寅(淸)　輯　兵學
新書(16卷)　子部　兵家類　969
서건학장　徐乾學　藏　傳是樓書目
史部　目錄類　920
憺園文集(36卷)　集部　別集類
1412
서경경집　徐慶卿　輯 ; 鈕少雅　訂
彙纂元譜南曲九宮正始(不分卷)
集部　曲類　1748～50
徐慶卿　輯 ; 李玉　更定　一笠
菴北詞廣正譜(18卷)附南戲北詞
正謬(1卷)　集部　曲類　1748
서경의(명)집　徐敬儀(明)　輯　天象儀
全圖(1卷)　子部　天文算法類　1031
서계여찬　徐繼畬　撰　瀛環志略
史部　地理類　743
松龕先生文集(4卷)　松龕先生詩
集(2卷)　集部　別集類　1523
서관(명)찬　徐官(明)　撰　音釋擧要(1
卷)　經部　小學類　202
古太極測(1卷)　子部　術數類　1048
서광부(송)찬　徐光溥(宋)　撰　自號
錄(1卷)　子部　類書類　1218

서구찬　徐釚　撰　南州草堂集(30卷)
　　　首(1卷)　集部　別集類　1415
　　　本事詩(12卷)　集部　詩文評類
　　　1699
서균찬　徐鈞　撰　史詠詩集(2卷)
　　　集部　別集類　1321
서기(청)집　徐祺(淸)　輯　五知齋琴
　　　譜　子部　藝術類　1094～95
서내창(청)찬　徐乃昌(淸)　撰　續方
　　　言又補　經部　小學類　194
서단찬　舒亶　撰 ；張壽鏞　等輯
　　　舒懶堂詩文存(3卷)首(1卷)　集部
　　　別集類　1316
서당(청)찬　徐堂(淸)　撰　周易考異
　　　(不分卷)　經部　易類　32
서대춘(청)찬　徐大椿(淸)　撰　樂府
　　　傳聲(不分卷)　集部　曲類　1758
　　　愼疾芻言(1卷)　子部　醫家類　1028
　　　醫貫砭(2卷)　子部　醫家類　1028
　　　洄溪醫案(1卷)　子部　醫家類　1027
　　　難經經釋(2卷)　子部　醫家類　983
서동원집　徐棟原　輯 ；丁日昌　選
　　　評　牧令書輯要　史部　職官類
　　　755
서동집　徐棟　輯　保甲書　史部　政
　　　書類　859
서동찬　徐東　撰　運使復齋郭公言
　　　行錄　史部　傳記類　550
서동백찬　徐同柏　撰　從古堂款識
　　　學　史部　金石類　902
서릉집　徐陵　輯 ；吳兆宜　注 ；程
　　　際盛　刪補　玉臺新詠(10卷)　集
　　　部　總集類　1588
서림찬　徐霖　撰　六十種曲(120卷) :
　　　繡襦記(2卷)　集部　戲劇類　1772

서막(진)찬　徐邈(晉)　撰　毛試音(敦
　　　煌殘卷)　經部　書類　56
서문소집　徐文昭　輯　新刊燿目冠
　　　場擢奇風月錦囊正雜兩科全集(4
　　　1卷)　集部　戲劇類　1776～77
서문필(청)집　徐文弼(淸)　輯　新編
　　　壽世傳眞(不分卷)　子部　醫家類
　　　1030
서발장병찬　徐發藏苙　撰　徐氏家
　　　藏書目　史部　目錄類　919
서발찬　徐渤　撰　紅雨樓題跋　史
　　　部　目錄類　923
서발찬　徐발　撰　鼇峰集(28卷)　集
　　　部　別集類　1381
서발찬　徐발　撰　榕陰新檢　史部
　　　傳記類　547
서발(청)찬　徐發(淸)　撰　天元曆理
　　　全書(12卷)　子部　天文算法類
　　　1032
서방찬　徐枋　撰　居易堂集(20卷)
　　　集部　別集類　1404
서방좌찬　舒邦佐　撰 ；舒日敬輯雙
　　　峯先生存藁(6卷)　集部　別集類
　　　1318
서보광찬　徐葆光　撰　中山傳信錄
　　　史部　地理類7　45
서보선(청)찬　徐寶善(淸)　撰　壺詩
　　　鈔選(10卷)　集部　別集類　1516
　　　壺園賦鈔(2卷)　集部　別集類　1516
　　　壺園詩外集(6卷)　集部　別集類
　　　1516
　　　五代新樂府(1卷)　集部　別集類
　　　1516
서복조(명)찬　徐復祚(明)　撰　南北詞
　　　廣韻選(19卷)　集部　曲類　1742

~43

六十種曲(120卷) ：飛丸記(2卷) 集部 戲劇類 1771

六十種曲(120卷) ：投梭記(2卷) 集部 戲劇類 1771

六十種曲(120卷) ：紅梨記(2卷) 集部 戲劇類 1771

花當閣叢談(8卷) 子部 雜家類 1175

서본등찬수 "徐本,唐紹祖 等纂修" 三流道里表 ；督捕則例 史部 政書類 867

서본립찬 徐本立 撰 詞律拾遺(8卷) 集部 詞類 1736

서사증(명)찬 徐師曾(明) 撰湖 上集(14卷) 集部 別集類 1351

"今文周易演義(12卷),首(1卷)" 經部 易類 9

서삼중(명)찬 徐三重(明) 撰 信古餘論(8卷) 子部 儒家類 943

서상매(명)찬 徐象梅(明) 撰 兩浙名賢錄(一)~(三) 史部 傳記類 542~44

서상우(청)집 徐常遇(淸) 輯 琴譜指法(2卷) 子部 藝術類 1094

서석기(청)찬 徐石麒(淸) 撰 坦庵樂府黍香集(3卷) 集部 曲類 1739

花傭月令(1卷) 子部 譜錄類 1119

서석린찬 徐石麟 撰 官爵志 史部 職官類 749

서성우(청)집 徐星友(淸) 輯 兼山堂奕譜(1卷) 子部 藝術類 1100

서세창집 徐世昌 輯 晚晴簃詩匯(200卷) 集部 總集類 1629~33

서송(청)집 徐松(淸) 輯 宋會要(1)~(12) 史部 政書類 775~86

서송(청)찬 徐松(淸) 撰 登科記考 史部 政書類 829

西域水道記 史部 地理類 728

徐松 撰 ；張穆 校補 唐兩京城坊考 史部 地理類 732

漢書西域傳補注 史部 正史類 270

서수기(청)집 徐壽基(淸) 輯 續廣博物志(16卷) 子部 小說家類 1272

서숭집 "徐崧,張大純輯" 百城烟水 史部 地理類 733

서승경(청)찬 徐承慶(淸) 撰 說文解字注匡謬(15卷) 經部 小學類 214

서시동(청)찬 徐時棟(淸) 撰 烟嶼樓文集(40卷) 集部 別集類 1542

烟嶼樓詩集(18卷) 集部 別集類 1542

煙嶼樓讀書志(16卷) ；煙嶼樓筆記(8卷) 子部 雜家類 1162

尙書逸湯誓考(6卷)書後(1卷) 經部 書類 55

서심(청)찬 徐沁(淸) 撰 明畫錄(8卷) 子部 藝術類 1065

서악(청)찬 徐岳(淸) 撰 見聞錄(4卷) 子部 小說家類 1268

徐岳(漢) 撰 ；甄鸞(北周) 注. 算學源流(1卷) 數術記遺(1卷) 子部 天文算法類 1041

서앙발(청)찬 徐昂發(淸) 撰 畏壘筆記(4卷) 子部 雜家類 1145

서양원(청)찬 徐養原(淸) 撰 管色考(1卷) 子部 藝術類 1096

管色考(1卷) 經部 樂類 115

筍勖笛律圖注(1卷)　經部　樂類
115

律呂臆說(1卷)　經部　樂類　115

儀禮古今文異同(5卷)　經部　禮
類　90

論語魯讀考(1卷)　經部　四書類
155

頑石廬經說(10卷)　經部　群經總
義類　173

周官故書考(4卷)　經部　禮類　81

서양휘찬　徐陽輝　撰　盛明雜劇二集
:卷16有情癡　集部　戲劇類　1765

盛明雜劇二集:卷17脫囊穎　集
部　戲劇類　1765

서영찬　徐榮　撰　懷古田舍詩節초
(6卷)　集部　別集類　1518

서영부(당)주　〞徐靈府(唐)；朱弁(宋),
杜道堅 注；孫鑛(明) 評〞 文子
(12卷)　子部　儒家類　958

서원찬　徐元　撰　六十種曲(120卷)：
八義記(2卷)　集部　戲劇類　1771

서원문찬　徐元文　撰　含經堂集(30
卷) 別集(2卷)　集部　別集類　1413

서원서(원)찬　徐元瑞(元)　撰　吏學
指南(8卷)　子部　法家類　973

서월찬　徐樾　撰　說文檢字　說文重
文檢字　說文疑難檢字　今文檢
字　經部　小學類　225~26

서위찬　舒位　撰　餅水齋詩集(17卷)
詩別集(2卷)詩話(1卷)附錄(1卷)
集部　別集類　1486~87

서위찬　徐渭　撰；徐沁輯,袁宏道評
點徐文長佚草(10卷)　集部　別集
類　1355

徐文長文集(30卷)　集部　別集類

1354~55

徐文長逸稿(24卷)畸譜(1卷)　集部
別集類　1355

南詞敍錄(1卷)　集部　曲類　1758

盛明雜劇初集:卷9昭君出塞　集
部　戲劇類　1764

盛明雜劇初集:卷8女狀元　集部
戲劇類　1764

盛明雜劇初集:卷7雌木蘭　集部
戲劇類　1764

雌本蘭替父從軍　集部　戲劇類
1764

盛明雜劇初集:卷6翠鄕夢　集部
戲劇類　1764

四聲猿(4卷)　集部　戲劇類　1766

서위찬　舒位　撰　重刻足本乾嘉詩
壇點將錄(1卷)　集部　詩文評類
1705

서유임(청)찬　徐有任(淸)　撰　測환密
率(3卷)　子部　天文算法類　1047

서윤찬　徐潤　撰　徐愚齋自敍年譜
史部　傳記類　558

서의(청)찬　徐毅(淸)　撰　歙硯輯考(1
卷)　子部　譜錄類　1113

서인찬　徐夤　撰　唐秘書省正字先
徐輩公釣磯文集(10卷)補(1卷)
集部　別集類　1313

서자(청)찬　徐자(淸)　撰　小腆紀年附
考(一)~(二)　史部　編年類　368

小腆紀傳　史部　別史類　332~33

讀書雜釋(14卷)　子部　雜家類
1161

서자묵(청)찬　徐子默(淸)　撰　弔脚痧
方論(1卷)　子部　醫家類　1005

서정(청)찬　徐鼎(淸)　撰　毛詩名物

圖說(9卷)　經部 詩類　62

서정명찬　徐貞明 撰　潞水客談
史部 政書類　851

서조대찬　徐肇臺 撰　"甲乙記政錄,
續丙記政錄續丁記政錄新政"
史部 雜史類　438

서종량찬　徐宗亮 撰　黑龍江述略
史部 地理類　731

서중행찬　徐中行 撰　天目先生集
(21卷)　集部 別集類　1349

서증찬　徐增 撰　而菴詩話(1卷)　集
部 詩文評類　1698

서지(청)집　徐芝(淸) 輯　適情雅趣(10
卷)　子部 藝術類　1105

서진정정　"徐进,馮夢龍訂正"　六十
種曲(120卷)：殺狗記(2卷)　集部
戲劇類　1773

서청찬　西淸 撰　黑龍江外記　史
部 地理類　731

서체건(명)찬　徐體乾(明) 撰　周易
不我解(6卷)　經部 易類　7

서탁찬　徐卓 撰　節序日考　史部
時令類　885

서학모찬　徐學謨 撰　世廟識餘錄
史部 雜史類　433

서함집　徐咸 輯　皇明名臣言行錄
史部 傳記類　520

서호(청)찬　徐灝(淸) 撰　說文解字注
箋(1～3)　經部 小學類　225～27
通介堂經說(37卷)　經部 群經總
義類　177

서호노인찬　西湖老人 撰　西湖繁
勝錄　史部 地理類　733

서홍(청)찬　徐祺(淸) 撰　谿山琴況(1
卷)　子部 藝術類　1094

大還閣琴譜(6卷)　子部 藝術類
1094
萬峯閣指法閟箋(不分卷)　子部
藝術類　1094

서회찬　徐懷 撰　盛明雜劇初集:卷
25廣陵月　集部 戲劇類　1764
盛明雜劇二集:卷25絡氷絲　集
部 戲劇類　1765
玉琴齋詞(1卷)　集部 詞類　1724

서회조찬　徐懷祖 撰　臺灣隨筆
史部 地理類　734

석군보찬　石君寶 撰　古杭新刊的
本關目風月紫雲庭　集部 戲劇
類　1760
李亞僊花酒曲江池　集部 戲劇
類　1763
李亞仙花酒曲江池雜劇　集部 戲
劇類　1760
魯大夫秋胡戲妻雜劇　集部 戲
劇類　1761

(석)현응(당)찬　(釋)玄應(唐) 撰　一
切經音義-4　經部 小學類　198

(석)보담찬　(釋)寶曇 撰　橘洲文集(10
卷)　集部 別集類　1318

(석)지욱(명)찬　(釋)智旭(明) 撰　周
易禪解(10卷)　經部 易類　15

(석)경길상(원)등편　(釋)慶吉祥(元)
等編　至元法寶勘同總錄(10卷)
子部 宗敎類　1289

(석)경정(당)역　(釋)景淨(唐) 譯　景
敎流行中國碑頌　子部 宗敎類
1296
大秦景敎三威蒙度讚(1卷)　子
部 宗敎類　1296

(석)관정(수)찬　(釋)灌頂(隋) 撰　隋

天台智者大師別傳(1卷)　　子部
宗敎類　1285

(석)규기(당)찬　(釋)窺基(唐)　撰　成唯
識論述記　子部　宗敎類　1274
~75

(석)길장(수)찬　(釋)吉藏(隋)　撰　三論
玄義(2卷)　子部　宗敎類　1274
"中觀論疏(26卷)　附,中論科判(1
卷)"　子部　宗敎類　1274

(석)대문(명)집　(釋)大聞(明)　輯　釋鑑
稽古略續集(3卷)　子部　宗敎類
1288

(석)대산찬　(釋)大汕　撰　海外紀事
史部　地理類　744

(석)대학찬　(釋)大壑　撰　南屛淨慈
寺志　史部　地理類　719

(석)덕성찬　(釋)德誠　撰　船子和尙
撥棹歌(1卷)　集部　詞類　1722

(석)덕청찬　(釋)德淸　撰　憨山老人
夢遊集(40卷)　集部　別集類　1377
~78

(석)덕휘(원)찬　(釋)德煇(元)　撰　勅
修百丈淸規(2卷)　子部　宗敎類
1281

(석)도선(당)찬　(釋)道宣(唐)　撰　續高
僧傳(31卷)　子部　宗敎類　1281
~82
大唐內典錄(10卷)　子部　宗敎類
1289

(석)도원(송)찬　(釋)道原(宋)　撰　景德
傳燈錄(30卷)　子部　宗敎類　1282
西來年表(1卷)　子部　宗敎類　1282

(석)독철찬　(釋)讀徹　撰　蒼雪和尙
南來堂詩集(4卷)附錄(1卷)　集部
別集類　1393

(석)래복집　(釋)來復　輯　澹游集(2
卷)　集部　總集類　1622

(석)명전(무주)등찬　(釋)明佺(武周)　等
撰　武周刊定僞經目錄(1卷)　子
部　宗敎類　1289
武周刊定衆經目錄(14卷)　子部
宗敎類　1289

(석)명하(명)찬　(釋)明河(明)　撰　補續
高僧傳(26卷)　子部　宗敎類　1283

(석)법장(당)찬　(釋)法藏(唐)　撰　大方
廣佛華嚴經探玄記　子部　宗敎
類　1276~78
大乘起信論別記(7卷)　子部　宗
敎類　1279
大乘起信論義記(7卷)　子部　宗
敎類　1279

(석)보광(당)찬　(釋)普光(唐)　撰　大乘
百法明門論疏(2卷)　子部　宗敎
類　1274

(석)보창(남조양)찬　(釋)寶唱(南朝梁)
撰　比丘尼傳(4卷)　子部　宗敎
類　1285

(석)사식찬　(釋)斯植　撰　采芝集(1卷)
續集(1卷)　集部　別集類　1320

(석)상매(원)찬　(釋)祥邁(元)　撰　大元
至元辨僞錄(5卷)　子部　宗敎類
1289

(석)성통(명)찬　(釋)性通(明)　撰　南
華發覆(8卷)　子部　儒家類　957

(석)승우(양)찬　(釋)僧祐(梁)　撰　出三
藏記集(15卷)　子部　宗敎類　1288

(석)승조(후진)찬　(釋)僧肇(後秦)　撰；
(釋)淨源(宋)　解　肇論中吳集解(3
卷)　子部　宗敎類　1274

(석)아마리체(청)찬　(釋)阿摩利諦(淸)

撰　大藏字母九音等韻(12卷)　經部　小學類　257

諸聲韻學(16卷)　經部　小學類　257

(석)여성(명)찬　(釋)如惺(明)　撰　大明高僧傳(8卷)　子部　宗教類　1285

(석)연수(송)찬　(釋)延壽(宋)　撰　宗鏡錄(100卷)　子部　宗教類　1283～85

(석)연일찬　(釋)延一　撰　廣清凉傳　史部　地理類　718

(석)은원찬　(釋)隱元　撰　黃檗山寺志　史部　地理類　719

(석)의정(당)찬　(釋)義淨(唐)　撰　南海寄歸內法傳(4卷)　子部　宗教類　1286

(석)일행(당)찬　(釋)一行(唐)　撰　大毗盧遮那成佛經疏(20卷)　子部　宗教類　1280

(석)정(오대)집　″(釋)靜(五代),(釋)筠　輯″　祖堂集(20卷)　子部　宗教類　1285

(석)정각(당)찬　(釋)淨覺(唐)　撰　楞伽師資記(殘)　子部　宗教類　1281

(석)정선(송)집　(釋)淨善(宋)　輯　禪林寶訓(2卷)　子部　宗教類　1281

(석)종밀(당)찬　(釋)宗密(唐)　撰　禪源諸詮集都序(2卷)　子部　宗教類　1279

圓覺經略疏之鈔(25卷)　子部　宗教類　1279

(석)지둔(진)찬　(釋)支遁(晉)　撰；皇甫涍(明)輯支道林集(1卷)　集部　別集類　1304

(석)지반(송)찬　(釋)志磐(宋)　撰　佛祖統紀(54卷)　子部　宗教類　1287

(석)지승(당)찬　(釋)智昇(唐)　撰　續大唐內典錄(1卷)　子部　宗教類　1289

(석)지욱(명)찬　(釋)智旭(明)　撰　閱藏知津(44卷)；總目(4卷)　子部　宗教類　1290

(석)지의(수)찬　(釋)智顗(隋)　撰　摩訶止觀(10卷)　子部　宗教類　1279

四教義(6卷)　子部　宗教類　1279

(석)찬령(송)찬　(釋)贊寧(宋)　撰　大宋僧史略(3卷)　子部　宗教類　1286

(석)청공찬　(釋)清珙　撰　石屋禪師山居詩(6卷)　集部　別集類　1324

(석)함가찬　(釋)函可　撰　千山詩集(20卷)首(1卷)補遺(1卷)　集部　別集類　1398

(석)혜교(남조양)찬　(釋)慧皎(南朝梁)　撰　高僧傳(13卷)；序錄(1卷)　子部　宗教類1281

(석)혜능(당)찬　(釋)惠能(唐)　撰　六祖壇經(1卷)　子部　宗教類　1281

(석)혜림(당)찬　(釋)慧琳(唐)　撰　一切經音義(100卷)　經部　小學類　195～97

(석)혜립(당)찬　″(釋)慧立(唐),(釋)彦悰　撰″　大唐大慈恩寺三藏法師傳(10卷)　子部　宗教類　1286

(석)혜상찬　(釋)慧祥　撰　古清凉傳　史部　地理類　718

(석)희린(요)찬　(釋)希麟(遼)　撰　續一切經音義　經部　小學類　197

석도(청)찬　石濤(清)　撰　畫譜(1卷)　子部　藝術類　1065

석무량(송)찬　石茂良(宋)　撰　避戎夜話　史部　雜史類　423

석세창(청)찬　席世昌(清)　撰　席氏讀

　　　　說文記　經部　小學類　223

석오오찬　席吳鏊　撰　內閣志　史部
　　職官類　751

석옥곤찬　石玉崑　撰　俠義傳120回
　　集部　小說類　1797

석온옥(청)찬　石韞玉(淸)　撰　讀論
　　質疑(1卷)　經部　四書類　155
　　獨學廬三稿(12卷)　集部　別集類
　　1466
　　獨學廬餘稿(1卷)　集部　別集類
　　1466
　　獨學廬五稿(9卷)　集部　別集類
　　1466
　　獨學廬二稿(6卷)　集部　別集類
　　1466
　　獨學廬初稿(11卷)　集部　別集類
　　1466
　　獨學廬文稿附錄(9卷)　集部　別
　　集類　1466
　　至獨學廬四稿文(4卷)　集部　別
　　集類　1466

석자장찬　石子章　撰　竹塢聽琴　集
　　部　戲劇類　1763
　　秦脩然竹塢聽琴　集部　戲劇類
　　1763
　　秦脩然竹塢聽琴雜劇　集部　戲
　　劇類　1762

석진등찬　錫珍等　撰　欽定吏部銓
　　選則例　史部　職官類　750

석진찬　錫縝　撰　退復軒詩(4卷)
　　集部　別集類　1554

선영(청)찬　宣穎(淸)　撰　南華經解(33
　　卷)　子部　儒家類　957

선정찬　宣鼎　撰　夜雨秋燈錄(8卷)
　　續錄(8卷)　集部　小說類　1789

설간(명)찬　薛侃(明)　撰；鄭三極(明)
　　輯　研機錄(不分卷)　子部　儒家
　　類　939

설갑(명)찬　薛甲(明)　撰　畏齋薛先生
　　藝文類稿(14卷)　畏齋薛先生藝文
　　類稿續集(3卷)　集部　別集類　1340
　　畏齋薛先生緒言(4卷)　子部　雜
　　家類　1124

설계선(송)찬　薛季宣(宋)　撰　書古
　　文訓(16卷)　經部　書類　42

설논도찬　薛論道　撰　林石逸興(10
　　卷)　集部　曲類　1739

설단찬　薛旦　撰　盛明雜劇三集:卷
　　27昭君夢　集部　戲劇類　1765

설병(청)집　薛丙(淸)　輯　心武殘編(4
　　卷)；首(1卷)　子部　藝術類　1105

설복성(청)찬　薛福成(淸)　撰　庸庵文
　　編(4卷)庸庵文續編(2卷)庸庵文外
　　編(4卷)庸庵海外文編(4卷)　集部
　　別集類　1562
　　庸庵筆記(6卷)　子部　雜家類　1182
　　出使英法義比四國日記　史部
　　傳記類　578
　　出使日記續刻(一)～(二)　史部　傳
　　記類　578～79

설봉상(명)찬　薛鳳翔(明)　撰　亳州牡
　　丹史　子部　譜錄類　1116

설선(명)찬　薛瑄(明)　撰；谷中虛輯
　　薛文淸公要言(2卷)　子部　儒家類
　　935

설설(청)찬　薛雪(淸)　撰　一瓢齋詩
　　存(6卷)　集部　別集類　1423
　　硏桂山房詩存(6卷)　集部　別集
　　類　1423
　　抱珠軒詩存(6卷)　集部　別集類

1423

一瓢詩話(1卷) 集部 詩文評類 1701

濕熱條辨(1卷) 子部 醫家類 1005

醫經原旨(6卷) 子部 醫家類 982

掃葉莊一瓢老人醫案(4卷) 子部 醫家類 1027

설응기(명)찬 薛應旂(明) 撰 憲章錄 史部 編年類 352

方山薛先生全集(68卷) 集部 別集類 1343

설응기(명)찬 薛應旂(明) 撰 ; 向程(明)音釋薛子庸語(12卷) 子部 儒家類 940

설혜(명)찬 薛蕙(明) 撰 考異(1卷) 子部 儒家類 954

老子集解(2卷) 子部 儒家類 954

섭상항(명)찬 聶尙恒(明) 撰 活幼心法(9卷) 子部 醫家類 1011

섭표(명)찬 聶豹(明) 撰 ; 羅洪先 批注雙江先生困辯錄(8卷) 子部 儒家類 939

성선(청)찬 成僎(淸) 撰 詩說考略(12卷) 經部 詩類 71

성대사(청)찬 盛大士(淸) 撰 蘊素閣文集(8卷) 集部 別集類 1494

蘊素閣別集(4卷) 集部 別集類 1493

蘊素閣詩集(12卷) 集部 別集類 1493

蘊素閣詩續集(2卷) 集部 別集類 1493

谿山臥游錄(4卷) 子部 藝術類 1082

성백이(청)찬 盛百二(淸) 撰 尙書

釋天 經部 書類 44

柚堂筆談(4卷) 子部 雜家類 1154

성서찬 成書 撰 多歲堂詩集(4卷) 集部 別集類 1483

載賡集(2卷)附試律詩集(1卷) 賦集(1卷) 集部 別集類 1483

성선회찬 盛宣懷 撰 愚齋存稿(100卷)首(1卷)末(1卷) 集部 別集類 1571~73

성용경(청)찬 成蓉鏡(淸) 撰 尙書曆譜(1卷) 經部 書類 50

漢太初曆考(1卷) 子部 天文算法類 1036

"禹貢班義述.(3卷),附(1卷)" 經部 書類 55

切韻表(5卷) 經部 小學類 253

周易釋爻例(1卷) 經部 易類 34

春秋世族譜拾遺(1卷) 經部 春秋類 148

春秋日南至譜(1卷) 經部 春秋類 148

성욱찬 盛昱 撰 鬱華閣遺集(4卷) 集部 別集類 1567

意園文略(2卷) 集部 別集類 1567

성풍찬 盛楓 撰 嘉禾徵獻錄 史部 傳記類 544

세안례찬 稅安禮 撰 歷代地理指掌圖 史部 地理類 585

소경(당)찬 蘇敬(唐) 撰 新修本草(20卷) 子部 醫家類 989

소경방(명)찬 邵經邦(明) 撰 弘簡錄(一)~(四) 史部 別史類 304~08

소경제찬 邵經濟 撰 "西浙泉厓邵先生文集(10卷),詩集(10卷)" 集部

別集類　1339~40

소과찬　蘇過 撰　斜川集(6卷)附錄(2
卷)訂誤(1卷)補遺(2卷)續鈔(1卷)附
錄(1卷)　集部 別集類　1317

소광원(청)찬　蕭光遠(淸) 撰　″周易
屬辭.(12卷),通例.(5卷),通說(2卷)″
經部 易類　32

소길(수)찬　蕭吉(隋) 撰　五行大義(5
卷)　子部 術數類　1060

소련(청)찬　昭槤(淸) 撰　嘯亭續錄(3
卷)　子部 雜家類　1179

嘯亭雜錄(10卷)　子部 雜家類
1179

소명성(청)찬　巢鳴盛(淸) 撰　老圃
良言(1卷)　子部 農家類　976

소목찬　蕭穆 撰　敬孚類藁(16卷)
集部 別集類　1560~61

소방아찬　蘇芳阿 撰　國朝滿洲蒙
古御史題名　史部 職官類　751

소사(송)찬　邵思(宋) 纂　姓解(3卷)
子部 類書類　1213

소성원찬　蕭盛遠 撰　粤匪紀略　史
部 雜史類　446

소송년(청)찬　邵松年(淸) 撰　澄蘭室
古緣萃錄(18卷)　子部 藝術類 1088

소식찬　蘇軾 撰；郎曄 注 經進東
坡文集事略(60卷)　集部 別集類
1314~15

소신(청)집　消新(淸) 輯　還碩齋易
漢學擬旨(1卷)　經部 易類　34

還碩齋周易述(4卷)　經部 易類
34

소여찬　蘇輿 撰　″春秋繁露義證(17
卷),首(1卷),考證(1卷)″　經部 春
秋類　150

소영(청)찬　邵瑛(淸) 撰　說文解字
群經正字　經部 小學類　211

소옹(송)찬집　邵雍(宋) 纂輯 ; 陳士
元(明) 增刪 ; 何棟如(明) 重輯
夢林玄解(1-34卷) ; 首(1卷)　子
部 術數類　1063~64

소운종(청)찬　蕭雲從(淸) 撰　韻通(1
卷)　經部 小學類　257

소원평찬　邵遠平 撰　續弘簡錄元
史類編　史部 別史類　313

소응식찬수　″蕭應植,陳景塤 纂修″
瓊州通志　史部 地理類　676

소응용(원)집　蘇應龍(元) 輯　新編類
意集解諸子瓊林前集(24卷) ; 後
集(16卷)　子部 類書類　1221~22

소의진(청)찬　邵懿辰(淸) 撰　半巖廬
遺集(2卷)　集部 別集類　1536

尙書傳授同異考(1卷)　經部 書
類　50

소이눌등찬　素爾訥等 撰　欽定學
政全書　史部 政書類　828

소일(원)찬　蕭鎰(元) 撰　四書待問(22
卷)　經部 四書類　159

소입지찬　蕭立之 撰　蕭氷崖詩集
拾遺(3卷)　集部 別集類　1321

소정괴찬　蘇廷魁 撰　守柔齋詩鈔初
集(4卷)續集(4卷)　集部 別集類
1530

守柔齋行河草(2卷)　集部 別集
類　1530

소정채(청)찬　邵廷采(淸) 撰　東南
紀事　史部 別史類　332

西南紀事　史部 別史類　332

소준(명)찬　蘇濬(明) 撰　生生篇(7卷)
經部 易類　10

소지식(명)찬　蘇之軾(明) 撰　棋經注
　　(1卷)　子部 藝術類　1098
　　奕藪(4卷)　子部 藝術類　1098
소진함(청)찬　邵晉涵(淸) 撰　南江文
　　鈔(12卷)南江詩鈔(4卷)　集部 別
　　集類　1463
　　南江札記(4卷)　子部 雜家類　1152
　　舊五代史考異　史部 正史類　290
　　爾雅正義(20卷)　經部 小學類　187
소찬찬　邵璨 撰　六十種曲(120卷):
　　香囊記(2卷)　集部 戲劇類　1773
소창신집　蘇昌臣輯河東鹽政彙纂
　　史部 政書類　839
소천목(청)찬　蘇天木(淸) 撰　潛虛
　　述義(4卷);附效異(1卷)　子部 術數
　　類　1048
소철(송)찬　蘇轍(宋) 撰　詩集傳.(20
　　卷)　經部 書類　56
소평헌(송)찬　邵平軒(宋) 撰　玉靈照
　　膽經(1卷)　子部 術數類　1055
소형정찬　邵亨貞 撰　蛾術詩選(8卷)
　　集部 別集類　1324
　　蛾術詞選(4卷)　集部 詞類　1723
소훈(청)찬　蕭壎(淸) 撰　女科經綸(8
　　卷)　子部 醫家類　1007
속수사고전서편집위원회　續修四庫
　　全書編輯委員會 〈續修四庫全書〉
　　提供底本的圖書館名錄　集部 小
　　說類1800
　　續修四庫全書工作人員名錄
　　集部 小說類　1800
손경세(청)찬　孫經世(淸) 撰　惕齋經
　　說.(4卷)　經部 群經總義類　176
손계방(명)찬　孫繼芳(明) 撰　磯園
　　稗史(3卷)　子部 雜家類　1170

손기봉(청)찬　孫奇逢(淸) 撰　孫徵君
　　日譜錄存(一)～(二)　史部 傳記類
　　558～59
　　夏峯先生集(14卷)補遺(2卷)　集部
　　別集類　1391～92
　　理學宗傳　史部 傳記類　514
　　答問(3卷)　子部 儒家類　945
손능전(명)찬　孫能傳(明) ; 張萱 等
　　撰　內閣藏書目錄　史部 目錄
　　類　917
　　炎徼漫筆(6卷)　子部 雜家類　1132
손도역(명)집　孫道易(明) 輯　東園客
　　談(1卷)　子部 雜家類　1166
손매집　孫梅 輯　四六叢話(33卷)
　　集部 詩文評類　1715
　　選詩叢話(1卷)　集部 詩文評類
　　1715
손면(당)찬　孫愐(唐) 撰　唐寫本唐
　　均(殘卷)　經部 小學類　249
손보선(청)찬　孫寶瑄(淸) 撰　忘山
　　廬日記(一)～(四)　史部 傳記類
　　579～82
손봉(명)찬　孫鳳(明) 撰　孫氏書畵
　　鈔(2卷)　子部 藝術類　1065
손봉길(송)찬　孫逢吉(宋) 撰　準齋
　　心製几漏圖式(1卷)　子部 天文
　　算法類　1031
손비현(명)집　孫丕顯(明) 輯　燕閒
　　四適(20卷)　子部 雜家類　1186
손빈(전국)찬　孫臏(戰國) 撰　孫臏
　　兵法十六篇　子部 兵家類　959
손사의찬　孫士毅 撰　百一山房詩
　　集(12卷)　集部 別集類　1433
손석등찬　孫奭等 撰　律音義　史部
　　政書類　861

손성(청)찬　孫星(淸)　撰　孫氏周易
集解(10卷)　經部　易類　25
손성연(청)찬　孫星衍(淸)　撰　漢官
六種　史部　職官類　746
續古文苑(20卷)　集部　總集類
1609
平津館鑒藏徐籍記　史部　目錄
類　923
京畿金石考　史部　金石類　906
孔子集語(17卷)　子部　儒家類　931
黃帝金匱玉衡經(1卷)　子部　術
數類　1054
黃帝授三子玄女經(1卷)　子部　術
數類　1054
黃帝龍首經(2卷)　子部　術數類
1054
燕丹子(3卷)　子部　小說家類　1260
尚書今古文注疏　經部　書類　46
明堂考(3卷)　經部　禮類　110
急就章考異(1卷)　經部　小學類
243
寰宇訪碑錄　史部　金石類　904
孫淵如先生全集(21卷)　集部　別
集類　1477
손순집　孫旬　輯　皇明疏鈔　史部
詔令奏議類　463~64
손승종(명)등찬　孫承宗(明)　等撰　高
陽集(20卷)　集部　別集類　1370
車營叩答合編(4卷)　子部　兵家類
962
손승택(청)찬　孫承澤(淸)　撰　天府廣
記　史部　地理類　729~30
河紀　史部　地理類　728
畿輔人物志　史部　傳記類　540
藤陰箚記(不分卷)　子部　儒家類

944
山書　史部　編年類　367
손영(청)찬　孫榮(淸)　撰　古今法制表
史部　政書類　761
손예찬　孫銳　撰；趙時遠編孫耕閒
集(1卷)　集部　別集類　1320
손요(명)찬　孫耀(明)　撰　音韻正訛(4
卷)　經部　小學類　259
손운금집　孫運錦　輯　遜渚唱和集
(1卷)　集部　別集類　1394
손웅집　孫雄　輯　道咸同光四朝詩
史甲集(8卷)首(1卷)乙集(8卷)　集
部　總集類　1628
손원문찬　孫源文　撰　盛明雜劇三
集:卷二十九餓方朔　集部　戲劇
類　1765
손원상찬　孫原湘　撰　天眞閣集(54
卷)外集(6卷)　集部　別集類　1487
~88
손유찬　孫柚　撰　六十種曲(120卷):
琴心記(2卷)　集部　戲劇類　1770
손응과(청)집　孫應科(淸)　輯　"四書
說苑.(11卷),首1卷,補遺(1卷),續遺
(1卷)"　經部　四書類　170
손응시찬수　"孫應時　纂修；鮑廉,
鍾秀實　續修；盧鎭　增修"重修
琴川志　史部　地理類　698
손응오(명)찬　孫應鰲(明)　撰　四書
近語.(6卷)　經部　四書類　160
손의언찬　孫衣言　撰　遜學齋文鈔
(12卷)續鈔五卷首(1卷)　集部　別
集類　1544
遜學齋詩鈔(10卷)續鈔(5卷)　集部
別集類　1544
손이양(청)찬　孫詒讓(淸)　撰　溫州經

籍志　史部　目錄類　918

契文擧例　史部　金石類　906

籀經遺文(2卷)　集部　別集類　1567

尙書騈枝(1卷)　經部　書類　51

周書斠補　史部　別史類　301

墨子閒詁(15卷)　附錄(1卷)；後語(2卷)　子部　雜家類　1121

籀經述林　子部　雜家類　1164

札迻(12卷)　子部　雜家類　1164

大戴禮記斠補(3卷)　經部　禮類　107

九旗古義述(1卷)　經部　禮類　85

周禮正義(86卷)　經部　禮類　82～84

古籀拾遺；古籀餘論　史部　金石類　904

古籀餘論(3卷)　經部　小學類　243

宋政和禮器文字考　經部　小學類　243

손이준찬　孫爾準　撰　泰雲堂集(25卷)　集部　別集類　1495

손인유찬　孫仁孺　撰　六十種曲(120卷)：東郭記(2卷)　集部　戲劇類　1768

손일규(명)찬　孫一奎(明)　撰　醫案(5卷)　子部　醫家類　1026

손정(명)찬　孫鼎(明)　撰　新編詩義集說(4卷)　經部　詩類　58

손조흥(명)찬　孫肇興(明)　撰　"四書約說(6卷),題說(2卷)"　經部　四書類　164

손종령찬　孫鍾齡　撰　東郭(2卷)　集部　戲劇類　1775

손종룡(명)찬　孫從龍(明)　撰　"易意參疑.首編(2卷),外編(10卷)"　經部

易類　10

손준(청)찬　孫峻(淸)　撰　築圩圖說(1卷)　子部　農家類　976

손중장찬　孫仲章　撰　河南府張鼎勘頭巾雜劇　集部　戲劇類　1761

손지록(청)집　孫之騄(淸)　輯　晴川蟹錄(4卷)；晴川後蟹錄(4卷)；晴川續蟹錄(1卷)　子部　譜錄類　1120

손지울찬　孫枝蔚　撰　溉堂詩集(21卷)(前集九卷後集6卷續集6卷)　溉堂文集(5卷)　溉堂詩餘(2卷)　集部　別集類　1407

손지조(청)찬　孫志祖(淸)　撰　文選考異(4卷)　集部　總集類　1581

家語疏證(6卷)　子部　儒家類　931

讀書脞錄(7卷)；續編(4卷)　子部　雜家類　1152

손택규(청)찬　孫宅揆(淸)　撰　敎稼書(1卷)　子部　農家類　975

손풍익(청)집　孫馮翼(淸)　輯　黃覽(1卷)　子部　雜家類　1212

손화상수　孫和相　修；戴震纂汾州府志　史部　地理類　692

손희단(청)찬　孫希旦(淸)　撰　禮記集解(61卷)　經部　禮類　103～04

송감(청)찬　宋鑑(淸)　撰　尙書考辨　經部　書類　44

송경창(청)찬　宋景昌(淸)　撰　札記(1卷)　子部　天文算法類　1042

송광업(청)찬　宋廣業(淸)　撰　羅浮山志會編　史部　地理類　725

송균찬수　松筠　纂修　新疆識略　史部　地理類　732

송년(청)찬　松年(淸)　撰　頤園論畫(不分卷)　子部　藝術類　1088

송노진(원)통서　宋魯珍(元)　通書 ；
　　何士泰(元)　曆法 ； 熊宗立(明)
　　類編　類編曆法通書大全(30卷)
　　子部　術數類　1062
송단의(명)찬　宋端儀(明)　撰 ； 薛應
　　旂重輯　考亭淵源錄　史部　傳
　　記類　517
　　宋端儀(明)　撰 立齋閑錄(4卷)　子
　　部　雜家類　1167
송대작(명)찬　宋大勺(明)　撰　中庸
　　說要(1卷)　經部　四書類　159
송대준(청)찬　宋大樽(清)　撰　서錄(1
　　卷)　經部　小學類　185
송락찬　宋犖　撰　漫堂年譜　史部
　　傳記類　554
　　迎鑾日紀　史部　傳記類　559
　　漫堂說詩(1卷)　集部　詩文評類
　　1699
송렴(명)찬　宋濂(明)　撰　″篇海類編,
　　附錄(1卷)″　經部　小學類　230
송맹청집　宋孟清　輯　詩學體要類
　　編(3卷)　集部　詩文評類　1695
송면초(청)찬　宋綿初(清)　撰　釋服(2
　　卷)　經部　禮類　108
　　″韓詩內傳徵(4卷),補遺(1卷),疑義
　　(1卷),敍錄(2卷)″　經部　詩類　75
송무징찬　宋楙澄　撰　九籥集(47卷)
　　集部　別集類　1373～74
　　九籥別集(4卷)　集部　別集類　1374
송상봉(청)찬　宋翔鳳(清)　撰　樸學齋
　　文錄(4卷)　集部　別集類　1504
　　憶山堂詩錄(8卷)　集部　別集類
　　1504
　　尙書譜(1卷)　經部　書類　48
　　過庭錄(16卷)　子部　雜家類　1157

四書釋地辨證(2卷)　經部　四書
　　類　170
孟子趙注補正(6卷)　經部　四書
　　類　159
小爾雅訓纂(6卷)　經部　小學類
　　189
周易考異(2卷)　經部　易類　28
論語說義(10卷)　經部　四書類
　　155
大學古義說(2卷)　經部　四書類
　　159
송서(청)찬　宋恕(清)　撰　″六齋卑議
　　(1卷),附錄(1卷)″　子部　儒家類　953
송서승(청)찬　宋書升(清)　撰　夏小正
　　釋義(不分卷)　經部　禮類　108
송세락(청)찬　宋世犖(清)　撰　儀禮
　　古今文疏證(2卷)　經部　禮類　91
　　周禮故書疏證(6卷)　經部　禮類
　　81
송악(명)찬　宋岳(明)　撰　畫永編(2
　　卷)　子部　雜家類　1124
송여림수　″宋如林　修 ； 孫星衍,莫
　　晉　纂″　松江府志(一)～(三)　史
　　部　地理類　687～89
송완찬　宋琬　撰　安雅堂文集(2卷)
　　集部　別集類　1404
　　安雅堂夫刻稿(8卷)　集部　別集
　　類　1405
　　″安雅堂詩,(不分卷)″　集部　別集
　　類　1404
　　入蜀集(2卷)　集部　別集類　1405
송우증(청)찬　宋右曾(清)　撰　周書集
　　訓校釋逸文　史部　別史類　301
송응성(명)찬　宋應星(明)　撰　天工
　　開物(3卷)　子部　譜錄類　1115

송일민(송)찬　宋逸民(宋)　撰　忘憂
　　淸樂集(1卷)　子部　藝術類　1097
송자(송)찬　宋慈(宋)　撰　宋提刑洗
　　寃集錄(5卷)　子部　法家類　972
송장백찬　宋長白　撰　柳亭詩話(30
　　卷)　集部　詩文評類　1700
송조(청)찬　宋曹(淸)　撰　書法約言(1
　　卷)　子部　藝術類　1065
송조기(청)찬　宋兆淇(淸)　撰　〞南病
　　別鑑(不分卷)；附,節錄辨證要略
　　(1卷)〞　子部　醫家類　1005
송충(한)주　宋衷(漢)　注　世本　史部
　　別史類　301
수록당주인(일)찬　壽碌堂主人(日)　撰
　　；감鐸輯髶飾錄箋證(1卷)　子部
　　譜錄類　1115
수방울찬　帥方蔚　撰　詞垣日記
　　史部　傳記類　559
숭후집　崇厚　輯　盛京典制備考
　　史部　政書類　882
습착치찬　習鑿齒　撰；任兆麟訂襄
　　陽耆舊記　史部　傳記類　548
승격림심찬　僧格林沁　撰　僧王奏
　　稿　史部　詔令奏議類　508
승배원(청)찬　承培元(淸)　撰　說文引
　　經證例(24卷)　經部　小學類　222
　　廣潛研堂說文答問疏證(8卷)
　　經部　小學類　221
시국기찬　施國祁　撰　元遺山詩集
　　箋注(14卷)首(1卷)末(1卷)　集部
　　別集類　1322
　　金史詳校　史部　正史類　293
시남(청)찬　施男(淸)　撰　邛竹杖(7卷)
　　子部　雜家類　1176
시내암(공)찬　〞施耐庵,羅貫中(共)　撰

；李贄評〞　李卓吾先生批評忠義
　　水滸傳(100卷)弓l(101卷)　集部　小
　　說類　1791～92
시단교집　施端教　輯　賦鏡錄明賦
　　考　史部　政書類　834
시랑찬　施琅　撰　靖海紀事　史部
　　紀事本末類　390
시발(송)찬　施發(宋)　撰　察病指南(3
　　卷)　子部　醫家類　998
시보화찬　施補華　撰　澤雅堂文集
　　(8卷)　集部　別集類　1560
　　澤雅堂詩二集(18卷)　集部　別集
　　類　1560
　　澤雅堂詩集(6卷)　集部　別集類
　　1560
시세걸찬　施世杰　撰　元秘史山川
　　地名考　史部　別史類　312
시소병(청)찬　柴紹炳(淸)　撰　〞柴氏
　　古韻通(8卷),正音切韻復古編(1
　　卷)〞　經部　小學類　244
시소신찬　施紹莘　撰　秋水庵花影
　　集(5卷)　集部　曲類　1739
시양하(청)찬　施襄夏(淸)　撰；錢長
　　澤繪圖奕理指歸續編(1卷)　子部
　　藝術類　1102
　　奕理指歸圖(3卷)　子部　藝術類
　　1101～02
시언사(청)찬　施彦士(淸)　撰　〞推春
　　秋日食法(1卷),末(1卷)〞　經部　春
　　秋類　147
　　〞春秋朔閏表發覆.4卷,首(1卷)〞
　　經部　春秋類　147
시용매(청)찬　時庸勸(淸)　撰　聲譜(2
　　卷)　經部　小學類　249
　　聲說(2卷)　經部　小學類　249

시청신(송)찬　施淸臣(宋)　撰　東洲
几上語(1卷).東洲枕上語(1卷)
子部　雜家類　1122

시혜찬　施惠　撰　六十種曲(120卷)：
幽閨記(2卷)　集部　戲劇類　1769
新刊重訂出相附釋標註月亭記(2
卷)　集部　戲劇類　1774

신기질찬　辛棄疾　撰　稼軒長短句
(12卷)　集部　詞類　1723
稼軒詞補遺(1卷)　集部　詞類　1723

신도(주)찬　愼到(周)　撰；錢熙祚(淸)
輯校愼子(1卷)　；　附逸文(1卷)
子部　法家類　971

신무관(명)찬　愼懋官(明)　撰　華夷
花木鳥獸珍玩考(12卷)　子部　雜
家類　1185

신소업(청)찬　辛紹業(淸)　撰　易圖
存是(2卷)　經部　易類　26
冬官旁求(2卷)　經部　禮類　85

신시행(명)등수　申時行(明)　等修；
趙用賢　等纂　大明會通(一)～(四)
史部　政書類　789～92

신시행(명)찬　申時行(明)　撰　召對
錄　史部　雜史類　434

실모위(명)찬　失謀瑋(明)　撰　周易
象通(8卷)　經部　易類　12

실승(명)찬　失升(明)　撰　"周易旁註
(2卷),卦傳.(10卷),前圖.(2卷)"　經部
易類　4

실장문(송)찬　失長文(宋)　撰　易經
解(不分卷)　經部　易類　1

심경찬　沈鯨　撰　六十種曲(120卷)：
雙珠記(2卷)　集部　戲劇類　1768

심동(청)찬　沈彤(淸)　撰　尙書小疏(1
卷)　經部　書類　43

심보정등수　"沈葆楨,吳坤修(淸)　等
修　；　何紹基,楊沂孫(淸)　等纂"
重修安徽通志(一)～(五)　史部　地
理類　651～55

심가배(청)찬　沈可培(淸)　撰　濼源
問答(12卷)　子部　雜家類　1164

심가본등편정　沈家本　等編訂　欽
定大淸現行新律例　史部　政書
類　864～65

심가본찬　沈家本　撰　寄簃文存(8
卷)　集部　別集類　1563
枕碧樓偶存稿(12卷)　集部　別集
類　1563
歷代刑法考　史部　政書類　877
諸史瑣言　史部　史評類　451
重修天津府志　史部　地理類
690～91

심경찬　沈璟　撰　新刻博笑記(2卷)
集部　戲劇類　1774
六十種曲(120卷)：　義俠記(2卷)
集部　戲劇類　1772

심계찬　沈棨　撰　南船紀　史部　政
書類　878

심구(명)찬　沈口(明)　撰；張履祥(淸)
補撰農書(2卷)　子部　農家類　975

심국원찬　沈國元　撰　兩朝從信錄
史部　編年類　356

심금오(청)찬　沈金鰲(淸)　撰　婦科
玉尺(6卷)　子部　醫家類　1008
痧脹源流(1卷)　子部　醫家類　1005
雜病源流犀燭(30卷)　子部　醫家
類　1024

심기찬　"沈起　撰　；　張濤,查穀　注"
查東山先生年譜　史部　傳記類
553

심대성찬 沈大成 撰 學福齋集(20卷)學福齋詩集(37卷)首(1卷) 集部 別集類 1428

심덕부(명)찬 沈德符(明) 撰 清權堂集(22卷) 集部 別集類1 377
野獲編(30卷) ; 野獲編補遺(4卷) 子部 雜家類 1174

심덕잠찬 沈德潛 撰 歸愚詩鈔(20卷) 集部 別集類 1424
歸愚詩鈔餘集(10卷) 集部 別集類 1424
說詩睟語(2卷) 集部 詩文評類 1701

심도(청)찬 沈濤(清) 撰 說文古本考(14卷) 經部 小學類 222
常山貞石志 史部 金石類 906
交翠軒筆記(4卷) 子部 雜家類 1158
銅熨斗齋隨筆(8卷) 子部 雜家類 1158
瑟榭叢談(2卷) 子部 雜家類 1139

심련(청)찬 沈練(清) 撰 ; 仲學輅(清) 輯補廣蠶桑說輯補(2卷) 子部 農家類 978

심련방찬 沈聯芳 撰 邦畿水利集說九十九淀考 史部 政書類 851

심령(청)찬 沈齡(清) 撰 續方言疏證 經部 小學類 194

심만아(명)찬 沈萬鈳(明) 撰 詩經類考(30卷) 經部 詩類 59

심명종(청)찬 沈明宗(清) 撰 金匱要略編注(24卷) 子部 醫家類 988

심몽란(청)찬 沈夢蘭(清) 撰 周禮學(1卷) 經部禮類 81

심병성(청)찬 沈秉成(清) 撰 桑蠶輯要(1卷) 子部 農家類 978

심병진찬 沈炳震 撰 唐書合鈔 ; 唐書宰相世系表訂譌 史部 正史類 285～89

심선등(청)찬 沈善登(清) 撰 需時眇言(10卷) 經部 易類 35

심선보찬 沈善寶 撰 名媛詩話(12卷)續集(3卷) 集部 詩文評類 1706

심세량집 沈世良輯倪高士年譜 史部 傳記類 552

심소훈(청)찬 沈紹勳(清) 撰 周易說錄(1卷) 經部 易類 38
周易示兒錄(3卷) 經部 易類 38
周易易解(10卷) 經部 易類 38

심수분등집 〃沈粹芬,黃人 等輯〃 國朝文匯甲前集(20卷) 集部 總集類 1672～76

심수선찬 沈受先 撰 六十種曲(120卷) : 三元記(2卷) 集部 戲劇類 1771

심수용찬 沈壽榕 撰 玉笙樓詩錄(12卷)續錄(1卷) 集部 別集類 1557

심수정(명)찬 沈守正(明) 撰 重訂四書說叢(17卷) 經部 四書類 163

심숙(청)찬 沈淑(清) 撰 經玩(20卷) 經部 群經總義類 172

심승린찬 沈乘麐 撰 韻學驪珠(2卷) 集部 曲類 1747

심심(명)찬 沈沈(明) 撰 酒概(4卷) 子部 譜錄類 1115

심요찬 沈垚 撰 落帆樓文集(24卷)補遺(1卷) 集部 別集類 1525

심우팽(청)찬 沈又彭(清) 撰 女科輯要(2卷) 子部 醫家類 1007

심운찬　沈雲　撰；沈垚(淸)注臺灣鄭
　　氏始末　史部　紀事本末　類390

심웅찬　沈雄　撰　古今詞話(8卷)　集
　　部　詞類　1733

심인찬　沈璟　撰；沈自晉　重定
　　廣輯詞隱先生增定南九宮詞譜(2
　　6卷)　集部　曲類　1747～48

심일관(명)찬　沈一貫(明)　撰　喙鳴
　　文集(21卷)　喙鳴詩集(18卷)　敬事
　　草(19卷)(喙鳴文集卷一至喙鳴詩
　　集卷十八)　集部　別集類　1357
　　敬事草　史部　詔令奏議類　479
　　～80
　　喙鳴文集(21卷)　喙鳴詩集(18卷)
　　敬事草(19卷)(敬事草卷一至卷十
　　九)　集部　別集類　1358
　　莊子通(10卷)　子部　儒家類　956

심자진찬　沈自晉　撰　鞠通樂府(5
　　卷)　集部　曲類　1739

심자징찬　沈自徵　撰　盛明雜劇初
　　集:卷15北邙說法　集部　戲劇類
　　1764
　　盛明雜劇初集:卷14簪花계　集部
　　戲劇類　1764
　　鄭節度殘唐再創　集部　戲劇類
　　1764
　　盛明雜劇初集:卷13鞭歌妓　集部
　　戲劇類　1764

심장경(명)찬　沈長卿(明)　撰　沈氏
　　弋說(6卷)　子部　雜家類　1131
　　沈氏日旦(12卷)　子部　雜家類
　　1131

심적연(청)찬　沈赤然(淸)　撰　五硏
　　齋文鈔　集部　別集類　1465
　　五硏齋詩鈔(20卷)　集部　別集類

1465

심전계찬　沈傳桂　撰　淸夢盦二白
　　詞(5卷)　集部　詞類1　726

심정찬　沈貞　撰　茶山老人遺集(2卷)
　　附錄(1卷)　集部　別集類　1325

심조운찬　沈兆澐　撰　織簾書屋詩
　　鈔(12卷)　集部　別集類　1492

심조운(청)집　沈兆澐(淸)　輯　逢窓隨
　　錄(14卷)；附錄(2卷)；續錄(2卷)
　　子部　雜家類　1197～98

심종건(청)찬　沈宗騫(淸)　撰　芥舟
　　學畫編(4卷)　子部　藝術類　1068

심주(명)찬　沈周(明)　撰　石田稿(不
　　分卷)　集部　別集類　1333
　　石田翁客座新聞(11卷)　子部　雜
　　家類　1167

심지기주　沈之奇　注；洪弘緖訂大
　　淸律集解附例　大淸律續纂條例
　　大淸律例校正條款　史部　政書
　　類　863

심지문(명)집　沈之問(明)　輯　解圍
　　元藪(4卷)　子部　醫家類　1016

심채　沈采　撰　六十種曲(120卷)：
　　千金記(2卷)　集部　戲劇類　1773

심청좌(청)찬　沈淸佐(淸)　撰　沈郞邸
　　選抄印學四種(4卷)　子部　藝術
　　類　1092

심태집　沈泰　輯　盛明雜劇初集:卷
　　一高唐夢　集部　戲劇類　1764
　　盛明雜劇二集(30卷)　集部　戲劇
　　類　1765

심학시찬　沈學詩　撰　歷代錢法備
　　考　史部　政書類　838

심학연(청)찬　沈學淵(淸)　撰　桂留
　　山房詩集(12卷)附桂留山房詞集

(1卷)　集部　別集類　1516

심환찬　沈煥　撰；張壽鏞輯定川遺書(2卷)附錄(4卷)　集部　別集類　1318

심횡표찬　沈鎤彪　纂　續修雲林寺志　史部　地理類　719

심흠한(청)찬　沈欽韓(淸)　撰　續金石萃編條記　史部　金石類　891

幼學堂詩稿(17卷)幼學堂文稿(8卷)　集部　別集類　1498～99

春秋左氏傳補注(12卷)　經部　春秋類　125

春秋左氏傳地名補注(12卷)　經部　春秋類　125

漢書疏證　史部　正史類　266～67

後漢書疏證　史部　正史類　271

ㅇ

아극돈찬　阿克敦　撰　德蔭堂集(16卷)年譜(1卷)　集部　別集類　1423

아발만(미)찬　阿發滿(美)　撰；傳蘭雅(英)　譯　；　趙元益述冶金錄(3卷)　子部　西學譯著類　1300

악균찬　樂鈞　撰　靑芝山館集(27卷)　集部　別集類　1490

악백천찬　岳伯川　撰　呂洞賓度鐵拐李岳雜劇　集部　戲劇類　1761

新編岳孔目借鐵拐李還魂　集部　戲劇類　1760

鐵拐李　集部　戲劇類　1764

악용안등찬　鄂容安等　撰　襄勤伯鄂文端公年譜　史部　傳記類　554

악원성(명)찬　岳元聲(明)　撰　方言據

經部　小學類　193

악이태찬　鄂爾泰　撰　鄂爾泰奏稿　史部　詔令奏議類　494

악천대소생(명)집　樂天大笑生(明)　輯　解운編(14卷)　子部　小說家類　1272

악희재(원)찬　岳熙載(元)　撰　天文精義賦(5卷)　子部　天文算法類　1031

안기(청)찬　安岐(淸)　撰　墨緣彙觀錄(4卷)　子部　藝術類　1067

안길(청)찬　安吉(淸)　撰　韻徵(16卷)　經部　小學類　245

안민초(수)찬　顔愍楚(隋)　撰　俗書證誤(1卷)　經部　小學類　236

안벽찬　晏璧　撰　史鉞　史部　史評類　449

안보(청)찬　安保(淸)　撰　諧聲補逸(14卷)　經部　小學類　247

안사고찬　顔師古　撰　隋遺錄(2卷)　經部　小學類　1783

안세청집　顔世淸　輯　約章成案匯覽(一)～(三)　史部　政書類　874～76

안원(청)찬　顔元(淸)　撰　存人編(4卷)　子部　儒家類　947

存治編(1卷)　子部　儒家類　947

存性編(2卷)　子部　儒家類　946

存學編(4卷)　子部　儒家類　946

顔習齋先生四書正誤(6卷)　經部　四書類　166

안정재(청)찬　安正齋(淸)　撰　詳明算法(2卷)　子部　天文算法類　1042

안지추(북제)찬　顔之推(北齊)　撰　；　趙曦明(淸)　注　；　盧文초(淸)補顔氏家訓(7卷)　子部　雜家類　1121

안청교(청)찬　安淸翹(淸)　撰　樂府心得(2卷)　經部　樂類　115

애매찬　哀枚　撰　小倉山房詩集(36卷)補遺(2卷)　小倉山房文集(35卷)　小倉山房外集(8卷)　集部　別集類　1431~32

야률초재찬　耶律楚材　撰 ; 盛如梓删略 ; 李文田注　西遊錄注　史部　地理類736

양경인(청)집　楊景仁(淸)　輯　式敬編(5卷)　子部　法家類　974

양경현찬　楊景賢　撰　馬丹陽度脫劉行首雜劇　集部　戲劇類　1762

양계주(명)찬　楊繼洲(明)　撰　針灸大成(10卷)　子部　醫家類　996

양계초찬　梁啓超　撰　戊戌政變記　史部　雜史類　446

양광선(청)찬　楊光先(淸)　撰　不得已(2卷)　子部　天文算法類　1033

양구(원)찬　楊鈞(元)　撰　增廣鍾鼎篆韻(7卷)　經部　小學類　237

양국정찬　楊國禎　撰　忠武公年譜　史部　傳記類　557

양기생찬　楊夔生　撰　眞松閣詞(6卷)　集部　詞類　1726

양기원(명)찬　楊起元(明)　撰　太史楊復所先生證學編(4卷) ; 首(1卷) ; 證學論(1卷) ; 策(1卷)　子部　雜家類　1129

양눌찬　楊訥　撰　楊東來先生批評西遊記(6卷)　集部　戲劇類　1766

양동서(청)찬　梁同書(淸)　撰　頻羅庵遺集(16卷)　集部　別集類　1444~45
　　　　筆史　經部　小學類　194

筆史(1卷)　子部　譜錄類　1115

양륙영(청)찬　楊陸榮(淸)　撰　易互(6卷)　經部　易類　21

양리승(청)찬　梁履繩(淸)　撰　左通補釋(32卷)　經部　春秋類　123

양리태(청)찬　楊履泰(淸)　撰　"周易倚數錄(2卷),附圖.(1卷)"　經部　易類　34

양만수(청)찬　楊萬樹(淸)　撰　六必酒經(3卷)　子部　譜錄類　1115

양명(명)찬　楊銘(明)　撰　正統臨戎錄　史部　雜史類　433

양문규찬　楊文奎　撰　翠紅鄕兒女兩團圓雜劇　集部　戲劇類　1761

양문언(청)찬　楊文言(淸)　撰　曆象本要(1卷)　子部　天文算法類　1040

양박찬　楊博　撰　楊襄毅公本兵疏議　史部　詔令奏議類　477

양방달(청)찬　楊方達(淸)　撰　正蒙集說(17卷)　子部　儒家類　951
"易學圖說會通(8卷),續聞.(1卷)"　經部　易類　21

양방찬(청)찬　楊芳燦(淸)　撰　芙蓉山館全集(20卷)附錄(1卷)　集部　別集類　1477

양백암(송)찬　楊伯嵒(宋)　撰　泳齋近思錄衍註(14卷)　子部　儒家類　934

양복길(청)찬　楊復吉(淸)　撰　遼史拾遺補　史部　正史類　292

양본인찬　楊本仁　撰　少室山人集(25卷)　集部　別集類　1340

양봉포(청)찬　楊鳳苞(淸)　撰　秋室集(10卷)　集部　別集類　1476

양부찬　楊溥　撰　楊文定公詩集(7

卷)　集部　別集類　1326

양빈찬　梁彬　撰　西陲今略　史部　地理類　740

양빈찬　楊賓　撰　柳邊紀略塞外草　史部　地理類　731

양사창찬　楊嗣昌　撰　楊文弱先生集(57卷)　集部　別集類　1372～73

양사총(청)찬　楊士聰(淸)　撰　玉堂薈記(4卷)　子部　雜家類　1175

양상국(청)찬　梁上國(淸)　撰　古文尙書條辨　經部　書類　46

양석여(청)찬　梁錫璵(淸)　撰　易經揆一(14卷)　經部　易類　23

易學啓蒙補(2卷)　經部　易類　23

양선(명)찬　楊瑄(明)　撰　復辟錄　史部　雜史類　433

양선(청)찬　楊璿(淸)　撰　傷寒瘟疫條辯(6卷)　子部　醫家類　1004

양소화장병찬　楊紹和　藏竝　撰　宋存書室宋元秘本書目　史部　目錄類　927

楹書隅錄　史部　目錄類　926～27

양수경찬　楊守敬　撰　湖北金石志　史部　金石類　913

"日本訪書志,日本訪書志補"　史部　目錄類　930

晦明軒稿(不分卷)　集部　別集類　1570

隋書地理志考證　史部　正史類　283

水經注疏　史部　地理類　726～27

禹貢本義(1卷)　經部　書類　55

양수례수　楊守禮　修　；管律　纂

寧夏新志　史部　地理類　649

양수원(청)찬　楊秀沅(淸)　撰　牛牛山莊農言著實(1卷)　子部　農家類　976

양승보(청)찬　梁僧寶(淸)　撰　切韻求蒙(1卷)　經部　小學類　253

"四聲韻譜(9卷),首(1卷)"　經部　小學類　253

양시교찬　楊時喬　撰　兩浙南關榷事書　史部　政書類　834

양시령찬　楊時寧　撰　宣大山西三鎭圖說　史部　地理類　739

양신집　楊愼　輯　；焦竑批點唐絶增奇(5卷)唐絶搜奇(1卷)　集部　總集類　1590

六言絶句(1卷)五言絶句(1卷)　集部　總集類　1590

絶句衍義(4卷)絶句辨體(8卷)絶句附錄(1卷)　集部　總集類　1590

양신(명)집　楊愼(明)　輯　藝林伐山(20卷)　子部　雜家類　1443

升菴長短句(3卷)　升菴長短句續集(3卷)　集部　詞類　1723

盛明雜劇二集:卷四蘭亭會　集部　戲劇類　1765

辭品六卷拾遺(1卷)　集部　詞類　1733

均藻(4卷)　子部　類書類　1232

예林伐山(20卷)　子部　雜家類　1143

양신찬　楊晨　撰　三國會要　史部　政書類　767

양신(청)찬　楊屾(淸)　撰　豳風廣義(3卷)　子部　農家類　978

양심수찬　楊深秀　撰　雪虛聲堂詩

鈔(3卷)　集部　別集類　1567

양여원찬　梁汝元　撰　何心隱先生爨
桐集(4卷)　集部　別集類　1355

양연찬　楊漣　撰　楊忠烈公文集(6
卷)　集部　別集類　1371

양연도찬　楊淵道　撰　雲莊四六餘
話(1卷)　集部　詩文評類　1714

양염찬　楊廉　撰　楊文恪公文集(62
卷)　集部　別集類　1332~33

양엽(당)찬　楊曄(唐)　撰　膳夫經手
錄(1卷)　子部　譜錄類　1115

양영(명)찬　楊榮(明)　撰　延平王戶
官楊英從征實錄　史部　雜史類
444

　　北征記　史部　雜史類　433

양예찬　楊銳　撰　楊叔嶠先生詩集
(2卷)楊叔嶠先生文集(1卷)　集部
別集類　1568

양옥승(청)찬　梁玉繩(淸)　撰　瞥記(7
卷)　子部　雜家類　1157

　　史記志疑　史部　正史類　262~
63

양옥유(청)찬　梁玉瑜(淸)　撰　舌鑑
辨正(2卷)　子部　醫家類　999

양욱집　楊昱　輯　牧監　史部　職官
類　753

양유덕(송)등찬　楊惟德(宋)　等撰
景祐乾象新書(30卷)　子部　術數
類　1050

　　遁甲符應經(3卷)　子部　術數類
1060

양유명(명)집　楊惟明(明)　輯　射學
指南(1卷)　子部　藝術類　1106

양유승찬　楊柔勝　撰　六十種曲(120
卷)：玉環記(2卷)　集部　戲劇類

1773

양유예찬　梁有譽　撰　蘭汀存藁(8卷)
附錄(1卷)　集部　別集類　1348

양유정찬　楊維楨　撰　鐵崖賦藁(2
卷)　集部　別集類　1325

　　鐵崖樂府註(10卷)　集部　別集類
1325

　　鐵崖詠史註(8卷)　集部　別集類
1325

　　鐵崖逸編註(8卷)　集部　別集類
1325

양유추(청)찬　梁維樞(淸)　撰　玉劍
尊聞(10卷)　子部　雜家類　1175

양이정찬　楊以貞　撰　志遠齋史話
史部　史評類　451

양이증찬　楊爾曾　撰　新鎸海內奇
觀　史部　地理類　721

양잠찬　楊潛　纂　雲間志　史部　地
理類　687

양장거(청)찬　梁章鉅(淸)　撰　文選
旁證(46卷)　集部　總集類　1581

　　三國志旁證　史部　正史類　274

　　制義叢話(24卷)題名(1卷)　集部
詩文評類　1718

　　退菴詩存(25卷)　集部　別集類
1499

　　樞垣記略　史部　職官類　751

　　閩川閨秀詩話(4卷)　集部　詩文
評類　1705

　　農候雜占(4卷)　子部　農家類　976

　　楹聯叢話(12卷) ; 楹聯續話(4卷)
; 巧對錄(8卷)　子部　類書類　1254

　　退庵隨筆(22卷)　子部　雜家類
1197

　　歸跡叢談(11卷)　子部　雜家類

1179

歸田瑣記(8卷)　子部　雜家類　1179

浪跡三談(6卷)　子部　雜家類　1179

浪跡續談(8卷)　子部　雜家類　1179

稱謂錄(32卷)　子部　類書類　1253

論語旁證(20卷)　經部　四書類　155

양재찬　楊梓　撰　古杭新刊關目霍光鬼諫　集部　戲劇類　1760

양정찬　楊珽　撰　六十種曲(120卷)：龍膏記(2卷)　集部　戲劇類　1773

양정남(청)찬　梁廷枏(淸)　撰　夷氛聞記　史部　雜史類　445

粵海關志　史部　政書類　834～35

藤花亭鏡譜(8卷)　子部　譜錄類　1111

南漢文字略　史部　別史類　334

南漢書　史部　別史類　334

南漢叢錄　史部　別史類　334

양정서(청)찬　楊廷瑞(淸)　撰　說文勁斠補遺　經部　小學類　228

說文正俗　經部　小學類　228

양조관찬　楊潮觀　撰　吟風閣(4卷)　集部　戲劇類　1768

양조영집　楊朝英　輯　樂府新編陽春白雪前集五卷後集(5卷)　集部　曲類　1739

朝野新聲太平樂府(9卷)　集部　曲類　1739

양종희찬　楊鍾羲　撰.　意園事略(1卷)　集部　別集類　1567

양중량(송)찬　楊仲良(宋)　撰　皇宋通鑑長編紀事本末　史部　紀事本末類　386～87

양진어찬　梁辰魚　撰　江東白苧(2卷)續江東白苧(2卷)　集部　曲類　1739

盛明雜劇初集:(卷22)　集部　戲劇類　1764

六十種曲(120卷):浣紗記(2卷)　集部　戲劇類　1769

鬱輪袍　集部　戲劇類　1764

양천민찬　楊天民　撰　楊全甫諫草　史部　詔令奏議類　482

양청원(청)찬　梁淸遠(淸)　撰　雕丘雜錄(18卷)　子部　雜家類　1135

양추찬　楊樞　撰　淞故述　史部　地理類　730

양춘찬　楊椿　撰　孟鄰堂文鈔(16卷)　集部　別集類　1423

양토선(당)주　楊上善(唐)　注；蕭延平(淸)　校正　黃帝內經太素(30卷)　子部　醫家類　979

양표정(명)찬　楊表正(明)　撰　重修正文對音捷要眞傳琴譜大全(10卷)　子部　藝術類　1092

양학가교보　"楊學可,徐松校補"　明氏實錄　史部　編年類　350

양학창(청)집　梁學昌(淸)　輯　庭立記聞(4卷)　子部　雜家類　1157

양향춘(명)찬　楊向春(明)　撰　大定新編(4卷)　子部　術數類　1059

양헌(청)찬　梁巘(淸)　撰　承晉齋積聞錄(1卷)　子部　藝術類　1068

양현지찬　楊顯之　撰　臨江驛瀟湘夜雨　集部　戲劇類　1763

臨江驛瀟湘秋夜雨雜劇　集部　戲劇類　1760

鄭孔目風雪酷寒亭雜劇　集部　戲劇類　1761

秋夜瀟湘雨　集部　戲劇類　1763

양혜찬　楊恵　纂　崑山郡志　史部
地理類　696

양환(원)찬　揚桓(元)　撰　六書統溯
原(13卷)　經部　小學類　202
書學正韻(36卷)　經部　小學類
250～51

양환규찬　梁煥奎　撰　靑郊詩存六
卷　集部　別集類　1576

양휘(송)찬　楊輝(宋)　撰　詳解九章
算法(1卷);纂類(1卷)　子部　天文
算法類　1042

양휘(청)찬　楊輝(淸)　撰　楊輝算法(6
卷)　子部　天文算法類　1042

양희증(청)찬　梁希曾(淸)　撰　癧科
全書(1卷)　子部　醫家類　1016

어현기찬　魚玄機　撰　唐女郎魚玄
機詩(1卷)　集部　別集類　1313

언무경(명)찬　鄢懋卿(明)　撰　易經
正義(6卷)　經部　易類　8

엄가균(청)집　嚴可均(淸)　輯　全上古
三代秦漢三國六朝文(741卷)　集
部　總集類　1603～08
平津館金石萃編　史部　金石類
893
鐵橋漫稿(13卷)　集部　別集類
1488～89
闕目(1卷)　子部　雜家類　1188
說文訂訂(1卷)　經部　小學類　213
唐石經校文(10卷)　經部　群經總
義類　184
說文聲類(2卷)　經部　小學類　247
爾雅一切注音(10卷)　經部　小學
類　188
說文校義(30卷)　經部　小學類

213

엄계륭(청)찬　嚴啓隆(淸)　撰　"春秋
傳注(36卷),提綱(1卷)"　經部　春秋
類　137～38

엄관찬　嚴觀　撰　江寧金石記　史
部　金石類　910
江寧金石待訪目　史部　金石類
910

엄만리(청)찬　嚴萬里(淸)　撰　商君
書新校正(5卷);附攷(1卷)　子部
法家類　971

엄수찬　嚴修　撰　담香館使黔日記
史部　傳記類　582～83

엄숭찬　嚴嵩　撰　南宮奏議　史部
詔令奏議類　476
鈐山堂集(40卷)附錄(1卷)　集部
別集類　1336

엄식회찬　嚴式誨　撰　補校注(1卷)
子部　雜家類　1121

엄여역찬　嚴如煜　撰　三省邊防備
覽　史部　地理類　732

엄연(명)찬　嚴衍(明)　撰　資治通鑑補
(一)～(六)　史部　編年類　336～
41

엄영찬　嚴榮　撰　述庵先生年譜(2
卷)　集部　別集類　1437

엄울(청)집　嚴蔚(淸)　輯　春秋內傳古
注輯存(3卷)　經部　春秋類　122

엄원조(청)찬　嚴元照(淸)　撰　柯家
山館詞(3卷)　集部　詞類　1725
柯家山館遺詩(6卷)　集部　別集
類　1507
養吉齋叢書(26卷)　子部　雜家類
1158
娛親雅言(6卷)　子部　雜家類　1158

蕙榜襍記(1卷) 子部 雜家類 1158

娛親雅言(6卷) 經部 群經總義類 175

爾雅匡名(20卷) 經部 小學類 188

엄의(원)집 嚴毅(元) 輯 詩學集成押韻淵海(20卷) 子部 類書類 1222~24

엄장명찬 嚴長明 撰 嚴東有詩集(10卷) 集部 別集類 1450

엄장복(청)찬 嚴章福(淸) 撰 說文校議議(30卷) 經部 小學類 214

엄종간찬 嚴從簡 撰 殊域周咨錄 史部 地理類 735~36

엄준(한)찬 嚴遵(漢) 撰 道德眞經指歸(存7-13卷) 子部 儒家類 954

엄천린(명)찬 嚴天麟(明) 撰 五經疑義(2卷) 經部 群經總義類 171

여간(청)찬 黎簡(淸) 撰. 五百四峰堂詩鈔(25卷) 集部 別集類 1473~74

여경화(청)찬 余景和(淸) 撰 外證醫案彙編(4卷) 子部 醫家類 1016

여계등집 余繼登 輯 皇明典故紀聞 史部 雜史類 428

여곤(명)찬 呂坤(明) 撰 實政錄 史部 職官類753

交泰韻(不分卷) 經部 小學類 251

여금(청)찬 余金(淸) 撰 熙朝新語(16卷) 子部 雜家類 1178

여남찬 呂柟 撰 涇野先生文集(38卷) 集部 別集類 1337~38

여남(청)찬 呂枏(淸) 撰 四禮翼(8卷) 經部 禮類 108

여대균(송)찬 呂大鈞(宋) 撰 呂氏鄉約(1卷)；鄉儀(1卷) 子部 儒家類 934

여덕훈(청)찬 余德壎(淸) 撰 鼠疫抉微(4卷) 子部 醫家類 1005

여돈화(청)찬 茹敦和(淸) 撰 周易二閭記(3卷) 經部 易類 23

周易證籤(4卷) 經部 易類 23

重訂周易小義(2卷) 經部 易類 23

周易辭考(1卷) 經部 易類 23

周易象考(1卷) 經部 易類 23

周易占考(1卷) 經部 易類 23

여류량(청)찬 呂留良(淸) 撰 呂晚村先生四書講義(30卷) 經部 四書類 165

여륜상찬 茹綸常 撰 容齋詩集(28卷)附古香詞(1卷)補遺(1卷) 集部 別集類 1457

여림(청)찬 余霖(淸) 撰 疫疹一得(2卷) 子部 醫家類 1004

여무학(명)찬 余懋學(明) 纂 仁獄類編(30卷) 子部 法家類 973

여방요찬 呂邦燿 撰 續宋宰輔編年錄 史部 職官類 748

여본(명)찬 余本(明) 撰 皇極經世觀物外篇釋義(4卷) 子部 術數類 1048

여불용찬 呂不用 撰 得月藁(7卷) 集部 別集類 1325

여붕년(청)찬 余鵬年(淸) 撰 曹州牡丹譜(1卷) 子部 譜錄類 1116

여붕비(청)찬 呂鵬飛(淸) 撰 周禮補注(6卷) 經部 禮類 81

여사웅등집 呂士雄 等輯 新編南詞定律(13卷)首(1卷) 集部 曲類

1751~53

여서창등찬　黎庶昌　等撰　曾文正
　　公年譜　史部　傳記類　557
　　拙尊園叢稿(6卷)　集部　別集類
　　1561
여세의(청)찬　呂世宜(淸)　撰　古今文
　　字通釋(14卷)　經部　小學類　236
여순찬　黎淳　撰　黎文僖公集(17卷)
　　集部　別集類　1330
여악(청)찬　厲鶚(淸)　撰　增修雲林
　　寺志　史部　地理類　719
　　秋林琴雅四卷　集部　詞類　1725
　　玉臺書史(1卷)　子部　藝術類　1084
여언정찬　呂彥貞　撰　滄浪軒詩集
　　(6卷)　集部　別集類　1324
여여겸찬　黎汝謙　撰　夷牢溪廬詩
　　鈔(7卷)　集部　別集類　1567
　　夷牢溪廬文鈔(6卷)　集部　別集
　　類　1567
여연소수　"呂燕昭　修,姚내　纂"　新
　　修江寧府志　史部　地理類　695
여오찬　呂午　撰　竹坡類藁(5卷)附
　　錄(1卷)　集部　別集類　1320
여온(명)찬　黎溫(明)　撰　歷代道學
　　統宗淵源問對(12卷)　子部　儒家
　　類　936~37
여유결(명)찬　呂維祜(明)　撰　孝經
　　翼(1卷)　經部　孝經類　151
여유기집보　呂維祺　輯；曹溶增；
　　錢綎補　四譯館增定館則新增
　　館則　史部　職官類　749
여유기(명)찬　"呂維祺(明)　撰,呂維길
　　(明)　詮"　音韻日月燈(64卷)　經
　　部　小學類　252
　　"孝經大全(28卷),首(1卷),或問(3

卷)"　經部　孝經類　151
여유량찬　呂留良　撰　呂晚村先生
　　文集(8卷)續集(4卷)附錄(1卷)　集
　　部　別集類　1411
　　呂晚村詩(7卷)研銘(1卷)　集部　別
　　集類　1411
여유량(청)찬　呂留良(淸)　撰；車鼎
　　豊(淸)輯晚邨先生家訓眞蹟(5卷)
　　子部　儒家類　948
　　呂子評語正編(42卷)　子部　儒家
　　類　948
여유정찬　余有丁　撰　余文敏公文
　　集(12卷)　集部　別集類　1352
여자강찬　余自强　撰　治譜　史部
　　職官類　753
여전(청)집　厲荃(淸)　輯；關槐(淸)
　　增輯事物異名錄(18卷)　子部　類
　　書類　1252~53
여정찬찬　余廷燦　撰　存吾文稿(不
　　分卷)　集部　別集類　1456
여조겸(송)집　呂祖謙(宋)　輯　增注東
　　萊呂成公古文關鍵(20卷)　集部
　　總集類　1602
　　東萊先生分門詩律武庫(15卷)　；
　　後集(15卷)　子部　類書類　1216
　　古易音訓(2卷)　經部　易類　2
　　晦庵先生校正周易繫辭精義(2
　　卷)　經部　易類　2
여집찬　余集　撰　梁園歸櫂錄(1卷)
　　集部　別集類　1460
　　憶漫庵稿(1卷)　集部　別集類　1460
　　秋室學古錄(6卷)　集部　別集類
　　1460
여천성찬　呂天成　撰　曲品三卷附
　　(1卷)　集部　曲類　1758

여해환찬　呂海寶　撰　庚子海外紀
　　事　史部　雜史類　446
여회(청)찬　余懷(淸)　撰　板橋雜記
　　史部　地理類　733
　　板橋雜記(3卷)　子部　小說家類
　　1272
역본랑(청)찬　易本烺(淸)　撰　字辨證
　　篆(17卷)　經部　小學類　240
역순정찬　易順鼎　撰　盾墨拾餘(14
　　卷)　集部　別集類　1576
　　丁戊之閒行卷(10卷)　集部　別集
　　類　1576
역진길찬　易震吉　撰　秋佳軒詩餘
　　(12卷)　集部　詞類　1723
연갱요(청)집　年羹堯(淸)　輯　治平
勝算全書(28卷)　子部　兵家類　967
연귀거사(청)찬　蓮歸居士(淸)　撰　淨
　　土聖賢錄續編(4卷)　子部　宗敎類
　　1286
　　種蓮集(1卷)　子部　宗敎類　1286
관랑(후위)찬　″關朗(後魏)撰,趙为注
　　(唐)″關氏易傳(1卷)　經部　易類
　　1
연서도인(청)찬　燃犀道人(淸)　撰
　　毆藏燃犀錄(不分卷)　子部　醫家
　　類　1006
연풍등찬수　延豊　等纂修　欽定重修
　　兩浙鹽法志　史部　政書類　840
　　～41
연희요(청)찬　年希堯(淸)　撰　視學
　　(不分卷)　子部　藝術類　1067
염근조(청)찬　冉覲祖(淸)　撰　孝經詳
　　說(6卷)　經部　孝經類　152
염순새(청)찬　閻純璽(淸)　撰　胎產
　　心法(3卷)　子部　醫家類　1008

염우석(명)집　閻禹錫(明)　輯　司馬
　　法集解(3卷)　子部　兵家類　959
염이매찬　閻爾梅　撰　白坍山人詩
　　集(10卷)　白坍山人文集(2卷)　集
　　部　別集類　1394
염진형(청)찬　閻鎭珩(淸)　撰　六典通
　　考(一)～(四)　史部　政書類　758
　　～61
엽계(청)찬　葉桂(淸)　撰 ; 華岫雲撰
　　臨證指南醫案(10卷)　子部　醫家
　　類　1027
엽규수찬　葉圭綏　撰　續山東考古
　　錄　史部　地理類　733
엽당찬　葉堂　撰　納書楹曲譜正集
　　(4卷)續集(4卷)外集(2卷)補遺(4卷)
　　納書楹四夢全譜(8卷)　集部　曲類
　　1756～57
엽대장(청)찬　葉大莊(淸)　撰　喪服經
　　傳補疏(2卷)　經部　禮類　95
엽덕휘(청)찬　葉德輝(淸)　撰　天文本
　　單經論語校勘記(1卷)　經部　四
　　書類　157
엽량패(명)집　葉良佩(明)　輯　″周易
　　義叢(16卷),首(1卷)″　經部　易類　7
엽명례(청)찬　葉名澧(淸)　撰　敦夙
　　好齋詩全集初編(12卷)首(1卷)續
　　編(11卷)首(1卷)　集部　別集類
　　1536
　　橋西雜記(1卷)　子部　雜家類　1181
엽몽득찬　葉夢得　撰　石林奏議　史
　　部　詔令奏議類　474
엽몽주(청)집　葉夢珠(淸)　輯　續編綏
　　寇紀略　史部　紀事本末類　390
엽방애찬　葉方靄　撰　葉文敏公集
　　(13卷)　集部　別集類　1410

엽보찬　葉보　撰.　應試詩法淺說(6
　　卷)　集部　詩文評類　1718
엽봉모찬　葉鳳毛　撰　內閣小志內
　　閣故事　史部　職官類　751
엽분(송)집　葉賁(宋)　輯　聖宋名覽
　　四六叢珠　子部　類書類　1213
　　～15
엽선편　"葉先,曾王孫 編"　百名家詞
　　鈔(100卷)　集部　詞類　1721～22
엽섭찬　葉燮　撰　原詩(4卷)　集部
　　詩文評類　1698
엽성찬　葉盛　撰　涇東小藁(9卷)
　　集部　別集類　1329
　　葉文莊公奏議　史部　詔令奏議
　　類　475
엽소본찬　葉紹本　撰　白鶴山房詩
　　鈔(20卷)　白鶴山房詞鈔(2卷)　白
　　鶴山房外集(2卷)　集部　別集類
　　1483
엽승경(명)찬　葉承敬(明)　撰　聲表(30
　　卷)　經部　小學類　255
　　韻表(30卷)　經部　小學類　255
엽연란찬　葉衍蘭　撰.　秋夢盦詞鈔
　　(2卷)續1(卷再)續1(卷)　集部　詞類
　　1727
엽유찬　葉留　撰；陳相　注　爲政
　　善報事類　史部　職官類　753
엽정관(청)찬　葉廷琯(淸)　撰　楙花
　　盦詩(2卷)附錄1(卷)外集(1卷)　集
　　部　別集類　1519
　　甌波漁話(6卷)　子部　雜家類　1163
　　吹網錄(6卷)　子部　雜家類　1163
엽정수집평　葉廷秀　輯評　詩譚(10
　　卷)續錄(1卷)　集部　詩文評類
　　1696

엽창치찬　葉昌熾　撰　緣督廬日記
　　抄　史部　傳記類　576
　　邠州石室錄　史部　金石類　909
　　語石　史部　金石類　905
　　奇觚頃文集(3卷)外集(1卷)　集部
　　別集類　1575
　　奇觚頃詩集(3卷)前集(1卷)補遺(1
　　卷)　集部　別集類　1575
엽채(송)찬　葉采(宋)　撰　近思錄集
　　解(14卷)　子部　儒家類　934
엽천배(청)찬　葉天培(淸)　撰.　菊譜(2
　　卷)　子部　譜錄類　1116
엽패손(청)찬　葉佩蓀(淸)　撰　學易
　　愼餘錄(4卷)　經部　易類　24
　　易卦總論(1卷)　經部　易類　24
　　易守(32卷)　經部　易類　24
엽향고찬　葉向高　撰　綸扉奏草；
　　續綸扉奏草　史部　詔令奏議類
　　481～82
엽헌조찬　葉憲祖　撰　六十種曲(120
　　卷)：鸞記(2卷)　集部　戲劇類
　　1770
　　盛明雜劇二集:(卷14丹桂鈿合)
　　集部　戲劇類　1765
　　盛明雜劇初集:(卷16團花鳳)　集
　　部　戲劇類　1764
　　盛明雜劇初集:(卷17桃花人面)
　　集部　戲劇類　1764
　　盛明雜劇二集:(卷13碧蓮繡符)
　　集部　戲劇類　1765
　　盛明雜劇二集:(卷15素梅玉蟾)
　　集部　戲劇類　1765
　　盛明雜劇二集:(卷11易水寒)　集
　　部　戲劇類　1765
　　盛明雜劇二集:(卷12夭桃紈扇)

집部 戲劇類　1765

엽혁포찬　葉奕苞 撰　金石錄補　史部 金石類　901

엽혜심(청)찬　葉蕙心(淸) 撰　爾雅古注斠(3卷)　經部 小學類　188

영성찬　永成 撰　.詒晉齋集(8卷)後集(1卷)隨筆(1卷)　集部 別集類　1487

영악제(명)칙찬　永樂帝(明)勅 撰　永樂大典-小孫屠　集部 戲劇類　1768

　　　永樂大典戲文三種　集部 戲劇類　1768

　　　永樂大典-張協狀元　集部 戲劇類　1768

　　　永樂大典-宦門子弟錯立身　集部 戲劇類　1768

영화(청)등집　英和(淸) 等輯　欽定秘殿珠林三編 ； 欽定石渠寶笈三編　子部 藝術類　1075～81

　　　恩福堂筆記(2卷)　子部 雜家類　1178

예겸찬　倪謙 撰　朝鮮紀事　史部 地理類　744

예동찬　倪涷 撰　船政新書　史部 政書類　878

예문울(청)찬　倪文蔚(淸) 撰　禹貢說(1卷)　經部 書類　55

예부태상사찬수　禮部太常寺 纂修 ； 徐松輯中興禮書　史部 政書類　822～23

예사(송)찬　倪思(宋) 撰　經鉏堂雜誌(8卷)　子部 雜家類　1122

예사관(청)찬　倪思寬(淸) 撰　二初齋讀書記(10卷) ； 首(1卷)　子部 雜家類　1156

예사의(원)집석　倪士毅(元) 輯釋　四書輯釋(43卷)　經部 四書類　160

예주모(명)찬　倪朱謨(明) 撰　本草彙言(20卷)　子部 醫家類　992

예찬찬　倪燦 撰　宋史藝文志補 ； 補遼金元藝文志　史部 目錄類　916

예찬(원)찬　倪瓚(員) 撰　雲林堂飮食製度集(1卷)　子部 譜錄類　1115

오가기찬　吳嘉紀 撰　陋軒詩(8卷)　集部 別集類　1403

오가빈(청)찬　吳嘉賓(淸) 撰　喪服會通說(4卷)　經部 禮類　95

오간(청)찬　吳간(淸) 撰　"皇氏論語義疏參訂(10卷),附錄(1卷)"　經部 四書類153

오건(청)찬　吳騫(淸) 撰　拜經樓詩集(12卷)續編(4卷)再續編(1卷)　集部 別集類　1454

　　　愚谷文存(14卷)　集部 別集類　1454

　　　海寧經籍志備考　史部 目錄類　918

　　　拜經樓詩話(4卷)　集部 詩文評類　1704

　　　尖陽叢筆(10卷) ； 續筆(1卷)　子部 雜家類　1139

　　　陽羨名陶錄(2卷) ； 續錄(1卷)　子部 譜錄類　1111

　　　子夏易傳釋存(2卷)　經部 易類　24

　　　唐開成石經考(2卷)　經部 群經總義類　184

"詩譜補亡後訂(1卷),拾遺(1卷)"
經部 詩類 64

오견괴찬　吳趼人 撰　二十年目睹
之怪現狀一百八回　集部 小說
類　1798~99

오경(명)찬　吳敬(明) 撰　九章詳註比
類算法大全(10卷)　子部 天文算
法類　1043
乘除開方起例(1卷)　子部 天文
算法類　1043

오경재찬　吳敬梓 撰　文木山房集
(4卷)　集部 別集類　1428
儒林外史五十六回　集部 小說
類　1795

오경저(청)찬　吳慶坻(淸) 撰　蕉廊坐
錄(8卷)　子部 小說家類　1264

오계사(명)찬　吳繼仕(明) 撰　音聲
紀元.6卷　經部 小學類　254

오계삼(명)찬　吳桂森(明) 撰　息齋筆
記(2卷)　子部 雜家類　1132

오계안찬　吳繼安 撰　歷代帝王曆
祚考　史部 政書類　826

오고증집　吳高增 輯　蘭亭志　史
部 地理類　718

오곡(청)찬　吳鵠(淸) 撰　卜歲恒言(4
卷)　子部 農家類　976

오곤(명)주　吳崐(明) 注　黃帝內經
素問(24卷)　子部 醫家類　980

오곤(명)찬　吳崐(明) 撰　針方六集(6
卷)　子部 醫家類　996

오곤안(청)찬　吳坤安(淸) 撰　附察舌
辨症歌(1卷)　子部 醫家類　999

오관(명)찬　吳寬(明) 撰　皇明平吳
錄　史部 雜史類　432

오광요(청)찬　吳光耀(淸) 撰　"五代

史記纂誤補,續補"　史部 正史類
292

오광유찬　吳光酉 撰　陸稼書先生
年譜定本　史部 傳記類　554

오교찬　吳喬 撰　圍爐詩話(6卷)
集部 詩文評類　1697

오구서찬　吾丘瑞 撰　六十種曲(120
卷)：運甓記(2卷)　集部 戲劇類
1770

오국륜찬　吳國倫 撰　甔甀洞續稿
(27卷)　集部 別集類　1350~51
甔甀洞藁(54卷)　集部 別集類
1350

오국사(명)집　吳國仕(明) 輯　造命宗
鏡集　子部 術數類　1059~60

오금장(청)찬　吳錦章(淸) 撰　讀篆臆
存雜說(1卷)　經部 小學類　242
六書類撰(8卷)　經部 小學類　242
字學尋源(3卷)　經部 小學類　242

오기정(청)찬　吳其貞(淸) 撰　書畫
記(6卷)　子部 藝術類　1066

오기준(청)찬　吳其濬(淸) 撰；徐金
生繪滇南礦廠圖略　史部 政書
類　880
吳其濬(淸)撰植物名實圖考(38卷)
子部 譜錄類　1117~18

오난정찬　吳蘭庭 撰　胥石詩存(4
卷) 胥石文存(1卷)附錄(1卷)　集
部 別集類　1447

오녕찬　吳寧 撰　榕園詞韻(1卷)
集部 詞類　1737

오눌집　吳訥 輯　文章辨體(50卷)
文章辨體外集(5卷)總論(1卷)　集
部 總集類　1602

오당(청)찬　吳瑭(淸) 撰　問心堂溫

病條辨(6卷) ; 首(1卷)　子部　醫家類　1004

吳鞠通先生醫案(5卷)　子部　醫家類　1028

오대진(명)집　吳大震(明)　輯　廣艷異編(35卷)　子部　小說家類　1267

오대징(청)찬　吳大澄(淸)　撰　恪齋集古錄　史部　金石類　903

恪齋自省錄(不分卷)　子部　儒家類　953

古玉圖考(不分卷)　子部　譜錄類　1107

〃說文古籒補(14卷),補遺(1卷),附錄(1卷)〃　經部　小學類　243

오덕선찬　吳德旋　撰 ; 呂璜輯初月樓古文緒論(1卷)　集部　詩文評類　1714

오도원(청)집　吳道源(淸)　輯　痢證匯參(10卷)　子部　醫家類　1004

오란수(청)찬　吳蘭修(淸)　撰　南漢紀　史部　別史類　334

西夏書事　史部　別史類　334

오랑(청)찬　吳烺(淸)　撰. 〃五聲反切正均,(不分卷)〃　經部　小學類　258

오랑(청)등집　〃吳烺(淸),江昉等　輯〃　學宋齋詞韻(1卷)　集部　詞類　1737

오량(원)집　吳亮(元)　輯　萬曆疏抄　史部　詔令奏議類　468~69

忍經(1卷)　子部　雜家類　1188

오력(청)찬　吳歷(淸)　撰　墨井畫跋(1卷)　子部　藝術類　1066

오림(청)찬　吳林(淸)　撰　吳罩譜(1卷)　子部　譜錄類　1117

오문용찬　吳文鎔　撰　吳文節公遺集(80卷)　集部　別集類　1520

오문정찬　敖文禎　撰　薛荔山房藏稿(10卷)　集部　別集類　1359

오민수찬　吳敏樹　撰　㭟湖文集(12卷)　集部　別集類　1534

오사감찬　〃吳士鑑,劉承幹　撰〃　晉書斠注　史部　正史類　275~77

오사기(청)찬　吳師機(淸)　撰　理瀹駢文(1卷) ; 略言(1卷);續增略言(3卷) ; 附膏藥方(1卷) ; 治心病方(1卷)　子部　醫家類　997

오사도찬　吳師道　撰　吳禮部詩話(1卷)　集部　詩文評類　1694

오서등찬　吳瑞登　撰　兩朝憲章錄　史部　編年類　352

오석기(청)찬　吳錫麒(淸)　撰　有正味齋詞集(8卷)有正味齋詞續集(2卷)有正味齋外集(2卷)　集部　詞類　1725

有正味齋駢體文(24卷)續集(8卷)　集部　別集類　1468~69

有正味齋詩集(16卷)續集(8卷)　集部　別集類　1468~69

오성흠찬　吳省欽　撰　白華詩鈔(13卷)　集部　別集類　1448

白華前稿(60卷)　集部　別集類　1447~8

白華後稿(40卷)　集部　別集類　1448

오수보　吳修　補　續疑年錄　史部　傳記類　517

오수양(청)찬　吳壽暘(淸)　撰　拜經樓藏書題跋記　史部　目錄類　930

公羊經傳異文集解(2卷)(存卷上)　經部　春秋類　129

오수일(청)찬　吳守一(淸)撰春秋日食

質疑(1卷)　經部　春秋類　144
오수충찬　吳守忠　撰　三峽通志　史
　　部　政書類　848
오숙공(청)찬　吳肅公(淸)　撰　明語林
　　(14卷)；補遺(1卷)　子部　雜家類
　　1175
　　天官考異(1卷)　子部　天文算法
　　類　1032
오숭량찬　吳嵩梁　撰　香蘇山館詩集
　　(36卷)　集部　別集類　1489～90
오승(청)찬　吳升(淸)　撰　大觀錄(20
　　卷)　子部　藝術類　1066
오승년(청)찬　吳繩年(淸)　撰　端溪硏
　　志(3卷)；首(1卷)　子部　譜錄類
　　1113
오승은찬　吳承恩　撰；李贄評李卓
　　吾先生批評西遊記一百回（第一
　　回至第二十七回）　集部　小說類
　　1792
　　李卓吾先生批評西遊記一百回
　　（第二十八回至第一百回）　集部
　　小說類　1793
오식분찬　吳式芬　撰　攈古錄　史
　　部　金石類　895
　　攈古錄金文　史部　金石類　902
　　"吳式芬(淸),陳介祺　撰　"封泥考
　　略(10卷)　子部　譜錄類　1109～10
오씨(청)집　吳氏(淸)　輯　喉科指掌(6
　　卷)　子部　醫家類　1018
오앙현찬　吳仰賢　撰　小匏庵詩存
　　(6卷)卷末附(1卷)　集部　別集類
　　1548
　　小匏庵詩話(10卷)　集部　詩文評
　　類　1707
오여륜(청)찬　吳汝綸(淸)　撰　桐城吳

先生文集(4卷)桐城吳先生詩集
　　(1卷)　集部　別集類　1563
　　尙書故(3卷)　經部　書類　50
　　易說(2卷)　經部　易類　38
오역(명)찬　吳易(明)　撰　客問篇(1卷)
　　子部　雜家類　1133
오역정(청)찬吳亦鼎(淸)撰神灸經綸(4
卷)子部醫家類997
오연(원)찬　吾衍(元)　撰　續古篆韻(6
　　卷)　經部　小學類　237
"오영,장엄찬"　"午榮,章嚴　撰"　新鐫
　　工師雕斲正式魯班木經匠家鏡
　　史部　政書類　879
오영광(청)찬　吳榮光(淸)　撰　石雲山
　　人詩集(23卷)　石雲山人文集(5卷)
　　集部　別集類　1497～98
　　吾學錄初編　史部　政書類　815
　　筠淸館金石文字　史部　金石類
　　902
　　辛丑鎖夏記(5卷)　子部　藝術類
　　1082
오영방(청)찬　吳穎芳(淸)　撰　說文理
　　董後篇　經部　小學類　204
　　說文解字理董　經部　小學類
　　204
오옥륜찬　吳玉綸　撰　香亭文稿(12
　　卷)　集部　別集類　1451
오옥진(청)찬　吳玉搢(淸)　撰　"說文
　　引經考(2卷),補遺(1卷)"　經部　小
　　學類　203
오운증(청)찬　吳雲蒸(淸)　撰　說文引
　　經異字(3卷)　經部　小學類　220
오웅광(청)찬　吳熊光(淸)　撰　伊江筆
　　錄(2卷)　子部　雜家類　1177
오원만(명)찬　吳元滿(明)　撰　六書正

義(12卷) 經部 小學類 203

隸書正譌(2卷) 經部 小學類 238

오원음(청)찬 吳元音(淸) 撰 葬經箋註(1卷)；圖說(1卷) 子部 術數類 1054

오원췌(명)찬 伍袁萃(明) 撰 林居漫錄前集(6卷)；別集(9卷)；畸集(5卷)；多集(6卷) 子部 雜家類 1172

오위업찬 吳偉業 撰；靳榮藩注吳詩集覽(20卷) 集部 別集類 1396～97

오위업(청)찬 吳偉業(淸) 撰 梅村家藏藁(58卷)補遺(1卷)世系(1卷)年譜(4卷) 集部 別集類 1396

秣陵春傳奇(2卷) 集部 戲劇類 1775

梅村詩話(1卷) 集部 詩文評類 1697

盛明雜劇三集:卷二臨春閣 集部 戲劇類 1765

虞淵沈 史部 紀事本末類 390

오유순(명)편찬 "吳惟順(明),吳鳴球編撰" 綱目(1卷) 子部 兵家類 966

兵鏡(20卷) 子部 兵家類 966

吳子十三篇 子部 兵家類 966

오윤가(청)찬 吳允嘉(淸) 撰 浮梁陶政志(1卷)；附景鎭舊事(1卷) 子部 譜錄類 1115

오응규(청)찬 吳應逵(淸) 撰 嶺南荔支譜(6卷) 子部 譜錄類 1116

오응기찬 吳應箕 撰 啓禎兩朝剝復錄 史部 雜史類 438

東林事略 史部 雜史類 438

樓山堂集(27卷)遺文六卷遺詩(1卷) 集部 別集類 1388～89

오의락(청)찬 吳儀洛(淸) 撰 本草從新(18卷) 子部 醫家類 994

成方切用(12卷)；首(1卷)；末(1卷) 子部 醫家類 1002～03

오익봉(청)찬 吳翌鳳(淸) 撰 與稽齋叢稿(18卷) 集部 別集類 1463

鐙窗叢錄(5卷)；補遺(1卷) 子部 雜家類 1139

오익인(청)찬 吳翊寅(淸) 撰 易漢學考(2卷) 經部 易類 39

易漢學師承表(1卷) 經部 易類 39

周易消息升降爻例(1卷) 經部 易類 39

오일신(청)찬 吳日愼(淸) 撰 周易本義爻徵(2卷) 經部 易類 17

오임신(청)찬 吳任臣(淸) 撰 字彙補(2卷) 經部 小學類 233

오자찬 吳鼎 撰 吳學士詩集(5卷)吳學士文集(4卷) 集部 別集類 1487

오잠찬 吳潛 撰 宋特進左丞相許國公奏議 史部 詔令奏議類 475

오장원찬 吳長元 撰 宸垣識略 史部 地理類 730

오정길(청)집 吳貞吉(淸) 輯 不古編(不分卷) 子部 藝術類 1100

오정화(청)찬 吳廷華(淸) 撰 禮記疑義(72卷) 經部 禮類 99～100

오조찬 吳藻 撰 喬影(1卷) 集部 戲劇類 1768

오조건찬 吳兆騫 撰 秋笳集(8卷)補遺(1卷) 集部 別集類 1412

오준찬　吳俊　撰　榮性堂集(16卷)
集部　別集類　1464
오준(청)찬　吳峻(淸)　撰　奕妙(1卷) ;
奕妙二編(1卷)　子部　藝術類　1101
오중찬　吳仲　撰　通惠河志　史部
政書類　850
오중정노찬　吳中情奴　撰　盛明雜
劇二集:卷三十相思譜　集部　戲
劇類　1765
오중희찬　吳重憙　撰　石蓮闇詩(6卷)
石蓮闇詞(1卷)石蓮菴樂府(1卷)
集部　別集類　1570
오지수　吳篪修 ; 李兆洛　等纂　東
流縣志　史部　地理類　712
오지영찬　吳之英　撰　″壽櫟廬儀禮
奭固禮器圖(17卷),首(1卷),末(1卷)″
經部　禮類　93
壽櫟廬儀禮奭固(17卷)　經部　禮
類　93
壽櫟廬儀禮奭固禮事圖(17卷)
經部　禮類　94
오진신찬　吳振臣　撰　寧古搭紀略
史部　地理類　731
오진역(청)찬　吳振역(淸)　撰　無腔
村笛(2卷)　集部　別集類　1521
花宣館詩鈔(16卷)續存(1卷)　集部
別集類　1521
養吉齋餘錄(10卷)　子部　雜家類
1158
오진염(청)찬　吳陳琰(淸)　撰　春秋
三傳異同考(1卷)　經部　春秋類
139
오징찬　吳澄　撰　月令纂言　史部
時令類　885
오창령찬　吳昌齡　撰　二郎收猪八

戒　集部　戲劇類　1763
張天師斷風花雪月雜劇　集部
戲劇類　1760
花閒四友東城夢雜劇　集部　戲
劇類　1762
오창석찬　吳昌碩　撰　缶廬詩(4卷)
別存(3卷)　集部　別集類　1570
오창수찬　吳昌綬　撰　定盦先生年
譜　史部　傳記類　557
오창종(청)찬　吳昌宗(淸)　撰　四書經
注集證(19卷)　經部　四書類　168
오청붕찬　吳淸鵬　撰　笏菴詩(20卷)
集部　別集類　1514
오초재(명)집　吳楚材(明)　輯　彊識
略(40卷)　子部　類書類　1232
오형조찬　吳衡照　撰　蓮子居詞話
(4卷)　集部　詞類　1734
오회찬　吳會　撰　吳書山先生遺集
(20卷)首(1卷)末(1卷)　集部　別集
類　1325
오효명집　吳孝銘　輯　樞垣題名
史部　職官類　751
오훤(청)찬　吳烜(淸)　撰　養蠶說(1
卷)　子部　農家類　978
種桑說(1卷)　子部　農家類　978
오희재(청)찬　吳熙載(淸)　撰　資治通
鑑地理今釋　史部　編年類　342
온예림(청)찬　溫睿臨(淸)　撰　南疆
逸史　史部　別史類　332
온정균찬　溫庭筠　撰　金奩集(1卷)
集部　詞類　1728
온혁(송)찬　溫革(宋)　撰　分門瑣碎
錄　子部　農家類　975
옹동작찬　翁同爵　撰　皇朝兵制考
略　史部　政書類　858

옹동화(청)찬　翁同和(淸)　撰　甁廬
詩稿(8卷)　集部　別集類　1559
翁文恭公日記(1)～(11)　史部　傳
記類　565～75
옹방강찬　翁方綱　撰　兩漢金石記
史部　金石類　892
粵東金石略　史部　金石類　913
石洲詩話(8卷)　集部　詩文評類
1704
杜詩附記(20卷)　集部　詩文評類
1704
蘇齋題跋(不分卷)；附鐵函齋書
跋補(1卷)　子部　藝術類　1068
石經殘字考(1卷)　經部　群經總
義類　184
禮記附記(10卷)　經部　禮類　103
復初齋文集(35卷)　集部　別集類
1455
復初齋詩集(70卷)　集部　別集類
1454～55
옹심존찬　翁心存　撰　知止齋詩集
(16卷)　集部　別集類　1519
옹원기(청)찬　翁元圻(淸)　撰　困學
紀聞注(20卷)　子部　雜家類　1142
～43
완민석찬　阮旻錫　撰　海上見聞錄
定本　史部　雜史類　445
완복(청)찬　阮福(淸)　撰　"孝經義疏
補.(9卷),首(1卷)"　經部　孝經類
152
완원(청)찬　阮元(淸)　撰；羅士琳　續
補　疇人傳　史部　傳記類　516
阮元(淸)　撰；阮福　編　四庫未
收書提要　史部　目錄類　921
兩浙金石志　史部　金石類　910

～11
阮元(淸)　撰　石渠隨筆(8卷)　子
部　藝術類　1081
曾子注釋(4卷)；敍錄(1卷)　子部
儒家類　932
儒林傳稿　史部　傳記類　537
揅經室集(57卷)　集部　別集類
1478～79
완화일사(청)찬　浣花逸士(淸)　撰　鵪
鶉譜全集(4卷)　子部　譜錄類　1119
완효서찬　阮孝緒　撰；藏庸　輯考
阮氏七錄　史部　目錄類　919
왕백(송)찬　王柏(宋)　撰　書疑(9卷)
經部　書類　42
왕언(청)찬　王瓛(淸)　撰　學易五種(1
4卷)　經部　易類　28
왕가상(청)등찬　王家相(淸)；魏茂林
等撰　淸秘述聞續(16卷)　子部
雜家類　1178
왕가증찬　王嘉曾　撰　聞音室詩集
(4卷)遺文附刻(1卷)　集部　別集
類　1447
왕가필(청)찬　王家弼(淸)　撰　天學
闡微(10卷)　子部　天文算法類
1035
왕간(명)찬　王艮(明)　撰　重刻心齋
王先生語錄(2卷)　子部　儒家類
938
왕감(청)찬　王槭(淸)　撰　秋燈叢話(1
8卷)　子部　小說家類　1269
왕개(명)찬　王概(明)　撰；高銓(明)
編　王恭毅公駁稿(2卷)　子部
法家類　974
왕개(송)찬　王介(宋)　撰　履巉巖本
草(3卷)　子部　醫家類　990

왕개운(청)찬　王開運(淸)　撰　湘軍
志　史部　紀事本末類　413
湘綺樓全集(30卷)　(文集8卷詩集
14卷箋啓8卷)　集部　別集類　1568
～69
八代詩選(20卷)　集部　總集類
1593
尙書箋(30卷)　經部　書類　51
周易說(11卷)　經部　易類　40
楚辭釋(11卷)　集部　楚辭類　1302
왕개운찬　王開運　撰　穀梁申義(1
卷)　經部　春秋類　133
尙書大傳補注(7卷)　經部　書類
55
春秋公羊傳箋(11卷)　經部　春秋
類　131
왕건상(청)찬　王建常(淸)　撰　書經
要義(6卷)　經部　書類43
왕걸(청)등집　王杰(淸)　等輯　欽定
秘殿珠林續編　;　欽定石渠寶笈
續編子部　藝術類　1069～74
西淸續鑑甲編(20卷)　;　附錄(1卷)
;　西淸續鑑甲編(12卷)　子部　譜
錄類　1107～08
西淸續鑑乙編(20卷)　子部　譜錄
類　1109
왕경찬　王瓊　撰　晉溪本兵敷奏
史部　詔令奏議類　475～76
漕河圖志　史部　政書類　835
왕경찬　王涇　撰　大唐郊祀錄　史
部　政書類　821
왕경(명)찬　汪敬(明)　撰　易學象數擧
隅(2卷)　經部　易類　5
왕경기(청)찬　汪景祺(淸)　撰　讀書
堂西征隨筆(1卷)　子部　雜家類

1177
왕경방(명)찬　王景昉(明)　撰　國史
唯疑　史部　雜史類　432
왕경심(청)찬　王耕心(淸)　撰　賈子
次詁(16卷)　;　敍錄(1卷)　子部
儒家類　933
왕경운찬　王慶雲　撰　石渠餘紀
史部　政書類　815
왕경지집　王경之　輯　續友聲集(10
卷)　集部　總集類　1627
왕경훈찬　王慶勳　撰　詒安堂詩初
稿(8卷)　詒安堂二集(8卷)　詒安堂
詩餘(3卷)　詒安堂試帖詩초(1卷)
集部　別集類　1544
왕계배(청)집교　汪繼培(淸)　輯校
尸子(2卷)　;　存疑(1卷)　子部　雜
家類　1121
왕계배(청)찬　汪繼培(淸)　撰　潛夫
論箋(10卷)　子部　儒家類　933
왕계숙(청)찬　汪啓淑(淸)　撰　訒菴
詩存(6卷)　集部　別集類　1446
飛鴻堂硯譜(3卷)　;　飛鴻堂墨譜(1
卷)　;　飛鴻堂瓶譜(1卷)　;　飛鴻堂
鼎로譜(1卷)　子部　譜錄類　1113
水曹淸暇錄(16卷)　子部　雜家類
1138
炸掌錄(2卷)　子部　雜家類　1152
왕광노찬　王光魯　撰　古今官制沿
革圖　史部　職官類　746
왕굉(청)찬　汪宏(淸)　撰　望診遵經(2
卷)　子部　醫家類　999
왕굉한(청)찬　王宏翰(淸)　撰　古今
醫史(7卷)　;　續增(2卷)　;　附錄(1
卷)　子部　醫家類　1030
四診脈鑑大全(9卷)　子部　醫家

類　999

왕구사(명)찬　王九思(明)　撰　渼陂
集(16卷)　渼陂續集(3卷)　集部
別集類　1334
　　沽酒遊春　集部　戲劇類　1764
　　碧山詩餘(1卷)　集部　詞類　1723
　　盛明雜劇二集:卷18曲江春　集部
戲劇類　1765
　　碧山樂府(4卷)　集部　曲類　1738
　　王翰林集注黃帝八十一難經(5
卷)　子部　醫家類　983
왕국유찬　王國維　撰　靜庵文集(1卷)
詩稿(1卷)　集部　別集類　1577
　　人間詞話(2卷)　集部　詞類　1735
왕규(원)찬　王珪(元)　撰.　泰定養生
主論(16卷)　子部　醫家類　1029
왕균(청)찬　王筠(清)　撰　文字夢求(4
卷)　經部　小學類　220
　　說文繫傳校錄(30卷)　經部　小學
類　215
　　說文釋例(20卷)　　經部　小學類
215～16
　　"說文解字句讀(30卷),句讀補正(30
卷)"　經部　小學類　216～19
　　菉友蛾術編(2卷)　　子部　雜家類
1159
　　毛詩雙聲疊韻說(1卷)　　經部　詩
類　69
　　毛詩重言(3卷)　經部　詩類　69
　　正字略定本(1卷)　　經部　小學類
240
왕근성(청)찬　汪近聖(清)　撰　汪氏
鑑古齋墨藪(不分卷)　　子部　譜
錄類　1114
왕긍당(명)찬　王肯堂(明)　撰　鬱岡齋

筆주(4卷)　子部　雜家類　1130
　　胤產全書(4卷)　子部　醫家類　1007
왕기(명)찬　汪機(明)　撰　運氣易覽(3
卷)　子部　醫家類　983
왕기(명)찬　王錡(明)　撰　寓圃雜記(1
卷)　子部　雜家類　1170
왕기(명)찬　王畿(明)　撰 ; 李贄(明)
評　卓吾先生批評龍谿王先生
語錄鈔(8卷)　子部　儒家類　943
왕기(명)집　"王圻(明),王思義　輯"
三才圖會(天文1-4卷)　　子部　類
書類　1232
왕기(명)찬　王圻(明)撰諡法通考　史
部　政書類　826～7
　　續文獻通考(一)～(七)　史部　政
書類　761～67
왕기(명)집　"王圻,　王思義(明)輯"
三才圖會(106卷)　　子部　類書類
1233～36
왕기덕찬　王驥德　撰　　曲律(4卷)
集部　曲類　1758
　　新校注古本西廂記(5卷)彙考(1卷)
集部　戲劇類　1766
　　古雜劇(20卷)　集部　戲劇類　1763
왕기석(명)찬　汪綺石(明)　撰　理虛
元鑑(2卷)　子部　醫家類　1006
왕기손찬　王沂孫　撰.　花外集(1卷)
集部　詞類　1723
왕념손(청)찬　王念孫(清)　撰　　說文
解字校勘記(1卷)　　經部　小學類
212
　　古韻譜(2卷)經部小學類245
　　爾雅郝注刊誤(1卷)　　經部　小學
類　188
왕단리(청)찬　王端履(清)　撰　　重論

文齋筆錄(12卷)　子部　小說家類　1262

왕담찬　王曇　撰　煙霞萬古樓詩殘藁(1卷)　集部　別集類　1483

仲瞿詩錄(1卷)　集部　別集類　1483

煙霞萬古樓文集(6卷)　集部　別集類　1483

煙霞萬古樓詩選(2卷)　集部　別集類　1483

왕담옹찬　王澹翁　撰　盛明雜劇二集:卷28櫻桃園　集部　戲劇類　1765

왕당(청)찬　王棠(淸)　撰　燕在閣知新錄(32卷)　子部　雜家類　1146～47

왕덕휘찬　"王德暉,徐沅澂　撰"　顧誤錄(1卷)　集部　曲類　1759

왕도(청)찬王　韜(淸)　撰　衡華館日記　史部　傳記類　576

弢園文錄外編(12卷)　集部　別集類　1558

蘅華館詩錄(5卷)附存(1卷)　集部　別集類　1558

西學圖說(1卷)　子部　天文算法類　1036

春秋朔閏至日考(3卷)　經部　春秋類　148

春秋朔至表(1卷)　經部　春秋類　148

春秋日食辨正(1卷)　經部　春秋類　148

왕도곤찬　汪道昆　撰　太函集(120卷)　集部　別集類　1346～48

盛明雜劇初集:卷4洛水悲　集部　戲劇類　1764

盛明雜劇初集:卷5漁陽三弄　集部　戲劇類　1764

盛明雜劇初集:卷25湖遊　集部　戲劇類　1764

盛明雜劇初集:卷3遠山戲　集部　戲劇類　1764

왕도순(청)등집　王道純(淸)　等輯"劉文泰(明)　等撰,續集(10卷),脈訣(下卷)"　子部　醫家類　991

왕동궤(명)찬　王同軌(明)　撰　耳談類增(54卷)　子部　小說家類　1268

왕라옥찬　汪砢玉　撰　古今鹺略;古今鹺略補　史部　政書類　839

왕래(청)찬　汪萊(淸)　撰　衡齋算學(7卷)　子部　天文算法類　1045

왕로(명)찬　王路(明)　撰　花史左編(27卷)　子部　譜錄類　1117

왕류(청)찬　王瑬(淸)　撰　錢幣芻言　錢幣芻言續刻　錢幣芻言再續　史部　政書類838

四書地理考(15卷)　經部　四書類　170

왕륜(명)집　王綸(明)　輯　本草集要(8卷)　子部　醫家類　990

왕릉찬　汪錂　撰　六十種曲(120卷):春蕪記(2卷)　集部　戲劇類　1770

왕명성(청)찬　王鳴盛(淸)　撰　畿輔安瀾志　史部　政書類　848～49

西莊始存稿(39卷)　集部　別集類　1434

十七史商榷　史部　史評類　452～53

尙書後案　經部　書類　45

蛾術編(82卷)　子部　雜家類　1150～51

周禮軍賦說(4卷)　經部　禮類　80

왕명학(명)찬　王鳴鶴(明)　撰　登壇
必究　子部　兵家類　960～61

왕모(청)집　王謨(淸)　輯　漢魏遺書
鈔(114卷)　子部　雜家類　1199
～200

왕무린찬　汪懋麟　撰　錦瑟詞(3卷)
集部　詞類　1725

왕무음찬　王茂蔭　撰　王侍郎奏議
史部　詔令奏議類　500

왕무횡(청)찬　王懋竑(淸)　撰　讀書
記疑(16卷)　子部　雜家類　1146

왕문고집주　王文誥　輯注　蘇文忠
公詩編註集成(46卷)總案(45卷)諸
家雜綴酌存(1卷)蘇海識餘(4卷)箋
詩圖(1卷)　集部　別集類　131
5～16

왕문대(청)찬　汪文臺(淸)　撰　十三
經注疏校勘記識語(4卷)　　經部
群經總義類　183

왕문록(명)찬　王文祿(明)　撰　海沂
子(5卷)　子部　雜家類　1125

왕문울(금)찬　王文鬱(金)　撰　新刊
韻略(5卷)　經部　小學類　250

왕문원(청)찬　王聞遠(淸)　撰　附西
蜀唐圃亭先生行略(1卷)　　子部
儒家類　945

왕문원(청)찬　王文源(淸)　撰　″春秋
世族輯略(2卷),春秋列國輯略(1
卷)″　經部　春秋類　124

왕문치찬　王文治　撰　夢樓詩集(24
卷)　集部　別集類　1450

왕반찬　王磐　撰　王西樓先生樂府
(1卷)　集部　曲類　1738

왕발찬　王勃　撰；蔣淸翊　注　王

子安集註(20卷)首(1卷)末(1卷)
集部　別集類　1305

왕배순(청)찬　王培荀(淸)　撰　寓蜀
草(4卷)　集部　別集類　1526

聽雨樓隨筆(8卷)　子部　雜家類
1180

鄉園憶舊錄(6卷)　子部　雜家類
1180

管見擧隅(1卷)　　子部　雜家類
1159

왕백(송)찬　王栢(宋)　撰　詩疑(2卷)
經部　詩類　57

왕백성찬　王伯成　撰　古今雜劇三
十鍾　集部　戲劇類　1760

古杭新刊關目的本李太白貶夜
郎　集部　戲劇類　1760

왕백심찬　王柏心　撰　″百柱堂全集
(51卷)首(1卷),附錄(1卷)″　集部
別集類　1527～28

왕보찬　王褓　撰　三山王養靜先生
集(10卷)　集部　別集類　1326

왕부지(청)찬　王夫之(淸)　撰　讀通
鑑論；宋論　史部　史評類　449～50

永曆實錄　史部　雜史類　444

薑齋文集(10卷)補遺(2卷)　　集部
別集類　1403

薑齋詩話(2卷)　集部　詩文評類
1698

鼓棹初集(1卷)鼓棹2集(1卷)　　集
部　詞類　1724

船山先生詩稿(2卷)　集部　別集
類　1403

瀟湘怨詞(1卷)　集部　詞類　1724

思問錄內篇(1卷)　子部　儒家類
945

噩夢(1卷)　子部　儒家類　945

外編(1卷)　子部　儒家類　945

張子正蒙注(9卷)　子部　儒家類　945

黃書(1卷)　子部　儒家類　945

周易內傳(6卷)　經部　易類　18

周易大象解(1卷)　經部　易類　18

春秋家說(3卷)　經部　春秋類　139

內傳發例(1卷)　經部　易類　18

周易外傳(7卷)　經部　易類　18

讀四書大全說(10卷)　經部　四書類　164

四書箋解(11卷)　經部　四書類　164

″四書稗疏(2卷),考異(1卷)″　經部　四書類　164

尙書引疑(6卷)　經部　書類　43

″詩廣傳(5卷),詩譯(1卷)″　經部　詩類　61

禮記章句(49卷)　經部　禮類　98

楚辭通釋(14卷)末(1卷)　集部　楚辭類　1302

왕분찬　王棻　撰　臺學統　史部　傳記類　545～46

왕불찬　汪紱　撰　雙池文集(10卷)　集部　別集類　1425

왕불(청)찬　汪紱(淸)　撰　理學逢源(12卷)　子部　儒家類　947

樂經律呂通解(5卷)　經部　樂類　115

樂經或問(3卷)　經部　樂類　114

″易經如話(12卷),首(1卷)″　經部　易類　21

禮記章句(10卷)　經部　禮類　100

″春秋集傳(16卷),首(1卷),末(1卷)″　經部　春秋類　140

왕붕수(금)찬　王朋壽(金)　撰　重刊增廣分門類林雜說(15卷)　子部　類書類　1219

왕붕운찬　王鵬運　撰　半塘定稿(2卷)半塘賸稿(1卷)　集部　詞類　1727

왕빙(당)찬　王氷(唐)　撰　素問六氣玄珠密語　子部　術數類　1049

왕빙진(청)찬　王聘珍(淸)　撰　大戴禮記解詁(30卷)　經部　禮類　107

儀禮學(1卷)　經部　禮類　89

周禮學(2卷)　經部　禮類　81

왕사괴(청)찬　王嗣槐(淸)　撰　太極圖說論(14卷)　子部　儒家類　93 3～34

왕사기찬　王士琦　撰　三雲籌俎考　史部　地理類　739

왕사기찬　王士騏　撰　皇明馭倭錄　史部　雜史類　428

왕사석찬　王嗣奭　撰　杜臆十卷附管天筆記外編(1卷)　集部　別集類　1307

왕사성찬　王士性　撰　王太初先生五岳遊草　史部　地理類　737

왕사손찬　王芑孫　撰　″淵雅堂全集(56卷)(編年詩藁20卷,惕甫未定藁26卷,外集8卷,編年詩續藁1卷,文續藁1卷)(惕甫未定藁卷4至文續藁)″　集部　別集類　1481

왕사양(청)찬　王士讓(淸)　撰　儀禮紃解(17卷)　經部　禮類　88

왕사웅(청)찬　王士雄(淸)　撰　隨息居重訂霍亂論(4卷)　子部　醫家類　1005

溫熱經緯(5卷)　子部　醫家類　1005

潛齋簡效方(不分卷)　子部　醫家類　1003

霍亂論(2卷)　子部　醫家類　1027

王氏醫案(2卷) ; 續編(8卷)　子部　醫家類　1027

왕사임찬　王思任　撰　謔菴文飯小品(5卷)　集部　別集類　1368

왕사진찬　王士禎　撰　帶經堂集(92卷)　集部　別集類　1414~15

帶經堂詩話(30卷)首(1卷)　集部　詩文評類　1698~99

花草蒙拾(1卷)　集部　詞類　1733

왕사탁(청)찬　汪士鐸(淸)　撰　汪梅村先生集(12卷)外集(1卷)　集部　別集類　1531

悔翁詩鈔(15卷)補遺(1卷)　集部　別集類　1532

悔翁筆記(6卷)　子部　雜家類　1162

왕사한(청)찬　汪師韓(淸)　撰　上湖紀歲詩編(4卷)　集部　別集類　1430

上湖文編補鈔(2卷)　集部　別集類　1430

上湖分類文編(10卷)　集部　別集類　1430

上湖詩紀續編(1卷)　集部　別集類　1430

"文選理學權輿(8卷),補(1卷)"　集部　總集類　1581

談書錄(1卷)　子部　雜家類　1147

韓門綴學(5卷) ; 續編(1卷)　子部　雜家類　1147

弈戱原起(1卷)　子部　藝術類　1106

觀象居易(傳箋2卷)　經部　易類　22

왕삼빙(명)집　王三聘(明)　輯　事物考(8卷)　子部　類書類　1232

왕삼익(명)집주　汪三益(明)　輯　注　參籌秘書(10卷)　子部　術數類　1051~52

왕상집　王相　輯　友聲集(40卷)附錄(9卷)　集部　總集類　1627

왕상지찬　王象之　撰　輿地紀勝　史部　地理類　584~85

왕상진(명)찬　王象晉(明)　撰　剪桐載筆(1卷)　子部　小說家類　1260

왕서(명)찬　王恕(明)　撰　玩易意見(2卷)　經部　易類　5

"石渠意見(4卷),補缺(1卷)"　經部　群經總義類　171

왕석순집　王錫純　輯 ; 李秀雲　拍正　遏雲閣曲譜(不分卷)　集部　曲類　1757~58

왕석작집　王錫爵　輯　歷代名臣奏疏　史部　詔令奏議類　461

왕선(청)찬　王善(淸)　撰　治心齋琴學練要(5卷)　子部　藝術類　1095

왕선겸(청)찬　王先謙(淸)　撰　續古文辭類纂(34卷)　集部　總集類　1610

東華錄東華續錄(天命一至道光60)　史部　編年類　369~75

東華續錄(咸豊1至100)　史部　編年類　376~77

東華續錄(同治1至100)　史部　編年類　379~82

蒙古通鑑長編　史部　編年類　350

漢書補注(3)　史部　正史類　270

荀子集解(20卷) ; 考證(1卷)　子

部　儒家類　932

莊子集解(8卷)　子部　儒家類　958

尙書孔傳參正(36卷)　經部　書類
51

後漢書集解 ; 續漢志集解　史
部　正史類　272～73

漢書補注　史部　正史類　268～69

虛受堂詩存(16卷)　集部　別集類
1570

虛受堂文集(16卷)　集部　別集類
1570

"釋名疏證補(8卷),續釋名釋名補
遺共(1卷),疏證補附(1卷)"　經部
小學類　190

"詩三家義集疏(28卷),首(1卷)"
經部　詩類　77

왕선신찬　王先愼　撰　韓非子集解
(20卷)　子部　法家類　972

왕세무찬　王世懋　撰　名山游記
史部　地理類　737

閩部疏　史部　地理類　734

왕세예찬　王世睿　撰　進藏紀程
史部　地理類　737

왕세정(명)찬　王世貞(明)　撰　錦衣
志　史部　職官類　749

鳴鳳記(2卷)　集部　戲劇類　1774

新刻增補藝苑치言(16卷)　集部
詩文評類　1695

新刊鳳洲先生簽題性理精纂約
義(8卷)　子部　儒家類　940

王世貞(明)　撰 ; 湯顯祖(明)　評
玉茗堂摘評王弇州先生艶異編(1
2卷)　子部　小說家類　1267

왕소찬　王素　撰　文正王公遺事
史部　傳記類　550

왕소란(청)찬　王紹蘭(淸)　撰　說文
段注訂補(14卷)　經部　小學類
213

管子地員篇注(4卷)　子部　法家
類　970

王氏經說(6卷)　經部　群經總義
類　173

周人經說(4卷)　經部　群經總義
類　173

왕송년(당)찬　王松年(唐)　撰　仙苑
編珠(3卷)　子部　宗敎類　1293

왕송울찬　王頌蔚　撰 ; 王季烈　補
遺　明史攷證攟逸　史部　正史
類　294

왕수남(청)찬　王樹枏(淸)　撰　尙書
商誼(3卷)　經部　書類　53

費氏古易訂文(12卷)　經部　易類
40

爾雅郭注佚存補訂(20卷)　經部
小學類　189

周易釋貞(2卷)　經部　易類　40

學記箋證(4卷)　經部　禮類　107

校正孔氏大戴禮記補注(13卷)
經部　禮類　108

왕수인(명)찬　王守仁(明)　撰　陽明
先生道學鈔(8卷)　子部　儒家類
937

陽明先生則言(2卷)　子部　儒家
類　937

왕수인(청)찬　王守仁(淸)　撰　"大學
古本傍釋(1卷),大學古本問(1卷)"
經部　四書類　159

왕숙화(진)찬　王叔和(晉)　撰　新刊
王氏脈經(10卷)　子部　醫家類
997

왕순(명)찬　汪循(明)　撰　帝祖萬年
金鑑錄(3卷)　子部　儒家類　937

왕순민찬　汪舜民　撰　静軒先生文
集(15卷)附錄(1卷)　集部　別集類
1331

왕숭경(명)찬　王崇慶(明)　撰　周易
議卦(2卷)　經部　易類　6

왕숭병찬　王崇炳　撰　金華徵獻略
史部　傳記類　547

왕시민(청)찬　王時敏(清)　撰　王奉
常書畫題跋(2卷)　子部　藝術類
1065

왕시상찬　王時翔　撰　小山詩餘(4
卷)　集部　詞類　1725

왕실보찬　王實甫　撰　高宴麗春堂
集部　戲劇類　1764
六十種曲(120卷):西廂記(北)(2卷)
集部　戲劇類　1770
四丞相高會麗春堂雜劇　　集部
戲劇類　1761

왕실보찬　〃王實甫, 關漢卿　撰〃　奇
妙全相註釋西廂記五卷卷首題
詠(1卷)　集部　戲劇類　1765

왕안석찬　王安石　撰 ; 沈欽韓　注
王荊公詩集注(4卷)王荊公文集
注(14卷)　集部　別集類　1313～14

왕암수찬　王巖叟　撰　忠獻韓魏
王家傳　史部　傳記類　550

왕앙(청)찬　汪昂(清)　撰　醫方集解(6
卷)　子部　醫家類　1002
增訂本草備要(4卷)　子部　醫家
類　993
勿藥玄詮(1卷)　　子部　醫家類
1030

왕애찬　王咏　撰　春融堂集(68卷)
集部　別集類　1437～38

왕앵(명)집　王瑩(明)　輯　群書類編
故事(24卷)　子部　類書類　1224

왕언찬　王言　撰　金石萃編補略
史部　金石類　891

왕언위찬　王彥威　撰　西巡大事記
史部　雜史類　446

왕여찬　王여　撰　思軒文集(23卷)附
錄(1卷)　集部　別集類　1329

왕여(원)찬　王與(元)　撰　無冤錄(1
卷)　子部　法家類　972

왕여벽찬　王汝璧　撰　銅梁山人詩
集(25卷)芸麓偶存(2卷)　集部　別
集類　1461～62

왕여양(청)찬　汪如洋(清)　撰　葆沖
書屋外集(2卷)　　集部　別集類
1476
葆沖書屋集(4卷)　集部　別集類
1476

왕역찬　汪繹　撰　秋影樓詩集(9卷)
集部　別集類　1421

왕염손(청)찬　王念孫(清)　撰　讀書
雜志(82卷);餘編(2卷)　子部　雜
家類　1152～53
輶軒使者絶代語釋別國方言疏
證補　經部　小學類　193
釋大(8卷)　經部　小學類　191
王石臞先生遺文(4卷)　集部　別
集類　1466
丁亥詩鈔(1卷)　　集部　別集類
1466
〃王念孫,王引之(清)　撰〃　廣雅
疏證(10卷)　經部　小學類　191
廣雅疏證補正(1卷)　經部　小學
類　191

博雅音(10卷)　經部　小學類　191
왕염창찬　汪炎昶　撰　古逸民先生集(2卷)附錄(1卷)　集部　別集類　1321
왕영찬　王英　撰；王祐　輯　王文安公詩文集(11卷)　集部　別集類　1327
왕영보찬　汪榮寶　撰　法言義疏(20卷)　子部　儒家類　933
왕예(송)찬　王芮(宋)　撰；鄭鎭孫(元)　注　歷代蒙求(1卷)　子部　類書類　1218
왕오(명)찬　王鏊(明)　撰　震澤紀聞(2卷)　子部　雜家類　1167
왕오봉(청)찬　汪梧鳳(淸)　撰　詩學女爲(26卷)　經部　詩類　63
屈原賦戴氏注音義(3卷)　集部　楚辭類　1302
왕옥봉찬　王玉峯　撰　六十種曲120卷：金雀記(2卷)焚香記(2卷)　集部　戲劇類　1768
왕옥수(청)찬　王玉樹(淸)　撰　經史雜記(8卷)　子部　雜家類　1156
退思易話(8卷)　經部　易類　24
왕왈정(청)찬　汪曰楨(淸)　撰　玉鑑堂詩集(6卷)　集部　別集類　1543
南潯鎭志　史部　地理類　717
如積引蒙(10卷)　子部　天文算法類　1046
古今推步諸術考(2卷)　子部　天文算法類　1041
歷代長術輯要(10卷)　；　首(1卷)　子部　天文算法類　1041
湖蠶述(4卷)　子部　農家類　978
왕요신등찬　王堯臣　等撰；錢東垣

等輯釋；錢동　補遺　崇文總目輯釋　史部　目錄類　916
왕우성(명)찬　王禹聲(明)　撰　續震澤紀聞(1卷)　子部　雜家類　1167
왕욱(청)찬　王昱(淸)　撰　東莊論畫(1卷)　子部　藝術類　1067
왕운봉찬　王雲鳳　撰　博趣齋藁(23卷)　集部　別集類　1331
왕원찬　王源　撰.　居業堂文集(20卷)首(1卷)　集部　別集類　1418
왕원(명)찬　汪瑗(明)　撰　楚辭考異(1卷)　集部　楚辭類　1301
楚辭大序(1卷)　集部　楚辭類　1301
楚辭蒙引(2卷)　集部　楚辭類　1301
楚辭小序(1卷)　集部　楚辭類　1301
楚辭集解(1卷)　集部　楚辭類　1301
왕원계찬　王元啓　撰　讀韓記疑(10卷)首(1卷)　集部　別集類　1310
祗平居士集(30卷)　集部　別集類　1430
왕원공찬수　王元恭　纂修　四明續志　史部　地理類　705
왕원기(청)찬　王原祁(淸)　撰　麓臺題畫稿(1卷)　子部　藝術類　1066
雨窓漫筆(1卷)　子部　藝術類　1066
왕원손찬　汪遠孫　撰　借閒生詩(3卷)　借閒生詞(1卷)　集部　別集類　1519
왕원정(청)찬　王元綖(淸)　撰　野蠶錄(不分卷)　子部　農家類　978
왕유검찬　"王惟儉,黃叔琳　撰"　"史通訓故,史通訓故補"　史部　史評類　447
왕유광(청)찬　王有光(淸)　撰　吳下諺聯(4卷)　子部　小說家類　1272

汪有光(淸) 撰 標孟(7卷) 經部 四書類 157

왕유덕(청)찬 王維德(淸) 撰 外科 證治全生(不分卷) 子部 醫家類 1013

왕유일(송)찬 王惟一(宋) 撰 銅人 수穴鍼灸島經(3卷) 子部 醫家 類 995

修明堂訣式(1卷) 子部 醫家類 995

避鍼灸訣(1卷) 子部 醫家類 995

穴수都數(1卷) 子部 醫家類 995

왕유정찬 王維楨 撰 槐野先生存 사稿(38卷) 集部 別集類 1344

司成遺翰(4卷) 集部 別集類 1344

왕유충(청)찬 王有忠(淸) 撰 簡明中 西匯參醫學圖說(2卷) 子部 醫 家類 1026

왕육(명)찬 王育(明) 撰 易說(1卷) 經部 易類 15

왕윤(청)찬 汪윤(淸) 撰 揚州畵苑 錄(4卷) 子部 藝術類 1087

왕응교찬 王應蛟 撰 海防奏疏 撫 畿奏疏 計部奏疏 史部 詔令 奏議類 480

왕응교(명)찬 汪應蛟(明) 撰 汪子 中詮(6卷) 子部 儒家類 941

왕응규(청)찬 王應奎(淸) 撰 柳南 隨筆(6卷) ; 續筆(4卷) 子部 雜 家類 1147

왕응린(송)찬 王應麟(宋) 撰 盛明 雜劇二集:卷29逍遙遊 集部 戲 劇類 1765

왕응린(송)집 "王應麟(宋)輯,丁杰(淸) 後定,張惠言(淸)訂正" 周易鄭注

(12卷) 經部 易類 1

왕의찬 王毅 撰 木訥齋文集(5卷) 附錄(1卷) 集部 別集類 1324

왕의영찬 王懿榮 撰 王文敏公遺 集(8卷) 集部 別集類 1565

왕익지찬 王益之 撰 歷代職源撮 要 史部 職官類 746

왕인준(청)찬 王仁俊(淸) 撰 玉函 山房輯佚書續編(273卷) ; 玉函 山房輯佚書補編(139卷) 子部 雜 家類 1206

經籍佚文(121卷) 子部 雜家類 1207~11

管子集注(24卷) 子部 法家類 971

왕인지(청)찬 王引之(淸) 撰 王文簡 公文集(4卷)附錄(1卷) 集部 別 集類 1490

經傳釋詞 經部 小學類 195

經義述聞(32卷) 經部 群經總義 類 174~5

왕인후(당)찬 王仁煦(唐) 撰 刊謬 補缺切韻(1~3) 經部 小學類 249~50

왕일괴(명)찬 王一槐(明) 撰 玉唾 壺(2卷) 子部 雜家類 1143

玉唾壺(2卷) 子部 雜家類 1443

왕자(송)찬 王 자(宋) 撰 ; 何侂(宋) 重編 增註周易神應六親百章海 底眼前集(1卷) ; 後集(1卷) 子部 術數類 1055

왕자일찬 王子一 撰 慔入桃源 集部 戲劇類 1763

劉晨阮肇慔入桃源雜劇 集部 戲劇類 1762

劉晨阮肇悞入天台　集部　戲劇
類　1760
왕작찬　王灼　撰　頤堂先生文集(5
卷)　集部　別集類　1317
왕재진찬　王在晉　撰　海防纂要
史部　地理類　739~40
三朝遼事實錄　史部　雜史類
437
왕재호(청)찬　"辨字通考(4卷),首(1卷)"
經部　小學類　239
왕적찬　王寂　撰　鴨江行部誌　史
部　地理類　731
遼東行部志　史部　地理類　731
왕적찬　王績　撰　王無功文集(5卷)
集部　別集類　1304
왕전찬　汪琇　撰　隨山館猥稿(10卷)
續稿(2卷)　隨山館叢稿(4卷)　隨山
館尺牘(2卷)　集部　別集類　1557
~58
왕점규(명)찬　王漸逵(明)　撰　讀易
記(3卷)　經部　易類　6
왕점홍(청)찬　王漸鴻(清)　撰　鄉黨圖
考補證(6卷)　經部　四書類　157
왕정(요)찬　王鼎(遼)　撰　焚椒錄
史部　雜史類　423
왕정공찬　王正功　撰　；趙輯寧校
補　中書典故彙紀　史部　職官
類　746
왕정눌찬　汪廷訥　撰　六十種曲(120
卷)：獅吼記(2卷)　集部　戲劇類
1772
六十種曲(120卷)：種玉記(2卷)
集部　戲劇類　1772
왕정눌찬　"汪廷訥,徐渭撰"　盛明雜
劇初集:卷26眞傀儡　集部　戲劇

類　1764
왕정상찬　王廷相　撰　內臺集(7卷)
集部　別集類　1335
浚川內臺集(3卷)　集部　別集類
1335
왕정상찬　王正祥　撰　新定12律京腔
譜(16卷)　新定宗北歸音(5卷)　新
定考正音韻大全(1卷)　新定重較
問奇一覽(2卷)　集部　曲類　1753
왕정상(명)찬　王廷相(明)　撰　慎言(1
3卷)　子部　儒家類　938
雅述(2卷)　子部　儒家類　938
왕정소집　王廷紹　輯　霓裳續譜(8
卷)首(1卷)　集部　曲類　1744
왕정안(청)찬　王定安(清)　撰　重修
兩淮鹽法志(1~4)　史部　政書類
842~45
曾子家語(6卷)　子部　儒家類　932
求闕齋弟子記　史部　傳記類
551
湘軍記　史部　紀事本末類　413
왕조(청)찬　汪照(清)撰"　大戴禮注
補(13卷),附錄(1卷)"　經部　禮類
107
왕조운(명)찬　王兆雲(明)　撰　皇明
詞林人物考　史部　傳記類　532
왕조원찬　王照圓　撰　列女傳補注
史部　傳記類　515
왕조정(청)찬　王祚禎(清)　撰　善樂
堂音韻淸濁鑑(3卷)　經部　小學
類　257
왕조좌편　王朝佐　編　東嘉錄　史
部　傳記類　547
왕조진(청)찬　王肇晉(清)　撰　論語經
正錄(20卷)　經部　四書類　156

왕존선(청)집　王存善(淸)　輯　寄靑
霞館弈選(8卷)　;　寄靑霞館弈續
選(8卷)　子部　雜家類　1103~04

왕종경(청)찬　王宗敬(淸)　撰　我暇
編(不分卷)　子部　雜家類　1179

왕종기(청)찬　汪宗沂(淸)　撰　雲氣
占候(2卷)　子部　術數類　1052

왕종속(청)찬　王宗涑(淸)　撰　考工
記考辨(8卷)　經部　禮類　85

왕주(청)찬　王澍(淸)　撰　中庸困學
錄(1卷)　經部　四書類　159

虛舟題跋(10卷)　;　原(3卷)　子部
藝術類　1067

大學困學錄(1卷)　經部　四書類
159

왕준찬　王준　撰中　州音韻輯要(21
卷)　集部　曲類　1747

왕중(청)찬　汪中(淸)　撰　大戴禮記
正誤(1卷)　經部　禮類　107

述學六卷附春秋述義(1卷)　集
部　別集類　1465

容甫先生遺詩補遺(1卷)附錄(1卷)
集部　別集類　1465

春秋列國官名異同考(1卷)　經部
春秋類　144

왕중문찬　王仲文　撰　救孝子賢母
不認屍雜劇　集部　戲劇　類1761

왕중양찬　汪仲洋　撰　心知堂詩稿
(18卷)　集部　別集類　1502

왕증찬　王拯　撰　龍壁山房文集(8
卷)　集部　別集類　1545

龍壁山房詩草(17卷)　集部　別集
類　1545

왕증보(청)등찬　汪曾保(淸)　等撰
藝麻輯要　子部　農家類　977

왕증익찬　王曾翼　撰　居易堂詩集
(5卷)　集部　別集類　1453

왕지(명)집　汪芝(明)　輯　西麓堂琴
統(25卷)　子部　藝術類　1094

왕지(청)찬　王芷(淸)　撰　稼圃輯(1
卷)　子部　農家類　977

왕지견찬　王志堅　撰　讀史商語
史部　史評類　449

왕지이찬　汪志伊　撰　稼門文鈔(7卷)
稼門詩鈔(10卷)　集部　別集類
1464

왕지적찬　王之績　撰　鐵立文起(22
卷)首(1卷)　集部　詩文評類　1714

왕지춘찬　王之春　撰　防海紀略
史部　雜史類　445

船山公年譜　史部　傳記類　553

왕진찬　汪縉　撰　汪子文錄(10卷)
集部　別集類　1437

汪子詩錄(4卷)　集部　別集類　1437

汪子2錄(2卷)錄後(1卷)附(1卷)汪
子3錄(3卷)　集部　別集類　1437

왕진(당)찬　王眞(唐)　撰　道德經論兵
要義述(4卷)　子部　儒家類　954

왕창등찬　王昶　等纂　直隷太倉州
志　史部　地理類　697~98

湖海詩傳(46卷)　集部　總集類
1625~26

湖海文傳(75卷)　集部　總集類
1668~69

國朝詞綜(48卷)　國朝詞綜2集(8
卷)　國朝詞綜續編(24卷)　國朝詞
綜補(58卷)　集部　詞類　1731

金石萃編(一)~(六)　;　金石萃編
未刻稿　史部　金石類　886~91

왕청임(청)찬　王淸任(淸)　撰　醫林

改錯(2卷)　子部　醫家類　1026

왕청현찬수　〝王淸賢,陳淳　纂修〟
武定府志　史部　地理類　715

왕초(명)찬　王樵(明)　撰　紹聞編(8
卷)　子部　儒家類　940

왕초(명)집　〝王樵(明)　輯,朱鶴齡(淸)
參訂〟　春秋凡例(2卷)　經部　春
秋類　120

왕초동(청)집　王初桐(淸)　輯　猫乘(8
卷)　子部　譜錄類　1119
염史(100卷)　;　拾遺(1卷)　子部
類書類　1251~52

왕치등(명)찬　王稚登(明)　撰　奕史(1
卷)　子部　藝術類　1098
虎苑(2卷)　子部　譜錄類　1119

왕치원(송)찬　王致遠(宋)　撰　開禧
德安守城錄　史部　雜史類　423

왕탁(청)찬　王晫(淸)　撰　今世說(8卷)
子部　雜家類　1175

왕토교(명)집　王土翹(明)　輯　愼刑
錄(4卷)　子部　法家類　974

왕필(당)찬　〝王弼(唐)　韓康佰注(晉),
孔穎達疏(唐).撰〟　周易注疏(13卷)
經部　易類　1

왕필(위)주　王弼(魏)注　敦煌周易(殘
卷)　經部　易類　1

왕학금(청)찬　汪學金(淸)　撰　井福堂
文稿(10卷)　集部　別集類　1472
〝靜厓詩續稿(6卷),靜厓詩初稿(12
卷),靜厓詩後稿(12卷)〟　集部　別集
類　1472

왕현하(당)집　王懸河(唐)　輯　三洞
珠囊(10卷)　子部　宗敎類　1293

왕형찬　王衡　撰.　狂鼓史漁陽三弄
集部　戲劇類　1764

盛明雜劇初集:卷21紅線女　集部
戲劇類　1764

왕호경(청)찬　汪鎬京(淸)　撰　紅術軒
紫泥法定本(1卷)　子部　藝術類
1092

왕호고(원)찬　王好古(元)　撰　陰證
略例(1卷)　子部　醫家類　985

왕홍집　王鴻　輯　薛文淸文行實錄
史部　傳記類　551

왕홍서찬　王鴻緖　撰　橫雲山人集
(32卷)　集部　別集類　1416~17

왕홍찬(청)찬　王弘撰(淸)　撰　砥齋
集(12卷)　集部　別集類　1404
山志(6卷)　子部　雜家類　1136

왕효영(청)찬　汪孝嬰(淸)　撰　列子盧
注考證(1卷)　子部　儒家類　958

왕효통(당)찬　王孝通(唐)　撰　竝注;
李潢(淸)　攷注.　緝古算經攷注(2
卷)　子部　天文算法類　1041

왕후(청)찬　王煦(淸)　撰　說文五翼(8
卷)　經部　小學類　212
小爾雅疏(8卷)　經部　小學類　189

왕후지집　王厚之　輯　鐘鼎款識
史部　金石類　901

왕훤(청)찬　汪烜(淸)　撰　〝詩韻析.5卷,
首1卷,末1卷校勘記(1卷)〟　經部
小學類　258

왕휘조찬　汪輝祖　撰　佐治藥言;
學治臆說　學治續說　學治說贅
史部　職官類　755
病榻夢痕錄　史部　傳記類　555

왕휘조찬　汪輝祖　撰;　汪繼培補
元史本證　史部　正史類　293

왜인찬　倭仁　撰　吏治輯要　史部
職官類　755

요가성(명)찬　姚可成(明) 撰　救荒野
譜(1卷)　子部　農家類　977
요광효찬　姚廣孝 撰　逃虛子詩集
(10卷)續集(1卷)　逃虛類稿(5卷)　逃
虛子道餘錄(1卷)　逃虛子集補遺
(1卷)　逃虛子詩集補遺(1卷)　集部
別集類　1326
요구(청)찬　姚球(淸) 撰　本草經解要
(4卷)；附餘(1卷)　子部　醫家類
995
요근원편　姚覲元 編　淸代禁毀書
目4種　史部　目錄類　921
요내(청)찬　姚鼐(淸) 撰　古文辭類纂
(74卷)　集部　總集類　1609～10
惜抱軒文集(16卷)後集(10卷)　惜抱
軒詩集(10卷)後集(1卷)　集部　別
集類　1453
惜抱軒筆記(8卷)　子部　雜家類
1152
老子章義(2卷)　子部　儒家類　954
惜抱軒九經說(17卷)　經部　群經
總義類　172
요당집　″姚堂,劉文徽輯″　潤州先賢
錄　史部　傳記類　541
요무량찬　姚茂良 撰　六十種曲(120
卷)：精忠記(2卷)　集部　戲劇類
1769
六十種曲(120卷)： 霞箋記(2卷)
集部　戲劇類　1769
요무목(명)찬　姚舞牧(明) 撰　春秋
疑問(12卷)　經部　春秋類　135
요문울집　姚文蔚 輯　右編補　史部
詔令奏議類　460～61
요문전(청)찬　姚文田(淸) 撰　廣陵事
略　史部　地理類　699

邃雅堂文集續編(1卷)　集部　別
集類　1482
邃雅堂集(10卷)　集部　別集類
1482
古音諧(8卷)首(1卷)　經部　小學
類　246
說文聲系(14卷)　經部　小學類
246
요배겸(청)집　″姚培謙(淸),張卿雲輯″
″類腋(55卷)(天部(8卷)，地部(16卷)，
人部(15卷),物部(16卷))″　子部　類
書類　1248～49
요배겸(청)찬　姚培謙(淸) 撰　春秋
左傳杜注(30卷)　首(1卷)　經部
春秋類　121
요배중(청)찬　姚配中(淸) 撰　姚氏
易斅闡元(1卷)　經部　易類　31
周易姚氏學(16卷)　經部　易類
30
周易通論月令(2卷)　經部　易類
30
요범(청)찬　姚範(淸) 撰　援鶉堂筆記
(50卷)　子部　雜家類　1148～49
요복(명)찬　姚福(明) 撰　靑溪暇筆(2
卷)　子部　雜家類　1167
요석광찬　姚錫光 撰　東方兵事紀
略　史部　雜史類　446
요섭찬　姚燮 撰　今樂考(12卷)　集
部　曲類　1759
復莊詩問(34卷)　集部　別集類
1532～33
復莊駢儷文榷(8卷)2編(8卷)　集部
別集類　1533
疎影樓詞(5卷)　集部　詞類　1726
疏影樓詞續鈔(1卷)　集部　詞類

1726

요순목(명)찬　姚舜牧(明)　撰　性理
指歸(28卷)　子部　儒家類　942

요여(명)찬　姚旅(明)　撰　露書(14卷)
子部　雜家類　1132

요여능찬　姚汝能　撰　安祿山事迹
史部　傳記類　550

요영찬　姚瑩　撰　東溟文集(6卷)外
集(4卷)文後集(14卷)文外集(2卷)
後湘詩集(9卷)2集(5卷)續集(7卷)
集部　別集類　1512～13
中復堂遺稿(5卷)續編(2卷)　(東溟
文集卷一至後湘詩集卷2)　集部
別集類　1513

요영박찬　姚永樸　撰　〝尙書誼略(28
卷),敍錄(1卷)〞　經部　書類　53

요원지(청)찬　姚元之(淸)　撰　竹葉亭
雜記(8卷)　子部　雜家類　1139

요제륭(명)산보　姚際隆(明)　刪補　卜
筮全書(14卷)　子部　術數類　1059

요제항(청)찬　姚際恒(淸)　撰　儀禮通
論(17卷)　經部　禮類　86～87
〝詩經通論(18卷),首(1卷)〞　經部
詩類　62
春秋無例詳考(1卷)　經部　春秋
類　139
春秋通論(15卷)論旨(1卷)　經部
春秋類　139

요진종찬　姚振宗　撰　三國藝文志
史部　目錄類　914
隋書經籍志考證　史部　目錄類
915～16
漢書藝文志條理　；　漢書藝文志
拾補　史部　目錄類　914
後漢藝文志　史部　目錄類　914

용계서(청)찬　龍啓瑞(淸)　撰　經德堂
文集(6卷)別集(2卷)　浣月山房詩
集(5卷)　集部　別集類　1541～42
古韻通說(20卷)　經部　小學類
248
爾雅經注集證(3卷)　經部　小學
類　188

용눌거사(청)찬용　訥居士(淸)　撰　咫
聞錄(12卷)　子部　小說家類　1270

용문빈찬　龍文彬　撰　明會通　史
部　政書類　793

용정(명)찬　龍正(明)　撰　八陣合變圖
說(1卷)　子部　兵家類　959

우동찬　尤동　撰　西堂文集(24卷)
西堂詩集(32卷)　西堂樂府(7卷)
集部　別集類　1406～07
百末詞(6卷)　集部　詞類　1724
鈞天樂(2卷)　集部　戲劇類　1775
盛明雜劇三集:卷3讀離騷　集部
戲劇類　1765
盛明雜劇三集:卷4弔琵琶　集部
戲劇類　1765

우만천수　于萬川修；兪鉞纂　鎭
海縣志　史部　地理類　707

우문옹(북주)칙집　宇文邕(北周)　勅
輯　無上秘要(100卷)　子部　宗
教類　1292～93

우박(명)찬　虞摶(明)　撰　新編醫學
正傳(8卷)　子部　醫家類　1019

우산거사찬　寓山居士　撰　盛明雜
劇二集:卷十九魚兒佛　集部　戲
劇類　1765

우세남(당)집　虞世南(唐)　輯　北堂書
鈔　子部　類書類　1212～13

우승(청)찬　尤乘(淸)　撰　喉科秘本(1

卷)　子部　醫家類　1018

우신행(명)찬　于愼行(明) 撰　穀山筆
주(18卷)　子部　雜家類　1128

우운진(청)찬　牛運震(淸) 撰　讀史
糾謬　史部　史評類　451
周易解(9卷)　經部　易類　21
春秋傳.12卷　經部　春秋類　140

우이(청)찬　尤怡(淸) 撰　金궤心典(3
卷)　子部　醫家類　989
金匱翼(8卷)　子部　醫家類　1006
醫學讀書記(3卷)　;　續記(1卷)
子部　醫家類　1027
靜香樓醫案(1卷)　子部　醫家類
1027
張仲景傷寒論貫珠集(8卷)　子部
醫家類　987

우일(명)찬　于鎰(明) 撰　契翁中說
錄(2卷)　子部　儒家類　937

우창(청)찬　于鬯(淸) 撰　讀儀禮日
記(1卷)　經部　易類　93
讀小戴日記(1卷)　經部　禮類　106
讀周禮日記(1卷)　經部　禮類　85

우천숙찬　牛天宿 撰　百僚金鑑
史部　職官類　755

우통(청)찬　尤侗(淸) 撰　艮齋雜說(10
卷)　子部　雜家類　1136

우혁정찬　于奕正 撰；孫國미 校
補；翁方綱 校並跋　天下金石
志　史部　金石類　886

욱영하찬　郁永河 撰　採硫日記
史部　傳記類　559

운경찬　운敬 撰　大雲山房文藁(11
卷)　集部　別集類　1482

운육정찬　惲毓鼎 撰　崇陵傳信錄
史部　雜史類　446

웅균(명)찬　熊均(明) 撰　新刊勿聽
子俗解八十一難經(6卷)　子部
醫家類　983

웅사리(청)찬　熊賜履(淸) 撰　學統
史部　傳記類　513～14
下學堂箚記(3卷)　子部　儒家類
947

웅사백(청)찬　熊士伯(淸) 撰　等切
元聲(10卷)　經部　小學類　258

웅상문등찬　熊尙文 等撰　重訂賦
役成規　史部　政書類　833

웅응웅(청)찬　熊應雄(淸) 撰　推拿
廣意(3卷)　子部　醫家類　997

웅정필찬　熊廷弼 撰　按遼疏稿
史部　詔令奏議類　491

웅태고(원)찬　熊太古(元) 撰　冀越
集記(2卷)　子部　雜家類　1166

웅흘(청)찬　熊笏(淸) 撰　中風論(1卷)
子部　醫家類　1006

웅화(송)술　熊禾(宋) 述　勿軒易學
啓蒙圖傳通義(7卷)　經部　易類
2

웅화훈(송)해　熊禾訓(宋) 解　易經
訓解(4卷)　經部　易類　2

원계(명)집　袁啓(明) 輯　天文圖說(不
分卷)　子部　天文算法類　1031

원굉도(명)찬　袁宏道(明) 撰　珊瑚
林(2卷)；金屑編(1卷)　子部　雜
家類　1131
陳眉公重訂甁史(2卷)　子部　譜
錄類　1116

원규생(청)찬　阮葵生(淸) 撰　七錄
齋詩鈔(10卷)　七錄齋文鈔(10卷)
集部　別集類　1444～46
茶餘客話(22卷)　子部　雜家類

1138

원달(명)찬　袁達(明)　撰　禽蟲述(1卷)　子部　藝術類　1120

원대성찬　阮大成　撰　詠懷堂詩集(4卷)　詠懷堂詩外集(2卷)　集部　別集類　1374

　　懷遠堂批點燕子箋(2卷)　集部　戲劇類　1775

원대화수　"袁大化　修；王樹枏,王學曾纂"　新疆圖志　史部　地理類　649~50

원동(청)찬　袁棟(淸)　撰　書隱叢說(19卷)　子部　雜家類　1137

원매(청)찬　袁枚(淸)　撰　新齊諧(24卷)　續新齊諧(10卷)　集部　小說類　1788

　　隨園詩話(16卷)補遺(10卷)　集部　詩文評類　1701

　　隨園隨筆(28卷)　子部　雜家類　1148

　　隨園食單(4卷)　子部　譜錄類　1115

원명선찬　元明善　撰　淸河集(7卷)附錄(1卷)　集部　別集類　1323

원빈(명)찬　袁彬(明)　撰　北征事蹟　史部　雜史類　433

원사원찬　袁士元　撰　書林外集(7卷)　集部　別集類　1324

원숙진(송)찬　袁淑眞(宋)　撰　黃帝陰符經集解(3卷)　子部　宗教類　1290

원우금찬　袁于今　撰　六十種曲(120卷)：西樓記(2卷)　集部　戲劇類　1771

원원(청)찬　阮元(淸)　撰　兩浙輶軒錄(40卷)　集部　總集類　1683~84

"淮海英靈集(22卷),淮海英靈續集(12卷)"　集部　總集類　1682

"經籍찬詁,補遺"　經部　小學類　198~201

　　定香亭筆談(4卷)　子部　雜家類　1138

　　詩書古訓(6卷)　經部　群經總義類　174

　　十三經注疏校勘記(245卷)　經部　群經總義類　180~83

　　考工記車制圖解(2卷)　經部　禮類　85

　　三家詩補遺(3卷)　經部　詩類　76

원원(청)수　阮元(淸)　修；陳昌齊(淸)等纂　道光'廣東通志(一)~(七)補遺　史部　地理類　669~75

원원(청)등집　"阮元(淸),楊秉初等輯"　兩浙輶軒錄補遺(10卷)　集部　總集類　1684

원익찬　袁翼　撰　邃懷棠全集(38卷)　集部　別集類　1515

원인림(청)찬　袁仁林(淸)　撰　虛字說　經部　小學類　195

　　古文周易參同契註(8卷)　子部　宗教類　1292

원자양(명)찬　袁子讓(明)　撰　五先堂文市각酤(4卷)　子部　雜家類　1132

　　五先堂字學元元(10卷)　經部　小學類　255

원종도찬　袁宗道　撰　白蘇齋早集(22卷)　集部　別集類　1363

원중도찬　袁中道　撰　珂雪齋前集(24卷)　珂雪齋外集(15卷)　珂雪齋近集(11卷)　集部　別集類　1375

～76

원창찬　袁昶　撰　金陵雜事詩(1卷)
　　　集部　別集類　1565
　　　于湖小集(6卷)　集部　別集類　1565
　　　安般이詩續鈔(10卷)　集部　別集
　　　類　1565
　　　漸西村人初集(13卷)　集部　別集
　　　類　1565
원학연(명)찬　袁學淵(明)　撰　秘傳眠
　　　科全書(6卷)　子部　醫家類　1018
원호문(금)집　元好問(金)　輯；학　天
　　　挺注；요文炳解唐詩鼓吹(10卷)
　　　集部　總集類　1611
원호문(금)찬　元好問(金)　撰　遺山先
　　　生新樂府(5卷)　集部　詞類　1723
　　　"續夷堅志(4卷)；附,遺山年譜略
　　　(1卷)"　子部　小說家類　1266
원황(명)찬　袁黃(明)　撰　游藝塾續文
　　　規(18卷)　集部　詩文評類　1718
　　　游藝塾文規(10卷)　集部　詩文評
　　　類　1718
　　　勸農書(1卷)　子部　農家類　975
위거안찬　韋居安　撰　梅磵詩話(3
　　　卷)　集部　詩文評類　1694
위경찬　魏經　撰　雪翁詩集(17卷)
　　　集部　別集類　1393
위곡집　韋곡輯；殷元勳　注；宋邦
　　　綏　補注　才調集補注(10卷)　集
　　　部　總集類　1611
위광(청)등찬　爲光(淸)　等撰　絃索
　　　備考(6卷)　子部　藝術類　1096
위교(명)찬　魏校(明)　撰　六書精薀(6
　　　卷)　經部　小學類　202
　　　莊渠先生門下質疑錄(2卷)　　　子
　　　部　儒家類　938

위규찬　韋珪　撰　梅花百영(1卷)
　　　集部　別集類　1325
위대중찬　魏大中　撰　藏密齋集(24
　　　卷)　集部　別集類　1374～75
위려동(청)찬　魏려彤(淸)　撰　金궤要
　　　略方論本義(22卷)　子部　醫家類
　　　989
위료옹(송)찬　魏了翁(宋)　撰　"毛詩
　　　要義(20卷),譜序要義(1卷)"　經部
　　　詩類　56
　　　禮記要義.33卷經部禮類96
위문괴(명)찬　魏文魁(明)　撰　曆測(2
　　　卷)；附曆元布算法(1卷)　　子部
　　　天文算法類　1039
위상추(청)찬　魏象樞(淸)　撰　庸言(1
　　　卷)　子部　儒家類　946
위섭균찬　魏燮均　撰　九梅村詩集
　　　(20卷)　集部　別集類　1539
위소덕찬　危昭德　撰　巽齋先生四
　　　六(1卷)　集部　別集類　1321
위술찬　韋述　撰　兩京新記　史部
　　　地理類　732
위예개(청)찬　魏裔介(淸)　撰　靜怡
　　　齋約言錄(2卷)　子部　儒家類　946
위원(청)찬　魏源(淸)　撰　元史新編
　　　史部　別史類　314～15
　　　海國圖志　史部　地理類　743～
　　　44
　　　古微堂詩集(10卷)　集部　別集類
　　　1522
　　　古微堂集(10卷)　　集部　別集類
　　　1522
　　　"書古徵.(12卷),首(1卷)"　經部　書
　　　類　48
　　　老子本義(2卷)　子部　儒家類　954

禹貢說(2卷)　經部　書類　55

"詩古徵上編.(6卷),首(1卷),中編.(10卷),下編.(3卷)"　經部　詩類　77

위윤공등찬수　魏允恭　等纂修　江南製造局記　史部　政書類　860

위응가(명)찬　魏應嘉(明)　撰　夥壞封疆錄　史部　傳記類　537

위일오찬　魏一鰲　撰 ; 尹會一　等續補　北學編　史部　傳記類　515

위중거집　魏仲擧　輯　韓文類譜　史部　傳記類　552

위징(당)찬　魏徵(唐)　撰　群書治要(50卷)　子部　雜家類　1187

위철치등수　"衛哲治　等修 ; 葉長揚,顧棟高　等纂"　淮安府志　史部　地理類　699～700

위헌집　魏憲　輯　百名家詩選(89卷)　集部　總集類　1624～25

위현(송)찬　魏峴(宋)　撰　魏氏家藏方(10卷)　子部　醫家類　1000

위협몽(청)찬　韋協夢(淸)　撰　儀禮려測.(17卷)　經部　禮類　89

위호(일)집　魏皓(日)　輯　魏氏樂譜(1卷)　子部　藝術類　1096

위희(청)찬　魏禧(淸)　撰　魏叔子文集外篇(22卷)　魏叔子日錄(3卷)　魏叔子詩集(8卷) (文集外篇卷十三至詩集卷八)　集部　別集類　1409

"魏禧(淸)撰,彭家屏(淸)　參訂"　左傳經世鈔(23卷)　經部　春秋類　120

유월(청)찬　俞樾(淸)　撰　達齋書說.(1卷)　經部　書類　50

春秋名字解詁補義(1卷)　經部　春秋類　128

유개찬　劉開　撰　"劉孟塗集(44卷)(存前集10卷,後集卷一至卷七,卷九至卷二十二,文集10卷,駢體文2卷)"　集部　別集類　1510

유견(청)찬　劉堅(淸)　撰　修潔齋閑筆(8卷)　子部　雜家類　1144

유경찬　劉璟　撰　易齋고(10卷)附錄(1卷)　集部　別集類　1326

유광분(청)찬　劉光蕡(淸)　撰　改設學堂私議　勤設學綴言　史部　政書類　831

尙書微(1卷)　經部　書類　51

大學古義(1卷)　經部　四書類　159

유광제찬　劉光第　撰　衷聖齋文集(1卷)　衷聖齋詩集(2卷)　集部　別集類　1568

유교(청)찬　俞蛟(淸)　撰　夢한雜著(10卷)　子部　小說家類　1269

유구(송)찬　劉球(宋)　撰　"隸韻考證(2卷),碑目考證(1卷)"　經部　小學類　236

"隸韻(10卷),碑目(1卷)"　經部　小學類　236

유규(청)찬　劉奎(淸)　撰　松峰說疫(6卷)　子部　醫家類　1004

유극장찬　劉克莊　撰　後村長短句(5卷)　集部　詞類　1723

유금조찬　劉錦藻　撰　皇朝續文獻通考(一)～(七)　史部　政書類　815～21

유기(명)찬　劉基(明)　撰　大明淸類天文分野之書　史部　地理類　585～86

多能鄙事(12卷)　子部　雜家類　1185

유기(명)찬　劉璣(明) 撰　正蒙會稿(4
卷)　子部 儒家類　937

유기(청)찬　劉淇(淸) 撰　助學辨略
經部 小學類　195

유길찬　劉佶 撰　北巡私記　史部
雜史類　424

유단(청)찬　俞樾(淸) 撰　易文言傳(1
卷)　經部 易類　29

易學管窺(15卷)　經部 易類　29

유달가(송)집　劉達可(宋) 輯　璧水
群英待問會元(90卷)　子部 類書
類　1217～18

유당찬　柳堂 撰　宰惠紀略　史部
政書類　884

유대(명)찬　劉大(明) 撰　新刊正蒙
解(4卷)　子部 儒家類　934

유대괴찬　劉大괴 撰　海峰文集(8
卷) 海峰詩集(11卷)　集部 別集
類　1427

유대빈찬　劉大彬 撰　茅山志　史
部 地理類　723

유대신(청)찬　劉大紳(淸) 撰　寄庵詩
文鈔(33卷)　集部 別集類　1473

유동등찬　劉侗等 撰　帝京景物略
史部 地理類　729

유렴(명)찬　劉濂(明) 撰　樂經元義(8
卷)　經部 樂類　113

유문기찬　劉文淇 撰　靑溪舊屋文
集(11卷)　集部 別集類　1517

"劉文淇(淸),劉毓崧,劉壽曾撰"
春秋左氏傳舊注疏證(不分卷)(僖
公23年至宣公18年)　經部 春秋
類　126～27

유문룡(청)찬　劉文龍(淸) 撰　古易
匯詮(4卷)　經部 易類　22

유문징찬수　劉文徵 纂修　전志
史部 地理類　681～82

유문태(명)등찬　劉文泰(明) 等撰．王
道純(淸)等輯"　本草品彙精要(42
卷),續集(10卷)；脈訣(上)"　子部
醫家類　990～91

유박찬　游朴 撰　諸夷考　史部 地
理類　742

유반(송)주　劉攽(宋) 注　孟子外書
四篇(4卷)　子部 儒家類　932

유반(송)찬　劉攽(宋) 撰　漢官儀(3
卷)　子部 藝術類　1106

유방(송)등편　劉昉(宋) 等編　拾遺
方(1卷)　子部 醫家類　1009

幼幼新書(40卷)　子部 醫家類
1008～09

유변찬　俞弁 撰　逸老堂詩話(2卷)
集部 詩文評類　1695

유병념찬　劉秉恬 撰　述職吟(2卷)
集部 別集類　1457

公餘集(10卷)　集部 別集類　1457

유병충(원)찬　劉秉忠(元) 撰；劉基
(明) 注　鐫地理參補評林圖訣
全備平沙玉尺經(2卷)　子部 術
數類　1054

유보남(청)찬　劉寶楠(淸) 撰　釋穀
經部 小學類　193

愈愚錄(6卷)　子部 雜家類　1156

易古訓(1卷)　經部 易類　30

유보남(청)찬　"劉寶楠(淸) 撰,劉恭冕
(淸) 補"　論語正義(24卷)　經部
四書類　156

유보이(청)찬　柳寶이(淸) 撰　柳選
四家醫案(8卷)　子部 醫家類　1028

溫熱逢原(3卷)　子部 醫家類　1005

유봉고찬　劉鳳誥　撰　存悔齋集(28卷)　存悔齋外集(4卷)　集部　別集類　1485~86

유봉녹(청)찬　劉逢祿(淸)　撰　尙書今古定釋文(8卷)　經部　書類　48
　尙序略說(2卷)　經部　書類　48
　書序述聞(1卷)　經部　書類　48
　"劉禮部集(11卷),附錄(1卷)"　集部　別集類　1501
　左氏春秋考證(2卷)　經部　春秋類　125
　"春秋公羊經何氏釋例(10卷),後錄(6卷)"　經部　春秋類　129
　穀梁廢疾申何(2卷)　經部　春秋類　132
　"劉逢祿(淸)　撰,劉逢祿(淸)　撰"　虞氏易言補(1卷)　經部　易類　26

유빈화집　劉彬華　輯　嶺南군雅初集(3卷)二集(3卷)初補(2卷)　集部　總集類　1693

유사관찬　劉嗣綰　撰　尙絅堂集(56卷)　集部　別集類　1485

유사배찬　劉師培　撰　攘書(1卷)　子部　儒家類　953

유사추집　劉斯樞　輯　程賦統會　史部　政書類　834

유상객찬　劉湘客　撰　行在陽秋　史部　雜史類　444

유석신찬　劉錫信　撰　歷代諱名考　史部　政書類　828

유소반(청)찬　劉紹攽(淸)　撰　周易詳說(18卷)　經部　易類　22

유수미(청)찬　劉壽眉(淸)　撰　春泉聞見錄(4卷)　子部　雜家類　1177

유시찬　柳是　撰.　"我聞室잉稿(2卷),附錄(2卷)"　集部　別集類　1391
　河東君尺牘(1卷)　集部　別集類　1391
　湖上草(1卷)　集部　別集類　1391

유시흥(청)찬　劉始興(淸)　撰　詩益(20卷)　經部　詩類　63

유신(북주)찬　庾信(北周)　撰；王개運　注　哀江南賦注(1卷)　集部　別集類　1304

유실(원)찬　劉實(元)　撰；劉茂實注　敏求機要(16卷)　子部　類書類　1218

유심원찬　劉心源　撰　奇고室吉金文述　史部　金石類　903

유악찬　劉鶚　撰　鐵雲臧龜　史部　金石類　906

유악찬　劉악　撰　老殘遊記(20卷)二編(9卷)外篇(殘稿)(1卷)　集部　小說類　1800

유약우찬　劉若愚　撰　酌中志　史部　雜史類　437

유양신(명)찬　劉良臣(明)　撰　鳳川子克己示兒編(1卷)　子部　儒家類　938

유여위집　兪汝爲　輯　荒政要覽　史部　政書類　846

유염(송)찬　兪琰(宋)　撰　林屋山人漫藁(1卷)附錄(1卷)　集部　別集類　1321
　黃帝陰符經註(1卷)　子部　宗敎類　1290

유영찬　柳永　撰　樂章集(3卷)　續添曲子(1卷)　集部　詞類　1722

유영종(청)찬　柳榮宗(淸)　撰　說文引經孝異　經部　小學類　223

유영지찬　劉永之撰　劉仲修先生詩文集(8卷)　集部 別集類　1326

유옥찬　劉玉撰　執齋先生文集(20卷)　集部 別集類　1334

유옥린(청)　劉玉린(淸)　爾雅校議(2卷)　經部 小學類　185

유용찬　劉墉撰　劉文淸公遺集(17卷)　集部 別集類　1433
劉文淸公應制詩集(3卷)　集部 別集類　1433

유우집　劉隅集　範東文集(12卷)　集部 別集類　1339
治河通考　史部 政書類　847

유원(청)찬　劉瑗(淸)撰　國朝畵徵補錄(2卷)　子部 藝術類　1067

유원(청)집주　劉沅(淸)輯註　禮記恒解(49卷)　經部 禮類　105
周官恒解(6卷)　經部 禮類　81
儀禮恒海(16卷)　經部 禮類　91
"周易恒解(5卷),首(1卷)"　經部 易類　26

유원장(청)찬　劉源長(淸)撰；余懷(淸)補茶史(2卷)；補(1卷)　子部 譜錄類　1115

유월(청)찬　俞월(淸)撰　四書辨疑辨(1卷)　經部 四書類　170
右台仙館筆記(16卷)　子部 小說家類　1270
第一樓書附考　經部 小學類　227
茶香室叢鈔(23卷)；三鈔(29卷)；四鈔(29卷)；續鈔(25卷)　子部 雜家類　1198～99
春在堂隨筆(10卷)　子部 雜家類　1141

古書疑義擧例(7卷)　子部 雜家類　1162
諸子平議(35卷)　子部 雜家類　1161～62
湖樓筆談(7卷)　子部 雜家類　1162
樂記異文考(1卷)　經部 樂類　116
達齋詩說.(1卷)　經部 詩類　73
茶香室經說(16卷)　經部 群經總義類　177
達齋春秋論(1卷)　經部 春秋類　148
禮記鄭讀考(1卷)　經部 禮類　106
群經平議(35卷)　經部 群經總義類　178

유월(청)찬　俞越(淸)撰　艮宦易說(1卷)　經部 易類　34
卦氣直日考(1卷)　經部 易類　34
易貫(5卷)　經部 易類　34
周易互體徵(1卷)　經部 易類　34

유유겸등찬　劉惟謙等撰　大明律　史部 政書類　862

유유방(청)찬　劉維坊(淸)撰　同音字辨(4卷)　經部 小學類　260
通義堂文集(16卷)　集部 別集類　1546
尙書舊疏考正(1卷)　經部 書類　50
通義堂集(2卷)　經部 群經總義類　177

유육숭(청)찬　劉毓崧(淸)撰　周易舊疏考正(1卷)　經部 易類　34

유윤문찬　俞允文撰　仲蔚先生集(24卷) 附錄(1卷)　集部 別集類　1354

유윤창(명)찬　劉胤昌(明)撰　劉氏

類山(10卷)　子部　類書類　1237

유은(청)찬　裕恩(淸)　撰　音韻逢源(4
卷)　經部　小學類　258

유응당(청)찬　劉應棠(淸)　撰　梭山
農譜(3卷)　子部　農家類　976

유응이(원)집　劉應李(元)　輯　新編
事文類聚翰墨全書(134卷)　子部
類書類　1219~21

유인(명)찬　〝喩仁(明),喩傑　撰〞　圖像
水黃牛經合併大全(2卷)　子部　醫
家類　1030

新刊纂圖元亨療馬集(6卷)　子部
醫家類　1030

駝經(1卷)　子部　醫家類　1030

유장화찬　劉長華　撰　漢晉㐬明諡
彙考　史部　政書類　827

皇朝諡彙考　史部　政書類　827

유적(명)찬　劉績(明)　撰　春秋左傳
類解(12卷)　經部　春秋類　119

유전영(청)찬　劉傳瑩(淸)　撰　漢魏石
經(3卷)　經部　群經總義類　184

유정등찬　留正等　撰　增入名儒講
義皇宋中興兩朝聖政　史部　編
年類　348

유정기(청)찬　劉廷璣(淸)　撰　在園
雜志(4卷)　子部　雜家類　1137

유정섭(청)찬　俞正燮(淸)　撰　癸巳
存稿(15卷)；首(1卷)；附錄(1卷)
子部　雜家類　1159~60

癸巳類稿(15卷)　子部　雜家類
1159

유정섭(청)찬　俞精燮(淸)　撰　癸巳
類稿(1卷)　子部　雜家類　1160

유조헌(청)찬　劉祖憲(淸)　撰　橡繭
圖說(2卷)　子部　農家類　978

유종원(당)찬　柳宗元(唐)　撰　河東
先生龍城錄(2卷)　子部　小說家
類　1264

유종주(명)찬　劉宗周(明)　撰　孔子家
語考次(不分卷)　子部　儒家類
931

周易古文鈔(4卷)　經部　易類　13

유중달(명)집　劉仲達(明)　輯　劉氏鴻
書(108卷)　子部　類書類　1238
~39

유중보(송)찬　劉仲甫(宋)　撰　棋訣(1
卷)　子部　藝術類　1097

유중조찬　劉中藻　撰　洞山九潭誌
史部　地理類　724

유지(청)찬　劉智(淸)　撰　天方性理(5
卷)；首(1卷)　子部　宗敎類　1296

天方至聖實錄(20卷)　；　首(1卷)
子部　宗敎類　1296

天方典禮擇要解(20卷)　；　後編(1
卷)　子部　宗敎類　1295

유찬(청)찬　劉燦(淸)　撰　續廣雅(2
卷)　經部　小學類　191

支雅　經部　小學類　193

유청(청)찬　劉淸(淸)　撰　片刻餘閒
集(2卷)　子部　雜家類　1137

유청려(청)보집　劉淸藜(淸)　補輯
醫蠶病方(1卷)　子部　農家類　978

蠶桑備要(4卷)　子部　農家類　978

유청련(청)찬　〝劉靑蓮(淸)　撰,劉靑芝
(淸)撰〞　學禮闕疑(8卷)　經部　禮
類　108

유청지(청)찬　劉靑芝(淸)　撰　周禮
質疑(5卷)　經部　禮類　79

유체인찬　劉體仁　撰　七頌堂詞繹
(1卷)　集部　詞類　1733

유춘찬　劉春 撰　東川劉文簡公集
　　(24卷)　集部 別集類　1332
유충찬　劉忠 撰　少傳野亭劉公遺
　　藁(8卷)　集部 別集類　1330
유태공(청)찬　劉台拱(淸) 撰　論語
　　駢枝(1卷)　經部 四書類　154
　　經傳小記(3卷)　經部 群經總義
　　類　173
유통훈찬　"劉統勳,劉墉,劉鐶之撰"
　　諸城劉氏三世奏稿　史部 詔令
　　奏議類　494
유하찬　劉夏撰劉尙賓文集(5卷)附錄
　　(1卷)　劉尙賓文續集(4卷)　集部
　　別集類　1326
유향찬　劉向 撰 ; 姚振宗 輯　七
　　略別錄佚文　史部 目錄類　916
　　七略佚文　史部 目錄類　916
유헌정(청)찬　劉獻廷(淸) 撰　劉繼
　　莊先生廣陽雜記(5卷)　子部 雜
　　家類　1176
유형(청)찬　劉衡(淸) 撰　六九軒算
　　書五種(7卷)　子部 天文算法類
　　1046
　　輯古算經補注(1卷)　子部 天文
　　算法類　1046
유효조찬　劉效祖 撰　良辰樂事(不
　　分卷)　集部 曲類　1739
유휘(진)주　劉徽(晉) 注 ; 李淳風(唐)
　　釋"九章算經(9卷,存1-5卷)"　子
　　部 天文算法類　1041
유흥은(청)찬　柳興恩(淸) 撰　穀梁
　　大義述(30卷)　經部 春秋類　132
유희찬　劉熙 撰 ; 孔晁 注 ; 孫동
　　輯　謚法　史部 政書類　826
유희노찬수　"兪希魯,盧憲　纂修"

　　鎭江志　史部 地理類　698
유희재찬　劉熙載 撰　昨非集(4卷)
　　集部 別集類　1543
　　藝概(6卷)　集部 詩文評類　1714
　　金石苑　史部 金石類　894～95
　　長安獲古編　史部 金石類　906
육계로(청)찬　陸繼輅(淸) 撰　"崇百
　　樂齋三集(12卷),崇百樂齋續集(4
　　卷)"　集部 別集類　1497
　　合肥學舍札記(12卷)　子部 雜家
　　類　1157
육계휘찬　陸繼煇 撰　八瓊室金石
　　補正續編　史部 金石類　899～
　　901
육곤증찬　陸崑曾 撰　李義山詩解
　　(不分卷)　集部 詩文評類　1701
육구소(송)찬　陸九韶(宋) 撰　陸氏
　　家制(1卷)　子部 儒家類　935
육규훈(청)찬　陸奎勳(淸) 撰　"陸堂
　　詩學(12卷),讀詩總論(1卷)"　經部
　　詩類　62
　　"春秋義存錄(12卷),首(1卷)"　經
　　部 春秋類　139
육기(진)찬　陸機(晉) 撰　陸士衡文
　　集(10卷)　集部 別集類　1304
육덕명(당)찬　陸德明(唐) 撰　經典
　　釋文尙書殘卷　經部 書類　41
　　爾雅音釋(3卷)　經部 小學類　185
육롱기찬　陸隴其 撰　三魚堂日記
　　史部 傳記類　559
육무수(청)찬　陸懋修(淸) 撰　內經
　　運氣病釋(9卷) ; 附內經遺篇病
　　釋(1卷)　子部 醫家類　983
육법언(수)찬　陸法言(隋) 撰　唐寫
　　本切韻(殘卷)　經部 小學類　249

육보지찬　陸輔之　撰 ; 胡元儀釋 ;
　　　陳去病補釋詞旨(1卷)　集部　詞
　　　類　1733
육비지(청)찬　"陸費墀(淸)撰,王朝梧
　　　增補"　四庫全書辨正通俗文字
　　　(不分卷)　經部　小學類　239
육서성(명)찬　陸西星(明)　撰　南華眞
　　　經副墨(8卷)　子部　宗敎類　1291
　　　讀南華經雜說(1卷)　子部　宗敎
　　　類　1291
육세의(청)찬　陸世儀(淸)　撰　盛明
　　　雜劇三集:卷三十一西臺記　　集
　　　部　戲劇類1765
　　　부亭先生文集六卷補遺(1卷)
　　　集部　別集類　1398
　　　부亭先生詩集(10卷)　集部　別集
　　　類　1398
　　　復社紀略　史部　雜史類　438
　　　論學酬答(4卷)　子部　儒家類　946
육소증(청)집　陸紹曾(淸)　輯　古今名
　　　扇錄(不分卷)　子部　譜錄類　1111
육수부찬　陸秀夫　撰　宋左丞相陸
　　　公全書八卷續編(2卷)　集部　別
　　　集類　1321
육숭찬　陸嵩　撰　意茗山館詩稿(16
　　　卷)　集部　別集類　1517
육시옹(명)찬　陸時雍(明)　撰　楚辭
　　　雜論(1卷)　集部　楚辭類　1301
　　　屈原傳(1卷)　集部　楚辭類　1301
　　　讀楚辭語(1卷)　集部　楚辭類　1301
　　　楚辭疏(1卷)　集部　楚辭類　1301
육시화(청)찬　陸時化(淸)　撰　吳越
　　　所見書畫錄(6卷) ; 書畫說鈐(1
　　　卷)　子部　藝術類　1068
육심(명)찬　陸深(明)　撰　科場條貫

史部　政書類　828
蜀都雜抄　史部　地理類　735
大駕北還錄　史部　雜史類　433
聖駕南巡日錄　　史部　雜史類
433
육심원(청)찬　陸心源(淸)　撰　三續
　　　疑年錄　史部　傳記類　517
　　　元祐黨人傳　史部　傳記類　517
　　　金石學錄補　史部　金石類　901
　　　宋詩紀事補遺(100卷)　宋詩紀事
　　　小傳補正(4卷)　集部　詩文評類
　　　1708～09
　　　吳興金石記　史部　金石類　911
　　　벽宋樓藏書志　史部　目錄類
　　　928～29
　　　儀顧堂題跋 ; 儀顧堂續跋　史
　　　部　目錄類　930
　　　儀顧堂集(20卷)　集部　別集類
　　　1560
　　　穰梨館過眼錄(40卷) ; 穰梨館過
　　　眼續錄(16卷)　子部　藝術類　1087
　　　千甓亭磚錄(4卷)　子部　譜錄類
　　　1111
　　　李氏易傳校(1卷)　經部　易類　38
육요(청)찬　陸燿(淸)　撰　烟譜(1卷)
　　　子部　譜錄類　1117
　　　烟草譜(8卷) ; 題詞(1卷)　子部
　　　譜錄類　1117
육요휼찬　陸耀遹　撰　金石續編
　　　史部　金石類　893
육운룡찬　陸雲龍　撰　翠娛閣近言
　　　(4卷)(詩一卷文3卷)　集部　別集
　　　類　1389
육원횡(청)찬　陸元횡(淸)　撰　靑芙蓉
　　　閣詩鈔(6卷)　集部　別集類　1475

육위(명)교　陸位(明) 校　大統曆註
(不分卷)　子部 天文算法類　1036
新編遵依司天臺經緯曆書(6卷)
子部 天文算法類　1036～37
육응곡찬　陸應穀 撰　抱眞書屋詩鈔
(9卷)　集部 別集類　1532
육이첨(청)찬　陸以湉(淸) 撰　冷廬
醫話(5卷)　子部 醫家類　1029
冷廬雜識(8卷);讀編(1卷)　子部
雜家類　1140
육익(명)찬　陸益(明) 撰　病逸漫記
(不分卷)　子部 雜家類　1170
육전(송)찬　陸佃(宋) 撰 ; 牛衷(明)
增輯　增修埤雅廣要(42卷)　子
部 小說家類　1271
陸佃(宋) 撰　爾雅新義(20卷)
經部 小學類　185
육정찬(청)찬　陸廷燦(淸) 撰藝 菊
志(8卷)　子部 譜錄類　1116
육즙찬　陸楫 撰　겸가堂稿(8卷)
集部 別集類　1354
육증상찬　陸增祥 撰　八瓊室金石
補正　八瓊室金石札記　八瓊室
金石祛僞　八瓊室元金石偶存
史部 金石類　896～99
八瓊室金石祛僞　史部 金石類
899
八瓊室金石札記　史部 金石類
899
八瓊室元金石偶存　史部 金石
類　899
육지찬　陸贄 撰 ; 郎曄 注　註陸
宣公奏議　史部 詔令奏議類
474
육차운(청)찬　陸次雲(淸) 撰　事文

標異(1卷)　子部 雜家類　1136
尙論持平(2卷)　子部 雜家類　1136
析疑待正(2卷)　子部 雜家類　1136
육찬(명)찬　陸粲(明) 撰　左氏春秋
鐫(2卷)　經部 春秋類　119
육채찬　陸采 撰　天池山人小稿五
種：甲年藁(1卷)　集部 別集類
1354
天池山人小稿五種：癸己藁(1
卷)　集部 別集類　1354
六十種曲(120卷)：明珠記(2卷)
集部 戲劇類　1769
天池山人小稿五種：義興藁(1
卷)　集部 別集類　1354
天池山人小稿五種：壬辰藁(1
卷)　集部 別集類　1354
天池山人小稿五種　集部 別集
類　1354
天池山人小稿五種：太山藁(1
卷)　集部 別集類　1354
六十種曲120卷：懷香記(2卷)
集部 戲劇類　1770
육현우(명)집　陸玄宇(明) 輯　仙機
式庫(8卷)　子部 藝術類　1098
～99
육화희(명)찬　陸化熙(明) 撰　詩通(4
卷)　經部 詩類　61
육희성(당)찬　陸希聲(唐) 撰　道德
眞經傳(4卷)　子部 儒家類　954
윤계미(청)찬　尹繼美(淸) 撰　"詩管
見(7卷),首(1卷)"　經部 詩類　74
"詩地理考略(2卷),圖(2卷)"　經部
詩類　74
윤계선찬　尹繼善 撰　尹文端公詩
集(10卷)　集部 別集類　1426

윤례등찬　允禮　等撰　工程做法
　　史部　政書類　879~80
　　西藏誌　史部　地理類　682
윤문자(주)찬　尹文子(周)　撰　古迂
　　陳氏家塾尹文子(2卷)　子部　雜
　　家類　1121
윤수형찬　尹守衡　撰　皇明史竊
　　史部　別史類　316~17
윤예찬　允禮　撰　西藏日記　史部
　　傳記類　559
윤팽수(청)찬　尹彭壽(淸)　撰　漢隸
　　辨體(4卷)　經部　小學類　243
윤회일찬　尹會一　撰　健餘先生文
　　集(10卷)　集部　別集類　1424
율열관(청)집　律列館(淸)　輯　律列
　　館校正洗寃錄(4卷)　子部　法家
　　類　972
응가찬　應檟　撰　大明律釋義　史
　　部　政書類　863
응휘겸(청)찬　應撝謙(淸)　撰　性理
　　大中(28卷)　子部　儒家類　949
　　~50
이가악찬　李嘉樂　撰　방潛齋詩鈔
　　(15卷)　集部　別集類　1559~60
이강찬　李綱　撰　宋丞相李忠定公
　　奏議　史部　詔令奏議類　474~
　　75
이개(청)찬　李鎧(淸)　撰　讀書雜述(10
　　卷)　子部　雜家類　1135
이개(청)찬　李介(淸)　撰　天香閣隨
　　筆(2卷)　子部　雜家類　1175
이개선(명)찬　李開先(明)　撰　改定
　　元賢傳奇(16卷)　集部　戲劇類
　　1760
　　李中麓閒居集(12卷)　集部　別集

　　類　1340~41
　　新編林沖寶劍記(2卷)　集部　戲
　　劇類　1774
　　中麓畫品(1卷)　子部　藝術類　1065
이갱운(청)찬　李갱芸(淸)　撰　炳燭
　　編(4卷)　子部　雜家類　1155
　　稻香吟館詩藁(7卷)　集部　別集
　　類　1477
이건훈찬　李建勳　撰　李丞相詩集
　　(2卷)　集部　別集類　1313
"이경,이욱찬"　"李璟，李煜撰"南唐
　　二主詞(1卷)　集部　詞類　1722
　　李季(宋)　撰　乾象通鑑(100卷)
　　子部　術數類　1050~51
　　李季可(宋)　撰　松窗百說(1卷)
　　子部　雜家類　1122
이고(금)찬　李고(金)　撰　醫學發明(1
　　卷)　子部　醫家類　1005
이공(청)찬　李공(淸)　撰　怒谷後集(13
　　卷)　集部　別集類　1420
　　恕谷中庸講語(1卷)　經部　四書
　　類　159
　　"中庸傳注(1卷)，中庸傳注問(1卷)"
　　經部　四書類　159
　　剪초集(2卷)　集部　別集類　1321
　　顏習齋先生年譜　史部　傳記類
　　554
　　閱史隙視　史部　史評類　450
　　論學(2卷)　子部　儒家類　947
　　聖經學規纂(2卷)　子部　儒家類
　　947
　　小學稽業(5卷)　子部　儒家類　947
　　平書訂(1卷)　子部　儒家類　947
　　春秋傳注(4卷)　經部　春秋類　139
　　郊社考辨(1卷)　經部　禮類　108

大學辨業(4卷) 經部 四書類 159

이공개(원)찬 李公凱(元) 撰 直音
傍訓毛詩句解(20卷) 經部 詩類
57

이공환(원)집 李公煥(元) 輯箋 註
陶淵明集總論(1卷) 集部 別集
類 1304

이광정찬 李光廷 撰 廣元遺山年
譜 史部 傳記類 552

이광정(청)찬 李光庭(淸) 撰 鄕言解
이(5卷) 子部 小說家類 1272

이광지(청)찬 李光地(淸) 撰 榕村字
畵辨訛(1卷) 經部 小學類 239

이교찬 李嶠撰李嶠雜詠(2卷)集部別集
類1305

이규찬 李圭 撰 鴉片事略 史部
雜史類 445
環遊地球新錄 史部 地理類
737

이균찬 李鈞 撰 轉漕日記 史部
傳記類 559

이균간(청)찬 李鈞簡(淸) 撰 周易
引經通釋(10卷) 經部 易類 25

이극가(원)찬 李克家(元) 撰 戎事
類占(21卷) 子部 術數類 1051

이당손(청)집 李當孫(淸) 輯 易經
異文釋(6卷) 經部 易類 27
李氏易解賸義(3卷) 經部 易類
27

이도평(청)찬 李道平(淸) 撰 周易
集解纂疏(10卷) 經部 易類 30

이돈(청)찬 李惇(淸) 撰 左傳通釋(12
卷) 經部 春秋類 123
群經識小(8卷) 經部 群經總義
類 173

이동(송)주 "李同(宋)注,東方明(宋)疏
"新雕李燕陰陽三命(2卷) 子部
術數類 1059
新雕注疏珞彔子三命消息賦(3
卷) 子部 術數類 1059

이동양(명)찬 李東陽(明) 撰 燕對
錄 史部 雜史類 433

이두찬 李斗 撰 揚州畵舫錄 史
部 地理類 733

이등(명)찬 李登(明) 撰 重訂詳校
篇海(5卷) 經部 小學類 232
重訂直音篇(7卷) 經部 小學類
231
難字直音(1卷) 經部 小學類 251
書文音義便考私編(5卷) 經部
小學類 251

이락(명)찬 李樂(明) 撰 見聞雜紀(11
卷) 子部 雜家類 1171

이렴(명)찬 李濂(明) 撰 醫史(10卷)
子部 醫家類 1030

이림(송)편 李霖(宋) 編 道德眞經取
善集(12卷) 子部 儒家類 954

이림송(청)찬 李林松(淸) 撰 周易
述補(5卷) 經部 易類 26

이마두(의)찬 利瑪竇(意) 撰 天主
實義(2卷) 子部 宗敎類 1296

이묵(명)찬 李默(明) 撰 孤樹裒談(10
卷) 子部 雜家類 1170

이문(청)찬 李文(淸) 撰 金刃要略
廣注(3卷) 子部 醫家類 989

이문리(명)찬 "李文利(明) 撰, 李元
校(明) 補 "大樂律呂元聲(6卷),
大樂律呂考注(4卷)" 經部 樂類
113

이문소(청)찬 李文炤(淸) 撰 周易

本義拾遺(6卷)　經部　易類　19

周易序例(1卷)　經部　易類　19

周易拾遺(1卷)　經部　易類　19

이문울찬　李文蔚　撰　同樂院燕靑

博魚雜劇　集部　戲劇類　1760

燕靑博魚　集部　戲劇類　1764

이문전찬　李文田　撰　元秘史注

史部　別史類　312

朔方備乘札記　史部　地理類　742

元史地名考　史部　正史類　294

이문조찬　李文藻　撰　南澗文集(2

卷)　集部　別集類　1449

嶺南詩集(8卷)　集部　別集類　1449

이문찰(명)찬　李文察(明)　撰　李氏

樂書.6種　經部　樂類　114

이박찬　李朴　撰　豊淸敏公遺事　史

部　傳記類　550

이반룡찬　李攀龍　撰　白雪樓詩集

(12卷)　集部　別集類　1345

이반룡선　李攀龍　選；王穉登　評

唐詩選(7卷)　集部　總集類　1611

이방등찬　李昉等　撰　歷代宮殿名

史部　地理類　718

이방응찬　李方膺　撰　山東水利管

窺略　史部　政書類　851

이백찬　李白　撰；朱諫選李詩選註

(13卷)　集部　別集類　1305～06

이병수(청)찬　伊秉綬(淸)　撰　留春草

堂詩鈔(7卷)　集部　別集類　1475

이보가찬　李寶嘉　撰.　官場現形記

(60卷)　集部　小說類　1800

이보평(청)찬　李黼平(淸)　撰　毛詩

紬義(24卷)　經部　詩類　68

이본(명)찬　李本(明)　撰　〞春秋私考

(36卷),首(1卷)〞　經部　春秋類　134

이본고(명)찬　李本固(明)　撰　周易

古本全書匯編(17卷)　經部　易類

12

이부손(청)찬　李富孫(淸)　撰　校經廎

文稿(18卷)　集部　別集類　1489

春秋三傳異文釋(12卷)　經部　春

秋類　144

이불찬　李紱　撰　穆堂初稿(50卷)穆

堂別稿(50卷)　集部　別集類　1421

～22

이불(청)찬　李紱(淸)　撰　陸子學譜(20

卷)　子部　儒家類　950

이사삼(청)찬　李士棻(淸)　撰　周易

注(2卷)　經部　易類　39

이사선수　李士宣　修；周碩勳纂延

慶衛志略　史部　地理類　718

이상등찬　李詳　等撰　顧亭林先生

詩箋注　校補(1卷)　集部　別集

類　1402

이상은찬　李商隱　撰；錢振倫　箋；

錢振常　注　樊南文集補編(12卷)

附錄(1卷)　集部　別集類　1312

玉谿生詩詳註(3卷)　集部　別集

類　1312

樊南文集詳註(8卷)　集部　別集

類　1312

이서(명)찬　李恕(明)　撰　易經旁訓(3

卷)　經部　易類　5

이서운집　李書雲　輯；朱素臣校音

韻須知(2卷)　集部　曲類　1747

이선란(청)찬　李善蘭(淸)　撰　則古

昔齋算學十三種　子部　天文算

法類　1047

이성원찬　李星沅　撰　〞李文恭公遺

集(46卷)行述(1卷)（奏議22卷, 詩

集8卷, 文集16卷)〞　集部　別集
　　類　1523～25
이소기(송)집　李昭玘(宋)　輯　太學新
　　增合璧聯珠聲律萬卷菁華前集(60
　　卷)　子部　類書類　1214～16
이소문(명)찬　李紹文(明)　撰　〞皇明
　　世說新語(8卷)　;　附,釋名(1卷)〞
　　子部　雜家類　1173
이소상찬　李昭祥　撰　龍江船廠志
　　史部　政書類　878
이소손(청)찬　李邵孫(清)　撰　詩經
　　異文釋(16卷)　經部　詩類　75
이손지찬　李遜之　撰　三朝野紀
　　史部　雜史類　438
이수찬　李遂　撰　禦倭軍事條款
　　史部　政書類　852
이수경찬　李壽卿　撰　說전諸伍員
　　吹簫雜劇　集部　戲劇類　1761
이수성찬　李秀成　撰　李秀成自述
　　史部　雜史類　445
이순신(송)찬　李舜臣(宋)　撰　江東十
　　鑑(1卷)　子部　兵家類　959
이순인(원)집　李純仁(元)　輯　新編
　　顏子(5卷)　子部　儒家類　932
이순풍(당)찬　李淳風(唐)　撰　孫子算
　　經(3卷)　子部　天文算法類　1041
　　五曹算經(5卷)　子部　天文算法
　　類　1041
　　觀象玩占(50卷)　子部　術數類
　　1049
　　乙巳占(9卷)　子部　術數類　1049
이술래(청)찬　李述來(清)　撰　讀通
　　鑑綱目條記　史部　編年類　342
이승훈(명)찬　李承勛(明)　撰　續名
　　馬記(2卷)　子部　譜錄類　1119
이식(명)찬　李埴(明)　撰　皇宋十朝
　　綱要　史部　編年類　347
　　李埴(明)輯困學纂言(6卷)　子部
　　雜家類　1188
이신유(청)찬　李愼儒(清)　撰　禹貢
　　易知編(12卷)　經部　書類　55
이실(명)찬　李實(明)　撰　虛庵李公
　　奉使錄　史部　雜史類　433
이심전집　李心傳　輯　;　程榮秀删補
　　道命錄　史部　傳記類　517
이안인등수　李安仁　等修　石鼓書
　　院志　史部　地理類　720
이야(청)찬　李冶(清)　撰　益古演段(3
　　卷)　子部　天文算法類　1042
　　測圓海鏡細草(12卷)　子部　天文
　　算法類　1042
이어(청)찬　李漁(清)　撰　風筝誤傳
　　奇(2卷)　集部　戲劇類　1775
　　閒情偶寄(16卷)　子部　雜家類
　　1186
이언공찬　〞李言恭,郝杰　撰〞　日本
　　考　史部　地理類　744
이언장(청)찬　李彥章(清)　撰　江南
　　催耕課稻編(不分卷)　子部　農
　　家類　977
이업(청)찬　李鄴(清)　撰　切韻攷(4
　　卷)　經部　小學類　258
이여진(청)찬　李汝珍(清)　撰　鏡花綠
　　一百回　集部　小說類　1795～96
　　李氏音鑑(6卷)　經部　小學類　260
이연시(청)찬　李延昰(清)　撰　脈訣
　　彙辨(10卷)　子部　醫家類　999
이영찬　李鍈　撰　詩法易簡錄(14卷)
　　錄餘緒論(1卷)　集部　詩文評類
　　1702

이영육(청)찬　李榮陸(淸)　撰　"易考
　　(2卷),易續考(2卷)"　經部　易類
　　24
　　"周易篇.第(3卷),首(1卷)"　經部
　　易類　24
　　尙書考　經部　書類　45
이예(청)찬　李銳(淸)　撰　召誥日名
　　考(1卷)　經部　書類　55
　　李氏遺書十一種(18卷)　子部　天
　　文算法類　1045～46
　　周易虞氏略例(1卷)　經部　易類
　　28
이예형(명)찬　李豫亨(明)　撰　推蓬
　　寤語(9卷) ; 餘錄(1卷)　子部　雜
　　家類　1128
이옥등찬　李玉　等撰　一笠庵彙編
　　淸忠譜傳奇(2卷)　集部　戲劇類
　　1775
이옥찬　李玉　撰　一笠菴新編一捧
　　雪傳奇(2卷)　集部　戲劇類　1775
이옹찬　李顒　撰　二曲集(26卷)　集
　　部　別集類　1410
이옹(청)찬　李顒(淸)　撰　"四書反身
　　錄(6卷),續錄(卷)"　經部　四書類
　　165
이용(당)찬　李冗(唐)　撰　獨異志(3
　　卷)　子部　小說家類　1264
이우손(청)찬　李遇孫(淸)　撰　金石
　　學錄　史部　金石類　894
　　補(2卷)　子部　雜家類　1188
　　尙書隸古定釋文(8卷)　經部　書
　　類　48
이우손찬　李遇孫　撰 ; 鄒柏森　校
　　補　誃蒼金石志 ; 續誃蒼金石
　　志　史部　金石類　911～12

이원(청)찬　李元(淸)　撰　蜀水經
　　史部　地理類　728
　　音切譜(20卷)　經部　小學類　246
이원강(송)찬　李元綱(宋)　撰　厚德
　　錄(4卷)　子部　小說家類　1266
이원도집　李元度　輯　國朝先生事
　　略 ; 國朝先生事略補編　史部
　　傳記類　538～39
　　天岳山館文鈔(40卷)　集部　別集
　　類　1549
이원필찬　李元弼　撰　作邑自針
　　史部　職官類　753
이유당찬　李有棠　撰　金史紀事本
　　末　史部　紀事本末類　388～89
　　遼史紀事本末　史部　紀事本末
　　類　388
이율구(청)찬　李聿求(淸)　撰　魯之
　　春秋　史部　雜史類　444
　　桑志(10卷);首(1卷)　子部　農家類
　　978
이이덕(청)찬　李貽德(淸)　撰　春秋
　　左氏傳賈服注輯述(20卷)　經部
　　春秋類　125
이일화찬　李日華　撰　味水軒日記
　　史部　傳記類　558
　　六十種曲(120卷) : 西廂記(南)(2
　　卷)　集部　戲劇類　1769
이임보등찬　李林甫等　撰 ; 묘泮林
　　輯　唐月令注　史部　時令類
　　885
이자명찬　李慈銘　撰　白華絳拊閣
　　詩集(10卷)　集部　別集類　1559
　　越縵堂文集(12卷)　集部　別集類
　　1559
　　越縵堂詩續集(10卷)　集部　別集

　　　類　1559
이장무(청)찬　李長茂(淸)　撰　算海
　　說詳(9卷)　子部　天文算法類　1044
이재(명)찬　李材(明)　撰　見羅先生
　　書(21卷)　子部　儒家類　941
　　李材(明)　撰 ; 左光斗(明)訂正.經
　　武淵源(15卷)　子部　兵家類　959
이적(송)찬　李籍(宋)　撰　周髀算經
　　音義(1卷)　子部　天文算法類　1031
이정찬　李庭　撰　寓庵集(8卷)　集
　　部　別集類　1322
이정찬　李楨　撰　濂溪志　史部　傳
　　記類　550
이정기(명)집　李廷機(明)　輯　宋賢
　　事彙(2卷)　子部　雜家類　1189
이정원(청)찬　李鼎元(淸)　撰　師竹
　　齋集(4卷)　集部　別集類　1475
이제마태(영)찬　李提摩太(英)　撰
　　列國變通興盛記(4卷)　子部　西
　　學譯著類　1297
이조도집　李祖陶　輯　"國朝文錄續
　　編(66卷)附邁堂文略(4卷)　(姚端
　　恪公文錄, 變雅堂文錄, 白茅堂
　　文錄, 砥齋文錄, 聰山文錄, 改
　　亭文錄, 魏伯子文錄, 河東文錄,
　　楡溪文錄, 庸書文錄, 白石山房
　　文錄, 三魚堂文錄, 蒼峴山人文
　　錄, 談園文錄, 百尺梧桐閣文錄,
　　飴山文錄, 下儀堂文錄, 趙忠毅
　　公文錄, 白田草堂文錄, 梅莊文
　　錄, 梅崖居士集文錄, 四知堂文
　　錄, 孺廬先生文錄, 雙桂堂文錄,
　　松泉文錄, 集虛齋文錄, 歸芋文
　　錄, 果堂文錄, 培遠堂文錄, 香
　　國集文錄, 小倉山房文錄, 尊聞

居士文錄, 叢桂堂文錄, 海崖文
錄, 切問齋文錄, 經韻樓集文錄,
更生齋文錄, 頤綵堂文錄, 韞山
堂文錄, 竹香齋文錄, 養一齋文
錄, 鑑芝水齋文錄, 雀硯齋文錄,
雕古集文錄, 崇百藥齋文錄, 學
福齋文錄, 左海文錄, 存吾文集
錄, 邃雅堂文錄)"　集部　總集類
1671～72
"國朝文錄(82卷)　(態學士文集錄,
亭林文錄, 石莊先生文錄, 南雷
文錄, 壯悔堂文錄, 치躬堂文錄,
四照堂文錄, 湘帆堂文錄, 水田
居文錄, 潛庵先生遺고文錄, 愚
山先生文錄, 牛亭文錄, 張文貞
公文錄, 帶經堂集文錄, 鄭靜庵
先生文錄, 榕村全集文錄, 西陂
類稿文錄, 잠園未定藁文錄, 居
業齋文錄, 邵靑門文錄, 朱文端
公文集, 二希堂文錄, 孫文定公
文錄, 길埼亭集文錄, 紫竹山房
文集, 鹿洲文錄, 白鶴堂文錄, 南
庄類稿文錄, 海峰先生文錄, 潛
研堂文錄, 惜抱軒先生文選, 紀
文達公文錄, 淸獻堂文錄, 忠雅
堂文錄, 二林居文錄, 厚岡文集,
陶士升先生黃江文錄, 劉寄庵文
錄, 知恥齋文錄, 쳑園初고文)"
集部　總集類　1669～70
이조락집　李兆洛　輯　駢體文鈔(31
　　卷)　集部　總集類　1610
　　紀元編　史部　政書類　826
　　歷代地理志韻編今釋 ; 皇朝興
　　地韻編　史部　正史類　294
　　養一齋文集(20卷)補遺(1卷)續編(6

卷) 養一齋詩集(8卷) 集部 別
集類 1495

鳳臺縣志 史部 地理類 710

이조분(청)집 李祖芬(清) 輯 南北
派十三套大曲琵琶新譜(2卷) ; 附
錄(1卷) 子部 藝術類 1096

이조원(청)찬 李調元(清) 撰 童山
詩集(42卷)附(2卷) 童山文集(20卷)
補遺(1卷) 集部 別集類 1456

賦話(10卷) 集部 詩文評類 1715

制義科瑣記 史部 政書類 829

奇字名(2卷) 經部 小學類 191

左傳官名考(2卷) 經部 春秋類
123

逸孟子(1卷) 經部 四書類 158

儀禮古今考(2卷) 經部 禮類 89

春秋三傳比(2卷) 經部 春秋類
144

禮記補注(4卷) 經部 禮類 103

春秋左傳會要(4卷) 經部 春秋
類 123

周禮摘箋(5卷) 經部 禮類 80

이조원찬 李兆元 撰 古韻圖說(1
卷) 集部 詩文評類 1702

律詩拗體(4卷) 集部 詩文評類
1702

이좌현(청)찬 李佐賢(清) 撰 石泉
書屋類稿(8卷)附尺牘(2卷) 集部
別集類 1534

石泉書屋詩鈔(8卷) 集部 別集
類 1534

書畫鑑影(24卷) 子部 藝術類
1085～86

古泉匯(64卷) ; 首(1卷) 子部
譜錄類 1112

"李佐賢(清), 鮑康撰" 續泉匯(14
卷) ; 首集(1卷) ; 補遺(2卷) 子部
譜錄類 1113

이준보찬 李俊甫 撰 莆陽比事
史部 地理類 734

이중찬 李中 撰 碧雲集(3卷) 集
部 別集類 1313

이중립(명)찬 李中立(明) 撰 本草
原始(20卷) 子部 醫家類 992
～93

이중재(명)찬 李中梓(明) 撰 醫宗
必讀(10卷) 子部 醫家類 1022

鐫補雷公炮製藥性解(6卷) 子
部 醫家類 990

本草通玄(2卷) 子部 醫家類 993

이중재(명)찬 李中梓(明) 撰 ; 尤乘
(清) 輯 壽世青編(2卷) 子部
醫家類 1030

이중재(청)찬 李中梓(清) 撰 診家
正眼(2卷) 子部 醫家類 999

이중정(송)찬 李中正(宋) 撰 泰軒
易傳(6卷) 經部 易類 2

이중화찬 李重華 撰 貞一齋詩說
(1卷) 集部 詩文評類 1701

이증계찬 李增階 撰 外海紀要
史部 政書類 860

이증백(청)찬 李曾白(清) 撰 李滋
然補考 爾疋舊注攷證(2卷)
經部 小學類 188

이지(명)찬 李贄(明) 撰 李溫陵集(20
卷) 集部 別集類 1352

李氏續焚書(5卷) 集部 別集類
1352

"山中一夕話,上集(7卷) ; 下集(7
卷)" 子部 小說家類 1272

雅笑(3卷)　子部　小說家類　1272
續藏書　史部　別史類　303
藏書　史部　別史類　301~02
初潭集(30卷)　子部　雜家類　1188~89
九正易因(不分卷)　經部　易類　9
四書評(19卷)　經部　四書類　161
"李贄(明), 劉東星撰"　道古錄(2卷)　子部　雜家類　1127
이지방(청)찬　李之芳(淸)　撰　李文襄公別錄　史部　詔令奏議類　493
李文襄公奏疏　史部　詔令奏議類　493
李文襄公奏議　史部　詔令奏議類　493
河防疏略　史部　詔令奏議類　493
이지상찬　李志常　撰　長春眞人游記　史部　地理類　736
이지소(청)집　李之素(淸)　輯　孝經內外傳(5卷)　經部　孝經類　152
孝經正文(1卷)　經部　孝經類　152
이직부찬　李直夫　撰　元曲論(1卷): 便宣行事虎頭牌雜劇　集部　戲劇類　1761
이진옥(청)찬　李陳玉(淸)　撰　楚詞箋註(4卷)　集部　楚辭類　1302
이창기찬　李昌祺　撰　新增全相湖海新奇剪燈餘話大全(4卷)　集部　小說類　1787
이창령(송)집　李昌齡(宋)　輯　樂善錄(10卷)　子部　小說家類　1266
이청(청)찬　李淸(淸)　撰　南渡錄　史部　雜史類　443
折獄新語(10卷)　子部　法家類　972

南北史合注(1)~(5)　史部　正史類　278~82
三垣筆記　史部　雜史類　440
이청조찬　李淸照　撰　漱玉詞(1卷)附錄(1卷)　集部　詞類　1722
이초손(청)찬　李超孫(淸)　撰　詩氏族考(6卷)　經部　詩類　66
이춘희(명)찬　李春熙(明)　撰　道廳錄(5卷)　子部　雜家類　1132
이치원찬　李致遠　撰　都孔目風雨還牢末雜劇　集部　戲劇類　1762
이태찬　李泰　撰　四時氣候集解　史部　時令類　885
이포(청)찬　李苞(淸)　撰　敏齋詩草(2卷)　集部　別集類　1475
巴塘詩鈔(2卷)　集部　別集類　1475
이하찬　李賀　撰；王琦　彙解　李長吉歌詩彙解(4卷)首(1卷)外集(1卷)　集部　別集類　1311
李賀　撰；姚佺箋；丘象升　等評；丘象隨　等辯注　李長吉昌谷集句解定本(4卷)　集部　別集類　1311
李賀　撰；陳本禮　箋注　協律鉤玄(4卷)外集(1卷)　集部　別集類　1311
이한(당)찬　李翰(唐)　撰　蒙求(3卷)　子部　類書類　1213
이행도찬　李行道　撰　包待制智賺灰闌記雜劇　集部　戲劇類　1762
이헌민(송)찬　李獻民(宋)　撰　雲齋廣錄(8卷)；後集(1卷)　子部　小說家類　1264
이현(명)찬　李賢(明)　撰　天順日錄　史部　雜史類　433

이호고찬　李好古　撰　沙門島張生
　　煮海雜劇　集部　戲劇類　1762
　　張生煮海　集部　戲劇類　1763
이홍장(청)찬　李鴻章(淸)　撰　李文
　　忠公明僚函稿(24卷)　集部　別集
　　類　1553～54
　　李鴻章(淸)　等修；黃彭年　等纂
　　畿輔通志(1)～(13)　史部　地理類
　　628～40
　　"李鴻章(淸)撰,吳汝綸(淸)編"　李
　　文忠公奏稿　史部　詔令奏議類
　　505～08
이화용(명)찬　李化龍(明)　撰　平播
　　全書　史部　雜史類　434～35
이황(청)찬　李潢(淸)　撰　九章算術
　　細草圖說(9卷)　子部　天文算法
　　類　1041
　　海島算經細草圖說(1卷)　子部
　　天文算法類　1041
이후(명)찬　李後(明)　撰　戒菴老人
　　漫筆(8卷)　子部　雜家類　1173
이희성찬　李希聖　撰　庚子國變記
　　史部　雜史類　446
익운승(청)찬　翼云升(淸)　撰　焦氏易
　　林校略(16卷)　子部　術數類　1055
　　"인광임,장여림찬""印光任,張汝
　　霖　纂"　澳門記略　史部　地理
　　類　676
인종옹(청)등찬　仁宗顒(淸)　琰定；
　　董誥(淸)　等撰　欽定授依廣訓(2
　　卷)　子部　農家類　977
임경병(청)찬　林慶炳(淸)　撰　周易
　　述聞(1卷)　經部　易類　39
임계운(청)찬　任啓運(淸)　撰　淸芬樓
　　遺藁(4卷)　集部　別集類　1424

禮記章句(10卷)　經部　禮類　99
임광(송)집　任廣(宋)　輯　新刻呂涇
　　野先生校正中秘元本(20卷)　子部
　　類書類　1214～15
임교음(청)찬　林喬蔭(淸)　撰　三禮
　　陳數求義(30卷)　經部　禮類　109
임군승(청)찬　林君陞(淸)　撰　舟師
　　繩墨(1卷)　子部　兵家類　967
임기진(청)찬　任基振(淸)　撰　爾雅注
　　疏箋補(3卷)　經部　小學類　186
임길(청)찬　林佶(淸)　撰　漢甘泉宮
　　瓦記(1卷)　子部　譜錄類　1111
임단서찬　任端書　撰　南屛山人集
　　(11卷)　集部　別集類　1441
임대로찬　林大輅　撰　愧瘖集(21卷)
　　集部　別集類　1338～39
임대춘(청)찬　任大椿(淸)　撰　小學
　　鉤沈(19卷)　經部　小學類　201
　　"倉頡篇(3卷),輯本(1卷),續本(1卷),
　　補本(2卷)"　經部　小學類　243
　　"弁服釋例(8卷),表(1卷)"　經部
　　禮類　109
　　深衣釋例(3卷)　經部　禮類　107
　　任大椿(淸)　撰　陶方琦(淸)　補
　　"字林考逸(8卷),附錄.(1卷),補本.(1
　　卷),補附錄.(1卷)"　經部　小學類
　　236
임백동(청)찬　林伯桐(淸)　撰　品官
　　家儀考士人家儀考　史部　政書
　　類　826
　　毛詩通考(30卷)　經部　詩類　68
임석경(청)찬　任錫庚(淸)　撰　"太醫
　　院志(不分卷)；附,同寅錄(1卷)"
　　子部　醫家類　1030
임소주(명)집　林紹周(明)　輯；林維

松(明)　重編　新刊理氣詳辯纂
要三台便覽通書正宗(20卷)；首
(1卷)　子部　術數類　1063

임수도찬　林壽圖　撰　黃鵠山人詩
鈔(18卷)　集部　別集類　1548

임요수(송)주　林堯叟(宋)　注　音注
全文春秋括例始末左傳句讀直
解(70卷)　經部　春秋類　118

임욱찬　林旭　撰　晚翠軒集(1卷)補
遺(1卷)外集(1卷)遺札(1卷)附錄(1
卷)　集部　別集類　1568

임운탁(청)찬　任雲倬(淸)　撰　周易諸
卦合象考(1卷)　經部　易類　31
周易互體卦變考(1卷)　經部　易
類　31

임원산(청)찬　林願山(淸)　撰　經述(4
卷)　經部　群經總義類　179

임유린(명)집　林有麟(明)　輯　素園
石譜(4卷)　子部　譜錄類　1112

임응룡(명)찬　林應龍(明)　撰　適情
錄(20卷)　子部　藝術類　1097

임인발찬　任仁發　撰　水利集　史
部　政書類　851

임장찬　林章　撰　林初文詩文全集
(不分卷)　集部　別集類　1358

임정(원)집　林楨(元)　輯　新編事文
類要啓箚靑錢前集(10卷)；後集
(10卷)；續集(10卷)；別集(10卷)
；外集(11卷)聯新事備詩學大成(30
卷)　子部　類書類　1221

임조린(청)찬　任兆麟(淸)　撰　夏小
正補注(4卷)　經部　禮類　108

임지한(청)찬　林之翰(淸)　撰　管窺
附餘(1卷)　子部　醫家類　999
四診抉微(8卷)　子部　醫家類　999

임직찬　林直　撰　壯懷堂詩初稿(10
卷)　壯懷堂詩二集(4卷)　壯懷堂
詩三集(14卷)　集部　別集類　1557

임창이찬　林昌彝　撰　射鷹樓詩話
(24卷)　集部　詩文評類　1706
小石渠閣文集(8卷)　集部　別集
類　1530
衣讔山房詩集(8卷)　集部　別集
類　1530

임총이찬　林聰彝　撰　文忠公年譜
草稿　史部　傳記類　557

임춘보(청)찬　林春溥(淸)　撰　春秋經
傳比事(22卷)　經部　春秋類　147

임춘부(청)찬　林春溥(淸)　撰　戰國
紀年　史部　編年類　347
〃古史考年異同表,後說〃　史部
編年類　336
古史紀年　史部　編年類　336

임칙서(청)찬　林則徐(淸)　撰　林文忠
公政書　史部　詔令奏議類　500
畿輔水利議　史部　政書類　851
雲左山房詩초(8卷)附(3卷)　集部
別集類　1512

임칙서(청)집평　林則徐(淸)　輯　評官
子譜(不分卷)　子部　藝術類　1101

임패금(청)찬　林佩琴(淸)　撰　類證
治裁(8卷)　子部　醫家類　1026

임표민찬　林表民　撰　玉溪吟草(1卷)
附錄(1卷)　集部　別集類　1321

임홍편　林鴻　編　泉南指譜重編(6
卷)　子部　藝術類　1096

임화환찬　林華皖　撰　治鮮集　史部
政書類　880

임희일(송)찬　林希逸(宋)　撰　老子虞
齋口義(2卷)　子部　儒家類　954

列子鬳齋口義(2卷)　子部　儒家
類　958

ㅈ

잠건공집　岑建功　輯　舊唐書逸文
史部　正史類　285
잠은(당)찬잠　殷(唐)　撰　經效産寶(3
卷)；續編(1卷)　子部　醫家類
1006
잠참찬　岑參　撰　岑嘉州詩(8卷)
集部　別集類　1309
장흡(송)찬　張洽(宋)　撰　春秋集傳(26
卷)　經部　春秋類　133
장가구찬　張可久　撰；勞平甫校新
刊張小山北曲聯樂府三卷外集(1
卷)補遺(1卷)　集部　曲類　1738
장감찬　張鑒　撰　雷塘庵主弟子記
史部　傳記類　557
　　賞心樂事　史部　時令類　885
　　冬靑館甲集(6卷)冬靑館乙集(8卷)
集部　別集類　1492
장감(청)찬　張鑑(淸)　撰　西夏紀事
本末　史部　紀事本末類　387
장강손(청)찬　張綱孫(淸)　撰　獸經(1
卷)　子部　譜錄類　1119
장거정찬　張居正　撰　新刻張太岳
先生文集(47卷)　集部　別集類
1345～46
장건찬　張建　撰　張季子詩錄(10卷)
集部　別集類　1575
장겸덕(명)찬　張謙德(明)　撰　高寄
齋訂正缾花譜(1卷)　子部　譜錄
類　1116
장겸선찬　張謙宣　撰　繭齋論文(6

卷)　集部　詩文評類　1714
繭齋詩談(8卷)　集部　詩文評類
1699
장경(청)찬　張庚(淸)　撰　畫論(1卷)
子部　藝術類　1067
장경(청)찬　張耕(淸)　撰　古韻發明
(不分卷)　經部　小學類　247
장경기집　張景祁　輯　謠華集(22卷)
附(2卷)　集部　詞類　1730
　　新蘅詞(6卷)外集(1卷)　集部　詞
類　1727
장과(당)찬　張果(唐)　撰　黃帝陰符
經注(1卷)　子部　宗敎類　1290
장관승(청)찬　張貫勝(淸)　撰　遺愁
集(14卷)　子部　小說家類　1273
장광대찬　張光大　撰　救荒活民類
要　史部　政書類　846
장광후(청)찬　蔣光煦(淸)　撰　東湖
叢記(6卷)　子部　雜家類　1162
　　別下齋書畫錄(7卷)；補闕(1卷)
子部　藝術類　1084
장교동(청)집　張喬棟(淸)　輯　竹香
齋象戲譜（初集至2集)　子部　藝
術類　1105
장국빈찬　張國賓　撰　相國寺公孫
合汗衫雜劇　集部　戲劇類　1760
　　羅李郞大鬧相國寺雜劇　集部
戲劇類　1762
　　大都新編關目公孫汚衫記　集部
戲劇類　1760
　　薛仁貴榮歸故里雜劇　集部　戲
劇類　1760
　　新刊的本薛仁貴衣錦還鄉　集部
戲劇類　1760
장극겸(명)집　蔣克謙(明)　輯　琴書

大全(22卷) 子部 藝術類 1092
~93

장금오(청)찬 張金吾(淸) 撰 〝金文
最(60卷),金文最拾遺(1卷)〟 集部
總集類 1654

愛日精廬藏書志 史部 目錄類
925

廣釋名(2卷) 經部 小學類 190

兩漢五經博士考(3卷) 經部 群
經總義類 179

장기찬 張琦 撰 宛鄰集(6卷) 集
部 別集類 1486

장기(한)찬 張機(漢) 撰 ; 林億(宋)
等校正 金匱玉函經(8卷) 子
部 醫家類 984

張機(漢) 撰 ; 張志聰(淸) 注
金匱要略(4卷) 子部 醫家類 983

장남(청)찬 章楠(淸) 撰 醫門棒喝
二集 : 傷寒論本旨(9卷) 子部
醫家類 987~88

醫門棒喝(4卷) 子部 醫家類 1029

장노(한)찬 張魯(漢) 撰 老子想爾
注 子部 宗敎類 1290

장녹집 張祿 輯 詞林摘艷(10卷)
集部 曲類 1740

장능린(청)집 張能鱗(淸) 輯 儒宗
理要(29卷) 子部 儒家類 944

장대(명)찬 張岱(明) 撰 石櫃書 ;
石櫃書後集 史部 別史類 318
~20

西湖夢尋 史部 地理類 729

王文誥(淸)評陶菴夢憶(8卷) 子
部 小說家類 1260

夜航船(20卷) 子部 雜家類 1135

장대명(명)집 張大命(明) 輯 太古

正音琴經(14卷) ; 太古正音琴譜
(4卷) 子部 藝術類 1093

장대복(명)찬 張大復(明) 撰 梅花
草堂集(16卷) 集部 別集類 1380

崑山人物傳 史部 傳記類 541

聞雁齋筆談(6卷) 子部 雜家類
1131

장대창집 張大昌 輯 杭州八旗駐
防營志略 史部 政書類 859

장덕견등집 張德堅 等輯 賊情彙
纂 史部 雜史類 445

장덕이찬 張德彝 撰 三述奇 史
部 傳記類 576

장돈복찬 蔣敦復 撰 芬陀利室詞
集(5卷) 集部 詞類 1726

芬陀利室詞話(3卷) 集部 詞類
1735

嘯古堂詩集(8卷)遺集(1卷) 集部
別集類 1535

장돈인(청)찬 張敦仁(淸) 撰 求一算
術(3卷) 子部 天文算法類 1045

장동현(송)찬 張洞玄(宋) 撰 ; 劉允
中(宋) 注釋 ; 蔡元定(宋) 發揮
玉髓眞經(30卷) 子部 術數類
1053

장량기찬 蔣良騏 撰 東華錄 史
部 編年類 368

장련원집 張聯元 輯 天台山全志
史部 地理類 723

장령(청)찬 〝長齡(淸),景善 等纂修〟
欽定中樞政考續纂 史部 政書
類 857

欽定兵部續纂處分則例 史部
政書類 856

長文襄公自定年譜 史部 傳記

類　557

장로집　張鹵　輯　皇明嘉隆疏抄　嘉
隆新例附萬曆　史部　詔令奏議
類　466～67

皇明制書　史部　政書類　788

장로(청)찬　張鹵(淸)　撰　張氏醫通(16
卷)　子部　醫家類　1022～23

本經逢原(4卷)　子部　醫家類　994

장리상찬　張履祥　撰　楊園先生詩
文(24卷)　集部　別集類　1399

장림(청)찬　臧琳(淸)　撰　經義雜記(30
卷)　經部　群經總義類　172

장만종(청)찬　張萬鐘(淸)　撰　鴿經(1
卷)　子部　譜錄類　1119

장명가(청)찬　張鳴珂(淸)　撰　寒松
閣詞(4卷)　集部　詞類　1727

說文佚字考　經部　小學類　227

寒松閣談藝소錄(6卷)　子部　藝
術類　1088

장명옥(청)찬　蔣鳴玉(淸)　撰　政餘
筆錄(4卷)　子部　雜家類　1134

장목(청)찬　張沐(淸)　撰　中庸疏略(1
卷)　經部　四書類　159

장목찬　張穆　撰　顧亭林先生年譜
史部　傳記類　553

齋文集八卷齋詩集(4卷)　集部
別集類　1532

閻潛丘先生年譜　史部　傳記類
554

張穆　撰；何秋濤補　蒙古游牧
記　史部　地理類　731

장목(청)찬　張沐(淸)　撰　周易疏略(4
卷)　經部　易類　19

大學疏略(1卷)　經部　四書類　159

장무순집　臧懋循　輯　元曲選(100

卷)　集部　戲劇類　1760～62

負芭堂文選(4卷)　集部　別集類
1361

負芭堂詩選(5卷)　集部　別集類
1361

장문림(청)찬　張文林(淸)　撰　大學
偶言(1卷)　經部　四書類　159

장문도찬　張問陶　撰　船山詩草(20
卷)　船山詩草補遺(6卷)　集部
別集類　1486

장문백(송)찬　張文伯(宋)　撰　九經疑
難(10卷)　經部　群經總義類　171

장문예(청)찬　張文藝(淸)　撰　養蠶
秘訣(1卷)　子部　農家類　978

장문용(명)해　張文龍(明)　解；朱長
春(明)　箋　周易參同契解箋(3卷)
子部　宗教類　1292

장문호(청)찬　張文虎(淸)　撰　舒藝
室詩存(7卷)續存(1卷)　集部　別
集類　1535

舒藝室雜箸(4卷)賸棠(1卷)　鼠壤
餘蔬(1卷)　集部　別集類　1535

舒藝室隨筆(6卷)；舒藝室續筆(1
卷)；舒藝室餘筆(3卷)　子部　雜
家類　1164

장문훈(청)찬　蔣文勳(淸)　撰　律呂
正言(3卷)　經部　樂類　115

장방기찬　張邦奇　撰　張文定公觀
光樓集(10卷)　集部　別集類　1336

張文定公靡悔軒集(12卷)　集部
別集類　1336～37

張文定公四友亭集(20卷)　集部
別集類　1336

張文定公養心亭集(10卷)　集部
別集類　1336

張文定公紆玉樓集(10卷)　集部
別集類　1336
張文定公環碧堂集(18卷)　集部
別集類　1336
장배인(청)찬　張培仁(淸)撰　靜娛
亭筆記(12卷)　子部　雜家類　1181
～82
장백행(청)찬　張伯行(淸)撰　學規類
編(27卷)　子部　儒家類　948～49
장병린(청)찬　章炳麟(淸)撰　訄書(6
3篇)　子部　儒家類　953
太炎文錄初編六卷補編(1卷)
集部　別集類　1577
新方言　經部　小學類　195
鐳子政左氏說(1卷)　經部　春秋
類　128
春秋左傳讀敍錄(1卷)　經部　春
秋類　128
장병문(송)찬　章炳文(宋)撰　搜神秘
覽(3卷)　子部　小說家類　1264
장보(명)찬　章寶(明)撰；吳道長(明)
重訂　″華夷譯語,(不分卷),附高
昌館來文(1卷),譯文備覽(1卷)″
經部　小學類　230
장보림수　″張寶琳　修；王문,孫이
讓　等纂″　永嘉縣志　史部　地
理類　708～09
장봉익(명)찬　張鳳翼(明)撰　處實
堂集(8卷)續集十卷後集(6卷)　集
部　別集類　1353
六十種曲(120卷)　：　灌園記(2卷)
集部　戲劇類　1772
六十種曲(120卷)　：　紅拂記(2卷)
集部　戲劇類　1769
譚輅(3卷)　子部　雜家類　1127

夢占類考(12卷)　子部　術數類
1064
장부찬　張溥　撰　七錄齋詩文合集
(16卷)(近稿6卷存稿5卷館課1卷
論略1卷詩稿3卷)　集部　別集類
1387
장붕핵(청)찬　張鵬翮(淸)撰　治河
全書　史部　政書類　847
信陽子卓錄(8卷)　子部　儒家類
949
장빈찬　張빈　撰　張象文詩集(3卷)
集部　別集類　1313
장사순(명)찬　章士純(明)撰　三垣
七政二十八宿週天精鑑(1卷)
子部　天文算法類　1031
장사식찬　″張師栻,張師載　撰″　張淸
恪公年譜　史部　傳記類　554
장사유(명)집　張四維(明)　輯　條錄
堂集(34卷)　集部　別集類　1351
六十種曲(120卷)　：　雙烈記(2卷)
集部　戲劇類　1772
名公書判淸明集(14卷)　子部　法
家類　973
장사전찬　蔣士銓　撰　忠雅堂文集
(30卷)　集部　別集類　1436～37
忠雅堂詩集(不分卷)　附銅絃詞
(不分卷)　集部　別集類　1436
臨川夢(2卷)　集部　戲劇類　1776
장사정(송)찬　張師正(宋)　撰　括異
志(10卷)　子部　小說家類　1264
장상남(청)찬　蔣湘南(淸)撰　巡臺
錄　史部　政書類　881
春暉閣詩選(6卷)　集部　別集類
1541
七經樓文초(6卷)　集部　別集類

1541

〃卦氣表(1卷),卦氣證(1卷)〃　經部
　　易類　32

장상영(송)찬　張商英(宋)　撰　續淸
　　涼傳　史部　地理類　718

장상운수　張祥雲　修；孫星衍等纂
　　廬州府志　史部　地理類　709～
　　10

장상하찬　張祥河　撰.　小重山房詩
　　詞全集(32卷)　集部　別集類　1513

장상화수　張上和　修；史夢蘭　纂
　　撫寧縣志　史部　地理類　691

장서(청)찬　張敍(淸)　撰　〃孝經精義
　　(1卷),後錄.(1卷),或問.(1卷),原孝.(1
　　卷),餘論.(1卷)〃　經部　孝經類　152

장석공찬　張錫恭　撰　喪服鄭氏學
　　(16卷)　經部　禮類　96

장석구(청)찬　張錫駒(淸)　撰　傷寒
　　論直解(6卷)；附傷寒(1卷)；附
　　餘(1卷)　子部　醫家類　987

장선등수　長善等　修；劉彦明　纂
　　駐월八旗志　史部　政書類　859
　　～60

장선찬　張先　撰　張子野詞(2卷)補
　　遺(2卷)　集部　詞類　1722

장섭집　張燮　輯　〃七十二家集(346
卷)附錄(72卷)(宋大夫集,賈長沙集,司
馬文園集,董膠西集,東方大中集,王諫
議集,楊侍郎集,馮曲陽集,班蘭臺集,張
河間集,蔡中郎集,孔少府集,諸葛丞相
集,魏武帝集,魏文帝集,陳思王集,王侍
中集,陳記室集,阮步兵集,嵆中散集,傳
鶉觚集,孫馮翊集,夏侯常侍集,潘黃門
集,傳中丞集,潘太常集,陸平原集,陸淸
河集,郭弘農集,孫廷尉集,陶彭澤集,謝

康樂集,顏光祿集,鮑參軍集,謝法曹集,
謝光祿集,謝宣城集,王寧朔集,梁武帝
御製集,梁昭明太子集,梁簡文帝御製
集,梁元帝御製集,江醴陵集,沈隱侯集,
陶隱居集,任中丞集,王左丞集,陸太常
集,劉戶曹集,王詹事集,劉秘書集,劉豫
章集,劉庶子集,庾度支集,何記室集,吳
朝請集,陳後主集,徐僕射集,沈侍中集,
江令君集,張散騎集,高令公集,溫侍讀
集,邢特進集,魏特進集,庾開府集,王司
空集,隋煬帝集,盧武陽集,李懷州集,牛
奇章集,薛司隸集)〃　集部　總集類　1583
　　～88

장세현(명)찬　張世賢(明)　撰　圖注
　　脈訣辨眞(4卷)　；　脈訣附方(1卷)
　　子部　醫家類　998

　　圖注八十一難經辨眞(4卷)　子部
　　醫家類　983

장소수(청)찬　張紹修(淸)　撰　疫喉
　　淺論(2卷)；補遺(1卷)　子部　醫
　　家類　1018

장수경찬　張壽卿　撰　詩酒紅梨花
　　集部　戲劇類　1763

　　元曲論一卷:謝金蓮詩酒紅梨花
　　雜劇　集部　戲劇類　1762

　　謝金蓮詩酒紅梨花　集部　戲劇
　　類　1763

장수공(청)찬　臧壽恭(淸)　撰　左氏
　　古義(6卷)　經部　春秋類　125

장수진(청)주　張遂辰(淸)　注　傷寒
　　論(7卷)　子部　醫家類　985

장숙(원)찬　莊肅(元)　撰　畵繼補遺(2
　　卷)　子部　藝術類　1065

장순등수　〃長順　等修；李桂林,顧
　　雲　纂〃　吉林通志　史部　地理

類　647~48

장술조(청)찬　莊述祖(淸)　撰　尙書
今古文考證　經部　書類　46
說文古籀疏證(6卷)　經部　小學
類　243
五經小學述(2卷)　經部　群經總
義類　173
"珍蓺宦文鈔(7卷),珍蓺宦詩鈔(2
卷)"　集部　別集類　1475

장숭의(청)찬　張崇懿(淸)　撰　錢志
新編(20卷)　子部　譜錄類　1113

장시우찬　蔣時雨　撰　藤香館詞(1
卷)　集部　詞類　1727

장시철(명)찬　張時徹(明)　撰　芝園
外集(24卷)　子部　雜家類　1123

장신(명)찬　張紳(明)　撰　法書通釋(2
卷)　子部　藝術類　1065

장아관(청)찬　張我觀(淸)　撰　覆甕
集刑名(10卷)；餘集(1卷)　子部
法家類　974

장아박(청)집　張雅博(淸)　輯　奕程(2
卷)　子部　藝術類　1102

장야찬　張野　撰　古山樂府(1卷)
集部　詞類　1723

장양호찬　張養浩　撰　雲莊張文忠
公休居自適小樂府(1卷)　集部
曲類　1738

장어(명)찬　張敔(明)　撰　雅樂發微(8
卷)　經部　樂類　113

장여림(청)찬　張汝霖(淸)　撰　學詩毛
鄭異同籤(23卷)　經部　詩類　71
"天官圖(不分卷),附錄(1卷)"　子
部　天文算法類　1031

장역집　蔣易　輯　皇元風雅(30卷)
集部　總集類　1622

장역찬　莊棫　撰　中白詞(4卷)　集
部　詞類　1727

장연찬　張延　撰　詩餘圖譜(6卷)　補
遺(6卷)　集部　詞類　1735

장연은(청)찬　張衍恩(淸)　撰　傳悟
靈濟錄(2卷)　子部　醫家類　997

장연창(청)찬　張燕昌(淸)　撰　金粟
箋說(1卷)　子部　譜錄類　1115
羽扇譜(1卷)　子部　譜錄類　1111

장염(청)찬　張炎　撰；江昱　疏證
山中白雲詞疎證(8卷)　集部　詞
類　1723
張炎　撰　詞源(2卷)　集部　詞
類　1733
張琰(淸)　撰　種痘新書(12卷)
子部　醫家類　1012

장영(청)찬　章楹(淸)　撰　諤崖脞說(5
卷)　子部　雜家類　1137

장영조(청)집　張永祚(淸)　輯　天象源
委(20卷)　子部　天文算法類　1034

장예(송)찬　張銳(宋)　撰　鷄峰普濟
方(30卷)　子部　醫家類　1000

장오전찬　張五典　撰　荷塘詩集(16
卷)　集部　別集類　1457~58

장옥찬　章鈺　撰　胡刻通鑑正文校
宋記　史部　編年類　342

장옥곡찬　張玉穀　撰　古詩賞析(22
卷)　集部　總集類　1591~92

장옹경(청)찬　張雍敬(淸)　撰　定曆
玉衡(18卷)；首(1卷)　子部　天
文算法類　1040

장용(청)찬　臧庸(淸)　撰　拜經堂文
集(5卷)　集部　別集類　1491
拜經日記(12卷)　子部　雜家類
1158

장용당(청)편　臧鏞堂(淸)　編　講錄(1
卷)　經部　群經總義類　172

장용문찬　張龍文　撰　盛明雜劇三
集:卷28旗亭연　集部　戲劇類
1765

장우찬　張雨　撰　邊政考　史部　地
理類　738
貞居詞(1卷)　集部　詞類　1723

장우인(법)역　〞蔣友仁(法)　譯；何國
宗(淸),錢大昕潤色　；　阮元(淸)補
圖〞　地球圖說(1卷)；補圖(1卷)
子部　天文算法類　1035

장운오(청)찬　張雲梧(淸)　撰　簡松
草堂文集(12卷)附錄(1卷)　集部
別集類　1471

장운용(명)찬　張雲龍(明)　撰　廣社
(不分卷)　子部　雜家類　1186

장원찬　張源　撰　盛明雜劇三集:卷
26櫻桃宴　集部　戲劇類　1765

장원몽(명)찬　張元蒙(明)　撰　〞讀易
纂(5卷),首(1卷)〞　經部　易類　8

장원소(금)찬　張元素(金)　撰　醫學
啓源(3卷)　子部　醫家類　1019

장원유(명)찬　張元諭(明)　撰　蓬底
浮談(15卷)　；　附錄(1卷)　子部
雜家類　1126

장위찬　張爲　撰　〞主客圖(1卷),附圖
考(1卷)〞集部　詩文評類　1694

장위(명)찬　張位(明)　撰　問奇集(2
卷)　經部　小學類　238

장유가(청)찬　莊有可(淸)　撰　春秋使
師義(1卷)　經部　春秋類　144
春秋小學(8卷)　經部　春秋類　144
春秋慎行義(2卷)　經部　春秋類
144

春秋刑法義(1卷)　經部　春秋類
144
周官指掌(5卷)　經部　禮類　81

장유병집　張維屏　輯　國朝詩人徵
略(60卷)　集部　詩文評類　1712
～13
國朝詩人徵略二編(64卷)　集部
詩文評類　1713
松心詩綠(10卷)　集部　別集類
1496

장유쇠찬　張裕釗　撰　濂亭文集(8
卷)遺文(5卷)遺詩(2卷)　集部　別
集類　1544

장유신등찬　張維新　等纂　華嶽全
集　史部　地理類　722

장육영찬수　蔣毓英　纂修　臺灣府
誌　史部　地理類　712

장음환찬　張蔭桓　撰　三洲日記
史部　傳記類　577

장응창(청)찬　張應昌(淸)　撰　國朝
詩鐸(26卷)首(1卷)　集部　總集類
1627～28
煙波漁唱　集部　別集類　1517
彝壽軒詩鈔(12卷)　集部　別集類
1517
〞春秋屬辭辨例編(60卷),首(2卷)〞
經部　春秋類　145～46

장의(송)찬　張擬(宋)　撰　棋經(1卷)
子部　藝術類　1097

장이(청)찬　蔣伊(淸)　撰　萬世玉衡
錄(4卷)　子部　儒家類　949

장이기(청)찬　張爾岐(淸)　撰　蒿庵
閑話(2卷)　子部　雜家類　1136
風角書(8卷)　子部　術數類　1052
周易說略(8卷)　經部　易類　17

장이선집   張彝宣 輯   寒山曲譜(不分卷)   集部 曲類   1750

寒山堂新定九宮十三攝南曲譜(5卷)   集部 曲類   1750

장이화(명)찬   蔣以化(明) 撰   西臺漫紀(6卷)   子部 雜家類   1172

장일규(명)찬   蔣一葵(明) 撰   木石居精校八朝偶雋(7卷)   集部 詩文評類   1714

堯山堂外紀(100卷)   子部 雜家類   1194~95

장자열(명)찬   〃張自烈(明) 撰,류文英(淸) 續〃   〃正字通(12卷),附字彙舊本首卷(1卷)〃   經部 小學類   234~35

장작찬   張爵 撰   京師五城坊巷호동集   史部 地理類   729

游仙窟(5卷)   集部 小說類   1783

장재강(청)찬   蔣載康(淸) 撰   周官心解(28卷)   經部 禮類   80

장재옹(청)찬   蔣在雝(淸) 撰   朱魚譜(1卷)   子部 譜錄類   1120

장정(청)찬   張鼎(淸) 撰   〃易漢學舉要(1卷),訂誤.(1卷)〃   經部 易類   39

장정롱찬   莊廷鑨 撰   明史抄略   史部 別史類   323

장정시(청)찬   張庭詩(淸) 撰   校鄉黨圖考補證札記(1卷)   經部 四書類   157

장정제찬   張廷濟 撰   桂馨堂集(13卷)   集部 別集類   1491

장제량찬   張際亮 撰   思伯子堂詩集(32卷)   集部 別集類   1526~27

장조집   張潮 輯   虞初新志(20卷)   集部 小說類1   783

장조서(명)찬   張朝瑞(明) 撰   皇明貢擧考   史部 政書類   828

忠節錄   史部 傳記類   537

장존여(청)찬   莊存與(淸) 撰   尙書旣見   經部 書類   44

〃春秋正辭(11卷),春秋擧例.(1卷),春秋要指.(1卷)〃   經部 春秋類   141

周官記(5卷)   經部 禮類   80

〃周官說(2卷),補(3卷)〃   經部 禮類   80

繫辭傳論(2卷)   經部 易類   22

卦氣解(1篇)   經部 易類   23

八卦觀象解(2篇)   經部 易類   23

彖傳論(2卷)   經部 易類   22

장종량(청)찬   張宗良(淸) 撰   重樓玉鑰(2卷)   子部 醫家類   1018

장종법(청)찬   張宗法(淸) 撰三農紀(10卷)   子部 農家類   975

장종심(명)찬   張鐘心(明) 撰   易經增註(10卷)   經部 易類   14

易攷(1卷)   經部 易類   14

장종태(청)찬   張宗泰(淸) 撰   爾雅注疏本正誤(5卷)   經部 小學類   187

장주(청)찬   張澍(淸) 撰   涼州異物志   史部 地理類   732

蜀典 ; 續黔書   史部 地理類   735

養素堂文集(35卷)   集部 別集類   1506~07

養素堂詩集(26卷)   集部 別集類   1506

〃詩小序翼(27卷),首(1卷)〃   經部.

詩類　66

장준찬　張浚　撰　張魏公集(1卷)首(1卷)　集部　別集類　1317

장중수찬　張仲壽　撰　疇齋文稿(不分卷)　集部　別集類　1324

장증찬　張烝　撰　讀史擧正　史部　史評類　455

장지동(청)찬　張之洞(淸)　撰　張文襄公奏議　張文襄公電奏　史部　詔令奏議類　510～11
張文襄公古文(2卷)　張文襄公書札(8卷)張文襄公騈文(2卷)　張文襄公詩集(4卷)　集部　別集類　1561
書目答問　史部　目錄類　921
勤學篇(2卷)　子部　儒家類　953

장지총(청)집주　張志聰(淸)　集注　黃帝內經素問(卷)；靈樞經(9卷)　子部　醫家類　980～81

장지총(청)찬　張志聰(淸)　撰　侶山堂類辯(2卷)　子部　醫家類　1028
傷寒論集注(6卷)　子部　醫家類　985

장진등찬수　張津　等纂修　四明圖經　史部　地理類　704

장진봉(청)찬　莊臻鳳(淸)　撰　琴學心聲諧譜(2卷)　子部　藝術類　1094

장진언찬　張縉彥　撰　寧古搭山水記　史部　地理類　731

장진연(명)찬　張振淵(明)　撰　石鏡山房周易說統(12卷)　經部　易類　12

장진윤(청)찬　張振鋆(淸)　撰　痧喉正義(1卷)　子部　醫家類　1018
釐正按摩要術(4卷)　子部　醫家類　997

장창등찬　張昶等　撰　吳中人物志　史部　傳記類　541

장천복찬　張天復　撰　鳴玉堂稿(12卷)　集部　別集類　1348

장청익(청)찬　蔣清翊(淸)　撰　緯學原流興廢考(3卷)　經部　小學類　185

장초찬　蔣超　撰　峨眉山志　史部　地理類　726

장초백(청)찬　蔣超伯(淸)　撰　南순고語(8卷)　子部　雜家類　1161

장초숙집　″張楚叔,張旭初輯″白雪齋選訂樂府吳騷合編(4卷)衡曲주談(1卷)曲律(1卷)　集部　曲類　1743

장총함(청)찬　張聰咸(淸)　撰　經史質疑錄(不分卷)　子部　雜家類　1158
左傳杜注辨證(6卷)　經部　春秋類　125

장춘림찬　蔣春霖　撰　″水雲樓詞(2卷),水雲樓詞續(1卷)″　集部　詞類　1727

장충역(청)찬　莊忠役(淸)　撰　周易通義(16卷)　經部　易類　38

장충역(청)찬　張忠役(淸)　撰　易緯通義(8卷)　經部　易類　40
周易繁露(5卷)　經部　易類　40

장태래찬　張泰來　撰　江西詩社宗派圖錄(1卷)　集部　詩文評類　1698

장패륜찬　張佩綸　撰　澗于集(20卷)　集部　別集類　1566

장하찬　張夏　撰　락閩源流錄　史部　傳記類　536

장학등(명)찬　張鶴騰(明)　撰；彭期生(明)　輯　重刻張鳳逵傷暑全

書(2卷) 子部 醫家類 1003
장학성(청)찬 章學誠(淸) 纂 文史
通義 史部 史評類 448
校讐通義 史部 目錄類 930
湖北通志檢存稿 史部 地理類
660
장학안등찬 張學顔 等撰 萬曆會
計錄 史部 政書類 831~33
장한(명)찬 張瀚(明) 撰 皇明疏議
輯略 史部 詔令奏議類 462~
63
臺省疏稿 史部 詔令奏議類 478
張恭擬松窓夢語(8卷) 子部 雜
家類 1171
장행부(청)찬 張行孚(淸) 撰 說文
發疑 經部 小學類 227
蠶事要略(1卷) 子部 農家類 978
장행성(송)찬 張行成(宋) 撰 翼玄(12
卷) 子部 術數類 1048
장형(송)찬 章衡(宋) 撰 編年通載
史部 編年類 336
장혜언(청)찬 張惠言(淸) 撰 七十家
賦鈔(6卷) 集部 總集類 1611
茗柯文補編(2卷)茗柯文外編(2卷)
集部 別集類 1488
茗柯文編(5卷) 集部 別集類 1488
茗柯詞(1卷) 集部 詞類 1725
易圖條辨(1卷) 經部 易類 26
儀禮圖(6卷) 經部 禮類 90~91
讀儀禮記.(2卷) 經部 禮類 90
易緯略義(3卷) 經部 易類 40
周易虞氏義(9卷) 經部 易類 26
虞氏易禮(2卷) 經部 易類 26
虞氏易事(2卷) 經部 易類 26
虞氏易言(2卷) 經部 易類 26

虞氏易候(1卷) 經部 易類 26
周易鄭荀義(3卷) 經部 易類 26
周易虞氏消息(2卷) 經部 易類
26
장혜언(청)찬 〃張惠言(淸)撰,張成孫
(淸)編〃〃諧聲譜(50卷),附錄(2卷)〃
經部 小學類 247
장호찬 張祜 撰 張承吉集(10卷)
集部 別集類 1311
장화등찬 蔣和等 撰 蔣氏游藝秘
錄九種(9卷) 子部 藝術類 1068
장황(명)찬 章潢(明) 撰 讀易雜記(4
卷) 經部 易類 9
周易象義(6卷) 經部 易類 9
장황언찬 張煌言 撰 張忠烈公集
(12卷)補遺(1卷)首(1卷)末(1卷)附
錄(2卷) 集部 別集類 1388
장훈찬 張壎 撰 竹葉庵文集(33卷)
集部 別集類 1449
장훤(명)찬 張萱(明) 撰 西園聞錄(107
卷) 子部 雜家類 1168~70
재령등수 載齡 等修 ; 福趾等纂欽
定戶部漕運全書 史部 政書類
836~8
재진찬 載振 撰 英軺日記 史部
傳記類 583
저극명(명)찬저 克明(明) 撰 秋仙遺
譜前集(8卷) ; 後集(4卷) 子部
藝術類 1097
저인량(청)찬 褚寅亮(淸) 撰 〃儀禮
管見(3卷),附錄(1卷)〃 經部 禮類
88
저인확(청)찬 저人穫(淸) 撰 堅瓠集
(40卷) 子部 小說家類 1260~62
저화(청)찬 褚華(淸) 撰 水蜜桃譜(1

卷)　子部　譜錄類　1116

木棉譜(1卷)　子部　農家類　977

적군후찬　狄君厚　撰　新編關目晉
文公火燒介子推　集部　戲劇類
1760

적운승(청)찬　翟雲升(淸)　撰　隷樣(8
卷)　經部　小學類　242

隷篇(15卷)　經部　小學類　241
～42

적자기(청)찬　狄子奇(淸)　撰　周易
推(6卷)　經部　易類　32

적호(청)찬　翟灝(淸)　撰　無不宜齋未
定稿(4卷)　集部　別集類　1441

通俗編　經部　小學類　194

爾雅補郭(2卷)　經部　小學類　185

전점(청)찬　錢坫(淸)　撰　說文解字
斠詮　經部　小學類　211

전겸익찬　錢謙益藏竝　撰　絳雲樓
書目　史部　目錄類　920

전겸익집　錢謙益　輯　列朝詩集(81
卷)　集部　總集類　1622～24

牧齋初學集(110卷)　集部　別集
類　1389～90

投筆集箋註(2卷)　集部　別集類
1391

牧齋有學集(50卷)補(10卷)校勘記
(1卷)　集部　別集類　1391

松圓詩老小傳(1卷)　集部　別集
類　1386

전경증(청)찬　錢慶曾(淸)　撰　隷通(2
卷)　經部　小學類　241

전고지(송)찬　錢고之(宋)　撰　離騷
集傳(1卷)　集部　楚辭類　1301

전기(청)찬　錢綺(淸)　撰　左傳札記(7
卷)　經部　春秋類　128

전당(청)찬　錢塘(淸)　撰　淮南天文
訓補注(2卷)　子部　雜家類　1121

律呂古誼(6卷)　經部　樂類　115

전대소(청)찬　錢大昭(淸)　撰　三國
志辨疑　史部　正史類　274

邇言　經部　小學類　195

漢書辨疑　史部　正史類　267

廣雅疏義(25卷)　經部　小學類
190

續漢書辨疑　史部　正史類　272

後漢書辨疑　史部　正史類　272

卄二史考異；三史拾遺　史部
史評類　454

潛研堂金石文跋尾　史部　金石
類　891

弇州山人年譜　史部　傳記類
553

元史氏族表　史部　正史類　293

元史藝文志　史部　目錄類　916

潛研堂文集(50卷)　潛研堂詩集(10
卷)　潛研堂詩續集(10卷)　集部
別集類　1438～39

諸史拾遺　史部　史評類　455

金石後錄　史部　金石類　892

疑年錄　史部　傳記類　517

說文答問疏證　經部　小學類
204

十駕齋養新錄(20卷)；餘錄(3卷)
子部　雜家類　1151

唐石經考異(13卷)　經部　群經總
義類　184

通鑑注辯正　史部　編年類　342

經典文字辨正(不分卷)　經部　小
學類　239

전덕창집　錢德蒼　輯　重訂綴白구

新集合編十二集　集部　戲劇類
1779~80

전덕홍(명)찬　錢德洪(明)　撰　平濠
記　史部　雜史類　433

전동지찬　田同之　撰　西圃文說(3
卷)　西圃詩說(1卷)　集部　詩文
評類　1714

전두(청)찬　錢杜(淸)　撰　松壺畵憶(2
卷)　子部　藝術類　1068

전례집　電禮　輯　國朝列卿紀　史
部　傳記類　522~24

전림찬　錢林　撰　文獻徵存錄　史
部　傳記類　540

전명요수　田明曜　修；陳澧纂香山
縣志　史部　地理類　713

전방표찬　錢芳標　撰　湘瑟詞(4卷)
集部　詞類　1725

전보당(청)집　錢保塘(淸)　輯　帝王
世紀考異　史部　別史類　301
帝王世紀續補　史部　別史類
301

전보신(청)찬　田寶臣(淸)　撰　小學
駢枝　經部　小學類　193

전사승(명)찬　錢士升(明)　撰　周易揆
(12卷)　經部　易類　13

전손(명)찬　傳遜(明)　撰　〃左傳注解
辨誤(2卷),補遺(1卷)〃　經部　春秋
類　119

전수동(청)찬　傳壽彤(淸)　撰　古音
類表(9卷)　經部　小學類　248

전수창(청)찬　錢秀昌(淸)　撰　傷科
補要(4卷)　子部　醫家類　1017

전약수등찬　錢若水　等撰　太宗皇
帝實錄　史部　編年類　348

전여성찬　田汝成　撰　　熙朝樂事

史部　時令類　885

전역(청)찬　錢繹(淸)　撰　輶軒使者
絶代語釋別國方言箋疏　經部
小學類　193

전영(청)찬　錢泳(淸)　撰　履園叢話(2
4卷)　子部　雜家類　1139

전예형(명)찬　田藝衡(明)　撰　香宇
集(34卷)拾遺(1卷)　集部　別集類
1354
留青日札(39卷)　子部　雜家類
1129

전오소찬　田吳炤　撰　說文二徐箋
異　經部　小學類　228

전월찬　前月　撰　賓萌集六卷外集
(4卷)春左堂雜文(2卷)續編(5卷)三
編(4卷)四編(8卷)五編(8卷)六編(10
卷)六編補遺(6卷)春在堂詩編(23
卷)　集部　別集類　1550~51
春在堂詩編(23卷)　集部　別集類
1551
春左堂雜文(2卷)續編(5卷)三編(4
卷)四編(8卷)五編(8卷)六編(10卷)
六編補遺(6卷)　集部　別集類　1551

전유교수　錢維喬　修；錢大昕纂鄞
縣志　史部　地理類　706
竹初詩鈔(16卷)竹初文鈔(6卷)
集部　別集類　1460

전유복(청)찬　錢維福(淸)　撰　淸秘述
聞補(1卷)　子部　雜家類　1178

전유성찬　錢維城　撰　〃錢文敏公全
集(30卷)(鳴春小草7卷,茶山詩鈔1
1卷,茶山文鈔12卷)〃　集部　別集
類　1442

전의길(청)찬　錢儀吉(淸)　撰　衎石
齋記事槀(10卷)衎石齋記事續槀

(10卷)　集部　別集類　1508～09

南朝會要　史部　政書類　775

전일본(명)찬　錢一本(明)　撰　範衍(10

卷)　子部　術數類　1048

전전(송)찬　錢佃(宋)　撰　荀子考異(1

卷)　子部　儒家類　932

전점(청)찬　錢坫(淸)　撰　論語後錄(5

卷)　經部　四書類　154

詩音表(1卷)　經部　小學類　245

爾雅古義(2卷)　經部　小學類　187

爾雅釋地四篇注(1卷)　經部　小

學類　187

車制考(1卷)　經部　禮類　85

전조망(청)찬　全祖望(淸)　撰　續耆舊

(140卷)　集部　總集類　1682～83

鮚埼亭詩集(10卷)　集部　別集類

1429

鮚埼亭集(38卷)年譜(1卷)　集部

別集類　1428～29

鮚埼亭集外編(50卷)　集部　別集

類　1429～30

全謝山先生經史問答(10卷)　子

部　雜家類　1147

전증찬　〃錢曾,藏竝　撰　〃錢遵王述

古堂藏書目錄　史部　目錄類

920

錢曾撰讀書敏求記　史部　目錄

類　923

전징지찬　錢澄之　撰　〃藏山閣集(20

卷)(詩存14卷,文存6卷)田間尺牘4

卷〃　集部　別集類　1400～01

田間文集(30卷)　田間詩集(28卷)

集部　別集類　1401

所知錄　史部　雜史類　444

전초찬　錢椒　撰　補疑年錄　史部

傳記類　517

전태길찬　錢泰吉　撰　曝書雜記

史部　目錄類　926

甘泉鄉人稿(24卷)餘稿(2卷)　集部

別集類　1519

전풍찬　錢灃　撰　錢南園先生遺集

(5卷)　集部　別集類　1461

전풍(송)집　錢諷(宋)　輯　回溪先生

史韻(49卷)　子部　類書類　1216

전해찬　錢楷　撰　綠天書舍存草(6

卷)　集部　別集類　1483

전형(명)찬　錢形(明)　撰　甲申傳信

錄　史部　雜史類　440

전황(청)찬　錢潢(淸)　撰　重編張仲

景傷寒論證治發明溯源集　子部

醫家類　986～87

전희언(명)찬　錢希言(明)　撰　戲瑕(3

卷)　子部　雜家類　1143

劍莢(27卷)　子部　譜錄類　1110

獪園(16卷)　子部　小說家類　1267

정가수찬　程嘉燧　撰　松圓偈庵集

(2卷)　集部　別集類　1385

松圓浪淘集(18卷)　集部　別集類

1385

耦耕堂集(5卷)(詩3卷文2卷)　集部

別集類　1386

정거(원)찬　丁巨(元)　撰　丁巨算法(1

卷)　子部　天文算法類　1042

정걸집　鄭杰　輯　閩詩錄甲集(6卷)

乙集(4卷0丙集(23卷)丁集(1卷)戊

集(7卷)　集部　總集類　1687

정겸찬　丁謙　撰　西遼立國本末攷

史部　紀事本末類　387

정경찬　丁敬　撰　武林金石記　史

部　金石類　910

정관응찬　鄭觀應　撰　增訂盛世危
　　言新編(14卷)　子部　儒家類　953
정관응찬　鄭官應　撰　羅浮치鶴山
　　人詩草(2卷)外集(1卷)　集部　別
　　集類　1570
정광두찬　程光斗　撰　李文襄公年
　　譜　史部　傳記類　554
정광조(청)찬　鄭光祖(淸)　撰　王粲登
　　樓　集部　戲劇類　1764
　　　　古杭新刊關目輔成王周公攝政
　　集部　戲劇類　1760
　　　　翰林風月　集部　戲劇類　1763
　　　　醒世一斑錄(5卷)；附編(3卷)；雜
　　述(8卷)　子部　雜家類　1139～40
정국균찬　丁國鈞　撰　；丁辰　注
　　補晉書藝文志　　史部　目錄類
　　914
정국팽(청)찬　程國彭(淸)　撰　外科灰
　　餘集(2卷)　子部　醫家類　1016
　　　　醫學心悟(5卷)　子部　醫家類　1024
　　　　華佗外科十法(1卷)　子部　醫家
　　類　1024
정군방(명)찬　程君房(明)　撰　程氏
　　墨苑(14卷)　子部　譜錄類　1114
정금(청)찬　丁錦(淸)　撰　古本難經
　　闡注(4卷)　子部　醫家類　984
정기잠찬　鄭起潛　撰　聲律關鍵(8
　　卷)　集部　詩文評類　1717
정단찬　鄭端　撰　政學錄　史部　職
　　官類　755
정대암(청)찬　程岱葊(淸)　撰　西吳
　　蠶略(2卷)　子部　農家類　978
　　　　野語(9卷)　子部　雜家類　1180
정대용(청)찬　程大鏞(淸)　撰　〃讀詩
　　考字(2卷),補編(1卷)〃　經部　詩類

　　72
정대위(명)찬　程大位(明)　撰　新編直
　　指算法統宗(17卷)；首(1卷)　子部
　　天文算法類　1044
정대창찬　程大昌　撰　北邊備對
　　史部　地理類　737
정덕휘찬　鄭德輝　撰　迷靑瑣倩女
　　離魂　集部　戲劇類　1763
　　　　醉思鄕王粲登樓雜劇　集部　戲
　　劇類　1761
　　　　迷靑瑣倩女離魂雜劇　集部　戲
　　劇類　1761
　　　　白敏中偢梅香　集部　戲劇類
　　1763
　　　　倩女離魂　集部　戲劇類　1763
　　　　夆梅香騙翰林風月雜劇　集部
　　戲劇類　1762
정도(명)찬　鄭濤(明)　撰　浦江鄭氏
　　家範(1卷)　子部　儒家類　935
정도존(청)찬　程道存(淸)　撰　唐律通
　　韻擧例(2卷)　經部　小學類　254
정리항(청)찬　丁履恒(淸)　撰　形聲
　　類篇(2卷)餘論(1卷)　經部　小學
　　類　247
정림(청)찬　程林(淸)　撰　金匱要略
　　直解(3卷)　子部　醫家類　988
정만리집　程萬里　輯　鼎鍥徽池雅
　　調南北官腔樂府點板曲響大明
　　春(6卷)　集部　戲劇類　1778
정매간(청)찬　鄭梅澗(淸)　撰　疫痧
　　章(3卷)　子部　醫家類　1018
정문도찬　鄭文悼　撰　樵風樂府(9卷)
　　集部　詞類　1727
정문동(청)찬　鄭文同(淸)　撰　蠶桑輯
　　要(不分卷)　子部　農家類　978

정문작찬　鄭文焯　撰　醫故(2卷)
　　子部　醫家類　1030
정민정(명)집　程敏政(明)　輯　道一
　　編(6卷)　子部　儒家類　936
정방곤편　鄭方坤　編　全閩詩話(12
　　卷)　集部　詩文評類　1702
정병장　丁丙藏；丁仁撰八千卷樓
　　書目　史部　目錄類　921
정병찬　丁丙　撰　善本書室藏書志
　　史部　目錄類　927
　　松夢寮詩稿(6卷)　集部　別集類
　　1559
정보정찬　丁寶楨　撰　丁文誠公奏
　　稿　史部　詔令奏議類　509
　　四川鹽法志　史部　政書類　842
정복광(청)찬　鄭復光(淸)　撰　籌算
　　說略(1卷)　子部　天文算法類　1047
　　費隱與知錄(1卷)　子部　雜家類
　　1140
정사초찬　鄭思肖　撰　所南翁一百
　　二十圖詩集(1卷)　集部　別集類
　　1320
　　鄭所南先生文集(1卷)附錄(1卷)
　　集部　別集類　1320
정선(명)찬　鄭瑄(明)　撰　"昨非庵日
　　纂(20卷),2集(20卷),3集(20卷)"　子
　　部　雜家類　1193
정선갑(청)찬　程先甲(淸)　撰　廣續
　　方言　經部　小學類　194
정섭찬　鄭燮　撰　板橋集(7卷)　集部
　　別集類　1425
정소의집　鄭紹儀　輯　嘯餘譜(11卷)
　　集部　詞類　1736
　　聽秋聲館詞話(20卷)　集部　詞類
　　1734

정송만찬　程頌萬　撰　石巢詩集(12
　　卷)　集部　別集類　1577
　　楚望閣詩集(10卷)　集部　別集類
　　1577
정수징(청)찬　丁壽徵(淸)　撰　春秋
　　異地同名考(1卷)　經部　春秋類
　　128
정숙장집　丁宿章　輯　湖北詩徵傳
　　略(40卷)　集部　詩文評類　1707
정순찬　程洵　撰　克庵先生尊德性
　　齋小集(3卷)補遺(1卷)　集部　別
　　集類　1318
정씨(당)찬　鄭氏(唐)　撰　字寶(敦煌
　　殘卷)　經部　小學類　236
정아집　正我　輯　新刊徽板合像滾
　　調樂府官腔摘錦奇音(6卷)　集部
　　戲劇類　1778
정악집　鄭岳　輯　蒲陽文獻　史部
　　傳記類　548
정안(청)찬　丁晏(淸)　撰　頤志齋文
　　鈔(1卷)頤　志齋感舊詩(1卷)　集
　　部　別集類　1523
　　淮南萬畢術(1卷)　子部　雜家類
　　1121
　　尙書餘論(1卷)　經部　書類　48
　　易林釋文(2卷)　子部　術數類　1055
　　投壺考原(1卷)　子部　藝術類　1106
　　左傳杜解集正(8卷)　經部　春秋
　　類　128
　　孝經述注(1卷)　經部　孝經類　152
　　論語孔注證僞(2卷)　經部　四書
　　類　156
　　"佚禮扶徵(2卷),附錄(1卷)"　經部
　　禮類　110
　　毛詩草木鳥獸蟲魚疏校正(2卷)

經部 詩類 71

毛鄭詩釋(4卷) 經部 詩類 71

周易解故(1卷) 經部 易類 31

北宋汴學二體石經記 經部 群
經總義類 184

禮記釋注(4卷) 經部 禮類 106

禹貢集釋(3卷) 經部 書類 55

禹貢蔡傳正誤(1卷) 經部 書類
55

儀禮釋注(2卷) 經部 禮類 93

鄭氏時譜考正(1卷) 經部 詩類
71

周禮釋(2券) 經部 禮類 81

易經象類(1卷) 經部 易類 31

"周易述傳(2卷),續錄(1卷)" 經部
易類 31

정약용(명)찬 鄭若庸(明) 撰 六十
種曲(120卷) : 玉玦記(2卷) 集部
戲劇類 1772

鄭若庸(明)輯類雋(30卷) 子部 類
書類 1236~37

정업효찬 鄭業斅 撰 獨笑齋金石
攷略 史部 金石類 901

정여계(명)집 程汝繼(明) 輯 周易
宗義(12卷) 經部 易類 14

程汝繼(明)撰周易疏義(4卷) 經部
易類 14

정여벽찬 鄭汝璧 撰 由庚堂集(38
卷) 集部 別集類 1356~57

정예박(청)찬 丁芮樸(淸) 撰 風水祛
惑(1卷) 子部 術數類 1054

정왈건찬 丁曰健 撰 治臺必告錄
史部 政書類 882

정요전(청)찬 程瑤田(淸) 撰 果臝轉
語記(1卷) 經部 小學類 191

釋草小記(2卷) 經部 小學類 191

釋蟲小記(1卷) 經部 小學類 191

論學小記(2卷) 子部 儒家類 951

九勢碎事(1卷) 子部 藝術類 1068

溝洫疆理小記(1卷) 經部 禮類
80

儀禮喪服文足徵記(10卷) 經部
禮類 95

考工創物小記(8卷) 經部 禮類
85

樂器三事能言(1卷) 經部 樂類
115

禹貢三江(3卷) 經部 書類 55

宗法小記(1卷) 經部 禮類 108

磬折古義(1卷) 經部 禮類 85

정요항(청)찬 丁耀亢(淸) 撰 天史(1
2卷) ; 問天亭放言(1卷) 子部 雜
家類 1176

정우현(송)찬 鄭友賢(宋) 撰 十家
注孫子遺說(1卷) 子部 兵家類
959

정운수 鄭澐 修 ; 邵晉涵纂杭州府
志 史部 地理類 701~03

정원길집 丁元吉 輯 陸右丞蹈海
錄 史部 傳記類 550

정원천(명)찬 丁元薦(明) 撰 西山日
記(2卷) 子部 雜家類 1172

정위(송)찬 丁謂(宋) 撰 丁晉公談
錄(1卷) 子部 雜家類 1166

정위량(미)찬 丁韙良(美) 撰 西學考
略(2卷) 子部 西學譯著類 1299

정은택찬 程恩澤 撰 程侍郞遺集
(10卷)附錄(1卷) 集部 別集類
1511

程恩澤 撰 ; 狄子奇(淸)箋國策

地名考　史部　雜史類　422~23
정응모(청)찬　程應旄(淸)　撰　傷寒論後條辨(15卷)　子部　醫家類　986
정의증(청)찬　丁宜曾(淸)　撰　西石梁農圃便覽(不分卷)　子部　農家類　976
정일창(청)찬　〃丁日昌(淸),李鴻章　撰〃海防要覽(2卷)　子部　兵家類　969
정임경집　程任卿　輯　絲絹全書　史部　政書類　835
정자복찬　丁子復　撰　唐書合鈔補正　史部　正史類　285~89
정적(청)찬　鄭績(淸)　撰　夢幻居畫學簡明(5卷)　；續(5卷)　；又(1卷)　子部　藝術類　1086
정전찬　鄭전　撰　盛明雜劇三集:卷18汨羅江　集部　戲劇類　1765
盛明雜劇三集:卷20滕王閣　集部　戲劇類　1765
盛明雜劇三集:卷17鸚鵡洲　集部　戲劇類　1765
盛明雜劇三集:卷19黃鶴樓　集部　戲劇類　1765
정전망(명)찬　鄭全望(明)　撰　瘴瘧指南(2卷)　子部　醫家類　1003
정전일(청)찬　鄭奠一(淸)　撰　瘟疫明辨(4卷)　；方(1卷)　子部　醫家類　1003
정정옥찬　鄭庭玉　撰　布袋和尙忍字記雜劇　集部　戲劇類　1761
大都新編楚昭王疎者下船　集部　戲劇類　1760
新刊關目看錢奴買寃家債主　集部　戲劇類　1760
楚昭公疎者下船雜劇　集部　戲劇類　1760
包龍圖智勘後庭花雜劇　集部　戲劇類　1761
정정조(청)찬　程廷祚(淸)　撰　晚書訂疑　經部　書類　44
易通(14卷)　經部　易類　20
讀易管見(1卷)　經部　易類　20
論語說(4卷)　經部　四書類　153
정제성(청)찬　程際盛(淸)　撰　駢字分箋　經部　小學類　192
說文古語考(2卷)　經部　小學類　212
說文引經考(20卷)　經部　小學類　212
續方言補正　經部　小學類　194
越語肯綮錄　經部　小學類　194
周禮故書考(1卷)　經部　禮類　81
정종순(명)찬　程宗舜(明)　撰　洪範淺解(11卷)　子部　術數類　1060
정주약집　鄭澍若　輯　虞初續志(12卷)　集部　小說類　1783
정중기(명)찬　鄭仲夔(明)　撰　玉塵新譚(34卷)(淸言(10卷)　；偶記(8卷)　；耳新(8卷)　；雋區(8卷))　子部　小說家類　1268
정지교(청)찬　鄭之僑(淸)　撰　農桑易知錄(3卷)　子部　農家類　975
정지동(청)찬　鄭知同(淸)　撰　說文淺說　經部　小學類　227
정지진찬　鄭之珍　撰　新編目連救母勸善戲文(3卷)　集部　戲劇類　1774
정진찬　鄭震　撰　三山鄭菊山先生淸雋集(1卷)　集部　別集類　1320

정진(청)찬　鄭珍(淸) 撰　巢經巢文
集六卷巢經巢詩集(9卷)後集(4卷)
遺詩(1卷)附錄(1卷)　集部 別集類
1534

說文新附考　經部 小學類　223

說文逸字　經部 小學類　223

樗繭譜(1卷)　子部 農家類　978

儀禮私箋(8卷)　經部 禮類　93

"汗簡箋正(7卷),首(1卷),末(1卷)"
經部 小學類　240

親屬記.2卷　經部 禮類　110

鳧氏爲鍾圖說.(1卷)　經部 禮類
85

"輪輿私箋.(2卷),圖(1卷)"　經部 禮
類　85

巢經巢集經說(1卷)　經部 群經
總義類　176

鄭學錄　史部 傳記類　515

정진방(청)찬　程晉芳(淸) 撰　勉行堂
文集(6卷)　集部 別集類　1433

勉行堂詩集(24卷)首(1卷)　集部
別集類　1433

毛鄭異同考(10卷)　經部 詩類
63

정철(청)찬　程哲(淸) 撰　要器說(1卷)
子部 譜錄類　1111

蓉槎蠡說(12卷)　子部 雜家類
1137

정초(송)저　"鄭樵(宋)著,顧詰剛輯點"
"詩辨妄(1卷),附錄4種"　經部 詩類
56

정탁(송)찬　程卓(宋) 撰　使金錄　史
部 雜史類　423

정택안(청)찬　丁澤安(淸) 撰　易學
節解(5卷)　經部 易類　38

정특기(송)찬　丁特起(宋) 撰　靖康
紀聞　史部 雜史類　423

정패(청)찬　丁佩(淸) 撰　繡譜(2卷)
子部 譜錄類　1115

정팽찬　丁澎 撰　扶荔詞(3卷)　集部
詞類　1724

정현찬　丁顯 撰　復淮故道圖說
史部 政書類　848

정현(한)주　"鄭玄(漢)注,陳선(淸)輯"
孝經(1卷)　經部 孝經類　151

정형찬　程迥 撰　醫經正本書(1卷)
子部 醫家類　1028

정효(명)찬　鄭曉(明) 撰　禹貢圖說(1
卷)　經部 書類　54

禹貢要注(1卷)　經部 書類　54

鄭端簡公奏議　史部 詔令奏議
類　476～77

吾學編 ; 吾學編餘 ; 今言　史部
雜史類　424～25

古言(2卷)　子部 雜家類　1123

澹泉筆述(12卷)　子部 雜家類
1171

제가보찬　諸可寶 撰　疇人傳三編
史部 傳記類　516

제갈량(삼국촉)찬　諸葛亮(三國蜀) 撰
蜀丞相諸葛亮文集(6卷)　集部 別
集類　1303

제갈원성(명)찬　諸葛元聲(明) 撰
兩朝平攘錄　史部 雜史類　434

제광정(청)찬　諸匡鼎(淸) 撰　橘譜(1
卷)　子部 譜錄類　1116

제금(청)찬　諸錦(淸) 撰　夏小正詁(1
卷)　經部 禮類　108

제소남(청)찬　齊召南(淸) 撰　寶綸堂
文鈔(8卷)寶綸堂詩鈔(6卷)　集部

別集類　1428

尙書注疏考證　經部　書類　44

제옹주노민찬　題翁洲老民　撰　海東逸史　史部　雜史類　444

제외사씨집　題外史氏　輯　聖朝新政要略　史部　雜史類　438

제중보(송)찬　齊仲甫(宋)　撰　產寶雜錄(1卷)　子部　醫家類　1007

女科百問(2卷)　子部　醫家類　1007

제학구(청)찬　齊學裘(淸)　撰　劫餘詩選(23卷)　集部　別集類　1531

見聞隨筆(26卷) ; 見聞續筆(24卷)　子部　雜家類　1181

조경여(청)찬　趙敬如(淸)　撰　蠶桑說(1卷)　子部　農家類　978

조공매찬　晁公邁　撰　歷代紀年　史部　政書類　826

조군경(한)주　趙君卿(漢)　注 ; 甄鸞(北周)　重述 ; 李淳風(唐)　等注釋　周髀算經(2卷)　子部　天文算法類　1031

趙君卿(漢)　注 ; 朱載堉(明)　圖解　古周髀算經(1卷)　子部　天文算法類　1031

조기찬　趙岐　撰 ; 摯虞　注 ; 張澍　輯　三輔決錄　史部　傳記類　540

조기(청)편　曹基(淸)　編　左氏條貫(18卷)　經部　春秋類　121

조기교(청)찬　趙起蛟(淸)　撰　孝經集解(18卷)　經部　孝經類　152

조길사(청)집　趙吉士(淸)　輯　萬靑閣詩(3卷)　集部　詞類　1724

寄園寄所寄(12卷)　子部　雜家類　1196~97

조당찬　趙堂　撰　軍政備例　史部　政書類　852

조덕(송)찬　趙悳(宋)　撰　〃四書箋義纂要(12卷),補遺(1卷),續遺(1卷)〃　經部　四書類　159

조덕무찬　趙德懋　撰　妙香齋詩集(4卷)　集部　別集類　1485

조도일(원)찬　趙道一(元)　撰　〃歷世眞仙體道通鑑(53卷),續編(5卷) ; 後集(6卷)〃　子部　宗敎類　1294~95

조렴(청)찬　趙濂(淸)　撰　傷科大成(1卷)　子部　醫家類　1017

조령찬수　趙寧　纂修　長沙府嶽麓誌　史部　地理類　720

조률찬　晁瑮　撰　晁氏寶文堂書目　史部　目錄類　919

조무견찬　曹榑堅　撰　曡雲閣集(11卷)　集部　別集類　1514

조문례집　趙聞禮　輯　陽春白雪(8卷)外集(1卷)　集部　詞類　1728

조문철찬　趙文哲　撰　耒隅集(10卷)　集部　別集類　1436

石柏山房詩存(8卷)首(1卷)　集部　別集類　1485

조번찬　趙藩　撰　岑襄勤公年譜　史部　傳記類　558

向湖邨舍詩初集(12卷)　集部　別集類　1575

조변찬　趙抃　撰　御試備官日記　史部　傳記類　558

조본학(명)찬　趙本學(明) ; 兪大猷　撰　重刊續武經總要(8卷)　子部　兵家類　959

조본(원)찬　曹本(元)　撰　續復古編(4

卷) 經部 小學類 237

조상경(청)등집 曹尙絅(淸) 等輯 琴譜新聲(6卷) ; 指法(1卷) ; 琴說(1卷) ; 鼓琴八則(1卷) 子部 藝術類 1095

조서교찬 趙舒翹 撰 提牢備考 史部 政書類 867

조선(명)찬 趙僎(明) 撰 禮記思(5卷) 經部 禮類 97

조설근찬 曹雪芹 撰 ; 高鶚補撰紅樓夢一百二十回 集部 小說類 1793~94

조세경찬 趙世卿 撰 司農奏議 史部 詔令奏議類 480

조세연등찬수 "趙世延,揭傒斯 等纂修 ; 胡敬輯" 大元海運記 史部 政書類 835

조소(명)찬 "曹昭(明) 撰 ; 舒敏,王佐增" 新增格古要論(13卷) 子部 雜家類 1185

조소기(청)찬 趙紹箕(淸) 撰 拙菴韻悟(1卷) 經部 小學類 257

조소조(청)찬 趙紹祖(淸) 撰 安徽金石略 史部 金石類 912

讀書偶記(8卷) 子部 雜家類 1161

消署錄(1卷) 子部 雜家類 1161

通鑑注商 史部 編年類 342

조수중(송)찬 "曹粹中(宋) 撰,張壽鏞撰" "放齊詩說(4卷),首(1卷)" 經部 書類 56

조시춘(명)찬 趙時春(明) 撰 稽古緖論(2卷) 子部 雜家類 1123

조식(삼국위)찬 曹植(三國魏) 撰 曹子建集(10卷)逸文(1卷) 集部 別集類 1303

曹集考異 集部 別集類 1303

조신교찬 趙申喬 撰 趙恭毅公自治官書類集 史部 政書類 880~81

조양(청)찬 調陽(淸) 撰 "考工記考.(1卷),圖(1卷)" 經部 禮類 85

조양무찬 曹亮武 撰 南耕詞(6卷) 集部 詞類 1725

歲寒詞(1卷) 集部 詞類 1725

조양인(원)연의 趙良仁(元) 衍義 ; 周揚俊(淸) 補注 金匱玉函經二注(22卷) 子部 醫家類 989

조양주찬 趙良冑 撰 肯巖文鈔(4卷) 集部 別集類 1464

肯巖詩鈔(12卷) 集部 別集類 1464

조언복집 趙彦復 輯 梁園風雅(27卷) 集部 總集類 1680

조여용(송)찬 趙與裕(宋) 撰 辛巳泣蘄錄 史部 雜史類 423

조여필찬수 "趙與泌,黃巖孫 纂修" 仙溪志 史部 地理類 660

조열문(청)찬 趙烈文(淸) 撰 能靜居日記(1)~(5) 史部 傳記類 560~64

조용(청)찬 曹溶(淸) 撰 劉豫事迹 史部 傳記類 550

倦圃蒔植記(3卷) ; 總論(2卷) 子部 譜錄類 1119

崇禎五十宰相傳 史部 傳記類 537

조우(청)찬 趙佑(淸) 撰 尙書質疑 經部 書類 45

讀春秋存考(4卷) 經部 春秋類 141

　　四書溫故錄(11卷)　經部　四書類　166

　　草木疏校正(2卷)　經部　詩類　64

조원일(당)찬　趙元一(唐)　撰　奉天錄　史部　雜史類　423

조원충(청)찬　曹元忠(淸)　撰　蒙韃備錄校注　史部　雜史類　423

조원필(청)찬　曹元弼(淸)　撰　尙書鄭氏注箋釋(40卷)　經部　書類　53～54

　　禮經學(7卷)　經部　禮類　94

　　孝經學(7卷)　經部　孝經類　152

　　禮經校釋(22卷)　經部　禮類　94

조월찬　〝趙鉞,勞格 撰〞　唐御史臺精舍題名考　史部　職官類　748

조위겸(명)찬　趙撝謙(明)　撰　皇極聲音文字通(32卷)　經部　小學類　254

조이손등찬　趙爾巽　等撰　淸史稿(一)～(六)　史部　正史類　295～300

조익(청)찬　趙翼(淸)　撰　甌北集(53卷)　集部　別集類　1446～47

　　甌北詩話(12卷)　集部　詩文評類　1704

　　廿二史箚記　史部　史評類　453

　　簷曝雜記(6卷)；附錄(1卷)　子部　雜家類　1138

　　陔餘叢考(43卷)　子部　雜家類　1151～52

조인찬　曹寅　撰　楝亭詩鈔(8卷)　楝亭詩別集(4卷)　楝亭詞鈔(1卷)　楝亭詞鈔別集(1卷)　楝亭文鈔(1卷)　集部　別集類　1419

조인호(청)찬　曹仁虎(淸)　撰　宛委山

조일청찬　趙一淸　撰　三國志注補　史部　正史類　274

조자력찬　〝趙子櫟,魯訔撰〞　杜工部草堂詩箋年譜(2卷)　集部　別集類　1307

조정(북제)등집　祖珽(北齊)　等輯　修文殿御覽(1卷)　子部　雜家類　1212

조정(송)찬　趙禎(宋)　撰　洪範政鑑(12卷)　子部　術數類　1060

　　建炎筆錄　史部　雜史類　423

　　辯誣筆錄　史部　雜史類　423

조정걸찬　曹廷杰　撰　東三省興地圖說　史部　地理類　646

조정동(청)찬　曹庭棟(淸)　撰　琴學內篇(1卷)；外篇(1卷)　子部　藝術類　1095

조조(한)등찬　曹操(漢)；杜牧(唐)　等撰　十一家注孫子(3卷)　子部　兵家類　959

조지겸(청)찬　趙之謙(淸)　撰　補寰宇訪碑錄　史部　金石類　904

　　章安雜說　子部　雜家類　1141

　　〝六朝別字記,(不分卷)〞　經部　小學類　242

조지고찬　趙志皐　撰　內閣奏題稿　史部　詔令奏議類　479

조지희찬　趙知希　撰　涇川詩話(3卷)　集部　詩文評類　1701

조집신찬　趙執信　撰　飴山詩餘(1卷)　集部　詞類　1725

조천린찬　趙天麟　撰　太平金鏡策

史部　詔令奏議類　475

조천우(송)찬　趙天祐(宋)　撰　覆盆
明鏡照占眞經(8卷)　子部　術數
類　1055

조충지찬　晁沖之　撰　晁具茨先生
詩集(15卷)　集部　別集類　1317

조탄(청)찬　趙坦(淸)　撰　″春秋異文
(12卷),附錄(1卷)″　經部　春秋類
144

조태정(명)찬　趙台鼎(明)　撰　寶顔
堂訂正脈望(8卷)　子部　雜家類
1128

조포(청)찬　刁包(淸)　撰　潛室箚記(2
卷)　子部　儒家類　945

조표조(청)찬　趙彪詔(淸)　撰　說蛇(1
卷)　子部　譜錄類　1120

조필(명)찬　趙弼(明)　撰　效顰集(3
卷)　子部　小說家類　1266

조학민(청)찬　趙學敏(淸)　撰　本草綱
目拾遺(1-6卷)；正誤(1卷)　子部
醫家類　994
″串雅(8卷,內編4卷外編4卷)″　子
部　醫家類　1003
本草綱目拾遺(10卷)；正誤(1卷)
子部　醫家類　995

조학전(명)찬　曹學佺(明)　撰　廣西
名勝志　史部　地理類　735
周易可說(7卷)　經部　易類　13
詩經剖疑(24卷)　經部　詩類　60

조해찬　趙偕　撰　趙寶峰先生文集
(2卷)　集部　別集類　1321

조헌가(명)찬　趙獻可(明)　撰；呂留
良(淸)評醫貫(6卷)　子部　醫家類
1019

조환광(명)찬　趙宧光(明)　撰　六書

長箋(7卷)　經部　小學類　203

조회옥(청)찬　趙懷玉(淸)　撰　亦有
生齋集(54卷)（樂府2卷詩32卷文20
卷）　集部　別集類　1470

조희황(청)찬　趙希璜(淸)　撰　四百
三十二峯草堂詩鈔(16卷)　集部
別集類　1471
研벌齋文集(2卷)　集部　別集類
1472

존지당(청)집　存之堂(淸)　輯　圓音
正考(1卷)　經部　小學類　254

종문증(청)찬　鍾文烝(淸)　撰　″春秋
穀梁經傳補注(24卷),首(1卷),末(1
卷)″　經部　春秋類　132

종사성찬　鍾嗣成　撰　錄鬼簿(2卷)
集部　曲類　1759

종성찬　鍾惺　撰；陸雲龍評翠娛閣
評選鍾伯敬先生合集(16卷)　集部
別集類　1371

종성공집　″鍾惺,譚元春 (共)輯″　唐
詩歸(36卷)　集部　總集類　1589
～90
古詩歸(15卷)　集部　總集類　1589

종인부찬수　宗人府　纂修　欽定王
公處分則例　史部　政書類　866
～67

종회(청)찬　鍾懷(淸)　撰　긴厓考錄(4
卷)　子部　雜家類　1156

좌광두찬　左光斗　撰　左忠毅公集
(5卷)　集部　別集類　1370

좌미(청)찬　左眉(淸)　撰　尙書蔡傳
正訛(6卷)　經部　書類　43

좌종당찬　左宗棠　撰　左恪靖侯奏
稿初編　史部　詔令奏議類　502
左恪靖侯奏稿續編　史部　詔令

奏議類　503

左恪靖侯奏稿三編　史部　詔令
奏議類　504

左文襄公文集(5卷)　左文襄公詩
集(1卷)　左文襄公聯語(1卷)　集部
別集類　1541

주통(명)찬　″周統(明)　撰,周夢齡(淸),
周毓齡增輯″春秋三傳通經合纂
(12卷)　經部　春秋類　134

주가록찬　周家祿　撰　晉書校勘記
史部　正史類　274

주가미찬　″周家楣,沈秉成,薛福辰　修
；張之洞,繆荃孫　纂.″　順天府志
史部　地理類　683～6

주가석(청)찬　周嘉錫(淸)　撰　周懶
予先生圍棋譜(1卷)　子部　藝術
類　1103

주가유(청)찬　周嘉猷(淸)　撰　南北
史表　史部　正史類　283

주가주(명)찬　周嘉胄(明)　撰　裝潢
志(1卷)　子部　譜錄類　1115

주가징찬　朱嘉徵　撰　詩集廣序(10
卷)　集部　總集類　1590

樂府廣序(30卷)　集部　總集類
1590

주간선　朱諫　選　李詩辯疑(2卷)　集
部　別集類　1305～6

주간부찬　奏簡夫　撰　東堂老勸破
家子第雜劇　集部　戲劇類　1760

주건찬　朱健　撰　古今治平略　史
部　政書類　756～7

주경여찬　朱慶餘　撰　朱慶餘詩集
(1卷)　集部　別集類　1311

주곤전(청)집　朱昆田(淸)　輯　三體摭
韻(不分卷)　子部　類書類　1247

～48

주공교찬　周孔敎　撰　周中丞疏稿
史部　詔令奏議類　481

주공진(청)찬　周拱辰(淸)　撰　公羊
墨史(2卷)　經部　春秋類　128

離騷草木史(10卷)　集部　楚辭類
1302

주관집　周瓘　輯　兩漢書疏　史部
詔令奏議類　462

주광가(명)찬　朱光家(明)　撰　字學
指南(10卷)　經部　小學類　238

주광업(청)찬　周廣業(淸)　撰　季漢
官爵考　史部　職官類　747

蓬廬文鈔(8卷)　集部　別集類　1449

經史避名彙考　史部　政書類
827

逸文(1卷)　子部　雜家類　1188

循陔纂聞(5卷)　子部　雜家類　1138

過夏雜錄(6卷)　；　過夏續錄(1卷)
子部　雜家類　1154

孟子四考.4卷　經部　四書類　158

주굉(송)찬　朱肱(宋)　撰　傷寒百問(6
卷)　子部　醫家類　984

活人書(20卷)　子部　醫家類　984

주국성찬　朱國盛　纂；徐標續纂南
河全考　史部　地理類　729

南河志　史部　地理類　728

주국정(명)찬　朱國禎(明)　撰　皇明
史概　史部　雜史類　428～31

朱文肅公詩集(7卷)　集部　別集
類　1366

朱文肅公集(不分卷)　集部　別
集類　1366

湧幢小品(32卷)　子部　雜家類
1172～73

주권(명)집　朱權(明) 輯　六十種曲(120
　　卷) : 荊釵記(2卷)　集部 戲劇類
　　1768
　　　太和正音譜(2卷)　集部 曲類　1747
　　　구仙神奇秘譜(3卷)　子部 藝術
　　　類　1092
주규찬　朱珪 撰　知足齋詩集(20卷)
　　續集(4卷)　知足齋文集(6卷)進呈
　　文稿(2卷)年譜(3卷)　集部 別集類
　　1451～52
　　　進呈文稿(2卷)年譜(3卷)　集部 別
　　　集類　1452
주균(청)찬　朱筠(淸) 撰　笥河文鈔(3
　　卷)　集部 別集類　1440
　　　笥河詩集(20卷)　集部 別集類
　　　1439
　　　笥河文集(16卷)首(1卷)　集部 別
　　　集類　1440
　　　風俗通義校正(2卷) ; 風俗通義
　　　補逸(1卷)　子部 雜家類　1121
주근미찬　朱勤美 撰　王國典禮
　　史部 政書類　824
주기찬　朱琦 撰　怡志堂文初編(6
　　卷)　集部 別集類　1530
주남(청)집　〝周南(淸),呂臨 輯〟 安居
　　金鏡(8卷)　子部 術數類　1052
주념조집　周念祖 輯　萬曆辛亥京
　　察記事始末　史部 雜史類　435
주노(청)집　周魯(淸) 輯　類書纂要(33
　　卷)　子部 類書類　1250～51
주단장(송)찬　朱端章(宋) 撰　衛生
　　家寶產科備要(8卷)　子部 醫家
　　類　1007
주대소(청)찬　朱大韶(淸) 撰　春秋傳
　　禮徵(10卷)　經部 春秋類　128

實事求是齋經義(2卷)　經部 群
　　經總義類　176
주덕윤찬　朱德潤 撰　存復齋文集
　　(10卷)附錄(1卷)　集部 別集類
　　1324
　　　存復齋續集(1卷)　集部 別集類
　　　1324
주돈유찬　朱敦儒 撰　樵歌(3卷)　集
　　部 詞類　1722
주득지(명)찬　朱得之(明) 撰　莊子
　　通義(10卷)　子部 儒家類　955
　　～56
주량공(청)찬　周亮工(淸) 撰　閩小
　　紀　史部 地理類　734
　　　因樹屋書影(10卷)　子部 雜家類
　　　1134
　　　讀畫錄(4卷)　子部 藝術類　1065
주로(명)찬　朱鷺(明) 撰　建文書法
　　의　史部 雜史類　433
주리정(명)찬　周履靖(明) 撰　菊譜(1
　　卷)　子部 譜錄類　1116
　　　群物奇制(1卷)　子部 雜家類　1185
주매신집　朱梅臣 輯　駁案彙編
　　史部 政書類　873～74
주맹진(명)찬　朱孟震(明) 撰　汾上續
　　談(1卷)　子部 雜家類　1128
　　　河上楮談(3卷)　子部 雜家類　1128
주명집　周銘 輯　林下士選(14卷)
　　集部 詞類　1729
주명집　侏名 輯　雲謠集雜曲子(1
　　卷)　集部 詞類　1728
주명반(청)찬　朱銘盤(淸) 撰　南朝
　　宋會要　史部 政書類　767～69
　　　梁會要　史部 政書類　772～73
　　　齊會要　史部 政書類　770～71

陳會要　史部　政書類　774

주모(명)찬　朱謀(明)　撰　駢字訓纂
經部　小學類　192

주목결(명)집　朱睦㮮(明)　輯　聖典
史部　雜史類　432

萬卷堂書目　史部　目錄類　919

주문기(송)집　周文玘(宋)　輯　開顏
集(2卷)　子部　小說家類　1272

주문화(명)찬　周文華(明)　撰　汝南
圃史(12卷)　子部　譜錄類　1119

주밀(송)찬　周密(宋)　撰；江昱　疏證
蘋洲漁笛譜(2卷)集外詞(1卷)　集
部　詞類　1723

주밀(송)집　周密(宋)　輯　澄懷錄(2卷)
子部　雜家類　1188

주방언찬　周邦彥　撰；陳元龍注詳
註周美成詞片玉集(10卷)　集部
詞類　1722

주방증찬　朱方增　撰　求聞過齋文
集(4卷)　集部　別集類　1501

求聞過齋詩集(6卷)　集部　別集
類　1501

주번헌왕찬　周藩憲王　撰　春風慶
朔堂　集部　戲劇類　1763

風月牧丹僊　集部　戲劇類　1763

三度小桃紅　集部　戲劇類　1763

盛明雜劇二集:卷1風月牡丹仙
集部　戲劇類　1765

盛明雜劇二集:卷2香囊怨.　集部
戲劇類　1765

黑旋風仗義疎財　集部　戲劇類
1764

주병중(청)찬　周柄中(淸)　撰　四書
典考辨正續(5卷)　經部　四書類
167

"四書典故辨正(20卷),附錄(1卷)"
經部　四書類　167

주복준(명)찬　周復俊(明)　撰　涇林雜
紀(2卷).　子部　雜家類　1124

주빈(청)찬　朱彬(淸)　撰　禮記訓纂(49
卷)　經部　禮類　106

주사단(청)찬　朱士端(淸)　撰　說文
校定本(2卷)　經部　小學類　214

彊識編(4卷)；彊識編續(1卷)　子
部　雜家類　1160

주사본찬　朱思本　撰　貞一齋詩文
稿(2卷)　集部　別集類　1323

"朱思本　撰；羅洪先,胡松　增補"
廣興圖　史部　地理類　586

주상방(명)집　朱常淓(明)　輯　潞藩
輯纂萬彙仙機棋譜(10卷)　子部
藝術類　1099～100

주상옥등집　"周祥鈺,鄒金生　等輯"
新定九宮大成南北詞宮譜(81卷)
閏(1卷)目錄(3卷)　集部　曲類　1753
～56

주석증(청)찬　周石曾(淸)　撰　汲冢
紀年存眞　史部　編年類　336

주섭원찬　朱燮元　撰　少師朱襄毅
公督蜀疏草　史部　詔令奏議類
491

주성찬　周星　撰　九煙先生遺集(6
卷)　集部　別集類　1399

주성찬　周城　撰　宋東京考
史部地理類　734

주성예찬　周星譽　撰　東鷗草堂詞
(2卷)　集部　詞類　1727

주성해찬　周聖楷　撰　楚寶　史部
傳記類　548～49

주세걸(원)찬　朱世傑(元)　撰；羅士

琳(淸) 附釋　新編算學啓蒙(3卷)
; 總括(1卷)　子部 天文算法類
1043
　　朱世傑(元) 撰　新編四元玉鑑(3
卷)　子部 天文算法類　1042
주세징(청)찬　周世澄(淸) 撰　淮軍平
捻記　史部 紀事本末類　413
주소연(청)찬　周邵蓮(淸) 撰　詩考
異字箋餘(14卷)　經部 詩類　75
주수붕(청)찬　朱壽朋(淸) 撰　東華
續錄(光緖一至二百二十)　史部
編年類　383～85
주수창(청)찬　周壽昌(淸) 撰　後漢
書注補正　史部 正史類　272
　　"思益堂集(19卷)(詩鈔6卷,古文2
卷,詞鈔1卷,日札10卷)"　集部 別
集類1540～41
　　漢書注校補　史部 正史類　267
　　思益堂日札(10卷)　子部 雜家類
1161
주수충(송)찬　周守忠(宋) 撰　讀醫
隨筆(6卷)　子部 醫家類　1029
　　釋音(1卷)　子部 醫家類　1030
　　養生月覽(2卷)　子部 醫家類　1029
　　養生類纂(22卷)　子部 醫家類
1029
　　歷代名醫蒙求(2卷)　子部 醫家
類　1030
주숙진찬　朱淑眞 撰 ; 鄭元佐 注
新註朱淑眞斷腸詩集(10卷)後集
(10卷)　集部 別集類　1316
주순하(청)찬　朱純嘏(淸) 撰　痘疹
定論(4卷)　子部 醫家類　1012
주술학(명)찬　周述學(明) 撰　神道
大編曆宗通議(18卷)　子部 天文

算法類　1036
　　神道大編曆宗算會(15卷)　子部
天文算法類　1043
주앙찬　周昂 撰　元季伏莽志　史
部 傳記類　520
주양공찬　周亮工 撰　賴古堂集(24卷)
附錄(1卷)　集部 別集類　1400
주양준(청)찬　周揚俊(淸) 撰　溫熱署
疫全書(4卷)　子部 醫家類　1004
주여등(명)찬　周汝登(明) 撰　聖學
宗傳　史部 傳記類　513
　　王門宗旨(14卷)　子部 儒家類
942
주여벽찬　周如璧 撰　盛明雜劇三
集:卷二十二孤鴻影　集部 戲劇
類　1765
　　盛明雜劇三集:卷二十三夢幻緣
集部 戲劇類　1765
주역동(청)찬　朱亦棟(淸) 撰　群書
札記(16卷)　子部 雜家類　1155
주염(청)찬　朱琰(淸) 撰　陶說(6卷)
子部 譜錄類　1111
주영찬　周瑛 撰　詞學筌蹄(8卷)
集部 詞類　1735
주영년찬　周永年 撰　鄧尉聖恩寺
志　史部 地理類　719
　　林汲山房遺文(不分卷)　集部 別
集類　1449
주오필등집　"朱吾弼,李雲鵠 等輯"
皇明留臺奏議　史部 詔令奏議
類　467
주옥진(청)찬　朱玉振(淸) 撰　增訂端
溪硯坑志(6卷) ; 圖說(1卷)　子部
譜錄類　1113
주요조(청)찬　周耀藻(淸) 撰　春秋世

系表(不分卷)　經部　春秋類　149

주용석(청)찬　周用錫(清)　撰　尙書
　　證義(28卷)　經部　書類　48

주우찬　朱右　撰　白雲고(12卷)　集
　　部　別集類　1326

주우증(청)찬　朱右曾(清)　撰　詩地
　　理徵(7卷).　經部　詩類　72

주우칠(청)찬　周于漆(清)　撰　三才
　　實義天集(20卷)　子部　天文算法
　　類　1033

주운집　朱樉　輯　國朝奏疏　史部
　　詔令奏議類　471～72

주운(명)찬　周雲(明)　撰　神道大編
　　象宗華天五星(9卷)　子部　天文
　　算法類　1031

주운원(명)집　″朱雲原(明)　輯,林尙葵
　　廣(清)　輯,李根校正″″廣金石韻
　　府(5卷),字略(1卷)″　經部　小學類
　　238

주원장(명)찬　朱元璋(明)　撰　御製
　　大誥 ; 御製大誥續編 ; 御製大
　　誥三編 ; 大誥武臣　史部　政書
　　類　862

　　資世通訓(1卷)　子部　儒家類　935

주유돈찬　朱有燉　撰　誠齋錄(4卷)
　　誠齋新錄(1卷)　誠齋牡丹百詠(1
　　卷)　誠齋梅花百詠(1卷)　誠齋玉
　　堂春百詠(1卷)　集部　別集類　1328

주이정찬　周履靖　撰　六十種曲(120
　　卷) : 錦箋記(2卷)　集部　戲劇類
　　1772

주이존찬　朱彝尊　撰 ; 姚祖恩輯靜
　　志居詩話(24卷)　集部　詩文評類
　　1698

　　朱彝尊　撰 ; 李富孫注曝書亭集

詞(7卷)　集部　詞類　1724

주이존집　″朱彝尊,王昶　輯″　明詞
　　綜(12卷)　集部　詞類　1730

주익청(청)찬　朱翊清(清)　撰　埋憂集
　　(10卷) ; 續集(2卷)　子部　小說
　　家類　1271

주일시찬　朱一是　撰　梅里詞(3卷)
　　集部　詞類　1724

주일신(청)찬　朱一新(清)　撰　佩弦
　　齋文存(2卷)首(1卷)　佩弦齋駢文
　　存(1卷)　佩弦齋詩存(1卷)　集部
　　別集類　1565

　　無邪堂問答(5卷)　子部　雜家類
　　1164

주장춘(명)찬　朱長春　撰　朱太復文
　　集(52卷)　朱太復乙集(38卷)　集
　　部　別集類　1361～62

　　管子権(24卷)　子部　法家類　970

주재육(명)찬　朱載堉(明)　撰　嘉量
　　算經(3卷) ; 問答(1卷)　子部　天
　　文算法類　1044

　　律呂正論(4卷)　經部　樂類　114

　　律呂質疑辨惑(1卷)　經部　樂類
　　114

주재준(청)찬　周在浚(清)　撰　南唐
　　書注　史部　別史類　333

주전찬　周篆　撰　″艸亭先生集(7卷)
　　(文集2卷,詩集4卷,補遺1卷)″　集部
　　別集類　1416

주전(청)찬　朱珔(清)　撰　″說文假借
　　義證(28卷),首(1卷)″　經部　小學
　　類　214～15

주전재찬　朱荃宰　撰　文通(30卷)闓
　　(1卷)　集部　詩文評類　1713～14

주정찬　朱鼎　撰　六十種曲(120卷) :

　　　玉鏡臺記(2卷)　集部　戱劇類　1770

주정(청)찬　周鼎(淸)　撰　饕蕘齋棋
　　評(1卷)　子部　藝術類　1102

주정립등찬　朱廷立　等撰　鹽政志
　　史部　政書類　839

주정진찬　朱庭珍　撰　筱園詩話(4
　　卷)　集部　詩文評類　1708

주제집　周濟　輯　宋四家詞選(1卷)
　　集部　詞類　1732
　　味雋齋史義　史部　史評類　451
　　"詞辨(2卷),附介存齋論詞雜箸(1
　　卷)"　集部　詞類　1732
　　存審軒詞(2卷)　集部　詞類　1726

주조모찬　朱祖謀　撰　彊村語業(3
　　卷)　彊邨詞賸稿(2卷)　彊邨集外
　　詞(1卷)　集部　詞類　1727

주조영찬　朱祖榮　撰　勤種洋棉說
　　子部　農家類　977
　　通屬種棉述略(1卷)　子部　農家
　　類　977

주조준찬　周朝俊　撰　玉茗堂批評
　　紅梅記(2卷)　集部　戱劇類　1774

주종건찬　周宗建　撰　周忠毅公奏
　　議　史部　詔令奏議類　492

주종문(원)찬　朱宗文(元)　撰　蒙古
　　字韻(2卷)　經部　小學類　259

주종연(청)집　朱從延(淸)　輯　王孫
　　鑑(3卷)　子部　譜錄類　1120

주준성(청)찬　朱駿聲(淸)　撰　傳經室
　　文集(10卷)　集部　別集類　1514
　　"說文通訓定聲(18卷),分部束韻(1
　　卷),說雅(1卷),古今韻準(1卷),補遺
　　(1卷)"　經部　小學類　220~21
　　春秋左傳識小錄(2卷)　經部　春
　　秋類　125

　　　經史答問(4卷)　子部　雜家類　1159
　　小爾雅約注(1卷)　經部　小學類
　　189
　　64卦經解(8卷)　經部　易類　29
　　儀禮經注一隅(2卷)　經部　禮類
　　93
　　春秋亂賊考(1卷)　經部　春秋類
　　148
　　春秋三家異文覈(1卷)　經部　春
　　秋類　148
　　春秋平議(1卷)　經部　春秋類　148

주준영찬　朱寯瀛　撰　金粟山房詩
　　鈔(10卷)　集部　別集類　1564

주중복(명)찬　朱仲福(明)　撰　折中
　　曆法(13卷)　子部　天文算法類
　　1039

주중부(청)찬　周中孚(淸)　撰　鄭堂
　　讀書記　史部　目錄類　924~25
　　鄭堂札記(5卷)　子部　雜家類　1158

주지기찬　周之琦　撰　心日齋詞集
　　(6卷)　集部　詞類　1726

주지유찬　朱之瑜　撰　舜水先生文集
　　(28卷)　集部　別集類　1384~85

주진영수　周震榮　修 ; 章學誠　纂
　　永淸縣志　史部　地理類　692

주진정(명)집　朱晉楨(明)　輯　橘中
　　秘(4卷)　子部　藝術類　1105

주진형(원)찬　朱震亨(元)　撰　丹溪先
　　生胎產秘書(3卷)　子部　醫家類
　　1007
　　新刻校定脈訣指掌病式圖說(1
　　卷)　子部　醫家類　998

주차기찬　朱次琦　撰　朱九江先生集
　　十卷首(1卷)　集部　別集類　1535

주창진찬　周昌晉　撰　鹺政全書

史部　政書類　839

주첨기(명)찬　朱瞻基(明)　撰　五倫書
(62卷)　子部　儒家類　935～36

주체찬　朱棣　撰　聖學心法(4卷)
子部　儒家類　935

주체(명)찬　朱棣(明)　撰　神僧傳(9
卷)　子部　宗敎類　1285

주춘(청)찬　周春(淸)　撰　遼詩話(2
卷)　集部　詩文評類　1710
耄餘詩話(10卷)　集部　詩文評類
1700
古文尙書寃詞補正　經部　書類
45
西夏書　史部　別史類　334
爾雅補注(4卷)　經部　小學類　185

주택운(청)찬　朱澤澐(淸)　撰　正訛(1
卷)　子部　儒家類　946
提要(1卷)　子部　儒家類　946
宗朱要法(1卷)　子部　儒家類　946
朱止泉先生朱子聖學考略(10卷)
子部　儒家類　946

주풍찬　朱楓　撰　雍州金石記　史
部　金石類　908

주풍(청)찬　朱楓(淸)　撰　古金待問
錄(4卷) ; 餘(1卷) ; 補遺(1卷)
子部　譜錄類　1109
秦漢瓦圖記(4卷) ; 補遺(1卷)　子
部　譜錄類　1111

주하찬　周賀　撰　周賀詩集(1卷)
集部　別集類　1311

주학찬　朱學　撰　十五貫(2卷)　集
部　戱劇類　1775

주학령(청)집　朱鶴齡(淸)　輯　左氏
春秋集說(10卷)　經部　春秋類
120

주해(청)찬　朱海(淸)　撰　妄妄錄(10
卷)　子部　小說家類　1270

주현위(명)찬　周玄暐(明)　撰　涇林
續紀(2卷)　子部　雜家類　1124

주형찬　朱衡　撰　道南源委錄　史
部　傳記類　515

주홍(명)편　朱鴻(明)　編　孝經總類(12
卷)　經部　孝經類　151

주홍모(명)찬　周洪謨(明)　撰　箐齋讀
書錄(2卷)　子部　雜家類　1143
疑辨錄(3卷)　經部　群經總義類
171

주황찬　周煌　撰　琉球國志略　史
部　地理類　745

주횡찬　朱鈜　撰　河漕備考　歷代黃
河指掌圖說　史部　政書類　838

주휴도찬　朱休度　撰　小木子詩三
刻(7卷)　集部　別集類　1452

주희(송)찬　朱熹(宋)　撰　詩序辨說(1
卷)　經部　詩類　56
″朱熹(宋)撰,曾國(淸)藩按″　″孟子
要略(5卷),首(1卷)″　經部　四書類
157

증계리찬　曾季貍　撰　″艇齋詩話(1
卷),校訛(1卷),續校(1卷)″　集部　詩
文評類　1694

증국번(청)찬　曾國藩(淸)　撰　十八家
詩초(28卷)　集部　總集類　1592
～93
曾文正公書札(33卷)　集部　別集
類　1538
曾文正公詩集(4卷)　曾文正公文
集(4卷)　集部　別集類　1537
曾文正公奏稿　史部　詔令奏議
類　500～01

求闕齋讀書錄(10卷)　子部　雜家類　1161

曾文正公家訓(2卷)　子部　儒家類　952

증국번찬　曾國藩　撰；王啓原　輯　求闕齋日記類鈔　史部　傳記類　559

증국번등수　"曾國藩,劉坤一(淸)　等修；劉繹,趙之謙(淸)　等纂"　江西通志　史部　地理類　656~60

증국전찬　曾國荃　撰　曾忠襄公文集(2卷)　曾忠襄公批牘(5卷)　曾忠襄公書札(22卷)　集部　別集類　1554~55

증국전등수　"曾國荃,張煦(淸)　等修；王軒,楊篤(淸)　等纂"　山西通志　史部　地理類　641~46

증기택찬　曾紀澤　撰　曾惠敏公使西日記　史部　傳記類　577

曾惠敏公奏疏　史部　詔令奏議類　510

歸樸齋詩鈔(4卷)　集部　別集類　1562

曾惠敏公文集(5卷)　集部　別集類　1562

증렴(청)찬　曾廉(淸)　撰　禹貢九州今地考(2卷)　經部　書類　55

증박찬　曾樸　撰　蘗海花三十五回　集部　小說類　1800

증서경찬　曾瑞卿　撰　王月英元夜留鞋記雜劇　集部　戲劇類　1762

증세영(원)찬　曾世榮(元)　撰　新刊演山省翁活幼口議(20卷)　子部　醫家類　1009

증소(청)찬　曾釗(淸)　撰　詩毛鄭異同辨(2卷)　經部　詩類　73

周禮注疏小箋(5卷)　經部　禮類　81

증쇠(청)찬　曾釗(淸)　撰　面城樓集鈔(4卷)　集部　別集類　1521

虞書命羲和章解(1卷)　經部　書類　50

周易虞氏義箋(9卷)　經部　易類　32

증온(청)찬　增韞(淸)　撰　"柞蠶問答(1卷),柞蠶雜誌(1卷),柞蠶彙誌(1卷)"　子部　農家類　978

증욱집　曾煜　輯　江西詩徵(94卷)附刻(1卷)補遺(1卷)　集部　總集類　1688~90

"國朝騈體正宗(12卷),續編(8卷)"　集部　總集類　1668

賞雨茅屋詩集(22卷)　賞雨茅屋外集(1卷)　集部　別集類　1484

증조(송)집　曾慥(宋)　輯　道樞(42卷)　子部　宗敎類　1293

증조절(명)찬　曾朝節(明)　撰　新刻易測(10卷)　經部　易類　11

지상찬화생집　池上餐華生　輯　詩笑(2卷)　子部　小說家類　1273

진가모찬　秦嘉謨　撰　月令粹編　史部　時令類　885

진가모(명)찬　陳嘉謨(明)　撰　本草蒙筌(12卷)　子部　醫家類　991

진가유등수　陳嘉榆　等修；王闓運　等纂　湘潭縣志　史部　地理類　712

진간찬　陳侃　撰　使琉球錄　史部　地理類　742

진간부찬　秦簡夫　撰　東堂老　集

部　戱劇類　1764

宣秋山趙禮讓肥雜劇　集部　戱
劇類　1761

진감(청)찬　陳鑑(淸)　撰　江南魚鮮
品(1卷)　子部　譜錄類　1120

진강찬　陳講　撰　馬政志　史部　政
書類　859

진강(명)찬　陳絳(明)　撰　金罍子(44
卷)　子部　雜家類　1124

진강기(청)찬　陳康祺(淸)　撰　郞潛紀
聞(14卷)；郞潛二筆(16卷)；郞潛
三筆(12卷)　子部　雜家類　1182

진강백찬　陳康伯　撰　陳文正公文
集(13卷)　集部　別集類　1317

진개지(청)찬　陳開沚(淸)　撰　裨農
最要(3卷)　子部　農家類　978

진건(명)찬　陳建　撰；沈國元　訂補
皇明從信錄　史部　編年類　355
終編(3卷)　子部　儒家類　939
學蔀通辨前編(3卷)　子部　儒家
類　939
皇明通紀法傳全錄　史部　編年
類　357

진경도(청)찬　陳耕道(淸)　撰　時疫白
喉捷要(1卷)　子部　醫家類　1018

진경용찬　陳慶鏞　撰　籀經堂類藁
(24卷)　集部　別集類　1522～23

진경운찬　陳景雲　撰　柳集點勘(4
卷)　集部　別集類　1311

진경원(송)찬　陳景元(宋)　撰　道德
眞經藏室纂微篇(10卷)　子部　宗
敎類1291

진계유찬　陳繼儒　撰　陳眉公集(17
卷)　集部　別集類　1380

진공량찬수　"陳公亮,劉文富　纂修"

嚴州圖經　史部　地理類　704

진공윤찬　陳恭尹　撰　獨漉堂詩集
(15卷)　獨漉堂文集(15卷)　續編(1
卷)　集部　別集類　1413

진관찬　陳瓘　撰　宋忠肅陳了齋四
明尊堯集　史部　史評類　448

진교종(청)찬　陳喬樅(淸)　撰　毛詩鄭
箋改字說(4卷)　經部　詩類　72
"今文尙書經說考(32卷),首(1卷),
敍錄(1卷)"　經部　書類　49
詩經四家異文考(5卷)　經部　詩
類　75
詩緯集證(4卷)　經部　詩類　77
"齊詩翼氏學疏證(2卷),敍錄(1卷)"
經部　詩類　75

진규(청)찬　陳虯(淸)　撰　治平通議(8
卷)　子部　儒家類　952

진균(청)집　震鈞(淸)　輯　天咫偶聞
史部　地理類　730
國朝書人輯略(11卷)；首(1卷)　子
部　藝術類　1089

진균(청)찬　陳均(淸)　撰　畫眉筆談(1
卷)　子部　譜錄類　1120

진극서(청)찬　陳克恕(淸)　撰　篆刻
鍼度(8卷)　子部　譜錄類　1091

진금찬　陳錦　撰　勤餘文牘(6卷)首(1
卷)續編(2卷)　集部　別集類　1548
補勤詩存(24)卷首(1卷)續編(5卷)
集部　別集類　1548

진기집　陳起　輯　聖宋高僧詩選(3
卷)後(3卷)續集(1卷)　集部　總集
類　1621
芸居乙藁(1卷)　集部　別集類　1318

진기찬　秦蘷　撰　五峯遺稿(24卷)
集部　別集類　1330

진 기(명)찬　陳頎(明) 撰　閑中令古(2
　　卷)　子部 雜家類　1122

진 기룡찬　陳夔龍 撰　松壽堂詩鈔
　　(10卷)　集部 別集類　1577

진 기원(청)찬　陳其元(淸) 撰　庸閒齋
　　筆記(12卷)　子部 雜家類　1142

진 김(명)찬　秦金(明) 撰　安楚錄　史
　　部 雜史類　433

진 념조(청)찬　陳念祖(淸) 撰　神農本
　　草經讀(4卷)　子部 醫家類　995

진 누외사찬　秦樓外史 撰　盛明雜
　　劇初集:卷28再生緣　集部 戲劇
　　類　1764

진 단(송)찬　"陳摶(宋),邵雍撰"　河洛
　　眞數(10卷)　子部 術數類　1061

진 단생찬　陳端生 撰　再生緣全傳
　　(20卷)　集部 曲類　1745～47

진 달수(송)찬　陳達叟(宋) 撰　疏食
　　譜(1卷)　子部 譜錄類　1115

진 대경(청)찬　陳大庚(淸) 撰　周禮
　　序官考(1卷)　經部 禮類　81

진 대성편　陳大聲 編　坐隱先生精
　　訂草堂餘意　集部 詞類　1723

진 대유(송)찬　陳大猷(宋) 撰　"書集傳
　　(12卷),或問(2卷)"　經部 書類　42

진 대진찬수　"陳大震,呂桂孫 纂修"
　　南海志　史部 地理類　713

진 독휘(청)찬　秦篤輝(淸) 撰　易象
　　通義(6卷)　經部 易類　33

진 동(송)찬　陳東(宋) 撰　靖炎兩朝
　　見聞錄　史部 雜史類　423

진 량모(명)찬　陳良謨(明) 撰　見聞紀
　　訓(2卷)　子部 小說家類　1266

진 례(청)찬　陳澧(淸) 撰　憶江南館
　　詞(1卷)　集部 詞類　1726

東塾集(6卷)　集部 別集類　1537
公孫龍子注(1卷)；校勘記(1卷)；
篇目考(1卷)；附錄(1卷)　子部 雜
家類　1121
琴律譜(1卷)　子部 藝術類　1095
三統術詳說(4卷)　子部 天文算
法類　1041
聲律通考(10卷)　經部 樂類　116
"說文聲統(17卷),標目(2卷)"　經
部 小學類　248
切韻考(6卷)　經部 小學類　253
切韻考外篇(3卷)　經部 小學類
253

진 립(청)찬　陳立(淸) 撰　公羊義疏(76
　　卷)　經部 春秋類　130
白虎通疏證(12卷)　子部 雜家類
1142
句溪雜著(6卷)　經部 群經總義
類　176
說文諧聲孳生述(不分卷)　經部
小學類　248

진 명규(청)찬　陳銘珪(淸) 撰　長春道
　　敎源流(8卷)　子部 宗敎類　1295

진 명학찬　陳鳴鶴 撰；趙世顯訂正
　　；郭柏蒼增訂東越文苑　史部 傳
　　記類　547

진 몽뇌찬　陳夢雷 撰　松鶴山房詩
　　集(9卷) 松鶴山房文集(20卷)　集
　　部 別集類　1415～16

진 무령(청)찬　陳懋齡(淸) 撰　古今
　　樂律工尺圖　經部 樂類　115
知非齋易釋(3卷)　經部 易類　38
"知非齋易注(3卷),首(1卷),末(1卷)"
經部 易類　38

진 문등찬수　陳文 等纂修　雲南圖

經志書　史部　地理類　681

진문술찬　陳文述　撰　頤道堂詩選
(30卷)　頤道堂詩外集(10卷)　頤道
堂文鈔(13卷)附(1卷)　集部　別集
類　1504～06

진박찬　陳璞　撰　尺岡草堂遺集(12
卷)　集部　別集類　1547

진방생(청)찬　陳芳生(淸)　撰　疑獄
箋(4卷)　子部　法家類　974

진방첨찬　陳邦瞻　撰；臧懋循　補；
張溥　論正　元史紀事本末　史部
紀事本末類　389

陳氏荷華山房詩稿(26卷)　集部
別集類　1368

진보찬　陳普　撰　石堂先生遺集(22
卷)　集部　別集類　1321

진보광(송)찬　陳葆光(宋)　撰　三洞群
仙錄(20卷)　子部　宗敎類　1294

진보선(청)찬　陳保善(淸)　撰　白喉條
辨(1卷)　子部　醫家類　1018

진복찬　陳宓　撰　復齋先生龍圖陳
公文集(23卷)拾遺(1卷)　集部　別
集類　1319

진복정(청)찬　陳復正(淸)　撰　鼎鍥幼
幼集成(6卷)　子部　醫家類　1010
～11

진본례(청)찬　陳本禮(淸)　撰　太玄
闡秘(10卷)；首(1卷)；外編(1卷)
；附編(1卷)　子部　術數類　1048

屈辭精義六卷　集部　楚辭類
1302

진봉형찬　陳逢衡　撰　竹書紀年集證
史部　編年類　335

진사원(명)찬　陳士元(明)　撰　夢占
逸旨(8卷)　子部　術數類　1064

易象彙解(2卷)　經部　易類　8

古俗字略(5卷)　經部　小學類　238

俗用雜字(1卷)　經部　小學類　238

漢碑用字.1卷　經部　小學類　238

진사탁(청)찬　陳士鐸(淸)　撰　洞垣
全書脈訣闡微(1卷)　子部　醫家
類　1024

洞天奧旨(16卷)；圖(1卷)　子部
醫家類　1013

辨證錄(13卷)　子部　醫家類　1023
～24

石室秘錄(6卷)　子部　醫家類　1025

진삼립찬　陳三立　撰　散原精舍詩
(2卷)　集部　別集類　1576

진상업등집　〞秦緗業,黃以周　等輯〞
續資治通鑑長編拾補　史部　編
年類　349

진석(명)찬　陳錫(明)　撰易原(8卷)　經
部　易類　10

진석로(청)찬　陳錫路(淸)　撰　黃嬭
餘話(8卷)　子部　雜家類　1138

진선(송)찬　陳善(宋)　撰　捫蝨新語(1
5卷)　子部　雜家類　1122

진성정찬　陳性定　撰　仙都志　史部
地理類　723

진세륭집　陳世隆　輯　宋僧詩選補
(3卷)　集部　總集類　1621

宋詩拾遺(23卷)　集部　總集類
1621

진세원(청)찬　陳世元(淸)　撰　金薯傳
習錄(2卷)　子部　農家類　977

진소문집　陳所聞　輯　新鐫古今大
雅北宮詞紀(6卷)　新鐫古今大雅
南宮詞紀(6卷)　集部　曲類　1741

진송령(청)찬　秦松齡(淸)　撰　毛詩

日箋(6卷) 經部 詩類 61

진수기(청)찬 陳壽棋(淸) 撰 絳부草
堂詩集(6卷) 集部 別集類 1496
崇百樂齋文集(20卷) 集部 別集
類 1496~97
左海文集(10卷)乙編(2卷) 集部
別集類 1496
說文經字考 經部 小學類 227
左解經辨(2卷) 經部 群經總義
類 175
五經異義疏證(3卷) 經部 群經
總義類 171

진수기(청)찬 ″陳壽祺(淸) 撰,陳喬樅
(淸) 述″ 禮記鄭讀考(6卷) 經部
禮類 106
三家詩遺說考 經部 詩類 76

진수용찬 陳樹鏞 撰 漢官答問
史部 職官類 746

진수태(청)찬 陳壽熊(淸) 撰 贖易
漢學私記(1卷) 經部 易類 34
″陳氏易說(4卷),附錄(2卷)″ 經部
易類 34

진수화(청)찬 陳樹華(淸) 撰 春秋
經傳集解考正(30卷) 經部 春秋
類 142~43

진순찬 陳循 撰 芳洲文集(10卷)附
錄(1卷)芳洲詩集(4卷) 集部 別
集類 1327
芳洲文集續編(6卷) 集部 別集
類 1328

진신모(명)찬 陳藎謨(明) 撰 開立方
說(1卷) 子部 天文算法類 1044
開平方說(1卷) 子部 天文算法
類 1044
度算解(1卷) 子部 天文算法類
1044
度測(3卷) 子部 天文算法類 1044

진실공(명)찬 陳實功(明) 撰 新刊外
科正宗(4卷) 子部 醫家類 1013

진양필찬 陳良弼 撰 水師輯要
史部 政書類 860

진여교찬 陳與郊 撰 盛明雜劇初
集:卷10文姬入塞 集部 戲劇類
1764
盛明雜劇初集：卷11袁氏義犬
集部 戲劇類 1764
盛明雜劇初集:卷12鸚亭秋 集部
戲劇類 1764

진여원찬 陳汝元 撰 六十種曲(120
卷)：金蓮記(2卷) 集部 戲劇類
1771
盛明雜劇二集:卷24紅蓮債 集部
戲劇類 1765

진여의찬 陳與義 撰 ；胡稗注簡齋
先生年譜(1卷) 集部 別集類 1317
無住詞(1卷) 集部 別集類 1317
增廣箋註簡齋詩集(30卷) 集部
別集類 1317
胡學士續添簡齋詩箋正誤(1卷)
集部 別集類 1317

진역증찬 陳繹曾 撰 古文矜式 集
部 詩文評類 1713
文式(2卷) 集部 詩文評類 1713
文筌(不分卷) 集部 詩文評類
1713

진연집 陳衍 輯元詩紀事(24卷) 集
部 詩文評類 1710
石遺室詩集(6卷)補遺(1卷) 石遺
室文集(12卷) 集部 別集類 1576

진연익찬 陳燕翼 撰 思文大紀

史部　雜史類　444

진염조(청)주　陳念祖(淸)　注 ；唐宗
海(淸)　補正　傷寒論淺注補正(7
卷) ；首(1卷)　子部　醫家類　987
陳念祖(淸)　撰　醫學三字經(4卷)
子部　醫家類　1026

진영(청)찬　秦瀛(淸)　撰　小峴山詩人
文集(37卷)(詩集28卷文集6卷續
文集2卷續文集補編1卷)　集部　別
集類　1464～65
己未詞科錄　史部　傳記類　537

진옥기(청)찬　陳玉基(淸)　撰　農具
記(1卷)　子部　農家類　976

진옥수(청)찬　陳玉樹(淸)　撰　毛詩
異文箋(10卷)　經部　詩類　74

진옥주(청)찬　陳玉澍(淸)　撰　爾雅
釋例(5卷)　經部　小學類　188

진요(명)찬　陳堯(明)　撰　虛舟集(1
卷)　子部　雜家類　1124

진요도(청)찬　陳堯道(淸)　撰　傷寒
辯證(4卷)　子部　醫家類　985

진용광찬　陳用光　撰　太乙舟文集
(8卷)　集部　別集類　1493
太乙舟詩集(13卷)　集部　別集類
1493

진용정(명)찬　陳龍正(明)　撰　幾亭外
書(9卷)　子部　雜家類　1133

진용창(청)집　陳龍昌(淸)　輯　中西
兵略指掌(24卷) ；首(1卷)　子部
兵家類　969

진우집　陳訏　輯　宋十五家詩選(16
卷)　集部　總集類　1621

진우승(청)찬　秦偶僧(淸)　撰　功蟲
錄(2卷)　子部　譜錄類　1120
王孫經補遺(1卷)　子部　譜錄類
1120

진우정집　陳于廷　輯　寶泉新牘
史部　政書類　838

진원정찬　陳元靚　撰　歲時廣記
史部　時令類　885

진원정(송)등편　陳元靚(宋)　等編
新編纂圖增類群書類要事林廣
記(42卷)　子部　類書類　1218

진위(청)찬　陳偉(淸)　撰　愚慮錄(5
卷)　子部　雜家類　1165

진유년찬　陳有年　撰　陳恭介公文集
(12卷)　集部　別集類　1352～53

진유숭찬　陳維崧　撰　迦陵詞全集
(30卷)　集部　詞類　1724

진응행편　陳應行　編　陳學士吟窓雜
錄(50卷)　集部　詩文評類　1694

진인석(명)찬　陳仁錫(明)　撰　陳太
史無夢園初集(34卷)　集部　別集
類　1381～82
無夢園遺集(8卷)　集部　別集類
1383
″陳太史無夢園初集(34卷)(駐集
三至駐集四,江集,干集)″　集部
別集類　1383
陳仁錫(明)輯八編類纂(285卷) ；圖
(2卷) ；六經圖(6卷)　子部. 類書
類　1240～46

진인자찬　陳仁子　撰　牧萊쵀語(20
卷)二藁(8卷)　集部　別集類　1320

진자룡등집　陳子龍　等輯　皇明經
世文編(504卷)補遺(4卷)　集部　總
集類　1655～61
陳子龍撰湘眞閣稿(6卷)　集部　別
集類　1388
安雅堂稿(18卷)　集部　別集類

1387~88

진작림찬　陳作霖 撰　可園文存(16
卷)　可園詩存(28卷)　可園詞存(4
卷)　集部 別集類　1570

진전(청)찬　陳田(淸) 撰　國語翼解
史部 雜史類　422

明詩紀事(187卷)(甲籤30卷乙籤22
卷丙籤12卷丁籤17卷戊籤22卷己
籤20卷庚籤30卷辛籤34卷)　集部
詩文評類　1710~12

經籍跋文　史部 目錄類　923

簡莊文초(6卷)續編(2卷)　集部 別
集類　1487

河莊詩초(1卷)　集部 別集類　1487

說文引經考證　經部 小學類
227

說文引經互異說　經部 小學類
227

簡莊疏記(17卷)　子部 雜家類
1157

진전(청)찬　陳鱣(淸) 撰　"論語古訓
(10卷),附(1卷)"　經部 四書類　154

四書疏記(4卷)　經部 四書類　169

진전부(송)찬　陳田夫(宋) 撰　南嶽
總勝集　史部.地理類　725

진전지(명)찬　陳全之(明) 撰　蓬窓日
錄(8卷)　子部 雜家類　1125

轍耰述(4卷)　子部 雜家類　1125

진정(명)찬　陳霆(明) 撰　兩山墨談(18
卷)　子部 雜家類　1143

兩山墨談(18卷)　子部 雜家類
1443

唐餘紀傳　史部 別史類　333

진정(청)찬　陳鼎(淸) 撰　竹譜(1卷)
子部 譜錄類　1117

진정도찬　陳廷悼 撰　白雨齋詞話
(8卷)　集部 詞類　1735

진정학(명)찬　陳正學(明) 撰　灌園草
木識(6卷)　子部 譜錄類　1119

진제장병찬　陳第藏竝 撰　世善堂
藏書目　史部 目錄類　919

진조명집　陳祚明 輯　采菽堂古詩
選(38卷) 采菽堂古詩選補遺(4卷)
集部 總集類　1590~91

진조영(청)찬　秦祖永(淸) 撰　桐陰論
畵(2卷)；首(1卷)；附錄(1卷)；桐
陰畵訣(1卷)；續桐陰論畵(1卷)　子
部 藝術類　1085

진종찬　陳琮 撰　永定河志　史部
政書類　850

진종기(청)찬　陳宗起(淸) 撰　丁戊
筆記(2卷)　子部 雜家類　1161

考工記鳥獸蟲魚釋.(1卷)　經部
禮類　85

진진성찬　陳眞晟 撰　布衣陳先生
存稿(9卷)　集部 別集類　1330

진탁찬　陳鐸 撰；汪廷訥訂坐隱先
生精訂梨雲寄傲(1卷)　坐隱先生
精訂秋碧軒稿(1卷)　坐隱先生精
訂可雪齋稿(1卷)　坐隱先生精訂
月香亭稿(1卷)　坐隱先生精訂滑
稽餘韻(1卷)　集部 曲類　1738

진풍(청)찬　陳澧(淸) 撰　漢儒通義(7
卷)　子部 儒家類　952

東塾讀書記(25卷)　子部 雜家類
1160

진항(청)찬　陳沆(淸) 撰　簡學齋詩
存(4卷) 簡學齋詩刪(4卷)　集部
別集類　1512

近思錄補注(14卷)　子部 儒家類

934~35

진허정(명)찬　陳許廷(明)　撰　春秋左
　　傳典略.12卷　經部　春秋類　119

진헌장(명)찬　陳獻章(明)　撰　白沙先
　　生至言(10卷)　子部　儒家類　936

진현미(송)주　陳顯微(宋)　注　關尹子
　　文始眞經(9卷)　子部　宗敎類　1292

진혜주(청)찬　陳惠疇(淸)　撰　經脈
　　圖考(4卷)　子部　醫家類　996

진호(청)찬　陳瑚(淸)　撰　頑潭詩話(2
　　卷)補遺(1卷)附錄(1卷)　集部　詩
　　文評類　1697

　　　築圍說(1卷)　子部　農家類　975

진호자(청)집　陳淏子(淸)　輯　秘傳花
　　鏡(6卷)；圖(1卷)　子部　譜錄類
　　1117

진홍모(명)찬　陳洪謨(明)　撰　繼世
　　紀聞　史部　雜史類　433

　　　治世餘聞錄　史部　雜史類　433

진홍모(청)집　陳弘謨(淸)　輯　五種
　　遺規(16卷)　子部　儒家類　951

　　　五種遺規敎女遺規(3卷)　子部　儒
　　家類　951

　　　五種遺規;養正遺規(2卷);補遺(1
　　卷)　子部　儒家類　951

　　　五種遺規;在官法戒錄(4卷)　子部
　　儒家類　951

　　　五種遺規;從政遺規(2卷)　子部　儒
　　家類　951

　　　五種遺規;訓俗遺規(4卷)　子部　儒
　　家類　951

진홍서(청)찬　陳弘緒(淸)　撰　寒夜
　　錄(2卷)　子部　雜家類　1134

진홍지집　陳鴻墀　輯　全唐文紀事
　　(122卷)首(1卷)　集部　詩文評類

1716~17

진확(청)찬　陳確(淸)　撰　″乾初先生
　　遺集(47卷)(文集18卷,別集17卷存
　　13卷,詩集12卷)首1卷外編(1卷)″
　　集部　別集類　1394~95

　　　大學辨(1卷)　經部　四書類　159

진환(청)찬　陳奐(淸)　撰　公羊逸禮
　　考徵(1卷)　經部　春秋類　129

　　　毛詩說(1卷)　經部　詩類　70

　　　毛詩傳義類(1卷)　經部　詩類　70

　　　釋毛詩音(4卷)　經部　詩類　70

　　　詩毛氏傳疏(30卷)　經部　詩類　70

　　　鄭氏箋考徵(1卷)　經部　詩類　70

진황찬　陳潢　撰　天一遺書　史部
　　政書類　847

진회묵집　秦淮墨　輯　新刊分類出像
　　陶眞選粹樂府紅珊(16卷)　集部
　　戱劇類　1778

진휘언찬　陳徽言　撰　武昌紀事　史
　　部　雜史類　446

大

찬자미상　撰者未詳　嘉靖倭亂備抄
　　史部　雜史類　434

　　　看錢奴買寃家債主雜劇　集部　戱
　　劇類　1762

　　　看珠錄(1卷)　子部　譜錄類　1112

　　　居家必用事類全集(10卷)　子部
　　雜家類　1184

　　　居官備覽　史部　政書類　833

　　　隔江鬪智　集部　戱劇類　1764

　　　格致總學啓蒙(3卷)　子部　西學
　　譯著類　1300

　　　京師大學堂章程　史部　政書類

831

景祐太乙福應經(10卷) 子部 術數類 1061

鷄譜(不分卷) 子部 譜錄類 1119

古三墳書(3卷) 經部 易類 40

古杭新刊小張屠焚兒救母 集部 戲劇類 1760

校禮堂(14卷) 集部 別集類 1480

群書通要(73卷) 子部 類書類 1224

鬼董(5卷) 子部 小說家類 1266

金陵玄觀志 史部 地理類 719

金水橋陳琳抱粧盒雜劇 集部 戲劇類 1762

錦繡萬花別集(30卷) 子部 類書類 1217

錦雲堂暗定連環計雜劇 集部 戲劇類 1762

金瘡鐵扇散方(1卷) 子部 藝術類 1013

禁毀書目 史部 目錄類 921

棋經(1卷)(殘) 子部 藝術類 1097

老子 子部 儒家類 954

唐寫本文選集注(120卷) 集部 總集類 1578~80

大淸詔令 史部 詔令奏議類 458

大淸太祖承天廣運聖德神功肇紀立極仁孝武皇帝實錄 史部 編年類 368

敦煌曲子譜(1卷) 子部 藝術類 1096

敦煌舞譜(2卷) 子部 藝術類 1096

凍蘇秦衣錦還鄕雜劇 集部 戲劇類 1761

銅政便覽 史部 政書類 880

杜詩言志(16卷) 集部 詩文評類 1700

錄鬼簿續編(1卷) 集部 曲類 1759

"摩尼光佛敎法儀略(1卷,殘)" 子部 宗敎類 1296

馬王堆帛書五星占 子部 術數類 1049

馬王堆帛書天文氣象雜占 子部 術數類 1049

孟德耀舉案齊眉雜劇 集部 戲劇類 1761

棉書(不分卷) 子部 農家類 977

明成化說唱詞話十六鍾(19卷)傳奇(1卷) 集部 曲類 1745

毛詩(敦煌殘卷) 經部 書類 56

文淵淸話 子部 小說家類 1272

閩海紀略 史部 雜史類 445

龐居士誤放來生債雜劇 集部 戲劇類 1760

龐涓夜走馬陵道雜劇 集部 戲劇類 1761

昰行詔書 史部 詔令奏議類 458

謝金吾詐拆淸風府雜劇 集部 戲劇類 1761

史記疏證 史部 正史類 264

詞林韻釋(1卷) 集部 詞類 1737

司牧安驥集(5卷) 子部 醫家類 1030

沙州圖經 史部 地理類 732

算法(2卷) 子部 天文算法類 1043

算七政交食凌犯法(1卷) 子部 天文算法類 1040

薩眞人夜斷碧桃花雜劇 集部

戲劇類　1762
三曆撮要(1卷)　子部　術數類　1061
常稅則例　史部　政書類　834
書笑(不分卷)　子部　小說家類　1273
船政　史部　政書類　878
宣和牌譜　子部　藝術類　1106
盛明雜劇初集:卷二十七男王后　集部　戲劇類　1764
蘇松歷代財賦考　史部　政書類　833
少尉遲將鬪將認父歸朝雜劇　集部　戲劇類　1761
俗務要名林(敦煌殘卷)　經部　小學類　236
宋金元人詞十八種(28卷)　集部　詞類　1721
宋朝大詔令集　史部　詔令奏議類　456
須賈大夫하范叔雜劇　集部　戲劇類　1762
수范叔　集部　戲劇類　1764
隨何잠風魔괴通雜劇　集部　戲劇類　1760
詩淵(不分卷)1～7　集部　總集類　1594～600
新刻萬法歸宗(5卷)　子部　術數類　1064
新刻목陽城全部　集部　戲劇類　1782
新刻釋常談(3卷)　子部　雜家類　1142
新刻全像古城記(2卷)　集部　戲劇類　1775
新刻出像增補搜神記(6卷)　子部

小說家類　1264
新刻取南郡全本.　集部　戲劇類　1782
新刊關目諸葛亮博望燒屯.　集部　戲劇類　1760
新刊國朝二百家名賢文粹(300卷)　集部　總集類　1652～54
新刊範圍數(2卷)　子部　術數類　1059
新刊陰陽寶鑑剋擇通書前集　子部　術數類　1061～62
新刊指南臺司袁天罡先生五星命大全(4卷)　子部　術數類　1059
新계徽郡原板夢學全書(3卷)；首(1卷)　子部　術數類　1064
新校經史海篇直音(10卷)　經部　小學類　231
神奴兒大鬧開封府雜劇　集部　戲劇類　1761
新著姜秋蓮검蘆柴曲文全本.　集部　戲劇類　1782
新著과망台全曲.　集部　戲劇類　1782
新著觀燈全曲.　集部　戲劇類　1782
新著喬府求計全曲.　集部　戲劇類　1782
新著求壽全曲.　集部　戲劇類　1782
新著南陽關全曲.　集部　戲劇類　1782
新著大香山全本.　集部　戲劇類　1782
新著桃花洞全曲.　集部　戲劇類　1782

新著蘆花河全曲.　集部　戲劇類　1782

新著鬧江州全本.　集部　戲劇類　1782

新著麟骨床全本.　集部　戲劇類　1782

新著臨江關全本.　集部　戲劇類　1782

新著摩天嶺全曲.　集部　戲劇類　1782

新著罵曹全曲.　集部　戲劇類　1782

新著反西凉全曲.　集部　戲劇類　1782

新著百子圖全曲.　集部　戲劇類　1782

新著碧塵珠全本.　集部　戲劇類　1782

新著沙陀頒兵程敬思解寶曲文全本.　集部　戲劇類　1782

新著湘江會曲文全本.　集部　戲劇類　1782

新著薛蛟觀畫曲文全本.　集部　戲劇類　1782

新著薛仁貴回窰全曲.　集部　戲劇類　1782

新著燒棉山全曲.　集部　戲劇類　1782

新著孫亨子鬧天宮全曲　集部　戲劇類　1782

新著雙龍會全本.　集部　戲劇類　1782

新著雙義節全本.　集部　戲劇類　1782

新著雙合印全曲.　集部　戲劇類　1782

新著樂王傳全曲.　集部　戲劇類　1782

新著楊四郎探母全曲.　集部　戲劇類　1782

新著五國城全曲.　集部　戲劇類　1782

新著因果報全部.　集部　戲劇類　1782

新著自焚摘星樓全本　集部　戲劇類　1782

新著長板坂全本.　集部　戲劇類　1782

新著戰晥城全曲.　集部　戲劇類　1782

新著祭風台全本.　集部　戲劇類　1782

新著禾砂印全本.　集部　戲劇類　1782

新著走雪全曲新鐫楚曲十鍾(存五鍾):英雄志四卷.　集部　戲劇類　1782

新著秦瓊戰山曲文全本.　集部　戲劇類　1782

新著斬黃袍全本.　集部　戲劇類　1782

新著天開榜全本.　集部　戲劇類　1782

新著風雲會全本.　集部　戲劇類　1782

新著蝴蝶媒全曲.　集部　戲劇類　1782

新著紅書劍全本.　集部　戲劇類　1782

新著紅陽塔全曲.　集部　戲劇類

1782

新蒿火牛陣.　集部　戲劇類　1782

新編孔子家語句解(10卷)　子部
儒家類　931

新編魯般營造正式　史部　政書
類　879

新編足本關目張千替殺妻.　集部
戲劇類　1760

審音鑑古錄(1)琵琶記.　集部　戲
劇類　1781

審音鑑古錄(2)荊釵記.　集部　戲
劇類　1781

審音鑑古錄(2-1)紅梨記.　集部　戲
劇類　1782

審音鑑古錄(3)紅梨記.　集部　戲
劇類　1781

審音鑑古錄(3-1)牧丹亭　集部　戲
劇類　1782

審音鑑古錄(4)兒孫福.　集部　戲
劇類　1781

審音鑑古錄(4-1)長生殿.　集部　戲
劇類　1782

審音鑑古錄(5)長生殿.　集部　戲
劇類　1781

審音鑑古錄(5-1)鐵冠圖　集部　戲
劇類　1782

審音鑑古錄(6)牧丹亭.　集部　戲
劇類　1781

審音鑑古錄(6-1)梨園集成　集部
戲劇類　1782

審音鑑古錄(7)西廂記.　集部　戲
劇類　1781-82

審音鑑古錄(8)鳴鳳記.　集部　戲
劇類　1781

審音鑑古錄(9)鐵冠圖　集部　戲

劇類　1781

審音鑑古錄(不分卷)　集部　戲
劇類　1781

審音鑑古錄(不分卷)　集部　戲
劇類　1782

兩軍師隔江鬪智雜劇　集部　戲
劇類　1762

楊氏女殺狗勸夫雜劇　集部　戲
劇類　1760

煬王江上錄　史部　雜史類　423

陽宅大全(11卷)　子部　術數類
1052

御膳單(不分卷)　子部　譜錄類
1116

魚藏劍全本　集部　戲劇類　1782

易林註(16卷)　子部　術數類　1054
～55

曆誌(16卷)　子部　天文算法類
1037～39

連環記(2卷)　集部　戲劇類　1774

영風流王煥百花亭雜劇　集部
戲劇類　1762

玉音法事(3卷)　子部　宗教類　1293

玉清菴錯送鴛鴦被雜劇　集部
戲劇類　1760

姚花女破法嫁周公雜劇　集部
戲劇類　1761

虞初志(8卷)　集部　小說類　1783

韻鏡(1卷)　經部　小學類　254

元朝秘史　史部　別史類　312

月季花譜(1卷)　子部　譜錄類　1116

月明和尚度柳翠　集部　戲劇類
1763

月明和尚度柳翠雜劇　集部　戲
劇類　1762

衛藏通志　史部　地理類　683

劉知遠諸宮調(12卷)　集部　曲類　1738

六博碎金(7卷)　子部　藝術類　1106

六十種曲(120卷):白兎記(2卷)　集部　戲劇類　1773

六十種曲(120卷):四賢記(2卷)　集部　戲劇類　1773

六十種曲(120卷):尋親記(2卷)　集部　戲劇類　1768

六十種曲(120卷):節俠記(2卷)　集部　戲劇類　1773

六十種曲(120卷):贈書記(2卷)　集部　戲劇類　1773

六壬軍帳神機(50卷)　子部　術數類　1055～58

六朝詩集(55卷)　集部　總集類　1589

律　史部　政書類　861

儀禮(武威漢簡殘編)附釋文九篇　經部　禮類　85

李密投唐四回　集部　戲劇類　1782

李師師外傳(1卷)附錄(1卷)　集部　小說類　1783

夷艘入寇記　史部　雜史類　445

李雲英風送梧桐葉雜劇　集部　戲劇類　1762

梨園按試樂府新聲(3卷)　集部　曲類　1739

李義眞蹟珍珠塔(6卷)　集部　曲類　1745

咽喉脈證通論(1卷)　子部　醫家類　1018

日貫齋塗說　經部　小學類　194

臨潼鬪寶四回　集部　戲劇類　1782

爭報恩三虎下山雜劇　集部　戲劇類　1760

錢穀金計　史部　政書類　834

玎玎당당盆兒鬼雜劇　集部　戲劇類　1762

諸司職掌　史部　職官類　748

祭風臺(4卷)　集部　戲劇類　1782

琱玉集(15卷)　子部　雜家類　1212

죽砂擔滴水浮구記雜劇　集部　戲劇類　1760

周天星位經緯宿度考(不分卷)　子部　天文算法類　1033

朱太守風雪漁樵記雜劇　集部　戲劇類　1761

竹林寺女科秘傳(1卷)　子部　醫家類　1008

重刊五色潮泉插科增入詩詞北曲勾欄려鏡記(不分卷)　集部　戲劇類　1774

重校正地理新書(15卷)　子部　術數類　1054

重添校正蜀本書林事類韻會(100卷)　子部　類書類　1218～19

直語補證　經部　小學類　194

秦漢書疏　史部　詔令奏議類　462

天命詔旨書　史部　詔令奏議類　458

天文秘旨(5卷)　子部　天文算法類　1036

請減蘇松浮糧疏稿　史部　政書類　833

靑石嶺(4卷)　集部　戲劇類　1782

蜀石經殘字三種(4卷)　經部　群
經總義類　184
崔府君斷寃家債主雜劇　　集部
戲劇類　1762
最新淸國文武官制表　史部　職
官類　753
蹴국譜(不分卷)　子部　藝術類
1106
七政臺曆(8卷)　子部　天文算法
類　1040
太音大全集(5卷)　子部　藝術類
1092
太平詔書　史部詔令奏議類458
鞭歌妓　集部　戲劇類　1764
平寃錄(1卷)　子部　法家類　972
平定羅刹方略(4卷)　史部　紀事
本末類　390
平蜀記　史部　雜史類　432
包待制陳州糶米雜劇　集部　戲
劇類　1760
包龍圖智렴合同文字雜劇　集部
戲劇類　1761
馮玉蘭夜月泣江舟雜劇　集部
戲劇類　1762
風雨像生貨郞旦雜劇　集部　戲
劇類　1762
漢高皇濯足氣英布雜劇　集部
戲劇類　1762
翰林學士集(存零本1卷)　集部
總集類　1611
漢書考正　史部　正史類　265
漢書疏證(1)　史部　正史類　265
海運續案　史部　政書類　838
湖山勝概　史部　地理類　721
昊天塔孟良盜骨雜劇　集部　戲

劇類　1761
湖海新聞夷堅續志前集(12卷)；後
集(6卷)　子部　小說家類　1266
花史(4卷)　子部　譜錄類　1116
寰宇通衢　史部　地理類　586
皇明詔令　　史部　詔令奏議類
457
皇淸奏議　　史部　詔令奏議類
473
回谷先生人倫廣鑑集說(10卷)
子部　術數類　1059
淮南水利考　史部　政書類　851
回回曆法(1卷)　子部　天文算法
類　1036
後漢書考正　史部　正史類　265
彙鈔三館字例(6卷)　經部　小學
類　243
欽定福建省外海戰船則例　史部
政書類　858
欽定續纂外藩蒙古回部王公傳
史部　傳記類　537
欽定續纂外藩蒙古回部王公表
史部　傳記類　537
欽定儀象考成續編(32卷)　子部
天文算法類　1035
欽定鳥譜(12卷)　子部　譜錄類
1119
欽定天文正義(80卷)　子部　天文
算法類　1033～34
欽定淸凉山志　　史部　地理類
722
찰랍분(淸)찬　扎拉芬(淸)　撰　附南해
遺초(1卷)　集部　別集類　1474
채균집　蔡鈞　輯　詩法指南(6卷)
集部　詩文評類　1702

채몽필집　蔡夢弼 輯　集註草堂杜
工部詩外集(1卷)　集部　別集類
1307
　　杜工部草堂詩箋詩話(2卷)　集部
別集類　1307
채방병찬　蔡方炳 撰　歷代馬政志
史部　政書類　859
채상상찬　蔡上翔 撰　王荊公年譜
考略　史部　傳記類　552
채송연찬　蔡松年 撰；魏道明 注
蕭閑老人明秀集注(6卷)(存三卷)
集部　詞類　1723
채애(명)찬　蔡毅(明) 撰　효濱蔡先生
語錄(20卷)　子部　儒家類　939
채여남(명)찬　蔡汝楠(明) 撰　天文略
(1卷)　子部　天文算法類　1031
채옹(한)찬　蔡邕(漢) 撰；孫星衍(淸)
校輯　琴操(2卷)；補遺(1卷)　子
部　藝術類　1092
　　蔡邕(漢) 撰；吳志忠(淸) 疏證
校蔡中郎集疏證(10卷)外集疏證
(1卷)　集部　別集類　1303
　　蔡邕(漢) 撰；吳志忠(淸) 輯　蔡
中郎文集補(1卷)　集部　別集類
1303
채원정(송)찬　″蔡元定(宋) 撰,羅登選
(淸) 箋義″″律呂新書箋義(2卷),八音
考略(1卷)″　經部　樂類　113
채유학찬　蔡幼學 撰　育德堂外制
(5卷)　集部　別集類　1319
채전제편　蔡殿齊 編　國朝閨閣詩
초(100卷)　集部　總集類　1626
채조(송)찬　蔡絛(宋) 撰　北狩行錄
史部　雜史類　423
채청(명)찬　蔡淸(明) 撰　艾庵密箴(1

卷)　子部　儒家類　936
　　太極圖說(1卷)　子部　儒家類　936
　　河洛私見(1卷)　子部　儒家類　936
책랑(청)찬　迮朗(淸) 撰　繪事瑣言(8
卷)　子部　藝術類　1068
책학수(청)찬　迮鶴壽(淸) 撰　齊詩
翼氏學(4卷)　經部　詩類　75
척조국등찬　戚祚國 等撰　戚少保
年譜耆編　史部　傳記類　553
척학표(청)찬　戚學標(淸) 撰　景文堂
詩集(13卷)　集部　別集類　1462
　　鶴泉文玅續選(九卷)　集部　別
集類　1462
　　方音　經部　小學類　195
　　″四書續談內編(2卷),補(1卷),外編
(2卷),補(1卷)″　經部　四書類　169
　　″四書偶談內編(2卷),外編(1卷),續
編內編(2卷),外編(1卷)″　經部　四
書類　168
　　說文補考(1卷)　經部　小學類　245
　　說文又考(1卷)　經部　小學類　245
　　漢學諧聲(24卷)　經部　小學類
245
　　″毛詩說(6卷),詩蘊(2卷)″　經部　詩
類　64
　　″毛詩證讀(5卷),讀詩或問(1卷)″
經部　詩類　64
철보(청)찬　鐵保(淸) 撰　惟淸齋全集
(17卷)年譜(2卷)　集部　別集類
1476
첨영찬수　詹榮 纂修　山海關志　史
部　地理類　718
첨응갑찬　詹應甲 撰　賜綺堂集(28
卷)　集部　別集類　1484
초횡(명)찬　焦竑(明) 撰　″易筌(6卷),

論″　經部　易類　11

초굉찬　焦竑　撰　國史經籍志　史部　目錄類　916

초동은(청)집　″楚桐隱(淸),韋芝楣 輯″　潘景齋奕譜約選(1卷)　子部　藝術類　1105

초순(청)찬　焦循(淸)　撰　劇說(6卷)　集部　曲類　1758～59

雕㢳集(24卷)　集部　別集類　1489

花部農譚(1卷)　集部　曲類　1759

尙書補疏(2卷)　經部　書類　48

里堂家訓(2卷)　子部　儒家類　951

開方通釋(1卷)　子部　天文算法類　1045

里堂學算記五種(16卷)　子部　天文算法類　1045

春秋左傳補疏(5卷)　經部　春秋類　124

論語通釋(1卷)　經部　四書類　155

孟子正義(30卷)　經部　四書類　158

易廣記(3卷)　經部　易類　27

易圖略(8卷)　經部　易類　27

易章句(12卷)　經部　易類　27

易通釋(20卷)　經部　易類　27

易話(2卷)　經部　易類　27

陸氏草木鳥獸蟲魚疏疏(2卷)　經部　詩類　65

周易補疏(2卷)　經部　易類　27

群經宮室圖(2卷)　經部　群經總義類　173

毛詩補疏(5卷)　經部　詩類　65

毛詩草木鳥獸蟲魚釋(12卷)　經部　詩類　65～66

禮記補疏(3卷)　經部　禮類　105

禹貢鄭注釋(2卷)　經部　書類　55

초옥(명)찬　焦玉(明)　撰　火龍神器陣法(1卷)　子部　兵家類　959

초원희(청)찬　焦袁熹(淸)　撰　此木軒雜著(8卷)　子部　雜家類　1136

초이서(청)찬　焦以恕(淸)　撰　儀禮彙說(17卷)　經部　禮類　89

초자수(청)찬　焦自授(淸)　撰　焦氏等音(1卷)　經部　小學類　257

초정호(청)찬　焦廷琥(淸)　撰　讀書小記(1卷)　；　因柳閣讀書錄(1卷)　子部　雜家類　1140

地圓說(1卷)　子部　天文算法類　1035

冕服考(4卷)　經部　禮類　109

초주(명)찬　焦周(明)　撰　焦氏說고(7卷)　子部　雜家類　1174

초화생찬　焦和生　撰　連雲書屋存稿(6卷)　集部　別集類　1482

초횡(명)찬　焦竑(明)　撰　焦氏澹園續集(27卷)　集部　別集類　1364～65

焦氏澹園集(49卷)　集部　別集類　1364

焦氏類林(8卷)　子部　雜家類　1189

焦氏筆乘(6卷)；續集(8卷)　子部　雜家類　1129

養正圖解(不分卷)　子部　儒家類　943

玉堂叢語(8卷)　子部　雜家類　1172

焦太史編輯國朝獻徵錄(1)～(7)　史部　傳記類　525～31

熙朝名臣實錄　史部　傳記類　532

焦氏四書講錄(14卷)　經部　四書

類　162

최적찬　崔適撰　春秋復始(38卷)
經部 春秋類　131

최국인(청)찬　崔國因(淸)撰　出使美
日秘國日記　史部 傳記類　578

최돈시찬　崔敦詩撰　崔舍人西垣
類藁(2卷)　集部 別集類　1318
崔舍人玉堂類藁(20卷)附錄(1卷)
集部 別集類　1318

최선(명)찬　崔銑(明)撰　程志(10卷)
子部 儒家類　938
中說考(7卷)　子部 儒家類　933

최술(청)찬　崔述(淸)撰　考信錄　史
部 史評類　455
無聞集(4卷)　集部 別集類　1461
古文尙書辨僞　經部 書類　46
易卦圖說(1卷)　經部 易類　24
經傳禘祀通考(1卷)　經部 禮類
109
讀風偶識(4卷)　經部 詩類　64
五服異同彙考(3卷)　經部 禮類
95

최여지찬　崔與之撰　宋丞相崔淸
獻公全錄(10卷)　集部 別集類
1319

최유아찬　崔維雅撰　河防芻議　史
部 政書類　847

최자수집　崔子璲輯；崔曉增輯
宋丞相崔淸獻公全錄　史部 傳
記類　550

최적찬　崔適撰　史記探源　史部
正史類　264

최호(청)찬　崔灝(淸)撰　四書考異(7
2卷)　經部 四書類　167

추계우(송)찬　鄒季友(宋)撰　尙書

音釋(1卷)　經部 書類　43

추기모집　"鄒祇謨,王士禛 輯"　倚聲
初集(20卷)前編(4卷)　集部 詞類
1729

추백기찬　鄒伯奇撰　鄒徵君存稿
(1卷)　集部 別集類　1547

추병태찬　鄒炳泰撰　午風堂集(6
卷)　集部 別集類　1462
午風堂叢談(8卷)　集部 別集類
1462

추수익(명)찬　鄒守益(明)撰　鄒氏學
脈(4卷)　子部 儒家類　938

추식금찬　鄒式金撰　盛明雜劇三
集:卷34風流塚　集部 戲劇類
1765

추원표(명)찬　鄒元標(明)撰　鄒忠介
公奏疏　史部 詔令奏議類　481
南臯鄒先生語義合編(4卷)　子部
儒家類　942

추의(청)찬　鄒漪(淸)撰　明季遺聞
史部 雜史類　442

추존감(청)찬　鄒存淦(淸)撰　田家占
候集覽(10卷)　子部 農家類　976

추주(청)찬　鄒澍(淸)撰　本經疏證(12
卷) ; 本經續疏(6卷) ; 本經序疏
要(8卷)　子部 醫家類　993

추태금찬　鄒兌金撰　"盛明雜劇三
集:卷5,空堂話"　集部 戲劇類
1765

추한훈(청)찬　鄒漢勛(淸)撰　敩藝齋
文存(8卷) 敩藝齋詩存(2卷)　集部
別集類　1534
顓頊曆考(2卷)　子部 天文算法
類　1036
"讀書偶識(10卷),附(1卷)"　經部 群

經總義類　176

五韻論(2卷)　經部　小學類　248

축경기찬　祝慶祺　撰　刑案匯覽　續
增刑案匯覽(一)～(六)　史部　政
書類　867～72

悅親樓詩集(30卷)外(2卷)　集部
別集類　1462～63

축봉개(청)찬　祝鳳喈(淸)　撰　與古
齋琴譜(4卷) ; 補義(1卷)　子部　藝
術類　1095

축성찬　祝誠　撰　"蓮堂詩話(2卷),校
訛(1卷),續校(1卷)"　集部　詩文評
類　1694

축윤명(명)찬　祝允明(明)　撰　祝子志
怪錄(5卷)　子部　小說家類　1266

祝子罪知錄(10卷)　子部　雜家類
1122

충화거사집　沖和居士　輯　新鐫出
像點板纏頭百練(8卷)　集部　戲
劇類　1779

측백기(청)찬측　伯奇(淸)　撰　春秋經
傳日月考(1卷)　經部　春秋類　148

침일관(명)찬　沈一貫(明)　撰　易學(12
卷)　經部　易類　10

침호(청)찬　沈鎬(淸)　撰　毛詩傳箋
異義解(16卷)　經部　詩類　73

ㅌ

탁도지편　卓徒之　編　中州樂府音
韻類編(1卷)　集部　曲類　1739

탁인월집　"卓人月,徐士俊　輯"　古
今詞統(16卷)雜說(1卷)附(1卷)
集部　詞類　1728～29

탁진(청)등찬　托津(淸)　等撰　欽定

平定敎匪紀略　史部　紀事本末
類　401～02

탁혼찬　托渾　撰　瑞榴堂詩集(4卷)
集部　別集類　1513

탕붕(청)찬　湯鵬(淸)　撰　海秋詩集(26
卷)　集部　別集類　1529

浮邱子(12卷)　子部　儒家類　952

탕빈찬　湯斌　撰　洛學編　史部　傳
記類　515

탕수옥(청)집　湯漱玉(淸)　輯　玉臺畫
史(5卷)　子部　藝術類　1084

탕약망(덕)찬　湯若望(德)　撰　民曆鋪
註解惑(1卷)　子部　天文算法類
1040

主制群徵(2卷)　子部　宗敎類　1296

탕약망(서양)찬　湯若望(西洋)　撰 ;
焦勖(明)輯火攻설要(3卷)　子部
兵家類　966

탕요경찬　湯瑤卿　撰　蓬室偶吟(1
卷)　集部　別集類　1486

탕이찬　湯彝　撰　盾墨　史部　雜史
類　445

탕이분(청)찬　湯貽汾(淸)　撰　琴隱園
詩集(36卷)　集部　別集類　1502

畫筌析覽(2卷)　子部　藝術類　1083

탕현조찬　湯顯祖　撰　玉茗堂全集
(46卷)(文集16卷詩集18卷賦集6卷
尺牘6卷)　集部　別集類　1362
～63

湯海若問棘郵草(2卷)　集部　別
集類　1363

六十種曲(120卷):還魂記(2卷)　集
部　戲劇類　1769

六十種曲(120卷):邯鄲記(2卷)　集
部　戲劇類　1770

六十種曲(120卷):南柯記(2卷)　集部　戲劇類　1770

牡丹亭還魂記(2卷)　集部　戲劇類　1774

六十種曲(120卷):紫簫記(2卷)　集部　戲劇類　1772

六十種曲(120卷):紫釵記(2卷)　集部　戲劇類　1769

六十種曲(120卷):還魂記(2卷)　集部　戲劇類　1771

태의원(청)찬　太醫院(淸)　撰　藥性通考(6卷)　子部　醫家類　994

토실도민찬　土室道民　撰　盛明雜劇三集:卷三十三경詩讖　集部　戲劇類　1765

퇴암거사(청)집　退庵居士(淸)　輯　弔譜集成(6卷);首(1卷);緒餘(1卷)　子部　藝術類　1106

ㅍ

패림(명)찬　貝琳(明)　撰　回回曆法釋例(1卷)　子部　天文算法類　1036

패청교찬　貝靑喬　撰　돌돌吟(2卷)附錄(1卷)　集部　別集類　1536

半行庵詩存고(8卷)　集部　別集類　1537

팽단숙찬　彭端淑　撰　國朝詩話補(1卷)　集部　詩文評類　1700

明人詩話補(1卷)　集部　詩文評類　1700

雪夜詩談(3卷)　集部　詩文評類　1700

팽대아찬　彭大雅　撰 ; 徐霆(宋)　疏證　黑韃事略　史部　雜史類　423

팽소승(청)찬　彭紹升(淸)　撰　二林居集(24卷)　集部　別集類　1461

居士傳(56卷)　子部　宗敎類　1286

팽손이(청)찬　彭孫貽(淸)　撰　茗香堂史論　史部　史評類　450

靖海志　史部　紀事本末類　390

客舍偶聞(1卷)　子部　雜家類　1175

流寇志　史部　雜史類　442

팽승(송)찬　彭僧(宋)　撰　續墨客揮犀(10卷)　子部　雜家類　1166

팽시(명)찬　彭時(明)　撰　可齋雜記(1卷)　子部　雜家類　1166

팽온장찬　彭蘊章　撰　歸樸龕叢稿(12卷)續編(4卷)　集部　別集類　1518

松風閣詩鈔(26卷)　集部　別集類　1518

팽온찬(청)찬　彭蘊璨(淸)　撰　歷代畫史彙傳(72卷);首(1卷);附錄(2卷)　子部　藝術類　1083~84

팽원서등찬　彭元瑞　等撰　欽定天祿琳琅書目後編　史部　目錄類　917

彭元瑞等纂修孚惠全書　史部　政書類　846

彭元瑞輯宋四六話(12卷)　集部　詩文評類　1715

彭元瑞撰恩餘堂輯稿(4卷)　集部　別集類　1447

"彭元瑞(淸),劉鳳誥(淸)　撰"　五代史記注　史部　正史類　290~92

팽조손찬　彭兆蓀　撰　小謨觴館詩文集(13卷)　小謨觴館續集(5卷)　集部　別集類　1492

팽준사(청)찬　彭遵泗(淸)　撰　蜀碧
　　史部　雜史類　442
팽희속(청)찬　彭希涑(淸)　撰　淨土聖
　　賢錄(9卷)　子部　宗敎類　1286
편조금강(일석)찬　遍照金剛(日釋)　撰
　　文鏡秘府論(6卷)　集部　詩文評
　　類　1694
평보청(청)찬　平步靑(淸)　撰　霞外
　　捃屑(10卷)　子部　雜家類　1163
평한등수　"平翰　等修；鄭珍,莫友芝
　　纂"　遵義府志　史部　地理類　715
　　～16
포선찬　浦銑　撰　歷代賦話(14卷)續
　　集(14卷)　集部　詩文評類　1716
　　復小齋賦話(2卷)　集部　詩文評
　　類　1716
포세신(청)찬　包世臣(淸)　撰　小倦遊
　　閣集(27卷)　集部　別集類　1500
　　藝舟雙楫(6卷)；附錄(3卷)　子部
　　藝術類　1082
포세영(청)찬　包世榮(淸)　撰　毛詩禮
　　徵(10卷)　經部　詩類　69
포송령찬　蒲松齡　撰　聊齋文集(4卷)
　　集部　別集類　1416
　　聊齋誌異(12卷)　集部　小說類
　　1787～88
포순(원)찬　鮑恂(元)　撰　太易鉤玄(3
　　卷)　經部　易類　3
포신언(청)찬　包愼言(淸)　撰　春秋公
　　羊傳曆譜(11卷)　經部　春秋類
　　131
포작우(청)찬　鮑作雨(淸)　撰　周易
　　擇言(6卷)　經部　易類　28
포정박집　鮑廷博　輯　山村遺고　附
　　錄(2卷)補遺(1卷)附錄續(1卷)　集

部　別集類　1322
포희노(원)찬　包希魯(元)　撰　說文解
　　字補義(12卷)　經部. 小學類　202
풍경찬　馮景　撰　解春集文鈔(12卷)
　　補遺(2卷)解春集詩鈔(3卷)　集部
　　別集類　1418
풍경(청)찬　馮經(淸)　撰　周易略解(8
　　卷)　經部. 易類　25
풍경제(명)집　馮京第(明)　輯　蘭史(1
　　卷)　子部　譜錄類　1116
　　蘭易(2卷)　子部　譜錄類　1116
풍계분(청)찬　馮桂芬(淸)　撰　顯志堂
　　稿(12卷)附夢奈詩稿(1卷)　集部
　　別集類　1535～36
　　說文解字段注考　經部. 小學類
　　223～24
　　校빈廬抗議(2卷)　子部　儒家類
　　952
풍금백(청)찬　馮金伯(淸)　撰　詞苑
　　萃編(24卷)　集部　詞類　1733
　　國朝畵識(17卷)　子部　藝術類
　　1081
풍등부(청)찬　馮登府(淸)　撰　민中
　　金石志　史部. 金石類　912
　　論語異文考證(10卷)　經部　四書
　　類　155
　　三家詩遺說(8卷)補(1卷)　經部.
　　詩類　76
　　石經補考(2卷)　經部. 群經總義
　　類　184
풍몽용(명)집　馮夢龍(明)　輯　警世
　　通言(40卷)　集部　小說類　1784
　　～85
　　古今小說(40卷)　集部　小說類
　　1784

山歌(10卷)　集部　曲類　1744

醒世긍言(40卷)　集部　小說類　1785~86

太霞新奏(14卷)　集部　曲類　1744

古今譚槪(36卷)　子部　雜家類　1195

풍사화(명)집　馮士화(明)　輯　春秋三發(3卷)　經部.春秋類　136

풍순찬　馮詢　撰　子良詩存(21卷)　集部　別集類　1526

풍씨찬　馮氏　撰　盛明雜劇二集卷二十一不伏老　集部　戲劇類　1765

풍연사찬　馮延巳　撰　陽春集(1卷)　集部　詞類　1722

풍운붕찬　馮雲鵬　撰　掃紅亭吟稿(14卷)附題詞(1卷)　集部　別集類　1491

풍운붕집　"馮雲鵬,馮雲鵷　輯"　金石索　史部　金石類　894

풍운원(청)집　馮雲鵷(淸)　輯　聖門十六子書(不分卷)　子部.儒家類　931

풍유민찬　馮惟敏　撰　海浮山堂詞稿(4卷)　集部　曲類　1738

一世不伏老　集部　戲劇類　1764

海浮山堂文稿(5卷)　集部　別集類　1345

海浮山堂詩稿(5卷)　集部　別集類　1345

풍정군집　馮貞群　輯　"舒란堂詩文存補遺(1卷),附錄(1卷)"　集部　別集類1316

풍종오찬　馮從吾　撰；王心敬　等增補　關學編　史部　傳記類　515

풍지기찬　馮志沂　撰　微尙齋詩續集(2卷)　集部　別集類　1553

微尙齋詩集初編(4卷)　集部　別集類　1553

適適齋文集(2卷)　集部　別集類　1553

풍진찬　馮辰　撰　李恕谷先生年譜　史部　傳記類　554

풍징(청)찬　馮澂(淸)　撰　春秋日食集證(10卷)　經部　春秋類　148

피석서(청)찬　皮錫瑞(淸)　撰　師伏堂駢文二種(6卷)　集部　別集類　1567

師伏堂詩草(6卷)　集部　別集類　1567

尙書古文疏證辨正(1卷)　經部　書類　51

師伏堂筆記(3卷)　子部　雜家類　1165

今文尙書考證(30卷)　經部　書類　51

駁五經異義疏證(10卷)　經部　群經總義類　171

六藝論疏證(1卷)　經部　群經總義類　171

鄭志疏證(8卷)鄭記考證(1卷)答臨孝存周禮難(1卷)　經部　群經總義類　171

魯禮체협義疏證(1卷)　經部　禮類　112

經學歷史(1卷)　經部　群經總義類　179

經學通論(5卷)　經部　群經總義類　180

王制箋(1卷)　經部　禮類　107

師伏堂春秋講義(2卷)　經部　春

秋類　148

피석요(청)찬　皮錫瑞(淸) 撰　尙書
大傳疏證(7卷) 經部 書類　55
尙書中候疏證(1卷)　經部　書類
55

필공등수　畢恭 等修 ; 任洛 等重修
遼東志　史部 地理類　646

필원(청)찬　畢沅(淸) 撰　靈巖山人
詩集(40卷)　集部 別集類　1450
關中金石記史部金石類908
中州金石記　史部 金石類　912
晉書地理志新補正　史部 正史
類　277
釋名疏證(8卷)續釋名(1卷)釋名補
遺(1卷)　經部 小學類　189
續資治通鑑(一)～(四)　史部 編
年類　343～46
經典文字辨證書(5卷)　經部 小
學類　239
說文解字舊音(1卷)　經部 小學
類　239
音同義異辨(1卷)　經部 小學類
239
夏小正考注(1卷)　經部 禮類　108

필원찬　″畢沅, 阮元 撰″ 山左金石
志　史部 金石類　909～10

필자엄(명)찬　畢自嚴(明) 撰　度支奏
議(1)～(8)　史部 詔令奏議類　483
～90

필화진(청)찬　畢華珍(淸) 撰　律呂
原音(1卷)　經部 樂類　116

ㅎ

하강덕(청)찬　何剛德(淸) 撰　撫郡農

産攷略(2卷)　子部 農家類　977

하교원찬　何喬遠 撰　名山臟　史部
雜史類　425～27

하기찬　何基 撰　何北山先生遺集
(3卷)附錄(1卷)　集部 別集類　1320

하기걸(청)찬　何其傑(淸) 撰　周易經
典證略(10卷)末(1卷)　經部 易類
38

하당집　何鏜 輯　古今游名山記　史
部 地理類　736

하도찬　賀濤 撰　賀先生文集(4卷)
集部 別集類　1567

하란상(청)찬　夏鸞翔(淸) 撰　致曲圖
解(1卷)　子部 天文算法類　1047
致曲術(1卷)　子部 天文算法類
1047

하몽요(청)찬　何夢瑤(淸) 撰　醫편(7
卷)　子部 醫家類　1025

하미당(청)찬　夏味堂(淸) 撰　拾雅
經部 小學類　192
詩疑筆記(7卷)後說(1卷)　經部 詩
類　64

하빈(청)찬　下斌(淸) 撰　周易通解(3
卷)釋義(1卷)　經部 易類　28

하사신집　何士信 輯　增修箋註妙
選群英草堂詩餘前集(2卷)後集(2
卷)　集部 詞類　1728

하사진찬집　何士晉 纂輯　工部廠
庫須知　史部 政書類　878

하섭(청)찬　夏燮(淸) 撰　忠節吳次尾
先生年譜　史部 傳記類　553
明通鑑(一)～(三)　史部 編年類
364～66
述均(10卷)　經部 小學類　249
五服釋例(20卷)　經部 禮類　95

하소기찬　何紹基 撰　東洲草堂詩鈔
　　(30卷)東洲草堂詩餘(1卷)　集部
　　別集類　1528～29
　　　東洲草堂文鈔(20卷)　集部 別集
　　類　1529
하약요(청)찬　何若瑤(淸) 撰　春秋公
　　羊注疏質疑(2卷)　經部 春秋類
　　129
하양준(명)찬　何良俊(明) 撰　四友齋
　　叢說(38卷)　子部 雜家類　1125
하언찬　夏言 撰　桂洲詩集(24卷)
　　集部 別集類　1339
하완순(명)찬　夏完淳(明) 撰　夏內史
　　集(9卷)附錄(1卷)　集部 別集類
　　1389
　　　續幸存錄　史部 雜史類　440
하운(청)찬　夏雲(淸) 撰　白喉治法忌
　　表抉微(1卷)　子部 醫家類　1018
하윤이(명)찬　夏允彝(明) 撰　禹貢古
　　今合注(5卷)圖(1卷)　經部 書類
　　55
　　　幸存錄　史部 雜史類　440
하이찬　何異 撰　宋中興學士院題
　　名　史部 職官類　748
　　　中興東宮官寮題名　史部 職官
　　類　748
　　　中興行在雜買務雜賣場提轄官
　　題名　史部 職官類　748
하이손(청)찬　賀貽孫(淸) 撰　詩觸(6
　　卷)　經部 詩類　61
　　　易觸(7卷)　經部 易類　18
하작찬　何焯 撰　義門先生集(12卷)
　　附錄(2卷)　集部 別集類　1420
하장금찬　賀長金 撰　耐菴文存(6卷)
　　首(1卷) 耐菴詩存(3卷)　集部 別

　　　集類　1511
하정(청)찬　夏鼎(淸) 撰　幼科鐵鏡(6
　　卷)　子部 醫家類　1010
하정지찬　夏庭芝 撰　靑樓集(1卷)
　　集部 曲類　1758
하주찬　賀鑄 撰　東山詞(2卷)　集部
　　詞類　1722
　　　賀方回詞(2卷)　集部 詞類　1722
하중식(명)찬　〝賀仲軾(明) 撰,范양(淸)
　　刪訂〞　春秋歸義(12卷)　經部
　　春秋類　136
하지고(청)찬　何志高(淸) 撰　易經本
　　意(4卷)首(1卷)末(1卷)　經部 易類
　　33
하추도(청)찬　何秋濤 撰 ; 黃宗漢
　　等輯補朔方備乘(一)～(三)　史部
　　地理類　740～42
　　　何秋濤(淸) 校正；王國維校注校
　　正元聖武親征錄　史部 雜史類
　　423
　　　一등精舍甲部고(5卷)　集部 別
　　集類　1554
　　　王會篇箋釋　史部 別史類　301
　　　周易爻辰申鄭義　經部 易類　34
　　　禹貢鄭氏略例(1卷)　經部 書類
　　55
하후양찬　夏侯陽 撰　夏候陽算經
　　(3卷)　子部 天文算法類　1041
하흔(청)찬　夏炘(淸) 撰　述朱質疑(16
　　卷)　子部 儒家類　952
　　　讀詩箚記(8卷)詩章句考(1卷)詩樂
　　存亡譜(1卷)詩經集傳校勘記(1卷)
　　經部 詩類　70
　　　檀弓辨誣(3卷)　經部 禮類　107
　　　詩古韻表廿二部集說(2卷)　經部

小學類　248

儀禮管釋(18卷)　經部　禮類　93

하희지찬　何希之 撰　何希之先生
鷄肋集(2卷)　集部　別集類　1320

학경(명)찬　郝敬(明) 撰　春秋直解(15
卷)讀春秋(1卷)　經部　春秋類　136

禮記通解(22卷)首(1卷)　經部　禮
類　97

談經(9卷)　經部　群經總義類　171

毛詩序說(8卷)　經部　詩類　58

儀禮節解(17卷)讀儀禮(1卷)　經部
禮類　85

"周易正解(20卷),首讀易(1卷)"
經部　易類　11

周禮完解(12卷)　經部　禮類　78

論語詳解(20卷)　　經部　四書類
153

讀論語(1卷)　經部　四書類　153

毛詩原解(36卷)　經部　詩類　58

尚書辨解(10卷)讀書(1卷)　經部　書
類　43

先聖遺事(1卷)　經部　四書類　153

九公山房易問(2卷)　　經部　易類
16

학의행(청)찬　郝懿行(淸) 撰　曬書堂
集(17卷)　集部　別集類　1481

詩問(7卷)　經部　詩類　65

證俗文　經部　小學類　192

蜂衙小記(1卷)　子部　譜錄類　1120

寶訓(8卷)　子部　農家類　976

禮記箋(49卷)　經部　禮類　104

爾雅郭注義疏(20卷)　經部　小學
類　187

易說(12卷)便錄(1卷)　　經部　易類
26

春秋說略(12卷)春秋比(2卷)　經部
春秋類　144

한문기찬　韓文綺 撰　韓大中丞奏
議　史部　詔令奏議類　498

한악찬　韓偓 撰　翰林集(4卷)附錄(1
卷)　集部　別集類　1313

한악(당)찬　韓鄂(唐) 撰　四時纂要(5
卷)　子部　農家類　975

한유찬　韓愈 撰；文讜注；王儔補
注新刊經進詳註昌黎先生文集(40
卷外集10卷遺文3卷韓文公志3
卷)　集部　別集類　1309～10

한이풍(청)찬　韓貽豊(淸) 撰　太乙神
鍼心法(2卷)　子部　醫家類　996

한태화(청)찬　韓泰華(淸) 撰　無事爲
福齋隨筆(2卷)　子部　雜家類　1181

한혁(명)찬　韓奕(明) 撰　韓山人詩集
(9卷)韓山人詩續集(8卷)　集部　別
集類　1325

易牙遺意(2卷)　子部　譜錄類　1115

한효언(금)찬　韓孝彦(金) 撰　成化丁
亥重刊改併五音類聚四聲篇海
經部　小學類　229

항독수찬　項篤壽 撰　小司馬奏草
史部　詔令奏議類　478

항명달(청)찬　項名達(淸) 撰　下學菴
算書三種　子部　天文算法類
1047

項名達(淸) 撰；戴煦(淸)校補象
數一原(7卷)　子部　天文算法類
1047

항세준(청)찬　杭世駿(淸) 撰　道古堂
文集(48卷) 道古堂詩集(26卷)集外
文(1卷)集外詩(1卷)　集部　別集類
1426～27

榕城詩話(3卷)　集部　詩文評類 1701

續禮記集說(100卷)　經部　禮類 101~02

史記考證　史部　正史類　263

訂訛類(6卷)；續補(2卷)　子部　雜家類　1148

항안세찬　項安世　撰　平庵悔稿(14卷) 丙辰悔稿(1卷)　悔稿後編(6卷)補遺(1卷)　集部　別集類　1318~19

항원변(명)찬　項元汴(明)　撰　蕉窗九錄(9卷)　子部　雜家類　1185

항정기찬　項廷紀　撰　憶雲詞(4卷)刪存(1卷)　集部　詞類　1726

해달아(명)찬　"海達兒(明)　等口授；李충,吳伯宗(明)　譯"　天文書(4卷)　子部　術數類　1063

해서찬　海瑞　撰　元祐黨籍碑考 僞學逆黨籍　史部　傳記類　517

해성(청)찬　奚誠(淸)　撰　耕心農話(1卷)　子部　農家類　976 農政發明(1卷)　子部　農家類　976

행원룡찬　幸元龍　撰　重編古筠洪城幸淸節公松垣文集(11卷)　集部　別集類　1320

허겸(원)찬　許謙(元)　撰　讀論語叢說(3卷)　經部　孝經類　153 讀中庸叢說(2卷)　經部　四書類　159

허경종찬　許敬宗　撰　文館詞林(1000卷)　集部　總集類　1582

허경징찬　許景澄　撰　許文肅公遺稿(12卷)　集部　別集類　1564

허계림(청)찬　許桂林(淸)　撰　宣西通(3卷)　子部　天文算法類　1035

허굉(명)찬　許宏(明)　撰　金鏡內臺方議(12卷)　子部　醫家類　985

허국정(원)찬　許國禎(元)　撰　癸巳新刊御藥院方(11卷)　子部　醫家類　1001

허극창(청)집　許克昌(淸)　華法　輯　外科證治全書(5卷)；末(1卷)　子部　醫家類　1016

허련(청)찬　許槤(淸)　撰　洗寃錄詳義(4卷)；首(1卷)　子部　法家類　972 刑部比照加減成案續編　史部　政書類　866 許槤評選；黎經誥　注　六朝文絜箋注(12卷)　集部　總集類　1611 "許槤,熊莪　撰"　刑部比照加減成案　史部　政書類　865

허봉은(청)찬　許奉恩(淸)　撰　里乘(10卷)　子部　小說家類　1270

허부(한)찬　許負(漢)　撰　相法十六篇(1卷)　子部　術數類　1059

허붕익(청)찬　許鵬翮(淸)　撰　柳蠶新編(2卷)　子部　農家類　978

허상경(명)찬　許相卿(明)　撰　許氏貽謀四則(4卷)　子部　儒家類　938

허숙미(송)찬　許叔微(宋)　撰　傷寒九十論(1卷)　子部　醫家類　984 新鐫注解張仲景傷寒發微論(4卷)　子部　醫家類　984 張仲景注解傷寒百證歌(5卷)　子部　醫家類　984 類證普濟本事方續集(10卷)　子部　醫家類　999

허신(한)찬　許愼(漢)　撰；葉德輝輯　淮南鴻烈閒詁(2卷)　子部　雜家類　1121

허염찬　許琰　撰　普陀山志　史部
地理類　723

허요광찬　許瑤光　撰　雪門詩草(14
卷)　集部　別集類　1546

허월경찬　許月卿　撰　先天集(10卷)
附錄(2卷)　集部　別集類　1320
山屋許先生事錄(2卷)　集部　別
集類　1320

허응원찬　許應元　撰　기堂摘藁(16卷)
集部　別集類　1342

허자창(명)찬　許自昌(明)　撰　六十種
曲120卷 : 水滸記(2卷)　集部　戲
劇類　1772
捧腹編(10卷)　子部　小說家類
1273
樗齋漫錄(12卷)　子部　雜家類
1133

허조찬　許潮　撰　盛明雜劇二集:卷
七南樓月　集部　戲劇類　1765
盛明雜劇二集:卷十同甲會　集部
戲劇類　1765
盛明雜劇二集:卷九龍山宴　集部
戲劇類　1765
盛明雜劇二集:卷三武陵春　集部
戲劇類　1765
盛明雜劇二集:卷五寫風情　集部
戲劇類　1765
盛明雜劇二集:卷六午日吟　集部
戲劇類　1765
盛明雜劇二集:卷八赤壁遊　集部
戲劇類　1765

허조웅(청)찬　許兆熊(淸)　撰　東籬
中正(1卷)　子部　譜錄類　1116
秋水閣詩集(1卷)　集部　別集類
1472

秋水閣雜著(1卷)　集部　別集類
1472

허종언찬　許宗彦　撰　鑑止水齋集
(20卷)　集部　別集類　1492

허중희(청)찬　許重熙(淸)　撰　憲章外
史續編　史部　編年類　353
明季甲乙兩年彙略　史部　雜史
類　441

허진(명)찬　許進(明)　撰　平番始末
史部　雜史類　433

허찬증찬　許纘曾　撰　寶繪堂稿(12
卷)　集部　別集類　1409～10

허치수　〃許治修:沈德潛,顧이祿　纂〃
元和縣志　史部　地理類　696

허학이찬　許學夷　撰　詩源辯體(36
卷)附後集纂要(2卷)　集部　詩文
評類　1696

허한(송)찬　許翰(宋)　撰　太玄解　子
部　術數類　1048

허한(청)찬　許瀚(淸)　撰　攀古小廬雜
著(12卷)　子部　雜家類　1160
別雅訂　經部　小學類　193

허혜(청)찬　許惠(淸)　撰　等韻學(不
分卷)　經部　小學類　258

허호(명)찬　許浩(明)　撰　復齋日記(1
卷)　子部　雜家類　1170

허혼찬　許渾　撰 ; 許培榮　箋注
丁卯集箋註(8卷)　集部　別集類
1311

혁갱(청)찬　奕賡(淸)　撰　管見所及(1
卷) ; 補遺(1卷)　子部　雜家類
1181
括談(2卷)　子部　雜家類　1181
寄楮備談(1卷)　子部　雜家類　1181
侍衛瑣言(1卷) ; 補(1卷)　子部　雜

家類 1181

煨날閒談(1卷) 子部 雜家類 1181

혁서여(영)찬 赫胥黎(英) 撰 ; 嚴復 譯天演論(2卷) 子部 西學譯著類 1297

혁토(미)편역 赫土(美) 編譯 ; 周文源(淸)述天文揭要(2卷) 子部 西學譯著類 1300

혁흔(청)등찬 奕訢(淸) 等撰 欽定剿平월匪方略(1)~(10) 史部 紀事本末類 403~12

현엽(청)찬 玄燁(淸) 撰 ; 焦秉貞(淸) 繪 御製耕織圖詩(1卷) 子部 農家類 975

형무실찬 蘅蕪室 撰 盛明雜劇初集:卷二十九一文錢 集部 戱劇類 1764

형병등(송)찬 邢昺等(宋) 撰 爾雅疏(10卷) 經部 小學類 185

형주(청)찬 邢澍(淸) 撰 金石文字辨異(20卷) 經部 小學類 239~40

형준(금)찬 邢準(金) 撰 新修累音引證群籍玉篇 經部 小學類 229

혜돈(미)찬 惠頓(美) 撰 ; 丁위良(美) 譯 萬國公法(4卷) 子部 西學譯著類 1299

혜동(청)찬 惠棟(淸) 撰 易大義(1卷) 經部 四書類 159

松崖文鈔(2卷) 集部 別集類 1427

漁洋山人自撰年譜註補 史部 傳記類 554

古文尙書考 經部 書類 44

荀子微言(1卷) 子部 儒家類 932

後漢書補注 史部 正史類 270

明堂大道錄(8卷) 經部 禮類 108

周易本義辨證(6卷) 經部 易類 21

체 說(2卷) 經部 禮類 108

"惠棟(淸) 撰,江聲參(淸) 補" 惠氏讀說文記(5卷) 經部 小學類 203

혜록주민(청)편 惠麓酒民(淸) 編 병벽百金方(14卷) 子部 兵家類 967

혜사기(청)찬 惠士奇(淸) 撰 大學說(1卷) 經部 四書類 159

혜주척찬 惠周惕 撰 硯谿先生集(11卷)總目(2卷) 集部 別集類 1421

혜증균찬 楷曾筠 撰 防河奏議 史部 詔令奏議類 494

혜진(청)찬 惠陳(淸) 撰 周禮古義(1卷) 經部 禮類 79

호가자찬 浩歌子 撰 螢窓異草(12卷) 集部 小說類 1789

호거(당)찬 胡璩(唐) 撰 譚賓錄(10卷) 子部 小說家類 1260

호건(청)찬 胡虔(淸) 撰 시葉軒筆記 子部 雜家類 1158

호경찬 胡敬 撰 崇雅堂文鈔(2卷) 崇雅堂詩鈔(10卷) 崇雅堂騈體文鈔(4卷) 崇雅堂應制存稿(1卷) 崇雅堂刪餘詩(1卷)-운谷詩鈔(20卷) 운谷文鈔(12卷) 集部 別集類 1494

호경(명)찬 胡經(明) 撰 胡子易演(18卷) 經部 易類 7

호경(청)찬 胡敬(淸) 撰 胡氏書畫考三種(8卷) 子部 藝術類 1082

호계당찬 胡季堂 撰 培蔭軒詩集

(4卷) 培蔭軒文集(2卷) 培蔭軒雜記(1卷)　集部　別集類　1447

호고우(원)찬　胡古愚(元)　撰　樹藝篇(33卷)　子部　農家類　977

호광충(청)찬　胡匡衷(淸)　撰　儀禮釋官(9卷)首(1卷)　經部　禮類　89

周禮畿內授田考實(1卷)　經部　禮類　81

호구찬수　"胡矩,羅濬　纂修"　四明志　史部　地理類　705

호덕림등찬　"胡德琳,李文藻　等纂"　歷城縣志　史部　地理類　694

호림익(청)찬　胡林翼(淸)　撰　胡林翼奏議　史部　詔令奏議類　505

胡文忠公遺集(86卷)　集部　別集類　1539~40

讀史兵略續編(10卷)　子部　兵家類　968~69

讀史兵略(46卷)　子部　兵家類　967~68

호문병(청)찬　胡文炳(淸)　撰　折獄龜鑑補(6卷)　子部　法家類　973

호문영(청)찬　胡文英(淸)　撰　吳下方言考　經部　小學類　195

屈騷指掌(4卷)　集部　楚辭類　1302

호문환집　胡文煥　輯　新刻群音類選官腔(26卷)諸腔(4卷)北腔(6卷)淸腔(8卷)補(5卷)　集部　戲劇類　1777~78

호방(청)찬　胡方(淸)　撰　周易本義註(6卷)　經部易類　19

호배휘(청)찬　胡培翬(淸)　撰　研六室文鈔(10卷)補遺(1卷)　集部　別集類1507

燕寢考(3卷)　經部　禮類　110

체협문답(1卷)　經部　禮類　110

"胡培翬(淸)　撰,楊大堉補"　儀禮正義(40卷)　經部　禮類　91~92

호병건(청)찬　胡秉虔(淸)　撰　卦本圖考(1卷)　經部　易類　28

尙書序錄(1卷)　經部　書類　48

호봉단찬　胡鳳丹　撰　退補齋詩存(16卷)首(1卷)　退補齋文存(12卷)首(1卷)　集部　別集類　1552

退補齋詩存二編(10卷)　退補齋文存二編(5卷)　集部　別集類　1552

호빙지찬　胡聘之　撰　山右石刻叢編　史部　金石類　907~08

호사경찬　胡思敬　撰　戊戌履霜錄　史部　雜史類　446

호상린(청)찬　胡詳麟(淸)　撰　虞氏易消息圖說(1卷)　經部　易類　28

호상영(청)찬　胡翔瀛(淸)　撰　易經徵實解(1卷)　經部　易類　19

호석연(청)찬　胡錫燕(淸)　撰　詩古音繹(1卷)　經部　小學類　249

호세안(청)찬　胡世安(淸)　撰　"大易則通(15卷),閨(1卷)"　經部　易類　17

호소영찬　胡紹煐　撰　文選箋證(32卷)　集部　總集類　1582

호순적찬　胡舜陟　撰　胡少師總集(6卷)首(1卷)附錄(1卷)　集部　別集類　1317

호습참(청)찬　"胡襲參(淸),方江自(淸)　撰"　囂囂子曆鏡(1卷)　子部　天文算法類　1040

호승공(청)찬　胡承珙(淸)　撰　求是堂文集(6卷)首(1卷)駢體文(2卷)　集部　別集類　1500

求是堂詩集(22卷)　集部　別集類　1500

毛詩後箋(30卷)　經部　詩類　67

儀禮古今文疏義(17卷)　經部　禮類　91

小爾雅義證(13卷)補遺(1卷)　經部　小學類　189

爾雅古義(2卷)　經部　小學類　188

繹志(19卷)　子部　儒家類　945

호승조집　胡承詔　輯補續全蜀환文志(56卷)　集部　總集類　1677

호시화(명)찬　胡時化(明)　撰　孝經本義(1卷)　經部　孝經類　151

호신유(청)찬　胡愼柔(淸)　撰　愼柔五書(5卷)　子部　醫家類　1005

호원경(원)찬　胡元慶(元)　撰 ; 薛己(明)　校補　癰疽神秘灸經(1卷)　子部　醫家類　1012

호원옥(청)찬　胡元玉(淸)　撰　駁春秋名字解詁(1卷)　經部　春秋類　128

雅學攷(1卷)　經部　小學類　189

호원의찬　胡元儀　撰　北海三考　史部　傳記類　549

호원질(송)찬　胡元質(宋)　撰　左氏摘奇(12卷)　經部　春秋類　118

호응린찬　胡應麟　撰　詩藪(20卷)　集部　詩文評類　1696

호인찬　胡寅　撰　致堂讀史管見　史部　史評類　448～49

호일계(원)찬　胡一桂(元)　撰　雙湖先生文集(10卷)　集部　別集類　1322

詩序附錄纂疏(1卷)　經部　詩類　57

詩傳綱領附錄纂疏(1卷)　經部　詩類　57

詩集傳附錄纂疏(20卷)　經部　詩類　57

호일중(원)찬　胡一中(元)　撰　定正洪範集說(1卷)首(1卷)　經部　書類　55

호정(청)찬　胡珽(淸)　撰　校와(1卷)　子部　醫家類　984

호정광(청)집　胡廷光(淸)　輯　傷科彙纂(12卷) ; 圖注(1卷)　子部　醫家類　1017

호정언(명)전각　胡正言(明)　篆刻　印存初集(4卷)　子部　藝術類　1091

印存玄覽(4卷)　子部　藝術類　1091

호직(명)찬　胡直(明)　撰　胡子衡齊(8卷)　子部　儒家類　939

호진형(명)찬　胡震亨(明)　撰　唐音統籤(1033卷)　集部　總集類　1612～20

讀書雜錄(2卷)　子部　雜家類　1132

호찬종(명)찬　胡纘宗(明)　撰　願學編(2卷)　子部　儒家類　938

호천유찬　胡天游　撰　石笥山房集(24卷)　集部　別集類　1425

호통우(청)찬　胡統虞(淸)　撰　此庵講錄(10卷)　子部　儒家類　944

홀사혜(원)찬　忽思慧(元)　撰　飮膳正要(3卷)　子部　譜錄類　1115

홍균찬　洪鈞　撰　元史譯文證補　史部　正史類　293

홍기(명)집　洪基(明)　輯　胞與堂丸散譜(不分卷)　子部　醫家類　1002

홍내(명)찬　洪鼐(明)　撰　蓮谷先生讀易索隱(6卷)　經部　易類　6

홍량길(청)찬　洪亮吉(淸)　撰　比雅

經部　小學類　192

曉讀書齋雜錄(8卷)　子部　雜家類　1155

春秋左傳고(20卷)　經部　春秋類　124

乾隆府廳州縣圖志　史部　地理類　625~27

漢魏音(4卷)　經部　小學類　245

毛詩天文考(1卷)　經部　詩類　65

更生齋集(28卷)　集部　別集類　1468

홍매(송)찬　洪邁(宋)　撰　夷堅志(180卷)　子部　小說家類　1264~66

홍방(청)찬　洪枋(淸)　撰　四聲均和表(5卷)　經部　小學類　258

示兒切語(1卷)　經部　小學類　258

홍사찬　洪思　撰　黃子年譜　史部　傳記類　553

홍수미(명)집저　〝洪守美(明),鄭林祥　輯著〞　易經解醒(4卷)　經部　易類　16

홍승찬　洪昇　撰　長生殿傳奇(2卷)　集部　戲劇類　1775

홍양길찬　洪亮吉　撰　更生齋詩餘(2卷)　集部　詞類　1725

北江詩話(6卷)　集部　詩文評類　1705

홍양품(청)찬　洪良品(淸)　撰　龍岡山人古文尙書.4種　經部　書類　50

홍원(명)찬　洪垣(明)　撰　覺山先生緒言(2卷)　子部　雜家類　1124

홍원훤(청)찬　洪願煊(淸)　撰　孔子三朝記(7卷)　經部　禮類　108

禮經宮室答問(2卷)　經部　禮類　110

홍위(청)찬　洪威(淸)　撰　虛損啓微(2卷)　子部　醫家類　1006

홍이손찬　洪飴孫　撰　三國職官表　史部　職官類　747

홍이훤(청)찬　洪頤煊(淸)　撰　諸史考異　史部　史評類　455

台州札記　史部　地理類　734

平津讀碑記　史部　金石類　905

筠軒文鈔(8卷)　集部　別集類　1489

經典輯林(32卷)　子部　雜家類　1200

管子義證(8卷)　子部　法家類　970

讀書叢錄(24卷)　子部　雜家類　1157

홍인간찬　洪仁玕　撰　太平天日　史部　雜史類　445

홍자성(명)찬　洪自誠(明)　撰　菜根譚前集(1卷);後集(1卷)　子部　雜家類　1133

홍준(송)찬　洪遵(宋)　撰 ; 勞格輯洪文安公遺集(20卷)　集部　別集類　1317

洪遵(宋)輯洪氏集驗方(5卷)　子部　醫家類　1000

泉志(15卷)　子部　譜錄類　1112

홍진훤(청)찬　洪震煊(淸)　撰　夏小正疏義(4卷)釋音(1卷)異字記(1卷)附天象圖　經部　禮類　108

홍편집　洪楩　輯　淸平山堂話本27種　集部　小說類　1784

홍혜찬수　洪蕙　纂修　延安府志　史部　地理類　693

홍효찬　弘曉　撰　明善堂詩集(42卷)明善堂文集(4卷)　集部　別集類

1444~45

화광생집　華廣生　輯　白雪遺音(4
卷)　集部　曲類　1745

화문계(청)집　華文桂(淸)　輯　琵琶
譜(3卷)　子部　藝術類　1096

借雲館曲譜(2卷)　子部　藝術類
1096

화사납찬　花沙納　撰　德壯果公年
譜　史部　傳記類　556

화악(송)찬　華岳(宋)　撰　翠微先生北
征錄(12卷)　子部　兵家類　959

화영찬　和瑛　撰　熱河志略　史部
地理類　730

易簡齋詩鈔(4卷)　集部　別集類
1460

화유무찬　華幼武　撰　栖碧先生黃楊
集(3卷)補遺(1卷)附錄(1卷)　集部
別集類　1325

화장경찬　華長卿　撰　梅莊詩鈔(16
卷)　集部　別集類　1533

화장충(청)찬　華長忠(淸)　撰　韻籟(4
卷)　經部　小學類　258

화종위(명)찬　華悰韡(明)　撰　慮得集
(4卷)；附錄(2卷)　子部　雜家類
1122

화촌간행시자(청)찬　花村看行侍者
(淸)　撰　談往錄　史部　雜史類
442

화타(한)찬　華佗(漢)　撰　華氏中藏
經(3卷)　子部　醫家類　1018

화학란찬　華學瀾　撰　辛丑日記　史
部　傳記類　583

화희민(청)집　華希閔(淸)　輯　廣事
類賦(40卷)　子部　類書類　1248

환무용(청)찬　宦懋庸(淸)　撰　論語

稽(20卷)　經部　四書類　157

황가서찬　黃家舒　撰　盛明雜劇三
集:卷三十城南寺　集部　戲劇類
1765

황감(청)찬　黃淦(淸)　撰　儀禮精義不
分卷補編(1卷)　經部　禮類　90

황강필집　黃康弼　輯　續會稽철英
集(五卷)　集部　總集類　1682

황거중찬　黃居中　撰　千頃齋初集
(26卷)　集部　別集類　1363

황겸(청)집　黃謙(淸)　輯　新鐫彙音妙
悟全集(不分卷)　經部　小學類
260

황경인(청)찬　黃景仁(淸)　撰　兩當軒
全集(20卷)　集部　別集類　1474

황광승찬　黃光昇　撰　昭代典則　史
部　編年類　351

황궁수(청)찬　黃宮繡(淸)　撰　本草求
眞(9卷)　子部　醫家類　995

황균재(청)찬　黃鈞宰(淸)　撰　金壺七
墨(18卷)　子部　藝術類　1183

황도(청)찬　〞黃度(淸)撰,陳金鑑撰〝
宋黃宣獻公周禮說(5卷)首(1卷)末
(1卷)　經部　禮類　78

황도시제　黃道時制　交食通軌(1卷)
子部　天文算法類　1031

四餘通軌(1卷)　子部　天文算法類
1031

三垣列舍入宿去極集(1卷)　子部
天文算法類　1031

五星通軌(1卷)　子部　天文算法
類　1031

月食通軌(1卷)　子部　天文算法
類　1031

日食通軌(1卷)　子部　天文算法

類　1031

天文三十六全圖(1卷)　子部　天文
算法類　1031

황도주(명)찬　黃道周(明)　撰　明誠堂
詩集(2卷)　集部　別集類　1384

詠業近集(4卷)　集部　別集類　1384

焦桐山文集(1卷)　集部　別集類
1384

焦桐山詩集(2卷)　集部　別集類
1384

浩然堂詩集(1卷)　集部　別集類
1384

黃石齋先生文集(13卷)　集部　別
集類　1384

博物典彙(20卷)　子部　類書類
1246

孝經贊義(1卷)　經部　孝經類　151

황문양찬　黃文暘　撰　个垢山房詩鈔
(12卷)　集部　別集類　1459

황문화집　黃文華　輯　新刻京板靑
陽時調詞林一枝(4卷)　集部　戲
劇類　1777

황문환(명)찬　黃文煥(明)　撰　楚辭
聽直(8卷)合論(1卷)　集部　楚辭類
1301

황배방찬　黃培芳　撰　香石詩話(4
卷)　集部　詩文評類　1706

황병후찬　黃炳垕　撰　黃梨洲先生
年譜　史部　傳記類　553

황보록(명)찬 皇甫錄(明)撰皇明紀略(1
卷)子部雜家類1167

황보매(당)찬　皇甫枚(唐)　撰　；繆荃
孫校補三水小牘(2卷)　；　逸文(1
卷)；附錄(1卷)　子部　小說家類
1260

황보밀(진)찬　皇甫謐(晉)　撰　帝王
世紀　史部　別史類　301

황보진(청)찬　黃輔辰(淸)　撰　營田
輯要內篇(2卷)；外篇(1卷)；首(1
卷)　子部　農家類　976

황본기찬　黃本驥　撰　三十六灣草
盧稿(10卷)　集部　別集類　1507

三長物齋詩略(5卷)附刻(1卷)　三
長物齋文略(6卷)　集部　別集類
1511

황봉상찬　黃鳳翔　撰　嘉靖大政類
編　史部　雜史類　434

田亭草(20卷)　集部　別集類　1356

황비렬찬　黃丕烈　撰　百宋一廛書
錄；士禮居藏書題跋記　史部
目錄類　923

황석(청)집　黃奭(淸)　輯　晉官五種
史部　職官類　747

黃氏逸書考(291卷)；附(11卷)(子
夏易傳至周氏易注　；　何妥周易
講疏至服虔通俗文　；　蔡邕勤學
篇至春秋元命苞　；　春秋文耀鉤
至謝承後漢書卷下　；　薛瑩漢後
書至漢官)　子部　雜家類　1206
～11

황석번(청)찬　黃錫蕃(淸)　撰　閩中書
畫錄(14卷)　子部　藝術類　1068

황섭청찬　黃燮淸　撰　絳草記(1卷)
集部　戲劇類　1768

倚晴樓詩餘(4卷)　集部　詞類　1726

황성(명)찬　"黃成(明)　撰,楊明　注"
髹飾錄(2卷)　子部　譜錄類　1115

황성증(명)찬　黃省曾(明)　撰　西洋
朝貢典錄　史部　地理類　742

吳風錄　史部　地理類　733

種芋法(1卷)　子部　譜錄類　1117

황쇠(청)찬　黃釗(淸)　撰　讀白華草堂詩목숙集(8卷)　集部　別集類　1516

讀白華草堂詩二集(12卷)　集部　別集類　1516

讀白華草堂詩初集(9卷)　集部　別集類　1516

황수평(청)집　黃守平(淸)　輯　易象集解(10卷)　經部　易類　35

황숙경집　黃叔璥　輯　南臺舊聞　史部　職官類　746

中州金石攷　史部　金石類　912

黃叔璥　撰 ；戴璐等續補　國朝御史題名　史部　職官類　751

황술(청)찬　黃鉞(淸)　撰　壹齋集(40卷)　集部　別集類　1475

황숭란찬　黃崇蘭　撰 ；趙學增　續撰　增補貢擧考略　史部　政書類　830~31

황승호(명)찬　黃承昊(明)　撰　折肱漫錄(7卷)　子部　醫家類　1028

황식삼(청)찬　黃式三(淸)　撰　周季編略　史部　編年類　347

尙書啓幪(5卷)　經部　書類　48

論語後案(20卷)　經部　四書類　155

易釋(4卷)　經部　易類　30

春秋釋(4卷)　經部　春秋類　148

황여성(청)찬　黃汝成(淸)　撰　日知錄集釋(32卷)刊誤(2卷)續刊誤(2卷)　子部　雜家類　1443~44

황여형집　黃汝亨　輯　古奏議　史部　詔令奏議類　461

廉吏傳　史部　傳記類　515

寓林集(32卷)　寓林集詩(6卷)　集部　別集類　1368~69

황역(청)찬　黃易(淸)　撰　秋盦遺稿(不分卷)　集部　別集類　1466

황연휘(명)찬　黃淵輝(明)　撰　谷簾先生遺書(8卷)　子部　雜家類　1134

황운곡(청)찬　黃雲鵠(淸)　撰　粥譜(1卷) ；廣粥譜(1卷)　子部　譜錄類　1115

황원어(청)찬　黃元御(淸)　撰　難經懸解(2卷)　子部　醫家類　983

四聖心源(10卷)　子部　醫家類　1025

素靈微蘊(4卷)　子部　醫家類　982

金궤懸解(22卷)　子部　醫家類　988

황월(청)찬　黃鉞(淸)　撰　二十四畫品(1卷)　子部　藝術類　1068

황위(명)찬　黃暐(明)　撰　蓬窓類紀(5卷)　子部　小說家類　1271

황위청(청)찬　黃位淸(淸)　撰　詩異文錄(3卷)　經部　詩類　75

詩緒餘錄(8卷)　經部　詩類　71

황유(명)찬　黃瑜(明)　撰　雙槐歲抄(10卷)　子部　雜家類　1166

황유천찬　黃維天　撰　後圃黃先生存集　附嚮明齋詩文(1卷)　集部　別集類　1325

황응기(청)찬　黃應麒(淸)　撰　周易述翼(5卷)　經部　易類　31

황이주(청)찬　黃以周(淸)　撰　子思子(7卷)　子部　儒家類　932

尙書講義(1卷)　經部　書類　50

禮書通故(50卷)校文(1卷)　經部　禮類　111~12

禮說(6卷)　經部　禮類　112

群經說(4卷)　經部　群經總義類　178

十翼後錄(24卷)　經部　易類　36～37

周易故訓訂(1卷)　經部　易類　35

周易注疏賸本(1卷)　經部　易類　35

황자운찬　黃子雲 撰　野鴻詩的(1卷)　集部　詩文評類　1701

황작자찬　黃爵滋 撰.　仙屏書屋初集(18卷)　集部　別集類　1521

황장륜등찬　黃掌綸 等撰　長蘆鹽法志　史部　政書類　840

황정경(청)찬　黃庭鏡(淸) 撰　校刊目經大成(3卷)；首(1卷)　子部　醫家類　1018

황정헌(명)찬　黃正憲(明) 撰　易象管窺(15卷)　經部　易類　11

春秋翼附(20卷)　經部　春秋類　135

황종견(청)찬　黃宗堅(淸) 撰　種棉實驗說　子部　農家類　977

황종준찬　黃鍾駿 撰.　疇人傳四編　史部　傳記類　516

황종희(청)집　〃黃宗羲(淸) 輯；全祖望 訂補；馮雲濠,王梓材 校正〃　宋元學案　史部　傳記類　518～19

黃宗羲(淸) 撰；全祖望 輯.　南雷詩曆(5卷)　集部　別集類　1397

黃宗羲(淸)；姜希轍 撰　曆學假如(2卷)　子部　天文算法類　1040

黃宗羲(淸) 撰　弘光大臣月表　史部　編年類　367

弘光實錄初　史部　編年類　367

南雷集外文(1卷)　集部　別集類　1397

四明山志　史部　地理類　723

今水經　史部　地理類　727

南雷文定五集(4卷)　集部　別集類　1397

南雷文定(22卷)附錄(1卷)　集部　別集類　1397

明夷待訪錄(1卷)　子部　儒家類　945

授時曆故(4卷)　子部　天文算法類　1040

破邪論(1卷)　子部　儒家類　945

行朝錄　史部　雜史類　442

황좌(명)찬　黃佐(明) 撰　廣州人物傳　史部　傳記類　549

南雍志　史部　職官類　749

革除遺事　史部　雜史類　432

庸言(12卷)　子部　儒家類　939

樂典(36卷)　經部　樂類　113

황주이찬　況周頤 撰　蕙風詞(2卷)　集部　詞類　1727

蕙風詞話(5卷)　集部　詞類　1735

황준(명)찬　黃俊(明) 撰　周易通略(1卷)　經部　易類　5

황준헌(청)찬　黃遵憲(淸) 撰　日本國志　史部　地理類　745

人境廬詩草(11卷)　集部　別集類　1566

求一術通解(2卷)　子部　天文算法類　1047

황진찬　黃溍 撰　金華黃先生文集(43卷)　集部　別集類　1323

황진성찬　黃鎭成 撰　秋聲集(9卷)

集部　別集類　1323

황찬(청)찬　黃瓚(淸)　撰　周易漢學
通義(8卷)略例(1卷)　經部　易類
31

황초연(원)찬　黃超然(元)　撰　″周易
通義(8卷),發例.(2卷),識蒙.(1卷),或
問.(3卷)″　經部　易類　2

황추찬　黃樞　撰　後圃黃先生存集
(4卷)　集部　別集類　1325

황팽년찬　黃彭年　撰　陶樓文鈔(14
卷)　集部　別集類　1552～53

황표(명)찬　黃標(明)　撰　平夏錄　史
部　雜史類　432

황학주　黃鶴　注　黃氏集千家註杜
工部詩史補遺(10卷)　集部　別集
類　1307

황학해(명)찬　黃學海(明)　撰　筠齋漫
錄(10卷)；續集(2卷)；別集(1卷)
子部　雜家類　1127

황홍수찬　黃鴻壽　撰　淸史紀事本
末　史部　紀事本末類　390

황후유(청)찬　黃厚裕(淸)　撰　栽苧麻
法略(1卷)　子部　農家類　977

효산노인(원)찬　曉山老人(元)　撰
太乙統宗寶鑑(20卷)　子部　術數
類　1061

후강(청)찬　侯康(淸)　撰　穀梁禮證(2
卷)　經部　春秋類　132
春秋古經說(2卷)　經部　春秋類
148

후방역찬　侯方域　撰　四憶堂詩集
(6卷)遺稿(1卷)　集部　別集類　1406
壯悔堂文集(10卷)遺稿(1卷)　四憶
堂詩集(6卷)遺稿(1卷)　集部　別
集類　1406

후실록(영)찬　侯失勒(英)　撰；偉烈
亞力(英)　譯；李善蘭(淸)　刪述；
徐建寅(淸)　續述　談天(10卷)；首
(1卷)；附表(1卷)　子部　西學譯
著類　1300

후전(명)찬　侯甸(明)　撰　西樵野紀(10
卷)　子部　小說家類　1266

희원등찬수　希元　等纂修　荊州駐
防八旗志　859

· 저자 ·

김쟁원　　　1956年 서울 生
(金鎗源)　　成均館大學校司書敎育院修了
　　　　　　檀國大學校東洋學硏究所勤務
　　　　　　現檀國大學校栗谷紀念圖書館勤務中
　　　　　　<著書>
　　　　　　(文淵閣)四庫全書한글索引集/ 太學社/ 1994
　　　　　　韓國歌詞資料集成/ 太學社/ 1997
　　　　　　<論文>
　　　　　　"退溪先生闕里歌"小考 및 原本影印 外 다수

본 도서는 한국학술정보(주)와 저작자 간에 전송권 및 출판권 계약이 체결된 도서로서, 당사와의 계약에 의해 이 도서를 구매한 도서관은 대학(동일 캠퍼스) 내에서 정당한 이용권자(재적학생 및 교직원)에게 전송할 수 있는 권리를 보유하게 됩니다. 그러나 다른 지역으로의 전송과 정당한 이용권자 이외의 이용은 금지되어 있습니다.

續修四庫全書한글索引集

· 초판 인쇄　2005년 8월 25일
· 초판 발행　2005년 8월 25일

· 지 은 이　김쟁원
· 펴 낸 이　채종준
· 펴 낸 곳　한국학술정보㈜
　　　　　　경기도 파주시 교하읍 문발리 526-2
　　　　　　파주출판문화정보산업단지
　　　　　　전화　031) 908-3181(대표)·팩스　031) 908-3189
　　　　　　홈페이지　http://www.kstudy.com
　　　　　　e-mail(e-Book사업부)　ebook@kstudy.com
· 등　　록　제일산-115호(2000. 6. 19)
· 가　　격　50,000원

ISBN　　89-534-3951-5 93820　(Paper Book)
　　　　　89-534-3952-3 98820　(e-Book)